KB097549

작가는
어떻게
읽는가

조지 손더스의 쓰기를 위한 읽기 수업

작가는 어떻게 읽는가

A Swim in a Pond in the Rain

조지 손더스 지음 | 정영목 옮김

어크로스

과거, 현재, 미래의 내 시러큐스 제자들에게
그리고 감사하는 마음으로 수전 카밀을 추모하며

이반 이바니치는 오두막에서 나와 빗속에서 첨벙 물로 뛰어들어 두 팔을 넓게 밀어내며 헤엄을 쳤다. 그가 일으키는 물결에 하얀 수련들이 흔들거렸다. 그는 강 한가운데까지 헤엄쳐 나가 물속으로 들어갔고 잠시 후 다른 곳에서 올라와 계속 헤엄치다가도 연신 물속으로 다시 들어가 바닥에 손을 대려 했다. "어이쿠 하느님!" 그는 기뻐서 계속 소리쳤다. "어이쿠 하느님!" 그는 물방앗간까지 헤엄쳐 가 농민들과 이야기를 나누고 돌아와 강 한가운데에 누워 얼굴을 비에 드러낸 채 둥둥 떠 있었다. 부르킨과 알료힌은 이미 옷을 입고 떠날 채비를 하고 있었지만 그는 계속 헤엄을 치고 물속으로 들어갔다. "어이쿠 하느님!" 그는 계속 탄성을 질렀다. "주여, 저에게 자비를."

"그만하면 됐잖아!" 부르킨이 그에게 소리쳤다.

— 안톤 체호프, 〈구스베리〉

목차

일러두기

- 이 책에 실린 러시아 문학 작품들은 영문 번역판을 토대로 논의한 이 책의 특성을 고려하여 원서에 실린 영문판을 기준 삼아 옮겼으며, 그 출처를 책 뒤에 함께 실었다.
- 이 책의 페이지 번호는 본문 하단에, 수록된 러시아 문학 작품의 페이지 번호는 중앙 가장자리에 표기하였다.
- '원주'라고 표기되지 않은 각주는 옮긴이의 것이다.
- 인명과 지명 등의 고유명사는 외래어 표기법을 따르되 국내에 이미 널리 사용되는 표현이 있는 경우 그에 따랐다.

시작한다

나는 지난 20년 동안 시러큐스 대학에서 번역본으로 19세기 러시아 단편 소설 수업을 했다. 학생들은 미국에서 가장 훌륭한 젊은 작가 몇 명이었다(매년 600명에서 700명의 지원자 가운데 신입생 여섯 명을 뽑는다). 그들은 들어올 때 이미 훌륭하다. 대학에서 이후 3년 동안 하는 일은 그들이 내가 그들만의 '상징적 공간'이라고 부르는 것을 얻도록 돕는 것이다. 이는 그들을 유일무이한 존재로 만드는 그들의 강점, 약점, 강박, 기벽 그 전부를 이용하여 오직 그들만 쓸 수 있는 이야기를 쓰게 되는 공간이다. 이 수준에서는 글을 잘 쓴다는 것은 이미 전제되어 있다. 목표는 그들이 도전적으로 또 즐거워하며 자기 자신이 되어갈 기술적 수단을 얻도록 돕는 것이다.

이 수업에서는 형식의 물리학('그런데 이게 어떻게 작동할까?')을 이해하고자 몇 명의 러시아 작가에게 의지하여 그들이 어떻게 그 일을 해냈는지 살펴본다. 나는 가끔 무엇을 훔칠 수 있을지 찾아보려고 읽는다고 농담을 한다(하지만 농담이 아니기도 하다).

몇 년 전 수업이 끝난 뒤(말하자면 분필 먼지가 가을 공기 속을 떠돌고, 구식 라디에이터가 구석에서 철컥거리고, 멀리 어딘가에서 악단이 행진하며 연습하고 있었다) 이 러시아 단편 수업을 하면서 내 인생에서 가장 좋은 순간, 내가 세상에 귀중한 뭔가를 주고 있다고 진정으로 느끼는 순간을 맞이하곤 한다는 것을 깨달았다. 수업에서 가르치는 단편들은 내가 작업을 하는 동안에도 늘 나와 함께하며, 나 자신의 작업을 재는 높은 잣대이기도 하다(이 러시아 이야기들이 나를 감동하게 하고 바꾼 것처럼 내 이야기도 누군가를 감동하게 하고 바꾸기를 바란다). 이런 식으로 오랜 세월이 지나고 보니 그 단편들은 나의 오랜 친구, 수업을 진행할 때마다 새로운 그룹의 뛰어난 작가들에게 소개하게 되는 친구들 같은 느낌이 든다.

그래서 나는 이 책을 쓰기로, 학생들과 내가 오랜 세월에 걸쳐 함께 발견한 몇 가지를 종이에 적고, 그런 방식으로 간소하게 당신과도 이 수업을 하기로 마음먹었다.

실제로는 한 학기에 단편 30편을 읽기도 하지만(수업 한 번에 두세 편) 이 책의 목적상 일곱 편으로 제한하겠다. 그러나 다양하고 많은 러시아 작가들을 대표할 인물을 고르려는 의도는 없고(체호프, 투르게네프, 톨스토이, 고골뿐이다) 심지어 내가 선택한 단편들이 반드시 각 작가가 쓴 가장 좋은 이야기라고 할 수도 없다. 그저 내가 사랑하는, 또 오랜 세월에 걸쳐 가르치기에 아주 좋다는 사실을 알게 된 작품들일 뿐이다. 내 목표가 책을 읽지 않는 사람이 단편 소설을 사랑하게 만드는 것이라면, 여기 소개하는 소설들이 내가 제안하고 싶은 것들이라고 할 만하다. 내 생각에 이 작품들은 단편 소설이라는 형식이 고조기에 이르렀을 때 나온 훌륭한 이야기들이다. 하지만 모두가 똑같이 훌륭하지는 않다. 일부는 어떤 흠에도 불구하고 훌륭하다. 일부는 흠 **때문에** 훌륭하다. 일부는 내가 약간 설득을 할 필요가 있을지도 모른다(나야 기쁜 마음으로 해보겠지만). 내가 진짜로 말하고 싶은 것은 단편이라는 형식 자체이며, 여기 수록한 일곱 편은 그런 목적에 비추어 좋은 이야기들이다. 단순하고, 명료하고, 기본적이다.

젊은 작가가 19세기 러시아 단편 소설을 읽는 것은 젊은 작곡가가 바흐를 공부하는 것과 비슷하다. 이 형식의 기반이 되는 원리 모두가 담겨 있다. 이야기는 단순하지만 감동적이다. 우리는 이야기에서 벌어지는 일에 관심을 가지게 된다. 이 이야기들은 도전하고 맞서고 격분시키려고 쓴 것이다. 그리고 복잡한 방식이기는 하지만, 위로하려고.

대부분 조용하고 가정적이고 비정치적인 이야기들로, 따라서 이 이야기들을 실제로 읽어나가면 이런 말이 이상하게 들릴지도 모르지만, 사실 이것은 저항문학이다. 억압적인 문화 속에서, 항상적인 검열의 위협하에서, 작가가 정치적 입장 때문에 추방이나 투옥이나 처형을 당할 수도 있는 시기에 진보적 개혁가들이 쓴 것이다. 이야기 속의 저항은 조용하고 완곡하지만 아마도 가장 급진적인 생각에서 나왔을 것이다. 모든 인간은 주목할 가치가 있고, 우주의 모든 선한 능력과 악한 능력의 기원은 단 한 명의 인간, 심지어 아주 보잘것없는 인간과 그의 정신 안에 놓인 갈림길들만 관찰해도 발견할 수 있다는 생각이다.

나는 콜로라도 광업대학에서 공학을 전공하고 뒤늦게 소설로 넘어왔고 나 나름의 방식으로 소설의 목적을 이해하고 있었다. 어느 여름 이른바 '항아리 사기꾼'*으로 유전에서 오래 일을 한 뒤 애머릴로에 있는 부모의 집 진입로에 세워둔 낡은 RV에서 밤에 존 스타인벡이 쓴 《분노의 포도》를 읽다가 강렬한 경험을 한 뒤였다. 나와 같이 일하던 사람들 가운데 베트남 참전 용사가 있었는데, 그는 대초원 한가운데서 크게 증폭된 라디오 진행자 목소리로 주기적으로 떠들어댔다("여기는 애머릴로 WVOR입니다"). 막 출소한 전과자도 있었는데 매일 아침 우리가 일을 하던 목장으로 가는 밴에서 그와 자신의 '여인'이 전날 밤 성적으로 시도했던 새롭고 변태적인 일을 나에게 알려주는 바람에, 서글프게도 그 뒤로 그 이미지들이 계속 내 머릿속에 남아 있었다.

그런 날을 보내고 나서 《분노의 포도》를 읽자 소설이 살아서 다가왔다. 내가 보기에, 나는 그 허구적 세계의 연장선상에서 일을 하고 있었다. 수십 년이 흐른 뒤였지만 똑같은 미국이었다. 나는 지쳤고 톰 조드도 지쳤다. 나는 어떤 크고 부유한 힘에 악용당하는 느낌이었고 케이시 목사도 그렇게 느꼈다. 자본주의 거대 기업은 나와 내 새로운 친구들을 깔아뭉개고 있었고 차를 타고 캘리포니아로 가는 길

* 지층 등을 통과하는 진동을 재는 수진기受振器를 다루는 사람을 가리킨다.

작가는 어떻게 읽는가

에 이 똑같은 팬핸들*을 통과했던 1930년대의 오키 가족도 마찬가지로 깔아뭉갤다. 우리도 자본주의의 흉하게 일그러진 폐기물이자 사업을 하는 데 필요한 비용이었다. 간단히 말해서 스타인벡은 내가 발견하고 있는 삶에 관해 쓰고 있었다. 그는 내가 도달한 것과 같은 질문에 도달했고, 그 질문이 나에게 절박하게 다가오고 있는 것과 마찬가지로 그도 절박하다고 느꼈다.

몇 년 뒤 내가 발견한 러시아 작가들도 나에게 똑같은 방식으로 영향을 주었다. 그들은 소설을 장식물이 아니라 긴요한 도덕적·윤리적 도구로 보았다. 그들의 작품은 읽는 사람을 바꾸었고 세상이 더 재미있는 다른 이야기를 하고 있는 것처럼 보이게 해주었는데, 그 이야기 안에서는 우리가 의미 있는 역할을 할 수도 있을 것 같았고 책임도 맡아야 했다.

이미 알고 있을지 모르지만 우리는 안이하고, 천박하고, 계획에 얽매여 있고, 너무 빠르게 퍼지는 정보 폭발에 포격을 당하는 저급한 시대에 살고 있다. 위대한 20세기 러시아 단편 소설의 대가 이삭 바벨Isaac Babel이 표현한 대로 우리는 이제 곧 "어떤 강철못도 적당한 자리에 찍힌 마침표만큼 차갑게 인간 심장을 꿰뚫을 수 없다"고 가정하는 영역에서 시간을 좀 보낼 참이다. 우리는 일곱 개의 꼼꼼하게 구축된 세계 축척 모형에 들어설 것인데, 이 모형은 우리 시대는 완전히 지지하지 않을지 몰라도 우리가 살펴볼 작가들은 암묵적으로 예

---

* 다른 두 주 사이에 좁고 길게 뻗어 있는 지역.

술의 목표라고 받아들였던 구체적 목적을 구현하기 위해 만들어졌다. 그 목적이란 큰 질문을 던지는 것이다. 우리는 여기 이 세상에서 어떻게 살아야 하는가? 무엇을 성취하기 위해 여기에 있는가? 무엇을 귀중하게 여겨야 하는가? 도대체 진실은 무엇이며 우리는 그것을 어떻게 인식할 수 있는가? 어떤 사람들은 모든 것을 갖고 있고 어떤 사람들은 아무것도 갖지 못했을 때 우리가 어떻게 조금이라도 평화를 느낄 수 있겠는가? 다른 사람들을 사랑하기를 바라는 것처럼 보이지만 어떻게 해서든 결국 우리를 그들과 거칠게 떨어뜨려 놓는 세상에서 우리가 어떻게 기뻐하며 살겠는가?

(알잖나, 그 명랑한 러시아식 커다란 질문들.)

어떤 이야기가 이런 종류의 질문을 하기 위해서는 우리가 먼저 그 이야기를 끝까지 읽어야 한다. 우리를 이야기 안으로 끌고 들어가 계속 갈 수밖에 없게 해야 한다. 따라서 이 책의 목표는 주로 진단하는 것이다. 어떤 이야기가 우리를 끌어들여 계속 읽게 하고 우리가 존중받는 느낌이 들게 했다면, 어떤 방법으로 그렇게 한 것일까? 나는 비평가나 문학사가나 러시아 문학 전문가나 그런 사람이 아니다. 나의 예술적 삶의 초점은 독자가 끝까지 읽을 수밖에 없다고 느끼는, 감정적으로 마음을 움직이는 이야기를 쓰는 법을 배우는 데 맞추어져 있다. 나 자신은 학자보다는 보드빌 배우에 가깝다고 생각한다. 가르치는 일에 대한 나의 접근법은 학문적('이 맥락에서 부활이란 러시아 시대정신에서 지속적인 관심사인 정치적 혁명의 은유다')이라기보다는 전략적('도대체 왜 우리한테 마을로 두 번째로 돌아가는 것이 필요할까?')이다.

내가 여기에서 제안하는 기본 훈련은 이런 것이다. 이야기를 읽고, 그런 다음 마음의 방향을 뒤로 돌려 방금 한 경험을 살펴보라. 특별히 감동적인 장소가 있었는가? 저항감이나 혼란을 느낀 곳은? 자기도 모르게 눈물을 흘리거나 짜증이 나거나 새롭게 생각하게 된 순간은? 이 이야기에 관해 떠나지 않는 질문은? **어떤 답이라도 괜찮다.** 당신(나의 선하고 꿋꿋한 병사 같은 독자)이 느낀 것이라면 뭐든 유효하다. 당혹감을 느꼈다면 이야기할 가치가 있다. 지루하거나 화가 났는가? 귀중한 정보다. 문학적 언어로 반응을 꾸미거나 '주제'니 '플롯'이니 '인물 발전' 같은 표현을 사용할 필요는 없다.

물론 이 단편들은 러시아어로 쓰였다. 내가 제시하는 영어 번역본은 나 자신이 가장 강하게 반응한 번역본, 또 어떤 경우에는 오래전에 처음 발견하여 계속 가르쳐온 번역본이다. 나는 러시아어를 읽을 줄도 모르고 말할 줄도 모르기 때문에 이 작품들이 원본에 충실하다고 보장할 수는 없다(이야기를 하다가 그 점에 관해서도 생각을 좀 해보겠지만). 그래도 원래 영어로 쓴 것처럼 이 이야기들에 접근해보자고 제안한다. 물론 러시아어가 가지는 음조와 러시아 독자는 느낄 수도 있는 뉘앙스를 놓치고 있다는 것은 안다. 영어로 읽으면 그런 즐거움이 깎여 나가겠지만 그래도 이 이야기들에는 우리에게 가르쳐줄 세계들이 있다.

우리가 함께 물어보기를 바라는 핵심적인 문제는 이것이다. 우리가 무엇을 느꼈고 어디에서 그것을 느꼈는가?(모든 일관성 있는 지적 작업은 진정한 반응에서 시작한다.)

당신이 각 단편을 읽은 뒤 나는 에세이로 나의 생각을 제시할 텐데, 거기에서 내 반응을 차근차근 이야기하고, 그 이야기를 옹호하는 주장을 펼치고, 우리가 왜 어떤 것을 어떤 지점에서 느낄 수 있는 것인지 약간 전문적인 설명을 해보려 한다.

이 자리에서 말해두지만 만일 해당 단편을 읽지 않았다면 그런 에세이는 별 의미가 없을 거라고 본다. 나는 읽기를 막 마치고 마음속에 반응이 아직 생생한 사람을 염두에 두고 에세이를 쓰려 했다. 나에게는 새로운 종류의 글쓰기로 평소보다 전문적인 작업이었다. 물론 이 에세이가 즐거움을 주기를 바라지만 쓰면서 계속 '수련장'이라는 말이 마음에 떠올랐다. 수련, 때로는 힘들지만 함께하는 수련이 될 책. 처음에 그냥 읽었을 때보다 이야기 속으로 더 깊이 들어가도록 몰아붙이려는 의도가 있는 책.

요는 이 이야기들을 꼼꼼하게 읽고 수련하면 혼자 하는 것보다 더 많은 것을 얻을 수 있다는 것, 이렇게 강도 높게, 또 어떤 면에서는 강압적으로 이 이야기들을 알게 되면 순간순간 실제 글쓰기의 많은 부분을 이루는 방향 전환이나 본능적인 움직임을 알게 된다.

따라서, 이것은 작가를 위한 책이자 바라건대 독자를 위한 책이다.

지난 10년간 나는 전 세계에서 낭독을 하고 이야기를 하면서 수천 명의 헌신적인 독자들과 만날 기회가 있었다. 문학에 대한 그들의 열정(방청석 질문, 사인회 탁자에서 한 이야기, 북클럽에서 나눈 대화에서 분명하게 드러났다)을 보면서 세상에는 선을 향한 방대한 지하 네트워크가 작동하고 있다고 확신하게 되었다. 읽기가 자신을 더 포용력 있고 너그러운 사람으로 만들고, 삶을 더 흥미롭게 만든다는 사실을 경험으로 알기에 읽기를 삶의 중심에 놓은 사람들의 네트워크였다.

나는 그들을 염두에 두고 이 책을 썼다. 그들이 내 작업에 보여준 관대함과 문학에 대한 호기심, 그리고 문학에 대한 믿음을 보면서 나는 여기서는 홈런을 목표로 배트를 좀 세게 휘둘러도 되겠다고 느꼈다. 창조적 과정이 진짜로 작동하는 방식을 탐사하려고 노력하면서 필요한 만큼 전문적이고 괴팍하고 솔직해져도 되겠다는 것.

우리가 읽는 방식을 공부하는 것은 정신이 작동하는 방식을 공부하는 것이다. 정신이 어떤 진술의 진실성을 평가하는 방식, 정신이 시공간을 가로질러 다른 정신(즉, 작가의 정신)과 관련을 맺고 행동하는 방식을 공부하는 것이다. 우리가 여기에서 하려고 하는 일은 기본적으로 우리 자신의 읽기를 지켜보는 것이다(우리가 지금 막 읽어나가면서 느낀 방식을 재구축해 보려는 것이다). 왜 우리는 이런 일을 하고 싶어 할까? 자, 정신에서 어떤 이야기를 읽는 부분은 동시에 세상을 읽는 부분이기도 하다. 그것이 우리를 속일 수도 있지만 동시에 정확해지는 쪽으로 훈련될 수도 있다. 이 부분은 사용하지 않으면 게으르고 폭력적이고 물질주의적인 힘들에 좌우될 수도 있지만, 또 죄어쳐서 다시 살려내면 우리가 더 적극적이고 호기심 많고 방심하지 않고 현실을 읽어내는 독자로 바뀔 수도 있다.

책 전반에 걸쳐 나는 이야기에 관해 생각하는 모델 몇 가지를 제시할 것이다. 이 가운데 어느 것도 '옳다'거나 충분하다거나 하지는 않다. 이것들을 답을 끌어내기 위한 시안이라고 생각하라("이야기를 이런 식으로 생각하면 어떨까? 이게 쓸모 있을까?"). 만일 어떤 모델이 매력이 있으면 그 모델을 사용하라. 아니면 버려라. 불교에서는 가르침이 '달을 가리키는 손가락'과 같다고 한다. 달(깨달음)은 핵심 이고 달을 가리키는 손가락은 우리를 핵심으로 이끌려 하지만, 손가 락과 달을 혼동하지 않는 것이 중요하다. 작가들, 우리가 사랑했던, 우리가 기쁜 마음으로 그 속으로 빠져버린, 잠깐이나마 우리 눈에 이 른바 현실보다 더 현실적으로 보였던 이야기와 같은 것을 언젠가 쓸 꿈을 꾸는 사람들에게 목표('달')는 그런 이야기를 쓸 수도 있는 정신 상태에 이르는 것이다. 워크숍에서 하는 말이나 소설 이론이나 기교 를 권장하는 경구 비슷한 교묘한 슬로건은 그저 달을 가리키는, 우리 를 그런 정신 상태로 이끌려 하는 손가락에 불과하다. 우리가 주어진 손가락을 받아들이거나 거부하는 기준은 이것이다. "그게 도움이 되 는가?"

그런 생각을 하면서 이제 이야기를 해나가겠다.

마차에서
(1897)

안톤 체호프
Anton Pavlovich Chekhov

한 번에 한 장씩

〈마차에서〉에 관한 생각

오래전, 일련의 고통스러운 편집을 견디며 약간 불안정한 상태에 빠져 있던 나는 당시 〈뉴요커〉의 소설 편집자 빌 버포드Bill Buford와 통화하다가 칭찬을 한마디 듣고 싶어 낚시를 던졌다. "그런데 그 이야기에서 빌의 **마음에 드는** 게 뭡니까?" 나는 징징거렸다. 상대방은 한참 입을 다물었다. 이윽고 빌은 이런 말을 했다. "음, 한 줄을 읽습니다. 그러면 그게 마음에 들어요… 다음 줄을 읽어볼 만큼."

그거였다. 그게 빌의, 그리고 아마도 〈뉴요커〉의 단편 미학 전부였다. 그것으로 완벽했다. 이야기란 선형적-시간적 현상이다. 이야기는 한 번에 한 줄씩 진행되면서 우리를 매혹시킨다(또는 매혹시키지 못한다). 이야기가 우리에게 뭔가 해주려면 우리는 그 안으로 계속 끌려 들어가야만 한다.

나는 이 생각에서 오랫동안 많은 위로를 받았다. 소설을 쓰는 데 큰 이론은 필요 없다. 단 한 가지를 제외하면 걱정할 필요가 없다. 합리적 인간이 네 번째 줄을 읽다가 다섯 번째 줄로 넘어갈 만큼 마음이 흔들릴 것인가?

왜 우리는 어떤 이야기를 계속 읽어나갈까?

그러고 싶기 때문이다.

왜 그러고 싶을까?

그게 100만 달러짜리 질문이다. 무엇이 독자를 계속 읽게 할까?

물리학에 법칙이 있듯이 소설에도 법칙이 있을까? 어떤 게 그냥 다른 것보다 잘 먹히는 걸까? 무엇이 독자와 작가 사이에 유대를 형성하고 무엇이 깰까?

그걸 어떻게 알 수 있을까?

한 가지 방법은 한 줄에서 다음 줄로 움직이는 우리의 마음을 추적하는 것이다.

하나의 이야기는(어떤 이야기든, 모든 이야기가) 빠르게 의미를 만든다. 한 번에 구조적 박동이 작게 한 번 뛴다. 텍스트를 한 조각 읽으면 일군의 예상이 생긴다.

"어떤 남자가 17층 건물 옥상에 서 있었다."

벌써 그가 뛰어내리거나 떨어지거나 누군가 그를 밀 거라는 예상이 생기지 않는가?

이야기가 그런 예상을 고려하면 당신은 만족하겠지만, 그렇다고 너무 깔끔하게 다루면 만족하지 않을 것이다.

하나의 이야기는 간단하게 일련의 이러한 예상/해소의 순간들로 이해할 수 있다.

우리가 첫 번째로 다룰 단편 소설인 안톤 체호프의 〈마차에서〉에는 방금 머리말에서 제시한 '기본 훈련'에 예외를 두어 내가 시러큐스에서 사용하는 훈련 방식으로 접근해 볼 것을 제안한다.

방법은 이렇다.

나는 이 단편을 한 번에 한 장씩 보여줄 것이다. 당신은 그 부분을 읽는다. 나중에 우리는 우리가 어디에 가 있는지 짚어볼 것이다. 그 부분이 우리에게 무엇을 했는가? 우리는 그 부분을 읽고 전에 알지 못했던 무엇을 알게 되었는가? 이 이야기에 대한 우리의 이해는 어떻게 바뀌었는가? 다음에는 무슨 일이 일어날 거라고 예상하는가? 계속 읽고 싶어진다면 왜 그런가?

출발하기 전에, 다소 뻔한 말이지만, 이 순간 〈마차에서〉라는 작품에 관해 당신의 마음이 완전히 백지라는 점을 잊지 말자.

〈마차에서〉

1

그들은 아침 8시 반에 읍내에서 마차를 몰고 나왔다.

포장도로는 말랐고 찬란한 4월의 태양이 온기를 뿌렸지만 도랑
과 숲에는 여전히 눈이 있었다. 겨울, 악하고 어둡고 긴 겨울은 바
로 얼마 전에야 끝났고 갑자기 봄이 왔지만, 온기도, 봄의 숨에 따
뜻해진 나른하고 투명한 숲도, 호수처럼 물이 고인 들판의 거대한
웅덩이들 위를 나는 검은 새 떼도, 다른 사람이라면 너무 좋아 뛰
어들 것만 같은 이 경이롭고 가없이 깊은 하늘도, 마차에 앉은 마
리야 바실리예브나에게는 전혀 새롭지도 흥미롭지도 않았다. 그녀
는 학교에서 13년을 가르쳤고 그 세월 내내 급여를 받으러 수도 없
이 읍내에 다녀왔다. 지금 같은 봄이건 비 오는 가을 저녁이건 겨
울이건 그녀가 늘 변함없이 갈망하는 것은 가능한 한 빨리 목적지
에 닿는 것뿐이었다.

이 지역에서 오래, 아주 오랫동안, 100년 동안 살아온 것 같았고

읍내에서 학교까지 가는 길의 모든 돌멩이, 모든 나무를 아는 느낌
이었다. 여기에 그녀의 과거와 그녀의 현재가 있었으며, 그녀는 학
교, 읍내까지 왕복하는 길, 다시 학교, 다시 길 외에 다른 미래를 상
상할 수 없었다.

2

작가는 어떻게 읽는가

이제 당신의 마음은 완전히 백지가 아니다.

당신 마음 상태는 어떻게 바뀌었는가?

우리가 교실에 함께 앉아 있다면, 실제로 그러면 좋겠는데, 당신은 나에게 말해줄 수 있을 것이다. 대신 당신에게 잠시 가만히 앉아서 두 마음 상태를 비교해 보라고 요구하겠다. 읽기 전의 텅 빈, 수용적인 마음 상태와 지금 당신의 마음 상태.

천천히 다음 질문에 대답하라.

1. 책장에서 눈을 들고 지금까지 알게 된 것을 요약하라. 한두 문장으로 해보라.
2. 무엇에 호기심을 느끼는가?
3. 이야기가 어디로 간다고 생각하는가?

어떤 대답을 하든 이제 체호프는 그 대답을 바탕으로 작업을 해야한다. 그는 첫 부분에서 이미 어떤 예상과 질문이 일어나게 했다. 나머지 이야기가 이것에 응답할수록(또는 '이것을 고려할수록' 또는 '이것을 활용할수록') 당신은 이야기가 의미 있고 일관성이 있다고 느낄 것이다.

이야기의 첫 맥박이 뛸 때 작가는 볼링 핀들을 공중에 던지는 저글러와 같다. 나머지 이야기는 그 핀을 잡는 것이다. 이야기의 어느 지점에서든 어떤 핀들은 저 위에 있고 우리는 그것을 느낄 수 있다. 그것을 느끼는 게 좋다. 아니면 그 이야기는 의미를 만들 자료가 전혀 없는 것이기 때문이다.

페이지 전체에 걸쳐 이야기가 가는 길이 좁아졌다고 말할 수도 있다. 읽기 전에는 가능성이 무한했지만(어떤 것에 관한 이야기든 될 수 있었다) 이제는 약간 뭔가에 '관한' 이야기가 되었다.

당신에게는 이게 무엇에 관한 이야기인가, 지금까지는?

어떤 이야기가 무엇에 '관한' 것인가라는 질문의 답은 그 이야기가 우리에게서 만들어내는 호기심에서 찾을 수 있는데, 호기심은 관심의 한 형태다.

그렇다면 당신은 이 이야기에서 무엇에 관심을 가지는가, 지금까지는?

마리야다.

자, 그 관심의 특징은 무엇인가? 당신은 어떻게, 또 어디에서 그녀에게 관심을 가지게 되었는가?

첫 줄에서 우리는 확인되지 않은 "그들"이 이른 아침 어느 읍내에서 마차를 몰고 나오고 있다는 사실을 알게 된다.

"포장도로는 말랐고 찬란한 4월의 태양이 온기를 뿌렸**지만** 도랑과 숲에는 여전히 눈이 있었다. 겨울, 악하고 어둡고 긴 겨울은 바로 얼마 전에야 끝났고 갑자기 봄이 왔**지만**, 온기도, 봄의 숨에 따뜻해진 나른하고 투명한 숲도, 호수처럼 물이 고인 들판의 거대한 웅덩이들 위를 나는 검은 새 떼도⋯."

나는 위에서 두 번 나타나는 '~지만'에 진하게 표시해 놓았다. 우리가 똑같은 패턴, 즉 '행복의 조건은 존재하**지만** 행복은 존재하지 않는다'라는 패턴이 두 번 반복되는 것을 보고 있다는 사실을 강조

작가는 어떻게 읽는가

하려는 의도였다. 날씨는 화창하**지만** 아직 땅에는 눈이 있다. 겨울은 끝났**지만** 그렇다고 새롭거나 흥미로울 것은 없다…. 우리는 이 긴 러시아의 겨울이 끝나는 데서 아무런 위안을 얻지 못하는 사람이 과연 누구인지 듣고 싶어 기다리게 된다.

이야기에 사람이 등장하기 전에도 서술하는 목소리의 두 요소 사이에는 긴장이 내포되어 있다. 하나는 상황이 멋지다고 말해주고(하늘은 "경이롭고 가없이 깊"다) 다른 하나는 이런 일반적인 멋진 것에 저항한다. (만일 다음과 같이 시작했다면 이미 다른 느낌을 주는 이야기가 될 것이다. "포장도로는 말랐고 찬란한 4월의 태양이 온기를 뿌렸다. 도랑과 숲에는 여전히 눈이 있었지만 전혀 상관없었다. 겨울, 악하고 어둡고 긴 겨울은 바로 얼마 전에 끝났기 때문이다.")

두 번째 문단 중간쯤 가면 우리는 서술하는 목소리에 담긴 저항적인 요소가 마리야 바실리예브나에게 속한다는 것을 알게 되는데, 그녀는 봄에 전혀 감동을 받지 않은 채로 그녀의 이름과 함께 마차에 나타난다.

체호프는 이 마차에 집어넣을 수 있는 세상 모든 사람 가운데 봄의 마력에 저항하는 불행한 한 여자를 선택했다. 이것은 행복한 여자(예를 들어 막 약혼했거나, 막 건강 증명서를 받아 들었거나, 아니면 그냥 행복하게 타고난 여자)에 관한 이야기일 수도 있었겠지만 체호프는 마리야를 **불행하게** 만드는 쪽을 택했다.

그런 다음 그녀를 특정한 이유로, 특정한 방식으로 불행하게 만들었다. 그녀는 학교에서 13년을 가르쳤다. 읍내까지 이 길을 "수도 없이" 다녀서 지겹다. "이 지역"에 100년 동안 산 느낌이다. 가는 길의 모든 돌맹이, 모든 나무를 아는 느낌이다. 최악으로 다른 미래는 상상할 수 없다.

이 이야기는 사랑에 거부를 당했기 때문에, 또는 막 죽을병 진단을 받았기 때문에, 또는 태어나는 그 순간부터 불행했기 때문에 불행한 사람에 관한 이야기일 수도 있었다. 그러나 체호프는 마리야를 삶의 **단조로움 때문에** 불행한 사람으로 만드는 쪽을 택했다.

무엇이든 될 수 있는 이야기의 안개로부터 특정한 여자가 나타나기 시작했다.

방금 읽은 세 문단이 **구체성을** 늘리는 데 도움이 되었다고 말할 수도 있다.

이른바 성격 묘사는 바로 그렇게 구체성이 늘어난 결과다. 작가는 묻는다. "그런데 이 특정한 인물은 어떤 사람인가?" 그리고 길을 좁히는 효과를 내는 일련의 사실들로 답한다. 어떤 가능성은 배제하고 어떤 가능성은 앞으로 밀고 가는 것이다.

특정한 인물이 만들어지면서 우리가 '플롯'이라고 부르는 것의 잠재력도 커진다(하지만 나는 이 말을 별로 좋아하지 않으니 '의미 있는 사건'으로 대체해 보자).

특정한 인물이 만들어지면서 '의미 있는 사건'의 잠재력도 커진다.

"옛날에 물을 무서워하는 아이가 있었다"로 이야기가 시작되면 우리는 웅덩이, 강, 바다, 폭포, 욕조, 쓰나미가 곧 나타날 것이라고 예상한다. 한 인물이 "나는 평생 무서워한 적이 없었다"라고 말하면 우리는 사자가 걸어 들어와도 별 관심이 없을지 모른다. 어떤 인물이

작가는 어떻게 읽는가

늘 창피를 당할까 봐 걱정하며 산다면 우리는 그에게 무슨 일이 일어날 수 있는지 어느 정도 짐작을 한다. 오직 돈만 사랑하거나 한 번도 우정이란 것을 믿어본 적이 없다고 고백하거나 인생이 너무 지겨워 다른 인생은 상상할 수 없다고 주장하는 사람의 경우도 마찬가지다.

이야기에 아무것도 없을 때(이야기를 읽기 시작하기 전)는 일어나고 싶은 사건도 없었다.

이제 마리야가 여기 있고, 그녀가 행복하지 않으니 이야기가 들썩거린다.

이야기는 그녀에 관해 말한다. "그녀는 불행하며 다른 어떤 삶을 상상할 수 없다."

그러면 우리는 이 이야기가 "자, 이제 그 점을 살펴볼 것이다" 같은 말을 할 준비를 하고 있다는 느낌을 받는다.

당신은 우리가 여기에 멈추어서 비합리적인 양의 시간을 소비했다고 생각하겠지만 우리는 이 짧은 단편 소설 첫머리 끝에서 흥미로운 장소에 이르렀다.* 이야기는 진행 중이다. 지금까지만으로도 이야기의 관심사가 급격히 좁혀졌다. 이야기의 나머지는 이제 틀림없이 그 관심사를 다루고(이용하고, 활용하고) 다른 관심사는 다루지 않을 것이다.

당신이 작가라면 다음에 어떻게 하겠는가?

한 사람의 독자로서 당신은 다른 무엇을 알고 싶은가?

---

* 한 번에 한 장 훈련의 특징 가운데 하나. 이야기가 좋을수록 독자는 무슨 일이 일어날지 더 호기심을 느끼고 훈련은 더 짜증이 난다는 것(원주).

그녀는 교사가 되기 전의 시간을 생각하던 버릇을 잃었으며 실제로 그 시간의 모든 것을 거의 잊었다. 한때는 아버지, 어머니가 있었다. 그들은 모스크바 '붉은 문' 근처의 커다란 아파트에 살았지만 그녀 삶의 그 부분에서 기억에 남은 것은 꿈처럼 흐릿하고 형태가 없었다. 아버지는 그녀가 열 살 때 죽었고 어머니도 그 직후에 죽었다. 오빠가 있었는데 장교였다. 처음에 그들은 편지를 주고받았지만 오빠는 그녀의 편지에 답장을 하지 않더니 이내 연락이 끊겨버렸다. 전에 가지고 있던 물건 가운데 그녀에게 남은 것은 어머니의 사진뿐이었지만 학교의 습기 때문에 흐릿해져 이제 머리카락과 눈썹 말고는 아무것도 보이지 않았다.

3베르스타*쯤 갔을 때 마차를 몰던 늙은 세묜이 고개를 뒤로 돌리고 말했다.

"읍내에서 관리를 한 명 체포했습디다. 추방해 버렸어요. 그 사람하고 독일인 몇 명이 알렉세예프를 죽였다고 하더라고요. 모스크바 시장 말입니다."

"누가 그런 말을 해요?"

"사람들이 신문에서 읽었지요, 이반 이오노프네 가게에서요."

다시 긴 침묵이 흘렀다. 마리야 바실리예브나는 학교, 곧 닥칠 시험, 시험을 보게 할 여학생 하나와 남학생 넷을 생각했다. 시험

*　러시아의 옛 거리 단위. 1베르스타는 약 1킬로미터이다.

작가는 어떻게 읽는가

생각을 하고 있을 때 말 네 마리가 끄는 마차를 탄 하노프라는 이름의 지주, 다름 아닌 지난해에 그녀의 학교에서 시험관 노릇을 했던 사람이 그녀를 따라잡았다. 마차가 나란히 가게 되자 그가 그녀를 알아보고 고개를 숙였다.

"안녕하세요." 그가 말했다. "집에 가십니까, 선생님?"

❧

4

자, 앞에서 나는 당신에게 달리 알고 싶은 것이 무엇이냐고 물었다.

나 자신이 알고 싶은 건 이것이었다. 마리야는 어쩌다 여기에, 이런 형편없는 삶에 이르렀는가?

체호프는 3페이지의 첫 문단에서 답한다. 그녀는 그럴 수밖에 없기 때문에 여기에 있다. 그녀는 모스크바에서, 큰 아파트에서, 가족과 함께 성장했다. 하지만 부모는 죽었고, 유일한 형제와 연락이 끊겼고, 이제 그녀는 세상에 혼자다.

여기에서 태어났기 때문에 '여기에 이르렀을' 수도 있고, 아니면 농촌 개선에 헌신하는 젊은 이상주의자로서 관습적이고 도시화된 약혼자와 파혼하고 시골로 도망을 와서 이렇게 되었을 수도 있다. 하지만 마리야가 여기에 이른 이유는 부모가 죽고 경제적 필요상 어쩔 수 없었기 때문이다.

가족이 그녀에게 남긴 것은 상태가 좋지 않은 사진 단 한 장으로 사진 속의 어머니는 머리카락과 눈썹뿐이다.

따라서 마리야의 삶은 단조로울 뿐 아니라 외롭다.

우리는 소설에 관해 말할 때 테마, 플롯, 인물 발전, 구조 같은 용어를 사용하는 경향이 있다. 나는 작가로서 그런 용어들이 크게 쓸모 있다고 생각한 적이 없다("당신 테마는 좋지 않다"라는 말을 듣는다고 해서 특별히 할 수 있는 일은 없고, "당신 플롯을 좀 낫게 만드는 게 어떨까 싶다"라는 말도 마찬가지다). 이런 용어들은 기호인데, 우리에게 위압적으로 다가오고 우리 길을 막는다면(그러는 경향이 있다) 옆으로 밀어놓고 무엇이든 이 기호가 표현하는 것을 생각할 더 쓸모 있는 방법을 찾으려고 노력하는 편이 어떨까 싶다.

자, 체호프는 우리가 '구조'라는 무서운 용어를 다시 생각할 기회를 준다.

우리는 구조를 단순하게 생각해 볼 수도 있다. 이야기가 독자에게 묻게 만든 질문에 답할 수 있는 조직적 구도.

내가 2페이지의 마지막에서 묻는다. "가엾은 마리야. 나는 이미 그녀에게 관심을 좀 가지게 되었다. 그녀는 어쩌다 여기에 이르렀을까?"

이야기는 3페이지의 첫 문단에서 답한다. "자, 그녀에게는 불운이 있었다."

구조를 부름과 응답의 한 형식으로 상상할 수도 있다. 질문은 이야기에서 유기적으로 생겨나며, 그러면 이야기는 매우 사려 깊게 거기에 답한다. 좋은 구조를 만들고 싶다면 그저 우리가 독자에게 어떤 질문을 하게 만들고 있는지 의식하고 그 질문에 답하기만 하면 된다.

(봤나?

구조는 쉬운 것이다.

하 하 하.)

우리는 이야기의 맨 첫 줄부터("**그들은** 아침 8시 반에 읍내에서 마차를 몰고 나왔다") 마차에 마리야 말고 다른 사람이 있다는 것을 알고 있었다. 이제 3페이지를 반쯤 내려가면 그 사람이 "늙은 세묜"이라는 사실을 알게 되고, 그가 어떤 특징을 보여주기를 기다리게 된다. (세묜, 당신은 누구인가? 당신은 이 이야기에서 무엇을 하고 있는가?) 그의 답이 "나는 마차를 몰려고 여기 있다"라면 그건 충분하지 않다. 우리는 왜 체호프가 이 특정한 농민을 선택하여 그 일을 하게 했는지 알아내려고 기다리고 있다.

지금까지 이 이야기는 스스로 대략 한 여자에 관한 이야기인데, 이 여자는 자신의 삶, 필요에 의해 강제된 삶의 단조로움 때문에 불행하다고 밝혔다. 이제 세묜이 갑자기 나타나 좋든 싫든 이야기의 한 요소가 되었으며, 따라서 그가 그냥 풍경을 내다보면서 마차만 몰게 되는 일은 없다. 그는 이 특정한 이야기, (따분하고 불행한) 마리야가 등장한 이야기에서 뭔가 해야만 한다.

그래서, 우리는 세묜에 관해서 무엇을 알게 되는가?

별로 없다, 아직은. 그는 늙었고 마차를 몰고 있다(알고 보니 마리야는 그의 뒤에 앉아 있다). 그는 그녀에게 어떤 소식을 전한다. 모스크바 시장이 암살되었다는 소식. 마리야의 반응("누가 그런 말을 해요?")은 불평과 짜증이 섞여 있는 느낌이다(그녀는 그를 신뢰하지 않는다). 세묜은 찻집에서 누가 신문을 소리 내어 읽을 때 그 이야기를 들었다(그가 글을 읽을 수 없다는 것을 암시한다). 마리야는 회의적이지만 세묜은 사실 옳다. 모스크바 시장 니콜라이 알렉세예프는 실제로 1893년 집무실에서 한 미친 사람이 쏜 총에 맞아 죽었다.

마리야의 반응? 그녀는 학교 생각으로 돌아간다.

우리는 아직 이 가운데 어느 것도 어떻게 파악해야 할지 알 수 없다. 하지만 우리의 머리는 이 이야기를 '세묜 건'과 '마리야 건'이라는 제목 밑에 조용히 분류해 두고 있다. 우리는 단편 형식의 극단적인 절약을 고려할 때 두 서류철에 넣은 것이 나중에 의미를 갖게 되리라고 예상한다.

학생들과 다가온 시험에 관한 마리야의 생각은 4페이지 상단에서
"말 네 마리가 끄는 마차를 탄 하노프라는 이름의 지주, 다름 아닌 지
난해에 그녀의 학교에서 시험관 노릇을 했던 사람이 그녀를 따라잡"
는 바람에 중단된다.

여기서 잠깐 멈추자. 당신의 마음은 하노프를 이야기에 어떻게 '받
아들이는가'?

이 대목에서 옛날 영화에 나오는 한마디가 기억난다. "나를 뭐로
보는가?"

당신은 하노프를 무엇으로 보았는가? 그가 여기 이 이야기에서 무
엇을 할 거라고 생각했는가?

이야기에서 이렇듯 하나의 상황이 확립된 상태에서 새로운 인물이
나타나는 순간을 부르는 이름이 있어야 한다. 그 순간 우리는 자동적
으로 새로운 요소가 상황을 바꾸거나 복잡하게 만들거나 심화할 것
이라고 예상한다. 한 남자가 엘리베이터 안에서 나지막이 자기가 자
기 일을 얼마나 싫어하는지 모른다고 중얼거리며 서 있다. 문이 열리
고 누군가 탄다. 그러면 우리는 자동적으로 이 새로운 인물이 첫 번
째 남자의 일에 대한 혐오를 바꾸거나 복잡하게 만들거나 심화할 것
이라고 이해하지 않는가? (그러지 않는다면 그가 거기에서 무엇을
하는 건가? 그를 없애고 **실제로** 상황을 바꾸거나 복잡하게 만들거나
심화할 사람을 찾아달라. 이것은 결국 하나의 이야기이지 웹 캠이 아
니다.)

마리야를 '본인 삶의 단조로움 때문에 불행한 여자'라고 이해했기 때문에 우리는 이미 그 상황을 바꾸는 어떤 존재가 나타나기를 기다리고 있다.

그리고 하노프가 나타난다.

이것이 이 부분의 큰 사건이며, 주목할 점은 이 이야기가 첫 페이지에서 마리야를 만들어놓은 뒤 절대 오랫동안 정적인 상태로 머물지 않았다는 점이다(3, 4페이지에 가서도 그냥 그녀의 권태를 설명하기만 하지는 않는다). 이것은 우리에게 이야기의 속도 대 진짜 삶의 속도에 관해 뭔가 이야기해 준다. 이야기가 훨씬 빠르고 압축적이고 과장되어 있다. 이야기는 늘 새로운 일, 이미 일어난 것과 관련이 있는 어떤 일이 일어나야만 하는 장소이기 때문이다.

시러큐스(그리고 대부분의 예술학 석사 프로그램)에서 소설 쓰기를 가르치는 방식은 워크숍 모델을 이용하는 것이다. 일주일에 한 번씩 학생 여섯 명이 그들 가운데 둘이 쓴 작품을 읽고 모여서 전문적인 방식으로 토론한다. 우리 각각은 미리 해당 작품을 적어도 두 번은 읽고 교정을 하고 몇 페이지 분량의 논평을 제공한다.

그다음에 재미있는 일이 시작된다.

수업에서 비평을 시작하기 전 나는 가끔 워크숍에 참여하는 학생들에게 내가 이야기의 '할리우드판'이라고 부르는 것을 제출하라고 요구한다. 이는 한두 문장짜리 함축적 요약판이다. 어떤 이야기가 무엇을 하려고 하는지 미리 합의해 두지 않으면 이런저런 제안을 해봐야 소용이 없다(당신 마당에 복잡한 기계가 나타난다면 이 기계에 부여된 기능이 무엇인지 어느 정도는 알아야 그것을 바꾸거나 '개선'하는 일에 나설 것이다). 할리우드판이란 "이 이야기가 어떤 이야기가 되고 싶어 하는 것으로 보이는가?" 하는 질문에 대한 답을 얻으려는 시도다.

적어도 내 상상 속에서 이 과정은 포대의 사격을 지휘하는 방식으로 이루어진다. 처음 한 발을 쏘아보고, 그 뒤에 여러 번 조정해 가면서 정확성을 추구하는 것이다.

불행한 여자가 마차를 타고 어딘가로 가고 있다.

너무 오래 가르쳐서 불행한 교사 마리야 바실리예브나가 읍내에 나갔다가 집으로 가는 길이다.

너무 오래 가르치고, 인생의 단조로움이 지겹고, 세상에서 외롭고, 오로지 생활의 필요 때문에 어쩔 수 없이 가르쳐서 불행한 교사 마리야 바실리예브나는 읍내에 나갔다가 집으로 가는 길이다.

따분하고 외로운 교사 마리야는 하노프라는 이름의 남자를 우연히 만난다.

사실 그녀는 하노프라는 이름의 부자를 우연히 만난다(결국 그는 '지주'이고 말 네 마리를 가지고 있다).

우리가 문학적으로 세련된 사람들이고 체호프 걸작 깊이 읽기에 참여한 사람들이라 해도, 하노프의 갑작스러운 등장이 잠재적으로 19세기 러시아식 낭만적 첫 만남이 될 수 있다고 느낀다는 사실에 주목하라.

외로운 교사가 부유한 지주를 만나는데 우리 느낌으로는 그가 그녀의 우울한 인생을 바꾸어줄지도 모른다.

좀 멍청하게 표현해 보자.

외로운 여자가 연인 후보를 우연히 만난다.

이야기는 여기에서 어디로 갈까?

당신의 머릿속을 살피고 목록을 작성하라.

당신의 생각 가운데 너무 뻔하다고 느끼는 건 어느 것인가? 즉, 체호프가 실행에 옮겼을 때 당신의 기대에 너무 비굴하게 부응하는 바람에 실망을 안겨줄 전개는 무엇인가?(하노프가 다음 페이지에서 무릎을 꿇고 청혼한다.) 너무 마구잡이라 당신의 기대에 전혀 부응하지 못하는 것은 무엇인가?(우주선이 착륙하여 세묜을 납치한다.)

체호프가 마주한 도전은 자신이 만들어놓은 예상을 이용하지만 너무 깔끔하게 하지는 않는 것이다.

별거 아니다.

이 하노프는 마흔 살가량의 남자로 지친 얼굴에 표정에 생기가 없었으며 눈에 띄게 늙어가기 시작했지만 아직은 잘생겼고 여자들의 눈길을 끌었다. 그는 커다란 사유지에서 혼자 살았으며 군대 일을 하지 않았고, 방 한쪽 끝에서 다른 쪽 끝까지 휘파람을 불며 어슬렁거리거나 늙은 하인과 체스를 두기만 한다는 말이 있었다. 또 술을 많이 마신다는 말도 있었다. 실제로 지난해 시험에서 그가 가지고 온 시험지에서는 향수와 와인 냄새가 났다. 그때 그가 입은 모든 것은 신품이었으며, 마리야 바실리예브나는 그가 매우 매력적이라고 생각하여 그의 옆에 앉아 있을 때 어쩔 줄을 몰랐다. 그녀는 학교에서 냉정하고 완고한 시험관을 자주 보았는데, 이 시험관은 기도문 하나 기억하지 못했고 무슨 질문을 해야 할지 몰랐으며 지나치게 예의 바르고 사려 깊었으며 가장 높은 점수만 주었다.

"나는 바크비스트를 만나러 가는 길입니다." 그가 마리야 바실리예브나를 향해 말을 이어갔다. "하지만 집에 있을지 모르겠네요."

그들은 큰길에서 흙길로 접어들었으며 하노프가 앞서고 세묜이 뒤를 따랐다. 한 조를 이룬 네 마리의 말은 길에서 벗어나지 않고 무거운 마차를 끌며 천천히 진창을 통과했다. 세묜은 계속 경로를 바꾸었다. 길을 벗어나 작은 언덕을 넘었다가 초원을 둘러 가기도 하고 자주 마차에서 뛰어내려 말을 도왔다. 마리야 바실리예브나는 계속 학교 생각을 했고 시험에 나올 산수 문제가 어려운지 쉬운

5

지 따져보았다. 또 전날 갔을 때 아무도 없었던 젬스트보* 사무실
에 짜증이 났다. 그 무슨 태만인가! 지난 2년 동안 그녀는 아무 일
도 하지 않으면서 자신에게 무례하고 아이들을 때리기만 하는 수
위를 해고해 달라고 그들에게 요청했지만 아무도 그녀의 말에 관
심을 가지지 않았다.

⌣

_
6

* 제정 러시아 시대의 지방 자치회로 학교 운영도 담당했다.

조금 전 이 소설이 사랑 이야기가 될 것이라고 예상한 데 약간 죄책감을 느끼고 있었을지 모르지만 5페이지의 첫 문단을 읽으면 마리야의 생각이 우리와 똑같은 방향으로 가고 있음을 알 수 있다. 하노프는(그녀는 관찰한다) 지친 얼굴에 표정에 생기가 없으며 눈에 띄게 늙어가기 시작했지만 "여자들의 눈길을" 끈다. 그는 혼자 살며 인생을 낭비하고 있다(체스를 두고 술 마시는 것 외에는 아무런 일을 하지 않는다). 작년에 그녀의 학교에 왔을 때 시험지에서는 와인 냄새가 났다. 틀림없이 이것 때문에 그녀는 짜증이 나고 겁에 질렸을 것이다? 글쎄, 사실 아니다. 그의 시험지에서는 "향수와 와인" 냄새가 났고 마리야는 그가 "매우 매력적"이라고 생각했으며 그의 옆에 앉아 있을 때 "어쩔 줄을 몰랐다". 우리는 이를 '그가 가까이 있음으로 인해 생기는 느낌 때문에' 어쩔 줄을 몰랐다고 읽는다.

5페이지 첫 문단의 마지막 문장을 살펴서 체호프가 인물을 만드는 방식에 관하여 통찰을 약간 얻어보자. 우리는 마리야가 "학교에서 냉정하고 완고한 시험관을 자주 보았"다는 것을 알게 된다. 여기에서 우리는 하노프는 반대(예를 들어 따뜻하고 부드럽다)일 것이라고 예상할 준비를 한다. 우리는 따뜻함과 부드러운 마음이라는 가정을 텍스트의 다음 부분으로 가져가는데 이는 확인이 되지만(그는 "지나치게 예의 바르고 사려 깊었"다) 동시에 복잡해진다. 하노프는 따뜻하고 부드러운 사람인지는 모르나 동시에 물정 모르고 어수선하고 어른 수준의 분별을 하지 못하는 사람이다("기도문 하나" 기억하지 못했고 가장 높은 점수만 준다).

이렇게 폭이 넓은 인물(잘생긴 부자)에 모순된 정보가 좌우로 엇갈리며 칠해진다. (그래, 그는 잘생겼고 부자이지만 동시에 갈팡질팡하는 사람이다. 우리는 그의 알코올 의존이 그가 갈팡질팡하는 것과 함수 관계에 있고, 부주의나 부정否定의 한 형태라고 느낀다.) 여기에서 떠오르는 사람은 복잡하고 삼차원적이다. 우리는 그를 깔끔하게 정리해 호주머니에 집어넣어 두기보다는 계속 궁금해하게 된다. 또 마리야가 그에게 관심을 가지기를 바라야 하는지 말아야 하는지 알 수가 없다.

하노프는 이동의 목적을 밝힘으로써 온화한 멍청이라는 이 초상을 완성한다. 그는 친구를 찾아 진창을 뚫고 오랫동안 마차를 타고 가지만 그 친구가 집에 있는지 없는지조차 모른다.

마차들은 큰길에서 빠져나온다. 변변찮은 이야기에서라면 마리야는 오직 하노프만 생각할 것이다. 그러나 체호프는 자신이 만든 마리야를 기억하고 있다. 그녀는 이곳에 오래 살았다. 그녀는 하노프를 알고 하노프도 그녀를 안다. 짐작하건대 그녀는 전에도 이미 하노프를 가능한 구원자로 생각한 적이 있다. 따라서 그녀의 마음은 쉽게 또 자연스럽게 학교로 돌아가고, 이제 우리는 이것이 바로 그녀의 정신이 앞서 세묜에게 암살 일화를 들은 뒤에도 했던 일이라는 것을 기억할 수 있다. 그녀는 이제까지 세상으로부터 학교 생각으로 두 번 물러났다(그래서 우리는 미래의 사건들에 그만큼 더 민감해졌다). 그녀는 왜 이럴까? 이 사실이 우리가 그녀에 관하여 알아야 할 뭔가를 이야기해 주는가?

작가는 어떻게 읽는가

지금은 이 질문을 옆으로 밀어놓겠다. 하지만 그렇다 해도 우리가 다시 효율에 대한 기대를 드러내고 있다는 점에 주목하라. 만일 그녀의 이런 경향이 어떤 식으로든 나중에 다시 이용되지 않는 것으로 드러난다면 우리는 그것이 (약간) 낭비라고 느낄 것이다.

그렇다, 단편이란 가혹한 형식이다.

우스개, 노래, 교수대 편지*만큼이나 가혹하다.

---

* 예전에 영국 추밀원에서 보내던 긴급한 편지. 긴급함을 표시하려고 교수대를 그려놓았다.

사무실에서 의장을 보기는 힘들었고 보게 되더라도 그는 눈물을 글썽이며 시간이 없다고 말하곤 했다. 장학사는 3년에 한 번 학교를 찾아왔으며 수위와 관련된 상황은 전혀 이해하지 못했다. 전에 재무부에서 일하다가 연줄로 장학사 자리를 얻었기 때문이다. 학교 운영회는 아주 드물게 모였으며 어디에서 모이는지 아무도 몰랐다. 학교 관리자는 반문맹의 농민이자 무두질 공장 주인이었고 어리석고 상스러웠으며 수위의 절친한 친구였다. 그녀는 민원이나 질문이 있을 때 누구를 찾아가야 할지 알 수가 없었다.

7 '정말 잘생겼어.' 그녀는 생각하며 하노프를 흘끗 보았다.

그러는 동안 도로는 점점 나빠지고 있었다. 그들은 숲으로 들어갔다. 이곳에는 도로에서 빠져나가는 샛길이 없었고 바큇자국은 깊었으며 물이 콸콸 흘렀다. 잔가지들이 얼굴을 따갑게 때렸다.

"길이 어떤가요?" 하노프가 물으며 웃음을 터뜨렸다.

여교사는 그를 바라보았다. 왜 이 이상한 사람이 이곳에 사는지 이해할 수가 없었다. 진흙과 권태뿐인 이 외진 곳에서 그의 돈이나 흥미로운 생김새나 세련미가 그에게 뭘 가져다줄 수 있을까? 인생은 그에게 아무런 특권을 주지 않았으며 이곳에서 그는 세묜과 다를 바 없이 끔찍한 도로를 따라 천천히 달려가며 똑같은 불편을 겪고 있었다. 왜 이곳에 사나, 페테르부르크나 해외에 살 기회가 있는데도? 또 그와 같은 부자에게는 이 나쁜 도로를 좋은 도로로 바꾸는 일은 간단하지 않을까? 그러면 구태여 이런 비참한 상황을 견디며 자신의 마부와 세묜의 얼굴에 쓰인 절망을 볼 필요가 없을 텐데. 그러나 그는 그저 웃음을 터뜨릴 뿐이었다. 겉으로는 이러나 저러나 모든 것이 그에게는 똑같고 그는 삶에 더 나은 것을 요구하지 않는 것처럼 보였다. 그는 친절하고 품위 있고 순진했다. 이 속된 삶을 이해하지 못했고, 기도문을 알지 못했던 것과 마찬가지로 이 삶을 알지 못했다. 그는 학교에 지구본밖에 선물하지 못하면서도 자신이 대중 교육 분야에서 쓸모 있는 사람이고 중요한 일꾼이라고 진지하게 생각했다. 여기에서 누가 그의 지구본이 필요하단 말인가?

～～～

8

마리야는 계속 학교와 부패한 행정 당국, 의지할 사람 없는 자신의 현실을 생각한다.

그러다가 어떤 이행 과정도 없이 자기 생각을 스스로 끊는다. '정말 잘생겼어.' 그녀는 하노프를 생각에서 밀어내 버렸지만 여전히 지켜보고 있었고(그의 넓고 부유한 등이 비싼 모피 외투에 감싸인 채 바로 앞쪽에서 흔들리고 있다), 어쩌면 사실은 그를 생각하면서, 또는 그를 생각하지 않으려고, 학교 생각을 하는 척한다고 말할 수 있을지도 모른다.

이렇게 자기 생각을 끊는 것은 아름답다. 이것이 말해주는 것. 정신은 동시에 두 곳에 있을 수 있다(많은 열차가 동시에 달리고 있는데 의식은 그 가운데 하나만 인식할 뿐이다).

우리가 마리야 안에서 우리 자신의 모습을 보면서 작은 기쁨이 분출하는 것에 주목하라(이런 식으로 반쯤 반한 적이 있는가? 가볍지만 지속적이고 일방적이고 변명의 여지가 없이). 그는 그녀에게 맞지 않는다. 그녀도 그 사실을 안다. 어쨌든 그녀는 한 번도 그를 진지하게 고려해 본 적이 없지만, 그럼에도 마음은 계속 그에게로 이끌린다. 냄새가 좋은 레스토랑 뒷골목으로 이끌리는 개처럼.

소설을 읽어나가는 당신의 마음이 얼마나 안달하는지, 또는 이렇게 말할 수도 있을 텐데, 얼마나 기민한지 잘 보라. 그 마음은 우리가 어디에 있는지 안다. 외롭고 불행한 마리야는 하노프에게서 잠재적인 해독제를 만났다. 이야기를 읽는 마음은 강박에 사로잡힌 탐정처럼 새로 도착하는 텍스트의 모든 조각을 오로지 이 맥락에서 해석할

작가는 어떻게 읽는가

뿐 다른 것에는 별 관심이 없다.

그러나 세 번째 문단에서, 원하든 원치 않든 우리는 도로에 대한 묘사를 듣게 될 것 같다.

대체 왜 어떤 이야기에 이런 유형의 묘사가 필요한 것일까? 왜 체호프는 중심 사건에서 빠져나와 마차 밖의 세계를 묘사하기로 했을까? 단편의 암묵적인 약속 가운데 하나는 짧기 때문에 그 안에 낭비가 없다는 것이다. 그 안의 모든 것은 이유가 있어서 거기에 있다(이야기가 이용할 수 있도록). 설사 짧은 도로 묘사라 해도.

따라서 우리가 이 묘사로 들어가면서 우리의 읽는 마음 뒤편 어딘가에서 이렇게 묻는다. 이 도로 묘사가 결국은 필수적인 것이 될까? 다시 말해 낭비가 아니게 될까?

앞서 우리는 소설에 어떤 '법칙'이 존재할 수 있느냐고 물었다. 우리의 읽는 마음이 무조건 반응하는 것이 있을까? 물리적 묘사가 그 가운데 하나인 듯하다. 이유야 누가 알랴? 우리는 우리 세계에 대한 묘사를 듣기 좋아한다. 또 구체적인 묘사를 듣기 좋아한다("망가진 차 옆에서 녹색 스웨터를 입은 두 남자가 캐치볼을 하고 있다"가 "나는 이렇다 할 특징이 없어서 눈에 들어오는 게 별로 없는 지역을 차로 통과했다"보다 좋다). 구체적 묘사는 연극의 소도구처럼 완전히 꾸며낸 것을 더 깊이 믿게 만드는 데 도움을 준다. 약간 싸구려이긴 하지만 적어도 저자가 쓸 수 있는 손쉬운 트릭이다. 만일 내가 당신을 어떤 (꾸며낸) 집 안에 데려다 놓고 싶으면 나는 그 집 소파에 "평소보다 두 배는 길어 보이게 몸을 쭉 뻗고 있는 커다란 흰 고양이 한 마리"를 불러낼 것이다. 당신 눈에 그 고양이가 보인다면 그 집은 진짜가 된다.

하지만 이건 이런 수법의 일면일 뿐이다. 커다란 흰 고양이는 이제 특정한 이야기에 자리를 잡음으로써 그 이야기 안을 떠도는 다른 수십(수백) 가지 은유적 요소 모두와 관계를 맺는 은유적 고양이가 되었다.

이제 흰 고양이는 그 이야기와 관련 있는 일을 해야만 한다. 또는 흰 고양이는 그 이야기에 존재하는 것 자체로 선택의 여지 없이 그 이야기와 관련된 일을 하게 될 것이다, 라고 말할 수도 있다. 문제는 흰 고양이가 무슨 일을 하도록 요청받느냐, 또 그 일을 얼마나 잘하느냐이다.

자, 도로는 "점점 나빠지고 있었다". 저자의 특정한 선택이다. 도로가 점점 넓어지거나 물기가 사라지거나 새로 핀 꽃이 가득한 초원으로 열려 있다면 다른 이야기가 될 것이다. 도로가 점점 나빠진다는 것은 무슨 '뜻'일까? 왜 체호프는 도로가 나빠지게 하는 쪽을 택했을까? 좋은 질문이다. 친애하는 독자여, 다음과 같은 방법으로 가장 쉽게 답을 찾을 수 있을 것이다. 두 모델을 마음속에 떠올리고(점점 나빠지는 도로 대 점점 좋아지는 도로) '나빠지는 도로'가 나은 경우를 느껴보라. 또는 두 선택에 차이가 생기는 경우를 느껴보라. 여기에서 우리는 나빠지는 도로가 좋아지는 도로보다 왜 나은 선택인지, 아니면 그 반대인지 이유를 정리해 볼 수도 있다. 하지만 일단은 체호프가 이 문단에서 두 가지를 했다는 점에 주목하자. 그는 자신이 우리를 어디에 데려다 놓았는지 기억했고(초봄에 어떤 숲을 통과하는 마차 안), 그런 다음 구체적으로 그곳의 상태를 묘사했다("바큇자국은 깊었으며 물이 콸콸 흘렀다").

따라서 점점 나빠지는 도로는 사실주의적 묘사(봄이고, 눈이 녹고 있고, 길은 진창이 되고 있다)인 동시에 이야기에 대한 우리의 이해를 조절하는 작은 시다.

거칠게 말해서 우리는 이 묘사가 '꾸준하게 저하되는 상황'을 암시한다고 이해한다. 도로는 "점점 나빠지고" 있다. 그들은 "숲으로" 들어가고 있다. 이곳에는 "도로에서 빠져나가는 샛길이 없"다. 이 여행에는 대가가 있다(얼굴을 때리는 잔가지들).

이런 묘사는 그들이 "숲에서 나와 밝은 햇빛 속으로 들어가며 반갑게도 도로가 넓어지는" 모습을 보게 되고 "마차가 흥겨운 농민의 결혼 잔치를 지나 부드럽게 굴러가면서 낮게 늘어진 꽃들이 그녀의 뺨을 살며시 스치는" 묘사와는 다르게(가령 더 불길한 예감과 함께) 다가온다.

두 가지 묘사 모두 일종의 예비 기능을 수행할 것이다. 우리는 체호프가 도로 묘사를 이용하여 다가올 무언가에 대비하게 한다는 느낌을 받는다.

묘한 점은 이것이다. 체호프가 흥겨운 농민의 결혼 잔치를 지나가게 하겠다고 결정했다면 그 결정이 이야기의 나머지를 바꾸어놓았을 거라는 점. 다시 말해 더 긍정적인 묘사를 고려했다면, 그것이 진화하는 더 큰 덩어리 안에서 설득력을 가질 수 있도록 이야기의 나머지는 바뀌어야만 했을 것이다.

하나의 이야기는 유기적 전체다. 어떤 이야기가 좋다고 말할 때 우리는 그 이야기가 이야기 자체에 기민하게 반응한다고 말하는 것이다. 이것은 양방향으로 진실이다. 도로에 대한 짧은 묘사는 우리에게 현재의 순간만이 아니라 이야기 속 과거의 모든 순간과 앞으로 다가올 모든 순간을 읽는 방법을 말해준다.

하노프에게는 돈이 있다. 그는 어디에서든 살 수 있다. 그러나 그는 여기 있다, 바로 마리야가 있는 곳에. 진창인 지방 도로 위에. 그래도 그는 도로를 보수라도 할 수 있다, 그런 생각이 그에게 전혀 떠오르지 않아서 그렇지. "그러나 그는 그저 웃음을 터뜨릴 뿐이었다. 겉으로는 이러나저러나 모든 것이 그에게는 똑같고 그는 삶에 더 나은 것을 요구하지 않는 것처럼 보였다." 그는 왜 그렇게 수동적일까? 그녀에게 힘이 있다면 그녀는 어떻게든 했을 것이다. 그녀는 8페이지 마지막에서 그가 학교에 준 한심한 지구본을 떠올리며 이렇게 그에게 등을 돌리는 일을 완료한다. 반면 그는 이 선물을 주면서 그릇되게도 자신이 계몽되고 쓸모도 있는 사람이라고 생각한다.

세 가지 질문을 다시 해보자. 내가 대략적인 답을 제시하겠다.

1. 책장에서 눈을 들고 지금까지 알게 된 것을 요약하라.
한 외로운 여자가 우리 예상으로는 친구나 연인이 될 만한, 또는 어떤 식으로든 그녀의 외로움을 덜어줄 만한 사람과 함께 있다.

2. 무엇에 호기심이 생기는가?
그들은 오랫동안 서로 아는 사이였지만 불꽃이 튄 적은 없는 것 같

작가는 어떻게 읽는가

다. 그렇다면 오늘은 무엇 때문에 그들이 함께하게 되었을까(그들이 전에 한 번도 함께한 적이 없다면)? 또 나는 그들이 함께하기를 원하기는 하는가? 그런 편인 것 같고, 이 이야기는 그런 가능성을 내 눈앞에 살살 흔드는 것 같다. 하지만 8페이지 끝에서 마리야는 그로부터 멀어지는 것 같다.

3. 이야기가 어디로 간다고 생각하는가?

모르겠다. 무엇이 '쟁점'인지는 알겠는데 어떻게 해소될지는 보이지 않는다. 이런 불확실성이 불쾌하지는 않은 긴장을 만들어내고 있다. 하노프가 마리야에게 위로를 주고 그녀의 외로움을 달래줄 계기가 될 만한 일이 일어나야만 한다는 느낌이다. 어쩌면 둘이 친구가 되거나 잠깐 가까워지는 순간이 있을지도 모르고 그것이 마리야의 불행을 (약간이나마) 덜어주는 결과를 낳을지도 모른다.

자, 발표 한 가지. 당신이 짜증이 나 게임 초반에 책을 내던질 가능성을 피하고자 지금부터 분량을 좀 늘려보겠다.

"꽉 잡아요, 바실리예브나!" 세묜이 말했다.

마차가 앞으로 격하게 쏠리더니 뒤집힐 찰나였다. 뭔가 무거운 것이 마리야 바실리예브나의 발에 떨어졌다. 그녀가 산 물건들이었다. 진흙탕 도로 너머에 가파르게 올라가는 비탈이 있었다. 구불구불한 도랑으로 개울이 시끄럽게 흘렀다. 물이 도로에 도랑을 팠다. 이런 데서 어떻게 마차를 몰 수 있을까! 말들이 가쁘게 숨을 쉬었다. 하노프가 마차에서 내려 긴 외투를 입은 채 도로 가장자리를 걸었다. 그는 뜨겁게 흥분했다.

9   "길이 어떤가?" 그는 되풀이하고 웃음을 터뜨렸다. "이렇게 가면 마차를 박살내겠구먼."

"누가 이런 날씨에 마차를 몰고 다니시라던가요?" 세묜이 무례한 말투로 말했다. "집에 가만히 계셔야죠."

"집에 있으면 지루해요, 할아범. 집에 있는 건 좋아하지 않아."

늙은 세묜 옆에 있으니 건장하고 정력적으로 보였지만 그의 걸음걸이에는 간신히 알아챌 수 있는 뭔가가 있었는데 그것이 그가 약한 피조물이라는 사실, 이미 이울어 끝에 다가가고 있다는 사실을 드러냈다. 갑자기 숲에서 독주 냄새가 물씬 풍긴 듯했다. 마리야 바실리예브나는 겁을 먹었고 아무런 까닭도 없이 산산조각이 나고 있는 이 남자에 대한 동정심에 휩싸여 만일 자신이 그의 아내나 누이라면 그를 구하는 데 온 삶을 바칠 거라는 생각이 들었다. 그의 아내! 그는 여기서 커다란 집에 혼자 살고 있고 그녀는 외진 마을에서 혼자 살고 있도록 삶이 자리를 잡아놓기는 했지만 어떤 이유에서인지 그와 그녀가 동등한 발판에서 만나 친밀해질 수도 있다는 생각 자체가 불가능하고 터무니없어 보였다. 근본적으로 삶은 그런 식으로 정돈되어 있고 인간관계는 모든 이해를 완전히 뛰어넘을 만큼 복잡하여 생각만 해도 두려워지고 가슴이 덜컥 내려앉았다.

'왜 하느님은 약하고 불행하고 쓸모없는 사람들에게 잘생긴 외모와 친절함과 매혹적이고 우울한 눈을 주는지 이해할 수가 없어. 왜 그들은 그렇게 매력적인지.' 그녀는 생각했다.

"여기서 오른쪽으로 빠져야 해." 하노프가 말하며 마차에 올라탔다. "안녕히! 잘 지내시오!"

10

그녀는 다시 학생, 시험, 수위, 학교 운영회 생각을 했다. 바람이 멀어져 가는 마차 소리를 실어 오자 이런 생각은 다른 생각과 섞였다. 그녀는 생각하고 싶었다. 아름다운 눈, 사랑. 행복, 그 결코 오지 않을….

그의 아내? 추운 아침이고 난로에 불을 피울 사람은 아무도 없고 수위는 어딘가로 가버렸다. 날이 밝자마자 아이들이 들어오면서 눈과 진흙을 묻히고 시끄러운 소리를 낸다. 모든 게 너무 불편하고 너무 불쾌하다. 그녀의 숙소는 작은 방 하나와 그 옆의 주방으로 이루어져 있다. 매일 학교가 끝나면 그녀는 두통을 앓고 저녁을 먹은 뒤에는 속이 쓰리다. 장작을 사고 수위에게 임금을 주기 위해 아이들에게서 돈을 거두어야 하고 그것을 관리자에게 넘겨야 하고 그리고 나서도 관리자, 그 너무 많이 먹고 무례한 농민에게 제발 어서 장작을 보내달라고 애원해야 한다. 밤이면 시험, 농민, 바람에 쌓인 눈 꿈을 꾼다. 그리고 이런 생활 때문에 그녀는 늙고 거칠어지고, 못생기고 모나고 서툰 사람이 되어간다, 마치 누가 그녀에게 납을 부어 넣는 것처럼. 그녀는 모든 게 두렵고 젬스트보 위원회나 학교 운영회의 구성원이 앞에 있으면 일어났다가 감히 다시 앉지를 못한다. 그들 가운데 누구라도 입에 올릴 때는 아부하는 표정을 짓는다. 아무도 그녀를 좋아하지 않았고 삶은 온기도 없이, 친근한 공감도 없이, 흥미 있는 지인도 없이 황량하게 지나가고 있다. 그녀의 처지에서 만에 하나 사랑에라도 빠진다면 얼마나 무시무시할까!

—
11

◟◞

작가는 어떻게 읽는가

마차가 기울어질 뻔한다. 우리는 마리야가 읍내에서 물건을 샀다는 것을 알게 된다(이 물건은 이제 이야기의 요소다. 이것을 어떻게 이용할지 우리는 궁금하다). 하노프는 7페이지에서 했던 멍청한 농담을 되풀이하고 세묜이 그에게 대드는데("누가 이런 날씨에 마차를 몰고 다니시라던가요?" 세묜이 "무례한" 말투로 말한다), 하노프가 자신보다 지위가 낮은 사람(세묜은 농민이고 하노프는 부유한 지주다)의 이런 모욕에 부드럽게 대응하는 모습은 마리야가 하노프에 관해 우리에게 해준 말과 만족스럽게 맞아떨어진다. 그는 호락호락한 사람이고 줏대가 없고 점수를 후하게 주는 사람이다.

마리야는 숲에서 독주 냄새가 난다고 생각한다. 그녀는 하노프를 동정하는데, 하노프는 "아무런 까닭도 없이 산산조각이 나고" 있다. 그녀는 만일 자신이 그의 아내나 누이라면 그를 구하는 데 "온 삶"을 바칠 거라고 생각한다. 그러나 그것은 불가능하다. "근본적으로 삶은 그런 식으로 정돈되어 있고 인간관계는 모든 이해를 완전히 뛰어넘을 만큼 복잡하여 생각만 해도 두려워지고 가슴이 덜컥 내려앉았다."

방금 마리야가 그들의 결혼을 배제한 것을 듣기라도 한 것처럼 그때 하노프가 이야기에서 곧바로 빠져나간다.

마리야는 그 점을 눈치도 채지 못하는 것 같으며, 이는 그녀가 사실 그에게서 로맨틱한 가능성을 보지 않는다는 우리의 느낌을 확인해 준다(그녀는 '어머 안 돼, 그가 가버렸어, 내가 관심을 끌지 못한 거야!' 하고 생각하지 않는다). 그녀의 생각은 학교로 돌아간다("학생, 시험, 수위, 학교 운영회"를 생각한다). 그녀가 이런 식으로 생각하는 게 이번이 세 번째다. 현실 세계로부터 물러나 학교 걱정으로 들어가기. 이것은 습관이다(그녀의 심사숙고의 불변 요소이며, 그녀가 이 노역과 같은 삶에 의해 어떻게 훈련되고 작아졌는지 보여주는 척도다).

이 단편의 성취 가운데 하나는 체호프가 외로운 마음이 작동하는 양상을 재현했다는 것이다. 마리야는 여기에서 그냥 생각에 잠겨 있다. 복권에 당첨되거나 상원 의원이 되거나 고교 시절 우리 감정을 상하게 한 누군가를 혼내주는 상상을 할 때 우리가 하는 그런 가벼운 공상을 하고 있다. 이야기는 마리야가 하노프에게 혹시(어디까지나 혹시) 마음을 열지도 모른다고 느끼도록 우리를 끌고 가지만 그러면서도 이것이 불가능한 동시에 바람직하지 않음을 받아들일 수많은 이유를 제공한다. 그는 술꾼에 게으름뱅이고 달라질 수 있는 나이를 지났다. 그는 마리야에게, 또는 누구에게도 관심을 가지는 것 같지 않다. 그는 이미 결혼할 기회가 많았겠지만 한 번도 하지 않았다. 그리고 마리야는 사실 자존심이 좀 세다. 그녀가 그를 평가하는 것을 보면, 설사 둘이 함께하게 된다 해도 그는 결국 다루기 힘들고 실망스러운 사람임이 드러날 거라는 생각이 느껴진다.

그래도….

체호프는 그녀가 어여쁜 일을 하게 한다. 그녀는 "멀어져 가는 마차 소리"를 듣고 갑자기 생각하고 싶어진다, "아름다운 눈, 사랑. 행복, 그 결코 오지 않을…".

그녀는 다시 그의 아내가 되는 것을 생각한다(이번에는 누이가 아니다).

그녀는 바로 몇 문단 앞에서 이미 이 가능성을 배제했다. 하지만 여기에서 다시 나온다("그의 아내?"). 그녀의 마음은 부낭처럼 계속 다시 떠오른다. 이는 슬픈 일이다. 그녀의 마음이 하노프에게로 돌아가는 것은 그가 훌륭한 남자이거나 영혼이 통하는 사람이라서가 아니라 a. 주위에(다시 말해 그녀의 세계에) 다른 사람이 없고, b. 그녀의 외로움이 너무 극단적이기 때문이다.

그녀는 외롭고, 그는 근처에 있다. 그는 근처에 있고, 딱히 외롭다고는 할 수 없지만 도움이 조금 필요해 보이기는 한다.

하지만 중매쟁이로 나서려 해본 적이 있다면 매우 외로운 두 사람도 자기만의 기준을 유지한다는 것을 알게 된다. 우리는 그들을 대신해서 주제넘게 말할 수 없다. 이 경우 마리야와 하노프는 이미 자기 입장을 밝혔다. 그들의 상황은 사랑할 준비가 완전히 끝난 두 사람이 갑자기 처음 만나는 그런 것이 아니다. 딱히 사랑할 준비가 완전히 끝났다고도 할 수 없는(서로 엮이게 될 인연이었다면 오래전에 그렇게 되었을 것이다) 두 사람이 다시 만난 것이다.

아무도 무슨 일이 일어날 거라고 예상하지 않는다. 사실 일어난다면 좀 이상할 것이다.

10페이지 끝의 긴 문단에서 그녀는 자신이 던진 질문("그의 아내?")에 자신의 실생활을 음울하게 이야기하는 것으로 응답한다. 눈, 진흙, 불편, 작은 방, 두통, 속 쓰림, 늘 돈을 구해야 하는 상황. 그녀를 "늙고 거칠어지"게 하는 이 모멸적인 삶. 그녀는 아부하는 표정을 짓지만 "아무도 그녀를 좋아하지 않"는다. 가엾어라.

이 긴 문단 내내 '그런 부자가 나 같은 고된 일을 억지로 하는 사람과 결혼할 거라고 생각하다니 얼마나 우스꽝스러운가' 하고 말하는

것 같다. 그러다 마지막 줄에서 더 심한 말을 한다("그녀의 처지에서
만에 하나 사랑에라도 빠진다면 얼마나 무시무시할까!"). 그렇다, 그
녀는 그보다 아래이고 또 그녀의 삶은 이렇듯 고단하기 때문에 사랑
이 들어설 여지가 없다. 그가 관심을 보인다 해도.

그리고 관심을 보이지도 않는 듯하다.

아인슈타인은 이렇게 말한 적이 있다. "가치 있는 문제는 절대 최
초로 구상한 수준에서 해결되지 않는다."*

여기까지의 이야기는 마리야의 외로움에 대한 해독제 후보였던 하
노프를 없애버림으로써 막 최초의 구상 수준에서 벗어나 버렸다.

이제 어떻게 하나?

우리는 하나의 이야기를 에너지의 전이 체계로 생각할 수 있다. 에
너지는 바라건대 앞의 몇 페이지에서 만들어지는데, 요령은 뒤의 페
이지에서 그 에너지를 쓰는 것이다. 마리야는 불행하고 외롭게 창조
되었으며 페이지가 넘어갈수록 더 구체적으로 불행하고 외로워졌다.
이것이 이 이야기가 만들었고 또 써야만 하는 에너지다. 마리야의 생
각을 읽으면 하노프가 접근할 경우 싫어하지 않으리라는 증거를 찾

---

* 이는 아인슈타인이 실제로 했던 말을 잘못 인용한 것이 분명하다. 실제로
한 말은 "인류가 생존하고 더 높은 수준으로 나아가려면 새로운 유형의 사
고가 필요하다는 것을 사람들에게 알려라"였다. 하지만 오래전 어느 학생
에게 위에 인용한 형태로 이 말을 들었고, (아인슈타인을 기분 나쁘게 하려
는 것은 아니지만) 나는 내 학생이 전달한 말이 멋지다고 생각해 그 이후
로 계속 사용하고 있다(원주).

아볼 수 있다. 그녀는 하노프가 잘생겼고 매력적이라고 생각하며, 그를 그 자신으로부터 구할 강한 욕구가 있다. 이 이야기는 지금까지 쭉 둘 사이에 관계가 생길 가능성은 없다고 말하고 있지만(지금까지 없었기 때문에 오늘도 없을 것이다) 그럼에도 우리는 여전히 마리야를 위해 그런 일이 일어나라고 응원하고 있다.

우리는 그녀가 원하는 것을 원한다. 그녀가 그렇게 외롭지 않기를 바란다. 이 이야기의 에너지는 그녀가 약간 숨통이 트이기를 바라는 우리의 희망 안에 쌓이고 있다.

체호프는 지금까지 문을 하나 만들어놓고 우리가 그 문을 통과하기를 바란다고 암시했다. 문 위에는 표지판이 걸려 있다. "하노프가 마리야의 외로움을 달래줄지도 모름." 우리는 마리야의 외로움을 느낄 때마다 희망을 품고 문 쪽을 흘끔거린다. 그러나 이제 문은 닫히고 잠겼다.

또는, 사실상 사라져 버렸다.

체호프는 하노프의 퇴장과 함께 그간 예상되었던 해결의 분명한 가능성을 거부했다. 체호프가 어떻게 이런 결정에 이르렀는지는 아무도 모르지만 그가 **한** 일은 우리도 관찰할 수 있다. 그는 하노프를 없앴다. 이제 이 이야기가 쉬운 길을 따라갈 위험은 없다.

이를 스토리텔링에서 중요한 수이자 '의례적인 진부함의 회피'라고 부를 수도 있다. 우리가 우리 이야기의 저급한 형태를 거부하면 그보다 나은 형태가 나타날 것이다(라고 갈망하는 마음으로 가정한다). 저급한 형태를 거부하는 것은 사실상 품질을 위해 싸우겠다는 뜻이다(다른 것은 몰라도 적어도 **그런 형태로** 가지는 않았다).

이렇게 생각할 수도 있다. 체호프는 마리야와 하노프 사이의 로맨틱한 관계 전개에 대한 우리의 기대라는 이득을 이미 '보았다'. 우리는 그런 전개를 미리 상상했다. 따라서 그는 그 방향으로 갈 필요가 없다. 그것은 그냥 보내고, 다음 해결책, 무엇이 되었든 아마도 더 세련되었을 해결책으로 나아갈 수 있는데(말하자면 그렇게 스스로에게 강요할 수 있다), 그 방법은 하노프를 이야기에서 빼버리는 것이다. (당신 부엌에 커다란 사탕 단지가 있고 당신이 사탕만 먹고 있다면 그보다 나은 것을 먹도록 스스로에게 강요하는 한 가지 방법은 사탕을 버리는 것이다.)

나는 학생들에게 이 개념을 설명하려고 할 때면 내가 초등학교에 다니던 시절인 1960년대 말에 아이들이 만들던 팔찌 이야기를 꺼낸다(착하고 귀여운 우리 시카고랜드 예비 히피들은 그것을 '사랑 구슬'이라고 불렀다). 우리는 구슬을 하나 꿴 다음 그 구슬을 줄의 매듭까지 쭉 밀어 올렸다. 그래야 새 구슬을 넣을 자리가 생겼다.

이야기도 마찬가지다. 우리는 늘 새 구슬을 매듭까지 밀고 있어야 한다. 이야기가 어디로 가는지 알고 있다면 쌓아두지 마라. 이야기가 그리로 가게 해라, 당장. 하지만 그런 다음에는? 다음에는 무엇을 할까? 깜짝 쇼는 이미 했는데. 바로 그거다. 종종 해줄 만한 진짜 이야기가 없을지도 모른다고 스스로 의심하기 때문에 우리는 어떤 것을 꺼내놓지 않으려 한다. 그다음에 다른 것이 없을까 봐 두려운 것이다. 그러나 이것은 일종의 꼼수가 될 수 있다. 반대로 그걸 내놓는 것이야말로 이야기가 정신 차리도록 압박하는 믿음의 도약이 될 수 있다. 이렇게 말하는 것과 같다. "그것보다 잘해야 해. 너한테 그 꼼수,

작가는 어떻게 읽는가

너의 1순위 해결책을 허락하지 않기로 했으니. 네가 더 잘할 것임을 알고 있어."

마지막 몇 줄을 남기고 서술자가 그동안 쭉 마비 상태였다는 게 드러나는(공교롭게도 그걸 언급하는 것을 깜빡했을 뿐인) 이야기를 생각해 보라.

게임의 후반에 이르러서야 서술자가 사실은 링컨 파크 동물원을 걸어가는 사람이 아니라 **그 안의 호랑이**였다는 사실(!)이 드러나는 (하지만 그 실마리는 깜짝 쇼 효과를 최대화하려고 모두 감추어놓아, 다른 동물들이 호랑이를 계속 '멜'이라고 부르며 그에게 화이트 삭스 등등에 관해 말하는) 이야기를 생각해 보라.

우리는 예술 작품이 정직하기 때문에 감동하는데 그 정직성은 언어와 형식, 그리고 감춤에 대한 저항에서 나타난다.

마리야의 딜레마는 여전히 진행 중이다. 그녀는 여전히 외롭고 지루하다. 체호프는 1순위 해결책(하노프)을 제거하여 이야기에 대한 야망을 키웠다. 앞쪽에서 이야기는 말했다. "옛날에 외로운 사람이 있었다." 이야기는 "그런데 멋지지 않아? 그 외로운 사람이 다른 외로운 사람을 만났고 이제 둘 다 외롭지 않아" 하고 말할 수도 있었다. 그러나 이야기는 그쪽으로 가기를 거부하여 이제 더 심오한 질문을 하기 시작한다. "외로운 사람이 외로움에서 벗어날 길을 발견하지 못한다면?"

여기가 나에게는 이 이야기가 크다는 느낌이 들기 시작하는 지점이다. 이 이야기는 말하고 있다. 외로움은 진짜이고 심각해서 그 안에 갇힌 우리 일부에게는 빠져나갈 쉬운 길이 없으며 가끔은 아예 출구가 없기도 하다.

우리는 마리야에게 마음을 쓰고, 하노프가 그녀를 도울 것이라고 예상했지만 갑자기 그는 사라졌다.

이제 어떻게 되는가?

"꽉 잡아요, 바실리예브나!"

또 한 번의 가파른 비탈.

그녀는 생계 때문에, 아무런 소명감 없이 학교에서 가르치기 시작했다. 그녀는 한 번도 소명에 관하여, 계몽의 필요성에 관하여 생각해 본 적이 없었으며 자신의 일에서 가장 중요한 것이 아이들도 아니고 계몽도 아니고 늘 시험인 것 같았다. 사실 언제 그녀에게 소명에 관해서, 계몽에 관해서 생각해 볼 여유가 있었겠는가? 교사, 무일푼의 의사, 의사 보조원은 끔찍하게 힘든 일에도 불구하고 자신이 어떤 이상이나 민중을 위해 일한다는 생각으로 위안조차 얻을 수 없다. 머릿속이 늘 일용할 양식에 관한, 장작에 관한, 엉망인 도로에 관한, 병에 관한 생각으로 꽉 차 있기 때문이다. 이것은 힘겹고 따분한 삶이며, 오직 마차 끄는 말처럼 둔감한 마리야 바실리예브나 같은 사람만이 오랫동안 그런 삶을 감당할 수 있다. 자신의 소명에 관해서, 이상을 위해 일하는 것에 관해서 이야기하는 활기차고 기민하고 감수성이 예민한 사람들은 곧 일이 지겨워져 그만두고 만다.

세묜은 계속 마르고 빠른 길을 고르며 초원을 가로지르기도 하고 오두막 뒤쪽으로 돌아가기도 했다. 그러나 한 곳에서는 농민들이 그들을 통과시키지 않으려 했고, 다른 곳에서는 땅이 사제에게 속해 가로지를 수가 없었으며, 또 한 곳에서는 이반 이오노프가 지주에게서 작은 구획을 하나 사 둘레에 도랑을 파놓았다. 계속 다시 돌아 나와야 했다.

그들은 니즈네예 고로디셰에 이르렀다. 찻집 근처 거름이 흩어진 눈 덮인 땅에 진한 황산이 담긴 큰 병들을 실은 수레들이 서 있었다. 찻집에는 사람이 아주 많았는데 모두 마부였고 보드카며 담배며 양가죽 냄새가 났다. 크게 떠드는 소리와 도르래가 달린 문이 쾅쾅 닫히는 소리 때문에 시끄러웠다. 옆 가게에서는 누가 계속 아코디언을 연주하고 있었다. 마리야 바실리예브나는 자리에 앉아 차를 마셨고 옆 탁자에는 농민 몇 명이 보드카와 맥주를 마시고 있었는데 앞서 마신 차와 나쁜 공기 때문에 땀을 뻘뻘 흘렸다.

"어이, 쿠즈마!" 사람들은 정신없이 계속 소리쳤다. "뭐 하는 거야?" "주여, 우리를 축복하소서!" "이반 데멘티치, 그건 내가 널 위해 해줄 수 있지!" "여길 좀 봐, 친구!"

검은 턱수염을 기른 키 작은 곰보 농민이 완전히 취한 상태에서 갑자기 뭔가에 깜짝 놀라 상스러운 말을 하기 시작했다.

"뭘 갖고 그렇게 욕을 하는 거야, 거기 자네?" 조금 떨어져 앉아 있던 세묜이 화가 나서 한마디 했다. "젊은 숙녀가 안 보이는 거야?"

"젊은 숙녀라고!" 다른 구석에서 누군가 빈정거렸다.

"돼지 새끼!"

"무슨 뜻이 있어서 그런 건 아니고…." 키 작은 농민은 당황했다. "미안합니다. 나는 내 돈을 내고 젊은 숙녀는 자기 걸 내는 거지요 뭐. 안녕하십니까, 선생님?"

"안녕하세요?" 여교사가 답했다.

작가는 어떻게 읽는가

"정말로 감사드립니다."

마리야 바실리예브나는 기쁘게 차를 마셨고 그녀 또한 농민들처럼 얼굴이 붉어지기 시작했으며 다시 생각에 빠져들었다. 장작, 수위….

"잠깐, 형제" 하는 말이 옆 탁자에서 나왔다. "뱌조브예 학교 여선생님이셔. 내가 알아. 좋은 분이야."

"괜찮은 사람이지!"

문이 계속 쾅쾅거리며 몇이 들어오고 몇이 나갔다. 마리야 바실리예브나는 거기 계속 앉아 내내 똑같은 것을 생각했고 아코디언은 벽 뒤에서 계속 울려 퍼졌다. 바닥에 군데군데 떨어져 있던 햇빛 조각이 카운터로 옮겨 갔다가 거기서 다시 벽으로 갔다가 마침내 완전히 사라졌다. 한낮이 지났다는 뜻이었다. 옆 탁자 농민들이 떠날 채비를 했다. 작은 농민이 약간 비틀거리며 마리야 바실리예브나에게 다가와 악수를 했고, 그의 예를 따라 다른 사람들도 떠나면서 그녀와 줄줄이 악수를 하고 나갔다. 문이 아홉 번 삐거덕 소리를 내다가 쾅 닫혔다.

14

～～

12페이지 맨 위에서는 구체화를 통한 인물 성격 묘사 작업이 계속된다.

마리야는 다시 약간 더 구체적인 마리야가 된다. (이야기 형식은 우리에게 인간이 절대 정체되어 있거나 안정되어 있지 않다는 사실을 일깨워 준다. 이 형식은 작가가 이를 존중할 것을 요구한다. 만일 어떤 인물이 계속 똑같은 행동을 하거나 똑같은 말을 하면, 계속 똑같은 자리를 차지하면, 우리는 이야기가 정체되었으며, 반복되는 박자라고 느낀다. 발전 실패다.) 우리는 마리야가 가르침의 소명을 받은 사람이 아니라는 사실을 알게 된다. 그녀는 경제적 필요성 때문에 어쩔 수 없이 이 일을 하게 되었다. "늘" 그녀는 시험을 중요하게 여겼다(아이들도 아니고, 계몽도 아니다). 우리는 체호프가 만들고 있는 이 사람에게 계속 늘어나는 특수성에 주목하게 된다. 그녀가 상투적이고 진부하고 이상주의적인 일류 교사와 얼마나 거리가 먼지. 그녀는 교사 일을 사랑해서 하는 사람이 아니고 그랬던 적도 없다. 이것이, 이 일에 대한 사랑의 결여가 그녀를 지치게 만든 한 가지 이유다. 그녀는 희망에 가득 차서 시작한 게 아니라 이 일을 싫어하면서 시작했다. 자신이 하기에는 천한 일, 사랑하는 마음으로 할 수도 있는 일이라기보다는 제대로 해내지 못할 수도 있는 일이라는 사실을 알면서 시작했다.

체호프는 완전한 성인이나 완전한 죄인을 만드는 것을 싫어한다. 우리는 하노프(부유하고 잘생겼지만 어설픈 사람이며 술꾼이다)에게서 이것을 보았고 지금 마리야(아무런 즐거움 없이 자신의 상황과 공모하여 스스로를 우리에 가두어놓고 분투하는 고상한 교사)에게서도 본다. 이 때문에 복잡해진다. 인물을 '좋은 사람' 또는 '나쁜 사람'으로 이해하고 싶은 우리의 첫 번째 경향이 도전을 받는다. 그 결과 우리의 주의력은 한 단계 높아진다. 이야기에 은근히 퇴짜를 맞으면서 우리는, 말하자면 이야기의 진실성을 새롭게 존중하게 된다. 우리는 마리야를 가혹한 체제의 완전히 순수하고 죄 없는 피해자라고 단순화하려는 태도로 막 정착하려던 참이었다. 하지만 이야기는 말한다. "어, 잠깐. 가혹한 체제의 특징은 그 안에 있는 사람들을 기형으로 만들어 자신의 파괴에 공모하게 하는 것 아닌가?" (달리 말하면 이렇게 된다. "마리야가 인간이라는 사실, 복잡하고 잘못을 저지르기 쉽다는 사실을 잊지 말자.")

그녀의 상황은 여전히 슬프지만 이제 우리는 일의 어려움에 대처할 수단을 갖추지 못한 그녀에게도 책임이 있다는 사실을 이해한다. 그녀는 한계가 있으며, 유능하다고 말하기에는 약간 모자라다.

그런데 어떤 사람이 소명도 없는 일을 하도록 만들고 그로 인해 위축되게 만드는 이 러시아라는 나라는 뭔가? 기금을 모아야 하고, 바람이 들이치는 교실에서 가르쳐야 하고, 공동체로부터 아무런 지원을 받지 못하다니? 어떤 사람이 이런 삶을 사랑할 수 있겠는가?(나도 모르게 "자본주의는 몸의 관능성을 약탈한다"라는 테리 이글턴의 주장을 생각하고 있다.)

긴급한 상황 때문에 최선의 자아를 희생한 채 살아온, 생계를 유지하기 위해 요구되는 노역에 어울리지 않는다는 압력 때문에 우아함을 버려야 하는 전 세계의 수많은 마리야를 상상해 보라(어쩌면 나처럼 당신도 그런 사람 가운데 하나였는지 모른다).

마차에서   71

우리가 말해온 대로 단편 형식은 무자비하게 효율적이다. 이야기 안의 모든 것에 목적이 있어야 한다. 우리의 잠정적인 가정은 이야기에 존재하는 어떤 것도 우연에 머물거나 단지 어떤 다큐멘터리 기능에 봉사하지는 않는다는 것이다. 모든 요소가 작은 시로서 이야기의 목적과 관련을 맺으며 은근한 의미를 담아야 한다.

이를 '무자비한 효율 원칙Ruthless Efficiency Principle, REP'이라고 부르자. 이 원칙을 존중하여 우리는 마차가 어떤 읍내(니즈네예 고로디셰)에 들어설 때 어느새 묻고 있다. "이 읍내의 목적은 무엇인가?" 이것은 이야기 속의 읍내이기 때문에 유일하게 가능한 답은 하나다. "이 읍내는 이야기가 시키고자 하는 어떤 일을 하려고 여기 있다." 따라서 우리가 실제로 묻는 질문은 "이 읍내의 목적은 무엇인가? 왜 이 읍내이고 다른 읍내가 아닌가?"가 된다.

13페이지의 이 문단을 읽으면서 자신의 마음을 잘 지켜보고, 우리가 무엇에 주목하기를 체호프가 바라는지 보라.

그들은 니즈네예 고로디셰에 이르렀다. 찻집 근처 거름이 흩어진 눈 덮인 땅에 진한 황산이 담긴 큰 병들을 실은 수레들이 서 있었다. 찻집에는 사람이 아주 많았는데 모두 마부였고 보드카며 담배며 양 가죽 냄새가 났다. 크게 떠드는 소리와 도르래가 달린 문이 쾅쾅 닫히는 소리 때문에 시끄러웠다. 옆 가게에서는 누가 계속 아코디언을 연주하고 있었다.

자, 이것은 훌륭한 묘사이지만 동시에 목표가 있는 묘사이기도 하다. 우리가 마리야를 따라 안으로 들어설 때 체호프는 우리에게 뭔가 전달하고자 한다. 함의를 찾으며 읽어나갈 때 우리는 어느새 "거름이 흩어진", "진한", "황산", "냄새가 났다", "크게 떠드는", "쾅쾅" 같은 '부정적인' 단어들을 모으게 된다. 파티 소리와 계속 단조롭게 이어지는 아코디언 소리까지 보태지면서 우리는 체호프가 '이곳은 거친 곳이다'라는 생각을 전달하고 싶어 한다고 결론을 내리게 된다.

이와는 맛이 다른 버전을 생각해 보라.

> 찻집 근처 눈이 덮인 하얀 마당에 멀리 이국적인 곳에서 실려 온 오렌지와 사과가 잔뜩 담긴 상자를 실은 수레들이 서 있었다. 찻집에는 사람이 아주 많았는데 모두 마부였고 차 냄새, 한쪽 구석에 있는 엄청나게 큰 화덕에서는 뭔가 굽는 냄새가 났다. 그곳은 행복한 대화로 시끌벅적하고, 계속 즐겁게 문이 열리고 닫혀 흥겹고 반기는 분위기를 돋우는 곳이었다. 옆 가게에서는 아코디언으로 쾌활한 댄스곡을 연주하고 있었다.

이런 읍내가 존재할 수도 있고 어딘가에 존재했겠지만 체호프에게는 필요하지 않았다.

따라서, 자신이 수준 이하의 삶을 산다는 느낌 때문에 불만인 외로운 여자가 거친 곳으로 들어서는데, 이곳은 그녀가 원래 누렸어야 할 삶에서라면 절대 발을 들여놓지 않을 곳이었다.

영화 제작자이자 만능 인간인 스튜어트 콘펠드Stuart Cornfeld는 좋은 각본에서는 모든 구조적 단위가 두 가지 일을 할 필요가 있다고 나한테 말한 적이 있다. a. 그 자체로 즐거움을 줄 것. b. 사소하지 않은 방식으로 이야기를 진전시킬 것.

앞으로는 이를 '콘펠드 원칙'이라고 부르겠다.

범상한 이야기에서는 찻집 안에서 별일이 일어나지 않을 것이다. 거기 있는 찻집은 작가가 독자에게 지역색을 제공하고, 그런 장소가 어떤 모습인지 말해줄 기회를 준다. 또는 그 안에서 어떤 일이 일어날 수도 있지만 별 의미는 없을 것이다. 접시가 떨어져 깨지거나, 햇빛이 현실 세계에서 그러는 것처럼 목적 없이 제멋대로 창문으로 들어오거나, 작가가 최근에 진짜 개가 진짜 찻집을 들락거리는 걸 보았기 때문에 소설에서도 개 한 마리가 들락거린다. 이 모든 것이 '그 자체로 즐거움을 줄' 수는 있지만(생기 있고, 재미있고, 생생한 언어로 묘사되는 등등) '사소하지 않은 방식으로 이야기를 진전'시키지는 않는다.

이야기가 '사소하지 않은 방식으로 진전'될 때 우리는 지역색과 더불어 다른 무언가를 얻는다. 인물들이 어떤 상태에서 한 장면으로 들어갔다가 다른 상태로 나온다. 이야기는 그 자체의 더 특수한 버전이 되어 지금까지 쭉 묻고 있던 질문을 더 다듬어 제시한다.

그래서, 찻집에서 무슨 일이 일어나고 있는가?

"곰보 농민"이 욕을 한다(이는 지역색의 범주에 들어간다). 그러자 세묜이 욕에 반응하여 농민에게 마리야가 있으니 주의하라고 응수한다("젊은 숙녀가 안 보이는 거야?").

워크숍에서 우리는 이야기의 '판돈을 키우는 것'에 관해 많이 이야기를 나눈다. 세묜은 방금 그 일을 했다. '마리야'라는 딱지가 붙은 나선裸線과 '찻집의 농민'이라는 딱지가 붙은 나선이 있고 각각에 전기가 통하고 있지만, 두 전선은 서로 몇 발자국 떨어져 평행선을 그리고 있었다.

그런데 세묜이 욕에 반응함으로써 둘이 만났다. 마리야와 찻집에 모인 농민은 서로 상관할 일이 없고 아무런 관계도 없었다. 그런데 이제 상관하게 되고 관계가 생긴다.

누군가 세묜이 마리야를 묘사한 방식을 빈정거린다. "젊은 숙녀라고!"(이는 '저 여자가 **젊다고?**'와 '저 여자가 **숙녀라고?**' 두 가지를 다 의미한다.)

갑자기 공간에 긴장이 팽팽해진다. 마리야는 두 번 모욕을 당했다. 처음에는 욕에 의해 간접적으로, 다음에는 조롱에 의해 직접적으로. 우리는 농민으로 가득한 공간이 '엘리트' 교사에게 사나워질 가능성을 느낀다. 누가 나서서 그녀를 방어할까?

긴장은 작고 착한 곰보 농민이 해소하는데, 나는 늘 그가 일곱 난쟁이 가운데 잠꾸러기처럼 생겼으리라는 상상을 한다(내 마음속에서는 그가 사과하면서 모자를 벗는 모습이 그려진다). 마리야는 그의 사과를 받아들인다. "안녕하세요?" 그녀는 뻣뻣하게 말한다. 어쩌면 그런 인사가 상황을 더 악화시킬까 봐 걱정하는 것일 수도 있다.

그래서, 위기일발, 이 하층민 사이에서 마리야의 미약한 지위가 도드라진다. 욕을 하는 농민이 다른 농민이었다면 상황이 심각해질 수도 있었다(약 20년 뒤 러시아 혁명이 발발하여 바로 이들 농민 가운데 일부가 도로를 따라 행진해 하노프의 소유지를 점령하면 그때는 더 심각할 것이다).

마리야의 반응은 어떤가? 그녀는 "기쁘게" 차를 마신다. 그녀는 '떨리는 손으로' 또는 '울 것 같은 얼굴로' 마실 수도 있었다. 하지만 아니다. 문득 떠오르는 생각이지만, 어쩌면 그녀에게 그리 드문 경험이 아닐지도 모른다(우리가 그녀보다 심각하게 상황을 받아들였다). 그녀는 다른 때도 읍내를 오가던 중에 이 찻집에 여러 번 와보았을 가능성이 크다. 어쩌면 이런 저급한 조롱이 전에도 있었을지도?

마리야에 대한 우리의 이해는 더 다듬어졌다. 이것은 세상에서 지금 막 처음으로 추락하고 있는 여자의 이야기가 아니다. 이것은 얼마 전에 추락했고 추락한 자신의 상태에 너무 익숙한 나머지 이제는 특별히 화를 내지도 않는 사람의 이야기다. 그녀는 추락했고, 지금도 추락하고 있고, 아마 계속 더 추락할 것이다. 그녀 자신이 거의 농민이다.

이 장면이 콘펠드 원칙을 충족시켰을까? 그렇다고 생각한다. 이에 앞서 그녀가 내적 독백을 통해 스스로를 하층민의 삶으로 추락한 여자로 제시했지만 우리는 그녀의 말을 실제로는 믿지 않았을 수도 있다. 이제는 믿는다. 그 독백들에서(내 생각으로는 우리의 모든 내적 독백이 마찬가지이지만) 그녀는 세묜과 하노프를 은근히 심판함으로써, 또 지적인 사유라는 행위 자체로 통제를 유지했다. 그러나 이제 우리는 그녀의 지위가 사실은 얼마나 위태로운지 보았다. 실제로 그녀가 아는 것보다 심각하다. 그녀는 자신이 얼마나 추락했는지 보지 못하게 되었다. 하지만 우리는 이제 안다.

　　　　　　　작가는 어떻게 읽는가

새 양복을 살 때가 되었을지도 모른다고 생각하며 거리를 따라 걷고 있는 사람을 상상해 보라. 지금 입고 있는 양복도 아주 좋고 사람들이 늘 칭찬해 준다. 하지만 뭐 어떠랴, 자신에게 선물을 좀 주겠다는데. 그런데 가게로 가는 길에 마주친 10대 청년 몇 명이 그의 양복이 구식이고 형편없다며 조롱을 한다.

우리는 그에게 동정심을 느끼지만 동시에 갑자기 그의 양복을 다시 보게 된다.

마리야가 내적으로 서술하는 자신의 이야기와 세상에서 그녀의 실제 위치의 차이를 보았기 때문에 나도 모르게 그녀에게 더 따뜻해지고 그녀를 더 보호하고 싶어진다. 더 복잡해지고 위태로워진 마리야가 내가 이 이야기의 끝까지 데려가는 사람이다.

끝은 이제(힘을 내라) 얼마 안 남았다.

"바실리예브나, 이제 가시죠." 세묜이 소리쳤다.

그들은 마차를 타고 출발했다. 다시 걷는 속도로 움직였다.

"얼마 전에는 여기 이 니즈네예 고로디셰에 학교를 지었는데." 세묜이 말하며 돌아보았다. "그때 나쁜 짓들을 했어요!"

"그래요? 뭔데요?"

"운영회장이 거금 천을 챙기고, 관리자가 또 천을 챙기고, 교사가 오백을 챙겼다고 하더라고요."

"학교 전체에 비용이 천밖에 안 들어가요. 사람들을 중상하는 건 나쁜 일이에요, 할아범. 다 터무니없는 소리라고요."

"모르겠습니다. 나야 그저 사람들이 하는 이야기를 옮기는 것뿐이니까."

하지만 세묜이 여교사의 말을 믿지 않는 것은 분명했다. 농민은 그녀를 믿지 않았다. 그들은 늘 그녀가 보수를 너무 많이 받는다고, 한 달에 21루블을 받는다고(5루블이면 충분할 텐데), 그녀가 장작 비용과 수위 임금으로 받는 돈 가운데 아주 큰 부분을 챙긴다고 생각했다. 관리자도 그들과 똑같이 생각했는데, 그 자신은 장작으로 뭔가 챙기는 게 있었고 관리자 일로 그들에게서 보수를 받았다. 당국이 모르게.

숲은 다행히도 벗어났고 이제 뱌조비예까지는 탁 트이고 평평한 땅이었으며 갈 길도 얼마 남지 않았다. 강, 그다음에는 철로를 건너기만 하면 그만이었고, 그러면 뱌조비예에 들어설 것이다.

작가는 어떻게 읽는가

"어디로 가는 거예요?" 마리야 바실리예브나가 세묜에게 물었다. "오른쪽 길을 따라 다리를 건너야죠."

"뭐, 이 길로 가도 똑같습니다. 그렇게 깊지도 않은데요."

"말이 물에 빠져 죽지 않게 조심하세요."

"네?"

"보세요, 하노프도 다리로 가고 있잖아요." 마리야 바실리예브나는 오른쪽 멀리 말 네 마리가 끄는 마차를 보고 있었다. "저게 그 사람인 것 같아요."

"그 사람이고말고요. 그러니까 바크비스트는 집에 없었던 거네요. 정말 돌대가리지. 주여 우리에게 자비를! 저 사람은 저기로 가고 있군요. 대체 왜? 이 길로 가면 무려 3베르스타나 가까운데."

16

그들은 강에 이르렀다. 여름에는 얕은 개울이라 쉽게 걸어서 건널 수 있었고 8월에는 아예 말라버렸다. 하지만 지금은 봄 큰물 뒤라 6사젠* 폭의 빠르고 차가운 흙탕물 강이었다. 둑에서 물에 이르기까지 새로 바큇자국이 나 있으니 사람들이 그곳으로 건넌 것이 분명했다.

"이랴!" 세묜은 성도 나고 불안하기도 하여 크게 소리치고 고삐를 난폭하게 끌어당기며 두 팔꿈치를 새가 날개를 퍼덕거리듯이 움직여댔다. "이랴!"

말은 배 닿는 데까지 물에 들어가다 멈추었지만 곧 다시 근육을 긴장시키며 전진했고 마리야 바실리예브나는 발에 찌릿한 냉기를

* 러시아의 길이 단위. 1사젠은 약 2미터이다.

느꼈다.

"이랴!" 그녀도 소리치며 일어섰다. "이랴!"

그들은 둑에 이르렀다.

"엉망이 됐구먼, 주여 우리에게 자비를!" 세묜이 중얼거리며 마구를 바로잡았다. "골칫거리야, 이 젬스트보는."

그녀의 신발과 고무 덧신에는 물이 가득했고 드레스와 외투 아랫단과 한쪽 소매는 젖어서 물이 뚝뚝 들었다. 설탕과 밀가루도 젖었는데 그것이야말로 최악이었다. 마리야 바실리예브나는 절망에 사로잡혀 그저 양손을 마주 잡고 있다가 말했다.

"오, 세묜, 세묜! 대체 왜 이러는 거예요, 정말!"

_17_

❧

작가는 어떻게 읽는가

여기에서 변화에 관해 한마디.

마차로 돌아와 세묜은 다시 소문을 늘어놓기 시작하는데, 이번에는 그들이 막 떠나온 읍에 벌어진 어떤 "나쁜 짓들"에 관한 것이다. 앞서 세묜이 전달한 소문(모스크바 시장 암살에 관한 소문)은 정확했지만 마리야는 그의 말을 믿지 않았다/관심이 없었다. 지금은 그의 말이 정확하지 **않은**데 그녀는 관심이 **있는** 것으로 보이고, 그의 말을 고쳐주기까지 한다. 두 번 다 세묜이 부정확한 소문을 전달하고 마리야가 관심을 보이며 그의 말을 고쳐주게 할 수도 있었다. 그러나 이번에도 체호프는 정체를 피하고 변화를 향해 나아가는 듯하다. 변변찮은 작가라면 정체 상태로 두었을 상황에 자연스럽게 변화를 가져오는 능력은 그의 재능 가운데 하나다.

그가 변화를 주었기에 우리는 세묜을 동시에 두 가지 방식으로 읽을 수 있다. 하나는 늘 권력자의 최악의 면만 믿으려고 하는 19세기 러시아판 음모 이론가이고, 또 하나는 마리야와 같은 환경에서 살고 있지만 주위에서 벌어지고 있는 일에 활발한(정확성에서는 왔다 갔다 하지만) 관심을 유지해 온 사람이다.

반면 마리야는 '세상사'에는 관심이 없고, 지역 일 또는 공동체에서 이미 보잘것없는 자신의 지위에 영향을 줄 수도 있는 것에만 관심을 가진다(그러나 찻집에서 경험한 바가 있기 때문에 우리는 그녀를 탓하지 않는다). 이는 또 우리가 이미 관찰한, 그녀의 생각이 늘 학교로 돌아가는 경향을 보이는 이유를 설명해 준다. 그것은 자기 보호적이고 경계를 가늠하는 움직임이다. 그녀는 자신이 실제로 통제력을 어느 정도 행사할 수 있는 한 가지에 집착하고 있다.

또 우리가 서로 대립하는 세묜과 마리야를 읽고 있다는 점에 주목하라. 그들은 상자 안에 서로 다른 자세로 들어가 있는 두 인형 같다. 세묜은 세상에 관심이 있고 마리야는 관심이 없다. 그는 추측을 하고 그녀는 하지 않는다. 둘 다 체제를 불신한다(서로 이유는 다르지만). 그는 농민이고 그녀는 거의 농민에 가깝다 등등.

사실 상자 안에는 인형이 셋이다. 마리야, 세묜, 하노프. 우리는 의도하지 않아도 계속 유사점과 차이점을 찾아 세 사람을 훑게 된다. 우리는 같은 읍 출신에 같은 마차에 타고 있기 때문에 마리야와 세묜을 함께 묶는다. 세묜보다 젊고 더 높은 사회계급 출신이며 짝을 이룰 가능성이 있기 때문에(그렇게 커 보이지는 않지만) 마리야와 하노프를 함께 묶는다. 둘 다 '마리야보다 똑똑하지 못한 사람들이며 마리야가 감당해야 할 사람들'을 대표하기 때문에 세묜과 하노프를 함께 묶는다. 그러나 세 사람은 나름의 방식으로 또 혼자이기도 하다. 마리야는 유일한 여자이고, 세묜은 유일한 농민이고, 하노프는 유일한 지주다.

이야기는 실생활과 같지 않다. 이야기는 물건 몇 가지만 놓여 있는 탁자와 같다. 탁자의 '의미'는 사물을 선택하고 사물들이 서로 관계를 맺게 하는 방식에 의해 만들어진다. 탁자 위에 놓인 이런 물건들을 상상해 보라. 총, 수류탄, 도끼, 도자기 오리. 만일 오리가 탁자 중앙에 있고 무기들에 감싸여 있다면 우리는 그 오리한테 문제가 생겼다고 느낀다. 만일 오리, 총, 수류탄이 도끼를 한쪽 구석에 몰아넣고 있다면 우리는 오리가 (구식) 도끼에 맞서 현대 무기(총, 수류탄)를 이끌고 있다고 느낄지도 모른다. 만일 세 무기가 모두 위태롭게 탁자 한쪽 가장자리에 걸려 있고 오리가 무기들을 마주 보고 있다면 우리는 이 오리를 이제 더는 참지 않겠다고 나선 과격한 평화주의자로 파악하게 될지도 모른다.

이게 사실 이야기의 전부다. 우리가 서로 비추어가며 읽는 요소들의 제한된 집합체.

자, 적어도 이제부터는(15페이지 하단) 가는 길이 쉬워질 것이다. 그들은 말 그대로 숲에서 나왔고* 이제 앞은 평평한 땅이다. 체호프는 다가올 풍경의 시각화라는 목적에 유용한 단순한 지도를 우리에게 제공한다. "강, 그다음에는 철로를 건너기만 하면 그만이었"다.

근처에 다리가 있지만 세묜에게는 다른 계획이 있다. 그는 강을 그냥 건널 생각인데 "그렇게 깊지도 않"고 시간을 좀 절약해 줄 것이기 때문이다. 하노프는 이야기에 다시 나타나 아주 조심스럽게(신중하게?) 다리로 향하고 있다. 마리야가 하노프 생각을 전혀 하지 않는다는 점(희망을 다시 일깨우지도 않고 박동이 빨라지지도 않는다)에 주목하라. 이는 하노프에 대한 그녀의 생각이 사실 진지한 것이 아니라 스쳐가는 것에 지나지 않았다는 우리의 판단을 확인해 준다.

세묜은 시간을 보건대 "돌대가리" 하노프가 친구 집에 갔지만 결국 허탕을 친 것이라고 결론을 내린다. 하노프의 나들이는 헛수고였던 셈이다.

그들은 강에 이른다.

* out of woods, 비유적으로 위기에서 벗어났다는 뜻도 있다.

세묜이 말을 앞으로 몰아대기 전에 먼저 물어보자. 왜 체호프는 굳이 이 강을 만드는 수고를 했을까? 그냥 마차가 쭉 뻗은 마른 길을 달려 그들이 사는 읍으로 바로 들어가게 할 수도 있었다. 그럼에도 이렇게 한 것을 보면, 강을 건너다가 그의 목적에 쓸모가 있는 어떤 일이 일어날 것임에 틀림없다. (서로 연결된 글쓰기 격언 한 쌍. "아무런 이유 없이 어떤 일이 일어나게 하지 마라"와 "어떤 일이 일어나게 했으면 그것이 중요해지게 하라.")

"여름에는 얕은 개울…하지만 지금은…6사젠 폭…이었다." 따라서 강 건너기는 까다로운 일이 될 것이다. 그러나 바큇자국은 그즈음 강을 건넌 사람이 있음을 보여준다. 이 순간은 세묜과 하노프 사이의 능력 시험처럼 느껴진다. 어떤 버전의 현실이 올바른가.

a. 으스대는 농민 세묜은 더 똑똑한 귀족을 우습게 여기고 건널 수 없는 강을 건너려다 참담한 결과를 맞이한다.

b. 민중의 한 사람인 세묜은 시간을 절약하기 위해 합리적으로 자신과 같은 사람들이 최근에 했던 일, 그러나 아무런 이유 없이 그저 안전한 쪽을 택하느라 시간 낭비를 하는 멍청한 신사 하노프는 하지 못하는 일을 한다.

마리야는 이 일에 발언권이 없으며, 이야기의 중심인물이자 가장 영리하고 가장 자의식이 강한 사람임에도 무슨 일이 일어나든 그 결과를 감당하며 그냥 앉아 있으려 한다.

처음에는 아슬아슬하다. 물이 마차 안으로 쏟아져 들어온다. 그들은 결국 건너는 데 성공하고 세묜(끝까지 음모 이론가다)은… 지방정부(젬스트보)를 탓한다. 여기에서 사는 일은 "골칫거리"다(내 탓이 아니야, 이 읍이 문제야!). 한편 하노프는, 우리의 상상으로는 다리를 향해 계속 느릿느릿 나아가고 있다.

누가 이길까? 뭐, 세묜이 이긴 셈이다. 하지만 마리야의 신발은 물이 가득하고 드레스는 젖었으며, 최악으로 아마 그녀의 급여 가운데 상당 부분을 썼을 설탕과 밀가루(그녀가 "산 물건")가 젖어버렸다.

"오, 세묜, 세묜! 대체 왜 이러는 거예요, 정말!" 그녀는 말한다.

정말 슬픈 순간이다. 그녀가 추구한 소박한 쾌락(아주 작은 방에서 살아갈 기본적인 식품을 얻는 것을 '쾌락'이라고 볼 수 있다면)조차 그녀는 가질 수 없다.

하노프는 또렷한 성과 없이 나들이에 하루를 허비했다.

마리야도 마찬가지다.

앞서 우리는 왜 체호프가 이 이야기에 군이 강을 집어넣었느냐고 물었다. 아마도 마리야가 산 물건을 적셔버리려고 그랬던 듯하다.

왜 그렇게 할 필요가 있었을까?

그 질문은 다음으로 넘기겠다.

젊은 작가 시절 나는 퇴짜를 맞은 적이 있는데, 상대방이 한참 칭찬을 하다가 내린 결론은 이거였다. "빠르고 웃기고 격합니다···. 하지만 이게 이야기인지는 잘 모르겠습니다." 그 말은, 뭐랄까··· 사람을 미치게 만들었다(내 느낌: 빠르고 웃기고 격하다면 그걸로 충분한 거 아니야, 이 멍청이들아?). 하지만 지금은 이해한다. 단편은 단지 잇따라 일어나는 일련의 사건들이 아니다. 단편은 기세 좋게 몇 페이지 계속되다 멈추는 활기찬 서사가 아니다. 우리가 끝까지 다 읽을 수밖에 없게 하지만, 그래, 그렇지만 그 와중에 어찌 된 일인지 상승하거나 확장하여… 이만하면 됐다는 수준에 이르는 서사다.

내가 어렸을 적, "이제 수프가 된 거야?"라는 립톤의 텔레비전 광고가 인기를 끌었다.

우리는 우리가 읽고 있는 이야기를 놓고 늘 묻는다(우리가 쓰고 있는 작품도 마찬가지다). "이제 **이야기가** 된 거야?"

그것이 우리가 쓰면서 다다르려 하는 순간이다. 우리는 고치고 또 고쳐서 말하자면 텍스트를 완성하게 되고, 그러면 '이제 이건 이야기다'라는 그 느낌이 온다.

그런 느낌의 원인이 무엇인지 조사하는 한 가지 좋은 방법. 좋은 이야기를 창작자가 실제로 끝낸 지점 이전에 끝내는 실험을 해보라. 그냥 뒤를 잘라버리고 그 강요된 결말에 대한 자신의 반응을 관찰하라. 그때 생기는 느낌이 우리에게 무엇이 빠졌는가에 관해 말해줄 것이다. 또는 반대로, 우리가 잘라낸 마지막 부분까지 다 읽었을 때 그 부분이 무엇을 제공하여 '서사'를 '이야기'로 바꾸는 과정을 완성하는지 말해줄 것이다.

그렇다면 〈마차에서〉를 바로 여기에서, 우리가 지금까지 읽은 부분에서 끝내면 어떨까? 이런 식으로 말이다.

"오, 세묜, 세묜! 대체 왜 이러는 거예요, 정말!"

끝.

처음으로 돌아가 이야기를 쭉 훑어 여기에서 끝내보라. 어떤 느낌인가? 그렇게 끝난 이야기가 무엇을 '말하고' 있는 것 같은가? 무엇이 부족한가?(어떤 볼링 핀이 아직 허공에 있는가?)

작가는 어떻게 읽는가

내가 받은 느낌은 이렇다. '아니, 아직 이야기가 안 됐다.'

그 이유를 파악할 수 있을지 한번 보자.

앞서 우리는 이 이야기가 자신을 무엇이라고 생각하는지 가장 간단하게 서술하면 다음과 같다고 했다.

외로운 여자가 연인 후보를 우연히 만난다.

우리는 이제 이 단계를 지나서 다음에 이르렀다.

외로운 여자가 연인 후보를 우연히 만나는데, 이 사람은 그녀의 외로움을 달래줄 것 같지만 그렇지 않고, 그녀는(또 우리는) 어차피 이것이 공허한 희망임을 깨닫고, 찻집에서는 거의 수모를 당하고, 여행의 외면적인 목적(물건 구입)은 무효가 된다.

끝.

이렇게 끊겨버리면 이 이야기는 일화 같고 거칠게 느껴진다. 우리가 좋아하는 훌륭한 숙녀에게 일련의 나쁜 일이 생기고 그녀는 출발할 때보다 안 좋은 상태로 집으로 돌아온다(이것은 현실 세계에서 사람들이 살아낸 수백만의 하루를 묘사하기는 하지만 이야기는 아니다).

워크숍에서 우리는 가끔 하나의 글을 이야기로 만드는 작업이란 그 안에서 인물의 성격을 영원히 바꾸어버리는 어떤 일이 일어나는 것이라고 말하곤 한다(약간 지나치게 엄격하기는 하지만, 하나의 출발점으로서 일단 이렇게 가보도록 하자). 따라서 우리는 변화의 순간을 틀에 집어넣기 위해 한 시점에서 시작해 다른 시점에서 끝나는 어떤 이야기를 한다(그렇기에 세 유령들이 나타나 스크루지를 쫓아다니기 전 일주일의 이야기 또는 로미오의 열 살 생일잔치 이야기를 하지 않으며, 루크 스카이워커의 인생에서 별일이 일어나지 않는 기간을 이야기하지 않는다).

왜 체호프는 마리야의 삶에서 이날을 선택하여 서술했을까? 다른 식으로 물어보자. 오늘 마리야에게 무엇이 달라졌나? 우리가 첫 페이지에서 만난 여자와는 다른 사람이 되었나? 그렇게 보이지는 않는다. 그녀에게 뭔가 새로운 일이 일어났나? 나는 그렇게 생각하지 않는다. 그녀는 전에도 하노프를 여러 번 만났으며, 이미 말한 대로 전에 그에 관해 로맨틱하고 희망 섞인 생각을 했다고 짐작되지만 그 방면에서는 아무런 진전이 없고 그녀도 이 점을 아주 잘 알고 있다. 그녀는 찻집에서 모욕을 당했지만 대수롭지 않게 여기며, 이런 반응이 그녀를 보는 우리의 관점을 변화시키고 따라서 하나의 확장처럼 느껴지지만, 이것이 자신에 대한 그녀의 관점을 바꾸지는 않았다(그녀가 수모를 겪은 후에 차를 "기쁘게" 마시고 바로 학교 생각으로 돌아간 사실을 통해 알 수 있다).

우리의 진짜 질문은 이런 것이다. 남은 일곱 문단에서 이것을 상승시켜 하나의 이야기로 만들 만한 무슨 일이 일어날 수 있을까?(무슨 일이 일어나야 할까?)

이야기를 여기에서 잠깐 멈추고 현재 상태로는 이야기가 아니라고 인정하는 것도 흥미로운 일이다. 아직은 아니다. 그리고 지금 이 자리에서 나는, 끝에 이르면 이것이 훌륭한 이야기가 된다고 주장하겠다.

여기에는 단편 소설 형식 자체에 관해 배워야 할 핵심적인 것이 있다. 아직 이야기가 아닌 것을 **훌륭한 이야기**로 바꾸는 것이 무엇이든 그것은 이제 곧, 이다음 페이지에서 나타날 것이다.

철도 교차로의 차단기가 내려갔다. 역에서 급행 열차가 오고 있었다. 마리야 바실리예브나는 교차로에 내려서서 기차가 지나가기를 기다리며 추위에 온몸을 떨었다. 이제 뱌조비예가 시야에 들어왔다. 녹색 지붕이 덮인 학교, 석양을 반사하여 불타오르는 십자가들이 달린 교회. 역에 난 창들도 불붙고 있었고 기관차에서는 분홍색 연기가 솟아오르고 있었다…. 그녀의 눈에는 모든 것이 추위에 몸을 떠는 것 같았다.

기차가 왔다. 기차 창들이 교회 십자가와 마찬가지로 타오르는 빛을 반사하는 바람에 눈이 아파서 보고 있기가 힘들었다. 일등칸 *18* 승강단 한 곳에 부인이 한 사람 서 있었고 마리야 바실리예브나는 기차가 빠르게 지나갈 때 언뜻 그 모습을 보았다. 어머니! 저렇게 닮았을 수가! 그녀의 어머니도 꼭 그렇게 풍성한 머리카락에, 꼭 그런 이마였으며, 꼭 그런 식으로 머리를 가누었다. 그 순간 그녀는 13년 만에 처음으로 어머니와 아버지, 또 오빠와 모스크바의 아파트, 작은 물고기들이 놀던 수족관까지 모든 것을 아주 세밀한 곳까지 놀랄 만큼 또렷하고 생생하게 그려낼 수 있었다. 갑자기 피아노 소리와 더불어 아버지 목소리가 들렸다. 그녀는 그때와 마찬가지로 젊고 잘생기고 옷을 잘 입은 모습으로 따뜻한 방에서 가족에게 둘러싸여 있는 느낌이 들었다. 갑자기 기쁨과 행복의 느낌에 휩싸이자 그녀는 환희에 젖어 두 손으로 관자놀이를 누르며 작은 목소리로 애원하듯이 불러보았다.

"엄마!"

그녀는 울기 시작했고 이유는 알 수 없었다. 그 순간 말 네 마리가 끄는 마차를 타고 하노프가 다가왔고 그녀는 그를 보며 전에 없던 행복을 상상하면서 동등하고 친밀한 사람으로서 미소를 짓고 고개를 끄덕였다. 하늘과 창문과 나무가 자신의 행복으로, 자신의 환희로 빛나는 것 같았다. 아니, 아버지와 어머니는 죽은 적이 없고 자신은 교사였던 적이 없고, 그것은 그저 길고 이상하고 답답한 꿈이었을 뿐이고 이제 그녀는 깨어나….

"바실리예브나, 타요!"

갑자기 그 모든 것이 사라졌다. 차단기가 천천히 올라가고 있었다. 마리야 바실리예브나는 추위에 언 몸을 떨며 마차에 탔다. 말 네 마리가 끄는 마차가 철로를 건너고 세묜이 뒤따랐다. 교차로의 경비원이 모자를 벗었다.

"이제 뱌조비예네요. 다 왔습니다."

19

*

철로 차단기가 내려온다(기차가 곧 지나갈 것이다). 철도 건너에는 집, 뱌조비예 마을이 보인다. 체호프는 마리야를 노예로 만들고 있는 일터인 "녹색 지붕이 덮인 학교"를 포함하여 특정한 건물들을 묘사하는데 이때는 하루 가운데 특정한 순간, 즉 해가 지는 순간이다. 석양이 건물들에 무슨 일을 할까? 환하게 밝힌다. 구체적으로 어떤 부분을? 십자가와 역의 창문들(이 묘사와 "러시아의 다른 모든 작은 마을과 똑같아 보이는 읍내가 그들 앞에 놓여 있었다"의 차이에 주목하라).

기차가 온다. 체호프는 방금 자신이 해가 지면서 사물을 환하게 밝힌다고 말한 것을 기억한다. 따라서 기차의 창문도 환하게 밝혀진다. 그 결과, 마리야는 기차를 똑바로 볼 수가 없다. 대신 일등칸 승강단을 본다. 그리고 거기에서… 어머니를 본다(여기에서 긴밀한 인과 관계, 하나의 원인이 다음 결과를 불러내고 있음에 주목하라). 그 즉시 체호프는 이런 잘못된 인식을 교정한다(마리야에게 교정하게 한다). "저렇게 닮았을 수가!" 이 여자를 어머니로 오해하는 그녀는 합리적일까? 그렇다. 체호프가 구체성을 통해 이를 증명한다. 무엇이 비슷한가? 여자의 머리카락, 이마, 머리를 가누는 방식.

이 장면이 원인이 되어 잊혔던 기억들이 밀려온다. "13년 만에 처음으로" 그녀는 모스크바에서 보낸 어린 시절을 생생하게 그려본다.

이 문단을 그녀가 유년 시절을 회상하던 3페이지의 첫 번째 문단과 비교해 보라. 그 묘사에서는 작은 물고기들이 놀던 수족관도 없었고 피아노도 없었고 노래도 없었고, 그와 관련된 행복감도 없었다. 앞서(바로 몇 시간 전) 유년을 돌이켜 보았을 때 그녀가 기억할 수 있었던 것은 "꿈처럼 흐릿하고 형태가 없었다". 이제 그녀의 마음은 구체적인 것들로 가득하다. 유년의 모호한 버전에 교정이 이루어졌다. 이렇게 회상한 세부는 자신에 대한 그녀의 관점을 바꾼다. 그녀는 한때 다른 사람, 집이 있는 사람, 사랑받는 사람, "젊고 잘생기고 옷을 잘 입은 모습으로 따뜻한 방에서 가족에게 둘러싸여 있는" 사람, 안전하고 돌봄을 받는 사람이었다.

그녀는 "기쁨과 행복의 느낌"에 휩싸인다.

"엄마!" 그녀는 부르고 울기 시작하는데 "이유는 알 수 없었다".

그녀의 불행이 끝나기를 기다렸다면 드디어 그 순간이 왔다. 구원은 기억의 형태로 찾아왔다. 그녀는 한때 자기가 어떤 사람이었는지 기억한다. 그녀는 **지금** 과거의 그 사람이 되어 있다.

이런 새로운 행복의 상태가 지속될까?(이것이 그녀를 영원히 바꾸어놓을까?)

우리는 왜 체호프가 다른 날이 아니라 이날의 이야기를 우리에게 해주었는지 알게 되었다. 이날의 일은 어제, 또는 악몽 같은 13년 동안의 다른 어느 날 일어나지 않았다.

바로 오늘, 처음으로 일어났다.

여기서 잠깐 멈추고 그녀의 유년을 다룬 두 문단을 연달아 읽는 게 도움이 될 듯하다. 겹치는 부분(모스크바, 아파트)만이 아니라 두 번째로 언급될 때 추가된 내용을 보라. 수족관, 피아노, 사랑, 소속감. 이것이 확장이다. 체호프가 두 번 모두 똑같은 묘사를 했다면 그건 정체일 것이다("가게에 갔는데 그곳은 더웠고 그곳에서 토드를 보았

　　　　　　　　　작가는 어떻게 읽는가

다. 나중에 가게에 갔는데 그곳은 더웠고 그곳에서 토드를 보았다"). 마리야는 기억을 돌이키면서 말 그대로 몇 초 전과는 다른 사람이 된다. 그리고 우리는 이를 확장으로 느낀다. 갑자기 과거의 그녀(사랑받고 특별하고 보살핌을 받던)가 무시무시한 새로운 현실에서 깨어난다. 우리는 그 충격을 느낀다('내가 형편없는 지방 학교에서 일하는 거의 농민에 가까운 교사다? 뭐라고? 내가? **마리야가?**'). 하지만 동시에 자신, 진짜 자기 자신으로 회복된 데서 그녀가 맛보는 기쁨도 느낀다.

나는 이 새롭고 갑자기 고양된 마리야를 사랑한다(그녀가 긴 세월 동안 얼마나 비참했는지, 또 얼마나 용감했는지 알게 된다).

우리는 하나의 이야기가 에너지 전이를 위한 체계라고 말했다. 초반 페이지들에서 만들어진 에너지가 이야기를 따라 옮겨져, 이 부분에서 저 부분으로 전해진다. 마치 불을 끄는 물 양동이가 전해지는 것과 같은데, 물이 한 방울도 떨어지지 않기를 바랄 뿐이다.

여기에서 도미노가 쓰러지는 듯한 인과 관계의 아름다운 효과에 주목하라. 마리야에 대한 우리의 연민이라는 초반의 에너지(이 때문에 우리는 그녀가 구원을 얻기를 바라는데, 그것이 하노프에게서 올지도 모른다고 잘못 생각하기도 했다)는 이 끔찍한 하루 동안 점점 강해져 그녀가 산 물건이 엉망이 되는 데서 절정에 이른다. 그러나 이날의 축적되는 고통이 원인이 되어 그녀는 낯선 사람을 어머니로 잘못 보고, 다시 이것이 원인이 되어 과거의 자신을 기억하게 되며, 이때 우리는 그녀를 알았던 모든 시간을 통틀어 처음으로, 가엾게도 이야기가 시작한 이후 처음으로, 그녀가 행복을 경험하는 모습을 보게 된다.

그녀는 소생하여 과거의 근심 없고 행복하고 희망 가득한 젊은 소녀로 탈바꿈한다. 갑자기 힘을 되찾은 슈퍼 히어로 같다.

이 대목에서 나는 늘 그녀가 살고 있는 이 험한 세상이 곧 교정될 것이라고 느끼게 된다.

어쨌든, 그렇게 바라게 된다.

하노프는 마차를 세운다. 세묜이 강을 바로 건너느라 시간을 얼마나 절약했는지 몰라도 기차가 지나가기를 기다려야 하기 때문에 다 의미 없는 일이 되었다. 또 물에 젖기도 했다. 하노프도 세묜만큼은 영리하며 그 역도 성립한다. 즉 둘 다 아주 영리한 것은 아니다. 이 러시아에서는 아무도 일반화된 권태를 이겨낼 만큼 영리하지 못하다. 귀족 계급이든 농민이든 똑같이 서툴고, 상황을 어느 정도 분명하게 보는 세상의 마리야들은 그 중간에 끼어 있다.

하노프를 보자 마리야는 "전에 없던 행복을 상상하면서 동등하고 친밀한 사람으로서(10페이지에서는 거의 똑같은 언어로 표현된 두 가지 모두를 불가능하다고 내쳤다) 미소를 짓고 고개를 끄덕였다".

"하늘과 창문과 나무가 자신의 행복으로" 또 이상하게도 "자신의 환희로 빛나는 것 같았다". 그녀의 "환희"가 무엇일까? 그녀는 과거의 소녀로 복원되었다. 부모는 죽지 않았고, 그녀는 "교사였던 적이 없"다. 수모는 전혀 겪지 않았다. 그 모두가 "길고 이상히고 답답한 꿈"이었고 이제 그녀는 거기에서 깨어났다.

그녀는 마침내 다시 행복하고, 다시 당당하고, 다시 온전한 인간이

작가는 어떻게 읽는가

되었다.

그녀는 행복하지만 여전히 혼자다.(하지만 여전히 외로울까?)

여기에서, 끝을 몇 줄 안 남기고 이 이야기의 다른 버전을 상상할 수 있을까? 이 갑작스러운 자신감, 자신이 사랑할 가치가 있는 사람이라는 새로운 감각이 그녀를 확 바꾸어 하노프가 그 차이를 알아보고, 마치 처음 보듯이 그녀를 보고, 그리고….

상상할 수 있다고 장담한다. 나는 할 수 있다. 나는 한다, 여기에 이를 때마다 매번.

하지만 아니다.

세묜이 "타요" 하고, 즉 '당신의 진짜 삶인 이 마차로 돌아와' 하고 소리친다. "갑자기 그 모든 것이 사라졌다." 이야기는 이미 우리에게 그들 사이의 어떤 관계는 불가능하다고 말했고, 그것은 불가능하다. 여전히 불가능하다. 하노프에 대한 언급은 더 없다. 오직 그의 마차에 대한 언급뿐이다. "말 네 마리가 끄는 마차가 철로를 건"넜다. 그리고 교차로의 경비원이 그녀에게 모자를 벗는 이상하고 어쩐지 완벽해 보이는 디테일이 있다(외로움으로 돌아오신 것을 환영합니다, 선생님).

그들은 집으로 돌아오고 이야기는 끝난다.

얼마나 슬픈가, 얼마나 슬픈가, 얼마나 완벽하게 진실한가.

왜 하노프는 그녀에게 매혹되지 않았을까?

가장 좋은 답은 그러지 않아야 이야기가 더 아름답다는 것이다. 만일 그가 그녀에게 매혹된다면, 이는 그가 지금까지 매혹되지 않은 유일한 이유가 마리야가 전에는 한 번도 이렇게 행복한 적이(이렇게 매력적인 적이) 없었기 때문이라는 뜻이 된다. 달리 말해 이 이야기는 "마리야가 사랑받기 위해 해야 했던 일은 오직 **전보다** 더 나아진 상태에 이르는 것이었다"라고 말하는 것으로 이해될 것이다. 그것은 덜 재미있고, 심지어 하찮은 이야기다. 게다가 이미 분명해진 사실, 이 둘은 서로를 위한 존재가 아니라는 사실과 모순이 된다. 아무리 행복의 빛이 늘어나도 그들 사이의 간극은 메우지 못하며 만일 메운다면 가짜, 억지라는 느낌이 들 것이다.

하노프가 그녀의 변화를 인식할까? 그러지 않을 것 같다. 그 미소와 고개의 끄덕임을 보지 못하거나(그는 이미 다리 건너를 보고 있다) 보더라도 그에게 아무런 영향을 주지 않는다. 사랑 고백은 말할 것도 없고, 명랑한 작별 인사나 마주 고개를 끄덕이고 미소를 지어주는 일도 없다. 그녀의 변화를 눈치채지 못하는 게 가능할까? 물론이다. 또 만일 그렇다면 '하노프는 멍청이'임을 보여준 그 모든 순간이 헛수고가 아니었던 셈이다(그는 워낙 둔해서 어떤 여자가 방금 13년의 불행을 벗어버렸는데도 눈치채지 못하는 사람이다).

어쨌든 마리야는 상관하지 않는다. 그녀의 관심은 하노프가 아니라 자신의 행복으로 빛을 발하고 있는 하늘과 창과 나무에 있으며, 진정한 자신이 갑자기 복원되었다는 "환희"에 있다.

그녀에게 일어난 일은 심오하며 하노프와는 아무런 상관이 없다. 오래전에 죽은 어떤 것이 그녀 안에서 막 깜빡이며 되살아났기 때문이다.

그 순간 그녀의 눈에서 보인다고 상상할 수 있는 빛에 이 이야기가 창조해 낸 모든 에너지가 담겨 있다.

우리는 이야기가 변화의 순간을 둘러싼 틀을 이룬다고, 암묵적으로 다음과 같이 말하는 것이라고 했다. "이날 상황이 영원히 바뀌었다." 변형으로는 "이날 상황이 영원히 바뀔 뻔했지만 바뀌지 않았다"가 있다. 철로에 이르기 전까지 〈마차에서〉는 그 변형의 변형으로 "이날 상황은 영원히 바뀔 수도 있을 것처럼 보였지만 그렇게 되지는 않았는데, 물론 절대 그렇게 될 수 없기 때문이다"(희망 고문을 하는 짧고 기만적인 이야기)였다. 그리고 철로에서 이 이야기는 "이날 상황이 실제로 영원히 바뀌었지만 우리가 예상했던 방식은 아니며, 더 좋은 쪽이 될 수도 있고 나쁜 쪽이 될 수도 있다"가 된다.

우리 자신이 아무것도 아닌 존재이고 늘 아무것도 아닌 존재였다고 느낀다면 그것도 하나의 이야기다. 하지만 우리가 아무것도 아니라고 느끼다가 어떤 기적적인 순간에 한때 우리도 무언가였다는 사실을 기억한다면 그것은 더 행복한 이야기일까 아니면 더 슬픈 이야기일까?

글쎄, 경우에 따라 다르다.

우리는 궁금하다(이 이야기 때문에 궁금해진다). 마리야가 잠시 힘과 자신감을 느낀 경험이 어떤 영향을 줄까? 이 경험이 '그녀를 영원히 바꾸었을까'? 내일도 여전히 그렇게 느낄까? 한때 젊었고 사랑받았다는 사실을 알고 있는 상황이 그녀 안에서 계속 살아남아 그녀가 사는 방식을 굴절시킬까?

마지막에서 두 번째 문단을 보면 그렇지 않을 거라고 생각하는 쪽으로 기울게 된다. "추위에 언 몸을 떨며"라는 구절은 그녀가 이전 상태로 회귀했음을 보여준다. 무엇보다도 우리가 이 구절을 그녀의 행복이 절정에 이른 순간에 사물들이 "빛나"고 있었다는 사실을 배경으로 읽게 되고 빛을 온기와 연결하게 되기 때문이다.

그러나 아름답게 끝난 이야기의 특징은 우리가 인물의 삶이 이야기 너머까지 이어진다고 상상하게 된다는 점이다. 나는 이날의 경험이 마리야의 삶을 나아지게 만들면서 그녀가 울적한 교사校舍 주위를 바쁘게 돌아다니다 가끔 다시 찾아가는 비밀 장소로 존재하게 된다고 상상할 수 있다. 또 이 경험이 그녀의 삶을 더 나쁘게 만든다고 상상할 수도 있다. 되풀이되는 조롱으로서, 그녀가 얼마나 깊이 추락했는지 보여주는 증거로서.

또 지금까지 그녀의 삶을 고려할 때 일관성이 있는, 가장 슬픈 결과도 상상할 수 있다. 이 지긋지긋한 생활이 몇 주(몇 달, 몇 년) 더 이어지자 그녀는 철로 앞에서 맞이했던 빛나는 순간을 완전히 잊는다, 전에 그 유년의 수족관을 잊었듯이.

이것을 외로움, 진짜 외로움, 세상에 실제로 존재하는 외로움을 인간적 크기로 그려낸 가슴 아픈 묘사로 만드는 것은 우리가 마리야의 내부에서부터 그녀가 이 모든 것을 겪는 과정을 지켜보았다는 점이다. 내면성이 이보다 덜한 이야기였다면 단순한 연민의 감정('오, 저 가엾고 외로운 사람')만 낳았을지도 모른다. 그러면 우리는 마리야를 '우리보다 못한 타자'로 이해했을 것이다. 그러나 고도의 기교를 이용한 이 이야기의 내면성은 우리를 안으로 끌어들이면서 그녀를 우리와 엮어놓는다. 그녀는 외롭지만 완전한 사람이 아니다. 그녀는 외롭고 불완전한 사람이다. 우리는 우리가 사랑하는 외롭고 불완전한 누군가, 또는 불완전한 (외로운) 우리 자신에게 연민을 느끼는 것과 마찬가지로 외롭고 불완전한 마리야에게 연민을 느낀다.

하나의 이야기를 이런 식으로 생각할 수도 있다. 독자는 오토바이의 사이드카에 앉아 있고 작가는 오토바이를 몰고 있다. 잘 만든 이야기에서 독자와 작가는 아주 가까워서 둘이 하나의 단위를 이룬다. 작가로서 나의 일은 오토바이와 사이드카 사이의 거리를 좁게 유지하여, '내가 제대로 가면 당신도 제대로 간다'가 되게 하는 것이다. 이야기의 끝에서 내가 오토바이를 절벽 너머로 몰고 가도 당신은 따라올 수밖에 없다(지금까지는 나와 거리를 둘 만한 이유를 제공한 적이 없다). 오토바이와 사이드카 사이의 거리가 너무 멀면 코너를 돌 때 내 이야기를 듣지 못하고 나와 맺은 관계에서 벗어나 지루해하거나 짜증이 나서 읽기를 그만두고 영화를 보러 떠날 것이다. 그러면 인물 발전이고 플롯이고 목소리고 정치고 주제고 없다. 아무것도 없다.

체호프는 우리가 마리야와 아주 가까운 거리를 유지하게 만들었고, 우리는 기본적으로 그녀가 되었다. 그는 우리와 마리야 사이에 감정적 거리를 둘 이유를 주지 않았다. 도리어 그녀 마음의 움직임을 아주 잘 묘사하여 가끔 마치 우리 마음의 움직임을 묘사하고 있는 것 같은 느낌이 들 정도도. 우리는 마리야고 마리야는 우리다. 다른 삶, 대책 없이 외로운 삶 속의 우리다.

이 이야기는 외로움의 문제를 해결할까? 해법을 제시할까? 아니다. 외로움은 늘 우리와 함께 있었고 앞으로도 그러하리라고 말하는 듯하다. 사랑이 있는 한 사랑받지 못하는 사람들이 있을 것이다. 부가 있는 한 가난도 있을 것이다. 흥분이 있는 한 따분함도 있을 것이다. 이 이야기의 결론은 기본적으로 이렇다. "그래, 이 세상은 그런 것이다."

하지만 어떤 이야기의 진정한 아름다움은 겉으로 보이는 결론이 아니라 이야기를 읽는 과정에서 일어난 독자의 마음속 변화에 있다.

체호프는 이렇게 말한 적이 있다. "예술은 문제를 해결할 필요가 없다. 정확히 정리하기만 하면 된다." 정확히 정리한다는 말은 '우리가 문제의 어떤 부분도 부정하지 않고 완전하게 느끼게 하는 것'이라는 의미로 받아들일 수 있다.

지금 우리는 정말로 마리야의 외로움을 느낀다. 우리 자신의 외로움으로 느낀다. 전에는 몰랐다 해도 지금은 도저히 달랠 수 없는 외로움이 있음을 안다. 그런 외로움이 우리 주위 사방에 있다는 것, 겉으로는 표 내지 않는 사람들, 읍내에 들어가 수표를 받고 조용히 집으로 향하는(또는 우체국에 줄을 서 있거나 신호에 걸린 차에 앉아 라디오의 노래를 따라 부르는) 사람들 안에 있다는 것을 안다.

〈마차에서〉를 몇 페이지씩 읽는 동안 처음 출발할 때 텅 비어 있던 당신의 마음은 새로운 친구 마리야로 가득하게 되었다. 내 경험이 지표가 될 수 있다면, 그녀는 당신에게 영원히 남을 것이다. 다음에 누가 어떤 사람을 외롭다고 묘사할 때면 당신은 마리야와 나눈 우정 때문에 자기도 모르게 그 사람을, 설사 아직 만나본 적이 없다 해도 더 애정을 가지고 생각하는 쪽으로 마음이 기울지도 모른다.

　　　　　　　　작가는 어떻게 읽는가

뒤에 든 생각 #1

혹시 우리 가운데 교사가 있어 이 훈련의 짧은 수업용 버전을 시도해 보고 싶다면 헤밍웨이의 〈빗속의 고양이〉라는 작품을 이용해 볼 것을 권하고 싶다. 나는 작품 전체(1200단어 정도)를 복사해서 각각 약 200단어로 이루어진 여섯 페이지로 자른다. 모두 말없이 첫 페이지를 읽으면 앞에서 했던 것처럼 묻는다. a. 지금까지 무엇을 알게 되었는가? b. 무엇이 궁금한가? c. 이 이야기가 어디로 가고 있다고 생각하는가?(어떤 볼링 핀이 공중에 있는가?)

이야기가 끝나갈 때쯤 중단할 지점을 하나 골라 뒷부분을 자르고, "이것이 이야기가 되었을까?" 하는 질문을 던진다.

이런 훈련을 하면 학생들은 하나의 이야기가 정말로 어떻게 구축되고 커지는지 진짜로 느껴볼 수 있다. 헤밍웨이의 작은 이야기는 특히 확장에 관해 의견을 나눌 좋은 기회를 준다. 이 이야기는 조용하지만 절대 가만히 있지 않는다. 거의 모든 문단마다 은근한 확장과

마차에서

발전이 일어난다.

복습. 하나의 이야기는 선형적-시간적 현상이다.

사실 어떤 예술 작품이든 마찬가지다. 영화를 볼 때 불과 몇 분만 봐도 그 영화에 관한 생각이 자리를 잡는다. 텅 빈 마음으로 어떤 그림에 다가가 그것을 보면 마음이 채워진다. 연주회장에서 우리는 바로 연주에 사로잡혀 눈도 떼지 못하거나 아니면 발코니석의 저 사람이 무슨 문자를 보내는지 궁금해지게 된다.

이야기는 일련의 증가하는 박동으로, 각각의 박동이 우리에게 어떤 일을 한다. 각각이 우리를 방금 있었던 장소에서 상대적으로 새로운 장소로 옮겨놓는다. 비평은 불가해하고 신비한 과정이 아니다. 그냥 a. 우리 자신이 순간순간 어떤 예술 작품에 반응하는 데 주목하고, b. 그 반응을 표현하는 방식이 나아지면 되는 일이다.

나는 학생들에게 이 과정이 우리에게 힘을 준다는 사실을 강조한다. 세상은 자기 나름의 계획을 가지고 우리가 자기를 위해 행동하도록(자기를 위해 소비하고, 자기를 위해 싸우다 죽고, 자기를 위해 타인을 억압하도록) 설득하려는 사람들로 가득하다. 그러나 우리 내부에는 헤밍웨이가 "충격에도 끄떡없는 내장 쓰레기 탐지기"라고 부른 것이 있다. 우리는 어떤 것이 쓰레기라는 걸 어떻게 아는가? 우리 정신의 깊고 정직한 부분이 반응하는 방식을 지켜보면 된다.

우리 정신의 깊고 정직한 부분은 읽고 쓰기에 의해 **날카롭게 다듬**어진다.

작가는 어떻게 읽는가

다른 예술 형식에도 이 훈련을 이용할 수 있다.

예를 들어 이탈리아 영화 〈자전거 도둑〉에는 54분쯤 시작되는 시퀀스가 있다. 그 시퀀스의 사건은 이러하다. 아버지와 아들이 도난당한 아버지의 자전거를 찾아 나선다. 아버지가 실수하는 바람에 쫓던 실마리를 놓친다. 아들이 그에 관해 묻자 아버지는 아들 따귀를 때리고 아들은 울기 시작한다. 아버지는 강가로 찾으러 내려갈 테니 다리에서 기다리라고 아들에게 말한다.

곧 아버지는 시끄러운 소리를 듣는다. 어떤 소년이 물에 빠진 것 같다. 그게 아들일지도 모른다고 그는 생각하고, 우리도 생각한다. 하지만 아니다. 아들은 다리의 긴 층계 꼭대기, 아버지가 기다리라고 한 그 장소에 나타난다.

아버지와 아들은 강을 따라 걷는다. 아버지는 따귀 때린 것이 마음에 걸려 지갑을 확인하고 사치스러운 제안을 한다. 피자를 먹으러 가자는 것이다. 레스토랑에서 그들은 부유한 가족 근처에 앉는다. 아들은 자기 또래의 부잣집 아이를 흥미롭게 관찰한다. 아버지는 이 모습에 마음이 움직여 정직해지면서 아들에게 속을 터놓는다(따귀의 상처는 치료된다).

수업에서 이 시퀀스를 여러 번 되풀이해 보면서 우리는 처음 볼 때 놓쳤던 것들에 주목하게 된다. 예를 들어 아버지와 아들이 슬픈 표정으로 강을 따라 걸어갈 때 둘은 어떤 나무를 사이에 두고 떨어져서 걷는다. 하지만 다음 나무에 이르자 아들이 방향을 틀어 아버지에게 다가가 함께 나무 옆을 지나간다(우리는 이 장면을 보며 '혹시 화해가 임박한 것일까?' 하고 생각한다). 의기양양한 축구 팬을 가득 태운 트럭이 지나간다(그들은 이 아버지와 아들과는 달리 행복하다). 아버지는 아들이 트럭에 탄 젊은 남자들을 눈여겨본다는 걸 눈치채는데, 우리는 이 장면이 따귀를 때렸다는 수치감과 결합되면서 아버지가 아들을 레스토랑에 데려가자는 생각을 하게 만들었다고 짐작한다(하지만 그는 지갑을 먼저 확인한다). 이 달콤하고 작은 화해의 장면이 펼쳐질 때 프레임 안에서는 그들 뒤의 연인 한 쌍이 강을 내다보고 있다.

그 나무, 행복한 축구 팬으로 가득한 그 트럭, 그 지갑 확인, 그 연인 한 쌍이 없는 시퀀스는 이보다 못한 시퀀스일 것이다.

이 훈련의 기쁨 한 가지는 학생들이 우와, 비토리오 데시카 감독이 정말로 세심하게 주의를 기울였구나 하고 깨달아가는 과정을 지켜보는 것이다. 모든 프레임의 모든 면이 세심하게 고려되고 애정 어린 방식으로 이용되고 있으며, 이것이 학생들이 이 시퀀스를 처음 보았을 때 감동을 받는 이유 중 하나다. 데시카가 자신이 만든 영화의 모든 것 하나하나에 책임을 지고 있다고 말이다.

물론 그는 책임을 졌다. 〈자전거 도둑〉은 위대한 예술 작품이고 데시카는 예술가이며, 그것이 예술가가 하는 일이다. 책임을 지는 것.

작가는 어떻게 읽는가

가수들
(1852)

이반 투르게네프
Ivan Sergeyevich Turgenev

가수들

악하고 걷잡을 수 없는 성질 때문에 한때 동네에서 '두들겨 패는 마님'이라는 별명을 얻었던 어느 부인(본명은 기록되어 있지 않다)의 소유였다가 이제는 페테르부르크의 어느 독일인 소유가 된 작은 마을 콜로톱카는 무시무시한 협곡에, 꼭대기에서 바닥까지 둘로 갈라진 헐벗은 언덕 비탈에 자리 잡고 있다. 깊은 구렁처럼 입을 벌린 이 협곡은 구불구불 찢고 침식하며 나아가다 마을 거리 한가운데를 가로질러 이 가난하고 작은 마을을 강보다 심하게 둘로 나누고 있다(강이라면 다리라도 놓을 수 있으련만). 모래로 덮인 협곡 사면에는 작대기 같은 버드나무 몇 그루가 위태롭게 매달려 있고, 바닥에는 바싹 마르고 구리처럼 불그스레한 거대한 이판암 판석들이 깔려 있다. 의심의 여지 없이 칙칙한 광경이지만, 그럼에도 콜로톱카로 가는 길은 근처 사람들에게는 잘 알려져 있고, 사람들은 기꺼이 또 자주 그곳에 간다.

이 협곡의 맨 꼭대기, 땅이 좁게 갈라지기 시작하여 협곡의 출발점이 되는 지점에서 몇 사젠 떨어진 곳에 농민의 작은 사각형 오두막이 다른 집들과 떨어져 혼자 서 있다. 지붕에는 이엉이 덮여 있고 굴뚝이 솟아 있다. 지켜보는 눈처럼 달린 하나뿐인 창은 협곡을 바라보고 있으며 겨울 저녁이면 안에서 불이 밝혀져 멀리서 서리 섞인 침침한 안개 사이로도 보이는데, 그 때문에 어쩌다 그쪽으로 마차를 몰고 가는 많은 농민에게 길을 인도하는 빛나는 별처럼 느껴진다. 오두막 문 위에는 작은 파란색 판이 하나 걸려 있다. 이 오두막은 '아늑한 모퉁이'라는 이름의 시골 선술집이다. 이 술집이 술을 정해진 값보다 싸게 줄 가능성은 거의 없는데도 동네의 다른 비슷한 모든 술집보다 손님이 많은데 그 이유는 주인 니콜라이 이바니치다.

니콜라이 이바니치는 한때 늘씬하고 머리가 곱슬곱슬하고 뺨이 장밋빛인 젊은이였지만 지금은 지나치게 뚱뚱하고 머리가 허연 남자로 얼굴은 퉁퉁 부어 있고 작은 눈은 음흉하면서도 다정하며 살이 많은 이마는 깊은 주름들이 가로지르고 있다. 그는 콜로톱카에 20년 넘게 살았다. 니콜라이 이바니치는 빈틈없고 꾀가 많은 사람인데 사실 술집 주인은 대부분 그렇다. 그는 특별히 붙임성이 있다거나 말이 많지는 않지만 손님을 끌어모아 단골로 만드는 재주가 있어, 손님들은 목로 앞에 앉아 이 침착한 주인의 약간 지켜보는 것 같으면서도 차분하고 상냥한 눈길을 받고 있노라면 왠지 마음이 편해진다. 그는 상식이 풍부하고 지주나 농민, 상인의 삶의 방식을 잘 알고 있다. 따라서 어려운 상황에서 훌륭한 조언을 해줄

작가는 어떻게 읽는가

수 있지만 주의 깊고 자기중심적인 사람이라 자기 생각을 털어놓지 않고 약간 모호하고 간접적인 암시를, 말하자면 지나가는 말처럼 툭 던져 손님이(그것도 자신이 특히 좋아하는 손님만) 문제에서 벗어나도록 이끈다. 그는 진짜 러시아인이 흥미롭거나 중요하다고 생각하는 문제, 말과 소, 목재, 벽돌, 그릇, 직물, 가죽, 노래, 춤에 대한 훌륭한 심판관이다. 손님이 없을 때면 대개 오두막 앞 땅바닥에 가느다란 다리를 접어 책상다리를 하고 자루처럼 앉아 지나가는 모든 사람과 농담을 주고받는다. 그는 살면서 많은 것을 보았고, 보드카 한 잔을 마시러 들르곤 하던 소지주 열 명 이상이 그보다 먼저 저세상으로 갔다. 그는 주변 100베르스타 안에서 벌어지는 모든 일을 알지만 절대 입도 뻥긋하지 않으며, 빈틈없는 지역 경찰관조차 혐의도 품지 않고 있는 일을 이미 다 파악하고 있으면서도 그것을 겉으로 드러내지 않는다. 그가 하는 일이라고는 입을 다물고 혼자 조용히 낄낄거리고 바쁘게 술잔을 나르고 정리하는 것뿐이다.

이웃들은 그를 존경한다. 그들 가운데 한 사람, 퇴역 군인이자 동네에서 가장 영향력 있는 지주로 꼽히는 셰레펜코는 마차를 타고 그의 작은 오두막 앞을 지나갈 때면 늘 정중하게 고개를 숙인다. 니콜라이 이바니치는 영향력 있는 사람이기도 하다. 그는 악명 높은 말 도둑을 압박하여 자기 지인에게서 훔친 말을 돌려주게 했고 이웃 마을의 농민들이 새로운 관리인을 받아들이지 않으려 했을 때 사리를 따르게 했다 등등. 그러나 그가 정의에 대한 사랑 때문에 또는 이웃의 행복을 바라는 뜨거운 마음 때문에 그렇게 했다

가수들   109

고 생각하면 오산이다. 천만에! 그는 그저 자기 마음의 평화를 해칠 수도 있는 일을 미연에 방지하려 했을 뿐이다.

니콜라이 이바니치는 결혼하여 자식을 몇 두고 있다. 기운차고 코가 뾰족하고 눈치 빠른 장사꾼인 그의 부인도 요즘에는 남편과 마찬가지로 몸무게가 많이 늘었다. 남편은 모든 일에서 그녀의 판단을 존중하며 그녀는 늘 돈주머니 줄을 꽉 죄고 있다. 시끄러운 술꾼들은 그녀를 두려워하고 그녀는 그들을 싫어한다. 돈은 되지 않고 시끄럽기만 하기 때문이다. 말 없고 우울한 술꾼들을 상대하는 게 훨씬 낫다. 니콜라이 이바니치의 자식들은 아직 어리다. 먼저 태어난 아이들은 다 죽었고 살아남은 아이들은 부모를 닮았다. 이 건강한 아이들의 영리하고 작은 얼굴을 보고 있노라면 기분이 좋아진다.

한 발 다음에 다른 발을 끌어오기도 힘들 만큼 견딜 수 없도록 더운 7월의 어느 날 나는 개를 데리고 나와 아늑한 모퉁이를 향해 콜로톱카 협곡을 천천히 걸어 올랐다. 해는 어떤 분노를 품고 하늘에서 타오르고 있었다. 다 그을려버리기라도 할 것처럼 무자비하게 뜨거웠다. 공기에는 먼지가 가득해 숨이 막혔다. 작은 까마귀와 큰 갈까마귀가 햇빛에 깃털을 번뜩이며 동정을 구걸하듯 부리를 벌린 채 처연한 눈으로 지나가는 사람들을 보고 있었다. 참새들만 더위를 상관하지 않는지 담장을 따라 깃털을 부풀리고 늘어서서 계속 싸우고 여느 때보다 사납게 재잘거리다 떼를 지어 흙길에서 날아올라 녹색 삼밭 위를 잿빛 구름처럼 맴돌았다. 나는 갈증 때문에 괴로웠다. 근처 어디에도 물이 없었다. 다른 많은 초원 지대 마

작가는 어떻게 읽는가

을과 마찬가지로 콜로톱카에도 샘이나 우물이 없으며 농민들은 웅덩이에서 일종의 액체 오물을 퍼 마신다. 누가 그 끔찍한 돼지 먹이 같은 것에 물이라는 이름을 붙여줄까? 나는 니콜라이 이바니치에게 맥주나 크바스* 한 잔을 청할 생각이었다.

어느 계절에도 콜로톱카가 생기 도는 모습을 보여주지 않는다는 것은 인정할 수밖에 없다. 하지만 7월의 타오르는 해가 동정심 없는 빛줄기로 반은 무너져 내린 갈색 지붕, 깊은 협곡, 비쩍 마르고 다리가 긴 닭 몇 마리가 맥없이 어정거리는 그슬리고 먼지 덮인 공유지, 쐐기풀과 잡초와 약쑥이 무성하게 덮인 채 잿빛 사시나무 목재 외관만 남은 옛 저택, 하도 새카매서 눈이 부실 정도인 연못을 강타할 때는 특히 음산한 느낌을 자아낸다. 연못은 거위 털로 덮이고 가장자리에는 반쯤 마른 진흙이 쌓여 있고 둑은 기울어졌는데, 둑 옆의 짓밟힌 재 같은 고운 흙에는 열기 때문에 숨을 들이쉬었다가 재채기로 내뱉기도 힘든 양 떼가 애처롭게 한데 모여 이 견디기 힘든 무더위가 마침내 지나가는 순간을 음울한 인내심으로 기다리기라도 하는 것처럼 고개를 푹 숙이고 있다.

간신히 발을 질질 끌며 마침내 니콜라이 이바니치의 오두막 가까이 다가가자 평소처럼 아이들은 아주 놀란 눈으로 나를 뚫어져라 바라보았고, 개들은 성을 내며 사납고 거칠게 짖어댔는데 그러다 내장이 끊어지고 숨이 막혀 기침이라도 할 것 같았다. 갑자기 이 시골 선술집 문간에 프리즈** 외투에 허리에는 파란 띠를 두르

---

* 알코올 성분이 적은 러시아의 청량음료. 맥주와 비슷하다.

고 모자를 쓰지 않은 키 큰 남자가 나타났다. 겉보기에는 집안일을 하는 농노 같았다. 여위고 주름진 얼굴 위로 숱 많은 잿빛 머리카락이 지저분하게 뻗어 있었다. 그는 두 팔을 빠르게 움직여 누군가를 불렀는데 딱 봐도 팔이 그가 의도한 것보다 훨씬 크게 더 많이 휘둘렸다. 이미 술을 지나치게 마신 것이 확실했다.

"어서, 어서." 그가 횡설수설했다. "어서, 눈깜박이, 어서! 맙소사, 기어 오고 있구먼! 전혀 좋아 보이지 않아, 이 늙다리야. 전혀 좋지 않다고. 여기서 다 기다리고 있는데 기어 오다니. 어서, 자 어서!"

"알았어, 가고 있어, 가고 있다고." 떨리는 목소리가 외쳤다. 오른쪽에 있는 농가 오두막 뒤에서 땅딸막하고 다리를 저는 사람이 나타났다. 상당히 깔끔한 농장 노동자용 면 코트를 입었는데 소매가 하나뿐이었다. 뾰족하고 높은 모자는 이마까지 푹 내려 써서 둥글고 통통한 얼굴이 교활하고 냉소적으로 보였다. 작고 노란 눈이 여기저기 빠르게 두리번거렸다. 입술에서는 절제된 억지웃음이 떠나지 않았다. 길고 뾰족한 코는 배에 달린 키처럼 뻔뻔스럽게 솟아 있었다. "가고 있다니까, 이 사람아." 그는 절뚝거리며 술집 쪽으로 계속 움직였다. "왜 나를 부르는 거야? 누가 나를 기다리기라도 해?"

"왜 부르냐고?" 프리즈 외투를 입은 남자가 책망조로 외쳤다. "정말 웃기는 녀석이야, 정말로, 눈깜빡이! 술집으로 불렀는데 이

**　　한쪽 표면에만 보풀을 세운 거친 모직물.

　　　　　　　　　작가는 어떻게 읽는가

유를 물어? 온갖 훌륭한 친구들이 다 너를 기다리고 있다고. 터키인 야시카, 난폭한 신사, 그리고 지즈드라에서 온 하청업자. 야시카와 하청업자가 내기를 했어. 누가 이기느냐에 맥주 한 쿼트를 걸었다고, 그러니까 누가 노래를 가장 잘 부르느냐에, 알겠어?"

"야시카가 노래를 한다고?" 눈깜빡이라는 별명을 가진 남자가 흥분해서 소리쳤다. "거짓말 아니지, 얼간이?"

"아냐, 거짓말 아냐!" 얼간이는 위엄 있게 대답했다. "말도 안 되는 소리를 늘어놓는 건 너라고. 내기를 했으니 당연히 노래를 하지, 이 멍청한 버러지야, 이 꼬인 놈아, 너 말이야!"

"아, 들어가자고, 이 멍청한 놈아." 눈깜빡이가 말했다.

"어서, 그래도 나한테 키스는 해줘야지, 이 사람아." 얼간이가 웅얼거리며 두 팔을 활짝 펼쳤다.

"저리 꺼져, 이 멀대 겁보야!" 눈깜빡이가 경멸하는 목소리로 대꾸하고 팔꿈치로 그를 밀어냈다. 두 사람은 허리를 굽히고 낮은 문간을 통과하여 안으로 들어갔다.

귀에 들린 대화에 나는 큰 호기심이 발동했다. 터키인 야시카가 동네 최고의 가수라는 소문이 내 귀에도 여러 번 들려왔는데, 갑자기 다른 달인과 겨루는 그의 노래를 들을 기회가 주어진 것이다. 나는 걸음을 재촉하여 술집으로 들어갔다.

내 독자 가운데 많은 사람은 시골 선술집 안을 들여다볼 기회가 없었겠지만 우리 사냥꾼들은 어디나 간다. 이런 시골 술집의 구조는 아주 단순하다. 보통 어두운 통로와 커다란 방으로 이루어져 있으며, 방은 칸막이로 나뉘어 있고 손님은 칸막이 뒤로 가는 것이

7

허락되지 않는다. 널찍한 떡갈나무 탁자 위에 세워진 이 칸막이에는 커다랗고 길쭉하게 구멍이 뚫려 있다. 이 탁자 또는 목로에서 보드카를 판다. 입구 바로 맞은편 선반에는 다양한 크기의 봉인된 병들이 나란히 서 있다. 방 앞쪽 공간에는 긴 의자들, 빈 술통 두세 개, 손님들이 활용할 수 있는 모퉁이 탁자가 있다. 마을 선술집들은 대개 좀 어두운 편이며 목재 벽에는 농가 오두막을 완성한다고 할 수 있는 밝은 색깔의 통속적인 판화를 거의 볼 수가 없다.

내가 아늑한 모퉁이에 들어갔을 때는 이미 상당히 많은 사람이 모여 있었다.

목로 뒤에는, 당연히 예상할 수 있는 일이지만, 화사한 면 셔츠를 입은 니콜라이 이바니치가 길쭉한 구멍 전체를 가득 메우고 통통한 뺨에 느긋한 미소를 띤 채 막 들어온 두 친구 눈깜빡이와 얼간이를 위해 오동통한 흰 손으로 보드카 두 잔을 따르고 있었다. 그의 뒤로 창가 옆 구석에 눈매가 날카로운 그의 부인이 보였다. 방 한가운데에 터키인 야시카가 서 있었는데 그는 스물세 살의 여위고 늘씬한 사내로 옷자락이 긴 파란색 카프탄을 입고 있었다. 그는 공장에서 일하는 당찬 청년처럼 보였지만, 내 판단으로 그의 건강은 자랑할 것이 전혀 없었다. 움푹 꺼진 뺨, 불안해 보이는 커다란 회색 눈, 곧은 코와 벌렁거리는 좁은 콧구멍, 벗겨지고 있는 하얀 이마와 뒤로 빗어 넘긴 밝은 갈색 곱슬머리, 두툼하지만 표정이 풍부하고 잘생긴 입술. 그의 얼굴 전체가 예민하고 열정적인 성격을 드러냈다. 그는 무척 흥분한 상태였다. 눈을 깜빡이고 불규칙하게 숨을 쉬었다. 열이 나는 것처럼 손을 떨었다. 사실 그는 열이 났다. 사람들 앞에서 말을 하거나 노래를 하는 모든 사람에게 아주 익숙한, 갑작스럽고 몸이 떨리게 하는 열.

그의 옆에는 어깨가 넓고 광대뼈도 넓고 이마가 좁으며 눈은 타타르인처럼 가느다랗고 짧은 코는 넓적하고 턱은 사각형에 검고 빛나는 머리카락은 뻣뻣하고 억센 마흔 가량의 남자가 서 있었다. 만일 차분하게 생각에 잠겨 있지 않았다면 거무스름한 납색 낯빛과 특히 창백한 입술 때문에 거의 흉포해 보일 만한 얼굴이었다. 그는 거의 움직이지 않았고 멍에를 씌운 황소처럼 그냥 천천히 주위만 둘러보고 있었다. 빛나는 구리 단추가 달린 다 닳아빠진 프록코트 차림에 두꺼운 목에는 낡은 검은색 실크 손수건을 두르고 있었다. 그의 별명은 '난폭한 신사'였다.

야시카와 겨루게 될 지즈드라 출신의 하청업자는 바로 그의 앞, 성상화들 아래 긴 의자에 앉아 있었다. 그는 서른가량의 땅딸막한 남자로 얼굴이 얽었고 머리카락은 곱슬곱슬했으며 뭉툭한 들창코에 갈색 눈에는 생기가 돌았으며 턱수염은 거의 없었다. 그는 두 손을 엉덩이 밑에 깔고 앉아 내놓고 주위를 둘러보며 태평하게 발을 구르고 흔들었는데, 발에는 장식이 달린 멋진 장화를 신고 있었다. 면벨벳 깃이 달린 회색 천의 얇은 농부용 새 외투 차림이었기에 그 속으로 가는 띠처럼 보이는, 목까지 단추를 꼭 채운 주홍색 셔츠가 선명하게 도드라졌다.

맞은편 구석에는 어깨에 커다란 구멍이 난 회색 비슷한 색깔의 닳고 닳은 외투를 입은 농민이 문 오른쪽 탁자에 앉아 있었다. 작은 두 창문의 먼지 낀 유리창을 통해 가늘고 노르스름한 빛줄기가 들어왔으나 이 공간을 떠나는 법이 없는 어둠을 쫓아내지는 못하는 것 같았다. 술집 안의 모든 물건은 희미하게 빛이 났고 윤곽은 흐릿했다. 그래도 실내는 거의 서늘하여, 문턱을 넘는 순간 어깨를 누르는 무거운 짐 같던 답답하고 무더운 느낌이 벗겨져 나갔다.

내가 도착하자 처음에는 니콜라이 이바니치의 손님들이 약간 당황하는 모습이 눈에 보였다. 하지만 주인이 오랜 지인에게 하듯이 나에게 고개를 숙이는 것을 보더니 마음을 놓고 더는 관심을 두지 않았다. 나는 맥주를 주문하고 구석으로 가서 찢어진 외투 차림의 작은 농민 옆에 앉았다.

"자." 얼간이가 단숨에 보드카 한 잔을 비우더니 갑자기 소리치며 이상하고 요란스러운 몸짓을 했는데 그런 몸짓이 없으면 단 한 마디도 하지 못하는 게 분명했다. "자, 뭘 기다리고 있어? 시작하자고, 응, 야시카?"

"그래, 그래, 시작하자고." 니콜라이 이바니치가 찬성한다는 듯 그 말을 되풀이했다.

"아무렴, 시작하고말고요." 하청업자가 차분하게, 자신만만한 웃음을 드러내며 말했다. "나는 준비됐습니다."

"나… 역시." 야시카가 약간 갈라지는 소리로 말했다.

"자 그럼 시작해, 애들아, 시작하라고." 눈깜빡이가 꽥꽥거렸다.

그러나 이런 만장일치 소망에도 불구하고 두 사람 모두 시작하지 않았다. 하청업자는 긴 의자에서 몸을 움직이지도 않았다. 모두 무슨 일이 일어나기를 기다리는 것 같았다.

"시작!" 난폭한 신사가 뚱한 표정으로 날카롭게 말했다.

작가는 어떻게 읽는가

야시카가 화들짝 놀랐다. 하청업자는 일어서서 허리띠를 아래로 내리고 목청을 가다듬었다. "누가 먼저 시작할까요?" 그가 약간 바뀐 목소리로 난폭한 신사에게 물었다. 난폭한 신사는 굵은 두 다리를 넓게 벌리고 억세 보이는 두 팔은 너울거리는 넓은 바지 주머니에 거의 팔꿈치까지 꽂은 채로 여전히 방 한가운데에 꼼짝도 하지 않고 서 있었다.

"너, 하청업자, 너." 얼간이가 웅얼거렸다. "너 말이다, 얘야."

난폭한 신사는 찌푸린 표정으로 그를 흘끗 보았다. 얼간이는 희미하게 꽥꽥거리는 소리를 내며 몸을 흔들다가 서둘러 천장을 힐끔거리고 어깨를 꿈틀거리다가 입을 다물었다.

"제비를 뽑아." 난폭한 신사가 신중하게 말했다. "그리고 맥주 한 쿼트를 목로에 올려놔."

니콜라이 이바니치는 허리를 굽히더니 끙끙거리며 맥주 한 쿼트를 바닥에서 들어 탁자에 올려놓았다.

난폭한 신사는 야시카를 흘끗 보며 말했다. "자?"

야시카는 호주머니를 뒤져 반 코페이카짜리 동전을 찾아내 잇자국을 냈다. 하청업자는 외투 자락에서 새 가죽 지갑을 꺼내 천천히 줄을 풀고 손에 잔돈을 잔뜩 쏟은 뒤 반 코페이카짜리 새 동전을 골랐다. 얼간이가 챙이 늘어지고 찢어진 낡은 모자를 내밀었다. 야시카는 반 코페이카를 그 안에 던졌고 하청업자도 똑같이 했다.

"네가 뽑아." 난폭한 신사가 눈깜빡이한테 말했다.

눈깜빡이는 자족적으로 느물느물 웃음을 지으며 두 손으로 모자를 받아들고 흔들기 시작했다.

술집 안에 잠시 정적이 깔렸다. 동전들이 부딪치며 짤랑거리는 소리를 냈다. 나는 주의 깊게 주위를 둘러보았다. 모든 얼굴이 기대에 차 긴장된 표정을 드러내고 있었다. 심지어 난폭한 신사마저 반쯤 눈을 감았다. 내 옆에 있던 찢어진 외투 차림의 몸집 작은 농민도 호기심을 느끼고 목을 길게 뽑았다. 눈깜빡이는 모자 안으로 손을 집어넣어 하청업자의 반 코페이카를 들어 올렸다. 모두가 크게 숨을 내쉬었다. 야시카는 얼굴을 붉혔고 하청업자는 손가락으로 머리카락을 빗었다.

"너부터라고 했지, 안 그래?" 눈깜빡이가 소리쳤다. "그랬잖아!"

12 "좋아, 좋아, 꽥꽥대지 좀 마!" 난폭한 신사가 경멸 섞인 목소리로 말했다. "시작해!" 그가 덧붙이며 하청업자를 향해 고개를 끄덕였다.

"뭘 부를까요?" 하청업자가 물었다. 점점 흥분하고 있었다.

"뭐든 원하는 대로." 눈깜빡이가 대답했다. "그냥 아무거나 생각나는 대로 불러."

"그럼, 물론이지, 아무거나 마음대로." 니콜라이 이바니치가 덧붙이고 천천히 팔짱을 꼈다. "우리한테 뭘 부르라고 말할 권리는 없어. 아무 노래나 좋아하는 걸 불러. 다만, 잊지 마, 잘 불러야 해. 나중에 아무도 역성 들지 않고 판결을 내릴 거니까."

"그래." 눈깜빡이가 빈 잔의 테두리를 핥으며 끼어들었다. "그렇게 할 거야, 아무도 역성 들지 않고."

"우선 목청 좀 가다듬고요, 친구들." 하청업자가 말하고 손가락으로 외투 깃 안쪽을 훑었다.

"어서 해, 시간 낭비하지 말고. 시작!" 난폭한 신사가 힘차게 말하고 눈을 내리깔았다.

하청업자는 잠시 생각하다가 고개를 젓더니 한 걸음 앞으로 나섰다. 야시카가 그를 뚫어져라 바라보았다.

하지만 시합 자체를 더 묘사해 나가기 전에 내 이야기의 인물 각각에 관해 몇 마디 하는 게 좋을 듯하다. 나는 그들 가운데 몇 명의 삶에 관해서는 아늑한 모퉁이에서 만나기 전에 이미 알고 있었다. 나머지 사람에 관해서는 모두 차후에 알게 되었다.

얼간이부터 시작해 보자. 그의 본명은 유그라프 이바노프지만 동네 사람 누구나 그를 오직 얼간이라고만 불렀고 그 자신도 그렇게 불렀다. 그만큼 그에게 어울리는 별명이었다. 늘 걱정에 사로잡혀 있고 볼품없는 이목구비와 완벽하게 어울리는 느낌이었다. 그는 미혼의 방종한 자가自家 농노로 그의 주인들은 오래전에 그를 구제 불능이라고 포기했으며 그 결과 그는 어떤 종류의 일자리도 없고 아무런 임금도 받지 못했는데 그럼에도 다른 사람 돈으로 어떻게든 즐겁게 지낼 방법을 찾아냈다. 그는 술과 차를 사줄 지인이 아주 많았지만 그러는 사람들도 자신이 왜 그러는지 알지 못했다. 그와 함께 있을 때 재미있기는커녕 다들 그의 무의미한 수다, 견딜 수 없는 치근댐, 안달복달하는 행동, 쉼 없고 부자연스러운 너털웃음을 지긋지긋하게 여겼기 때문이다. 그는 노래도 못하고 춤도 추지 못했으며, 분별력 있는 말은커녕 알아들을 수 있는 말조차 한 번도 한 적이 없다고 알려져 있었다. 그냥 웅얼웅얼 말도 안 되는 소리를 잔뜩 늘어놓을 뿐이었다. 진짜 얼간이였다! 그럼에도 그 근방에 그가 물렛가락 같은 다리로 걸어와 손님들 사이에 등장하지 않는 큰 술자리는 단 하나도 없었다. 사람들은 그에게 너무 익숙해져서 그의 존재를 필요악으로 견디었다. 물론 사람들은 그를 경멸했다. 하지만 그의 터무니없는 감정 분출을 억제할 수 있는 사람은 난폭한 신사 한 사람뿐이었다.

눈깜빡이는 얼간이와는 완전히 달랐다. 그가 다른 사람보다 눈을 더 자주 깜빡이는 것은 아니었지만 그의 별명도 그에게 잘 어울렸다. 하긴 러시아인이 별명을 지어주는 데 명수라는 것은 잘 알려져 있으니. 그의 과거를 최대한 자세하게 파헤쳐보려는 나의 노력에도 불구하고, 나만이 아니라 다른 많은 사람이 보기에도 그의 인생에는 깜깜한 지점들이 많았다. 문학적 클리셰를 사용하자면 베일에 가려진 곳들이다. 내가 알아낼 수 있었던 것은 한때 그가 자식 없는 노부인의 마부였으며 돌보던 말 세 마리를 데리고 달아나 종적을 감추었다가, 틀림없이 방랑자 생활의 불리한 여건과 곤경에 지쳐서겠지만 1년 뒤 절름발이가 되어 돌아와 여주인의 발아래 몸을 던진 뒤 오랜 세월 모범적인 행동으로 죗값을 치르면서 다시 그녀의 총애를 받고 마침내 완전한 신뢰를 얻게 되었다는 것뿐이었다. 그는 집사를 맡게 되었고 여주인이 죽자 어떻게 했는지 자유를 얻어 상인 계급으로 등록을 했으며 이웃의 멜론 밭을 임대하여 부를 쌓았고 지금은 부족할 것 없이 잘살고 있었다. 그는 경험이 많은 사람이었고 선하지도 악하지도 않고 이해타산에 밝았다.

작가는 어떻게 읽는가

산전수전을 겪은 사람이었고 사람들 속을 간파했으며 그들을 이용할 줄 알았다. 그는 조심스러운 동시에 지략이 풍부했다. 마치 여우 같았다. 늙은 여자처럼 말이 많았지만 절대 비밀을 말하지 않았고 거꾸로 다른 모든 사람이 편하게 속을 털어놓게 했다. 그러면서도 그와 같은 부류의 교활한 사람들과는 달리 절대 멍청이 시늉을 하지 않았는데 사실 그런 척하려고 해도 어려웠을 것이다. 나는 그의 아주 작고 교활한 '눈깔'*보다 빈틈없고 지적인 눈은 본 적이 없었다. 늘 정찰하고 염탐하지 절대 그냥 보는 법이 없었다. 눈깜빡이는 가끔 몇 주 내내 겉으로는 단순해 보이는 어떤 계획을 곰곰이 생각하기도 했고, 또 어느 때는 갑자기 마음을 정해 과감하게 사업 거래에 뛰어들기도 했다. 저러다 망하지 싶을 정도였지만 아니었다! 그의 거래는 성공을 거두었고 다시 모든 것이 순조롭게 진행되었다. 그는 운이 좋았으며, 자신의 운을 믿었고 징조를 믿었다. 그는 전반적으로 미신을 무척이나 믿었다. 사람들은 그를 좋아하지 않았다. 다른 사람들이 어떻게 되는지 관심이 없었기 때문이다. 그러나 인정은 받았다. 그는 가족이라고 해보아야 눈에 넣어도 안 아플 어린 아들 한 명뿐이었는데 그런 아버지 밑에서 자라 크게 될 터였다. "작은 눈깜빡이는 지 애비를 빼다 박았어." 노인들은 여름 저녁에 자기 오두막 바깥의 흙 둔덕에 앉아 잡담할 때면 아이를 두고 낮은 목소리로 이미 그렇게 말하고 있었다. 모두 그 말이 무슨

15

---

* 러시아 오룔 지역에서 '눈'을 이르는 말을 이 책에서는 peeper(눈깔)로 번역했다.

뜻인지 이해했기 때문에 더 많은 말은 필요 없었다.

터키인 야시카와 하청업자에 관해서는 별로 할 말이 없다. 진짜로 포로가 된 터키 여자의 후손이기 때문에 터키인이라는 별명이 붙은 야시카는 속은 어느 모로 보나 예술가였지만 종이 공장에서 종이 뜨는 일을 하고 있었다. 하청업자에 관해서는 애석하게도 아무것도 알아내지 못했는데 내 눈에는 매우 꾀가 많고 똑똑한 상인으로 보였다. 하지만 난폭한 신사에 관해서는 좀 길게 말할 가치가 있다.

이 남자의 모습이 주는 첫인상은 야만적이고 육중하며 저항할 수 없는 힘이 있다는 것이었다. 그는 흔히 말하듯이 '대충 깎은' 투박한 몸집에 강건한 느낌을 발산했으며 이상하게도 그 곰 같은 체구에는 어떤 독특한 우아함이 없지 않았는데, 아마 자신의 힘에 대한 그의 절대적이고 차분한 자신감의 산물인 것 같았다. 첫눈에는 이 헤라클레스가 어느 사회 계급에 속했는지 판단하기가 어려웠다. 자가 농노나 상인이나 퇴직하여 궁핍해진 하급 관리나 호전적이고 사냥을 좋아하는 시골 소지주처럼 보이지는 않았다. 그는 실제로 남달라 보였다. 아무도 그가 어디에서 우리 마을로 오게 되었는지 알지 못했다. 소작농 출신으로 전에는 어딘가에서 관리 일을 했다는 이야기가 들렸지만 그 점에 관해서도 분명히 알려진 것은 없었다. 어쨌든 사실을 확인해 줄 수 있는 사람이 없었고, 당연하지만 그 사람 자신에게 확인할 수도 없는 노릇이었다. 세상에 그보다 무뚝뚝하고 과묵한 사람은 없었기 때문이다. 또 누구도 그가 무엇을 해서 먹고사는지 확실하게 말할 수가 없었다. 그는 아무 일도

작가는 어떻게 읽는가

하지 않았고 아무도 만나러 다니지 않았고 거의 아무도 알지 못했다. 그런데도 돈은 있었다. 큰돈이 아닌 것은 맞지만 얼마간 있는 것은 분명했다. 그는 겸손하게 행동한다기보다는(사실 겸손한 구석은 전혀 없었다) 조용하게 행동했다. 주위에 누가 있다는 걸 전혀 눈치채지 못하는 사람처럼 살았고 누구에게서 어떤 것도 원치 않는 것이 분명했다.

난폭한 신사(이게 그의 별명이고 본명은 페레블레소프였다)는 마을 전체에서 엄청난 영향력을 누렸다. 누구한테 명령을 내릴 권리 같은 것은 전혀 없었는데도 그가 말만 하면 누구나 즉각 열심히 그 말을 따랐다. 그렇다고 어쩌다 만나는 사람에게 그 자신이 조금이라도 복종을 요구한 적이 있는 것도 아니다. 그래도 그가 말하면 상대는 복종했는데 권력은 늘 자신의 몫을 챙기기 때문이다. 그는 술을 거의 마시지 않았고 여자를 가까이하지 않았지만 노래는 아주 좋아했다. 이 남자에게는 신비한 데가 많았다. 그의 안에는 어마어마한 힘이 음침하게 감추어져 있는 듯했고, 일단 그 힘이 자극을 받으면, 일단 풀려나면, 자신을 비롯해 그것과 닿는 모든 것을 부수어버리리라는 것을 스스로 알고 있는 듯했다. 내가 완전히 잘못 짚은 게 아니라면 그런 폭발이 그 남자의 인생에서 이미 일어났고, 경험에서 배우고 파멸에서 막 탈출했기 때문에 지금 자신을 강철같이 냉혹하게 통제하고 있는 것이리라. 내가 그에게서 특별히 강한 인상을 받은 부분은 타고난 내적인 사나움과 마찬가지로 타고난 고귀함의 혼합, 다른 어떤 사람에게서도 만난 적이 없는 그런 혼합이었다.

가수들

이제 하청업자가 한 걸음 앞으로 나와 눈을 반쯤 감고 매우 높은 가성으로 노래를 부르기 시작했다. 그의 목소리는 매우 달콤하고 유쾌했지만 약간 쉰 소리였다. 그는 자신의 목소리로 장난을 쳐, 중절모처럼 빙글빙글 돌리다 높은음들에서 애정 어린 마음으로 한껏 즐기며 머물렀다. 계속해서 떤음으로 아래로 내려가고 조바꿈을 하다가도 계속해서 가장 높은음들로 돌아가 특별히 노력을 기울여 그 음들을 길게 끌었고, 그러다 멈추고 갑자기 장난을 치듯 대담하게 앞의 곡조를 이어갔다. 그의 조바꿈은 가끔은 좀 과감하고 가끔은 좀 재미있었다. 음악 감식가는 큰 즐거움을 느꼈을 것이고, 독일인이라면 큰 충격을 받았을 것이다. 이것은 러시아의 테노레 디 그라치아tenore di grazia, 테노르 레제tenor léger*였다. 그는 명랑한 춤곡을 불렀는데 끝도 없는 장식음과 추가되는 자음과 감탄사 가운데서 내가 알아낼 수 있는 가사는 다음과 같았다.

18

> 조그만 땅뙈기, 내 사랑,
> 나는 씨를 뿌리고
> 조그만 주홍색 꽃, 내 사랑,
> 나는 기를 것이다.

그는 노래를 불렀고 모두 무아지경에 빠져 귀를 기울였다. 그는

---

* 우아한 테너나 가벼운 테너라고 부르는 유형을 각각 이탈리아어와 프랑스어로 표현한 것.

작가는 어떻게 읽는가

자신이 전문가들을 상대하고 있다고 느끼는 게 분명했으며 그래서 있는 힘껏 최선을 다했다. 실제로 우리 지역 사람들은 노래에 일가견이 있었으며 오룔 간선 도로 근처의 큰 마을 세르게옙스코예가 특별히 듣기 좋고 조화로운 노래로 러시아 전역에 이름이 알려진 데도 이유가 없는 것이 아니었다.

하청업자는 오래 노래했지만 청중에게 특별한 열광을 불러일으키지는 않았다. 합창단의 지원을 놓치고 있는 것이 아쉬웠다. 그러다 마침내 난폭한 신사마저 웃음을 짓게 만든 특별히 성공적인 조바꿈이 한 번 끝난 뒤 얼간이는 참지 못하고 기쁨의 외마디를 내질렀다. 우리 모두 깜짝 놀랐다. 얼간이와 눈깜빡이는 낮은 콧노래로 곡조를 따라 부르다 소리쳤다. "잘했어! 계속해, 이 더러운 악당! 계속해. 더 높이, 더 높이, 이 악한! 위로, 위로! 더 뜨겁게, 뜨겁게, 이 더러운 개, 이 똥개, 악마가 너를 데려갈 거야!" 기타 등등. 목로 뒤에서 니콜라이 이바니치는 좋다는 뜻으로 좌우로 고개를 흔들었다. 마침내 얼간이가 발을 구르고 춤을 추며 어깨를 들썩이기 시작했다. 야시카의 눈이 석탄처럼 불타올랐다. 그는 이파리처럼 온몸을 떨며 어리둥절한 표정으로 미소를 지었다. 난폭한 신사만 표정을 바꾸지 않았고 전처럼 꼼짝도 하지 않았다. 하지만 하청업자에게 고정된 그의 눈길은 약간 부드러워졌다, 입술에는 계속 경멸이 담겨 있었지만.

하청업자는 이런 전반적인 만족의 표시에 힘입어 진지하게 전진하면서 한껏 기교를 부렸다. 한껏 혀를 차고 흔들고, 한껏 목청을 가지고 놀다가 마침내 진이 빠지고 창백해지고 뜨거운 땀으로 범

벅이 되어 몸을 뒤로 젖히며 마지막 사그라드는 음을 냈다. 모두가 와자하게 내지르는 탄성이 청중의 즉각적인 반응이었다. 얼간이는 그의 목을 끌어안았는데 뼈만 남은 두 팔로 그를 질식시킬 것만 같았다. 니콜라이 이바니치의 뚱뚱한 얼굴은 벌겋게 달아올라 한층 젊어진 것처럼 보였다. 야시카는 미친 사람처럼 외쳤다. "잘했어, 잘했어!" 심지어 내 옆에 있던 찢어진 외투 차림의 농민도 더는 참을 수가 없는지 주먹으로 탁자를 내리치며 소리쳤다. "아하! 좋네, 염병할 좋네!" 그러더니 고개를 돌려 확신에 차 침을 뱉었다.

"그래, 애야, 네가 우리를 제대로 대접해 줬구나!" 얼간이는 그렇게 외치며 지친 하청업자를 포옹에서 풀어주었다. "진짜 좋은 공연일세, 정말이야! 네가 이겼어, 이 사람아, 이겼다고! 축하해. 이 맥주는 네 거야! 저 야시카란 자는 네 근처에도 못 와. 장담하는데 저치는 네 근처에도 못 와. 내 말을 믿어!" 그러더니 다시 하청업자를 자신의 품으로 바짝 끌어당겼다.

"그 사람 좀 놔줘, 제발 좀." 눈깜빡이가 화를 내며 말했다. "놔주라고, 이 거머리야! 여기 의자에 좀 앉게 해줘. 얼마나 지쳤는지 보이지도 않아? 오, 이 얼마나 멍청한 바보인지, 이 녀석은, 얼마나 멍청한 바보인지! 왜 아직도 물에 젖은 나뭇잎마냥 그 사람한테 달라붙어 있는 거야?"

"아, 그래야지, 이 아이를 앉히고 이 아이의 건강을 빌며 한 잔 마실 거야." 얼간이가 말하며 목로로 갔다. "이건 네가 내는 거야, 내 친구." 그가 하청업자를 돌아보며 덧붙였다.

하청업자는 고개를 끄덕이고 긴 의자에 앉아 모자에서 수건을 꺼내 얼굴을 닦기 시작했다. 얼간이가 간절한 표정으로 서둘러 잔을 비우며 공인된 술꾼의 관습에 따라 끙끙 소리를 냈다. 얼굴이 슬프고 정신이 팔린 표정으로 바뀌었다.

"노래를 잘하는군, 젊은이. 노래를 잘해." 니콜라이 이바니치가 품위 있게 말했다. "이제 자네 차례야, 야시카, 이 사람아. 떨지 마, 응. 누가 최고인지 알게 될 거야, 알게 되겠지. 하지만 하청업자는 노래를 잘하는군. 그래, 정말 잘해."

"그러게요." 니콜라이 이바니치의 아내가 끼어들어 미소를 지으며 야시카를 흘끗 보았다.

"그럼, 잘하지!" 내 옆 사람이 낮은 목소리로 그 말을 되풀이했다.

"뭐라고, 이 야만적인 숲지기야*!" 얼간이가 갑자기 소리치더니 외투 어깨에 구멍이 난 농민에게 다가가 손가락으로 그를 가리키며 펄쩍펄쩍 뛰면서 시끄러운 웃음을 터뜨렸다. "숲지기, 숲지기! 하, 이랴, 숲의 야만인아! 무슨 일로 여기 온 거냐, 숲의 야만인?" 그는 웃음 사이사이에 소리쳤다.

가엾은 농민이 당황한 표정으로 일어나 서둘러 떠나려는데 갑자기 난폭한 신사의 놋쇠 같은 목소리가 방 전체에 울려 퍼졌다. "저거 저 무슨 역겨운 짐승이야?" 그는 이를 갈았다.

---

* 볼크홉스크 지구와 지즈드린스크 지구의 경계에서 시작하여 숲의 긴 띠를 이루고 있는 러시아 남부의 삼림 지구 거주자를 뜻한다. 그들의 생활 방식·관습·언어는 많은 면에서 독특하다. 그들은 의심 많고 거친 본성 때문에 야만인이라고 일컬어진다(원주).

"난… 별뜻 없었어." 얼간이가 중얼거렸다. "나… 나는 안… 어… 난 그냥…"

"좋아 그럼, 입 다물어!" 난폭한 신사가 말했다. "야시카, 시작해!"

야시카는 손으로 목을 만졌다. "아무래도 나는… 나는 별로… 어… 내 말은, 잘 모르… 어… 확실치는 않지만…"

"제발, 이 사람아, 겁먹지 마. 자넨 부끄러운 줄 알아야 해! 지금 여기서 빠져나가려는 거 아니지, 그렇지? 하느님이 시키는 대로 노래해." 그렇게 말하더니 난폭한 신사는 고개를 숙이고 기다렸다.

야시카는 아무 말도 하지 않고 주위를 힐끔거리더니 손으로 얼굴을 가렸다. 그들은 모두 그에게 시선을 고정했다. 특히 하청업자가 그를 뚫어져라 보고 있었는데 그의 얼굴은 평소의 자신만만한 표정과 성공으로 인한 의기양양함에도 불구하고 무의식적인 희미한 불안이 내비쳤다. 그는 벽에 등을 기대며 다시 두 손을 엉덩이 아래에 집어넣었지만 이제 다리를 흔들지는 않았다. 마침내 야시카가 손을 내려 얼굴을 드러냈다. 시체처럼 창백했다. 아래로 향한 속눈썹 사이로 눈이 희미하게 빛나고 있었다. 그는 깊은숨을 들이쉬더니 노래를 부르기 시작했다.

첫 음은 희미하고 불안했으며 가슴이 아니라 어디 먼 곳에서 나는 소리가 우연히 방 안으로 들어와 둥둥 떠다니는 듯했다. 이 떨리면서 울려 퍼지는 음이 우리 모두에게 이상한 영향을 주었다. 우리는 서로 힐끔거렸고 니콜라이의 아내는 갑자기 허리를 쭉 폈다. 첫 음에 다른 음, 더 단단하고 오래 끄는 음이 따라왔지만 여전히

작가는 어떻게 읽는가

떨림이 느껴졌다. 손가락으로 갑자기 강하게 현을 뜯어서 나온 음이 크게 울려 퍼지고 흔들리다 마침내 떤음과 함께 빠르게 희미해지는 것 같았다. 두 번째 음 뒤에 세 번째 음이 나왔고, 이어 서서히 뜨거워지고 폭이 넓어지면서 애절한 노래가 거침없이 흘러나왔다.

"들을 가로질러 많은 길이 구불구불 뻗어 있네." 그가 노래했고 우리는 모두 홀려서 몸을 떨었다. 그런 목소리는 들어본 적이 거의 없다고 고백할 수밖에 없다. 약간 평탄치 못한 목소리에 갈라지는 듯한 울림이 있었다. 사실 처음에는 불건강한 음색이 느껴졌다. 그러나 동시에 진짜 깊은 감정, 그리고 젊음과 힘과 달콤함, 또 매혹적으로 무심하고 애절한 슬픔이 있었다. 그 안에서는 마음 따뜻하고 진실 가득한 러시아의 영혼이 울려 퍼지며 숨 쉬고 있었는데, 그것이 심장을 지그시 움켜쥐었고 우리 러시아인의 심금을 곧바로 울렸다. 노래는 확장되며 계속 흘러갔다. 야시카는 황홀경에 푹 빠진 게 분명했다. 그는 이제 주저함이 없었고, 자신의 행복감에 완전히 몸을 맡기고 있었다. 목소리는 이제 떨리지 않았다. 전율이 느껴졌지만 간신히 알아챌 수 있었는데, 듣는 사람의 영혼을 화살처럼 꿰뚫는 감정의 내적 전율로 계속해서 힘과 단단함과 폭을 키워갔다. 예전에 저녁 썰물 때 멀리 둔탁하고 위협적으로 포효하며 물러가는 바다가 남긴 평평한 모래 해변에서 크고 흰 갈매기를 본 기억이 났다. 갈매기는 석양의 주홍색 광채를 향해 비단 같은 가슴을 돌린 채 꼼짝도 하지 않고 앉아 이따금 익숙한 바다를 향해, 낮게 내려앉은 피처럼 붉은 해를 향해 긴 날개를 펼칠 뿐이었다. 나는 야시카의 노래를 들으며 그 새가 떠올랐다. 그는 경쟁자와 우리

23

모두를 완전히 잊고 노래했지만 헤엄을 잘 치는 사람이 파도에 지탱되듯이 우리의 소리 없는 뜨거운 관심에 지탱되고 있는 게 분명했다. 그는 노래했고, 음 하나하나가 우리에게 매우 가깝고 소중한 어떤 것, 눈앞에 익숙한 초원 지대가 펼쳐지듯 가없이 먼 곳으로 뻗어나가는 엄청나게 거대한 것을 떠올리게 했다.

내 심장에서 눈물이 넘쳐 눈으로 올라오는 것을 느낄 수 있었다. 갑자기 숨 죽인 무지근한 흐느낌들을 의식하게 되었다. 주위를 둘러보니 술집 주인의 아내가 창문에 가슴을 기댄 채 울고 있었다. 야시카는 얼른 그녀를 곁눈질했고 그의 노래는 조금 전보다 훨씬 높이 올라가 더 달콤하게 흘러갔다. 니콜라이 이바니치는 고개를 숙였다. 눈깜빡이는 고개를 돌렸다. 얼간이는 감정에 압도되어 바보처럼 입을 헤 벌린 채 서 있었다. 상스럽고 무지한 작은 농민은 구석에서 조용히 훌쩍거리고 고개를 저으면서 혼자 쓸쓸하게 중얼거렸다. 난폭한 신사의 불룩 튀어나온 눈썹 밑으로부터 천천히 묵직한 눈물이 강철 얼굴 아래로 굴러 내렸다. 하청업자는 꽉 쥔 주먹을 이마로 들어 올린 채 미동도 없었다.

만일 야시카가 마치 목소리가 갑자기 끊긴 것처럼 매우 가늘고 높은 음에서 갑자기 끝을 내지 않았다면 이 전체적인 정지 상태가 어떻게 깨졌을지 모르겠다. 아무도 아무런 소리도 내지 않았다. 심지어 움직이지도 않았다. 모두 그가 다시 노래를 할지 보려고 기다리는 것 같았다. 그러나 그는 우리의 침묵에 놀란 것처럼 눈을 뜨더니 의문이 담긴 눈길로 우리 전체를 흘끔거리다 승리가 자신의 것임을 알았다.

"야시카." 난폭한 신사가 그의 어깨에 손을 얹더니 다시 입을 다 물었다.

우리는 모두 마비된 것처럼 서 있었다. 하청업자가 조용히 일어 서서 야시카에게 다가갔다. "그쪽이…, 그쪽이 이겼어." 그가 마침 내 힘겹게 말하더니 급히 술집을 나갔다.

그의 빠르고 단호한 움직임이 주문을 깬 것 같았다. 모두 갑자 기 시끄럽게, 즐겁게 말하기 시작했다. 얼간이는 공중으로 뛰어올 라 씩씩거리며 풍차 날개처럼 두 팔을 휘둘렀다. 눈깜빡이는 절뚝 거리며 야시카에게 다가가 키스를 퍼부었다. 니콜라이 이바니치는 일어서서 자기가 맥주 한 쿼트를 더 내겠다고 엄숙하게 선언했다. 난폭한 신사는 그에게서 들을 수 있으리라 기대해 본 적이 없는 온 화한 웃음을 터뜨리고 있었다. 가엾은 작은 농민은 모퉁이에서 양 쪽 소매에 눈, 뺨, 코, 턱수염을 닦으며 같은 말을 되풀이했다. "좋 네, 그럼, 좋고말고! 이게 안 좋다면 내가 개자식이지!" 니콜라이 의 부인은 얼굴이 새빨개져서 얼른 일어서더니 밖으로 나갔다.

야시카는 아이처럼 자신의 승리를 즐겼다. 얼굴이 완전히 바뀌 어 있었다. 특히 눈이 행복으로 마냥 빛나고 있었다. 그는 목로로 끌려가더니 울고 있던 가엾은 작은 농민도 그쪽으로 오라고 소리 쳤고, 하청업자를 불러오라고 술집 주인의 어린 아들을 보냈으며 이내 주흥이 시작되었다. "다시 노래를 불러줘." 얼간이가 계속 말 하며 두 팔을 높이 쳐들었다. "저녁까지 계속 노래를 불러줘."

나는 다시 야시카를 흘끗 보고 밖으로 나갔다. 계속 있고 싶지 않았다. 나의 감동을 망칠까 두려웠다. 하지만 더위는 여전히 견딜 수가 없었다. 두껍고 무거운 층을 이룬 채 땅 위에 걸려 있는 것 같았다. 검푸른 하늘에서 거의 검은 색깔의 고운 먼지 사이사이로 작고 밝은 빛의 점들이 빙글빙글 소용돌이치고 있는 것 같았다. 사위가 잠잠했다. 활력을 잃은 자연의 이 깊은 정적에는 무언가 가망 없는 것, 무언가 답답한 것이 있었다. 나는 건초 다락으로 올라가, 새로 베었지만 벌써 거의 마른 풀에 누웠다. 오랫동안 잠이 오지 않았다. 오랫동안 야시카의 압도적인 목소리가 내 귀에 울려 퍼졌다. 하지만 마침내 열기와 피로가 자기 몫을 주장하여 나는 깊은 잠으로 가라앉았다. 잠이 깼을 때는 어두웠다. 내 주위에 쌓인 풀에서는 강한 냄새가 뿜어져 나왔고 손이 닿자 약간 축축했다. 반쯤 열린 지붕의 가는 서까래들 사이로 창백한 별들이 희미하게 반짝였다. 나는 밖으로 나갔다. 석양빛은 오래전에 사그라졌고 마지막 자취는 지평선 낮은 곳의 옅은 빛 가닥으로만 분별이 되었다. 시원한 밤이었지만 조금 전까지만 해도 타는 듯이 뜨거웠던 더위를 여전히 공중에서 느낄 수 있었고 가슴은 여전히 시원한 바람을 갈망했다. 바람은 전혀 없었고 구름도 없었다. 주위의 하늘은 맑았고, 어두웠지만 투명했으며, 거의 보이지 않는 수많은 별이 고요히 어른거리고 있었다. 마을에서 불빛들이 어슴푸레하게 빛났다. 옆의 환하게 불이 밝혀진 선술집에서 귀에 거슬리는 어수선한 소음이 들려왔고 그중에서 야시카의 목소리를 구별할 수 있을 것 같았다. 가끔 왁자하게 웃음이 터졌다.

나는 창가로 가서 유리에 얼굴을 들이댔다. 활발하고 생기가 넘쳤지만 약간은 서글픈 장면이 눈에 들어왔다. 모두 완전히 취했다,

야시카를 비롯해서 모두가. 그는 맨가슴을 드러내고 긴 의자에 앉아 쉰 목소리로 인기 있는 춤곡을 흥얼거리며 대충 기타 줄을 뜯고 있었다. 끔찍하게 창백한 얼굴 위로 축축한 머리카락 몇 가닥이 늘어져 있었다. 선술집 한가운데서 완전히 엉망이 되어 외투를 벗어 던진 얼간이가 회색 외투 차림의 작은 농민 앞에서 앉았다 일어섰다 다리를 뻗으며 춤을 추었다. 이번에는 작은 농민은 농민대로 힘겹게 지친 발을 구르고 끌다가 헝클어진 턱수염 사이로 멍청하게 미소를 지으며 "나는 상관 안 해!" 하고 말하는 것처럼 계속 손을 흔들었다. 그의 얼굴보다 웃기는 건 있을 수가 없을 것 같았다. 아무리 눈썹을 치켜올리려 해도 묵직한 눈꺼풀은 위로 올라가 있으려 하지 않고 간신히 보이는 흐릿한 눈 위로 계속 늘어졌고, 그럼에도 눈빛은 설탕처럼 달콤한 표정을 유지하고 있었다. 그는 완전히 취해 한없이 유쾌한 상태라 지나가는 사람이 그의 얼굴을 본다면 누구나 틀림없이 "푹 절여졌구먼, 이 친구야, 푹 절여졌어!" 하고 말할 터였다. 가재처럼 빨개지고 콧구멍이 한껏 벌어진 눈깜빡이는 구석에서 냉소적으로 웃음을 터뜨리고 있었다. 니콜라이 이바니치만 훌륭한 술집 주인답게 평소와 다름없이 차분한 태도를 유지하고 있었다. 안에는 새로운 얼굴이 많이 모여 있었지만 난폭한 신사는 그림자도 보이지 않았다.

나는 몸을 돌려 얼른 콜로톱카가 자리 잡은 사면을 내려갔다. 이 협곡 맨 아래에는 넓은 골짜기가 있었다. 골짜기는 저녁 안개의 증기가 물결처럼 덮고 있어 그 어느 때보다 넓어 보였고 어두워지는 하늘과 합쳐진 듯했다. 협곡을 따라 난 길을 성큼성큼 걸어 내려가고 있을 때 갑자기 멀리 떨어진 넓은 골짜기에서 어떤 소년이 "안트롭카아-아! 안트롭카아-아!" 하고 마지막 음절을 길게 끌면서 고집스럽게 또 눈물을 글썽이는 것처럼 간절하게 부르는 소리가 울려 퍼졌다.

아이는 몇 분 동안 입을 다물고 있다가 다시 부르기 시작했다. 아이의 목소리는 움직임 없이 가볍게 잠든 공기 속에서 또렷하게 전달되었다. 아이가 안트롭카라는 이름을 적어도 서른 번은 불렀을 때 갑자기 초원 맞은편에서 마치 다른 세계에서 들려오는 것처럼 거의 들리지도 않는 대답이 나왔다. "왜-애-애?"

아이의 목소리가 바로 기쁨을 가득 담아 간절하게 외쳤다. "이리 와, 이 작은 악마야!"

"뭐 땜-애-애?" 한참이 흐른 뒤 다른 목소리가 답했다.

"아빠가 널 제대로 좀 때려주고 싶어 하니까!" 첫 번째 목소리가 바로 외쳤다.

두 번째 목소리는 다시 답을 하지 않았고 어린 소년은 다시 안트롭카를 찾기 시작했다. 날은 완전히 어두워졌고 아이의 외침이 점점 뜸해지고 희미해지기는 했지만 여전히 내 귀에 이르렀다. 나는 콜로톱카에서 6베르스타쯤 떨어진, 내가 사는 마을을 둘러싼 숲의 모퉁이를 돌고 있었다.

"안트롭카-아-아!" 밤의 그림자들이 가득한 공기 속에서 아직도 그 소리가 들리는 것 같았다.

이야기의 핵심

〈가수들〉에 대한 생각

매년 〈가수들〉 수업을 시작할 때 학생들에게 이 이야기, 나는 걸작이라고 생각하는 이야기에 대한 첫 반응을 묻는다. 강의실에는 어색한 적막이 흐른다. 마침내 어떤 학생이 그냥 이렇게 말하곤 한다. "제느낌은 좀… 어… 이 이야기에서 도대체 이 모든 곁가지가 무슨 의미가 있는지 그냥 궁금했던 것 같기는 합니다." 다른 누군가가 용기를 내어 끼어든다. "그래요, 아늑한 모퉁이의 2마일 반경 내에 살아 있는 모든 것에 대한 끝없는 외형 묘사가 왜 나오는 거죠?" 세 번째 사람. "너무 느려요. 투르게네프는 정말로 **모든** 사람에 관해 **모든** 걸 우리한테 이야기해 주어야 하는 건가요?"

그러면 안도한 웃음소리가 전체적으로 좀 터져 나오고, 나는 우리가 좋은 수업을 하게 될 것임을 알게 된다.

문제가 있는 이야기는 문제가 있는 사람과 같다. 재미있다.

우리는 이야기를 읽으면서 (상상해 보자) '내가 알아챌 수밖에 없는 것들Things I Couldn't Help Noticing, TICHN'이라는 딱지가 붙은 수레를 끌고 다닌다. 읽으면서 우리는 표면적인 수준에서 플롯 유형의 것들을 **알아챈다**(로미오는 정말로 줄리엣을 좋아하는 것 같다). 그러나 더 조용한 것들도 알아챈다. 언어의 여러 측면(첫 세 페이지에 이렇게 많은 두운이라니), 구조적 특징(이건 시간 순서상 거꾸로 이야기되고 있구나!), 색깔의 배치, 플래시백이나 플래시포워드, 관점의 변화 등등. 우리가 **의식적으로** 알아챈다고 말하는 것은 아니다. 종종 의식적으로 알아채지 못한다. 우리의 몸으로 또 우리 관심의 변화로 '알아채며' 나중에 가서 이야기를 분석할 때에야 분명하게 '알아챌' 수도 있다.

우리가 TICHN 수레에 보태는 것은 가령 이야기의 '비규범적' 측면들, 즉 일종의 과잉 재현을 통해 관심을 끌어들이는 듯한 측면들이다.

자신의 읽는 마음을 꼼꼼히 관찰한다면 어떤 이야기에서 과잉(비규범적 측면)을 우연히 만날 때 작가와 거래 관계를 맺게 된다는 사실을 알게 될 것이다. 프란츠 카프카가 "그레고르 잠자가 어느 날 아침 불안한 꿈에서 깨어났고…침대에서 괴물 같은 해충으로 바뀌었다" 하고 쓸 때 당신은 "아냐, 그는 바뀌지 않았어, 프란츠" 하며 책을 방 건너로 내던지지 않는다. 당신은 TICHN 수레에 '불가능한 사건, 사람이 방금 벌레로 변했다'를 보태고 나서 '두고 보자' 단계로 들어간다. 카프카가 이걸로 뭘 하려는 걸까? 당신의 읽는 상태는 영향을 받았다. 당신은, 말하자면 저항하기 시작했다. 당신은 가벼운 이의 제기를 마음에 새겼다. 하지만 우리 독자들은 모든 종류의 읽는 상태, 심지어 부정적으로 보이는 상태도 견디어내곤 한다. 권태 단계, 당혹 단계, 우리가 정말로 특정 인물을 증오하는 단계와 작가가 과연 얼마나 알고 있는지 의문을 품는 단계 등등. 우리가 말하고 있는 건 기본적으로 이거다. "자, 프란츠. 그 벌레 부분은 과잉이지만 나는 허용하겠어. 계속해 봐. 당신은 내가 알아챌 수밖에 없는 그걸로 뭘 할 거지? 보람이 있는 일이기를 바라."

작가는 우리를 비규범적 사건, 예컨대 물리적으로 있을 법하지 않은 상황이나 두드러지게 고상한 언어(또는 두드러지게 일상적인 언어), 또는 어느 러시아 선술집에서 사건 도중에 사람들을 몇 페이지 동안 정지 상태로 둔 채 그들 각각을 차례차례 길게 묘사하는 일련의 긴 일탈로 끌어들일 때 그 대가를 치른다. 우리의 읽는 에너지는 떨어진다(우리는 의심하고 저항한다). 그러나 치명적으로 떨어지지 않으면, 그래서 나중에 이것이 모두 계획의 일부였음을 알게 되고 기술적 실패로 보였던 대목이 이야기의 의미에서 빼놓을 수 없다는 게 드러나면(즉 작가가 '그렇게 하려는 의도였던' 것처럼 보인다면), 우리는 모든 걸 용서한다. 심지어 과잉으로 보이는 것을 유익하게 활용하는 것을 보면서 이를 수준 높은 기교의 한 형태로 이해할 수도 있다.

목표는 TICHN 수레가 빈 상태를 유지하고 그럼으로써 '완벽하게 규범적인' 이야기를 쓰는 것이 아니다. TICHN 수레에 아무것도 담지 않고 끝을 향해 다가가는 이야기는 멋지게 끝내는 데 어려움을 겪을 것이다. 좋은 이야기는 과잉의 패턴을 만든 뒤 그 과잉에 주목하고 그것을 장점으로 전환하는 이야기다.

이 지점에서 간단한 질문을 하겠다. 어떤 이야기가 좋다는 것을 우리는 어떻게 아는가?

작가이자 만화가 린다 배리Lynda Barry가 한 신경학 연구를 인용하는 것을 들은 적이 있다. 이야기, 짧은 서정시, 농담의 끝에 이르면 우리 뇌가 즉각 효율에 대한 소급 평가를 한다는 내용이었다. 만일 술집으로 걸어 들어가는 오리에 관한 농담을 하다가 곁가지를 쳐서 오리의 유년에 관해 15분 동안 말했는데 그게 펀치라인과 아무런 관계가 없다는 사실이 드러난다면 당신의 뇌는 이를 비효율로 기록하고 끝에 가서 덜 웃을 것이다.

우리의 마음은 무엇을 기초로 효율을 평가하는가?

마음은 농담에 담긴 모든 것이 펀치라인에 봉사한다고, 농담을 더 강력하게 만든다고 가정한다.

하나의 이야기를 일종의 예식, 가령 가톨릭 미사나 대관식이나 결혼식이라고 생각할 수도 있다. 우리는 미사의 핵심이 성찬식이고, 대관식의 핵심이 왕관이 올라가는 순간이고, 결혼식의 핵심이 서약의 교환이라고 알고 있다. 그렇다면 다른 부분들(행진, 노래, 낭송 등)은 모두 예식의 핵심에 도움이 되는 한에서만 아름답고 필요하다고 느낄 것이다.

따라서, 어떤 이야기가 얼마나 좋은지, 얼마나 우아하고 효율적인지 평가하기 위해 이야기에 접근하는 한 가지 방법은 "당신의 핵심은 무엇인가요, 이야기 씨?"(아니면 닥터 수스*를 흉내 내어 "왜 구태여

---

* 미국의 동화책 작가. 주로 어린이 책으로 유명하다.

나한테 이 이야기를 하는 건데?") 하고 묻는 것이다.

즉 이렇게. "결국 당신이 지키려는 게 뭐라고 주장하는 건가요, 이 야기 씨? 당신의 비규범적인 측면이 핵심에 얼마나 도움이 되는지 보려면 이것을 알아야겠습니다."

〈가수들〉의 핵심은 물론 노래 시합이다. 노래 시합이 이 이야기의 '제재'이고, 이 이야기가 제공하는 것이고, 거기에 있는 구성 요소들 이 돕고자 하는 것이다. (할리우드판 〈가수들〉은 이런 식일 것이다. "한 러시아 선술집에서 두 남자가 노래 시합을 한다. 한 사람이 이기 고 한 사람이 진다.")

그러나 길고, 약간 종잡을 수 없는 열일곱 페이지를 헤치고 나가기 전에는 이 시합이 시작조차 하지 않는다는 것을 우리는 알아챌 수도 있다. 아니, 당신은 이미 **당연히** 알아챘을 거라고 확신한다.

따라서 앞서 언급한 '무자비한 효율 원칙'에 따라 우리는 이렇게 물어볼 권리, 심지어 책임이 있다. 처음의 그 열일곱 페이지는 무엇 을 위해 있는 건가? 그 페이지들은 제값을 하는가? 그렇게 애쓸 가치 가 있는가?

〈가수들〉은 A와 B가 기술을 겨루는 시합에서 만나 한 사람이 이기 는 오래된 유형의 이야기다. (생각해 보라. 《일리아스》든 〈베스트 키 드〉든 〈록키〉든 총싸움이 들어가는 어떤 영화든.)

이런 유형의 이야기에 의미를 부여하는 것은 무엇인가? 만일 그냥 그런 식으로 이야기를 한다면('A와 B가 기술을 겨루는 시합에서 만 난다') 왜 우리가 누가 이기는가 하는 문제에 관심을 가지겠는가? 가

가수들

지지 않는다. 가질 수 없다. A는 B와 같고 B는 A와 같고 A는 B와 같다. 시합하는 사람들이 똑같다면 특별히 중요할 게 없다. 만일 내가 "우리 집 건너편 술집에서 두 사람이 싸움을 벌였는데 어떻게 되었는지 알아? 둘 중의 하나가 이겼어!" 하고 말한다면 그건 의미가 없다. 이 말을 의미 있게 만들려면 그 사람들이 누구인지 알아야 한다. A가 성자 같고 상냥한 사람이고 B는 진짜 골칫거리인데 B가 이긴다. 그러면 '미덕이 늘 이기는 것은 아니다' 같은 의미를 가지는 이야기로 느껴질 것이다. 만일 A가 셀러리만 먹으면서 싸움 훈련을 하고 B는 핫도그만 먹었다면 A의 승리는 셀러리 홍보로 읽힐 수도 있다.

〈가수들〉의 핵심이 노래 시합이고 야시카와 하청업자가 각각 A와 B로 등장한다는 점을 고려할 때, 우리는 노래가 나오기 전의 열일곱 페이지가 적어도 부분적으로는 야시카와 하청업자에 관해 무언가 말해주고(즉, 그들이 무엇을 '대표'하는지 말해주고) 그래서 둘 중 누가 이기느냐에 따라 그 결과를 해석할 수 있을 것이라고 합리적으로 예상할 수도 있다.

그러나 여기에 이 이야기의 흥미로운 특징이 있다. 〈가수들〉은 예의 바르게 줄여 말해서 '묘사가 풍부하지만', 우리는 열일곱 페이지에서 투르게네프가 아늑한 모퉁이의 다른 모든 사람에 관해서는 뒷이야기 자료를 끝도 없이 가지고 있는 듯한 반면 정작 두 주요 인물에 관해서는 둘을 구별하는 데(그래서 이 시합을 의미 있게 만드는데) 도움이 될 만한 말을 해줄 게 별로 없다는 사실을 알게 된다. 야시카는 신경이 예민한 동네 청년이고 하청업자는 외부인이다. "종이 공장에서 종이 뜨는 일을 하고" 있는 야시카는 "예민하고 열정적

작가는 어떻게 읽는가

인 성격"이며 마을에서 최고의 가수로 보인다. 하청업자에 관해서는 9페이지에 신체적 묘사가 약간 나오고 나중에 그가 "매우 꾀가 많고 똑똑한 상인"으로 보인다는 막연한 주장이 나온다. 그 외에는 없다. "터키인 야시카와 하청업자에 관해서는 별로 할 말이 없다."

따라서 처음 열일곱 페이지를 읽고 우리가 "결과를 의미 있게 만들 만한 두 가수의 특징은 무엇인가?" 하고 물을 때 우리는 여전히 답을 모른 채 시합 자체를 보아야만 한다.

일단 당신이 투르게네프가 해주었더라면 하고 바랄지도 모르는 작업을 해보자. 처음 열일곱 페이지를 건너뛰고 바로 노래 시합으로 가는 것이다.

하청업자가 노래를 부르기 시작한다(18페이지 첫 행부터). 우리는 읽어나가며 그의 행동 특징을 보여주는 신호, 즉 투르게네프가 우리에게 그의 행동 특징으로 생각해 주기를 바라는 신호를 찾는다(록키가 주먹을 맞고 한쪽 무릎을 꿇으면 우리는 '그가 지고 있나 보다!'는 뜻이라고 이해한다).

우리는 하청업자가 "매우 높은 가성으로…매우 달콤하고 유쾌"하게 노래를 시작했다는 이야기를 듣는다. 이어지는 문장은 ("장난을 쳐", "빙글빙글 돌리다", "애정 어린 마음으로 한껏 즐기며", "장난을 치듯 대담하게" 같은 구절을 통해) 그가 자신 있고 느긋하다고 말해준다. 다시 말해 태평한 명인이라고. 그의 조바꿈에 "음악 감식가는 큰 즐거움을 느꼈을 것이"다. 그는 "명랑한 춤곡"을 불렀으며 노래는 "끝도 없는 장식음과 추가되는 자음과 감탄사"로 가득했다. 가사마저 갈망과 자신감을 전달한다. "조그만 땅뙈기, 내 사랑, / 나는 씨를 뿌리고 / 조그만 주홍색 꽃, 내 사랑, / 나는 기를 것이다." 선술집의 모두가 "무아지경에 빠져" 귀를 기울였다.

우리는 하청업자가 노래를 끝내주게 부르고 있고 그를 이기기란 어려울 거라고 느낀다.

소설을 읽는 경험 전체는 확립("개는 자고 있다"), 안정화("그는 정말 깊이 자고 있다. 너무 깊이 자서 방금 고양이가 그의 등을 걸어서 넘어갈 수 있었다"), 변화("어라, 깨어났다") 과정으로 이해될 수도 있다.

이 대목에서는 하청업자가 잘하고 있고 이기는 과정에 있는 것처럼 보인다는 사실이 확립되었다. 투르게네프는 우리가 여기에서 안정하게 해준 다음 변화를 준다. "하청업자는 오래 노래했지만 **청중에게 특별한 열광을 불러일으키지는 않았다**"(강조는 필자). 하청업자는 이제 '어려움과 마주쳤다'고 말할 수도 있을 것이다. 그는 훌륭하고 재주가 많지만 청중의 감정에는 별다른 일이 일어나지 않았다. 우리는 이를 '긴급 속보, 사실 이 사람은 질지도 모른다'라고 읽는다.

투르게네프가 이런 복잡함을 들여온 덕분에 우리는 하청업자를 더 잘 알게 된다. 그는 대략, 현란하지만 사람들을 차가운 상태로 남겨두는 남자다("A는 누구인가?" 하는 우리 질문에 답을 주기 시작한다). 이 문제가 확립되자 투르게네프는 새로운 현황 보고서를 제출하여 하청업자가 나름의 방법으로 문제를 해결했다고 암시한다…, 더 현란해짐으로써. "특별히 성공적인 조바꿈이 한 번 끝난 뒤" 흥분의 잔물결이 퍼져나간다. 난폭한 신사는 미소를 짓는다. 얼간이는 기쁨의 외마디를 내지르고, 그런 다음 눈깜빡이와 함께 콧노래로 따라 부르기 시작한다. 대기하고 있던 야시카는 하청업자의 노래가 가진 힘을 확인한다. "야시카의 눈이 석탄처럼 불타올랐다. 그는 이파리처럼 온몸을 떨며 어리둥절한 표정으로 미소를 지었다." 오직 난폭한 신사만 확신을 갖지 못한다(그는 "표정을 바꾸지 않"는다), 눈길은 조금 부드러워지지만.

하청업자는 고무되어 "진지하게 전진"하는데 이 전진이 그에게 무슨 의미일까? 더 현란해지는 것을 뜻한다. 몸동작으로, 혀 차기로, 두들기기로, 목구멍 연주로. 그는 문제를 만났고('나는 청중을 감동시키지 못하고 있다') 해결책을 찾는다('더 현란하게!'). 노래를 마무리하고 "모두가 왁자하게 내지르는 탄성"과 마주한다. 얼간이는 그가 승자라고 선언한다. 술집 주인 니콜라이 이바니치는 모두에게 아직 시합이 끝나지 않았음을 일깨우지만 그도 "하청업자는 노래를 잘하는군" 하고 인정한다.

공연을 검토해 보자. 하청업자의 재능은 일차적으로 기술적이다. 그의 노래는 기법의 맥락에서 묘사되며, 그는 두 군데에서 청중에게 영향을 준다. 첫 번째는 "성공적인 조바꿈이 한 번 끝난 뒤"이고 다음은 "목청을 가지고 놀"면서다.

역시 구체성이 인물을 만든다. 투르게네프는 하청업자가 특정한 방법으로 노래를 부르게 하며(그는 기타리스트 용어로 말하자면 '슈레딩을 하는 사람'이며 기술적인 능력으로 청중을 놀라게 한다) 이를 통해 하청업자는 특별한 사람이 되고, 이제 무언가를 대표한다.

다음은 야시카의 차례다. 이야기는 두 갈래 가운데 하나로 갈 수 있다. 즉, 야시카는 질 수도 있고(그리하여 〈가수들〉은 이에 관한 이야기, 동네의 전설이 망신을 당하고 또 아마도 그가 망신을 감당하는 방식에 관한 이야기가 된다) 이길 수도 있다. 이야기는 이제 암묵적으로 묻는다. 야시카에게는 하청업자의 고도로 기술적인 노래를 물리칠 만한 어떤 특질이 있을까? 나는 〈가수들〉을 읽을 때마다 야시카가 자기 차례를 맞이하여 나설 때 나도 모르게 새삼 궁금해진다. '야시카가 어떻게 이길 수 있을까? 하청업자가 그렇게 **잘했는데.**' 이 이야기는 이제 투표가 되었다. 무엇에 대한? 아직은 무엇인지 모른다. 하지만 투표용지 한쪽에는 '기술적 능력'이 있다는 것을 안다. (그리고 분명히 해두자면, 나는 지금 한 번 읽고 나서 우리가 이런 것을 실제로 알게 된다고 말하는 건 아니다. 사실 알 수 없다고 생각한다. 우리는 그저 하청업자가 높은 기준을 설정했다는 느낌을 받게 되고 이제 궁금해한다. '이런, 야시카가 저걸 어떻게 뛰어넘지?')

이제(22페이지에서) 다시 투르게네프가 야시카의 노래를 어떻게 묘사하는지를 꼼꼼하게 살펴보려 한다. 투르게네프는 우리가 그것을 어떻게 받아들이기를 원하는지 보려는 것이다.

야시카는 불안하게 출발한다. "첫 음은 희미하고 불안했"다. 그것은 "우연히 방 안으로 들어와 둥둥 떠다니는 듯했다"(기술적 능력과 반대다). 우리는 '어라, 야시카가 목이 메는군' 하고 느낄 수도 있다. 하지만 그러다가 "이 떨리면서 울려 퍼지는 음이 우리 모두에게 이상한 영향을 주었다. 우리는 서로 흘끔거렸고 니콜라이의 아내는 갑자기 허리를 쭉 폈다".

작가는 어떻게 읽는가

그의 노래는 슬프다. 그가 부르는 가사는 하청업자의 가사와 비교해 볼 때 자신감이 떨어지며 모호한 데도 더 많다. "들을 가로질러 많은 길이 구불구불 뻗어 있네." (우리는 아직 야시카가 어떻게 이길 수 있을지 의문을 품고 있다. 그러니 이 가사는 '고양이 가죽을 벗기는 데는 여러 가지 방법이 있다'*는 말의 더 부드러운 러시아식 표현일지도 모른다.)

야시카의 노래는 완벽하지 않다. 목소리는 평탄치 못하고 갈라졌고 "불건강한 음색"이 있다. 그러나 동시에 "진짜 깊은 감정, 그리고 젊음과 힘과 달콤함"이 있다. 곧 야시카는 "황홀경에 푹 빠진"다. 그는 이제 자신과 청중을 의식하지 않는 듯하며 "자신의 행복감에 완전히 몸을 맡기고 있었다". 여기에서 우리는 비슷한 순간(공연에서 가장 큰 힘을 발휘하던 순간)에 하청업자가 "진지하게 전진"하여 기억에 남을 만한 일련의 몸동작과 혀 차기를 해내던 것을 기억한다. 그는 자신을 잃어버리거나 청중을 잊거나 감정에 굴복하지 않았다. 승리를 느끼며 매력적인 기술이 담긴 더 높은 수준의 무기고를 열었다 (그의 공연은 청중에게 **영향을 주기**보다는 청중을 **목표로 삼았다**).

이때 이야기와 투르게네프가 그 이야기를 하는 방식에서 아름다운 일이 벌어진다. 야시카가 "자신의 행복감에 완전히 몸을" 맡긴 뒤 서술자는 갑자기 오랜 부재 끝에 관객으로서 이야기로 돌아온다(그는 10페이지에서 사람들이 자신의 존재를 의식한다는 것을 알아챈 순간 이후로 거의 사라져 있었다). 그는 야시카의 노래에 영감을 받아

---

* 목적을 달성하는 데에는 여러 가지 방법이 있다는 뜻이다.

"크고 흰 갈매기"를 떠올린다. 갈매기라는 말에 우리는 '솟구쳐 올라 머리 위를 나는 갈매기'를 시각화할지도 모르지만, 아니다. 서술자가 기억하는 갈매기는 "꼼짝도 하지 않고 앉아" 있는데, 어찌 된 일인지 내가 그렇게 정정을 하는 순간이면 늘 눈앞에 그 갈매기가 분명하게 나타난다. "석양의 주홍색 광채를 향해 비단 같은 가슴을 돌린 채 꼼짝도 하지 않고 앉아 이따금 익숙한 바다를 향해, 낮게 내려앉은 피처럼 붉은 해를 향해 긴 날개를 펼칠 뿐이었다."

이 시점에서 우리는 앞서 등장한 새들, 4페이지에 나온 처연한 작은 까마귀와 큰 갈까마귀, 싸우는 참새들을 떠올릴 수도 있다. 갈매기는 자유로운 종種으로, 이 초라하고 무더운 작은 읍과는 먼 저 바깥의 어느 서늘하고 맑은 바다 공기 속에 있다. 갈매기는 이 동네 새들과는 달리 고통을 겪지 않는다. 강하고 편안해 보인다. 심지어 두 날개를 펼친 채 아름다움(즉, 석양)을 보고 감사해하는 것처럼 보인다. 그런데 누가 이 새를 서술자의 마음에 데려왔을까? 야시카다. 어떻게? 노래로.

"그는 노래했고, 음 하나하나가 우리에게 매우 가깝고 소중한 어떤 것, 눈앞에 익숙한 초원 지대가 펼쳐지듯 가없이 먼 곳으로 뻗어나가는 엄청나게 거대한 것을 떠올리게 했다." 방금 무슨 일이 일어났건 그 일은 관객 모두에게 일어났다. 관객 각각이 서술자의 갈매기와 같은 것을 떠올렸다. 하청업자가 노래를 부르는 동안은 이런 일이 없었다. 그는 사람들을 놀라게 했지만 도취시키지는 않았다. 하청업자의 공연은 그가 할 수 있었던 것과 관련하여 묘사되며, 야시카의 공연은 그가 청중에게 느끼게 했던 것과 관련하여 묘사된다.

작가는 어떻게 읽는가

야시카는 갈매기를 환기시키지만 그가 갈매기이기도 하다. 아름다움과 접하자 잠깐 예상된 인물 밖으로 나오기 때문이다. 갈매기는 나는 대신 "꼼짝도 하지 않고 앉아" 있다. 야시카는 잠시 종이 공장에서 종이 뜨는 일을 하는 사람이 아니라 예술가가 된다. 비록 이 쓰레기 같은 작은 읍에서이기는 하지만.

모두에게서 흐느낌이 터져 나온다.

야시카가 이긴다.

우리가 말했듯이, 내가 방금 묘사한 대목이 이 이야기의 핵심이다. 노래 시합은 전체 스물여덟 페이지 가운데 약 여덟 페이지를 차지하며, 앞에서 말한 대로 18페이지가 되어서야 시작한다.

그렇다면 처음 열일곱 페이지는 무엇을 하는가?

하나의 이야기는 사탕 공장이라고 생각해 볼 수도 있다. 우리는 사탕 만들기의 본질은… 바로 거기에서 그 사탕을 만드는 것임을 안다. 우리는 공장을 걸어 다니면서 그곳의 모든 사람, 모든 전화, 모든 부서, 모든 절차, 즉 모든 것이 어떤 식으로든 사탕이 만들어지는 순간과 관계가 있고 그 순간에 '관한' 것이며 그 순간에 '기여'할 것이라고 예상한다. 만일 공장 안에서 '스티브의 결혼 계획 센터'라는 이름이 붙은 사무실과 마주치면 비효율적이라고 느낀다. 스티브의 결혼 계획이 어쩌면 사탕 만들기에 유익할 수도 있지만 좀 억지다. 그 사무실을 닫으면 우리의 사탕 만들기는 사실 더 효율적이 된다(스티브는 다르게 느낄 수도 있지만). 사탕 공장은 더 효율적인 사탕 공장이 되고 따라서 더 아름다운 사탕 공장이 된다.

아니면 우리가 어깨들처럼 '이야기 클럽'을 돌아다니며 각 부분에 가서 "실례지만 당신이 여기에 왜 있어야 하는 거야?" 하고 묻는다고 상상해 보라. 완벽한 이야기에서는 모든 부분에 좋은 답이 있다("어, 은근한 방식이기는 하지만 이야기의 핵심에 에너지를 보내고 있지요").

진화하기는 하지만 약간 융통성 없는 우리의 이야기 모델은 모든 부분이 그 자리에 있는 데는 이유가 있다고 말한다. 그저 우연('이건 정말로 일어난 일이야'라거나 '좀 멋지잖아'라거나 '일단 이야기에 들어갔으니 이걸 완전히 다시 빼버릴 수 있을지 모르겠어')으로는 성에 차지 않는다. 이야기의 모든 부분은 이런 수준의 정밀 조사를 견딜 수 있어야 한다. 물론 잊지 말아야 할 것은 이야기가 너무 매끈하거나 수학적이 되지 않도록 이 조사가 너그럽게 진행되어야 한다는 점이다.

그럼 처음 열일곱 페이지를 걸어 다니면서 물어보도록 하자. 당신들은 이야기의 핵심에 어떤 도움을 주고 있는가?

나는 엔지니어 출신이기 때문에 (어쩌면 핵심과 관련이 없을 수도 있는, 현재 조사 중인) 열일곱 페이지를 구성하는 조각들을 〈표 1〉에 나열해 보겠다. 또 의미 있는 사건이 일어나는 조각은 그냥 묘사적인 조각들과 구분하기 위해 **다른 글씨체로** 표시해 두겠다.

웃지 말기를. 나는 지금 진지하다.

〈표 1〉 노래 시합 이전 열일곱 페이지 요약

— 협곡 묘사 (1페이지)

— 선술집 주인 니콜라이 이바니치 묘사 (2~4페이지)

— 니콜라이의 (이름이 언급되지 않는) 아내 묘사 (4페이지)

— 어떤 새들 묘사 (4페이지 하단)

— 콜로톱카 읍 묘사 (5페이지)

— 얼간이와 눈깜빡이 묘사 (6페이지)

— 얼간이와 눈깜빡이 사이의 대화로 이루어지는 사건 시퀀스. 요지는 노래 시합이 벌
   어진다는 것 (7페이지)

— 선술집 묘사 (8페이지)

— 서술자가 선술집으로 들어서는 사건 시퀀스 2행 (8페이지 중반)

— 야시카 묘사 (8페이지 하단, 9페이지 상단)

— 난폭한 신사 묘사 (9페이지)

— 하청업자 묘사 (9페이지)

— 농민 묘사 (9페이지 하단)

— 서술자가 자신, 즉 신사 신분인 사람이 농민들이 모인 술집에서 주목을 받고 이어 자
   신이 여기 있는 것을 주인에게 허락받는다고 느끼는 사건 시퀀스 (10페이지 중반)

— 얼간이에 대한 (배경 설명에 치우친) 2차 묘사 (13~14페이지)

— 눈깜빡이에 대한 (배경 설명에 치우친) 2차 묘사 (14~16페이지)

— 야시카 2차 묘사, 묘사라기보다는 묘사할 수 없는 이유에 대한 설명이라고 할
   수 있는 하청업자 2차 언급 (16페이지 상단)

— 난폭한 신사 2차 묘사 (16~17페이지)

— 그리고 마침내 시작되는 시합 (18페이지)

가수들

이 표를 살펴보면, 부드럽게 표현해서, 이 이야기의 앞부분, 즉 처음 열일곱 페이지에는 정적이고 묘사적인 문단들이 배치되어 있음을 알 수 있다(이 페이지들에서 진짜로 **벌어지는** 일은, 서술자가 선술집으로 다가가고, 얼간이와 눈깜빡이를 만나고, 술집으로 들어가고, 시합에 대한 자세한 이야기가 오가는 것을 듣는다, 이게 전부다). 일단 시합이 시작되면(18페이지) 묘사는 뒤로 물러나고, 텍스트는 선술집 안팎에서 벌어지는 연속적인 실시간 사건들 안에 (대부분) 머물게 된다.

(이것이 얼마나 이상한지 시각적으로 표현하고 싶다면 색연필을 들고 이 단편을 읽어가면서 〈표 1〉을 안내 삼아 묘사 부분과 사건 부분을 각각 다른 색깔로 칠해보라.)

우리는 **TICHN** 수레에서 '발견: 많은 곁가지와 정적인 묘사' 같은 것을 보게 된다. 그리고 의문을 품는다. 이 이야기는 이런 과잉에 주목했을까? 이 이야기가 과잉을 미덕으로 바꾸게 될까?

자, 투르게네프의 모든 곁가지와 정적인 묘사가 결국 '의도적인 것'이라고, 즉 그가 '원래 그렇게 하려고 했다'고 주장하도록 해보자.

다시 〈표 1〉을 살펴보면 정적인 묘사 대부분이 인물 묘사임을 알 수 있다.

여기에서 투르게네프가 사람들을 묘사하는 방식에 관하여 한마디. 이것이 나의 학생들을 오랜 세월에 걸쳐 매우 짜증 나게 했던 것의 일부라고 생각하기 때문이다.

8페이지 하단에서 우리는 야시카를 만난다. "스물세 살의 여위고 늘씬한 사내…공장에서 일하는 당찬 청년처럼…그의 건강은 자랑할 것이 전혀 없었다. 움푹 꺼진 뺨, 불안해 보이는 커다란 회색 눈, 곧은 코와 벌렁거리는 좁은 콧구멍, 벗겨지고 있는 하얀 이마와 뒤로 빗어 넘긴 밝은 갈색 곱슬머리, 두툼하지만 표정이 풍부하고 잘생긴 입술." 이 문장으로 사람을 만들 수 있는가? 나는 못 만든다. 내가 시각화에 서툴러서인지 몰라도 이렇게 읊어대는 이목구비 주문呪文은 결과적으로 내가 실제로 볼 수 있는 어떤 것도 되지 않는다. 내 머릿속에서 그냥 피카소 그림처럼 쌓이기만 할 뿐이다. 이런 묘사 방법(모든 것을 포괄하며 주로 얼굴과 신체 부위 나열로 이루어지는)은 이 이야기 전체에 깔려 있다. 난폭한 신사는 "광대뼈도 넓고 이마가 좁으며 눈은 타타르인처럼 가느다랗고 짧은 코는 넓적하고 턱은 사각형에 검고 빛나는 머리카락은 뻣뻣하고 억센" 남자다. 하청업자를 만나보자. 그는 "땅딸막한 남자로 얼굴이 얽었고 머리카락은 곱슬곱슬했으며 뭉툭한 들창코에 갈색 눈에는 생기가 돌았으며 턱수염은 거의 없었다"라고 묘사된다. 니콜라이 이바니치는 어떤가. "얼굴은 통통 부어 있고 작은 눈은 음흉하면서도 다정하며 살이 많은 이마는 깊은 주름들이 가로지르고 있다."

요즘 독자들은 이런 묘사 방법이 구식이라고 느낀다. 오늘날의 소설 이해에 따르면, 사람들은 선별적으로 묘사되어야 한다. 모두가 묘사될 필요가 없고 모든 것이 묘사될 필요가 없다는 의미에서 그렇다. 우리는 묘사가 최소한에 그치면서 주제라는 목적에 봉사하기를 기대하는 반면 투르게네프는 그냥 그들이 거기 있기 때문에 묘사하는 것처럼 보인다.

이런 방법은 이야기가 지금보다 다큐멘터리 기능을 많이 수행한다고 이해되던 시절에 생긴 것으로 보인다. 투르게네프는 귀족이었고, 서술자와 마찬가지로 사냥을 하러 시골로 도보 여행을 가곤 했다. 〈가수들〉이 처음 실린 책 《사냥꾼의 수기 A Sportsman's Sketches》는 문학 인류학에서 획기적인 작품으로 지식인에게 '이 사람들', 즉 농민이 사는 방식을 바라본 결과물을 제공했다. 투르게네프는 당시 이 사람들의 초상을 그려내는 감수성과 동정심으로, 또 사실주의로 칭찬을 받았다. (서술자가 귀족으로 설정되어 있다는 것이 앞서 언급한 10페이지의 순간을 설명해 준다. "내가 도착하자 처음에는 니콜라이 이바니치의 손님들이 약간 당황하는 모습이 눈에 보였다. 하지만 주인이 오랜 지인에게 하듯이 나에게 고개를 숙이는 것을 보더니 마음을 놓고 더는 관심을 두지 않았다.")

따라서, 아늑한 모퉁이에 대한 이런 묘사는 어쩌면 그런 곳에 한번도 들어가 본 적이 없을 수도 있는 사람들을 위한 것이다(서술자는 "내 독자 가운데 많은 사람은 시골 선술집 안을 들여다볼 기회가 없었"을 거라고 생각한다). 이는 또 우리가 곧 견디어야 할 긴 묘사, 니콜라이 이바니치와 그의 아내, 눈깜빡이와 얼간이에 관한 묘사를 설명해 줄 수도 있다. 여기에서 투르게네프가 자신이 할 일 가운데 하나로 인식하고 있는 것은 르포르타주 작성이다. 그는 일종의 모험 저널리스트로서 독자들에게 이국적 세계, 그들보다 낮은 세계를 슬쩍 들여다볼 기회를 제공한다.

그런데 이런 묘사 방법은 투르게네프가 작업하는 방식에서 나온 것이기도 하다.

투르게네프에 관해 헨리 제임스는 이렇게 말했다.

그에게 이야기의 씨앗은 절대 플롯이 아니었다. 그는 플롯 생각은
하지도 않았다. 그에게 씨앗은 어떤 인물의 재현이었다. 그에게 이
야기가 나타나는 첫 번째 형식은 어떤 개인의 모습, 또는 개인들의
조합이었다…그들은 그의 앞에 분명하고 생생하게 서 있었으며, 그
는 그들의 본성을 최대한 많이 알고 싶어 했고, 많이 보여주고 싶어
했다. 첫 번째 할 일은 자신이 아는 것을 우선 자신에게 분명히 해두
는 것이었다. 이 목적을 위하여 그는 각각의 인물에 관한 일종의 전
기, 이야기가 시작되기 전에 그들이 한 모든 일과 그들에게 일어났
던 모든 일을 자세히 썼다. 프랑스 사람들 표현대로 그에게는 그들
의 서류 일체dossier가 있었다…그는 이런 자료가 손에 있어야 전진
할 수 있었다. 이제 이야기는 모두 한 가지 질문에 달려 있다. 내가
그들이 뭘 하게 만들 것인가?…그러나 내가 말한 대로 그의 방법이
지닌 결함과 그가 받는 비난은 그에게 '건축'이 부족하다는 것이다.
말을 바꾸면 구성이 부족하다…투르게네프의 이야기가 이런 식으
로 쓰였다는 것, 아니 생겨났다는 것을 알고 그의 작품을 읽으면 모
든 행에서 그 과정을 추적할 수 있다.

블라디미르 나보코프는 더 심술궂게 표현했다. "[투르게네프의]
문학적 천재성은 문학적 상상력, 그러니까 그의 묘사적 예술의 독창
성에 맞먹는 이야기 방법을 자연스럽게 발견하는 상상력이라는 면에
서는 부족하다."

가수들

현재 우리의 미학적 이해에 따르면 신체 묘사는 빠르고 자연스럽게 이루어져야 하고 사건 안에서 유기적으로 제시되어야 한다(우리는 말하기가 아니라 보여주기를 믿는다). 우리는 장황하게 끝도 없이 설명하는 서술자에 대한 관용도가 낮다. 내 수업을 듣는 학생 한 명의 표현을 빌리면, 투르게네프의 글에서 행동과 묘사는 번갈아 마이크를 잡아, 하나가 말하는 동안 다른 하나는 침묵한다. 그 결과는 정태적이고 어색하고 때로 짜증이 난다. 한 인물의 배경 설명이 일종의 자료 쏟아붓기 형태로 나오는 동안 다른 인물들은 모두 〈러시아 시골 선술집, 1850년경〉이라는 제목의 디오라마* 속 인형처럼 모두 제자리에 선 채 얼어붙어 있다.

따라서, 똑바로 보자. 가끔 이야기는 어려운 상황에 처한다. 돌아다니며 이마, 헤어라인, 외투 등에 관한 자료를 모으는 동안 모두의 움직임과 말을 멈추게 하는 투르게네프의 습관에 우리는 저항한다. 이러한 연출 기법의 어색한 특징은 군데군데 거의 희극적으로 드러난다. 내 학생들은 늘 특정한 한 행(노래가 막 시작될 것처럼 보이는 13페이지 상단)을 골라내 특별히 조롱한다. 하청업자는 초조해하고 멈칫거린다. 난폭한 신사가 그에게 시작하라고 명령한다. 하청업자는 앞으로 나선다. 긴장이 고조된다. 우리는 노래가 어서 좀 시작되기를 아주 오래 기다렸다.

그런데 이런 말이 나온다.

"하지만 시합 자체를 더 묘사해 나가기 전에 내 이야기의 인물 각

---

* 박물관 같은 곳의 입체 모형.

각에 관해 몇 마디 하는 게 좋을 듯하다. 나는 그들 가운데 몇 명의 삶에 관해서는 아늑한 모퉁이에서 만나기 전에 이미 알고 있었다. 나머지 사람에 관해서는 모두 차후에 알게 되었다."

우리는 생각한다. '투르게네프, 이거 왜 이래요. 그건 이미, 어디 보자, 앞선 열두 페이지 전체에서 하고 있었던 일 아닙니까?'

당신 집에 한 친구가 아주 크고 우스꽝스러운 옷가지, 예를 들어 석면으로 만든 잠수복을 들고 나타나 당신에게 입으라고 요청한다고 해보자. 당신은 입는다. 하지만 불편하고 가렵고 덥다. 시간이 째깍째깍 흐른다. 어느 시점에서 당신은 묻는다. "잠깐, 이걸 왜 입는 건데?"

그러니 이제 물어보자. 이런 수고스러운 인물 묘사를 왜 하는 건가? 일단 알면 투르게네프의 인물 묘사 방법이라고 하는 석면 잠수복 같은 장치를 더 기꺼이 입어줄 수도 있다.

아니면 덜 기꺼이.

하지만 우선 투르게네프의 옆길로 새는 태도를 존중하고 받아들여 한 걸음 뒤로 물러나 물어보자. 애초에 우리에게 인물 묘사가 왜 필요한가? 인물 묘사는 어떤 목적에 도움을 주는가?

말이 나온 김에 우리에게 인물이 왜 필요한가?

자, 우리에게 인물이 필요한 것은 영화 감독 데이비드 매멧David Mamet이 배우에 관해 한 말을 좀 바꿔서 해보면, 이야기가 그들에게 요구하는 목적을 수행하게 하기 위해서다. 〈크리스마스 캐럴〉에서 왜 우리에게 말리가 필요한가? 스크루지에게 그가 변하지 않으면 망

할 운명임을 설득하게 하려는 것이다. 그렇다면 우리가 말리에 관해 무엇을 알아야 할까? 그가 그 목적을 수행하도록 도와줄 무엇이든. 말리에게 권위를 부여하는 것은 그와 스크루지가 동업자였으며 스크루지에게 신뢰할 만한 친구가 있다면 그 사람은 말리였다는 사실이다. 말리는 스크루지가 사는 것과 똑같은 삶을 살고 똑같은 죄를 지었다. 말리가 스크루지에게 사는 방식을 바꾸는 게 좋을 거라고 말할 때 스크루지가 그 말을 믿고 우리도 믿으려면 우리는 그 점을(그보다 많이는 필요 없지만) 알고 있어야 한다(말리가 결혼을 했는지, 어린 시절은 어땠는지, 코는 얼마나 큰지, 스크루지를 처음에 어떻게 만났는지 알 필요는 없다).

그렇다면 〈가수들〉의 여러 부수적 인물(얼간이, 눈깜빡이, 니콜라이 부부, 난폭한 신사)은 이야기의 핵심(노래 시합)을 더 강력하게 만드는 일을 하기는 하는가?

우리는 이렇게 주장할 수도 있을 것이다. 그렇다, 그들은 심사단 기능을 한다.

하청업자의 공연(18~20페이지)으로 돌아가 다시 읽으면서 부수적 인물들의 반응을 따라가 보자. 이야기의 핵심은 우리가 실제로 들을 수 없는 노래 시합이다. 이 부수적 인물들은 우리에게 노래 시합에 관해 무슨 생각을 해야 할지 말해준다. 그들은 하청업자와 야시카가 어떻게 노래하는지 보고 있고, 우리는 그들을 지켜본다. 그리고 우리는 그들에 관하여 이미 들은 바에 따라 그들의 평가에 다른 가치를 둔다.

예를 들어 얼간이. 우리는 그를 하찮은 인간, 판단을 신뢰할 수 없는 동네 술꾼으로 알고 있다. ("그는…분별력 있는 말은커녕 알아들을 수 있는 말조차 한 번도 한 적이 없다고 알려져 있었다. 그냥 웅얼웅얼 말도 안 되는 소리를 잔뜩 늘어놓을 뿐이었다. 진짜 얼간이였다!") 따라서 그는 일종의 '바보 심판' 역할을 한다. 무분별한 판단, 군중 심리, 강력하지만 대개 부정확한 첫 반응의 인격화다. 하청업자가 승자라는 그의 선언은 하청업자가 노래를 잘 불렀지만 너무 이르게 나온 판단이라는 개괄적 지표 역할을 하며, 이 평결은 "진짜 러시아인이 흥미롭거나 중요하다고 생각하는 문제…에 대한 훌륭한 심판관"인 선술집 주인 니콜라이에 의해 은근히 유보/전복된다. 또는 난폭한 신사를 생각해 보라. 그는 시합이 시작되기 직전 긴 묘사를 통해 "마을 전체에서 엄청난 영향력"을 행사하는 인물로 제시된다. 그는 "노래는 아주 좋아했다". 그뿐만이 아니다. "그의 안에는 어마어마한 힘이 음침하게 감추어져" 있다. 하청업자의 공연을 해석하는 데 도움을 얻기 위해 "누구나 즉각 열심히 그 말을 따"르는 이 '헤라클레스' 쪽을 보면, 그는 처음에는 미소를 짓다가(어떤 조바꿈 때) 노래가 끝날 무렵에는 눈길이 "약간" 부드러워진다, 입술에는 "계속 경멸이 담겨 있었지만". 그는 최종 팔결은 내리지 않는다. 그냥 야시카에서 그만 주저하고 "하느님이 시키는 대로 노래"하라고 명령할 뿐이다.

이제 이 맥락에서 야시카의 공연을 다시 보자(22페이지에서 시작한다).

앞서 "기운차고 코가 뾰족하고 눈치 빠른 장사꾼"이라고 묘사되었던(호락호락하지 않은 사람이라고 읽힌다) 니콜라이의 아내는 냉담한 사람이지만 야시카의 노래에 감동받아 울기 시작한다. 니콜라이는 고개를 숙인다(눈물을 감추는 행동일 수도 있다). 눈깜빡이는 고개를 돌린다(이 역시 눈물을 감추기 위해서일 수 있다). 얼간이는 깜짝 놀라 그답지 않게 조용해진다. 작은 농민(앞서 그는 하청업자에게 열광하여 "확신에 차" 침을 뱉었다)은 이제 훌쩍거리는데, 우리는 이를 더 강렬한 반응으로 읽는다. 그러면서 우리는 어느새 어떤 권위 있는 평결을 찾아 판단의 지휘 계통을 참조하게 된다. 이야기에 따르면 누가 궁극적 결정권자 역할을 하는 위치에 있을까? 하청업자의 공연 뒤에 분명한 판결을 내놓지 않았던 난폭한 신사가 이제 끼어든다. "묵직한 눈물", 그다음에 나오는 한 마디 "야시카"가 종지부를 찍는다. 야시카가 이겼다.

우리는 오페라에 참석할 수는 없지만 대신 네 명의 친구를 보내 공연이 어떻게 되어가는지 문자로 알려달라고 부탁한다. 취향이 똑같지 않다면 네 사람의 문자는 오페라에 대한 출처가 다른 실시간 평가를 보여줄 것이다. 우리가 그들을 잘 알기만 한다면 그에 따라 그들이 보내온 반응의 무게도 잴 수 있다.

따라서(우리의 변호는 계속된다), 투르게네프는 성격이 다를 뿐 아니라 감수성과 권위의 수준도 다른 심사진을 구성했고, 그 덕분에 그는 반응의 정확한 위계를 통해 두 공연의 정확한 그림을 공연이 진행되는 대로 실시간으로 제공할 수 있다. 그것을 위해 이 부차적 인물들이 묘사되어야 한다. 그래야 그들이 반응할 때 우리는 그 반응이 무슨 의미인지, 어느 것을 믿고 어느 것을 에누리해서 봐야 하는지 알게 된다. 투르게네프는 이들을 통해 신뢰성의 사다리 같은 것을 만들어놓았다.

작가는 어떻게 읽는가

그럼에도 우리는 물어볼 수 있고 심지어 하소연할 수도 있다. 묘사가 이렇게 길 필요가 있는가? 그 일을 하는 데 우리에게 그 모든 말이 필요한가? 가령 눈깜빡이가 얼간이와 대비되는 약간 덜 익살스러운 역할을 하는 건 알겠다. 하지만 우리가 13페이지와 14페이지에서 얼간이의 인생 이야기까지 그렇게 많이 알 필요가 있을까?(선술집에 들어오는 장면에서부터 그가 멍청이라는 것은 알고 있다.) 우리가 그의 소매가 하나뿐인 코트, 뾰족한 모자, 입술과 코의 모양에 관해서도 알아야 할까? 이런 디테일이 우리가 그를 어떤 종류의 심사자로 받아들여야 할지 아는 데 도움을 주나? 오히려 너무 **많은** 정보가 주어지는 바람에 우리는 어느 것을 관련성이 있는 정보로 남겨야 하는지 알려고 애쓰고 있다.

똑같은 취지라 해도 더 빠르게 작동하는 더 효율적이고, 묘사가 덜 무겁고, 덜 부담스러운 버전이 있을 수 있지 않을까?

나는 늘 학생들에게 대안 만들기 과제를 내준다. 〈가수들〉을 복사해서 빨간 펜을 들고 읽어나가면서 더 현대적인 속도로 느껴지게 줄여라. 좋은 부분은 보존하면서 이야기가 더 빨라지도록 잘라내라. 야심이 생긴다면 다시 타자로 쳐라. 새로 읽어봐라. 여전히 괜찮은가? 더 나은가? 20퍼센트 이상 쳐낼 수 있는가? 그런 뒤에 10퍼센트 더? 뼈까지 깎아낸다는 느낌, 장황한 말에도 불구하고 원문에 있는 신비한 아름다움 가운데 일부를 벗겨낸다는 느낌이 들기 시작하는 게 언제부터인가?

이 연습을 해보면 당신은 이게 모두 **손질**의 문제임을 보게 될 거라고 생각한다. 즉, 무엇이 알갱이고 무엇이 쭉정이인가 하는 것에 대한 당신의 구절 단위 판단의 문제이다. 진지한 작가라면 자기가 쓴 이야기를 놓고 이런 유형의 극단적인 쳐내기를 하는 법을 배워야 할 필요가 있기 때문에, 다른 사람의 작품을 놓고 감을 잡아보는 것도 괜찮을 법하다. 특히 그 작가가 죽은 지 오래되어 불평을 할 수 없는 경우라면 더더욱. (차마 투르게네프의 작품을 잘라낼 수 없다면 부록 A에 제공된 연습을 해보자. 거기에서는 같은 목적을 위해 나 자신이 쓴 이야기를 자르는 것을 요청/허락하겠다.)

25페이지에서 시합은 끝난다. 우리는 이야기의 핵심에서 나와 일종의 에필로그로 들어간다. 야시카는 "아이처럼" 자신의 승리를 즐긴다. 서술자는 건초 다락에서 한숨 자려고 나온다. 잠을 깨니 밖은 어둡고 선술집은 소란스럽다("왁자하게 웃음이 터졌다"). 서술자는 창문 안을 들여다보고 야시카를 포함한 모두가 취했다는 것을 안다. 야시카는 다시 노래를 부르고 있다(사실은 기타를 치면서 콧노래를 부르는데, "끔찍하게 창백한" 얼굴 위로 "축축한 머리카락 몇 가닥"이 늘어져 있다). 그는 바로 몇 시간 전에 있었던 신성한 승리의 순간으로부터 멀리 내려왔다. 모두 마찬가지다.

시합이 열리는 동안 우리는 선술집이 교회로 변하는 것을 지켜보았다. 그곳에서는 거룩한 일이 벌어졌다. 거친 사람들(무덥고 답답한 환경에서 거의 죽을 지경으로 일을 하는 농민, 가난한 사람들)이 예술을 통해 고양되고 변화되었다. 그들은 아름다움이 보이자 그것을 알아보았다. 이제 교회는 다시 선술집으로 하강한다.

그 예술이라는 경험이 어떤 지속되는 변화를 일으켰을까? 아니다.

　　　　　　　　　　　　작가는 어떻게 읽는가

사실 그들은 강력한 예술적 경험에 크게 감동하여 이제 평소보다 더 취해가는 것 같다. 에너지의 전이가 일어났다. 노래의 힘은 어디론가 가야 했고, 엄청난 퍼마시기로 들어가버렸다(이를 보면서 앞선 사건, 하청업자의 공연에 감동한 얼간이가 예술이 불러일으킨 폭력적 에너지 분출로 작은 농민을 공격한 장면을 떠올릴 수도 있다).

그리고 여기서 우리는 이 이야기가 예술에 대한 우리의 욕구에 관해 뭔가 말하고 있다고 느낀다. 사람들, 심지어 '하층' 사람들도 아름다움을 갈망하고 그것을 맛보기 위해 무엇이든 하려고 하기 마련이다. 하지만 동시에 아름다움은 위험하며, 아주 강력하게 사람 안으로 들어가 흔들고 혼란에 빠뜨리고 심지어 폭력을 부추길 수도 있다(나는 가끔 이 대목을 읽으면서 나도 모르게 나치가 벌인 화려한 행사들, 그리고 스스로 선동된 동시에 선동하는 대학살 직전의 르완다 라디오 방송을 생각한다).

그럼에도 방금 선술집에서 일어난 일은 아름다웠고, 또 필요했다. 그 일에 부응하여 사람들 안에서 뭔가 사랑스러운 것이 솟아올랐다.

그리고 사랑스러움이 흘러넘치면서 그들은 완전히 취해버렸다.

27페이지 끝에서 우리는 일종의 에필로그로 들어간다.

서술자는 읍을 둘로 가르는 협곡을 따라 다시 걸어 내려온다. 멀리 아래 골짜기 바닥에서 소리가 들린다. 어떤 남자아이가 "마지막 음절을 길게 끌면서 고집스럽게 또 눈물을 글썽이는 것처럼 간절하게" 이름을 부르고 있다. 다시 말해 노래하고 있다. 어떤 아이가 노래처럼 들리는 방식으로 누군가를 부르고 있다. 그는 "적어도 서른 번" 그 이름을 부른다/노래한다. 이윽고 "마치 다른 세계에서 들려오는 것처럼" 답이 오는데, 이 대목에서 우리는 어쩌면 야시카의 노래 시작 부분을 떠올릴지도 모른다(그 노래는 "가슴이 아니라 어디 먼 곳에서" 나오는 듯했다). 그리고 들려오는 대답("왜-애-애?")도 마치 노래 같다. 첫 번째 소년은 부른다/노래한다. "이리 와, 이 작은 악마야!… 아빠가 널 제대로 좀 때려주고 싶어 하니까!"* 이해할 수 있는 일이지만 두 번째 소년은 "다시 답을 하지 않았"다. 첫 번째 소년은 계속 부르고/노래하고, 두 번째 소년은 입을 다물고 있다. 서술자는 자리를 뜨고 부르는 소리는 점차 희미해진다(하지만 멀리 떨어져서도 여전히 첫 번째 소년이 부르는 소리가 들린다).

이 마지막 장면은 우리에게 무엇을 줄까? 첫째, 우리는 이 장면이 이야기 전체의 축소판이라는 점에 주목한다. 또는 이 생각이 맞는지 적용해 본다. 좋다. 두 남성이 노래를 주고받는다. 하나가 먼저 '노래하고' 다른 사람이 응답한다.

나는 첫 번째 소년을 하청업자와, 두 번째 소년을 야시카와 연결한다. 왜일까? 글쎄, 첫 번째 소년은 실용적이니까. 아마도 형제인 듯한 다른 아이를 아버지가 때릴 수 있도록 집에 데려가려고 하니까. '실용적'인 것과 하청업자 사이에는 연관이 있을까? 있다. 우리는 실용주의와 기술적 힘을 연결한다. 우리는 "매우 꾀가 많고 똑똑한 상인"인 하청업자가 동시에 효율적이고 기술적인 노래의 귀재라는 것도

---

* 콘스턴스 가닛Constance Garnett의 번역본에서는 이렇게 옮겼다. "아빠가 매타작을 해주고 싶어 하니까!"(원주)

작가는 어떻게 읽는가

기억한다.

그러므로 하청업자와 첫 번째 소년은 직역주의자이자 기술자다.
그들은 일을 해내려 한다. 목표를 염두에 두고 있다('아빠가 동생을
때리려 하니 나까지 맞지 않도록 동생을 집에 데려가야겠어.' 첫 번
째 소년은 추론한다). 가혹한 환경에 의해 첫 번째 소년은 실용주의
로, 하청업자는 (단순한, 기계적인) 기술적 수완으로 졸아들어 있다.
반면 야시카와 두 번째 소년은 수동적이고 약하며 지방의 이 쓰레기
장 같은 곳을 지배하는 야만성에 더 상처받기 쉽다.

선술집에서 우리는 노래가 이 거친 사람들을 고양하는 소통의 한
방식이라고 느꼈다. 노래는 그들 가운데 일부를 울게 하고, 그들이
일상생활에서는 대체로 다가갈 수 없는 감정 영역에 이르게 해주었
다. 하지만 이야기의 끝에서 노래는 어떤 폭력을 준비하는 방식, 형
제 하나가 다른 형제에게 저지르는 협잡의 형식이다. 따라서 이것은
또 **저것**(고양된 것이 아래로 끌어내려지는 것)에 관한 이야기가 된
다. 이 사람들은 들어 올려졌다가 떨어졌다. 읍은 한때는 좋았지만
지금은 망가졌다. 노래는 소통의 초월적 형식이 될 수도 있고 누군가
를 얻어맞게 하려고 집에 데려가는 방법이 될 수도 있다. 노래(예술)
는 설득력이 있지만 우리가 무엇을 하도록 설득하는 데 이용되는가
하는 것은 답이 정해지지 않은 문제다.

두 번째 소년은 형이 자신을 찾고 결국 매를 맞게 되는 것을 바라
지 않기 때문에 입을 다문다(노래를 그친다). 야시카도 마찬가지다.
어쨌든 그는 앞서 부르던 고양된 방식의 노래는 그쳤다. 그의 고양된
노래를 방해한 것은 두 번째 소년을 침묵시킨 것과 똑같다. 아름다움

이 오래 번창할 수 없는 이 저급하고 힘겨운 읍이다.

우리의 마음은 주제로 환원하는 이런 작업을 수행하면서 동시에 이 작업이 불완전하게 이루어진다는 사실을 놓치지 않는다는 데 주목하라. 둘 사이에 상응은 있지만 깔끔하지는 않다. 이 이야기는 너무 사랑스럽고 제멋대로이기 때문에 이런 식으로 환원되지 않는다. 우리가 만든 상자에 들어가려 하지 않는 야생 동물이다. 그 동물과 '같은 형태로' 너무 깔끔하게 만든 상자 입구는 그 동물이 늘 움직이고 있다는 사실을 무시하고 있다.

어쨌든 나는 에필로그가 제 밥값을 했다고 말하고 싶다. 이 이야기는 이 마지막 장면이 있어 더 나은 이야기가 되었다.

나는 여기 이 이야기의 마지막에 이르러 나의 TICHN 수레에서 기다리던 항목 몇 가지가 걸어 나와 자신을 살펴봐 주기를 요청하는 모습을 보며 효율에 대한 독서 즉각 소급 평가라는 린다 배리의 개념을 떠올린다. 이 항목들은 모두 문제 많고 오락가락한 처음 열일곱 페이지에서 나온 것이다. 특히 1페이지의 협곡 묘사, 4페이지의 작은 까마귀, 큰 갈까마귀, 참새 묘사와 5페이지의 읍 자체 묘사다.

강의실에서 우리는 이 항목들을 대략 한 번에 하나씩 짚어간다. 당신도 훈련 삼아 해보기를 권한다. 여기서 잠깐, 이야기의 핵심(노래 시합)을 배경으로 각각을 살펴보면 어떤 일이 생기는지 보라. 그 각각이 어떻게 '제 밥값'을 하는가?

그런데 노래 시합을 '배경으로 이 각각을 살펴보라'는 것은 무슨 의미일까?

나무 그림을 상상해 보자. 훌륭하고 크고 건강한 떡갈나무가 언덕 꼭대기에 당당하게 서 있다. 이제 그림에 두 번째 떡갈나무를 보태라. 하지만… 병든 나무다. 울퉁불퉁하고 구부러지고 가지는 헐벗었다. 이 그림을 보면서 당신의 마음은 '주제'가, 어디 보자, 활력 대 허약이라고 이해할 것이다. 또는 생명 대 죽음. 또는 병 대 건강. 이것은 나무 두 그루를 그린 사실주의적 그림이 맞다. 하지만 그림 안에 포함된 요소들에 의해 은유적 의미도 띠게 된다. 우리는 어쨌든 처음에는 생각이나 분석 없이 두 나무를 '비교'한다(또는 '비교하고 대비'한다). 그냥 그걸 **본다**. 그냥 두 나무가 우리의 마음속에 서 있는데, 둘이 병치되면서 추론에 의해 의미를 띠게 된다. 우리는 그 결과를 정리하기보다는 경험한다. 병치는 어떤 **느낌**을 낳는다. 그것은 즉각적이고 자연 발생적이고 복잡하고 색조가 다양하고 환원 불가능하다.

사실 우리는 이런 일에 정말 능숙하다. 가령 그림에 건강한 떡갈나무가 있고 첫눈에 똑같아 보이는 두 번째 나무가 있다고 해보자. 마음은 즉시 차이를 살피기 시작한다. 나무 하나에 간신히 알아볼 수 있는 새 한 마리가 앉아 있다고 해보자. 이제 우리는 새가 있는 나무가 '생명을 환영한다'고, 다른 하나는 '황량하다'고 읽는다.

우리는 늘 사물을 합리적으로 설명하고 정리한다. 그러나 우리는 설명하거나 정리하는 일을 시작하기 직전의 순간에 가장 지적이다. 그 순간에 위대한 예술이 발생한다. 또는 발생하지 않는다. 우리가 예술에서 기대하는 것은 바로 이런 순간, 우리가 무언가를 '알지만'(그것을 느끼지만) 너무 복잡하거나 많아서 정리할 수 없는 순간이다. 그런 순간에 '아는 것'은 언어 없이 일어나기는 하지만 진짜다.

이게 예술이 존재하는 이유라고 말하고 싶다. 이런 다른 종류의 앎기가 진짜일 뿐 아니라 우리의 일반적인(개념적·환원적) 방식보다 우월하다는 사실을 우리에게 일깨우는 것.

계속해서 노래 시합을 배경으로 협곡을 살피면서 '배경으로 살피기' 연습을 해보라.

내가 이 연습을 할 때 처음 받는 느낌은 실제로 관계가 있고, 이 관계가 무작위적이지 않다는 것이다.

여기에 잠깐 머물며 이 느낌이 정말 중요하다고 강조하고 싶다. 우리는 노래 시합을 배경으로 협곡을 살피고… 우리 마음에서 무언가가 일어나고, 그러면 좋다(반대로 어떤 요소가 무작위적이면 우리는 '관계 맺기 실패'라는 느낌, '의미 있는 관계 발견 못함'이라는 에러 메시지를 받게 된다).

이제 협곡과 노래 시합을 병치할 때 우리가 얻는 그 좋은 느낌의 정확한 성격을 정리해 보자.

마음에 떠오르는 한 가지는 이항二項 개념이다. 가수가 둘이고, 읍은 둘로 갈라져 있다. 이를 보면서 이 이야기에게 묻게 된다. 여기에 다른 이항은 없는가? 사실 이 이야기에는 이항이 가득하다.

동정을 구하는 처연한 작은 까마귀와 큰 갈까마귀 대 상대적으로 만족하고 재잘거리는 활기찬 참새. 읍이 예전에 누리던 목가적 영광(공유지, 연못, 저택이 있었다) 대 현재 상태(공유지는 "그슬리고 먼지 덮인" 상태이고, 웅덩이는 "새카매서 눈이 부실" 정도이고 저택은 "쐐기풀과 잡초와 약쑥이 무성하게 덮"여 있다). 야시카 대 하청업자.

기술 대 감정. 소년1 대 소년2. 야시카가 만들어내는 아름다운 예술적 순간 대 야시카가 그 순간을 만들어낸 장소인 추한 읍의 대립. 우리의 서술자인 편안한 신사 대 그가 술집에 들러 관찰하게 된 하층 시골 사람들.

따라서, 그래, 나는 협곡을 이야기 안에 집어넣는 데 필요했던 행들이 '가치가 있다'고 느낀다. 협곡이 없으면 이야기가 작아진다. 이렇게 말할 수도 있다. 이제 이 이야기 안에 이항적 참조의 씨가 뿌려진 것을 보게 되었는데, 협곡은 그 모든 것을 '푸는 열쇠'다.

배경으로 살피기 작업은 모든 방향에서 이루어질 수 있다.

예를 들어 우리의 두 가수를 배경으로 4페이지에서 튀어나온 새들을 살펴보자. 작은 까마귀와 큰 갈까마귀는 부리가 벌어져 있고, "처연한" 눈으로 동정을 간청한다(더위 때문이다). 참새들은 다르다. 용감하다. 그들은 더위를 "상관하지 않"고 계속 "여느 때보다 사납게 재잘거"린다. 야시카와 하청업자 둘 중 누가 계속 여느 때보다 사납게 재잘거릴 가능성이 더 크다고 말할 수 있을까? 어쩐지 그 특질은 하청업자와 연결되는 듯하다. 그가 야시카보다 더 기운이 넘치고 더 기계적인 공연자이며, 더 과시적이고 신경이 덜 날카롭다. 야시카는 더 가라앉아 있고 무너져 있고 '처연'해 보인다. 그러나 상황을 복잡하게 만들어보자면(더 많은 아름다움을 만들어보자면), 참새야말로 (말하자면 야시카처럼) 날아올라 읍 위에서 맴돌고 있다(참새도 야시카와 마찬가지로 상승할 수 있다). 또는 이 새들을 아늑한 모퉁이의 다른 손님들과 견주어 살펴볼 수도 있다(얼간이는 참새일까 아니면 까마귀일까?). 두 가수는 참새처럼 일시적으로라도 불결한 상태

에서 탈출하는 방법이 있는 반면 얼간이 등은 까마귀처럼 땅바닥에
머물러 있다.

어쨌든 이런 병치를 해보면 우리는 이 이야기의 요소들이 매우 의
도적이라는 것, 투르게네프가 새와 등장인물들을 똑같은 예술적 수
프에서 숟가락으로 퍼 올렸다고 느끼게 된다. 이런 요소들은 모두 서
로 힘차게 이야기를 나누고 있다. 이 이야기는 다른 영역에서는 느슨
함에도 불구하고, 높은 수준의 조직력을 가지고 있다. 연출 기법에서
는 장황하고 어색할지 몰라도 이야기를 통제하는 감수성은 결코 되
는 대로가 아니다.

야시카가 이겼다는 사실은 무엇을 의미할까? 답을 하려면 두 공연
자의 핵심적 특징을 증류해 보아야 한다. 거칠게 말해서 하청업자는
기술적으로 훌륭하지만 자신의 능란함에 놀라게 하는 것 외에 관객
에게서 아무런 느낌을 끌어내지 못했다. 야시카는 기술 면에서는 약
간 불안정했지만 관객에게서 부정할 수 없이 깊은 느낌을 끌어냈고
서술자의 마음에서 깜짝 놀랄 만한, 그러나 전적으로 합리적이지는
않은 기억이 떠오르게 했다. 따라서 우리는 이 이야기가 기술적 능란
함 대 감정적 힘에 관해 무언가 이야기하면서 결국 후자의 편을 든다
고 느끼게 된다. 이 이야기는 예술의 가장 높은 갈망은 관객에게 감
동을 주는 것이며, 관객이 감동하면 기술적인 부족함은 즉시 용서받
는다고 말하고 있다.

바로 이 대목이 내가 늘 〈가수들〉과 다시 사랑에 빠지고 그 모든
결함에도 불구하고 이 이야기를 용서하는 부분이다. 여기에서 나는

투르게네프가 코와 이마와 헤어라인을 그렇게 잔뜩 쌓아놓는 것, 사건을 멈추었다 출발시키기, 곁가지를 치는 중에 또 옆길로 새기 등등 기술적으로 갈팡질팡하는 데 분개해 왔는데, 갑자기 감동한다. 기술적으로 특별히 뛰어나지는 않지만 아름다운 야시카의 공연에, 그리고 그와 유사하게 기술적으로는 위태롭지만 역시 아름다운 투르게네프의 공연에.

나는 예술이 우리에게 감동을 주기만 한다면 투박해도 좋다고 주장하는 것처럼 보이는 이 투박한 예술 작품에 감동한다.

가끔 이런 효과가 의도적인지 궁금하다. 즉, 기예 부족에 대한 투르게네프 자신의 변명은 아닌지. 만일 우리가 감동한다면, 감정적인 힘이 예술의 최고 목적이며 이는 투박한 기예에도 불구하고 얻을 수 있다고 주장하는 이 이야기를 통해 투르게네프는 바로 그것을 증명한 셈이다.

그렇다면 그것은, 알다시피 매우 훌륭한 기예일 것이다.

먹히는 이야기, 독자에게 감동을 주는 이야기를 쓰기란 어렵고 우리 대부분은 쓰지 못한다. 그런 이야기를 쓴 사람들이라 해도 대개는 잘 쓰지 못한다. 또 완전한 통제, 흠 없는 장악이 이루어지는 위치, 의도를 가지고 모든 것을 알면서 그 의도를 이행하는 위치에서 쓰지는 못한다. 직관이 개입하고, 억지로 밀어붙이는 일이 벌어진다. 즉 우리 능력의 한계에 있는 일, 실수를 유발할 수도 있는 일을 시도해야 한다. 야시카와 마찬가지로 작가는 목소리가 갈라지고 자신의 진짜 힘에 몸을 맡기는 위험을 무릅써야 한다, 의구심에도 불구하고.

가수들   169

춤을 추는 동안 에너지 출력을 측정하는 계측기를 손목에 차고 있고 목표는 '1000단위의 에너지 발산하는 것'이라고 해보자. 달성하지 못하면 누군가 당신을 (가령) 죽인다. 당신에게는 춤을 추고 싶은 방식에 대한 어떤 생각이 있는데, 그런 식으로 추면 에너지가 50 정도에 머문다. 마침내 간신히 에너지를 1000 이상으로 올리고 거울을 흘끗 보니(당신이 죽어라 춤을 추는 곳이면 어디든 거울이 있다) 세상에, 이게 **춤**인가? 춤을 추고 있는 게 나인가? 하지만 당신의 에너지는 1200이며 계속 올라가고 있다.

당신이라면 어떻게 할까?

계속 그렇게 춤을 출 것이다.

그곳에 있는 사람들이 당신을 보고 비웃을 때는 이런 기분일 거다. '그래, 좋다, 마음대로 웃어라. 내 춤이 완벽하지 않지만 적어도 내가 죽지는 않는다.'

작가는 어떤 방식이든 필요한 에너지를 만들어내는 방식으로 이야기를 써야 한다. 투르게네프는 자신의 에너지를 1000 이상으로 올리기 위해 등장인물의 서류 일체를 만들어야 했다. 자신이 묘사와 사건을 통합하는 데 능숙하지 않다는 사실을 인정해야 했다. 앞으로 몸을 내던져 자기 방식대로 하거나 아니면 죽어야 했다. 자신을 정직하게 보면서 결론을 내려야 했다. '그래, 나보코프 씨가 평소와 마찬가지로 옳아, 아직 그 사람은 태어나지도 않기는 했지만. 나의 문학적 천재성은 정말이지 나의 묘사적 예술의 독창성에 맞먹을 만큼 이야기를 하는 방법을 자연스럽게 발견하는 쪽으로는 부족해. 하지만 내가 어떻게 해야 할까?'

작가는 어떻게 읽는가

이야기에 아름다움을 조금이라도 집어넣는 것은 어려운 일이다. 해낸다 해도 우리가 늘 만들려고 꿈꾸어 왔던 유형의 아름다움은 아닐 수도 있다. 하지만 얻을 수 있는 아름다움이면 어떤 방법으로든 얻어야 한다.

나는 학생들에게 결국 어떤 부류의 작가가 될 것인가 하는 문제에서 우리에게는 거의 선택권이 없다는 것을 보여주기 위해 〈가수들〉을 가르친다. 젊은 작가일 때 우리는 모두 어떤 부류의 작가가 되겠다는, 어떤 계보에 들어가겠다는 로맨틱한 꿈을 꾼다. 예를 들어 공을 들이는 리얼리스트, 나보코프 같은 스타일리스트, 메릴린 로빈슨 같은 심오하게 영적인 작가, 그 무엇이든. 하지만 가끔 세상은 우리가 꿈꾸는 방식으로 쓴 산문에 미지근하게 반응함으로써 우리가 사실은 그런 부류의 작가가 아니라고 말해준다. 따라서 다른 접근법, 필요한 1000단위 이상으로 우리를 올려줄 방법을 찾아야 한다. 우리는 어떤 작가든 필요한 에너지를 낼 수 있는 작가가 되어야 한다. (플래너리 오코너Flannery O'Connor는 말했다. "작가는 무엇에 관해 쓸지는 선택할 수 있지만 무엇이 살아 있게 할 수 있을지는 선택할 수 없다.")

그 작가는 결국 우리가 되겠다고 꿈꾸던 작가와는 닮은 구석이 거의 없을 수도 있다. 하지만 그는 결국 좋은 쪽으로든 나쁜 쪽으로든 진짜로 우리인 것으로부터 태어난다. 글에서 또 어쩌면 삶에서도 우리가 누르려고 하거나 부인하거나 교정하려고 해왔던 경향, 우리가 어쩌면 약간은 부끄러움을 느낄 수도 있는 부분들로부터.

휘트먼이 옳았다. 우리는 크고, 우리는 실제로 다수를 품고 있다.* 그 안에는 하나의 '우리' 이상이 있다. 우리가 '우리 목소리를 찾을'

때 진짜로 일어나는 일은 우리가 '낼' 수 있는 많은 목소리 사이에서 하나의 목소리를 선택하는 것이고, 우리가 그것을 선택하는 이유는 우리가 가지고 있는 모든 목소리 가운데 지금까지는 그것이 가장 큰 에너지를 낼 수 있다고 스스로 증명했음을 우리가 알기 때문이다.

당신 인생의 처음 20년을 올림픽 단거리 선수들이 달리는 화려한 장면만 보여주는 텔레비전이 있는 방에서 보냈다고 상상해 보라(이 방은 다른 작가들이 살아남으려고 춤을 추고 있는 방에서 조금만 가면 나온다). 당신은 단거리 선수들을 지켜본 그 긴 세월에서 영감을 받아 소중한 꿈을 키워왔다…, 단거리 선수가 되겠다고. 그러다가 21번째 생일을 맞아 방에서 풀려나 복도로 나서서 우연히 거울과 마주쳤는데 자신이 2미터 키에 근육이 울퉁불퉁하며 136킬로그램이 나간다는 것(타고난 단거리 선수는 아니다)을 알게 된다. 밖으로 나가 첫 100미터를 뛰어보니 꼴찌다. 그 상심이란! 당신의 꿈은 박살났다. 하지만 우울한 마음으로 트랙에서 걸어 나가다 체형이 당신 같은 사람 한 무리를 보게 된다. 투포환 선수들이 연습을 하고 있다. 그 순간 당신의 꿈은 형태가 바뀌어 다시 살아날 수도 있다('단거리 선수가 되고 싶다고 말했을 때 내가 진짜로 하고 싶었던 말은 그냥 운동선수가 되고 싶다는 거였어').

30대 초반에 나는 나 자신이 헤밍웨이류의 리얼리스트라고 생각했다. 나의 소재는 아시아의 유전에서 일하면서 보낸 시간이었다. 나

* 월트 휘트먼의 시 〈나 자신의 노래, 51〉에 나오는 한 구절을 약간 바꾼 표현.

는 그 소재에서 계속 이야기를 끌어냈고, 내가 쓴 글은 모두 미니멀하고 엄격하고 효율적이고 생명이 없고 유머가 없었다, 실생활에서는 어렵거나 중요하거나 어색하거나 아름다운 모든 순간에 반사적으로 유머에 의지했음에도.

나는 무엇을 쓸지 선택했지만 그것이 살아 있게 만들 수 있었던 것 같지는 않다.

어느 날 내가 일하던 환경공학 회사에서 전화 회의를 할 때 회의록을 작성하는 일을 하다가 지루해져서 닥터 수스식으로 어둡고 짧은 시를 쓰기 시작했다. 시 하나를 완성하면 그에 어울리는 만화를 그리곤 했다. 회의가 끝났을 때 나에게는 이런 시와 만화 세트가 10개쯤 있었다. 그러나 그건 내 '진짜' 글이 아니었기 때문에 그날 퇴근하면서 버릴 뻔했다. 하지만 무언가가 나를 막았다. 나는 그걸 집으로 가져와 탁자에 내려놓고 아이들을 보러 갔다. 그때 탁자 쪽에서 진짜배기 웃음소리가 들렸다. 아내가 그 멍청한 짧은 시들을 읽으면서 웃는 소리였다.

나는 깜짝 놀랐고 오랜 세월 동안 누군가 내 글에 즐거워하는 반응을 보인 것은 처음임을 깨달았다. 나는 그 긴 세월 동안 친구들과 편집자들로부터 작가가 두려워하는 유형의 반응을 얻었다. 내 이야기는 '흥미롭다', '확실히 그 안에서 많은 일이 벌어진다', 내가 '정말 열심히 작업했다'는 게 분명하다.

머릿속에서 전환이 일어났고 다음 날 나는 새로운 양식으로 이야기를 쓰기 시작했다. 내가 사람들에게 즐거움을 주는 것을 허락하고, '고전적' 이야기는 이러저러해야 한다는 관념, 오직 현실 세계에서 벌어진 일만이 이야기에서 일어나도록 허락해야 한다는 평소의 내 생각을 옆으로 밀어냈다. 미래주의적 테마파크를 배경으로 한 이 새로운 이야기에서 나는 스스로 '어서, 사람들을 웃겨봐' 하고 생각할 때 자연스럽게 떠오르는 어색하고 약간 지나치게 열성적인 기업인의 목소리를 사용하고 있었다. 나는 이 이야기가 어디로 흘러갈지(이야기의 얼개며 주제며 '메시지'가 무엇인지) 잘 모르는 채 한 번에 몇 줄씩 썼다. 그냥 줄 단위의 에너지, 그리고 특히 유머에만 관심을 기울이면서 가상의 독자에게 시선을 고정하고 독자가 아직도 나를 따라오고 있는지만 보려고 했다. 독자가 빨리 자비롭게 끝내주기를 바라기보다는 내 아내처럼 다른 방에서 웃음을 터뜨리며, 이야기를 좀더 해주기를 바라는지만 보려고 했다.

그러다 보니 이 방식에서 나는 헤밍웨이가 되려고 했을 때보다 확고한 의견을 갖게 되었다. 전에는 이야기는 반드시 이런 것을 해야 한다고 생각하여 뻣뻣하게 그에 순종하면서 이성적으로 **판단**을 했던 반면, 이제는 뭔가가 먹히지 않으면 나는 즉시 또 본능적으로, 충동적인 형태로 어떻게 해야 할지 알았다('오, 그러면 끝내주겠군').

훨씬 자유로운 방식이었다. 파티에서 웃기려고 하는 것과 같았다.

그 이야기는 결국 〈파도를 만드는 사람 주춤거리다The Wavemaker Falters〉가 되었고, 7년(!) 뒤에 나의 첫 책《악화일로를 걷는 내전의 땅CivilWarLand in Bad Decline》에 첫 번째 단편으로 실렸다.

그 이야기를 끝내자 그게 내가 쓸 수 있는 최고임을 알 수 있었다. 그 안에는 어떤 핵심적인 '나'가 있었다. 따라서 좋은 쪽이든 나쁜 쪽이든 다른 누구도 쓸 수 없는 이야기였다. 당시 실제로 내 마음에 있던 것들, 내 삶에 있었기 때문에 마음에도 있던 것들이 그 이야기에 있었다. 계급 문제, 돈 부족, 일의 압박, 실패에 대한 두려움, 미국 일터의 괴상한 분위기, 과로로 인해 내가 매일 빠져드는 품위의 결여 상태. 그 이야기는 이상하게 만들어졌고 약간 창피했다. 그것이 나의 진짜 취향을 노출했기 때문인데, 그 취향이란 결국 좀 노동 계급적이고 지저분하고 관심을 끌고 싶은 쪽이었다. 나는 그 이야기를 내가 사랑하는 작품들(그 가운데 일부가 이 책에 있다)을 배경으로 살펴보고 내가 단편 소설 형식의 수준을 떨어뜨렸다고 느꼈다.

따라서 승리의 순간이 되어야 하는 순간('내 목소리를 찾았다!')은 또 슬프기도 했다.

마치 멋진 꿩을 가져오라고 재능이라는 사냥개를 초원 건너로 보냈는데 정작 물고 온 것은, 어디 보자, 바비 인형 하반신인 듯한 느낌이었다.

다른 식으로 표현해 보자. 나는 헤밍웨이 산을 최대한 높이 올라가다가 아무리 열심히 해도 거기에서는 시종이 되기를 바랄 수밖에 없다는 것을 깨닫고 다시는 절대 모방 죄를 범하지 않겠다고 결심하고 골짜기로 비틀거리며 내려오다 '손더스 산'이라는 이름이 붙은 작은 똥 무더기 언덕과 마주쳤다.

'흠.' 나는 생각했다. '이거 너무 작은데. 게다가 이건 똥 무더기 언덕이야.'

그렇기는 하지만, 거기에는 내 이름이 있었다.

이것은 어떤 예술가에게나 중대한 순간(승리와 실망이 결합된 순간), 만드는 과정에서 스스로 통제하지 못했다고 인정할 수밖에 없고 마음에 든다고 완전히 자신할 수도 없는 예술 작품을 받아들일지 말지 결정해야 하는 순간이다. 이것은 **작다**. 우리가 원했던 크기보다 작다. 하지만 그 **이상**이기도 하다. 대가들의 작품과 비교하여 판단하면 작고 약간 한심하지만, 그래도 있는 건 분명하고, 다 우리 거다.

내 생각으로는 그 지점에서 우리가 해야 하는 일은, 수줍게 그러나 대담하게 똥으로 이루어진 우리의 언덕 위에 올라서서 그게 커지길 바라는 것이다.

이미 미심쩍은 이 은유를 더 끌고 가자면 그 똥 언덕을 커지게 하는 것은 우리가 거기에 퍼붓는 노력이다. 우리가 이렇게 말하면 그만큼 커진다. "맞다, 이건 똥 언덕이지만 나의 똥 언덕이니 내가 나의 것인 이 방식으로 계속 일을 한다면, 이 언덕은 결국 똥으로 이루어진 것이 아니게 되고, 계속 커져서 그 위에서 나는 결국 온 세상을 볼 수 (그리고 내 작품 안에 담을 수) 있을 거라고 가정하겠다."

투르게네프는 〈가수들〉을 자신의 기예 부족에 대한 변명으로 삼으려는 것이었을까? 그 작품을 쓰면서? 그 작품을 쓴 뒤에? 나는 그가 변명 만들기를 '목표'로 삼지 않았다고 굳게 믿는다. 변명을 하려고 **출발하지는** 않았을 것이다. 그가 자신이 한 일을 깨달았을지도 의심스러우며 그가 이 작품에 대한 우리의 평가를 승인할런지도 모르겠다. 하지만 여기 중요한 점이 있다. 나는 그게 상관없다고 생각한다는 것. 어쨌든 그는 그 일을 했고, 그런 다음에 그대로 놔두었다. 이것이야말로 '진심으로 그 일을 하는'(책임을 지는) 한 가지 방식(예술가에게는 궁극적인 방식)이기도 하다. 예술가가 최종 생산물을 축복하는 것(작품을 세상에 내보내는 게 축복이다)은 그가 그 안에 담긴 모든 것을 승인한다고 그만의 방식으로 말하는 것이다. 심지어 작품의 어떤 부분들이 그 순간에는 그 자신에게 감추어져 있다 해도 달라지지 않는다.

다시 말해서, 최종 승인은 의식적인 정신으로만 하는 게 아니다.

나의 경험에 의하면, 게임의 막판에 이르러 이야기를 마무리할 때가 되면 우리는 이 게임과 아주 깊은 관계를 맺고 있기 때문에, 말로 정리해서 표현하기에는 너무 미세한 이유들로(또 너무나 급해 어차피 정리해서 표현하지도 못한다) 스스로 의식하지도 못하면서 여러 결정을 내리게 된다. 직관의 영역에서 움직이며 깊은 숙고 없이 빠르게 결정을 내린다.

우리는 하루 종일 연회를 위해 홀을 꾸몄다. 가구를 배치하고, 장식을 걸고 또 걸었다. 너무 빠르고 강도 높게 일을 해서 작업의 근거를 설명할 수도 없었다. 이제 시간이 없다. 손님들이 곧 온다. 집에 달려가 옷을 갖추어 입어야 한다. 우리는 문간에서 발을 멈추고 한 번에 홀 전체를 눈에 담는다. 바꿀 것은 하나도 보이지 않는다. 우리는 한 가지라도 더 손보기 위해 쏜살같이 안으로 다시 뛰어들지 않고, 그럼으로써 홀이 완벽하다고 선언한다(승인한다). 그리고 그 예술 작품은 완성된다.

뒤에 든 생각 #2

이 책에서 우리는 러시아 작가들이 한 일을 논의하고 있지만, 내 예상으로는 그들이 정확히 어떻게 했느냐에 관해서는 많이 이야기할 수 없을 것이다(러시아 작가들은 우리만큼 인터뷰나 기예 이야기나 과정과 관련된 논의를 좋아하지는 않았다). 앙리 트로야Henri Troyat는 그의 빈틈없는 체호프 전기에서 〈마차에서〉를 딱 한 번 언급한다. 우리는 체호프가 그 작품을 니스에서, 호텔 책상에서, 2층의 어느 방에서 몇 달 만에 썼다는 사실을 알게 되며, 또 그 기간에 다른 두 단편 〈페체네크The Pecheneg〉와 〈귀향The Homecoming〉도 썼다는 사실을 알게 된다. 그러나 여기까지가 〈마차에서〉가 창조된 환경에 관해 우리가 아는 전부다. 그 외에는 호텔에서 그 이야기를 쓰는 일이 체호프에게는, 그의 표현대로 "다른 사람의 재봉틀로 재봉을 하는 것처럼" 느껴졌다는 것 정도다(트로야가 쓴 투르게네프 전기에서는 〈가수들〉이 언급되지도 않는다).

작가는 어떻게 읽는가

그러나 그들이 정확히 어떻게 했는지는 사실 중요하지 않다. 우리는 러시아 작가들이 어떻게 했든 우리 각각이 자신의 방법을 찾을 수밖에 없다는 것을 알고 있다.

그래서 나는 여기에서 내가 진짜로 익숙한 유일한 과정(나의 과정)에 관해 약간 이야기해 볼 생각인데, 지금 우리가 하고 있는 것처럼 단지 기술적 맥락에서 이야기를 논의하는 것으로는 하나의 이야기가 실제로 쓰이는 과정의 수수께끼를 완전히 풀 수 없다는 생각을 강조하려는 의도다.

우리는 종종 이런 식으로 예술을 논의한다. 예술가에게 표현하고 싶은 무언가가 있었고, 그래서 그는 그냥, 그러니까 그것을 표현했다고. 다시 말해 우리는 '의도론의 오류'*의 한 형태를 믿어버린다. 즉, 예술의 핵심은 분명한 의도를 가지는 것, 그다음에 자신 있게 그 의도를 실현시키는 것이라는 관념을 믿는다.

내 경험을 보면 실제 과정은 훨씬 신비하고 아름다우며, 진실하게 논의하기가 대단히 성가시다.

어떤 남자(스탠)가 지하실에서 철도 도시 모형을 만든다. 스탠은 작은 떠돌이 일꾼을 하나 얻어 플라스틱 철교 밑에 둔다. 가짜 모닥불 옆이다. 그러다가 자신이 이 일꾼을 어떤 특정한 자세로 배치했다는 것에 주목한다. 일꾼은 도시를 마주 보고 있는 듯하다. 왜 일꾼은 저쪽을 보고 있을까? 저 작고 파란 빅토리아 왕조 시대 주택을? 스

* 작가의 의도가 곧 작품의 의도라고 보는 오류를 가리키는 신비평 용어.

탠은 창가에 있는 플라스틱 여자에 주목하고, 그녀의 방향을 약간 튼다. 이제 그녀는 밖을 내다본다. 실제로 저 너머 철교를 보고 있다. 어라. 갑자기 스탠은 러브 스토리를 하나 만들었다. (오, 왜 둘이 함께 할 수 없는 걸까? '리틀 잭'이 그냥 집에 갈 수만 있다면 좋을 텐데. 자기 아내에게, '린다'에게.)

스탠(예술가)은 방금 무슨 일을 한 것일까? 자, 먼저 그는 자신의 작은 영토를 살피다가 자신의 일꾼이 어느 쪽을 바라보고 있는지 알아챘다. 그 순간 그는 플라스틱 여자의 방향을 틀어 그 작은 우주를 **바꾸는** 쪽을 택했다. 정확하게 말하자면 스탠은 그녀의 방향을 틀겠다고 결정한 것은 아니다. 그렇게 하겠다는 생각이 떠올랐다고 말하는 편이 더 정확할 수 있다. 찰나의 순간에, 어떤 언어도 따르지 않는 상태에서. 아주 조용히 속으로 '그래'라고 하는 정도라면 몰라도.

스탠은 그냥 그쪽이 더 마음에 들었다. 자신도 정리해서 표현할 수 없는 이유들 때문에, 이유를 정리할 시간이나 마음이 생기기도 전에.

내 관점에서 보자면 모든 예술은 이런 순간의 직관적 선호에서 출발한다.

그다음에는 어떻게 진행되는가? 잠시 초고 쓰는 작업은 넘어가자. 작업할 기존의 텍스트가 어느 정도 있다고 가정할 때 나의 방법은 이런 것이다. 나는 내 이마에 계측기가 장착되어 있다고 상상한다. 이쪽은 P(긍정적Positive)라고 쓰이고 저쪽은 N(부정적Negative)이라고 쓰인 계측기다. 나는 내 텍스트를 독자가 처음 읽을 때처럼 읽으려 한다(희망도 또 절망도 없이). 바늘은 어디로 떨어질까? 만일 N 구역에 떨어진다면 그냥 받아들인다. 그러면 즉시 수리할 방법이 나타날 수도 있다. 자르기, 재배치, 추가하기 등등. 여기에는 지적이거나 분석적인 구성 요소가 끼어들지 않는다. 충동에 따르는 것에 가까우며 '아, 그래. 그게 낫네'라는 느낌을 낳는다. 위에서 말한 일꾼 조정과 비슷하다. 본능적으로, 그 순간에 이루어진다.

정말로 대략 이렇다. 나는 이런 식으로 초고를 훑으며 표시를 하고, 다시 돌아가 표시한 부분을 고치고 출력해서 다시 읽어본다. 아직 감각이 무디어지지 않았다고 느껴지는 한 그렇게 한다. 글을 쓰는 날에는 대개 서너 번 반복한다.

따라서, 반복적이고 강박적인 선호의 적용. 바늘을 본다, 글을 조정한다. 바늘을 본다, 글을 조정한다(거품을 내고 씻어내길 반복한다). 여러 달 또는 몇 년에 걸쳐 (가끔은) 수백 번 초고를 고쳐 쓴다. 시간이 지나면 유람선이 천천히 방향을 틀 듯이 이야기는 수천 번의 미량 조정을 통해 방향을 바꾸기 시작할 것이다.

이야기의 초기에 나에게는 느슨하고 너절한 텍스트라는 벽돌(방울? 구획?)이 몇 개 있을 것이다. 수정을 하면서 그 벽돌들은… 나아지기 시작한다. 곧 벽돌 하나가 제대로 자리를 잡기 시작한다. 그 벽돌을 끝까지 쭉 통과하는 동안 바늘이 한 번도 움직이지 않을 수도 있다. 가끔 마음에 떠오르는 말은 '좋아, 이건 정말이지 부정할 수 없어'라고 할 때의 그 '부정할 수 없음'이다. 이는 합리적인 독자라면 누구나 이 이야기를 좋아하고 이야기가 끝나는 지점에서도 여전히 나와 함께 있을 거라고 느낀다는 뜻이다.

가수들

퇴고를 끝낸 하나의 벽돌은 나에게 자신이 있는 목적을 말해준다. 때로는 질문을 하거나("사람들이 말하고 있는 이 크레이그가 누구야?") 무언가가 일어나기를 바라는 것 같다("펀이 브라이스를 기분 나쁘게 해서 브라이스가 곧 폭발할 거야"). 일단 '부정할 수 없는' 텍스트 벽돌을 몇 개 확보하게 되면 그것들은 자신이 어떤 위치에 있고 싶은지 말하기 시작하며, 때로는 자신을 완전히 빼내야 한다고 말하기도 한다("나 B 벽돌을 없애면 벽돌 A와 C가 나란히 놓일 거고, 그럼 봐. 좋지, 그렇지?"). 나는 'E가 F의 원인인가 아니면 F가 E의 원인인가? 어느 게 더 자연스럽나? 어느 게 더 말이 되나? 어느 게 더 만족스럽게 찰칵 들어맞는 소리를 내나?' 같은 질문을 한다. 그러면 어떤 벽돌들이 달라붙기 시작하고(E가 F보다 앞서야 한다) 나는 그것들이 떨어지지 않을 것임을 안다.

어떤 벽돌이 '부정할 수 없음'을 달성하면, 그게 단지 페이지에 나열된 단어들이 아니라 무슨 일이 진짜로 일어나서 돌이킬 수 없게 되었다는 느낌이 든다.

벽돌의 순서가 잡히기 시작하면 그 결과로 일어나는 인과의 느낌은 무언가를 의미하고(어떤 남자가 주먹으로 벽을 쳐서 구멍을 낸 다음 거리의 시위대에 합류하면 그것은 하나의 이야기다. 그가 거리의 시위대로부터 집으로 돌아와 주먹으로 벽을 쳐서 구멍을 내면 그것은 또 다른 이야기다) 또 이 이야기가 무엇에 '관한' 것이 되고 싶어 하는지 주장하기 시작한다. (하지만 가능한 한 그런 느낌을 털어버리고 P/N 계측기로 돌아가, 행 수준에서 이루어지는 수천 번의 미세 결

작가는 어떻게 읽는가

정들이 달라붙어 점점 커지면서 자연스럽게 커다란 주제 수준의 결정이 이루어질 것이라고 믿는 것이 이 과정의 일부이기도 하다.)

각 단계마다 이 모든 건 결정하기보다는 느끼는 것이다.

글이 잘 써질 때는 지적·분석적 사고가 거의 일어나지 않는다.

처음 이 방법을 발견했을 때 나는 무척 자유로워지는 기분을 느꼈다. 나는 걱정할 필요가 없고, 결정할 필요가 없고, 그냥 그 자리에서 매번 새롭게 내 이야기를 읽으면서 계측기를 지켜보다 행 단위에서 (장난을 하듯이) 고칠 마음만 먹고 있으면 그만이었다. 고친 게 틀렸다면 다음에 읽을 때 되돌려 놓을 기회가 있다는 걸 알고 있었다. 언젠가 누군가 "무한한 시간이 주어지면 무슨 일이든 일어날 수 있다"라고 말했다. 이런 식의 퇴고가 바로 내게 그렇게 느껴진다. 모든 것을 아우르는 큰 결정은 필요 없다. 이야기는 자기 나름의 의지를 가지고 있고, 그 의지를 내가 느끼게 해준다. 그것을 그냥 믿기만 하면 모든 것이 잘되고, 이야기는 나의 최초의 비전을 뛰어넘는다.

한번은 위대한 시카고 작가 스튜어트 다이벡Stuart Dybeck이 이렇게 말하는 것을 들었다. "이야기는 늘 당신에게 말한다. 당신은 그냥 그 이야기를 듣는 법을 배우기만 하면 된다." 위에서 말한 방식의 퇴고는 이야기에 귀를 기울이는 방법이고, 이야기를 믿는 방법이다. 이야기는 스스로 최고의 모습이 되기를 바라며, 당신이 인내심을 가진다면 시간이 흐른 뒤에 그렇게 된다.

기본적으로 전체 과정은 이거다. 직관 더하기 반복.

왜 반복인가?

내가 당신에게 직접 꾸민, 뉴욕에 있는 아파트를 하나 주었다고 해보자. 내가 좋은 일을 했다고 볼 수 있다. 하지만 사적인 관계에서 이루어진 일은 아니라는 느낌이 좀 들 수도 있다(나는 당신을 알지 못하니까). 그러다가 내가 비용을 대고 당신이 하루 안에 아파트를 다시 꾸미도록 허락했다고 해보자. 그 결과물은 나의 첫 시도보다 당신과 훨씬 비슷해질 것이다. 그래도 내가 그 일을 하는 데 겨우 하루밖에 주지 않았다는 사실이 여전히 한계로 작용한다. 그 결과는, 이렇게 말할 수도 있을 텐데, 당신이라는 여러 가능한 사람 가운데 오직 하나만 반영한다.

대신 이제 하루에 하나씩 물건을 빼내고(오늘은 소파, 내일은 시계, 다음 날은 흉하고 작은 융단) 가치가 같되 당신이 선택한 물건으로 대체하도록 허락한다고 해보자. 그리고 그 일을, 가령 앞으로 2년 동안 해도 좋다고 허락했다. 2년이 지난 뒤 그 아파트는 우리 둘이 처음에 상상할 수 있었던 것보다 많은 '당신'을 안에 가지고 있을 것이다. 그 아파트는 그동안 말 그대로 당신의 수백 가지 표현 방식을 다양하게 반영하는 혜택을 받았을 것이기 때문이다. 행복한 당신, 시무룩한 당신, 엄격한 당신, 희열을 느끼는 당신, 흐릿한 당신, 정확한 당신 등등. 당신의 직관은 최선의 작업을 할 수 있는 수천 번의 기회를 얻었을 것이다.

그게 내가 보는 퇴고다. 작가의 직관이 되풀이해서 자신을 내세울 기회.

이런 식으로 쓰이고 수정된 한 조각은 생물학 수업의 씨 결정結晶

작가는 어떻게 읽는가

처럼 작게 아무런 의도 없이 출발하여, 유기적으로 자기 자신과 반응하여 넓어지기 시작하면서 자신의 자연적 에너지를 모두 발산하게 된다.

이 방법의 아름다움은 당신이 무엇으로 시작을 하든 최초의 아이디어가 어떻게 발생하든 사실 중요하지 않다는 것이다. 당신을 한 명의 작가인 **당신**으로 만드는 것은 이런 반복적인 방법을 통해 어떤 오래된 텍스트에 당신이 하는 일이다. 이 방법은 초고의 압제를 전복한다. 초고가 좋든 말든 누가 상관하는가? 그건 좋을 필요가 없다. 그냥 있기만 하면 된다, 당신이 퇴고할 수 있도록. 당신에게는 이야기를 시작할 아이디어가 필요하지 않다. 그냥 하나의 문장이 필요할 뿐이다. 그 문장은 어디서 오나? 어디에서든. 특별할 필요는 없다. 당신이 계속 반응하면서 시간이 흐르는 동안 특별한 문장이 될 것이다. 그 문장에 반응하고, 이어 평범함이나 너저분함 가운데 일부를 벗겨내기를 바라면서 문장을 바꾸는 것이… 글쓰기다. 그게 글쓰기의 전부이며 또는 전부여야 한다. 우리는 어떤 크고 포괄적인 결정을 내릴 필요 없이, 그저 퇴고하는 과정에서 우리가 내리는 수천 번의 작은 결정에 의해 우리의 목소리와 에토스를 찾고 세상의 다른 모든 작가와 구별된다.

딸들이 어렸을 때 나는 가끔 집짓기 장난감(레고, 나무 블록, 다른 세트의 부품들)을 바닥에 잔뜩 쏟았다. 우리는 거기 앉아 몇 시간씩 음악을 듣고 이야기를 하면서 멍하니 무언가를 만들었다. 계획은 없었다. 그냥 이것에 저것을 보탰다. 눈에 보이는 모습이 마음에 들었기 때문이다. 그러나 곧 하나의 구조가 나타나곤 했다. 이 경사로는 저 플랫폼으로 이어졌고, 저 플랫폼 밑에는 작지만 시원한 공간이 있어 저 플라스틱 용과 레고 배관공이 살기에 딱 맞았다. 최종 산물은 복잡했으며, 거기에 '의미'가 있다고 말할 수도 있었다고 생각하지만 우리가 의도적으로 부여한 것은 아니었다. 우리가 그렇게 이상한 것을 미리 계획할 도리나, 나중에 우리가 만들었다는 사실을 잊고 옆을 지나갈 때 그것이 우리에게 미치는 정확한 영향을 예상할 도리는 없었다. 즉, 우리가 계획을 했더라면 그보다 못한 무언가가 되었을 것이다. 딱 우리가 의도한 만큼 나오면 최선이었을 것이다. 그러나 예술 작품은 그 이상을 할 수 있어야 한다. 예술 작품은 청중을 놀라게 해야 하는데, 이는 오직 예술 작품이 정당하게 그 창조자를 놀라게 했을 때에만 가능하다.

나에게 흥미로운 것은 이런 방법의 퇴고(자신의 취향에 따라 되풀이하여 전보다 나은 문장을 만들려고 하는 것)가 의도하지 않은 결과, 우리가 '도덕적·윤리적'이라는 특징을 부여할 수도 있는 결과를 낳는다는 사실이다.

내가 "밥은 재수 없는 인간이었다"라고 쓸 때, 그리고 이 문장에 구체성이 약간 결여되었다고 느껴 "밥은 안달을 내며 바리스타를 다그쳤다"로 수정하고, 그런 다음 더 구체적인 문장을 찾고자 밥이 왜 그렇게 했는지 자문하여 "밥은 안달을 내며 바리스타를 다그쳤는데, 바리스타를 보자 그의 죽은 아내가 떠올랐기 때문이다"로 수정하고, 그런 다음 잠깐 쉬었다가 "그는 그녀가 몹시 보고 싶었고, 특히 지금처럼 크리스마스 시즌에 그랬다"라고 덧붙일 때, 이 과정에서 밥은 '재수 없는 인간'에서 '슬픔에 사로잡혀 평소 같으면 잘 대해주었을 젊은 사람에게 무례하게 행동한 애도 중인 홀아비'로 바뀌었다. 밥은 내가 경멸을 퍼부을 수 있는 만화 같은 인물에서 출발했고 그래서 독자와 나는 단결하여 밥을 무시할 수 있었지만, 이제 그는 '다른 삶 속의 우리'에 가까워졌다.

따라서 우리는 이 텍스트가 '밥을 의식하게 되었다'고 말할 수도 있다. 하지만 이는 내가 좋은 사람이 되려고 했기 때문이 아니다. 내가 "밥은 재수 없는 인간이었다"라는 문장에 불만을 느끼고 낫게 고치려 했기 때문이다.

그런데 "밥은 안달을 내며 바리스타를 다그쳤는데, 바리스타를 보자 그의 죽은 아내가 떠올랐기 때문이다. 그는 그녀가 몹시 보고 싶었고, 특히 지금처럼 크리스마스 시즌에 그랬다. 크리스마스는 언제나 그녀가 1년 중 가장 좋아하던 때였다"라고 쓴 사람은 어쩐지 "밥은 재수 없는 인간이었다"라고 쓴 인간보다 나은 사람 같은 느낌이 든다.

나는 늘 이런 일이 벌어지는 것을 본다. 나는 진짜 나보다 내 이야기들에 있는 나라는 사람을 좋아한다. 그 사람이 더 똑똑하고 재치 있고 인내심 있고 재미있다. 세계를 보는 눈도 더 지혜롭다.

쓰기를 멈추고 나 자신으로 돌아오면 더 제한적이고 편견도 많고 편협해지는 느낌이다.

하지만 페이지에서 잠깐이나마 평소보다 덜 멍청해진 것은 얼마나 즐거운 일이었는지.

예술가는 주로 무엇을 하는가? 예술가는 이미 한 것을 비튼다. 텅 빈 페이지를 앞에 두고 앉아 있는 그런 순간도 있지만 대개는 이미 페이지에 있는 것을 조정한다. 작가는 퇴고하고, 화가는 손질하고, 감독은 편집하고, 음악가는 녹음에 녹음을 입힌다. 나는 쓴다. "제인이 방에 들어와 파란색 소파에 주저앉았다." 이 문장을 읽고 움찔하며 "방에 들어와"(왜 그녀가 방에 들어와야 할까?)와 "주저앉았다"(왜 누군가 소파에 **살짝** 앉을 수는 없을까?)와 "파란색"(소파가 파란색이든 아니든 무슨 상관일까?)을 지우자 문장은 이렇게 바뀐다. "제인이 소파에 앉았다." 갑자기 이게 낫다(심지어 헤밍웨이풍이다). 하지만… 제인이 소파에 앉는 게 왜 의미가 있을까? 그 행동이 우리에게 정말 필요할까?

그래서 우리는 "소파에 앉았다"를 잘라낸다.

그러자 간단하게 "제인"만 남는다.

이건 적어도 형편없지는 않고 간결이라는 미덕마저 있다.

물론 농담이다. 하지만 또 죽어라 진지하기도 하다. 이 문장을 "제인…"으로 줄여버림으로써 우리는 독창적이 될 희망은 보존했다. 우리는 범상함을 혐오해 왔다. 탁월성의 세계 전체가 (여전히) 우리 앞에 있다.

하지만 흥미롭다. 왜 우리는 그렇게 잘라냈을까?

자, 독자에 대한 존중 때문에 그렇게 했다고 말할 수도 있을 것이다. 그런 일련의 질문을 함으로써("제인이 소파에 앉는 게 왜 의미가 있을까?" 등등) 우리는 우리가 똑똑한 사람, 좋은 취향을 가진 사람, 지루하게 만들고 싶지 않은 사람이라고 가정하는 독자에게 일종의 선발 대원 역할을 하고 있었다.

작가는 어떻게 읽는가

이런 문단을 보라.

짐은 식당에 들어서다 전 아내 세라가 적어도 스무 살은 어려 보이
는 남자 옆에 가까이 앉아 있는 것을 보았다. 짐은 믿을 수가 없었
다. 세라가 자기보다 그렇게 젊은, 짐보다도 젊은(그와 세라는 동갑
이었다) 누군가와 함께 있는 것을 보게 되다니 충격이었다. 너무 충
격적이어서 짐은 차 열쇠를 떨어뜨렸다.
"손님." 웨이터가 말했다. "이걸 떨어뜨리셨는데요." 그는 짐에게 차
열쇠를 건네주었다.

당신은 위의 어딘가에서 바늘이 N 영역으로 기우는 것을 느꼈을
지도 모른다. 어쩌면 두어 번(깊게 한 번 그다음에는 살짝?).
이제 수정한 문단을 보라.

짐은 식당에 들어서다 전 아내 세라가 적어도 스무 살은 어려 보이
는 남자 옆에 앉아 있는 것을 보았다.
"손님." 웨이터가 말했다. "이걸 떨어뜨리셨는데요." 그는 짐에게 차
열쇠를 건네주었다.

방금 무슨 일이 일어났는가? 음, 나는 "짐은 믿을 수가 없었다. 세
라가 자기보다 그렇게 젊은, 짐보다도 젊은(그와 세라는 동갑이었
다) 누군가와 함께 있는 것을 보게 되다니 충격이었다. 너무 충격적
이어서 짐은 차 열쇠를 떨어뜨렸다"를 잘라냈다.

가수들   189

두 문단의 차이는 후자가 그 안에 내장된 당신, 즉 독자를 더 존중한다는 데 있다. "짐은 믿을 수가 없었다"와 "충격이었다"는 짐이 열쇠를 떨어뜨리는 행동 안에 포함된다. 나는 당신이 짐과 세라가 대체로 비슷한 나이라고 가정할 것이라고 믿음의 도약을 했다. 그 과정에서 나는 나 자신(과 당신)을 위해 세 문장을 절약해 주었다. 원래 문단 전체의 반 정도 되는 길이다.

내가 어떻게 그렇게 잘라내게 되었나? 글쎄. 나는 내가 당신이라고, 당신도 나와 똑같이 읽는다고, 당신은 내가 읽을 때 불만을 가졌던 곳과 똑같은 지점에서 초고에 불만을 가질 거라고 상상했다.

하나의 이야기는 동등한 사람들 사이의 솔직하고 친밀한 대화다. 우리가 계속 읽는 이유는 우리가 작가에게 계속 존중받고 있다고 느끼기 때문이다. 독자인 우리는 이 과정에서 저쪽 생산 부문에서 일하고 있는 작가가 우리도 자신만큼이나 똑똑하고 세상 경험이 많고 호기심이 풍부하다고 상상하고 있다는 느낌을 받는다. 그는 우리가 어디에 있는지(자신이 우리를 어디에 두었는지) 관심을 기울이고, 우리가 '변화를 기대하거나' 혹은 '이런 새로운 전개에 회의적이거나' 혹은 '이 에피소드를 지겨워할' 때를 알기 때문이다(또 자신이 우리를 기쁘게 했을 때를 알고, 그런 상태에서는 자신이 다음에 무엇을 하든 우리가 약간 더 개방적인 태도로 받아들인다는 것도 안다).

이야기를 이렇게 두 정신 사이의 계속되는 소통이라고 보는 생각은 한 사람이 다른 사람에게 이야기하는 행동으로부터 자연스럽게 생겨난다. 이 모델은 우리가 읽고 있는 러시아 단편 소설에도 적용되며, 최초의 문학적 읽기를 위해 모닥불 주위에 모인 동굴 속 사람들에게 처음 적용되었을 것이다. 만일 그 최초의 이야기꾼이 공연자와 관객 사이의 계속되는 소통이라는 이야기 개념을 무시했다면, 그는 오늘날과 마찬가지로 관객 가운데 일부가 졸거나 일찍 동굴을 빠져나가는 모습, 사람들이 문학 행사에서 몰래 빠져나갈 때 하듯이 허리를 구부린 자세로 빠져나가는 모습을 보게 되었을 것이다(마치 그렇게 허리를 구부리고 나가면 저자의 눈에 보이지 않을 거라고 믿기라도 하는 것 같은데, 내가 잘 알아서 하는 말이지만, 다 보인다).

나에게 이 모든 과정에서 흥미로운 부분은, 우리에게는 언제나 앞으로 나아가게 해줄 기초가 있다는 것이다. 독자는 저기 있고, 또 진짜다. 독자는 삶에 관심이 있으며, 우리 작품을 골라잡음으로써 우리를 일단 믿어주었다.

우리가 할 일은 오로지 그의 관심을 유지하는 것이다.

그의 관심을 유지하기 위해 우리가 할 일은 오로지 그를 귀하게 여기는 것이다.

사랑스러운 사람

(1899)

안톤 체호프
Anton Pavlovich Chekhov

사랑스러운 사람

퇴역한 8등관*의 딸 올렌카 플레먄니코바는 마당을 바라보는 자
기 집 현관에 앉아 생각에 깊이 잠겨 있었다. 날씨는 더웠고 파리
떼가 집요하게 괴롭히고 있었지만 곧 저녁이 될 거라 생각하니 기
분이 좋았다. 동쪽에서 짙은 비구름이 몰려들고 있어 그쪽으로부
터 가끔 불어오는 바람에는 습기가 묻어 있었다.

'티볼리'라는 이름의 여름 정원을 운영하는 극장 지배인 쿠킨은
그 집의 별관에 묵고 있었는데 마당 한가운데 서서 하늘을 물끄러
미 바라보고 있었다.

"또!" 그는 절망에 사로잡혀 말하고 있었다. "또 비가 오는군!
매일, 매일 비야, 나한테 앙심을 품었나! 이러다 내가 죽고 말지!
망했어! 매일 무시무시한 손해야!"

* 러시아의 계급 명칭으로 군에서는 소령에 해당한다.

그는 두 손으로 세게 손뼉을 치더니 올렌카를 돌아보며 말을 이어갔다. "보세요, 올가 세묘노브나, 저게 우리 인생이라고요. 울어도 시원치 않죠! 일하고, 최대한 노력하고, 완전히 지칠 때까지 버티고, 밤에 잠도 못 자고, 더 나아지게 해보려고 머리를 쥐어짜고, 그러는데 결과가 뭡니까? 애초에 관객이 무지하고 야만적이에요. 나는 그들에게 그야말로 최고의 오페레타, 정교한 스펙터클, 일급 보드빌 예술가들을 제공해요. 하지만 그 사람들이 그걸 원한다고 생각하세요? 그들 머리로는 이해 못할 것들인데. 그들이 원하는 건 저속한 코미디뿐이에요! 그들에게는 쓰레기를 줘야 한다고요! 그리고 날씨를 보세요! 거의 매일 저녁 비예요. 5월 10일부터 비가 내리기 시작해서 5월과 6월 내내 내렸습니다. 그냥 끔찍해요! 관객은 오지 않는데, 그렇다고 내가 세를 안 내도 되나요? 예술가들한테 돈을 안 줘도 되나요?"

다음 날 저녁 무렵 다시 하늘이 흐려지고 쿠킨은 히스테리에 사로잡힌 것처럼 웃음을 터뜨리며 말한다.

"그래, 어서 와라, 비야! 극장을 삼키고 나를 빠뜨려 죽여라! 이 세상에서도 저세상에서도 나한테는 불운만 찾아와라! 예술가들이 나를 고소하게 해라! 그 사람들이 나를 감옥에, 시베리아에, 교수대에 보내게 해라! 하 하 하!"

그다음 날도 완전히 똑같았다.

올렌카는 입을 다물고 엄숙하게 쿠킨의 말에 귀를 기울였으며 가끔 그녀의 눈에 눈물이 어리곤 했다. 결국 그의 불행이 그녀의 마음을 움직여 그녀는 그를 사랑하게 되었다. 그는 키가 작고 마

작가는 어떻게 읽는가

른 사람으로 얼굴은 누렇고 머리는 양쪽 관자놀이를 덮도록 빗어 내렸다. 가는 테너 목소리에 말을 할 때면 입이 뒤틀렸고 얼굴에는 늘 절망의 표정이 떠돌았다. 그럼에도 그는 그녀에게 진짜 깊은 감정을 일으켰다. 그녀는 늘 누군가를 사랑했으며, 달리는 살 수 없었다. 처음에는 그 누군가가 아빠였는데, 그는 지금 아파서 어두운 방의 팔걸이의자에 앉아 가쁘게 숨을 쉬고 있었다. 브랸스크에서 한 해 걸러 찾아오곤 하던 고모에게도 애정을 바쳤다. 그보다 전에 학교에 다닐 때는 프랑스어 선생님을 사랑했다. 그녀는 조용하고 착하고 마음이 부드러운 소녀였으며 눈은 다정하고 온화했고 몸은 아주 건강했다. 그녀의 통통한 분홍색 뺨, 거무스름한 점이 있는 부드럽고 하얀 목, 뭐든 유쾌한 이야기에 귀를 기울일 때마다 얼굴에 떠오르는 착하고 꾸밈없는 미소를 볼 때면 남자들은 "그래, 괜찮아" 하고 혼잣말을 하며 함께 미소를 지었고, 그 자리에 있던 여인들은 대화를 나누다가 참지 못하고 갑자기 그녀의 손을 꼭 잡으며 기쁜 목소리로 "사랑스럽기도 해라!" 하고 탄성을 질렀다.

그녀가 평생 살았고 아버지의 유언에 따라 장차 그녀의 것이 될 집은 '집시의 길'이라고 알려진 도시 외곽에 자리 잡고 있었는데 티볼리에서 멀지 않았다. 저녁이나 밤이면 악단이 연주를 하고 꽃불이 터지는 소리를 들을 수 있었으며, 그녀에게는 그것이 쿠킨이 자신의 운명과 싸우고 무관심한 관객이라는 큰 적을 공격하는 소리로 들렸다. 그녀의 심장은 달콤하게 조여왔고 잠을 자고 싶은 욕구가 사라졌으며, 그가 새벽에 집으로 돌아오면 그녀는 자신의 방 창문을 살짝 두드리고 커튼 사이로 그에게 얼굴과 한쪽 어깨만 보여주며 친근한 미소를 보내곤 했다.

그는 그녀에게 청혼했고 그들은 결혼했다. 그는 그녀의 목과 통통하고 단단한 어깨를 자세히 보고 손뼉을 치며 "사랑스러워라!" 하고 탄성을 질렀다.

그는 행복했지만 결혼식 날과 이어지는 밤에도 비가 왔기 때문에 절망의 표정은 그의 얼굴을 떠날 줄 몰랐다.

결혼한 부부로서 그들은 함께 잘 지냈다. 그녀는 매표소를 맡고 여름 정원 일을 살피고 장부를 정리하고 보수를 지급했다. 그녀의 장밋빛 뺨, 달콤하고 꾸밈없는 미소의 광채는 이번에는 매표소 창, 다음은 극장의 무대 옆, 그다음에는 간이식당에 나타났다. 그녀는 이미 친구들에게 극장이 세상에서 가장 대단하고 가장 중요하고 가장 핵심적인 것이며, 오직 극장만이 진정한 기쁨을 주고 사람을 교양 있고 인정 있게 만들 수 있다고 말하고 있었다.

"그런데 대중이 그걸 이해하고 있는 것 같아?" 그녀는 묻곤 했다. "그들이 원하는 건 저속한 코미디야! 어제 우리는 〈뒤집힌 파우스트〉를 공연했는데 객석이 거의 텅 비었어. 만일 바니치카와 내가 천박한 공연을 올렸으면 극장은 틀림없이 만원이었겠지. 내일 바니치카와 나는 〈지옥의 오르페우스〉를 공연할 거야. 꼭 와."

쿠킨이 예술가와 극장에 관해 말한 것을 그녀는 되풀이하곤 했다. 남편과 마찬가지로 그녀도 대중이 무지하고 예술에 무관심하다고 경멸했다. 그녀는 리허설에 끼어들고 배우들을 바로잡아 주고 악사들을 예의 주시하고 지역 신문에 우호적이지 않은 기사가 실리면 울다가 편집자에게 따지러 갔다.

작가는 어떻게 읽는가

배우들은 그녀를 좋아하여 '사랑스러운 사람' 또는 '바니치카와 내가'라고 불렀다. 그녀는 그들이 안타까워 적은 돈을 빌려주곤 했으며 그러다 떼이면 혼자 울 뿐 남편에게 불평하지 않았다.

겨울에 이르러서도 이 한 쌍은 변함없이 함께 잘 지내고 있었다. 그들은 겨울 동안 시내 극장을 빌렸고 이것을 다시 단기간씩 우크라이나의 극단이나 마술사나 지역 연극 동호회에 빌려주었다. 올렌카는 몸무게가 늘고 행복하게 활짝 웃었지만 쿠킨은 점점 더 마르고 누레졌으며 겨울 동안 사업이 꽤 잘되었음에도 손해가 심각하다고 불평했다. 그가 밤에 기침을 하면 그녀는 산딸기와 린든 꽃잎을 섞은 음료를 마시게 하고 오드콜론으로 몸을 문지르고 부드러운 숄로 몸을 싸주었다.

"당신은 얼마나 착한지!" 그녀는 아주 진지하게 말하며 그의 머리를 쓰다듬어 주었다. "내 착한 미남!"

사순절에 그는 여름 기간에 공연할 극단을 데려오러 모스크바로 떠났다. 그가 옆에 없자 그녀는 잠을 이룰 수가 없었다. 창가에 앉아 별을 바라보기만 했다. 그녀는 자신이 암탉과 공통점이 있다는 생각이 들었다. 암탉들 또한 닭장에 수탉이 없으면 밤새 깨어 불안해했다. 쿠킨은 모스크바에 발이 묶였고 부활절까지는 돌아오겠다고 편지를 보냈다. 또한 티볼리에 대한 지침을 주었다. 그러나 수난주 월요일 저녁 늦게 갑자기 불길하게 문을 두드리는 소리가 들렸다. 누가 마치 통을 두드리듯 쪽문을 두드리고 있었다. 쾅, 쾅, 쾅! 잠이 덜 깬 식모가 맨발로 물웅덩이를 첨벙거리며 문을 열러 달려갔다.

"문 좀 열어요!" 대문 밖에서 누군가 낮은 목소리로 말하고 있었다. "전보가 왔어요."

올렌카는 전에도 남편한테서 전보를 받은 적이 있지만 이번에는 무슨 까닭인지 공포로 정신이 멍했다. 그녀는 떨리는 손으로 전보를 펼치고 내용을 읽었다.

'이반 페트로비치 오늘 돌연 사망 속 지시 대기 당례 화요일.'

이것이 전보에 적힌 그대로였다. '당례' 그리고 '속'이라는 이해하기 힘든 말이 있었다.* 서명자는 희극 오페라 극단 감독이었다.

"나의 소중한 사람!" 올렌카는 흐느꼈다. "바니치카, 나의 소중한 사람, 나의 착한 사람! 왜 우리는 만났을까! 왜 당신을 알고 사랑하게 되었을까! 당신의 가엾고 불행한 올렌카는 누구에게 의지할 수 있을까?"

쿠킨은 화요일에 모스크바 바간코보 공동묘지에 묻혔다. 올렌카는 수요일에 집에 돌아왔고 방에 들어가자마자 침대에 쓰러져 큰 소리로 흐느끼는 바람에 거리와 이웃집 뜰에서도 그 소리를 들을 수 있었다.

"사랑스러운 사람!" 이웃들이 성호를 그으며 말했다. "사랑스러운 올가 세묘노브나! 저 가엾은 영혼이 어찌 감당할까!"

석 달 뒤 어느 날 올렌카는 미사를 마치고 집으로 돌아가고 있었다. 여전히 깊이 애도하는 중이었고 몹시 슬퍼했다. 이웃이자 바바카예프의 목재 집하장 관리인인 바실리 안드레이치 푸스토발로프

---

* 각각 '장례'와 '신속'의 오탈자이다.

작가는 어떻게 읽는가

도 교회에서 돌아가는 길이라 그녀 옆에서 걷고 있었다. 그는 밀짚 모자와 하얀 조끼 차림에 황금 시곗줄을 늘어뜨리고 있어 사업가 라기보다는 지주처럼 보였다.

"만물에는 질서가 있습니다, 올가 세묘노브나." 그가 동정하는 어조로 차분하게 말했다. "만일 우리에게 소중한 사람이 세상을 떠나면 그것은 그 일이 하느님의 뜻이라는 의미지요. 그런 경우 우리는 절제하면서 순종하는 마음으로 견뎌야 합니다."

그는 올렌카를 대문까지 데려다주고 그녀와 작별한 뒤 계속 자기 길을 갔다. 그날 내내 그녀의 귀에 그의 차분한 목소리가 들렸다. 눈을 감으면 곧바로 그의 거무스름한 턱수염이 떠올랐다. 그녀는 그가 무척 마음에 들었다. 그녀도 그에게 강한 인상을 준 것 같았다. 얼마 후에 그녀가 잘 모르는 어느 나이 든 부인이 커피를 마시자며 찾아와 탁자에 앉자마자 푸스토발로프 이야기를 꺼내면서 그가 훌륭하고 견실한 남자이며 결혼할 수 있는 여자라면 누구라도 그와 함께 기꺼이 제단 앞에 설 것이라고 말했기 때문이다. 사흘 뒤에는 푸스토발로프 자신이 그녀를 찾아왔다. 그는 채 10분도 머물지 않았고 말도 거의 하지 않았지만 올렌카는 그를 사랑하게 되었다. 아주 깊이 빠지는 바람에 열병에 걸린 것처럼 밤새 몸이 뜨거워 뜬눈으로 밤을 지샜다. 아침에 그녀는 그 나이 든 부인을 부르러 사람을 보냈다. 곧 중매가 이루어졌고 결혼식이 열렸다.

결혼한 부부로서 푸스토발로프와 올렌카는 함께 아주 잘 지냈다. 대체로 그는 정찬을 먹을 시간까지 목재 집하장에 있다가 일을 보러 나갔고 그러면 올렌카가 교대하여 저녁까지 사무실에 머물면

7

서 장부를 작성하고 배송을 감독했다.

"목재에 드는 비용이 매년 20퍼센트씩 오르고 있어요." 그녀는 고객들과 지인들에게 말하곤 했다. "자, 우리는 이 지역 목재를 거래했지만, 지금 바시치카는 목재를 구하러 모길레프 지방까지 자주 출장을 가야만 해요. 그 화물 운임이라니!" 그녀는 소리를 지르며 경악한 표정으로 두 손으로 뺨을 감쌌다. "그 화물 운임이라니!"

그녀는 자신이 오랫동안 목재 사업을 해온 것 같았고, 세상에서 목재가 가장 중요하고 가장 핵심적인 것 같았다. 도리목, 통나무, 널빤지, 판자, 장대, 윗가지, 각재, 평판 같은 말들의 소리 자체가 왠지 친밀하고 감동적이었다.

밤이면 판자가 산더미처럼 쌓여 있는 꿈, 끝도 없이 늘어선 마차가 머나먼 목적지를 향해 읍에서 목재를 싣고 가는 꿈을 꾸었다. 길이 8미터 두께 20센티미터의 도리목 연대가 똑바로 서서 목재 집하장에서 행군하고, 도리목과 통나무와 평판이 서로 부딪히며 마른 목재의 텅 빈 소리를 내고, 계속 무너졌다가 다시 일어나 서로 겹겹이 쌓이는 꿈을 꾸었다. 올렌카는 자다가 비명을 질렀고, 그러면 푸스토발로프는 다정하게 말하곤 했다. "올렌카, 사랑스러운 사람, 왜 그래요? 성호를 그어요!"

남편이 무슨 생각을 하건 그녀는 그 생각을 자신의 것으로 받아들였다. 그가 방이 덥다거나 사업이 잘 안 풀린다고 생각하면 그녀도 그렇게 생각했다. 남편은 오락을 즐기지 않았고 휴가 때면 집을 떠나지 않았다. 그녀도 마찬가지였다.

_8

작가는 어떻게 읽는가

"너는 늘 집 아니면 사무실에 있네." 친구들은 말하곤 했다. "극장에 꼭 가봐, 사랑스러운 사람. 응, 아니면 서커스에."

"바시치카하고 나는 극장을 좋아하지 않아." 그녀는 차분하게 대답하곤 했다. "우리는 일하는 사람이야. 그런 어리석은 것에는 관심 없어. 극장이 다 무슨 소용이야?"

토요일이면 두 사람은 저녁 예배에 갔고 휴일이면 새벽 미사에 갔으며 교회에서 나란히 걸어 돌아오는 그들의 얼굴에는 부드러운 표정이 어려 있었다. 그들 주위에서는 기분 좋은 향기가 났고 그녀의 실크 드레스는 흥겹게 바스락거렸다. 집에 오면 그들은 여러 종류의 잼에 두툼한 비스킷을 곁들여 차를 마셨고, 그 뒤에는 파이를 먹었다. 매일 정오에는 마당과 대문 바로 바깥 거리까지 보르시 수프와 구운 양고기나 오리고기의 맛있는 냄새가 풍겼고 금육재에는 생선 냄새가 풍겼다. 누구나 푸스토발로프 대문을 지날 때면 입에 침이 고였다.

사무실에서는 사모바르*가 늘 끓었으며 손님들은 차와 고리빵을 대접받았다. 일주일에 한 번씩 부부는 온천에 갔다가 불그레한 얼굴로 나란히 돌아왔다.

"그래, 우리는 모든 게 잘되고 있어, 하느님 감사합니다." 올렌카는 친구들에게 말하곤 했다. "모두가 바시치카하고 나만큼 행복하면 좋겠어."

푸스토발로프가 목재를 구하러 모길레프 지방으로 갔을 때 그

---

* 러시아에서 물을 끓일 때 사용하는 가열 기구가 장착된 주전자.

녀는 그가 몹시 보고 싶어 밤에 누워도 잠을 이루지 못하고 울었다. 가끔 저녁이면 그 집 별채에 세 들어 사는 젊은 육군 수의사 스미르닌이 그녀를 찾아왔다. 그는 그녀와 잡담을 나누거나 카드놀이를 하여 기분 전환을 시켜주었다. 그녀가 가장 관심을 보인 것은 그의 가정생활 이야기였다. 그는 결혼을 하여 아들을 두었으나 아내가 바람을 피웠기 때문에 별거 중이었고 이제 아내를 미워하고 있었다. 그는 양육비로 매달 아내에게 40루블을 보냈다. 올렌카는 그의 말에 귀를 기울이며 한숨을 쉬고 고개를 젓곤 했다. 그의 처지가 안타까웠다.

"흠, 하느님이 지켜주시기를." 그녀는 손에 초를 들고 그와 함께 층계를 올라가 헤어질 때 말하곤 했다. "내 지루함을 덜어줘서 고마워요. 하늘의 여왕이 건강을 주시기를!"

그녀는 남편을 흉내 내어 늘 이런 차분하고 합리적인 방식으로 자신의 생각을 표현했다. 수의사가 방에 들어가 문을 닫으려 할 때면 그녀는 그를 다시 불러 말하곤 했다.

"있잖아요, 블라디미르 플라토니치, 부인과 화해하시는 게 좋겠어요. 부인을 용서해야 해요, 아들을 위해서라도! 그 귀여운 아이가 모든 걸 알고 있을 게 분명해요."

푸스토발로프가 돌아왔을 때 그녀는 그에게 수의사의 불행한 가정생활을 나지막이 이야기하곤 했다. 두 사람 모두 한숨을 쉬고 고개를 저으면서 아마도 아버지를 그리워할 아이 이야기를 하곤 했다. 그러다가 이상한 연상 작용을 거쳐 둘 다 성상들을 향했고 그 앞에서 머리가 땅에 닿게 절을 하며 주님이 자신들에게 자식을 주시기를 기도했다.

그렇게 푸스토발로프 부부는 평화와 고요 가운데, 사랑과 조화 가운데 6년을 살았다. 그러나 어느 겨울날, 바실리 안드레이치가 사무실에서 뜨거운 차를 마신 직후 모자를 쓰지 않고 목재 운송을 둘러보러 나갔다가 감기에 걸려 몸져누웠다. 그는 가장 훌륭한 의사들에게 치료를 받았지만 병세가 점점 악화하여 넉 달 뒤에 죽었다. 올렌카는 다시 과부가 되었다.

"나는 이제 누구한테 의지하나요, 나의 사랑스러운 사람?" 그녀는 남편을 묻고 흐느꼈다. "당신 없이 어떻게 사나요, 이렇게 비참하고 불행한데? 선량한 사람들이여, 나를 가엾게 여겨주시길, 홀로 세상에 남겨진 나를…"

그녀는 하얀 소맷동*이 달린 검은 드레스를 입었으며 모자와 장갑은 영원히 착용하지 않기로 했다. 교회에 가거나 남편 무덤을 찾아갈 때가 아니면 집을 거의 떠나지 않았으며 집에서는 수녀처럼 살았다. 여섯 달이 지나서야 그녀는 상복을 벗고 덧문을 열었다. 가끔 아침이면 그녀가 식모와 함께 먹을거리를 사러 장에 가는 모습이 눈에 띄었지만 그녀가 이제 어떻게 살고 집 안에서 무슨 일이 벌어지는지는 추측해 볼 수 있을 뿐이었다. 사람들은 그녀가 작은 정원에서 수의사와 차를 마시고 그는 그녀에게 신문을 읽어주는 것을 보았다는 사실, 또 그녀가 우체국에서 지인을 만나 이런 이야기를 하곤 했다는 사실을 근거로 추측들을 했다.

* 상장喪章을 뜻한다.

"우리 읍에서는 제대로 가축병 검사를 하지 않고, 그래서 병이 그렇게 많은 거예요. 사람들이 우유를 마시고 아프다거나 말이나 소에게서 감염이 되었다는 이야기를 너무 자주 듣잖아요. 결국은 가축의 건강을 사람의 건강만큼이나 잘 돌봐야 해요."

그녀는 이제 수의사가 하는 말을 되풀이했고 모든 것에 관해 그가 가진 것과 똑같은 의견을 가지게 되었다. 그녀가 애착 없이는 1년도 살 수 없다는 것, 자신의 집 별채에서 새로운 행복을 발견했다는 것은 분명했다. 다른 여자라면 이런 일로 비난을 받았겠지만 올렌카라면 누구도 나쁘게 생각할 수가 없었다. 그녀는 어느 것 하나에도 모호한 데가 없었기 때문이다. 그녀도 수의사도 그들의 관계에서 일어난 변화를 누구에게도 이야기하지 않았다. 오히려 숨기려 했지만, 성공하지 못했다. 올렌카는 비밀을 유지할 수 없었기 때문이다. 수의사에게 손님, 즉 연대 동료들이 찾아왔을 때 그녀는 차를 따르거나 저녁을 대접하면서 우역牛疫에 관해서, 진주병에 관해서, 자치 단체의 도살장에 관해서 입을 열곤 했다. 그는 몹시 당황하여 손님들이 떠나면 그녀의 두 팔을 붙들고 화가 나서 작고 날카로운 소리로 말했다.

"이해하지도 못하는 이야기는 하지 말라고 사전에 부탁했잖아요! 수의사들끼리 이야기를 할 때는 끼어들지 말란 말이에요! 정말 짜증이 나니까!"

그녀는 놀라고 겁에 질린 눈으로 그를 보며 묻곤 했다. "하지만 볼로디치카, 그럼 난 무엇에 대해 말하나요?"

그러면서 글썽거리며 그를 끌어안고 화내지 말라고 빌었고, 그

작가는 어떻게 읽는가

러면 둘 다 행복했다.

그러나 이런 행복은 오래가지 않았다. 수의사는 연대와 함께 떠났다. 영원히 떠났다. 연대가 어디 먼 곳으로 이동한 것이다. 시베리아일 수도 있었다. 올렌카는 혼자 남았다.

이제 그녀는 무척 외로웠다. 아버지는 오래전에 죽었고 그의 팔걸이의자는 다리 하나가 떨어져 나간 채 다락에서 먼지를 뒤집어쓰고 있었다. 그녀는 여위어갔고 미모를 잃었으며 거리를 지나는 사람들은 전과 달리 그녀에게 눈길을 주거나 미소를 짓지 않았다. 그녀의 가장 좋은 시절은 끝났고, 이제 지나가버렸고, 새로운 종류의 삶이 시작되었다. 생각만 해도 견딜 수 없는 낯선 종류의 삶이었다. 저녁이면 올렌카는 포치에 앉아 티볼리에서 악단이 연주를 하고 꽃불이 터지는 소리를 들었지만, 이제는 그런 것이 그녀의 마음에 어떤 것도 암시하지 않았다. 그녀는 텅 빈 마당을 무심하게 보았고, 아무런 생각을 하지 않았다. 나중에 밤이 오면 침대로 가 텅 빈 마당 꿈을 꾸었다. 그녀는 마지못해 먹고 마셨다.

무엇보다도, 그리고 최악으로, 그녀는 이제 아무런 의견도 없었다. 주위의 사물을 보았고 무슨 일이 벌어지는지 이해했지만 어떤 것에 관해서도 의견을 낼 수 없었고 무슨 이야기를 해야 할지 알 수 없었다. 아무런 의견이 없다니 얼마나 끔찍한가! 예를 들어 병이나 비나 마차를 모는 농민을 보지만, 병이, 비가, 농민이 무엇을 위한 것인지, 그 의미가 무엇인지 말할 수 없는 것이다. 설사 천 루블을 준다 해도 말할 수 없었을 것이다. 쿠킨이 옆에 있을 때, 또는 푸스토발로프가, 또 나중에 수의사가 옆에 있었을 때 올렌카는 그 모든 것을 설명하고 뭐든 말만 나오면 자기 의견을 이야기할 수 있었지만, 이제 그녀의 머리와 마음은 그녀의 마당과 마찬가지로 텅비어 있었다. 괴상했다. 그녀는 마치 약쑥을 먹은 것처럼 씁쓸한 기분이었다.

조금씩 읍은 사방으로 넓어져갔다. '집시의 길'은 이제 정식 도로가 되었고 티볼리와 목재 집하장이 있던 자리에는 집들이 들어서고 골목이 늘어났다. 시간은 얼마나 빠르게 지나가는지! 올렌카의 집은 초라해 보이게 되었다. 지붕은 녹이 슬고 헛간은 기울고 마당 전체가 우엉과 따가운 쐐기풀의 공격을 받았다. 올렌카 자신은 나이가 들었고 점점 매력을 잃었다. 여름이면 포치에 나와 앉아 전과 마찬가지로 공허하고 황량하고 씁쓸한 기분에 젖었다. 겨울이면 창가에 앉아 물끄러미 눈을 보았다. 가끔 봄이 첫 숨을 쉬거나 바람이 교회 종소리를 실어 오면 과거의 기억에 압도당하여 심장이 달콤하게 조여오고 눈에는 눈물이 그렁그렁했다. 그러나 이는 한순간일 뿐, 이내 다시 공허가 찾아오고 또 한 번 그녀는 삶이 쓸모없다는 느낌에 사로잡혔다. 검은 새끼고양이 트로트가 몸을 비비며 작게 가르랑거렸지만 올렌카는 이런 고양이의 애정 표현에 마음이 움직이지 않았다. 그게 그녀가 원하던 것인가? 그녀에게는 존재 전체를, 영혼과 정신을 사로잡을 애정, 그녀에게 사상과 삶의 목적을 줄 애정, 늙어가는 피를 덥혀줄 애정이 필요했다. 그녀는 고양이를 무릎에서 떨궈내며 짜증을 냈다. "저리 가! 저리! 달라붙지 마!"

그렇게 하루하루가, 한 해 한 해가 흘렀다. 아무 기쁨도, 아무 의

작가는 어떻게 읽는가

견도 없이! 식모 마브라가 하는 말, 무슨 말이든 무슨 말을 하든 내 버려두었다.

더운 7월의 어느 날 저녁 무렵, 소 떼가 집으로 돌아가고 마당에는 먼지구름이 가득할 때 갑자기 누가 대문을 두드렸다. 올렌카는 직접 문을 열러 나갔다가 눈앞의 모습에 정신이 멍해졌다. 대문 밖에 수의사 스미르닌이 서 있었다. 이미 백발에 사복 차림이었다. 그녀는 갑자기 모든 것이 되살아났고, 자신을 통제할 수가 없어 눈물을 터뜨리며 조용히 그의 가슴 위로 고개를 숙였다. 너무 흥분해서 집에 어떻게 들어와 차를 앞에 두고 앉게 되었는지 기억도 나지 않았다.

"이런." 그녀가 기쁨에 몸을 떨며 중얼거렸다. "블라디미르 플라토니치, 어쩐 일로 여기에 온 거예요?"

"아주 온 겁니다." 그가 설명했다. "제대를 했고 이제 혼자 힘으로 자리 잡고 사는 게 어떤 건지 알고 싶어서요. 게다가 아들은 이제 중학교에 갈 준비를 합니다. 그리고 아내하고는 화해했습니다."

"부인은 어디 있나요?"

"아들과 호텔에 있습니다. 나는 셋방을 찾으러 나온 거예요."

"어머나, 블라디미르 플라토니치, 내 집을 써요! 더 찾을 필요 없어요! 선하신 주님, 그냥 써도 돼요." 올렌카가 소리쳤다. 목소리가 떨렸으며 다시 울음이 나왔다. "여기 이 집에서 사세요. 나는 별채면 돼요. 어머나, 정말 기쁘네요!"

다음 날 그들은 지붕을 칠하고 벽에 회를 바르기 시작했다. 올렌카는 두 손을 허리에 얹고 마당을 걸어 다니며 지시를 내렸다. 예전의 미소가 다시 찾아왔고, 활기가 돌고 생생해졌다. 긴 잠에서 깨어난 것 같았다. 곧 수의사의 아내가 도착했다. 단발에 여위고 못생긴 여인으로 변덕이 심해 보였다. 옆에는 어린 아들 사샤가 있었는데 나이(곧 열 살이었다)에 비해 작았고 통통했고 눈은 맑고 파랬으며 뺨에는 보조개가 파였다.

아이는 마당에 들어서자마자 고양이를 쫓기 시작했으며, 곧 아이의 기쁨에 찬 뜨거운 웃음이 울려 퍼졌다.

"아줌마, 이거 아줌마 고양이예요?" 아이가 올렌카에게 물었다. "새끼 낳으면 우리 한 마리 주세요. 엄마가 쥐를 엄청 무서워해요."

올렌카는 아이와 이야기를 나눈 뒤 차를 주었다. 갑자기 심장이 따뜻해지며 달콤하게 조여왔다. 이 귀여운 아이가 자기 아들이기라도 한 것처럼. 저녁에 아이가 식당에서 숙제를 하고 있을 때 그녀는 다정한 눈으로 아이를 안쓰럽게 보며 작은 소리로 말했다.

"사랑스러운 것, 예쁜 것, 귀여운 것! 어쩌면 이렇게 금발이고, 어쩌면 이렇게 영리할까!"

"섬은 물로 완전히 둘러싸인 땅덩이다." 아이가 책을 읽고 있었다.

"섬은 물로 완전히 둘러싸인 땅덩이다…" 그녀는 되풀이했다. 그것은 오랜 세월의 침묵과 정신적 공허 뒤에 그녀가 처음으로 자신 있게 내놓은 의견이었다.

이제 그녀에게는 그녀만의 의견이 있었다. 저녁때면 사샤의 부모와 대화를 나누면서 중학교 공부가 아이에게는 힘든 일이지만 그럼에도 고전 쪽이 과학보다 낫다고 말했다. 고전 교육은 모든 방향으로 길이 열려 있기 때문이다. 의사가 될 수도 있고 기술자가 될 수도 있다.

사샤는 중학교에 다니기 시작했다. 아이의 어머니는 자매를 만나러 하리코프로 가서 돌아오지 않았다. 아버지는 매일 읍을 떠나 가축을 검사하러 갔고 가끔 사흘씩 집을 비우기도 했다. 올렌카가 보기에는 모두 사샤를 버렸고, 아무도 아이를 원치 않았고, 아이는 굶주리고 있었다. 그녀는 아이를 자신이 있는 별채로 데려와 작은 방을 내주었다.

이제 사샤는 여섯 달째 그녀가 있는 곳에서 살고 있다. 매일 아침 올렌카는 아이 방에 들어가고, 아이는 뺨 밑에 손을 집어넣은 채 푹 잠들어 고요히 숨을 쉬고 있다. 그녀는 아이가 안쓰러워 깨우기 힘들다.

"사셴카." 그녀가 애틋한 목소리로 말한다. "일어나라, 착한 것! 학교 갈 시간이란다."

아이는 일어나서 옷을 입고 기도를 하고 앉아서 아침을 먹는다. 차를 석 잔 마시고 큰 고리빵 두 개를 먹고 버터를 바른 롤빵 절반을 먹는다. 아직 비몽사몽이고 그래서 짜증을 낸다.

"우화를 외우지 않았잖아, 사셴카." 올렌카가 말하며 마치 긴 여행을 떠나는 사람을 배웅하듯 아이를 본다. "너 때문에 걱정이 돼. 너는 최선을 다해야 해, 사랑스러운 것, 공부해야 해. 선생님 말씀도 잘 듣고."

"제발 나를 좀 내버려둬요!" 사샤는 말한다.

그런 뒤 거리를 걸어 학교로 간다. 큰 모자를 쓰고 어깨에 책가방을 멘 작은 아이. 올렌카가 소리 없이 아이 뒤를 따른다.

"사셴카!" 그녀가 아이를 소리쳐 부른다. 아이는 고개를 돌리고, 그녀는 아이 손에 대추야자나 캐러멜을 쥐여준다. 학교 들어가는 골목으로 접어들자 아이는 크고 덩치 큰 여자가 뒤따라오는 것이 창피해 돌아보며 말한다. "집에 가는 게 좋겠어요, 아줌마. 이제혼자 갈 수 있어요."

그녀는 가만히 서서 아이가 학교 입구에서 사라질 때까지 아이의 등을 물끄러미 바라본다. 그 아이를 얼마나 사랑하는지! 그녀가 전에 느꼈던 애착 가운데 이렇게 깊은 것은 없었다. 지금처럼모성 본능이 점점 강하게 밀고 올라올 때만큼 그녀의 영혼이 이렇게 무조건적으로 자기를 잊고 큰 기쁨을 느끼며 자신을 내어준 적은 없었다. 제 자식도 아닌 이 어린 소년에게, 아이의 뺨에 있는 보조개에, 그냥 아이의 모자에 그녀는 자기 목숨이라도 내놓을 수 있을 것 같다. 그것도 기쁘게, 따뜻한 사랑의 눈물을 흘려가며 내놓을 수 있을 것 같다. 왜? 하지만 왜인지 누가 알겠는가?

학교에 가는 사샤를 배웅하고 나서 그녀는 만족하여 차분하고사랑이 넘실거리는 마음으로 조용히 집으로 간다. 지난 여섯 달간젊어진 그녀의 얼굴이 행복으로 빛난다. 마주치는 사람들은 기쁜표정으로 그녀를 보며 말한다.

"안녕하세요, 올가 세묘노브나, 사랑스러운 분! 어떻게 지내요사랑스러운 분?"

"요즘에는 중학교에서 공부를 많이 시키네요." 그녀는 장을 보면서 말한다. "생각해 보세요, 1학년인데 어제는 숙제로 우화를 외우고 라틴어 번역을 하고 문제를 풀어야 했어요. 어린애한테는 정말이지 무리라고요."

그러면서 그녀는 사샤가 하는 말 그대로 선생이며 수업이며 교과서 이야기를 한다.

3시에 그들은 함께 정찬을 먹고 저녁이면 함께 숙제를 하고 운다. 그녀는 아이를 침대에 누일 때면 아이 위에 성호를 긋고 작은 소리로 기도를 하며 긴 시간을 보낸다. 그런 다음 침대로 가서 사샤가 공부를 마치고 의사나 기술자가 되고 자기 소유의 큰 집과 말과 마차를 가지고 결혼을 하고 아버지가 될 멀고 흐릿한 미래를 생각한다. 그녀가 잠이 들면 똑같은 것들이 꿈에 나타나고 감은 눈에서 뺨으로 눈물이 흘러내린다. 검은 새끼고양이가 그녀 옆에 누워 가르랑거린다. 가르랑-가르라랑-가르라랑.

갑자기 대문을 쾅쾅 두드리는 소리가 들린다. 올렌카는 잠을 깬다. 두려움에 숨이 가쁘고 심장이 쿵쾅거린다. 30초가 흐르고 다시 문을 두드리는 소리가 들린다.

'하리코프에서 전보가 왔구나.' 그녀는 생각하며 머리끝에서 발끝까지 몸을 떤다. '사샤 어머니가 하리코프로 아이를 데려가려고 하는구나. 오 주님!'

그녀는 절망에 빠진다. 머리와 손발이 차가워지고 온 세상에서 자신이 가장 불행한 여자인 듯한 느낌이 든다. 다시 1분이 흐르고 사람들 목소리가 들린다. 클럽에서 돌아온 수의사다.

"참 나, 감사합니다, 하느님!" 그녀는 생각한다.

조금씩 심장에서 짐이 굴러 나가고 이제 그녀는 다시 편안하다. 침대로 돌아가 사샤를 생각하는데 아이는 옆방에서 푹 잠이 들어 가끔 잠꼬대로 소리친다.

"가만 안 있을 거야! 어서 꺼져! 싸우지 마!"

패턴이 있는 이야기

〈사랑스러운 사람〉에 관한 생각

복습. 이야기를 할 때 근본을 이루는 단위는 두 단계 행동으로 이루어져 있다.

첫째, 작가는 예상을 만들어낸다. "옛날에 머리가 둘인 개가 있었다." 독자의 마음에 일련의 질문이 생기고(두 머리가 서로 잘 지내나? 먹을 때는 어떻게 하지? 이 세상에 머리가 둘인 동물이 또 있나?) 이 이야기가 무엇에 관한 것인지 그 첫 번째 생각들이 어렴풋이 떠오른다(둘로 나뉜 자아? 당파성? 낙관주의 대 비관주의? 우정?).

둘째, 작가는 그와 같은 일군의 예상에 응답한다(또는 그것을 '이용'하거나 '활용'하거나 '존중'한다). 하지만 너무 긴박하지도(너무 직선적인 느낌 또는 전화 응답을 받는 듯한 느낌이 든다든가) 않게 또 너무 느슨하지도(이야기가 만들어낸 예상과 아무런 관련이 없는 무작위적인 방향으로 벗어난다든가) 않게.

예상을 만드는 유서 깊은 방법 한 가지. 바로 패턴을 만드는 것이다.

"옛날에 세 아들이 있었다. 첫째 아들은 돈을 벌러 나갔는데 계속 전화기를 확인하다 절벽에서 떨어져 즉사했다." 다음 줄이 시작된다. "둘째 아들이 다음 날 일찍 일어나…." 우리는 이미 a. 둘째 아들이 죽을 것을 예상하고, b. 그와 전화기의 관계가 궁금하다. 만일 문장이 "둘째 아들이 다음 날 일찍 일어나 전화기를 두고 밖으로 나갔다"로 이어진다면 우리 예상은 다시 수정된다. 전화기에 의한 죽음은 배제되지만 불행은 여전히 예상된다. 계속해서 "그는 오른쪽에 있는 절벽을 보고 능숙하게 피해 갔다. 그러다 힐다에게 마침내 청혼을 한다는 환상에 빠지는 바람에 주위에서 벌어지는 일에 전혀 주의를 기울이지 않고 목청껏 노래를 부르다 트럭에 치여 즉사했다"라고 이어진다면, 이렇게 말해 미안하지만, 여기에는 어떤 만족이 있다. 우리는 이제 이 이야기가 가령 **한눈파는 바람에 맞는 죽음**에 '관한' 것이라고 느낀다. 그런 다음 우리는 셋째 아들이 어떤 형태의 부주의를 드러내 죽게 되는지 보기 위해 다음 날 아침 그가 문밖으로 나가는 모습을 지켜본다. 그가 절벽을 보고 추락을 피한 다음 갓길에서 과속하는 트럭이 지나가기를 참을성 있게 기다려도 이 이야기는 여전히 부주의에 '관한' 이야기가 될 것이다. 우리는 여전히 셋째 아들이 뭔가 부주의한 일을 해서 죽기를 기다린다. 지금까지 그랬기 때문이다.

하나의 패턴이 확립되면 우리는 그것이 반복될 것이라고 예상한다. 실제로 반복되면, 약간 바뀐다 해도 우리는 쾌감을 느끼며 그렇게 바뀐 데서 의미를 추론한다.

〈사랑스러운 사람〉은 '패턴이 있는 이야기'라고 부를 만한 유형의 이야기다. 기본을 이루는 패턴은 이런 것이다. 어떤 여자가 사랑에 빠지고 그 사랑은 끝난다. 이 패턴이 세 번 반복된다. 극장 소유자 쿠킨, 목재 일을 하는 바실리, 수의사 스미르닌. 이 이야기는 네 번째 반복의 중간에서 끝난다. 그녀는 어린 사샤와 사랑에 빠지지만 그 사랑은 아직 끝나지 않았다.

쿠킨은 첫 페이지에 등장하여 자신의 운명을 한탄한다(지방의 극장을 운영하는 일이 좌절감을 주리라고 어떻게 그가 예측할 수 있었겠는가?). 우리는 (3페이지에서) 올렌카가 "늘 누군가를 사랑했으며, 달리는 살 수 없었다"는 것을 알게 된다. 이어 명단이 나온다. 아빠, 고모, 선생님. 따라서 그녀는 늘 누군가를 사랑해야 한다. 그리고 이제 쿠킨이 있다. 그는 그녀의 집에 하숙하고 있다.

달콤한 로맨스다. 그리고 올렌카의 첫 로맨스인 듯 보인다. 사실 쿠킨은 약간 우울한 쪽이었지만("그는 키가 작고 마른 사람으로 얼굴은 누렇고…얼굴에는 늘 절망의 표정이 떠돌았다") 그럼에도 "그의 불행이 그녀의 마음을 움직여 그녀는 그를 사랑하게 되었다".

특정한 관계는 특정한 사실들을 통해 맺어지기 마련인데, 2~6페이지에 걸쳐 체호프가 올렌카와 쿠킨의 관계에 관해 우리에게 말해주는 내용은 다음과 같다. 쿠킨의 직업(그는 망해가는 극장을 운영한다), 그들이 하는 연애의 특징(그들은 주선자 없이 자연스럽게 만났으며 그녀는 동정심 때문에 그에게 빠진다), 관계의 특징(그들은 서로 잘 지내고, 슬퍼하고 걱정하며, 저급한 대중 때문에 함께 분개하며, 그녀는 몸무게가 늘고 그는 빠진다), 쿠킨이 그녀를 부르거나 그녀에 관해 생각하는 방식("사랑스러운 사람!"), 올렌카가 그를 부르거나 그에 관해 생각하는 방식("당신은 얼마나 착한지!"와 "내 착한 미남!"), 관계의 지속 기간(10개월), 그들이 헤어진 방식(그는 집을 떠나 있다 죽고 그녀는 읽기 힘든 전보를 통해 그 사실을 알게 된다), 그녀의 애도 기간(3개월).

편의를 위해 이 자료를 〈표 2〉에 정리해 놓았다.

〈표 2〉 올렌카와 쿠킨의 관계

범주	묘사
쿠킨의 직업	극장 주인
연애의 특징	주선자 없이 자연스럽게 만났다. 그녀는 동정심 때문에 "결국" 그에게 빠진다("그의 불행이 그녀의 마음을 움직"였다).
관계의 특징	슬퍼하고 걱정한다. 대중에게 분개한다. 그녀는 몸무게가 늘고 그는 더 누레진다. "그들은 함께 잘 지냈다."
그가 그녀를 부르는 방식	"사랑스러운 사람!"
그녀가 그를 부르는 방식	"당신은 얼마나 착한지!"와 "내 착한 미남!"
관계 지속 기간(페이지)	3.5페이지
관계 지속 기간(시간)	10개월
그가 죽는 또는 둘이 헤어지는 방식	사망 원인 불명. 그녀는 (읽기 힘든) 전보를 통해 사망 사실을 알게 된다.
애도 기간	3개월
별채의 상태	둘이 사귀는 동안 쿠킨이 그곳에서 하숙한다(쿠킨은 그녀의 집 안에서부터 그녀에게로 온다). 그들이 결혼을 하자 별채는 빈다.

작가는 어떻게 읽는가

일단은 여기에서 정보의 밀도에만 주목해 보자. 사실 이 이야기의 앞 몇 페이지는 전부 올렌카와 쿠킨의 관계에 관한 특정 사실들의 매트릭스일 뿐이다.

우리는 또 앞으로 올렌카 고유의 특징으로 이해하게 되는 것도 처음 보게 된다. 그녀는 쿠킨을 너무 사랑하고, 그래서 그가 된다는 점을 말이다. 4페이지에서 우리는 그녀가 극장 일을 맡았음을 알게 된다. 곧 그녀는 친구들에게 세상에서 극장이 가장 대단하고 중요하고 핵심적이라고 말한다. 그녀가 쿠킨의 의견을 그대로 공유하기 때문에 배우들은 다정하게 그녀를 "바니치카와 내가"라고 놀린다.

이야기의 초기 단계에서는 올렌카의 정신이 쿠킨과 섞이는 게 이상해 보이지 않는다. 그냥 그녀가 정말로 사랑에 빠진 것처럼 느껴진다. 이는 사랑에 빠질 때 누구에게나 일어나는 일의 달콤하고 과장된 버전이다. 우리는 사랑하는 사람을 따라 주조되고 그와 관심을 공유하며, 이것이 평생 한 번뿐인 일이라고 느낀다. 그러면서 우리는 행복하다.

5페이지 중반에 이르면 행복한 결혼이 확립되고 이야기는 정체 상태로 들어간다. 페이지가 넘어가면서 두 사람이 자신들의 특징에 만족하고 있다는 내용이 그냥 계속 반복되기만 한다면, 예컨대 계절이 행복하게 흘러가면서 그는 여위고 괴로움에 시달리고 그녀는 통통해지고 더 귀여워지기만 한다면, 우리는 아무런 진전이 없는 것처럼 보이는 이야기 앞에서 받게 되는 그 특별한 느낌, 어떤 사람에게 전날 밤 꾸었던 긴 꿈에 관한 이야기를 들을 때의 느낌을 받게 될 것이다.

우리는 궁금해지기 시작하고, 다시 닥터 수스를 흉내 낸다. "왜 구태여 나한테 이 이야기를 하는 건데?"

내가 이렇게 쓴다고 해보자. "옛날에 먹는 걸 정말 좋아하는 개가 있었다. 어느 날 아침 그는 개 사료를 먹고, 그다음에 고양이 사료를 먹었다. 개는 밖으로 나가 나무 밑에서 발견한 사과 몇 알도 먹었다. 그다음에 근처 나무 아래서 발견한 사과 몇 알을 더 먹었다. 그다음에 공원에서 돼지고기 샌드위치를 발견하자 그걸 먹었다." 자, 무슨 말인지 이해했을 것이다. 당신은 패턴('개가 **먹는다**')을 파악했고 무언가가 그 패턴에 도전하거나(개가 살아 있는 곰을 먹으려 한다) 결과를 보여주는 방식으로(개는 너무 뚱뚱해서 걸을 수가 없다) 그 패턴을 깨기를 기다리고 있다. '개 한 마리가 늘 굶주려 있고 계속 먹고 있었다'라는 사실은 진실일 수도 있지만 세상은 그런 부수적 진실, 단순한 관찰로 얻을 수 있는 종류의 진실로 가득하다. "예전에 화분에 테니스공이 들어 있었다." "여자는 버스를 기다리는 동안 계속 손으로 자신의 정수리를 만지려 했다."

이야기라는 형식은 단순히 일화적인 것에게 묻는다. "그래, 하지만 그래서 어쨌다고?"

일화를 이야기로 만드는 것은 확장이다. 또는 이렇게 말할 수도 있다. 갑자기 확장이 일어난다는 느낌이 들면, 우리의 일화가 이야기로 변해간다는 신호다.

〈그림 1〉은 이야기가 어떻게 먹히는지 설명해 주는 '프라이타크의 삼각형Freytag's triangle'이다. 이 그림은 실제로 먹히는 이야기가 어

〈그림 1〉 프라이타크의 삼각형

떻게 먹히는지 우리가 이해하도록 돕는 아주 훌륭한 일을 한다. 사후 구축물이라는 점에서 우리가 이야기를 쓰는 데 반드시 도움이 된다고 할 수는 없지만, 이미 제대로 작동하는 이야기를 분석하거나 작동하지 않는 이야기를 진단하는 데는 도움을 줄 수 있다.

올렌카와 쿠킨의 행복한 결혼이 지속되는 한 우리는 '발단'('대개 상황은 이러했다')이라는 이름이 붙은 평평한 선 위에 차분하게 앉아 있다. 5페이지에서 올렌카가 노래하듯 쿠킨을 칭찬할 때("당신은 얼마나 착한지!") 우리는 우리에게 필요한 것이 이미 다 있다는 생각이 들어 약간 불안을 느낀다. 상황의 기저선 상태는 확립되었고 이제 파괴되기만 기다리고 있기 때문이다. 우리는 무언가 복잡한 일이 일어나 우리를 '상승'으로 밀어 올리기를 기다리며 긴장한다.

우리는 "사순절에 그는…모스크바로 떠났다"를 읽을 때 약간 경계한다(더군다나 바로 두 문단 위에 그가 아팠다는 언급이 있었기 때문이다). 체호프가 쿠킨을 모스크바로 보내는 까닭은 우리를 상승부로 밀어 올릴 어떤 일이 일어날 수 있게 하려는 의도가 분명하다. (가끔 나는 학생들에게 만일 발단에 갇혀서 상승하지 않는 페이지를 계속 써대고 있다면 이런 문장을 이야기에 집어넣으면 된다고 농담을 한다. "그때 모든 것을 영원히 바꾸어놓는 일이 벌어졌다." 그러면 이야기는 반응할 수밖에 없다.*)

우리는 모스크바에서 소식이 오기를 기다린다. 쿠킨은 계획과는 달리 집에 오지 않는다("쿠킨은 모스크바에 발이 묶였고 부활절까지는 돌아오겠다고…"). 우리는 왜 그가 계획을 바꾸었는지 궁금하다. 그가 올렌카에 대한 관심을 잃고 있을까? 모스크바에서 바람이 났나? 그런 이야기가 될 것인가? 만일 그렇다면 쿠킨, 이 돼지 같은 놈. 하지만 아니다. 그는 여전히 집으로 극장에 관한 지침을 보낸다. 우리는 이를 그가 여전히 올렌카, 그리고 그녀와 함께하는 삶에 관심이 있는 게 분명하다는 신호로 읽는다. 그런데 모스크바에서 아무런 일이 일어나지 않을 거라면 왜 체호프가 그를 모스크바에 보내겠는가? 상황이 바뀌지 않고 그가 그냥 돌아온다면, 떠날 때와 같은 사람이라면, 우리는 모스크바라는 옆길로 빠진 것이 작은 갑상선종처럼 비효율적이라고, 우리를 (여전히) 발단에 좌초한 상태로 남겨두는 일이라고 느낄 것이다.

그러다 운명적인 말 "그러나"가 등장해 우리가 기다리던, 이야기

---

* 부록 B에 작가들을 위한 연습 문제를 실었다. 발단에서 빠져나와 상승부로 들어갈 수 있는 확실한 비법이다(원주).

작가는 어떻게 읽는가

를 바꾸는 사건이 닥친다고 말해준다.

"그러나 수난주 월요일 저녁 늦게 갑자기 불길하게 문을 두드리는 소리가 들렸다."

우리는 생각한다. 심야에 문 두드리는 소리=나쁜 소식.

그다음에는 '전보'다. 심야에 문 두드리는 소리+전보=죽음?

전보는 희극적으로 훼손되어 있다. 그것은 슬픈 동시에 웃겨서 쿠킨의 죽음을 더 구미에 맞게 만든다. 우리는 마음속 어딘가에서 쿠킨이 빠져주어야 한다는 것을 알고 있었고 체호프가 그런 단순한 방법으로(즉, 그를 죽여서) 그를 제거해도 용서하는데, 이는 전보가 어쩐지 쿠킨의 죽음을 그럴 가치가 있는 일로 만들기 때문이기도 하다.

그렇게, 쿠킨은 거기 모스크바에서 죽었다. 올렌카의 새로운 친구로서 나는 그녀가, 이 사랑스러운 사람이 안됐다고 느낀다.

하지만 독자로서 나는 좀 기쁘다.

잘 가, 쿠킨. 당신은 상승을 위해 목숨을 바쳤어.

쿠킨은 죽었고 올렌카는 애도한다. 이야기는 잠시 멈춘다(6페이지 마지막 문단 직전이다). 쿠킨은 사랑받았고 흉내의 대상이 되었고 죽었다. 이제 어떻게 될까? 올렌카가 미칠까, 술꾼이 될까, 평생 상복을 입을까? 이야기의 처음 몇 페이지를 멋지게 써본 모든 작가는 이 전전긍긍하게 되고 미칠 것 같은 순간을 안다. 가능한 길이 아주 많다. 어느 길이 최선일까? 그걸 우리가 어떻게 알까?

'체호프는 다음에 뭘 할지 어떻게 결정했는가?' 하는 문제는 잠시 밀어두고 그가 다음에 **하는** 일을 보자. 상당히 과감하다. 그는 3개월

(장례 이후의 슬픈 90여 일 전부)을 건너뛰고 이 문장에 도착한다. "석 달 뒤 어느 날 올렌카는 미사를 마치고 집으로 돌아가고 있었다." 우리는 다음과 같은 문장은 보지 못한다. "장례식 뒤 며칠 동안 올렌카는 아무런 일도 하지 않았다. 어느 수요일 그녀는 예쁜 구름을 보았다. 목요일은 빨래를 해야 했지만 그녀는 그 일을 도저히 감당할 수가 없었다. 그녀는 쿠킨 생각을 했다. 그가 자신에게 늘 얼마나 잘해주었는지. 그러다 목요일 오후 그녀는 부엌을 청소했다. 그곳에서 쿠킨이 예비로 보관해 둔 잔들을 발견하고 울음을⋯."

우리는 이런 매일의 달력 따라가기, 그냥 일일 보고하기는 전혀 보지 못한다. 왜? 그날들은 중요하지 않기 때문이다. 의미가 없기 때문이다. 누구의 기준에서? 이야기의 기준에서. 이 이야기는 그날들을 건너뛰어서 우리에게 그동안 의미 있는 일은 일어나지 않았다고, 우리를 이야기 자신이 의미 있다고 판단하는, 즉 목적과 관련이 있다고 판단하는 다음 일 앞에 데려다 놓을 작정이라고 말하고 있다.

이러한 비약의 대담성은 우리에게 단편에서 중요한 사실을 가르쳐 준다. 단편은 다큐멘터리나 시간 경과에 대한 엄격한 보고도 아니고 삶을 실제 산 그대로 보여주기에는 공정한 시도도 아니라는 것. 과격하게 생겨먹은, 심지어 약간 만화 같은(따분한 현실 세계와 비교했을 때) 작은 장치로서 극단적인 결정력으로 우리에게 전율을 일으킨다는 것을.

방금 읽었으니 알겠지만 이 이야기는 훌쩍 뛰어넘어 우리를 목재 집하장 관리인 바실리에게 데려다준다. 내 생각에는 이 이야기를 처

작가는 어떻게 읽는가

음 읽을 때 우리가 실제로 이것을 패턴이 있는 이야기로 이해하기 시작하는 지점이 바로 바실리라는 (남자의) 이름이 등장하는 6페이지 하단이다. 우리는 올렌카가 쿠킨을 매우 사랑하기 때문에 기본적으로 그가 되었다는 사실을 알고 있다. 이야기는 이제 그녀에게 새로 사랑할 사람을 제시하려 한다. 우리는 궁금하다. 어떻게 그녀가 그를 사랑할 수 있을까?(쿠킨을 그렇게 사랑했는데?) 또 어떻게 그를 사랑할 수 있을까?(쿠킨이 아닌 그를?) 또 어떤 식으로 그를 사랑할까?(그녀는 그에게 극장에 가라고 다그칠까? 거실에 쿠킨의 사진을 걸어두겠다고 고집을 부릴까? 결국 셰익스피어를 '알아먹지' 못한다는 이유로 바실리와 헤어질까?) 방금까지 우리는 (쿠킨과) 사랑에 빠진 여자를 보았다고 믿고 있었다. 이제 우리는 두 번째로 사랑에 빠지는 여자를 볼 기회를 얻게 될 것이다.

시카고에서 어린 시절을 보낼 때 노인들은 이야기에서 멋진 반전이 나타나면 이렇게 말하곤 했다. "오, 그거 진한데." 이 단편에서 바실리가 들어오는 대목은 진하다.

갑자기 사랑의 본질에 관한 의문이 생긴다.

우리에게 한 친구가 있고, 세월이 흐르면서 그녀에게 사람들 앞에서 남편에 대한 친밀함을 표현하는 방법이 생긴다고 해보자. 함께 서 있을 때면 무심코 남편의 허리띠 고리 사이로 손가락을 집어넣는다.

남편은 죽고, 우리의 친구는 재혼을 하고, 우리는 그녀가 새로운 남편에게 똑같은 행동을 실행에 옮기는 모습을 본다. 누가 이 행동을 심판할까? 음, 모두가. 우리는 사랑이 독특하고 배타적이라고 믿고 싫기에 실제로는 재생이 가능하고 습관마저 약간 반복될 수 있다고 생각하면 기운이 빠진다. 당신의 현재 파트너가 당신이 죽어서 땅에 묻히고 나면 당신에게 사용하던 애칭으로 새 파트너를 부를까? 뭐, 안 될 게 뭔가? 사실 애칭이야 거기서 거기다. 거기에 왜 당신은 마음이 쓰일까? 특별히 **당신**이라서 사랑받는다고 믿기 때문이지만(그래서 친애하는 에드는 당신을 '꿀토끼'라고 부른다) 사실은 그렇지 않다. 사랑은 그냥 **존재하며**, 당신이 우연히 사랑이 지나가는 길에 있었을 뿐이다. 당신은 죽은 뒤 에드 머리 위를 맴돌다가 그가 당신의 친구였던 쥐새끼 같은 베스를 '꿀토끼'라고 부르는 소리를 듣게 되고, 그녀가 무심코 자신의 배신한 손가락을 그의 허리띠 고리에 집어넣는 순간, 당신은 유령이 된 채로 에드를, 또 베스를, 또 어쩌면 사랑 자체를 약간은 전보다 못하게 생각할 것이다. 아니, 정말 그럴까?

어쩌면 그러지 않을지도 모른다.

우리 모두 사랑에 빠지면 이와 비슷한 행동을 하지 않는가? 사랑하는 사람이 죽거나 당신을 떠난다 해도 당신은 여전히 그대로이며, 당신의 특정한 사랑 방식도 그대로다. 그리고 여전히 사랑할 사람들로 가득한 세상이 존재한다.

6, 7페이지의 세 문단에 걸쳐 일은 빠르게 진행된다. 올렌카는 교회에서 집에 오는 길에 바실리의 위로를 받고, 그녀는 그가 너무 좋아서 그의 "거무스름한 턱수염"이 눈앞에 떠오르고, 그들은 결혼한다. 그러자 그녀는 그처럼 생각하고 말하기 시작한다. 완전히 진한 상황이 다가오고 있다. 올렌카는 바실리가 되어 쿠킨을 사랑했던 것

작가는 어떻게 읽는가

과 똑같은 식으로 바실리를 사랑할 것이다.

우리가 이런 올렌카를 보며 기뻐해야 할까? 그녀를 전보다 못하게 생각해야 할까? 그녀와 쿠킨의 관계를 재평가할 필요가 있을까?

따라서, 훌륭하다. 이 작품은 이제 이야기가 할 일을 하기 시작했다. 하지만 당신이 작가라면 (여전히) 이런 의문을 품고 있을 터다. 체호프는 어떻게 그렇게 앞으로 나아가는, 바실리에게로 도약하는 방법을 알았을까? 즉, 글을 쓰는 순간에 어떻게 그렇게 하기로 '결정'했을까? 물론 우리가 이를 알고 싶어 하는 이유는 언젠가 우리 스스로 이야기를 쓰다가 비슷하게 영리한 일을 할 수 있는 방법에 대한 가르침을 받고 싶기 때문이다.

글쎄, 한 가지 대답은 이거다. "내가 어떻게 알아? 그는 천재고 그래서 그냥, 알았던 거야, 내 짐작으로는."

하지만 여기에는 작가의 좋은 습관과 관련하여 우리가 배워야 할 무언가가 있을 수도 있다.

체호프가 이야기의 출발 무렵에 했던 한 가지 일은 올렌카에게 구체적 특질을 부여하여 그녀를 특정한 인물로 만든 것이다. 그녀는 누군가를 사랑할 때 그 사람이 된다. 〈마차에서〉를 논의할 때 보았듯이 일단 어떤 특정한 인물이 (사실들을 통해) 만들어지면 그다음에 우리는 그녀에게 일어날 수 있는 그 많은 일 가운데 무엇이 의미가 있을지 알게 된다.

구체성에서 플롯이 태어난다고 말할 수도 있다.

이야기: 옛날에 자신이 무엇을 사랑하든 그것이 되는 여자가 있었다.

체호프: 정말? 그 추정을 검증해 보면 어떨까? 흠. 어떻게 해볼까?

오, 알겠어. 첫사랑을 죽이고 두 번째 사랑을 주는 거야.

그러므로 '작가의 좋은 습관'이란 구체성을 향해 계속 수정을 하는 것이며, 그러면 구체성이 나타나 플롯(우리는 '의미 있는 사건'이라고 부르는 편을 더 좋아하지만)을 만들어낸다고 할 수도 있다.

다음 문장을 생각해 보라. 여기에 점점 구체성을 불어넣어 보겠다.

어떤 남자가 어떤 방에 앉아 아무 생각을 하지 않고 있는데 다른 남자가 걸어 들어온다.

한 분노한 인종주의자가 방에 앉아 자신이 평생 부당한 대접을 받았다고 생각하고 있는데 인종이 다른 인물이 걸어 들어온다.

멜이라는 이름의 암에 걸린 분노한 백인 인종주의자가 진료실에 앉아 자신이 평생 부당한 대접을 받았다고 생각하고 있는데, 약간 자기중심적인 파키스탄계 미국인 주치의 닥터 부하리가 멜에 대한 나쁜 소식을 듣고 걸어 들어온다. 그는 나쁜 소식을 전해야 함에도 불구하고 방금 큰 상을 받아 행복감에 환하게 빛나고 있다.

더 구체적인 마지막 방에서 다음에 무슨 일이 벌어질지는 나도 모르지만 무언가 벌어질 것은 분명하다.

7~11페이지에서 패턴의 두 번째 구현('올렌카는 바실리와 사랑에 빠진다')으로 옮겨 가면서 예민한 독자(또는 나처럼 오랜 세월 이 단

편을 가르치고 나서야 이를 알게 된 걸으로만 예민한 독자)는 체호프가 제공하는 올렌카/바실리 관계에 관한 정보가 올렌카/쿠킨 관계에 관해 앞서 제공했던 정보와 **정확하게 평행선을 그린다**는 사실을 눈치챈다. 나는 올렌카와 쿠킨의 관계를 표(〈표 2〉)로 정리했듯이 올렌카와 바실리의 관계를 정리하다가 전혀 새로운 표를 그리는 게 아니라는 것을 깨닫고 그 사실을 알게 되었다. 각 항의 제목이 모두 똑같았다(〈표 3〉을 보라).

조금 더 나아가면 앞으로 올렌카가 스미르닌이나 사샤와 맺게 되는 관계에 대한 체호프의 묘사(모두 〈표 3〉에 집어넣었다)에서도 똑같은 유사성을 찾을 수 있다.

이는 흥미롭고 심지어 약간 황당하기도 하다. 이런 유사성은 체호프가 각각의 관계를 묘사하면서 기본적으로 앞서 올렌카/쿠킨 관계를 묘사하면서 확립한 일군의 변수를 계속 똑같이 앞으로 밀고 나간다는 사실을 보여주는 듯하다. (그가 의도적으로 이렇게 했을까? 자신이 이렇게 한다는 것을 의식했을까? 아니라고 보지만 이 질문은 일단 뒤로 미루자.)

그래서, 7~11페이지에 걸쳐 우리는 다음과 같은 사실을 알게 된다. 바실리의 직업(목재 집하장 관리인), 그들이 하는 연애의 특징(우연한 만남, 그다음에는 중매를 통해 이루어진 결혼), 관계 자체의 특징(그들은 성적으로 더 뜨겁고 더 관능적이다. 그들은 먹고 요리하고 기도하며, 온천에 가고, 몸에서 "기분 좋은 향기"가 났고, 단지 잘 지내는 것이 아니라 "아주 잘" 지냈다), 바실리가 그녀를 부르는/그녀에 관해 생각하는 방식("올렌카, **사랑스러운 사람**, 왜 그래요?"[강조는 필자]), 그녀가 그를 부르는/그에 관해 생각하는 방식(그녀는 그를 생각하며 "열병에 걸린 것처럼 밤새 몸이 뜨거워" 잠을 자지 못한다. 그녀는 그를 "깊이" 사랑하며 "몹시 보고 싶어" 한다), 관계의 지속 기간(6년), 그들이 헤어진 방식(그는 감기에 걸린 뒤에 집에서 죽는다), 그녀의 애도 기간(6개월 이상).

이제 두 관계를 비교해 보는 것이 가능하다. 아니, 비교해 보지 않는 것이 불가능하다. 구조가 비교를 강요한다. 스미르닌과 사샤를 포함하여 완성된 〈표 3〉은 올렌카가 맺는 관계에 관한 쉽게 파악 가능한 비교사比較史를 제공한다.

이 표야말로 내가 〈사랑스러운 사람〉을 가르치는 이유다. 이 표는 이 이야기 형식이 얼마나 풍부하게 조직되어 있는지 또 그 결과로 얼마나 많은 것을 얻어내는지 보여주는 작고 간결한 안내 자료가 된다. 어떤 행이든 골라(예를 들어 '그가 그녀를 부르는 방식') 옆으로 쭉 따라가 보면, 당신이 보게 되는 것은… 변형이다. 이 이야기는 이런 식으로 보면 통제된 변형의 패턴을 제시하는 아름다운 시스템이 된다. 체호프는 일단 어떤 요소를 도입하면 그 뒤에 이어지는 시퀀스 각각에서 세심하게 그 요소를 대접한다(사려 깊고 강력하고 로봇 같지 않은 변형으로). 처음에는 어떤 여자의 로맨스 역사를 있는 그대로 다루는 기분 좋고 일화적인 느낌이 나는 이야기로 보이던 것이 거의 수학적인 사실 전달 장치, 네 연속적 관계를 가로지르는 유사성과 차이점으로 이루어진 고도로 조직된 패턴이라는 것이 드러난다. 우리가 보는 어느 페이지에나 변형이 있다.

〈표 3〉 올렌카가 사랑한 사람들과의 관계

범주	루킨	바실리	스미르닌	사샤
직업	극장 주인	목재 집하장 관리인	수의사	중학생
연애의 특징	주선자 없이 자연스럽게 만났다. 그녀는 동정심 많은 때문에 "쿠킨" 그에게 빠진다("그의 불행이 그녀의 마음을 움직였다).	교회에서 집으로 돌아가는 길에 우연히 만난 다음 중매를 통해 결혼한다.	무대 뒤에서 약간 부정하게 만난다. 둘은 결혼하지 않는다. 연애에 관한 자세한 것은 보는 없다. 그들에는 날 한 쌍이 된다.	집으로 데려와 점차 아이가 그녀에게 내일긴다.
관계의 특징	슬퍼하고 걱정한다. 그들은 마음에 분게 한다. 그녀는 동무래가 눈고 그는 더 누레 진다. "그들은 함께 즐거웠다."	"함께 아주 잘 지냈다." 함께 먹고 요리하고 기도하며, 온천에 함께 갔다. 몸에서 "기운 좋은 향기가 나고, 사무실에서는 차와 코리베를 마셨다. 건강과 풍요와 즐거움. 그리고 목소와 있었던 듯하다.	그든 약간 지배하며 그녀를 참피해 한다. 싸움 때에는 끝~을 더 행복했다(다시).	그녀는 자신의 아이를 돌본다고 생각하지 만 아이는 그녀를 억압적인 힘으로 느낀 다.
그가 그녀를 부르는 방식	"사랑스러운 사람!"	"올렌카, 사랑스러운 사람, 왜 그래요?" 그는 그녀에게 푼다다. "그녀도 그에게 강한 인상을 준 것 같았다."	"키야들지 말란 말이에요! (한 번도 그녀 를 "사랑스러운 사람"이라고 부르지 않는 다.)	"나를 좀 내버려두요!" 이야기의 마지막 부분에서 아이는 학교 운동장에서 싸우는 꿈을 꾼다.
그녀가 그를 부르는 방식	"당신은 얼마나 착한지!" "내 화환 미 남"	그녀는 그를 생각하며 "밤낮을 접힌 것처 럼 밤새 몸이 뜨거워" 잠을 자지 못했다. 그녀는 그를 "잎이" 사랑하며, 그가 떠나 있을 때는 "몹시 보고 싶어" 한다.	그녀는 그에게 "화내지 말라고 빌었다.	"사랑스러운 것, 예쁜 것." (처음으로 그 가 누군가를 '사랑스러운 것'이라고 부른 다.)
관계 지속 기간(페이지)	3.5페이지	4.5페이지	2페이지	4페이지
관계 지속 기간(시간)	10개월	6년	오래 가지 않음.	이야기의 끝까지 약 6개월
그가 죽는 또는 둘이 헤어지는 방식	사망 원인 불명. 그녀는 (읽기 힘든) 전보 를 통해 사망 사실을 알게 된다.	9페이지에서 양동 쪼진. 그가 죽을까? 아 니, 스미르닌이 등장한다. 불문? 아니, 바 실리가 감기로 걸에서 죽는다.	그가 연대와 함께 떠난다(그를 자발적 으로 따난 것 당겨).	미상. 그러는 아이가 인제나 자기만의 흉 한 삶을 찾아 떠날 거라고 상상한다.
애도 기간	3개월	6개월 이상	몇 날. 그동안 그녀는 우울해하고 미모를 잃는다. 그녀는 이제 젊의 않의 '사랑스러운 사 람'이 아니다.	불명요. 이야기의 끝에서 그들은 여전히 '함께 있다.
별체의 상태	둘이 사귀는 동안 쿠킨의 그곳에 하숙한다 (쿠킨은 그녀의 집 안에서부터 그녀에게로 온다. 그들이 결혼을 하자 별세는 반다.	비어 있다.	스미르닌에게 세를 준 상태지만, 그가 그 녀와 함께 살기 때문에 비어 있을까 의 성이 크다.	스미르닌이 다시 나타나자 올렌카는 별세 로 옮긴다. 그와 그의 아내가 사라지자 올 렌카는 사사를 별세로 데려온다.

사람으로 가득한 축구장을 내려다보고 있다고 상상해 보라. 그 가운데 절반은 빨간색 셔츠를, 나머지 절반은 파란색 셔츠를 입고 있다. 그들이 어떤 복잡한 안무를 선보이기 시작한다. 그런 식으로 그들은 '의미'를 띠기 시작했다. 무작위적이지 않다면 이 안무는 패턴으로 무언가를 '말하고' 있다. 빨간색 셔츠가 파란색 셔츠를 둘러싸고 돌다가 점차 원 안으로 움직여 파란색 셔츠들 사이로 흩어지면 우리는 이 안무를 가령 '통합'이라고 이해한다. 파란색 셔츠가 집단으로 요동치며 빨간색 셔츠 쪽으로 가고 빨간색 셔츠가 움츠러들면 우리는 '공격'이라고 이해한다. 또 이 사람들이 하는 어떤 동작, 그들이 수행하는 복잡한 움직임 가운데 우리가 그 의미를 느낄 수는 있지만 정리해서 표현하기는 불가능한 것도 있을 것이다. 그 의미는 진짜이기는 하지만 환원이 불가능하고, 관찰 가능하며 느껴지기도 하지만 언어의 범위 밖에서 발생한다.

이야기도 마찬가지다. 우리는 논의를 할 때 이야기를 플롯(일어나는 일)으로 환원하는 경향이 있다. 우리는 이야기의 의미 가운데 무언가가 플롯에 자리 잡고 있다고 느낀다. 맞는 느낌이다. 하지만 이야기는 또한 내적인 역학을 통해 의미를 내놓기도 한다. 내적인 역학이란 이야기가 전개되는 방식, 한 부분이 다른 부분과 상호 작용하는 방식, 요소들의 즉각적인, 또 바로 느낄 수 있는 병치를 말한다.

의미의 원천인 내부 역학이 무력화된 〈사랑스러운 사람〉의 다음과 같은 버전을 생각해 보라.

옛날에 올렌카에게 쿠킨이라는 연인이 있었는데, 그녀는 그와 완전히 일치하려 했다. 그녀는 눈금 10 가운데 9만큼 그를 사랑했다. 그들은 여섯 달 동안 함께했다. 그러다 그는 죽었다. 그리고 그녀에게는 다른 연인 바실리가 생겼는데, 그녀는 그와 완전히 일치하려 했다. 그녀는 눈금 10 가운데 9만큼 그를 사랑했다. 그들은 여섯 달 동안 함께했다. 그러다 그는 죽었다. 그리고 그녀에게는 세 번째 연인 스미르닌이 생겼는데, 그녀는 그와 완전히 일치하려 했다. 그녀는 눈금 10 가운데 9만큼 그를 사랑했다. 그들은 여섯 달 동안 함께했다. 그러다 그는 죽었다.

이것은 이야기가 아니다. 여기에는 내적 역학을 만들어내는 구체성이 빠져 있다. (쿠킨은 어떻게 죽었나? 올렌카는 얼마나 오래 애도했는가? 쿠킨과 비교하여, 바실리가 죽은 뒤에는 얼마나 오래 애도했는가? 그녀의 사랑 가운데 어느 것이 가장 육체적이었는가? 어느 것이 가장 가혹했는가? 등등.) 위의 버전에서는 어떤 것도 다른 어떤 것의 원인이 된다는 느낌이 들지 않는다. 따라서 어떤 것도 뭔가를 의미하지 않는다. 이 버전을 쓴 작가는 아름다움의 원천, 즉 완전히 꾸며낸 작품 속에서 '진보'와 '비극'과 '역전'과 '구원' 같은 것들이 실제로 일어난 일처럼 보이게 만드는 내적 변형을 활용하지 못했다.

앞서 묘사한 하프타임 쇼의 열등한 버전에서는 축구장에 있는 사람들이 무작위적인 색깔의 일상복을 입고 그냥 이리저리 몰려다니면서 아무런 의미를 전달하지 못한다. 하프타임 쇼 안무의 대가와 삼류 안무가의 차이는 내적 역학의 디테일에 쏟는 관심이다.

〈사랑스러운 사람〉이 강한 패턴이 있는 이야기라 말하고, 패턴을 계속 반복하는 동시에 미묘하게 변형하는 체호프의 교묘한 방식을 논의하고 있다 보니 이 작품이 쓰인 방식에 관하여 뭔가를 암시하고 있는 듯이 보일지도 모르겠다. 즉 체호프가 모든 것을 미리 계획해 놓고 매일 앉아 〈표 3〉처럼 진화하는 버전을 만들고, 남편을 살려두는 기간을 페이지 수를 따져가면서 정하고, '연인이 올렌카를 부르는 방식'이라는 변수를 계속 바꿔야 한다고 스스로 일깨우는 식으로 이야기를 써나갔다고 말이다.

그냥 이 말만 해두자. 나는 체호프가 〈사랑스러운 사람〉을 어떻게 썼는지 전혀 모른다. 다만 그는 절대 그런 식으로 쓰지는 않았다. 내 추측으로는, 이야기가 자연스럽게 전개되고 그의 타고난 이야기 감각에 의해 빠른 속도로 조직되었을 것이다. 패턴의 첫 구현에서 어떤 요소들을 집어넣어 움직이게 한 뒤 직관적으로 다음 구현 때 이 요소들로 돌아가는 일을 반복했을 것이다. 그게 우리 필멸의 존재들은 놀랄 만한 수준의 정확성과 섬세함을 보여주기는 하지만.

나는 또한 체호프가 이 작품을 '패턴이 있는 이야기'라고 생각하지도 않았을 거라고 본다.

모든 이야기가 패턴이 있는 이야기이기 때문이다.

그 말은 곧 모든 이야기 안에 패턴이 있다는 뜻이다(〈사랑스러운 사람〉은 사랑스러운 순혈 패턴이 있는 이야기다).

예를 들어 나는 망해가는 역사 테마 공원을 배경으로 한 〈패스토릴리아Pastoralia〉라는 이야기를 썼다. 이 이야기의 서술자가 하는 일은 디오라마에서 혈거인을 연기하는 것이다. 펀치라인은 이곳에 오랫동안 방문객이 없었다는 것이다. 따라서 이야기는 이 같은 조건에서 규율을 유지하고자 하는(동굴 안에서는 영어를 사용하지 말아야 한다 등등) 서술자의 노력에 관한 것이 된다.

이야기 초반에(첫 페이지에서) 나는 관습 하나를 우연히 만들었다. 서술자와 그의 혈거인 짝 행세를 하는 여자(재닛)가 매일 '대형 투입구'라고 부르는 것을 통해 식량을 받는다는 것이다. 식량은 그냥 거기 나타나는데, 말하자면 관리부에서 보내주는 것으로 추정된다. "매일 아침 새 염소, 막 죽인 염소가 우리의 대형 투입구 안에 놓여 있다." 대형 투입구는 내가 동굴에서 일상을 보낼 경우 디테일이 어떨지 궁리하는 동안에 나타났다. 하지만 일단 '대형 투입구'라고 내뱉은 다음 자리를 잡게 하자(웃기다고 생각했기 때문에 자리 잡게 했다) 그것은 그 세계의 특징, 그리고 이야기의 한 요소가 되었다.

이렇게 첫 페이지에서 기본 조건이 확립되었다. 매일 아침 그들은 대형 투입구에서 염소를 얻는다. 그런데 그날 아침에 시간이 좀 지나 서술자가 대형 투입구로 가보니 그곳에 '염소가 없다'. 이는 '테마 공원의 문제'를 암시한다. 다음 날 아침에도 염소는 없다('계속되는 문제'). 바로 이런 식으로(보라!) 나는 '패턴'을 만들었다. 가끔은 대형 투입구에 염소가 나타나고('상황의 일시적 개선'을 암시한다), 가끔은 들쭉날쭉한 염소 공급에 대한 사과로 보충 식량(예를 들어 토끼)이 '소형 투입구'라고 부르는 곳에 나타난다. 이따금 대형 투입구나 소형 투입구에 뭐가 있거나 없는 이유를 설명하는 편지가 나타나기도 한다. 마지막으로 상황이 정말 나빠졌다는 것을 보여주기 위해 대형 투입구에 '꼬챙이를 꿸 수 있는 구멍을 미리 뚫어놓은' 플라스틱 염소가 나타난다.

나는 이 가운데 어떤 것도 계획하지 않았고 '아, 이 이야기에 필요한 것은 패턴이구나' 하는 생각도 하지 않았다. 재미 삼아 나도 모르게 '대형 투입구'라고 쳤다. 그러다가 그것을 이야기 속에서 하나의 현실로 받아들였고 계속 그것에 관심을 가지면서 이따금 대형 투입구로 가서 안에 무엇이 있나 살폈다.

그리고 그것이 패턴이 되었고, 이 패턴은 패턴이 으레 그러듯 일련의 진화하는 기대를 만들어냈다.

사흘 동안 잇따라 정확히 정오에 커다란 트럼펫 소리가 들리고 누군가 망치로 당신 머리를 친다고 상상해 보자.

나흘째 되는 날 11시 59분에 당신은 움찔한다. 만일 트럼펫이 아니라 플루트 소리가 들린다면 당신은 생각한다. '허, 재미있네. 내가 익숙해진 패턴에 변형이라니. 트럼펫 대신 플루트라. 패턴이 완전히 무너진 건 아니지만 바뀐 것을 보니 오늘은 혹시 망치가 없고 대신….'

쾅.

그러면 당신은 생각한다. '아야. 좋아, 그러니까 이제 패턴은 이런 거로구나. 어떤 악기(가장 최근의 반복에서는 플루트) 소리, 그다음에 쾅.'

바꾸어 말하면 패턴의 반복 때문에 우리는 그 패턴이 지속적으로 반복될 거라고 예상하게 되며, 이 때문에 우리의 예상에 초점이 생기게 되고, 결국 우리는 작가와 더 긴밀한 관계를 맺게 된다(우리의 사이드카가 오토바이 쪽으로 더 가깝게 움직인다).

작가는 어떻게 읽는가

쿠킨이 출장 중에 죽었으므로 바실리가 출장을 갈 때(9페이지에서 "모길레프 지방으로 갔을 때") 우리는 그가 죽을 거라고 예상한다. 그는 죽지 않고 무사히 집으로 오지만 결국 6년 뒤에/한 문단 뒤에 죽을 때 우리는 기쁜 마음으로 패턴이 깨지는 동시에 지켜졌다고 느낀다.

바실리의 죽음을 예상하고 있는 동안 스미르닌이 나타난다. 우리는 패턴에 확장이 일어날 가능성('올렌카의 애인이 죽는다'에서 '올렌카의 애인이 바뀐다'로)이 있다고 느끼고, 스미르닌이 이 이야기에서 올렌카의 애인이 될지 궁금해한다. (그렇게 된다면 쿠킨의 죽음과 똑같은 역할을 할 것이다. 즉 우리는 다음 애인으로 옮겨 가고, 패턴의 다음번 구현이 시작된다.) 그다음에 우리는 "그녀가 가장 관심을 보인 것은 그의 가정생활 이야기였다"라는 문장에서 결국 연애 사건은 생기지 않는다는 것을 알게 된다. 그 순간 우리는 '무자비한 효율 원리'에 집착하는 사람들이기 때문에 묻는다. "그러면 왜 체호프는 스미르닌을 이야기에 집어넣었을까?" 체호프는 즉시 답한다. "바실리와 올렌카가 스미르닌과 그의 방치된 아들에게 안쓰러운 감정을 느끼게 하여, 그들이 자신들 가정의 행복을 강조할 기회를 주려는 것이다." 체호프는 우리가 스미르닌에 주목하는 데 주목하면서 이렇게 스미르닌에게 그가 이 이야기에 등장하는 것을 허락하는(정당화하는) 목적을 부여하여, 말하자면 우리의 손등을 토닥이고 있다("걱정 마라, 나도 효율을 중시한다"). (그러나 물론 이는 양동 작전이기도 하다. 스미르닌은 금방 그녀의 애인이 될 것이기 때문이다. 그리고 그렇게 되어도 즐겁다. 어떤 면에서는 우리가 앞서 그런 예상을 했다가 묵살당했기 때문이다. 우리는 틀렸지만, 완전히 틀리지는 않았다.)

마찬가지로, 쿠킨과 바실리의 죽음이 둘 다 올렌카의 폭발적인 애인 찬양 뒤에 일어났기 때문에(5페이지의 "내 착한 미남!"과 9페이지의 "모두가 바시치카하고 나만큼 행복하면 좋겠어.") 우리는 스미르닌이 죽을 때가 되었다는 느낌이 들자(다른 두 애인이 죽었다는 사실 때문에 우리는 그가 죽을 것이라고 예상한다) 올렌카에게서 이전과 비슷하게 기쁨의 폭발이 나타날 것이라고 예상한다. 그러나 그런 폭발 대신 스미르닌에게서 웃기지만 잔인한 말을 듣게 된다. "수의사들끼리 이야기를 할 때는 끼어들지 말란 말이에요! 정말 짜증이 나니까!" 이를 '올렌카의 기쁨의 폭발과 같은 계통이지만 뒤집힌 관계를 가지고 있다'라고 말할 수도 있다. 그녀에게서 칭찬의 말이 나오는 대신 그녀를 향해 모욕이 던져진 것이다.

다시, 우리가 이 이야기를 처음 읽을 때 이런 것들에 정말 '주목'할 수 있을까? 물론 나는 처음 이 단편을 읽을 때 그러지 못했다. 하지만 지금 이야기를 분석하면서 주목하고 있다. 이런 구조들은 부정할 수 없이 존재하고 있다. 또 나는 우리가 처음 읽을 때 '우리의 몸' 또는 '우리 마음의 저 깊이 읽는 부분'이 주목했다고 말하고 싶다. 이야기의 패턴 형성은 파블로프의 조건 반사와 비슷하다. 우리는 이유를 모르고 반응한다. 마치 저자와 아주 중요하고 내밀한 게임을 하고 있는 것처럼 우리가 저자와 섞여들었다고 느끼게 만드는 것이 이런 반응들이다.

작가는 어떻게 읽는가

바실리는 죽는다. 올렌카의 새 애인은 스미르닌이다. 이 관계를 그녀의 이전 관계들과 비교해 보면서 우리는 어쩐지 올렌카가 쇠퇴하고 있다는 느낌을 받는다. 왜 그럴까? 〈표 3〉을, 특히 '연애의 특징'과 '관계의 특징' 그리고 '그가 그녀를 부르는 방식'을 보라. 이 새로운 관계는 불륜이며, 그 시작은 카메라에서 벗어난 곳에서 이루어지고(추잡하게, 11페이지와 12페이지 사이에서) 그들은 결혼하지 않는다. 그녀가 그처럼 말함으로써 그에게 사랑을 보이기 시작하자 그는 냉대를 한다. 그는 한 번도 그녀를 '사랑스러운 사람'이라고 부르지 않는다, 배은망덕한 것.

〈마차에서〉를 논의하며 우리는 개괄적인 진술을 한 뒤 복잡성으로 진술을 덧칠하는 체호프의 능력에 관해 이야기했다. 여기에서 우리는 이야기의 전체 형태가 **쇠퇴하는 올렌카**를 가리키는 듯하다는 데 주목하는 순간 곧바로 앞 내용을 다시 훑어가며 의문을 품게 된다. 잠깐, 그녀가 그동안 쭉 쇠퇴하고 있었나? 쿠킨이 죽은 이후로 계속 내리막길이었나? 이 이야기는 '수상쩍은 특질을 가진 여자가 꾸준히 내리막길을 걷게 되는 것으로 세상의 벌을 받는다'고 말하려는 건가?

답은 (복잡하게) '아니다'이다. 나는 실제로 쿠킨에서 바실리로 옮겨 가는 것이 어떤 종류의 개선이라고 느낀다. 쿠킨은 그녀의 첫사랑이고 또 진실한 사랑으로 보인다. 하지만 올렌카와 바실리가 얼마나 건강하고 화끈하고 독실한지 보면서, 그들이 얼마나 많이 먹는지 보면서 우리는 생각한다. '아니 잠깐, 어쩌면 이게 그녀의 진실한 사랑일지도 몰라.' 또는 이렇게 생각한다. '어쩌면 이건 **또 하나**의 진실한 사랑인지도 몰라.'

또 스미르닌은 그녀에게 퉁명스럽지만 그가 틀린 것은 아니다. 우리가 주목하듯이 그도 그녀의 흉내 내기에 주목하며, 그 때문에 약간 자제력을 잃는다. 따라서 이를 더 건강하고 솔직한 관계로 읽을 수도 있다. 마침내 올렌카는 자신의 숭배하는 태도에 넘어가지 않는 남자를 발견한 것이다. 이는 그녀에게 좋을 수도 있다. 그는 그녀에게 더 건강한 방식으로 사랑하는 방법을 가르쳐줄 수도 있다. (이런 독법은 무리이지만 이 안에도 약간의 진실은 있다. 덧칠하기가 주는 혜택이다. 우리가 그런 쪽으로 이야기를 읽으려고 해도 이야기가 우리를 완전히 거부하지는 않는다.)

우리는 또 뒤에 나오는 파트너일수록 그녀의 애도 기간이 길어진다는 점에도 주목하게 된다(쿠킨은 석 달, 바실리는 여섯 달 이상, 스미르닌은 몇 년이다). 상실을 떨쳐버리기가 그녀에게 점점 힘들어진다. 왜 그럴까? 그녀가 매번 더 깊이 사랑하고 있는 걸까? 나이가 들면서 회복력이 떨어지는 걸까?

우리가 이런 질문(이런 질문 때문에 이 이야기는 사랑의 본질에 관한 질문을 던지게 된다)을 하는 것은 각 관계의 길이가 이야기에 의해 특정되어 있고, 또 체호프가 '잊지 않고' 또는 '애써 수고하여' 이 변수를 바꾸기 때문임을 잊지 말아야 한다.

13페이지에서 스미르닌은 그녀를 떠나고, 우리는 이야기가 '올렌카가 어떤 사람과 사랑에 빠져 그의 의견과 관심사를 흡수한다'라는 패턴의 다음(네 번째) 반복으로 들어갈 것이라고 예상한다.

이전의 반복이 각각 새로운 애인을 소개하며 시작되었기에 우리는 이번에도 새로운 애인을 예상한다. 그리고 이제 그가 트로트라는 고양이의 모습으로 나타난다. 그녀는 트로트와 사랑에 빠져 그의 눈으로 세상을 보기 시작할까? "쥐는 최악이에요. 아주 작고 빠르죠. 또 새는? 괴상해요. 늘 노래를 하고 그러지 않아요?" 글쎄, 그럴 수도 있다. 우리가 애인을 예상하고 있기에 체호프는 가능한 후보를 우리에게 제공한다. 과거에는 누구나 가능했기에 우리는 그녀가 트로트를 사랑할(트로트로 만족할) 거라고 예상한다. 이 이야기는 우리가 이런 걸 예상하게 만들어놓았다. 지금까지 우리는 올렌카가 누군가를 고려하다 거부하는 경우를 본 적이 없기 때문이다. 체호프가 누구를 소개하든 그녀는 그를 사랑했다. 그러나 체호프는 묻는다(묻기의 가치에 예민하다). "좋다, 하지만 그녀가 트로트로 만족하지 **않는다면?**" 이런 종류의 서사적 예민함은 체호프의 최고 재능으로 꼽는다. 그는 자신이 만들어내는 변곡점, 즉 그가 저자로서 결정을 내려야 하는(내리게 되는) 지점의 풍부한 잠재력에 예민하다. 체호프는 말을 멈추고 묻는다(검안사가 "이쪽이 나은가요? 아니면 이거?" 하고 말하듯이). 올렌카가 고양이를 사랑하는 것(이야기는 그녀가 그렇게 하리라고 예상하는 듯이 보이지만)과 고양이를 거부하는 것 가운데 어느 쪽이 더 의미가 있을까(의미가 '진할'까)?

우위는 그녀가 고양이를 거부하는 쪽에 있는 듯이 보인다. "아니, 트로트로는 충분치 않다." 이는 올렌카가 결국 로봇이 아니라고 말한다. 이 이야기는 '그녀가 아무거나 사랑하고 그것이 될 것이다'가 아니다. 절대 아니다. "그녀에게는 존재 전체를, 영혼과 정신을 사로잡을 애정, 그녀에게 사상과 삶의 목적을 줄 애정, 늙어가는 피를 덥혀

줄 애정이 필요했다." 고양이로는 안 된다. 우리는 이야기가 좁혀져
가는 것, 더 정확해지는 것, 올렌카가 더 흥미로워지고 무시할 수 없
는 존재가 되는 것을 느낀다. '여자는 사랑할 무언가가 필요하다'가
'여자는 자신에게 어울리는, 사랑할 무언가가 필요하다'가 된다.

다시 우리는 이 멋진 감정 발전이 단순한 기술적 행동에 의해 가능
해졌다는 점에 주목해야 한다. 패턴은 은근히 새로운 애인을 요구했
고, 체호프는 '잊지 않고' 애인(트로트)을 제공하려 했지만 올렌카는
그 손쉬운 해법을 거부했다.

이제 우리와 마찬가지로 그녀도 다음 애인, 그러나 가치 있는 애인
이 이야기에 나타나기를 기다리고 있다.

그 애인이 스미르닌이다.

스미르닌은 15페이지 상단에서 처자식을 데리고 돌아온다("이미
백발에 사복 차림이었다"). 우리는 그와 올렌카가 전에 중단된 지점
에서 다시 이어질 것이라고, 이런 식으로 스미르닌은 애인3인 동시
에 애인4가 될 것이라고 예상할 수도 있다. 그러나 아니다. 체호프에
게는 그보다 나은 생각(다른 패턴 변형을 낳는 생각)이 있다. 스미르
닌의 어린 아들이 그녀의 다음 사랑이 된다(〈마차에서〉와 마찬가지
로 첫 번째 선택지의 제거는 이야기에 더 나은 것을 제공하도록 강요
한다). 예상대로 올렌카는 사샤에게 빠지고, 그녀는 그가 되며("'섬은
물로 완전히 둘러싸인 땅덩이다…' 그녀는 되풀이했다") 그녀는 다
시 사랑을 하고, 또 행복하다. 어쩌면 그 어느 때보다 행복한지도 모
른다.

작가는 어떻게 읽는가

왜 여기에서, 16페이지에서 다음과 같이 이야기를 끝내지 않을까?

"그것은 오랜 세월의 침묵과 정신적 공허 뒤에 그녀가 처음으로 자신 있게 내놓은 의견이었다."

끝.

이 끝맺음은 사실 꽤 괜찮다. 그녀의 사랑(평생 낭만적/성적 방식으로 표현되어 왔다)은 모성애로 변형되었다. 패턴의 놀랍고도 만족스러운 마지막 구현이다. 그녀와 바실리가 자녀를 기원했던 그 순간부터 그녀가 늘 모성을 바라왔다는 함축도 있었다. 그녀는 성장했고 단순한 낭만적 사랑에서 더 큰 사랑으로 들어갔다. 따라서 문제는 해결되었다. 그녀에게는 사랑할 적당한 사람, 의견을 흡수할 수 있는 사람이 있고, 따라서 그녀는 행복하다. 다 잘되었다.

하지만 뒤를 보니 아직 네 페이지가 남아 있음을 알게 된다.

따라서, 다시 이야기가 끝나는 방식에 관해 생각해 볼 기회다. 무엇이 이야기가 끝나는 것을 허락할까? 끝날 수도 있는 자리를 지나가버리면 계속해서 무엇을 이루어야 하는가?

단편 형식의 극단적 효율을 고려할 때 남은 페이지들이 비본질적이라고 느껴지지 않으려면 무엇을 해야 할까?

점점 늘어나는, 동시에 계속 잊지 말고 불신해야 하는 소설의 보편적 법칙 목록('구체적이어야 한다!', '효율을 존중하라!')에 다음을 덧붙일 수도 있다. 늘 확장하라. 사실 그게 이야기의 전부다. 지속적 확장 체계. 산문의 한 구획은 이야기가 (여전히) 확장하고 있다는 느낌에 기여하는 만큼만 이야기에서 자기 자리를 얻는다.

이 지점에서 과연 무엇이 〈사랑스러운 사람〉의 확장을 지속시킬까?

한 걸음 뒤로 물러나 보자. 도대체 확장이란 무엇일까? 어떻게 이야기는 확장이라는 착각을 만들어낼까? (또는 작가로서 이렇게 물을 수도 있다. "어떻게 나는 이 멍청한 글을 확장할 수 있을까?") 한 가지 답은 박자를 반복하려 하지 말라는 것이다. 일단 하나의 이야기가 인물의 조건에서 어떤 근본적인 변화를 통해 앞으로 나아가면 우리는 그 변화를 재연하는 일에 나서지 않는다. 또 그 상태를 부연하며 거기 머물려 하지 않는다. 이 단편의 경우라면 네 페이지를 채워서 그렇게 하지 않는다.

16페이지에서 우리는 박자 '내부에' 있다. 올렌카는 새로운 사랑(이 경우에는 어린 소년)을 발견했고, 그의 의견과 관심을 흡수하여 마침내 다시 행복하다.

더 읽어나가며 무엇이 이런 박자에서 우리를 밀어내는지, 다시 말해 언제 어떤 확장을 느끼기 시작하는지 살펴보도록 하자.

17페이지에는 두 사람의 전형적인 아침 풍경이 나온다. 올렌카는 사샤에게 숙제에 관해 잔소리하고 사샤는 말한다. "제발 나를 좀 내버려둬요!" 사샤가 학교로 향하자 그녀는 "소리 없이" 뒤따른다. 아이가 고개를 돌리자 아마도 놀랐을 그녀는(왜냐하면 그녀는 알다시피 소리를 내지 않았기 때문이다) 아이에게 "대추야자나 캐러멜"을 주고, 아이는 "크고 덩치 큰 여자가 뒤따라오는 것이 창피"하다. 우리는 사샤가 그녀를 사랑하지 않는다는 것을 안다. 그는 그녀를 잘 알지 못하는 것 같다. 그녀는 그냥 "아줌마"다.

바로 그렇게 새로운 것, 아직 생각하지 않았던 것(체호프가 아직 우리에게 생각하도록 만들지 않았던 것)이 이야기에 들어왔다. 바로 올렌카의 사랑 방식이 대상에 미치는 영향이다. 이는 완전히 새롭지는 않지만(스미르닌이 수의사들을 '짜증' 나게 한다고 올렌카에게 거만하게 말한 것을 기억할 수도 있겠다) 이번에는 확장이라고 느낄 만큼 다르다. 어른인 스미르닌이 저항한 예는 말하자면 '약간 모욕을 당한 전문가의 자존심'을 표현하는 반면, 사샤의 저항은 직접적이고 발끈하는 것이며 이 관계의 자발적 참여자가 아닌 아이에게서 나온다.

올렌카는 "만족하여 차분하고 사랑이 넘실거리는 마음으로" 집으로 돌아간다(그녀는 소년의 저항을 의식하지 못한다). 나중에 그들은 함께 숙제를 하고(또 "운다". 이는 좀 이상하지만, 다시 한 번 올렌카가 자신이 사랑하는 대상의 감정을 떠안고 있음을 암시한다) 그러다가 그녀는 아이의 미래를 꿈꾼다. "검은 새끼고양이가 그녀 옆에 누워 가르랑거린다." 그녀는 사샤의 불편을 눈치채지도 못한 것 같고 믿지도 않는다. 그녀는 그를 그냥 **사랑**하고, 그녀에게는 그 사실이 가장 중요하다.

다시 우리는 물을 수도 있다. 왜 여기에서 끝을 내지 않는가? 왜 행복하게 가르랑거리는 새끼고양이와 함께 끝내지 않는가? 좋다. 올렌카는 행복하고, 트로트는 행복하고, 사샤는… 행복하지 않다. 그는 그저 사랑의 대상일 뿐이다. 올렌카가 사랑하는 방식이 새롭게 보인다. 일방통행로이며 오직 그녀에게만 만족스럽다. (심지어 고양이도 다시 활용되었다. 트로트가 올렌카와 맺은 관계는 올렌카가 애인들과 맺은 관계와 같다. 올렌카가 행복하면 트로트도 행복하다.)

하지만 아직도 반 페이지가 남아 있다.

체호프는 여기에서 멈출 수 없다. 남은 반 페이지에서 자신이 어떤 추가 확장을 발견할 수 있음을 분명하게 느끼고 있기 때문이다. 그는 한 번 더 의미의 확장을 탐색한다. 그가 다음에 어떻게 하는지 보자. (나는 소곤거리는 골프 중계 아나운서가 된 느낌이다. "체호프가 이 야기의 끝에 다가가고 있습니다. 베른, 얼마나 놀라운 순간입니까!")

문을 두드리는 소리가 들린다. 쿠킨이 죽었을 때 들렸던 문 두드리는 소리가 기억난다. 그리고 우리는(그리고 올렌카는) 이를 '올렌카가 사랑하는 사람을 막 빼앗기려는 참이다'라는 신호를 보낸 이전의 순간들과 일치하는, 패턴에 호응하는 순간이라고 이해한다.

하지만 아니다. 스미르닌일 뿐이다. 클럽에서 늦게 집에 왔다.

다섯 행이 남았다. 할 일이 뭐가 남았을까? 체호프가 추가 확장을 발견할 수 있을까?

물론 발견할 수 있다. 그는 체호프다.

이야기는 이렇게 끝난다.

"조금씩 심장에서 짐이 굴러 나가고 이제 그녀는 다시 편안하다. 침대로 돌아가 사샤를 생각하는데 아이는 옆방에서 푹 잠이 들어 가끔 잠꼬대로 소리친다.

'가만 안 있을 거야! 어서 꺼져! 싸우지 마!'"

끝.

이 마지막 장면이 우리에게 무슨 새로운 것을 주는가?(우리는 이미 '사샤가 올렌카의 사랑에 저항한다'라는 박자를 알고 있다.)

첫째로 사샤는 이제 다른 수사적 자리를 차지한다. 그는 "푹 잠이

작가는 어떻게 읽는가

들어" 있고 꿈을 꾸고 있다. 따라서 아이는 완전히 정직한 상태다. 우리는 전에는 다가가지 못했던 아이의 내적 삶에 다가갈 수 있으며, 이것이 아이가 진짜로 느끼는 것이다.

아이가 무슨 꿈을 꾸고 있을까?

음, 올렌카다. 우리는 그렇게 느낀다. 비록 약간 복잡하긴 하지만.

"가만 안 있을 거야!"는 '네 엉덩이를 걷어찰 거야'와 같다. "어서 꺼져"는 '여기서 나가, 꺼지지 않으면 내가 엉덩이를 걷어찰 거야'와 같다. "싸우지 마!"(우리가 읽고 있는 아브람 야르몰린스키Avrahm Yarmolinsky의 번역본에서)를 보면 아이가 학교 운동장에서 벌어진 싸움을 말리는 꿈을 꾸고 있다는 생각이 든다. (콘스턴스 가넷은 "시끄러워!"라고 번역했다. 이러면 우리는 아이가 꿈에 나타난 올렌카에게 명령하고 있다고 쉽게 상상할 수 있다.)

어쨌든 사샤는 폭력을, 화가 나서 폭력을 중단시키는 것을, 더 큰 폭력으로 폭력에 대응하는 꿈을 꾸고 있다. 사샤의 "가만 안 있을 거야! 어서 꺼져! 싸우지 마!"는 또 구문적으로 올렌카가 14페이지에서 트로트를 야단친 말("저리 가! 저리! 달라붙지 마!")을 환기시키는데 그 의미는 이런 것이었다. '너는 나한테 충분하지 않아! 너는 내 사랑의 대상이 될 가치가 없어!'

다시 돌아와서, 올렌카는 사샤가 내는 소리에 대응하지 않는다. 그녀는 '사샤가 나에게 속박당한다고 느껴서 불행한 꿈을 꾸며 흥분하고 있구나. 부담을 좀 줄여주는 게 낫겠어' 하고 생각하지 않는다. 그런데 그녀는 앞서 아이가 "제발 나를 좀 내버려둬요!" 하고 말했을 때나 학교까지 따라온 그녀를 아이가 눈에 띄게 불편해했을 때도 대응하지 않았다. 하지만 이런 것들은 '사샤가 불행하다'라는 것을 보여주는 '더 가벼운' 표현이었다. 따라서, 우리는 사샤의 꿈이 확장이라고 느낀다. 17, 18페이지에서 사샤는 사람들이 보는 데서 **짜증 섞인** 불행한 느낌을 **가볍게** 보여주었고 그녀는 무시했다. 반면 여기 이야기의 마지막 페이지에서, 사샤는 정직하고 직접적인(사적인) 순간에 **강렬한 불행의 느낌을 화가 난 상태로** 보여주고 그녀는 (여전히) 무시한다.

이 결말은 흥미롭다. 체호프는 이야기를 그곳에서 끝냄으로써 암묵적으로 사샤의 불행에 대한 올렌카의 반응이 빨리 바뀌지 않을 것임을 말해주기 때문이다. (그게 아니라면 달라진 반응을 우리에게 보여주었을 것이다. 그러면 또 한 번 확장의 순간을 표현할 것이므로.) 그녀는 사샤의 감정을 계속 무시할 것이다. 그녀는 아이가 꿈결에 하는 말을 듣지만 사실 **듣지** 않는다. 그들 사이의 삶은 이전처럼 계속될 것이다.

그리고 이것은⋯ 무섭다. 그녀는 모든 독재자의 상태를 본뜨고 있다. 자신의 시각에서 보는 상황에 행복해하고 다른 누구의 이야기에도 관심이 없다. 그녀의 특질, 무엇이든 자기가 사랑하는 대상에 완전히 흡수되고자 하는 욕구는 쿠킨 등에게 적용될 때는 매우 매혹적이지만 이제는 자기도취적이고 억압적으로 느껴진다.

"이 이야기의 마지막 말은 아이의 것이며 항의다." 소설가 유도라 웰티Eudora Welty는 말한다. "그러나 이 말은 자다가 나오며, 사실 이 세상의 사랑스러운 사람들에 대한 항의는 모두 이렇듯 내적이고 말 없는 반항으로만 표현될 것이다."

작가는 어떻게 읽는가

정말 아름답다. 이 이야기는 마지막 줄까지 의미를 늘려갔다. 심지어 그 뒤의 하얀 여백까지. 좋은 결말은 그렇다고 말한 대로 이 결말은 다른, 있을 법한 가능성들로 이루어진 완전한 미래 세계를 창조한다. 결국 올렌카는 자신의 억압적인 행동을 의식하여 자신의 방식을 바꾸고, 그렇게 해서 진정한 사랑에 관해 배울 수도 있다. 사샤는 집에서 달아날 수도 있고 잠든 그녀를 죽일 수도 있다. 계속 그녀에게 복종하고(사실 달리 갈 데가 없다) 해가 갈수록 더 화를 내다가 평생 숨 막히는 애정처럼 보이는 것은 무엇이든 피하며 살 수도 있다.

일부 독자는(톨스토이를 포함해서) 〈사랑스러운 사람〉을 여자에 관한 이야기로 만들려 했다. 여자는 이래야 한다거나 이러지 말아야 한다는 이야기로, 남자에게서만 자신의 정체성을 끌어오는 굴종하는 여자의 유형에 관한 논평으로. 나는 이러한 관점이 이 단편의 가치를 평가 절하한다고 생각한다. 나에게 〈사랑스러운 사람〉은 우리 모두에게 존재하는 어떤 경향, 사랑을 누군가와의 '완전한 소통 상태'라기보다는 '완전한 흡수 상태'라고 오해하는 경향에 관한 이야기다. 올렌카가 남자일 수도 있었을까? 물론이다. 〈사랑스러운 사람〉이 여자에 관한, 여자에 내재하는 어떤 성향이나 여자에게만 있는 어떤 것에 관한 이야기라는 생각은 이야기 자체와 모순되는데, 이 이야기는 그녀를 이례적인 존재로 이해하고 있다. 그래서 이 이야기가 존재하는 것이고 또 그녀를 다루는 것이기도 하다. 바로 그녀의 특질이 매우 특이하기 때문에(마을의 다른 여자들은 이런 식으로 사랑하지 않는다). 이 작품은 여자들 또는 '한 여자'에 관한 이야기가 아니라 한 사람, 특정한 사랑 방식을 가진 한 사람에 관한 이야기이며, 올렌카의 사랑 방식이 긍정적이고 예외적인지 아니면 특이하고 안타까운 것인지, 드물고 성스러운 특질을 가졌는지 아니면 지지러지고 유독한 특질을 가졌는지 질문을 던진다.

체호프는 방 한가운데에 세상의 어떤 특징을 가져다 놓고 우리더러 그 주위를 돌아다니며 여러 각도에서 보라고 초대한다. 우리는 어떤 각도에서는 올렌카의 사랑 양식을 아름답다고 본다. 그 양식에서는 자기 자신이 사라지고 남은 것은 사랑하는 사람에 대한 다정하고 이타적인 존중이다. 다른 각도에서 우리는 그녀의 양식을 끔찍하다고 본다. 그녀의 단조로운 형태의 사랑을 무차별적으로 적용하여 사랑에서 특수성이 없어졌기 때문이다. 사랑의 명청이 올렌카가 자신이 사랑하겠다고 정한 사람은 누구든 뱀파이어처럼 잡아먹고 살기 때문이다.

우리는 이 사랑의 양식을 강력하고 목표가 뚜렷하고 순수하고 모든 질문에 흔들림 없는 관용으로 답하는 것이라고 본다. 또 우리는 이 사랑을 나약하다고도 본다. 그녀는 누구든(고양이가 아니라면) 자기에게 가까운 상대의 이미지로 자신을 빚어나갈 뿐 그녀의 진정하고 자율적인 자아는 어디에서도 발견할 수 없기 때문이다.

이 때문에 우리는 재미있는 마음 상태에 놓인다. 우리는 올렌카를 어떻게 생각해야 할지 알지 못한다. 또는 너무 다양한 감정이 생겨서 어떻게 판단해야 할지 알 수가 없다.

이 이야기는 묻고 있는 듯하다. "그녀의 이런 특질은 좋은가, 아니면 나쁜가?"

작가는 어떻게 읽는가

체호프는 답한다. "그렇다."

우리가 잠을 깨는 순간 이야기는 시작된다. "나는 여기에 있다. 침대에. 나는 열심히 일하는 노동자이고 좋은 아버지이고 괜찮은 남편이고 늘 최선을 다하는 사람이다. 맙소사, 등이 아프다. 아마 그 빌어먹을 체육관 때문일 것이다."

바로 이런 식으로, 우리의 생각과 더불어 세상이 만들어진다.

어쨌든 적어도 하나의 세계가 만들어진다.

생각을 통한 세계 만들기는 자연스럽고 온당하고 다원적이다. 우리는 생존하기 위해 그렇게 하기 때문이다. 거기에 해로울 게 있는가? 음, 있다. 우리가 듣거나 보는 것과 똑같은 방식으로 생각하기 때문이다. 즉 우리의 생존율을 높이는 좁은 범위 내에서만. 우리는 보거나 들을 수 있는 모든 것이 아니라, 보고 들으면 도움이 되는 것만 보거나 듣는다. 우리의 생각도 비슷하게 속박되어 있고 비슷하게 좁은 목적을 가지고 있다. 바로 그 생각을 하는 사람이 잘살도록 돕는 것이다.

이 모든 제한된 사고에는 불행한 부산물이 있다. 에고다. 누가 생존하려 하는가? '나'다. 마음은 방대한 일원화된 전체성(우주)에서 아주 작은 한 부분(나)을 골라 그 관점에서 서술하기 시작한다. 그런 식으로 그 독립체(조지!)는 현실이 되며, 그는 (놀랍다, 놀라워) 이 우주의 정중앙에 배치되고, 모든 것은 말하자면 그의 영화 안에서 일어나고 있다. 어떻게 된 일인지 모두 그를 위한 것인 동시에 그에 관한 것이다. 이런 식으로 도덕적 판단이 일어난다. 조지에게 좋은 것은… 좋은 것이다. 그에게 나쁜 것은 나쁜 것이다(곰은 배고픈 표정으로 조지를 향해 걸어오기 시작하기 전에는 좋지도 나쁘지도 않다).

따라서 우리가 사물이라고 생각하는 사물과 진짜 있는 그대로의 사물 사이에는 매 순간 망상의 간극이 생겨난다. 우리는 우리 자신의 생각으로 만든 세계가 진짜 세계라고 착각하고 출발한다. 사람이 얼마나 굳건하게 이런 투사가 정확하다고 믿고 또 그에 따라 얼마나 정력적으로 행동하느냐에 비례해 악과 역기능(또는 적어도 역겨움)도 커지거나 작아진다.

누군가 "시카고" 하고 말하면 내 마음속에 하나의 시카고가 생겨난다. 하지만 그것은 불완전한 시카고다. 나는 미시간 애비뉴와 거기에서 남쪽으로 조금 가면 나오는 어린 시절에 살던 집을 1970년의 상태대로 떠올릴 수밖에 없다. 하지만 설사 내가 윌리스 타워 꼭대기에 서서 시각적인 지원을 받아 도시 전체를 굽어보며 상상을 한다 해도 여전히 부족할 것이다. 시카고는 너무 크다. 설사 나에게 마법의 힘이 주어져 순식간에 시카고 전체(모든 통로의 냄새, 모든 다락의 모든 상자 속 내용물, 모든 거주자의 감정 상태)를 파악한다 해도 바로 다음 순간에 시간은 흐르고 그 시카고는 이제 존재하지 않는다.

따라서, 불완전해도 괜찮다. 심지어 아름답기까지 하다. 그러나 누군가 시카고에 관해 뭔가 할 수 있도록 나더러 시카고를 **심판**하라고 제안하는 순간 복잡해진다. 누군가 묻는다. "자, 시카고를 어째야 할까?" 이런, 주여 도와주소서. 답은 떠오르기 **마련**이지만 투미할 가능성이 크다. 내가 방금 그리운 옛 시카고를 한심할 만큼 빈약하게 상상했기 때문이다.

작가는 어떻게 읽는가

이것이 우리가 사람을 상상하고, 또 심판하는 방식이기도 하다.

만일 현실 세계에 올렌카가 있고 내가 그녀를 아는데 어느 날 누군가 "올렌카를 어째야 할까?" 하고 묻는다면 나에게는 답이 있을 것이다. 나는 어떤 판결을 내놓을 수 있다. 사실 그렇게 되는 걸 나도 어쩔 수 없다(큰 소리로 말하지는 못할지라도 속으로는 심판을 하고 있을 것이다).

사실 우리는 내내 아주 기운차게 그녀를 심판해 왔다. 올렌카가 자기 방식으로 쿠킨을 사랑하고 있을 때 우리는 그녀가 착하다고 심판했다. 나중에 똑같은 방식으로 바실리(그리고 그다음에 스미르닌)를 사랑하기 시작했을 때 우리는 그녀가 이상하다고, 약간 로봇 같다고 생각했다. 그녀가 홀로되어 고통을 겪을 때 우리는 동정심을 느꼈지만, 그녀의 사랑 방식이 선택이 아니라 그녀라는 사람의 특징이라는 점을 보기 시작했다. 그녀가 어린 사샤에게 사랑을 떠안기기 시작했을 무렵 우리는 이 상황에 대하여 더 심도 있지만 모호한 관점을 갖게 되었다. 우리는 이 특질을 그녀가 타고났으며 그녀는 좋게 느끼지만 동시에 사샤에게는 억압임을 볼 수 있었다.

이야기의 서두에서 우리는 그녀가 선하다고 인식하기 때문에 그녀를 사랑한다. 중간에 가면 우리는 그녀에게 거리를 느낀다. 결국 우리는 다시 그녀를 사랑하지만 그 감정은 심오해졌다. 우리는 체호프의 안내에 따라 그녀의 여러 면을 충분히 살펴봐야 한다는 강력한 압력을 받게 되었지만 그래도 그녀를 사랑한다. 그녀의 모든 것을 보면서도 그녀를 사랑한다. 어쩌면 우리는 이럴 줄은, 이렇게 심한 흠이 있는 사람, 거의 틀림없이 해를 주는(그것도 아이에게) 사람을 사랑할 수 있을 줄은 미처 몰랐을 것이다. 하지만 이제 우리는 적어도 잠시는 그럴 수 있다는 것을 안다.

어쩌면 '사랑'이 딱 맞는 말은 아닐 수도 있다. 우리는 그녀를 반드시 용인하는 것은 아니지만 그녀를 안다. 온갖 날씨 속의 그녀를 알게 되었다고 말할 수도 있다. 그녀는 〈마차에서〉의 마리야와 마찬가지로 인위적으로 우리의 친구가 되었다. 우리는 그녀의 강점(그녀는 아주 충실하게 사랑한다)이 모두 그녀의 약점(그녀는 너무 충실하게 사랑한다!)과 연결되어 있고 이 가운데 어느 것도 사실 그녀에게는 선택이 아니라고 느낀다. 이것이 그녀라는 사람이고 그녀는 늘 그래왔다.

이야기의 끝에 이르러 우리는 자신이 사랑하는 존재가 되어버리는 그녀의 경향이 선천적인 것, 일련의 사랑하는 대상에게 자연스럽게 발현되는 불변의 성격 특질이라고 느낀다. 그녀의 사랑 방식이라는 해가 네 가지 서로 다른 풍경을 비추었다. 그 해는 선하지도 악하지도 않다. 그냥 그렇게 있는 것이다. 그녀의 감정적 특질은 말하자면 아주 큰 키와 같은 신체적 특질과 유사하다. 키가 아주 큰 게 좋은가 나쁜가? 글쎄, 높은 선반에 있는 물건을 꺼내야 할 때는 좋다. 낮은 문을 빠르게 통과해야 할 때는 나쁘다. 우리는 큰 키를 선택하지 않으며 큰 키를 참회하거나 작아지겠다고 결심할 수 없다. 그러나 세상은 여전히 비좁고 기어가야 할 공간과 농구장 골대로 가득하며, 사람들은 늘 우리에게 높은 곳의 날씨는 어떠냐는 등 질문을 던진다.

나는 올렌카를 보면서 아마도 신은 그렇게 느끼지 않을까 하는 느낌을 갖게 된다. 나는 그녀에 관해 아주 많은 것을 안다. 나에게 감추어진 부분은 전혀 없다. 내가 현실 세계에서 어떤 사람을 그렇게 완전히 알게 되기란 드문 일이다. 나는 그녀를 아주 많은 모습으로 알게 되었다. 행복한 젊은 신부와 외로운 늙은 여인. 사랑받는 장밋빛 사랑스러운 사람과 눈에 띄지 않고 무시당하는 가구이자 거의 동네의 놀림감. 양육하는 아내와 고압적인 가짜 어머니.

그런데 보라. 그녀를 알게 될수록 너무 가혹하거나 섣부르게 심판하고 싶은 마음이 사라진다. 내 속에 있는 어떤 본질적인 자비심이 작동하기 시작한다. 신이 우리보다 나은 점은 무한한 정보가 있다는 것이다. 아마도 그 때문에 신은 우리를 그렇게 사랑할 수 있는 건지도 모른다.

뒤에 든 생각 #3

지난번 '뒤에 든 생각'은 하나의 이야기가 동등한 사람들 사이의 솔직하고 내밀한 대화라는 생각으로 끝을 맺었다.

이 대화에서 뭐가 잘못될 수 있을까?

음, 아이고, 아주 많은 것이(우리는 잠깐 발을 멈추고 우리가 과거에 나누었던 불쾌한 대화들을 떠올릴 수도 있다).

나쁜 대화의 주요한 징후 가운데 하나는 이거다. 참여자 하나가 자동 조종 장치로 움직인다는 것.

데이트를 나갔다고 상상해 보라. 불안해서 메모 카드를 한 묶음 들고 나갔다. '19:00. 어린 시절 추억 관련 질문.' '19:15. 옷 칭찬.' 자, 그렇게 할 수는 있지만 왜 그렇게 하는 걸까? 글쎄, 불안 때문에. 우리는 데이트가 정말 잘되기를 바란다. 하지만 우리가 카드를 흘끔거릴 때마다 데이트 상대는 한눈판다고 느낀다. 그리고 그 사람 생각이 맞는다. 우리는 상대를 과정 밖에 버려두었다.

작가는 어떻게 읽는가

우리는 불안 때문에 방법을 갈망하게 되었는데, 사실 상황이 요구한 것은 실제로 벌어지고 있는 것(대화의 진정한 에너지)에 대한 매 순간의 대응성이었다.

대화에서 사용된 이 메모 카드들은 계획의 대화적 등가물이다. 계획은 멋지다. 계획이 있으면 우리는 생각을 중단하게 된다. 그냥 이행만 할 수 있다. 하지만 대화는 그런 식으로 이루어지지 않으며, 예술 작품도 마찬가지다. 의도를 가지고, 그런 다음 그것을 이행하는 것으로는 좋은 예술이 되지 않는다. 예술가는 이를 안다. 도널드 바셀미Donald Barthelme에 따르면 "작가는 일을 시작하면서 뭘 할지 모르는 사람"이다. 제럴드 스턴Gerald Stern은 이런 식으로 말한다. "처음에 개 두 마리가 흘레붙는 것에 관한 시를 쓰는 데서 출발하여 개 두 마리가 흘레붙는 것에 관한 시를 쓴다면, 그럼 개 두 마리가 흘레붙는 것에 관한 시를 쓴 거다." 그리고 여기에 아인슈타인이 실제로 한 말이 무엇인지는 몰라도 내가 마구 뜯어고친 말을 덧붙일 수 있는데, 나는 앞서 이 말을 이렇게 전달했다. "가치 있는 문제는 절대 최초로 구상한 수준에서 해결되지 않는다."

우리가 어떤 일을 하기 시작하여 (단지) 그 일만 하면, 모두가 우울해진다(그건 예술 작품이 아니다. 설교이고, 자료 더미다). 우리가 어떤 이야기를 읽기 시작하면 내장된 기대감이 작동하기 시작한다. 수수한 출발로부터 아주 멀리 나아가 우리를 놀라게 할 거라고, 이야기 자체에 대한 초반의 이해를 훨씬 넘어설 거라고. (우리 친구는 말한다. "강을 찍은 비디오를 봐." 강이 둑으로 흘러넘치기 시작하자마자 우리는 왜 친구가 우리더러 그 비디오를 보라고 했는지 알게 된다.)

그런데 데이트에 왜 메모 카드일까? 한마디로 자신감 부족이다. 우리는 그런 카드를 준비하여 들고 다니며, 데이트 상대의 눈을 깊이 들여다보아야 할 순간에 어색하게 카드를 들추어본다. 계획이 부족해서 줄 것이 충분치 않다고 생각하기 때문이다.

우리의 예술 여정 전체는 우리가 사실은 **충분히** 가지고 있다고 믿고, 무엇을 가졌는지 파악하고, 그런 다음에 그것을 다듬는 과정으로 이해할 수도 있다.

어렸을 때 내게는 핫휠Hot Wheels 세트가 있었다. 긴 플라스틱 트랙, 금속 자동차들, 배터리로 작동되는 플라스틱 '주유소' 두 개로 이루어진 세트였다. 각 주유소 안에서는 고무바퀴 한 쌍이 돌아갔다. 작은 차가 그 안으로 들어갔다가 반대편으로 튀어나왔다. 주유소를 제대로 배치하고 학교 갈 때 작은 차를 그 안에 집어넣으면 몇 시간 뒤 돌아와서도 차가 여전히 트랙을 따라 도는 것을 볼 수 있었다.

독자는 작은 차다. 작가의 임무는 트랙을 따라 주유소들을 배치하여 독자가 계속 읽고 마침내 이야기의 끝에 다다르게 하는 것이다. 주유소들은 무엇일까? 기본적으로는 작가적 매력의 표현이다. 정직성, 위트, 강력한 언어, 유머의 분출. 무엇이든 독자가 계속 가고 싶은 마음이 들게 하는 것. 세상의 어떤 것을 정말로 보게 해주는 그것에 관한 간결하고 함축적인 묘사. 내적 리듬을 타고 통과할 수 있는 몇 줄의 대사. 모든 문장이 잠재적으로 작은 주유소다.

작가는 평생 오직 자신만이 만들 수 있는 주유소가 무엇인지 파악하려고 애쓰며 예술 인생 전체를 보낸다. 독자가 트랙을 계속 돌아다니게 하는 작가의 추진력은 무엇일까? 현실 생활에서는 대화의 속도감을 높이고자 할 때 무엇을 할까? 어떤 사람을 맞이하여 자신의 애정을 믿게 하고 자신이 귀를 기울이고 있음을 보여주려 할 때는 어떻게 할까? 어떻게 유혹하고, 설득하고, 위로하고, 주의를 딴 데로 돌릴까? 세상에 매력을 보여줄 방법으로 찾은 것은 무엇이고 글에서 그 등가물은 무엇이 될 수 있을까? 그냥 "현실 생활에서는 X를 해"라고 말하고 나서 작품에서도 X를 해버릴 수 있으면 좋을 텐데, 그보다는 까다롭다. 작가는 수천 시간의 작업을 통해 자신의 유일무이한 작가적 매력을 더듬더듬 찾아 나아갈 때에만 그 매력이 무엇인지 알게 된다(이 매력은 작가의 '현실' 매력과 간접적인 관계가 있을 수도 있고 전혀 관계가 없을 수도 있다). 작가가 도달하는 곳은 신조가 아니라 존중하는 습관에서 얻게 되는 일군의 충동이다.

작가 지망생이 자신에게 할 법한 모든 질문 가운데 가장 다급한 질문은 이것이다. 독자는 무엇 때문에 계속 읽어나가게 되는가? 또는 현실적으로, 나의 독자는 무엇 때문에 계속 읽어나가게 되는가?(독자가 나의 산문 한 구획을 읽어나가도록 추진하는 힘은 무엇인가?)

우리가 어떻게 알까? 이미 말한 대로, 우리가 알 수 있는 유일한 방법은 우리의 독자가 우리와 거의 똑같이 읽는다고 가정하고 우리가 쓴 이야기를 읽어보는 것이다. 우리가 지루하면 독자도 지루하다. 약간 기쁨이 터져 나오면 독자도 기분이 좋아진다.

표면적으로는 괴상한 가정이다. 독서 클럽이나 창작 워크숍을 통해 사람들이 똑같이 읽지 않는다는 사실을 우리 모두 알고 있다.

하지만 영화관에서 사람들은 가끔 모두 동시에 입을 떡 벌린다.

또 생각해 보건대, 우리가 하는 일(또는 적어도 내가 퇴고할 때 하는 일)은 내 이야기를 읽는 다른 사람을 완벽하게 상상하는 게 아니라 이 이야기를 처음 읽는 나 자신을 흉내 내는 것이다.

이상한 방식이지만 그게 기술의 전부다. 마치 앞에 있는 산문(이미 백만 번은 읽었을 것이다)이 자신에게 완전히 새로운 글인 양 읽기 시작하는 자신을 합리적으로 체현하는 상태로 빠져드는 것. 우리가 텍스트의 한 구획을 이런 식으로 경험하면서 우리의 반응을 살피고 그에 따라 바꿀 때, 독자의 눈에는 노력의 증거로 보인다(처음 읽는 독자도 작가가 살려둔 문장 뒤에 노력이 덜 들어간 다른 형태의 수많은 문장이 있음을 직관적으로 안다고 말할 수도 있다).

나의 경우 수수께끼는, 우리 자신의 아마도 독특할 취향이 어떻게 독자와 더 기운차게 소통하는 산문, 독자가 더 존중받는다고 느끼는 산문을 만들어내느냐 하는 것이다.

대화 모델로 돌아가보자. 어떤 대화는 회피하는 듯하고 사려 깊지 못하고 의제에 짜 맞추어져 이기적인 느낌이 든다. 어떤 대화는 강렬하고 긴박하고 너그럽고 진실한 느낌이 든다. 차이가 뭘까? 나는 그게 **현존**이라고 말하고 싶다. 우리가 거기 있느냐 없느냐? 저기 탁자 건너편의 사람이 (우리에게) 있느냐 없느냐? 소설을 쓰면서 우리는 독자와 대화를 나누는데 여기에는 큰 이점이 있다. 매 수정 단계마다 대화를 개선하게 된다는 점이다. 우리는 더 주의를 기울여 '거기에 이르게' 된다. 읽어나가다가 우리의 바늘이 N 구역으로 떨어지면 이는 우리에게 그 대목을 쓰는 순간에 우리가 거기에 없었음을 알려준다. ("주황색 석양은 아름다운 주황색이었다"라는 문장은 그 대목을 쓰는 순간에 내가 거기 없었음을 보여준다. 하지만 지금은 있다. 또는 적어도 있을 기회가 있다.)

따라서 퇴고가 관계를 연습하는 방식이라고 볼 수도 있다. 퇴고를 하면서 무엇이 우리 자신과 독자 사이의 관계를 개선하는지 보는 것. 무엇이 이야기를 더 강렬하고 직접적이고 정직하게 만드는가? 무엇이 구렁텅이로 몰아가는가? 흥미진진한 점은 우리가 이런 질문들을 추상적으로 할 운명이 아니라는 것이다. 우리는 독자와 우리 자신 사이의 반응에 어떤 연속성이 있다고 가정하고 국지적으로 그 질문을 하게 된다. 우리의 이야기를 이루는 구절과 문장과 구획에 계측기를 갖다 댄다는 것이다.

독자의 마음에 들어(생생하고 진실하고 부정할 수 없다는 느낌이 들어) 다음 문장을 읽도록 만드는 한 문장과 마음에 들지 않아 이야기에서 떠나버리게 만드는 문장의 차이는… 글쎄, 어떤 일반적인 방식으로 이 문장을 끝맺을 수 없다는 생각이 든다. 그렇게 끝맺을 필요도 없다. 작가가 되려면 어느 주어진 날에, 손에 연필을 들고, 특정한 문맥 속에서 나의 구체적인 문장 하나를 읽으면서 생각나는 대로 그걸 고치기만 하면 된다.

그다음에 또 그렇게 하고, 되풀이해서 그렇게 한다, 마음에 들 때까지.

주인과 하인

(1895)

레프 톨스토이
Lev Nikolaevich Tolstoy

주인과 하인

70년대 겨울, 성 니콜라스 축일 다음 날이었다. 교구에 축제가 있었고 여관 주인이자 제2길드 소속 상인인 바실리 안드레예비치 브레후노프는 교회 장로이기 때문에 교회에 가야 했으며 또 집에서는 친척과 친구들도 맞이해야 했다.

그러나 그들이 다 떠나고 나자 즉시 오랫동안 협상을 해온 숲 문제를 이야기하러 마차를 타고 이웃 지주를 만나러 갈 채비를 했다. 그는 이제 출발을 서두르고 있었다. 읍내 구매자들이 이 이윤이 남는 구매 건에서 선수를 칠지도 몰랐기 때문이다.

젊은 지주는 그 숲값으로 1만 루블을 요구하고 있었다. 그저 바실리 안드레예비치가 7000루블을 제안했기 때문이었다. 그러나 7000루블은 제값의 3분의 1에 불과했다. 바실리 안드레예비치는 자기가 부르는 가격으로 낮추어 거래를 끝낼 수도 있었을 것이다. 숲이 그의 지구에 있었고 오랫동안 마을의 다른 거래자들과 다른 사람 지구의 가격은 올리지 않는다는 협약을 맺고 있었기 때문이다. 하지만 이제 읍내의 몇몇 목재상들이 고랴치킨 숲을 노리고 경쟁에 뛰어들 거라는 사실을 알게 되었기 때문에 당장 가서 일을 아퀴 짓겠다고 결심했다. 그래서 축제가 끝나자마자 돈궤에서 700루블을 꺼내고, 거기에 자신이 보관하고 있는 교회 돈 2300루블을 보태 3000루블을 만들었다. 그는 조심스럽게 지폐를 센 다음 지갑에 넣고 출발을 서둘렀다.

2 　그날 바실리 안드레예비치의 일꾼 가운데 유일하게 취하지 않은 사람인 니키타가 마구를 채우러 달려갔다. 니키타는 술꾼이었지만 금식 전 마지막 날 외투와 가죽 장화를 팔아 술을 마신 후로 술을 끊겠다고 맹세하여 두 달째 지켜왔고, 축제 첫 이틀 동안 어디에서나 마셔대는 보드카의 유혹에도 불구하고 여전히 그 서약을 지키고 있었다.

　니키타는 이웃 마을 출신의 쉰 살가량 된 농민으로 다른 농민들이 그를 두고 말하듯이 '관리자가 아니었다'. 그건 그가 검소한 가장이 아니라 대개는 집을 나가 일꾼으로 사는 사람이라는 뜻이었다. 어딜 가나 일을 할 때는 그의 근면함과 손재주, 일힘이 칭찬을 받았지만 친절하고 유쾌한 성격은 훨씬 더 칭찬을 받았다. 그러나 한 번도 어디에 오랫동안 정착하지 못했다. 1년에 두 번쯤, 또는 그보다 자주 술을 진탕 마시는 시기가 찾아왔고, 그러면 옷가지를 팔아 술을 마실 뿐 아니라 성질도 사나워지면서 싸움을 했기 때문이다. 바실리 안드레예비치 자신도 그를 몇 번이나 내보냈다가 나중에 다시 데려오곤 했는데, 그의 정직성과 동물에게 잘해주려는 마음을 높이 샀고, 무엇보다도 싼값에 쓸 수 있었기 때문이다. 그런 사람이면 80루블은 주어야 했지만 바실리 안드레예비치는 니키타에게 40루블밖에 주지 않았으며, 그나마 푼돈으로 되는 대로 주었고, 그것도 대부분 현금이 아니라 자기 가게에 있는 물건으로, 값을 비싸게 매겨서 주었다.

니키타의 아내 마르타는 한때는 잘생기고 기운찬 여자였는데 지금은 아들과 두 딸의 도움을 얻어 집과 농지를 관리했고 니키타에게 집에서 살라고 다그치지 않았다. 첫째로 그녀가 이미 약 20년 동안 다른 마을 출신으로 그들 집에 하숙하고 있는 통장이와 함께 살고 있었기 때문이다. 둘째로 남편이 말짱할 때는 자기 마음대로 다룰 수 있었지만 술에 취하면 불처럼 무서웠기 때문이다. 한번은 니키타가 집에서 술에 취해, 말짱할 때 고분고분했던 것을 갚으려고 그런 건지, 그녀의 궤를 부수어 열고 가장 좋은 옷가지를 꺼낸 다음 도끼를 집어 들어 속옷과 드레스를 모두 갈기갈기 조각내 버렸다. 니키타가 버는 돈은 모두 아내에게로 갔고 그는 아무런 이의를 제기하지 않았다. 이번 명절에도 이틀 전 마르타는 바실리 안드레예비치를 만나러 두 번 왔고 그에게서 밀가루, 차, 설탕에 보드카 한 쿼트를 받았는데 돈으로 치면 3루블 정도 되었다. 거기에 현금으로 5루블도 받았고 그녀는 그것을 특별한 호의로 여겨 고맙다고 했지만, 사실 그가 니키타에게 주어야 할 밀린 돈은 적어도 20루블은 되었다.

"우리가 당신하고 무슨 계약서를 작성한 적이 있던가?" 바실리 안드레예비치는 니키타에게 말했다. "필요한 게 있으면 그냥 가져가. 일을 해서 갚으면 돼. 나는 한참을 기다리게 하다 셈을 하고 부담금을 매기는 다른 사람들하고는 달라. 우리는 곧이곧대로 거래해. 당신은 나를 위해 일하고 나는 당신을 홀대하지 않아."

이 말을 하면서 바실리 안드레예비치는 정말로 자신이 니키타에게 은혜를 베풀고 있다고 확신했다. 또 그것을 그럴듯하게 표현하는 방법을 알았기 때문에 니키타를 비롯하여 그에게 금전적으로 의지하는 모든 사람이 그의 확신이 맞는다고, 그가 자신을 도와주고 있으며 도를 넘는 욕심을 부리지 않는다고 고개를 끄덕여주었다.

"네, 압니다, 바실리 안드레예비치. 내가 아버지에게 하듯이 어르신을 섬기고 몸을 아끼지 않는다는 걸 어르신도 아실 겁니다. 나는 아주 잘 이해하고 있습니다!" 니키타는 대답하곤 했다. 그는 바실리 안드레예비치가 자신을 속이고 있다는 사실을 아주 잘 알았지만 동시에 그와 계산을 분명히 하려고 하거나 그에게 자신의 입장을 설명하는 것이 소용없고, 달리 갈 곳이 없는 한 주는 대로 그냥 받아들일 수밖에 없다고 느끼고 있었다.

이제 마구를 채우라는 주인의 명령을 들었기 때문에 그는 평소처럼 명랑하게 또 기꺼이 헛간으로 갔다. 약간 안쪽으로 휜 발로 활달하고 편안하게 걸었다. 그는 못에서 술 장식이 달린 묵직한 가죽 굴레를 내린 뒤 재갈의 고리를 짤랑거리며 문이 닫힌 마구간으로 갔다. 그곳에 그가 마구를 채울 말이 혼자 서 있었다.

"뭐냐, 외롭냐, 외로워, 이 조그만 멍청이야?" 중간 크기의 순한

작가는 어떻게 읽는가

암갈색 종마가 낮은 울음으로 인사를 하자 니키타는 대답 삼아 그렇게 말했다. 말은 껑거리끈*을 약간 비스듬하게 걸치고 헛간에 혼자 서 있었다. "자, 자, 시간은 충분해. 우선 물부터 먹여줄게." 그는 자기 말을 알아듣는 사람에게 하는 것과 똑같이 말에게 계속 이야기를 하면서 잘 먹인 어린 종마의 홈이 파인 등에서 먼지를 외투 자락으로 털어내고 나서 잘생긴 머리에 굴레를 씌우고 귀와 앞갈기를 바로 펴준 뒤 고삐를 벗기고 물을 먹이러 갔다.

무호르티는 똥이 흩어진 마구간을 조심조심 디뎌 빠져나가며 뒷다리로 니키타를 차려는 척 장난을 쳤다. 니키타는 옆에서 종종걸음을 치며 펌프로 갔다.

"자, 자, 이 악당!" 니키타가 소리쳤지만, 무호르티가 그의 기름 묻은 양가죽 외투를 슬쩍 건드릴 뿐 그를 치지는 않도록 조심스럽게 뒷다리를 뻗는다는 것을 잘 알고 있었다. 니키타가 아주 높게 평가하는 재주였다.

말은 찬물을 마신 뒤 한숨을 쉬고 축축해진 강한 입술을 우물거렸다. 털에서 투명한 물방울이 구유로 떨어졌다. 말은 생각에 잠긴 것처럼 가만히 서 있더니 갑자기 시끄럽게 콧김을 뿜었다.

"더 원치 않으면 안 마셔도 돼. 하지만 나중에 달라고 하기는 없기야." 니키타가 아주 진지하게 말하며 자신의 행동을 무호르티에게 충분히 설명했다. 그런 다음 다시 장난을 좋아하는 어린 말을 끌고 헛간으로 달려갔다. 말은 고삐를 잡힌 채 마당을 뛰어다니고

---

* 말의 엉덩이에 막대를 댈 때 이용하는 끈.

싶어 했다.

마당에는 어떤 낯선 사람 외에는 아무도 없었다. 그는 식모의 남편으로 명절을 맞아 그곳에 와 있었다.

"가서 어느 썰매를 맬 건지 좀 물어봐 주게, 넓은 건지 좁은 건지. 착하기도 하지!"

식모의 남편은 쇠 기초 위에 서 있고 쇠 지붕이 덮인 집 안으로 들어갔다. 그는 곧 돌아와 작은 썰매를 묶으라고 전했다. 그러자 니키타는 무호르티에게 어깨띠를 두르고 황동이 박힌 뱃대까지 묶었기 때문에 이제 한 손에 페인트를 칠한 가벼운 멍에를 든 채 말을 이끌고 식모의 남편과 함께 헛간에 서 있는 두 대의 썰매로 갔다.

"좋아, 작은 걸로 하자고!" 니키타가 말하며 그때까지 내내 그를 무는 척하던 똑똑한 말을 뒤로 물려 썰매채 안으로 들어가게 한 다음 식모 남편의 도움을 얻어 마구를 계속 채웠다. 거의 준비가 끝나고 고삐를 조절하는 일만 남았을 때 니키타는 식모의 남편을 보내 헛간에서 짚을 가져오고 광에서 거친 융단을 가져오게 했다.

"자 다 됐다! 자, 자, 성질 내지 말고!" 니키타가 식모 남편이 가져온 새로 타작한 귀리 짚을 썰매 안에 꽉꽉 눌러 깔며 말했다. "그리고 이제 마대천을 이렇게 펼치고 융단을 그 위에 덮자고. 거기, 그렇게 하면 편하게 앉을 수 있을 거야." 그는 계속 말에 행동을 맞추어가며 융단의 네 귀퉁이를 짚 위에서 팽팽하게 당겨 자리를 만들었다.

"고마워요, 귀한 친구. 두 명이 달라붙으면 일이 늘 빨리 끝난단 말이야!" 그는 덧붙였다. 이어 니키타는 황동 고리로 가죽 고삐들을 연결하고 마부석에 앉아 안달하는 말을 움직여 마당에 깔린 얼어붙은 거름을 넘어 문으로 향했다.

"니키타 아저씨! 저예요, 아저씨, 아저씨!" 크고 높은 목소리가 들렸다. 검은 양가죽 외투와 하얀 새 펠트 장화, 따뜻한 모자 차림의 일곱 살 난 남자아이가 서둘러 집에서 마당으로 뛰어나왔다. "나도 데려가줘요!" 아이가 외투 단추를 채우면서 달려오며 외쳤다.

"그래, 어서 와라, 귀여운 것!" 니키타는 썰매를 멈추고 기쁨으로 얼굴이 환하게 빛나는 창백하고 여윈 주인댁 어린 아들을 태운 다음 말을 몰아 도로로 나섰다.

2시가 지났다. 바람이 많이 부는 칙칙하고 추운 날이었다. 영하 10도에 가까웠다. 하늘의 절반은 낮게 깔린 먹구름에 가려져 있었다. 마당은 잠잠했지만 거리의 바람은 더 싸늘하게 느껴졌다. 이웃한 헛간에서 눈이 쓸려 내리더니 목욕탕 근처 모퉁이에서 회오리를 일으키며 돌아다녔다.

니키타가 마당을 나서 말을 집 쪽으로 돌리자마자, 바실리 안드레예비치가 담배를 입에 물고 천으로 덮인 양가죽 외투를 아래 허리춤까지 꼭 여민 모습으로 집 앞 높은 현관에 나타나 단단하게 다져진 눈에 발을 내디뎌 펠트 장화의 가죽 바닥으로 끽끽 소리를 내며 걷다가 멈추었다. 그는 담배를 마지막으로 한 모금 빨고 내던져 발로 밟았다. 연기가 콧수염 사이로 빠져나왔다. 그는 다가오는 말을 곁눈으로 보더니 콧수염을 제외하고는 말끔하게 면도한 불그레한 얼굴 양쪽 양가죽 깃이 날숨에 축축해지지 않도록 아래로 접어 내렸다.

"이것 보게! 개구쟁이가 이미 올라타 있네!" 그는 썰매에 탄 어린 아들을 보자 소리쳤다. 바실리 안드레예비치는 손님들과 함께 마신 보드카 때문에 흥분했고, 그래서 자신이 소유한 모든 것과 자신이 한 모든 일에 평소보다 훨씬 흡족했다. 그러던 차에 이제 늘 자신의 상속자로 생각하는 아들을 보자 큰 만족을 느꼈다. 그는 아들에게 눈을 찡긋하며 이를 한껏 드러냈다.

그의 부인이 그의 뒤쪽 현관에 서서 배웅을 했다. 그녀는 임신한 몸에 여위고 창백했으며 머리와 어깨를 숄로 감싸고 있어 눈 말고는 얼굴이 전혀 보이지 않았다.

"정말이지 니키타를 데려가야 해요." 그녀가 머뭇머뭇 말하며 문간에서 나섰다.

바실리 안드레예비치는 대답하지 않았다. 그녀의 말에 짜증이 난 게 분명했다. 그는 화난 얼굴로 얼굴을 찌푸리고 침을 뱉었다.

"돈도 들고 가잖아요." 그녀는 여전히 애처로운 목소리로 말을 이어갔다. "날씨가 더 나빠지면 어쩌려고요! 니키타를 데려가요, 제발!"

"왜? 내가 길을 몰라 안내인이라도 필요하단 거야?" 바실리 안드레예비치가 소리쳤다. 한 마디 한 마디 아주 분명하게 내뱉으며 부자연스럽게 입술을 앙다물었다. 보통 거래하는 사람들과 이야기할 때 보여주는 모습이었다.

"정말이지 저 사람을 데려가야 해요. 하느님의 이름으로 빌게

작가는 어떻게 읽는가

요!" 부인은 되풀이해 말하며 머리에 두른 솔을 꼭 여몄다.

"저, 저, 꼭 거머리처럼 달라붙는다니까! …니키타를 어디에 데려가란 말이야?"

"어르신과 나갈 준비가 되어 있습니다, 바실리 안드레예비치." 니키타가 명랑하게 말했다. "하지만 내가 나가고 없는 동안 누군가 말을 먹여야 합니다." 그는 주인의 아내를 돌아보며 그렇게 덧붙였다.

"말은 내가 알아서 할게요, 고마운 니키타. 세묜한테 말할게요." 여주인이 대답했다.

"자, 바실리 안드레예비치, 내가 함께 가도 되겠니까?" 니키타는 결정을 기다렸다.

"내 마누라 비위를 맞춰야 할 것 같구먼. 하지만 가려거든 그것보다 따뜻한 망토를 두르는 게 나을 거야." 바실리 안드레예비치는 니키타의 짧은 양가죽 외투를 향해 한쪽 눈을 찡긋하며 다시 미소를 지었다. 외투는 겨드랑이와 등이 찢어졌고 기름으로 번들거렸고 끝자락이 해져 너덜너덜했다. 외투 평생 많은 일을 겪어온 게 분명했다.

"어이, 이봐요, 와서 말 좀 잡고 있어요!" 니키타가 아직 마당에 있던 식모 남편에게 말했다.

"아니, 내가 할 거야, 내가 할 거야!" 꼬마가 소리를 지르더니 호주머니에서 추워 빨개진 두 손을 꺼내 차가운 가죽 고삐를 잡았다.

"치장하는 데 시간을 너무 끌지만 말게. 서둘러!" 바실리 안드레예비치가 소리치며 니키타를 향해 싱긋 웃었다.

9

"잠깐이면 됩니다, 아버님, 바실리 안드레예비치!" 니키타가 대답하더니 밑창에도 펠트를 댄 장화 속 안쪽으로 굽은 발가락으로 빠르게 달려갔다. 그는 서둘러 마당을 가로질러 일꾼 오두막으로 들어갔다.

"아리누시카! 난로에서 내 외투 좀 내려. 어르신하고 함께 가야 해." 그는 오두막으로 달려 들어가 못에 걸려 있던 허리띠를 내렸다.

일꾼들을 전담하는 식모는 식사 후에 한숨 자고 나서 남편을 위해 사모바르를 준비하고 있다가 명랑한 얼굴로 니키타를 돌아보고, 그의 서두르는 모습에 전염이 되어 마찬가지로 빠르게 움직이기 시작했다. 그녀는 난로 위에서 말리던 형편없이 닳아빠진 천 외투를 내려 서둘러 털고 펴기 시작했다.

"그만하면 됐어, 자네는 남편과 명절을 보낼 기회가 생기겠구먼." 니키타가 말했다. 그는 누구하고든 둘이 있게 되면 늘 친절하고 따뜻한 마음으로 예의 바르게 뭐든 말을 건넸다.

이윽고 니키타는 낡고 가느다란 허리띠를 두르고 숨을 들이쉬어 납작한 배를 더 납작하게 집어넣고는 양가죽 위로 최대한 띠를 꼭 죄었다.

"그만하면 됐어." 그는 이제 식모가 아니라 허리띠에게 말하며 허리띠 양쪽 끝을 허리춤에 집어넣었다. "이제 풀리지 않겠지!" 그는 두 팔을 자유롭게 움직이기 위해 어깨를 한 번 올렸다 내리고, 양가죽 위에 외투를 입은 다음 두 팔이 편하게 움직이도록 허리를 한껏 구부린 다음 양쪽 겨드랑이를 쿡쿡 쑤시고 선반에서 가

작가는 어떻게 읽는가

죽으로 덮인 손모아장갑을 내렸다. "자 이제 됐다!"

"발도 싸야 해요, 니키타. 장화가 아주 형편없네요."

니키타는 갑자기 그 사실을 깨달은 것처럼 발을 멈추었다.

"그래, 그래야지… 하지만 이 정도로도 괜찮을 거야. 멀지 않으니까!" 그는 마당으로 달려 나갔다.

"춥지 않겠어요, 니키타?" 그가 썰매로 다가가자 여주인이 말했다.

"춥냐고요? 아니요, 아주 따뜻한데요." 니키타는 대답하며 발을 덮을 수 있도록 짚을 썰매 앞쪽으로 좀 밀고 착한 말한테는 쓸 일이 없는 채찍을 썰매 바닥에 내려놓았다.

모피로 안감을 댄 외투를 두 겹으로 껴입은 바실리 안드레예비치는 이미 썰매에 올라가 있어, 넓은 등이 썰매의 둥그스름한 등받이 전체를 거의 채우고 있었다. 그는 고삐를 잡고 바로 말을 어루만졌다. 니키타는 썰매가 출발하는 순간에 올라타 왼쪽 앞에 자리를 잡고 다리 하나는 바깥으로 내놓았다.

11

2

훌륭한 종마는 매끈하게 얼어붙은 도로를 따라 경쾌한 걸음걸이로 썰매를 끌고 마을을 통과했다. 썰매가 움직이면서 활주부가 약간 삐걱거리는 소리를 냈다.

"저기 저 매달려 있는 걸 봐! 채찍 이리 줘, 니키타!" 바실리 안드레예비치가 소리쳤다. 활주부에 올라서서 썰매 뒤에 매달려 있는 '상속자'의 모습이 기꺼운 게 분명했다. "혼내줄 거야! 어서 엄마한테 가, 이 강아지야!"

소년은 뛰어내렸다. 말은 걷는 속도를 높이더니, 갑자기 보조를 바꾸어 속보로 가기 시작했다.

바실리 안드레예비치가 사는 '십자가' 마을은 집 여섯 채로 이루어져 있었다. 그들은 마을의 맨 마지막 집인 대장장이의 오두막을 지나자마자 바람이 생각보다 훨씬 강하다는 것을 깨달았다. 도로가 거의 보이지 않았다. 썰매 활주부가 남긴 자국은 바로 눈으로 덮이고 도로는 오직 나머지 땅보다 높다는 사실로만 구분되었다. 들판에서는 눈이 회오리를 일으켰고 하늘과 땅이 만나는 지평선은 보이지 않았다. 보통 선명하게 보이는 텔랴틴 숲은 이제 몰려오는 눈먼지 사이로 가끔씩만 희미하게 불쑥 나타나곤 할 뿐이었다. 바람은 왼쪽에서 불어와 무호르티의 늘씬한 목 갈기를 집요하게 한쪽으로 밀어 넘기고 심지어 간단한 매듭으로 묶어 부풀어 오른 꼬리마저 옆으로 밀어냈다. 니키타는 바람이 불어오는 쪽에 앉아 있었기 때문에 넓은 외투 깃이 뺨과 코를 눌러댔다.

"이 길은 저 녀석이 달려볼 기회를 주지 않는군, 눈이 너무 와." 바실리 안드레예비치가 말했다. 그는 훌륭한 말을 자랑스럽게 생각하고 있었다. "한번은 이 녀석하고 파슈티노까지 30분 만에 간 적이 있네."

"네?" 옷깃 때문에 듣지 못한 니키타가 되물었다.

"한번은 파슈티노까지 30분 만에 간 적이 있다고." 바실리 안드레예비치가 소리쳤다.

— 12

작가는 어떻게 읽는가

"저 아이가 훌륭한 말이라는 건 말할 필요도 없지요." 니키타가
대답했다.

그들은 잠시 입을 다물고 있었다. 그러나 바실리 안드레예비치
는 말을 하고 싶었다.

"그래, 통장이한테 보드카를 주지 말라고 부인한테 일러두었
나?" 그는 조금 전과 똑같이 큰 목소리로 말을 시작했다. 그는 자
기처럼 똑똑하고 중요한 사람과 대화를 하게 되어 니키타가 기분
이 좋을 게 분명하다고 확신하고 있었고, 자신이 한 농담이 흡족해
그 말이 니키타에게는 불쾌할 수도 있다는 생각은 머릿속에 떠오
르지도 않았다.

다시 바람 탓에 니키타는 주인의 말을 듣지 못했다.

13

바실리는 크고 또렷한 목소리로 통장이에 대한 농담을 되풀이했
다.

"그건 그 사람들 일이죠, 바실리 안드레예비치. 저는 그 사람들
일은 캐지 않습니다. 그 여자가 우리 아들을 못살게 굴지 않는 한
요. 하느님이 그들과 함께하시기를."

"그렇지." 바실리 안드레예비치가 말했다. "그래, 봄에는 말을
살 건가?" 그가 화제를 바꾸어 말을 이어갔다.

"네, 그럴 수밖에 없겠는데요." 니키타가 말하며 옷깃을 내리고
뒤에 앉은 주인 쪽으로 몸을 기울였다.

이제 대화가 흥미로워졌기 때문에 말을 한 마디도 놓치고 싶지
않았다.

"아들도 이제 다 컸어요. 녀석도 직접 땅을 갈아야죠. 지금까지

는 늘 사람을 썼지만."

"흠, 엉덩이가 여윈 녀석은 어떤가. 많이 받지 않겠네." 바실리 안드레예비치가 활기를 띠며 소리쳤다. 그렇게 그가 가장 좋아하는 심심풀이, 곧 말 거래를 시작하게 되었는데 그는 거기에 모든 정신력을 쏟아부었다.

"아니면 나한테 15루블을 주시면 내가 말 시장에 가 한 마리 사도록 하죠." 니키타가 말했다. 그는 바실리 안드레예비치가 팔고 싶어 하는 말이 7루블을 달라 해도 비싼 거지만 자신에게 팔 때는 25루블을 부를 것이고, 그러면 반년 동안은 돈을 한 푼도 받지 못할 것임을 알고 있었다.

14 "그거 좋은 말이야. 나는 자네의 이익을 내 이익처럼 생각하고 있네. 양심에 따라서 말이지. 이 브레후노프는 누구에게도 못된 짓을 할 사람이 아니야. 손해는 내가 보도록 하지. 나는 다른 사람들과는 달라. 솔직하게 말하지만!" 그는 손님과 거래상을 홀리던 목소리로 소리쳤다. "그거 정말 좋은 말이야."

"그렇고말고요!" 니키타가 말하며 한숨을 쉬었다. 그는 더 들을게 없다고 확신하고 다시 옷깃에서 손을 놓았다. 옷깃은 이내 그의 귀와 얼굴을 덮었다.

그들은 30분가량 말없이 달렸다. 바람이 양가죽이 찢어진 니키타의 옆구리와 팔로 날카롭게 파고들었다.

그는 몸을 웅크리고 입을 덮은 옷깃에 숨을 내쉬었다. 그러자 그렇게 춥지는 않았다.

"어떻게 생각하나? 카라미세보를 통해 갈까, 아니면 곧장 갈까?" 바실리 안드레예비치가 물었다.

카라미세보를 통하는 길은 통행이 빈번하고 높은 말뚝을 두 줄로 세워두어 길 표시가 잘 되어 있었다. 곧장 가는 길은 빠르기는 했지만 통행이 거의 없고 말뚝도 없었다. 있다 해도 형편없었고 눈에 덮여 있었다.

니키타는 잠시 생각했다.

"카라미세보가 오래 걸리기는 하지만 가기는 낫습니다." 그가 말했다.

"하지만 곧장 가는 길은 일단 숲 옆의 움푹 꺼진 곳만 통과하면 가기 좋아, 바람도 안 들이치고." 바실리 안드레예비치는 가장 빠른 길로 가고 싶어 했다.

"원하는 대로 하시죠." 니키타는 이렇게 말하고 다시 옷깃에서 손을 놓았다.

바실리 안드레예비치는 말한 대로 했다. 반 베르스타쯤 갔을 때 아직 마른 잎이 몇 개 남아 대롱거리는 높은 참나무 말뚝을 만났고 거기에서 왼쪽으로 방향을 틀었다.

그들은 방향을 틀자마자 바람과 정면으로 마주쳤다. 눈도 내리기 시작했다. 마차를 몰던 바실리 안드레예비치는 뺨을 부풀리고 콧수염 사이로 숨을 내뿜었다. 니키타는 졸고 있었다.

그렇게 그들은 말없이 10분 정도 갔다. 갑자기 바실리 안드레예비치가 무언가 말하기 시작했다.

"네, 뭐라고요?" 니키타가 눈을 뜨며 물었다.

바실리 안드레예비치는 대답하지 않고 허리를 굽히고 뒤를 보았

15

고, 이어 말 앞쪽을 보았다. 무호르티의 다리 사이와 목에 난 털이 땀에 젖어 구불구불했다. 말은 보통 걸음으로 가고 있었다.

"뭐라고요?" 니키타가 다시 물었다.

"뭐라고요? 뭐라고요?" 바실리 안드레예비치가 화가 나서 흉내를 냈다. "말뚝이 하나도 안 보여! 우리가 길에서 벗어난 게 틀림없어!"

"어, 그럼 세우세요. 내가 찾아보겠습니다." 니키타는 썰매에서 가볍게 뛰어내려 짚 더미 아래에서 채찍을 꺼내 들고는 자신이 앉아 있던 곳에서 왼쪽으로 걸어갔다.

그해에는 눈이 깊이 쌓이지 않아 어디든 걸어갈 수 있었지만 그래도 군데군데 무릎 높이까지 쌓여 니키타의 장화 안으로 들어왔다. 그는 발과 채찍으로 땅을 더듬으며 돌아다녔지만 어디에서도 도로는 찾을 수 없었다.

"그래, 어때?" 니키타가 썰매로 돌아오자 바실리 안드레예비치가 물었다.

"이쪽에는 길이 없는데요. 반대편에 가서 찾아보겠습니다." 니키타가 말했다.

"저기 앞에 뭐가 있군. 가서 한번 보게."

니키타는 거무스름해 보이는 것을 향해 갔지만 바람이 겨울 귀리가 사라진 들판에서 흙을 쓸고 와 눈 위에 흩뿌린 탓에 색깔이 달라 보인다는 것을 알았다. 그는 오른쪽도 살핀 다음에 썰매로 돌아와 외투에서 눈을 털어내고 장화도 흔들어 눈을 날리고 다시 자리에 앉았다.

작가는 어떻게 읽는가

"오른쪽으로 가야 합니다." 그가 단호하게 말했다. "아까는 바람이 우리 왼쪽에서 불어왔는데 지금은 곧장 얼굴로 들이닥치고 있어요. 오른쪽으로 모세요." 그가 다시 강하게 말했다.

바실리 안드레예비치는 그의 충고를 받아들여 오른쪽으로 방향을 틀었다. 그러나 여전히 도로는 없었다. 그들은 한동안 그 방향으로 나아갔다. 바람은 여전히 거셌고 눈이 가볍게 내리고 있었다.

"아무래도, 바실리 안드레예비치, 우리가 완전히 길을 잘못 든 것 같습니다." 니키타가 갑자기 무슨 즐거운 일이라도 되는 것처럼 말했다. "저게 뭐죠?" 그가 덧붙이며 눈밭에서 고개를 내민 감자 덩굴을 가리켰다.

바실리 안드레예비치는 땀 흘리는 말을 세웠다. 말의 깊이 팬 옆구리가 무겁게 들썩였다. *17*

"저게 뭔데?"

"아, 자하로프 땅에 왔군요. 우리가 어디에 왔는지 보세요!"

"말도 안 돼!" 바실리 안드레예비치가 반박했다.

"말도 안 되는 게 아닙니다, 바실리 안드레예비치. 사실이에요." 니키타가 말했다. "썰매가 감자밭을 지나가는 게 느껴지잖아요. 그리고 수레로 여기에 실어 나른 덩굴 더미가 있습니다. 자하로프 공장 땅입니다."

"이런, 어쩌다 길을 잘못 든 거지!" 바실리 안드레예비치가 말했다. "이제 어떻게 하지?"

"그냥 똑바로 가야 합니다, 그뿐입니다. 어디론가 나가게 될 겁니다. 자하로프 댁이 아니면 지주의 농장으로요." 니키타가 말했다.

바실리 안드레예비치는 동의하고 니키타가 말한 방향으로 말을 몰았다. 그렇게 그들은 꽤 긴 시간 동안 계속 달렸다. 가끔 헐벗은 밭을 지났고 얼어서 덩어리진 흙 위에서 썰매 활주부가 덜거덕거렸다. 간혹 겨울 호밀밭에 올라서기도 하고 휴경지를 통과하기도 했다. 휴경지에서는 약쑥 줄기, 또 눈 위로 삐져나와 바람에 흔들리는 짚이 보였다. 가끔 깊이 쌓인, 심지어 새하얀 눈과 마주쳤는데 그 위로는 아무것도 보이지 않았다.

눈은 위에서 떨어질 뿐 아니라 가끔 아래에서 솟구치기도 했다. 말은 지친 게 분명했다. 털이 모두 땀으로 구불구불하고 서리에 덮인 채 보통 걸음으로 가고 있었다. 그러다 갑자기 비틀거리더니 도랑인지 수로에 주저앉았다. 바실리 안드레예비치는 멈추고 싶었지만 니키타가 소리쳤다.

"왜 멈춥니까? 들어왔으니 나가야 해요. 어이, 귀염둥이! 어이, 귀여운 것! 이러, 늙은 친구!" 그는 명랑한 목소리로 말에게 소리를 지르다가 썰매에서 뛰어내려 그 자신도 도랑에 빠지고 말았다.

말이 움직이더니 금세 얼어붙은 둑으로 기어 나왔다. 일부러 파놓은 도랑이 분명했다.

"우리가 지금 어디 있는 거지?" 바실리 안드레예비치가 물었다.

"곧 알게 되겠죠!" 니키타가 대답했다. "계속 가세요, 어딘가에 닿을 테니."

"아니, 이거 고랴치킨 숲이 틀림없는데!" 바실리 안드레예비치가 앞의 눈 사이에 나타난 거무스름한 것을 가리키며 말했다.

"도착하면 어느 숲인지 알게 될 겁니다." 니키타가 말했다.

작가는 어떻게 읽는가

니키타는 그들이 본 거무스름한 것 옆에 마르고 길쭉한 버들잎이 퍼덕거리는 것을 보았고 따라서 그게 숲이 아니라 정착지라는 걸 알았지만 그렇게 말하고 싶지 않았다. 실제로 그들이 도랑 너머로 10사젠도 가지 않아 앞에 뭔가가, 분명 나무였다, 시커멓게 나타났고 그들 귀에 새로 구슬픈 소리가 들렸다. 니키타의 추측이 옳았다. 그것은 숲이 아니라 한 줄로 늘어선 키 큰 버드나무들이었고 아직 여기저기 잎이 퍼덕이고 있었다. 타작마당 둘레의 도랑을 따라 심어놓은 것이 분명했다. 바람에 슬픈 신음을 토하는 버드나무에 다가가자 말이 갑자기 썰매 높이보다 높은 곳에 두 앞다리를 박더니 뒷다리도 끌어 올려 썰매를 높은 곳으로 끌어당겼고 이어 왼쪽으로 방향을 틀었다. 이제는 무릎까지 발이 빠지지 않았다. 다시 도로로 돌아온 것이다.

"자, 이제 나왔군요. 하지만 어디인지는 전혀 모르겠네요!" 니키타가 말했다.

말은 쓸려 온 눈 더미를 뚫고 도로를 따라 곧장 움직였고 40사젠을 채 가지 않아 직선을 그리는 헛간의 어두운 윗가지 벽이 그들 앞에 검게 나타났다. 지붕에는 눈이 무겁게 덮여 있었는데 그것이 아래로 쏟아져 내렸다. 헛간을 지나자 도로는 바람이 부는 쪽으로 방향을 틀었다. 그들은 쓸려 온 눈 속으로 들어섰다. 그러나 저 너머 그들 앞쪽으로 양편에 집이 늘어선 길이 있었다. 따라서 눈이 바람에 실려 와 도로를 가로질러 쌓인 것이 분명했고, 그들은 쓸려 온 이 눈을 뚫고 나아가야 했다. 실제로 그랬다. 눈을 뚫고 말을 몰자 거리로 나설 수 있었다. 마을의 맨 끄트머리 집 빨랫줄에 얼어붙은 옷가지, 그러니까 빨간색과 하얀색 셔츠, 바지, 각대, 속치마가 바람에 거세게 퍼덕이고 있었다. 특히 하얀색 셔츠가 필사적으로 싸우며 두 소매를 이리저리 흔들어댔다.

"저거 보게, 명절 전에 빨래를 걷지 않았다니 게으른 여자로군, 아니면 죽었거나." 니키타가 퍼덕거리는 셔츠를 보며 말했다.

3

거리 입구에는 바람이 아직도 거셌고 도로에는 눈이 두텁게 덮여 있었지만 마을 안으로 깊숙이 들어가자 차분하고 따뜻하고 흥겨웠다. 한 집에서는 개가 짖었고 다른 집에서는 외투로 머리를 덮은 여자가 어딘가에서 나와 오두막 문으로 들어가다 문지방에서 발을 멈추고 지나가는 썰매를 보았다. 마을 한복판에서는 여자아이들이 노래 부르는 소리가 들렸다.

여기 마을에는 바람과 눈이 잦아든 것 같았고 서리도 덜 매서운 것 같았다.

"어라, 여기는 그리시키노로군." 바실리 안드레예비치가 말했다.

"그렇네요." 니키타가 대답했다.

그곳은 정말로 그리시키노였으며, 이는 그들이 왼쪽으로 너무 멀리, 약 8베르스타를 움직였다는 뜻이었다. 그들이 목표로 삼은 방향이라고는 할 수 없었으나 그럼에도 목적지로 향하고는 있었다.

그리시키노에서 고랴치킨까지는 5베르스타 정도 더 가야 했다.

그들은 마을 한복판에서 거리 한가운데를 걸어가는 키가 큰 남자와 부딪힐 뻔했다.

"당신들 누구야?" 남자가 소리치며 말을 막아섰다가 바실리 안드레예비치를 알아보더니 즉시 썰매채를 쥐고 손으로 번갈아 잡으며 다가와 썰매에 이르자 마부석에 앉았다.

그는 바실리 안드레예비치가 아는 농민 이사이로, 그 지역에서 손꼽히는 유명한 말 도둑이었다.

"아, 바실리 안드레예비치! 어디로 가시는 겁니까?" 이사이가 말했다. 그가 마신 보드카 냄새가 니키타를 둘러쌌다.

"고랴치킨으로 가고 있었네."

"그런데 어디까지 오신 겁니까! 몰차놉카를 통과하셨어야죠."

"그러게. 하지만 그러지를 못했네." 말의 고삐를 당기며 바실리 안드레예비치가 말했다.

"좋은 말이네요." 이사이는 말하면서 빈틈없는 눈길로 무호르티를 슬쩍 보고 능숙한 손놀림으로 말의 덥수룩한 꼬리 높은 곳의 풀어진 매듭을 조였다.

"밤을 보내고 가실 겁니까?"

"아닐세, 친구. 계속 가야 해."

"볼일이 바쁘신가 보네요. 그런데 여긴 누굽니까? 아, 니키타 스테파니치!"

"아니면 누구겠어?" 니키타가 대답했다. "그런데 하나 묻자고, 좋은 친구. 다시 길을 잃지 않으려면 어떻게 해야 하나?"

"여기 어디에서 길을 잃을 수가 있겠어? 뒤돌아서 거리를 따라 곧장 내려가다 거리를 벗어나면 계속 직진해. 왼쪽으로 가지 말고. 그럼 큰길과 만나게 될 텐데, 거기서 오른쪽으로 꺾어."

"큰길로 가다 어디에서 빠져? 여름처럼, 아니면 겨울 길로?" 니키타가 물었다.

"겨울 길로. 빠지자마자 수풀이 보일 텐데, 그 맞은편에 길 표시가 있어. 커다란 참나무, 가지 많은 참나무 말이야, 그쪽 길이야."

바실리 안드레예비치는 말 머리를 뒤로 돌려 마을 외곽을 통과해 달렸다.

"밤을 보내고 가시지요?" 이사이가 그들 뒤에 대고 소리쳤다.

그러나 바실리 안드레예비치는 대답하지 않고 말을 어루만졌다. 잘 닦인 길 5베르스타에, 그 가운데 2베르스타는 숲을 통과하니 가기 쉬울 것 같았다. 무엇보다 바람이 분명히 잦아들고 눈은 그쳤기 때문이다.

그들은 여기저기 새 거름 때문에 거무스름하고 사람들이 다녀 단단하게 다져진 마을 거리를 따라 달렸다. 마당에 빨래가 널려 있던 집을 지나는데 이제 하얀색 셔츠는 빨랫줄에서 풀려나 얼어붙은 소매 하나로만 걸려 있었고, 그 집을 지나자 다시 버드나무의 괴상한 신음이 들렸고 그들은 다시 열린 들판으로 나섰다. 눈보라는 그치기는커녕 더 강해진 것 같았다. 도로는 쓸려 온 눈으로 완전히 덮이고 말뚝만이 그들이 길을 잃지 않았음을 보여주었다. 그러나 바람이 얼굴로 몰아쳐 앞쪽에 있는 말뚝마저 보기가 쉽지 않았다.

바실리 안드레예비치는 눈살을 찌푸리고 고개를 숙여 도로 표시를 살폈지만 주로 말의 총명함을 믿고 스스로 길을 찾아 나가게 맡겨두었다. 실제로 말은 길을 잃지 않고 굽이굽이 잘 따라갔다. 발굽 밑을 느끼며 이번에는 오른쪽으로 꺾고 이번에는 왼쪽으로 꺾었다. 그래서 눈발은 거세지고 바람은 강해졌지만 그들은 계속 이번에는 왼쪽 이번에는 오른쪽에서 도로 표시를 볼 수 있었다.

그렇게 약 10분 정도 길을 갔을 때 갑자기 바람에 쏠리는 눈이 빗금을 그리는 시야를 뚫고 웬 검은 것이 불쑥 나타나 말 앞을 지나갔다.

사람을 태운 다른 썰매였다. 무호르티는 그들을 따라잡아 발굽으로 앞에 가는 썰매 뒤쪽을 걷어찼다.

"따돌려… 어이… 앞으로 나서!" 썰매에서 목소리들이 외쳤다.

바실리 안드레예비치는 썰매를 추월하기 위해 옆으로 방향을 틀었다. 썰매에는 남자 셋과 여자 하나가 있었는데 축제에 갔다 돌아오는 사람들이 분명했다. 농민 하나가 긴 회초리로 그들의 작은 말의 눈 덮인 엉덩이를 후려쳤고, 앞에 앉은 다른 두 명은 팔을 흔들며 뭐라고 소리쳤다. 뒤쪽에서는 완전히 눈으로 싸이고 덮인 여자가 앉은 채로 들썩이며 졸고 있었다.

"댁들은 누구요?" 바실리 안드레예비치가 소리쳤다.

"우리는 아-아-아…" 이런 소리밖에 들리지 않았다.

"어디에서 왔냐고요."

"아-아-아에서!" 한 농민이 온 힘을 다해 소리쳤지만 그럼에도 그들이 누구인지 파악하기란 불가능했다.

"계속 붙어 가! 늦추지 마!" 다른 농민이 말하며 쉬지 않고 회초리로 말을 때렸다.

"그러니까 축제에서 오는 거로군, 아마도?"

"계속 가, 계속! 더 빨리, 세묜! 앞서가! 더 빨리!"

양쪽 썰매의 날개가 부딪혀 뒤엉킬 뻔했으나 간신히 분리되었다. 농민들의 썰매가 뒤처지기 시작했다.

그들의 텁수룩하고 배가 불룩한 말은 눈에 완전히 덮여 낮은 멍에 밑에서 무겁게 숨을 쉬고 있었다. 마지막 남은 힘을 쓰고 있는 게 분명했다. 짧은 다리로 깊은 눈을 헤치고 절뚝절뚝 나아가며 몸 밑에서 눈을 퍼 올리고 있었는데 회초리로부터 벗어나려고 노력해도 아무 소용이 없었다.

— 24

물고기처럼 아랫입술이 위로 끌어 올려진 어려 보이는 주둥이, 벌어진 콧구멍, 두려움에 뒤로 납작 눌린 귀가 잠시 니키타의 어깨 근처에서 따라오다가 이내 뒤처지기 시작했다.

"술이 무슨 짓을 하는지 좀 봐!" 니키타가 말했다. "저 작은 말이 죽어나가도록 진을 빼다니. 저런 이교도들!"

그들은 몇 분 동안 작은 말이 헐떡거리는 소리와 농민들이 술에 취해 내지르는 소리를 들었다. 이윽고 헐떡거림과 외침은 잦아들었고 그들 주위에서는 귀를 파고드는 바람의 휘파람 소리와 이따금 썰매 활주부가 도로에서 바람에 눈이 다 쓸려나간 부분을 지나갈 때 나는 끽끽 소리만 들렸다.

우연히 농민을 만난 덕분에 바실리 안드레예비치는 기분이 좋아져 활기를 띠었고, 도로 표지도 살피지 않고 더 대담하게 썰매를 몰면서 말을 다그치고 말에게 의지했다.

작가는 어떻게 읽는가

니키타는 할 일이 없어 그럴 때면 보통 그러듯이 꾸벅꾸벅 졸아 한참 모자란 잠을 보충했다. 그러다 갑자기 말이 멈추는 바람에 니키타는 앞으로 고꾸라져 코를 박을 뻔했다.

"있잖나, 우리가 다시 길에서 벗어났어!" 바실리 안드레예비치가 말했다.

"어떻게 아십니까?"

"그게, 길 표시가 하나도 보이지를 않아. 도로에서 다시 벗어난 게 틀림없어."

"뭐 길을 잃어버린 거라면 다시 찾아야겠지요." 니키타가 퉁명스럽게 말하고 썰매에서 내려 안짱걸음으로 가볍게 걸으며 다시 눈밭을 돌아다니기 시작했다.

그는 사라졌다 나타났다 하며 한참을 돌아다니다가 마침내 돌아왔다.

"여기에는 길이 없습니다. 계속 더 가면 나올지도 모르겠네요." 그는 썰매에 탔다.

날은 이미 어두워지고 있었다. 눈보라가 더 심해지지는 않았지만 그렇다고 가라앉지도 않았다.

"그 농민들 소리라도 들렸으면!" 바실리 안드레예비치가 말했다.

"글쎄 그 사람들이 따라오지 않았네요. 우리가 길에서 한참을 벗어난 게 분명해요. 아니면 그 사람들도 길을 잃은 건지 모르죠."

"그럼 이제 어디로 간다?" 바실리 안드레예비치가 말했다.

"음, 말이 알아서 찾아가게 놔둬야 합니다." 니키타가 말했다.

"이 아이가 우리를 제대로 데려다줄 거예요. 내가 고삐를 잡죠."

바실리 안드레예비치는 그에게 고삐를 주었다. 두꺼운 장갑을 꼈음에도 손이 얼어붙는 느낌이 들기 시작했기에 그렇게 기꺼울 수가 없었다.

니키타는 고삐를 잡았지만 붙들고만 있을 뿐 흔들지 않으면서 자신이 가장 아끼는 말의 총명함에 흐뭇해했다. 실제로 이 영리한 말은 처음에는 한쪽 귀를 다음에는 다른 귀를 이번에는 이쪽 다음 번에는 저쪽으로 돌리다 방향을 휙 바꾸었다.

"이 아이가 한 가지 하지 못하는 게 말하는 거죠." 니키타는 계속 말하고 있었다. "이 아이가 하는 짓 좀 보세요! 계속 가, 계속! 네 가 가장 잘 알아. 그거야, 바로 그거야!"

이제 바람이 뒤에서 불고 있어 한결 따뜻했다.

"그래, 이 아이는 영리합니다." 니키타는 계속 말을 이어가며 말 칭찬을 했다. "키르기스 말은 힘이 좋지만 멍청하죠. 하지만 이 녀석, 귀로 하는 짓 좀 보세요! 이 녀석은 전보가 필요 없어요. 1베르스타 떨어진 곳에서도 냄새를 맡을 수 있습니다."

그로부터 30분이 지나지 않아 그들 앞에 숲인지 마을인지 시커 먼 무언가가 보였고 오른쪽에 다시 말뚝이 나타나기 시작했다. 도 로에 다시 올라선 게 분명했다.

"아니, 다시 그리시키노잖아!" 니키타가 갑자기 소리쳤다.

실제로 그들 왼쪽으로 똑같은 헛간에서 눈이 흩날리고 있었고, 더 가자 얼어붙은 빨래가 걸린 빨랫줄이 나타났다. 셔츠와 바지가 여전히 바람에 절망적으로 펄럭이고 있었다.

26

작가는 어떻게 읽는가

다시 그들은 거리로 썰매를 몰았다. 다시 거리는 조용하고 따뜻하고 명랑했고, 다시 그들은 거름이 얼룩진 거리를 보았고 사람들 목소리와 노랫소리와 개 짖는 소리를 들을 수 있었다. 이미 상당히 어두워져 창문 몇 개에서는 불빛이 보였다.

마을을 반쯤 통과했을 때 바실리 안드레예비치는 전면이 출입구 양쪽으로 대칭을 이룬 커다란 벽돌집 쪽으로 방향을 틀어 현관 앞에서 말을 멈추게 했다.

니키타는 불이 환하게 밝혀진 눈 덮인 창으로 갔다. 흩날리는 눈송이들이 빛줄기들 속에서 반짝거렸다. 그는 채찍으로 창문을 두드렸다.

"게 누구요?" 창문 두드리는 소리에 목소리가 대답했다.

"크레스티에서 왔습니다. 브레후노프 집안입니다, 주인장" 니키타가 대답했다. "잠깐만 나와 보십시오."

누군가 창에서 물러났고 1분쯤 뒤에 통로 문이 움직이는 소리가 들리더니 바깥문 걸쇠가 딸깍 하는 소리를 냈다. 키가 크고 턱수염이 허연 농민이 하얀색 루바시카 위에 양가죽 외투를 걸치고 문을 밀며 밖으로 나와 바람에 문이 닫히지 않도록 단단히 붙들었다. 그 뒤로 빨간색 셔츠를 입고 가죽 장화를 신은 젊은이가 따라 나왔다.

"댁이로군요, 안드레예비치?" 노인이 물었다.

"그렇소, 친구, 우리는 길을 잃었소." 바실리 안드레예비치가 말했다. "고랴치킨에 가려 했는데 여기로 오고 말았소. 그래서 다시 출발했지만 또 길을 잃고 말았소."

"그렇게까지 헤매다니!" 노인이 말했다. "페트루시카, 가서 대문을 열어라!" 그는 빨간색 셔츠를 입은 젊은이를 돌아보며 덧붙였다.

"알겠어요." 젊은이는 명랑한 목소리로 말하더니 통로로 달려 돌아갔다.

"하지만 우리는 여기서 밤을 보내진 않을 거요." 바실리 안드레예비치가 말했다.

"밤중에 어디를 가려고요? 이곳에서 묵는 게 나을 텐데요!"

"나도 그러고 싶은 마음이지만 가야만 하오. 볼일이 있어서 어쩔 수가 없어."

"뭐, 그럼 몸이라도 좀 녹이시죠. 사모바르가 마침 준비되어 있습니다."

"몸을 녹이라고? 그래, 그러겠소." 바실리 안드레예비치가 말했다. "더 어두워지지는 않을 테니. 달이 뜨면 밝아지겠지. 들어가서 몸 좀 녹이세, 니키타."

"뭐 좋지요. 몸을 좀 녹이죠." 니키타는 추위에 몸이 뻣뻣하여 언 팔다리를 녹이고 싶은 마음이 간절했다.

바실리 안드레예비치는 노인과 함께 안으로 들어갔고, 니키타는 페트루시카가 열어준 대문으로 썰매를 몰고 들어와 그의 안내에 따라 말을 뒷걸음질로 달개 지붕 밑으로 들여보냈다. 바닥은 거름으로 뒤덮여 있었고 말 머리 위의 높은 멍에가 들보에 걸렸다. 이미 홰에 자리를 잡고 있던 암탉과 수탉이 발톱으로 들보에 매달린 채 역정을 내며 꼬꼬댁거렸다. 방해를 당한 양 떼는 겁을 먹고 발굽으로 얼어붙은 거름을 짓이기며 황급히 옆으로 물러났다. 개는 놀라고 화가 나 절박하게 깽깽거리다 낯선 사람을 본 강아지처럼 폭발하듯 짖어댔다.

니키타는 그들 모두에게 말을 걸었다. 닭에게 미안하다고 말한 뒤 다시 방해하지 않을 거라고 덧붙였고, 양 떼는 이유도 모르고 겁을 먹는다고 꾸짖었으며 개는 계속 달래면서 말을 묶었다.

"이제 괜찮을 거야." 그가 옷에서 눈을 털어내며 말했다. "이놈 짖는 것 좀 보게!" 그는 덧붙이며 개를 돌아보았다. "조용히 해라, 멍청아! 조용히 해. 아무것도 아닌 일로 너 자신만 괴롭히고 있을 뿐이야. 우리는 도둑이 아니야, 친구라고…"

"그런데 이들은 집안의 세 조언자다, 그렇게 나오죠." 젊은이가 말했다. 그는 튼튼한 두 팔로 밖에 남아 있던 썰매를 달개 지붕 밑으로 밀었다.

"왜 조언자야?" 니키타가 물었다.

"폴슨의 책에 그렇게 적혀 있으니까요. 도둑이 어떤 집으로 살금살금 다가가자 개가 짖는다, 그것은 '경계를 해라!' 하는 뜻이다. 닭이 운다, 그것은 '일어나라!' 하는 뜻이다. 고양이가 자기 몸을 핥는다, 그것은 '환영받을 손님이 오고 있다. 맞이할 준비를 해라' 하는 뜻이다." 젊은이가 미소를 지으며 말했다.

페트루시카는 글을 읽고 쓸 줄 알았으며 자신이 가진 유일한 책인 폴슨 초급 독본을 거의 외웠고, 어울리는 상황이라고 생각할 때마다 거기에 나오는 말을 즐겨 인용했다. 특히 오늘처럼 마실 게 있는 날은 더 그랬다.

"그렇구나." 니키타가 말했다.

"뼛속까지 냉기가 스몄겠네요." 페트루시카가 말했다.

"그래, 그런 편이야." 니키타가 말했고, 그들은 마당과 통로를 건너 집 안으로 들어갔다.

4

바실리 안드레예비치가 간 곳은 마을에서 가장 부잣집으로 꼽혔다. 가족은 할당받은 농지가 다섯에 다른 땅까지 세를 내고 있었다. 말이 여섯 마리, 암소가 세 마리, 송아지가 두 마리에 양이 약 스무 마리였다. 이 농가에 딸린 사람은 스물두 명이었다. 결혼한 아들 넷, 손자 여섯(그중 하나인 페트루시카는 결혼을 했다), 증손자 둘, 고아 셋, 아기가 딸린 며느리 넷. 이 집은 아직도 분가하지 않은 몇 안 되는 농가 가운데 하나였지만 여기에서도 해체라는 지루한 내부 작업이 이미 시작되었고 이는 불가피하게 분열에 이를 수밖에 없었다. 대개 그렇듯이 여자들 사이에서 단초가 생겼다. 아들 둘은 수로 운송자로 일하며 모스크바에 살고 있었고 하나는 군에 가 있었다. 지금 집에는 노인과 부인, 농장을 관리하는 둘째 아들, 명절을 맞아 모스크바에서 온 장남, 모든 여자들과 아이들이 있었다. 이들 가족 외에도 손님이 한 명 있었는데 그는 아이들 가운데 하나의 대부이자 이웃이었다.

식탁 위에서는 천장에 걸린 갓 달린 등이 다기, 보드카 병, 간식거리를 환하게 밝히고 그 너머 벽돌 벽까지 빛을 보내고 있었는데, 먼 구석에는 성상들이 걸려 있고 그 양편으로 그림들도 걸려 있었

작가는 어떻게 읽는가

다. 식탁 상석에는 검은 양가죽 외투를 입은 바실리 안드레예비치가 앉아 얼어붙은 콧수염을 빨며 매 같은 불거진 눈으로 주위의 방과 사람들을 관찰하고 있었다. 그의 옆에는 머리가 벗어지고 턱수염이 허연 집주인이 집에서 짠 하얀색 셔츠를 입고 앉아 있었고, 그 옆으로 명절을 맞아 모스크바에서 귀향한 아들이 앉아 있었는데 그는 등이 단단하고 어깨가 벌어진 사내로 얇은 날염 셔츠를 입고 있었다. 그리고 역시 어깨가 넓고 이 집에서 가장 노릇을 하는 둘째 아들, 그 옆에 아까 말한 이웃인 몸이 여윈 붉은 머리 농민이 앉아 있었다.

보드카를 마시고 음식도 좀 먹었기 때문에 그들은 이제 차를 마실 참이었다. 페치카 옆의 바닥에 놓인 사모바르는 이미 콧노래를 부르고 있었다. 맨 위쪽 침상과 페치카 위에 아이들이 보였다. 한 여자가 아래쪽 침상에 앉아 있고 옆에는 요람이 있었다. 입술까지 쪼글쪼글할 만큼 주름으로 얼굴이 완전히 뒤덮인 늙은 여주인이 바실리 안드레예비치의 시중을 들었다.

니키타가 집 안으로 들어섰을 때, 그녀는 손님에게 두껍고 작은 유리잔을 내밀고 있었고 거기에는 그녀가 방금 채운 보드카가 담겨 있었다.

"거절하지 마세요, 바실리 안드레예비치, 거절하시면 안 됩니다! 우리에게 즐거운 명절을 빌어주세요. 마시세요, 어서!"

보드카를 보고 냄새를 맡자 냉기에 시달리다 못해 지친 상태였던 니키타의 마음이 무척 불안해졌다. 그는 얼굴을 찌푸렸고 모자와 외투에서 눈을 털어낸 다음 아무도 보이지 않는다는 듯이 성상 앞에서 발을 멈추어 세 번 성호를 긋고 절을 했다. 이어 먼저 이 집의 늙은 주인을 향하여 절을 하고 다음에는 식탁의 모든 사람에게, 또 그다음에는 페치카 옆에 선 여자들에게 절을 하고 나서 중얼거렸다. "즐거운 명절 되시길!" 그는 식탁은 보지 않고 겉옷을 벗기 시작했다.

"이런, 서리로 완전히 덮였네요!" 장남이 니키타의 눈으로 덮인 얼굴과 눈, 턱수염을 보며 말했다.

니키타는 외투를 벗고 다시 털어 페치카 옆에 널고 식탁으로 다가왔다. 그에게도 보드카 잔이 건네졌다. 고통스러운 망설임의 시간이 찾아왔다. 잔을 받아들고 맑고 향기로운 액체를 목구멍으로 털어 넣을 뻔했지만 바실리 안드레예비치를 흘끗 보고 자신이 했던 맹세와 술 마시려고 팔아버린 장화를 기억했고, 통장이를 기억했고, 봄에는 말을 사주마고 약속한 아들을 기억했고, 한숨을 쉬었고, 술을 사양했다.

"저는 마시지 않습니다. 하지만 정말 감사합니다." 그는 얼굴을 찌푸리며 말하고 두 번째 창문 옆의 긴 의자에 앉았다.

"왜요?" 장남이 물었다.

"그냥 안 마십니다." 니키타는 눈을 들지 않고 대답하며 곁눈으로 성긴 턱수염과 콧수염을 보다가 거기에 붙은 고드름을 떼어냈다.

"술이 저 사람한테 좋지 않소." 바실리 안드레예비치가 말하며 잔을 비운 뒤 과자를 씹었다.

"자, 그럼 차를 좀 마셔요." 친절한 늙은 여주인이 말했다. "완전히 얼었을 텐데, 가엾은 사람. 거기 여자들은 사모바르를 가지고

작가는 어떻게 읽는가

뭘 꾸물대는 거야?"

"준비됐어요." 젊은 여자 하나가 말하더니 끓어 넘치는 사모바르 위쪽을 앞치마로 가볍게 치고 나서 그걸 힘겹게 식탁으로 가져와 위로 들어 올려 쿵 하며 내려놓았다.

그러는 동안 바실리 안드레예비치는 길을 잃은 것, 이 마을에 두 번이나 온 것, 헤매다가 술 취한 농민들을 만난 사연을 이야기했다. 집주인들은 놀라서 어디서 왜 길을 놓쳤는지 설명해 주고 그들이 만난 취한 사람들이 누구인지 알려주고 어떻게 가야 하는지 말해주었다.

"여기에서 몰차놉카까지는 어린애라도 길을 찾아갈 수 있죠. 그냥 큰길에서 오른쪽으로 꺾기만 하면 됩니다. 바로 거기에 수풀이 보입니다. 하지만 거기까지도 가지 못했군요!" 이웃이 말했다.

"그냥 여기서 묵는 게 좋겠어요. 여자들이 잠자리를 마련해 줄 겁니다." 노부인이 설득하려 했다.

"아침에 계속 가면 되니 그게 더 편할 겁니다." 노인도 아내를 거들었다.

"그럴 수 없소, 친구. 일 때문에!" 바실리 안드레예비치가 말했다. "한 시간을 잃어버리면 1년이 가도 따라잡을 수 없는 법." 그는 숲과 그 거래를 자신에게서 낚아챌 수도 있는 거래자들을 떠올리며 덧붙였다. "우리는 거기 꼭 갈 거야, 안 그런가?" 그가 니키타를 돌아보며 말했다.

니키타는 한동안 대답이 없었다. 턱수염과 콧수염을 녹이는 데 여전히 열중하고 있는 것 같았다.

주인과 하인

"다시 길을 잃지만 않으면요." 그가 우울하게 대꾸했다.

그가 우울한 이유는 보드카를 간절히 갈망하고 있었고, 그 갈망을 달래줄 유일한 것이 차였는데 아직 차를 받지 못해서였다.

"하지만 갈림길까지만 가면 길을 잃지는 않을 거야. 내내 숲을 통해 가는 길일 테니." 바실리 안드레예비치가 말했다.

"어르신 마음대로 하시는 것이죠, 바실리 안드레예비치. 가야 한다면 갑시다." 니키타가 찻잔을 건네받으며 말했다.

"차를 마시고 떠날 걸세."

니키타는 아무 말도 하지 않고 고개만 끄덕이며 받침에 차를 조심스럽게 따르고 김에 손을 덥히기 시작했다. 손가락은 힘든 일에 시달려 늘 부어 있었다. 이윽고 그는 설탕을 아주 조금 물어뜯고 집주인들에게 고개를 숙였다. "여러분의 건강을 위해!" 이어 김이 피어오르는 액체를 마셨다.

"갈림길까지만 누가 우리를 봐주면 좋을 텐데." 바실리 안드레예비치가 말했다.

"아, 그건 우리가 할 수 있습니다." 장남이 말했다. "페트루시카가 마구를 챙겨 거기까지 함께 갈 겁니다."

"아, 그럼, 말을 준비하시게, 젊은이. 그렇게 해주면 고맙겠소."

"오, 고맙긴요, 어르신." 선량한 노부인이 말했다. "우리야 기꺼이 기쁜 마음으로 그렇게 하죠."

"페트루시카, 가서 암말을 준비해." 장남이 말했다.

"알았어요." 페트루시카가 미소를 지으며 대답하고 얼른 모자를 못에서 낚아채 마구를 챙기러 달려 나갔다.

작가는 어떻게 읽는가

말에 마구를 채우는 동안 대화는 아까 바실리 안드레예비치가 말을 몰고 창문까지 다가오는 바람에 중단되었던 화제로 되돌아갔다. 노인은 명절에 며느리에게 프랑스제 솔을 보내면서 자신에게는 아무것도 보내지 않은 셋째를 두고 마을 장로인 이웃에게 불평을 했다.

"젊은 사람들이 점점 제멋대로입니다." 노인이 말했다.

"정말 그렇지요!" 이웃이 말했다. "어떻게 손을 댈 수가 없습니다! 아는 게 너무 많아요. 데모치킨 있잖습니까, 그 아이는 자기 아버지 팔을 부러뜨렸어요. 그게 다 너무 영리해서 그렇습니다, 내가 보기에는."

니키타는 귀를 기울이며 그들의 얼굴을 지켜보았다. 물론 대화에 끼어들고 싶은 마음이 간절했지만 차를 마시느라 너무 바빠 동의한다는 뜻으로 고개만 주억거렸다. 차를 한 잔, 한 잔 비우자 몸이 점점 따뜻해지고 점점 편안해졌다. 대화는 분가의 해로움이라는 한 주제를 두고 오랫동안 이어졌고, 이는 추상적인 의논이 아니라 그 집에서 벌어지는 분가 문제와 관련이 있는 게 분명했다. 그곳에 침울하게 입을 다물고 앉아 있는 둘째 아들이 요구하는 분가였다.

그것은 분명 민감한 주제로 그들 모두를 빨아들이고 있었지만 그들은 예의를 차리느라 낯선 사람 앞에서 사적인 일을 이야기하지 않았다. 그러나 마침내 노인은 자제하지 못하고 눈물을 글썽이며 자기 생전에는 가족을 해체하는 데 동의할 수 없다고, 이 집은 하느님 덕분에 번창하고 있다고, 그러나 가족이 나뉘면 모두 구걸을 하러 다니게 될 거라고 말했다.

"꼭 마트베예프 집안처럼 말이지요." 이웃이 말했다. "그 집안도 번창했지만 나뉘면서 이제 아무도 가진 게 없는 신세가 되었습니다."

"그게 네가 우리에게 일어나기를 바라고 있는 일이다." 노인이 아들을 돌아보며 말했다.

아들은 대답을 하지 않았고 어색한 정적이 흘렀다. 정적을 깬 사람은 페트루시카로, 그는 마구를 채우고 몇 분 전에 본채로 돌아와 내내 미소를 지으며 이야기를 듣고 있었다.

"폴슨에 그와 관련한 우화가 있어요." 그가 말했다. "아버지가 아들들에게 빗자루 하나를 부러뜨리라고 줘요. 처음에는 부러뜨릴 수 없었지만 결국 잔가지 하나씩 하나씩은 쉽게 부러뜨리죠. 우리도 똑같아요." 그가 활짝 웃었다. "다 준비됐습니다!" 그가 덧붙였다.

"준비됐으면 가지." 바실리 안드레예비치가 말했다. "분가는 허락하지 마시오, 영감. 영감이 모든 걸 모았으니 영감이 주인이오. 치안 판사한테 가시오. 어떻게 해야 할지 말해줄 거요."

"저 아이가 계속 저러고 있습니다, 계속 저래." 노인이 흐느끼는 소리로 말을 이어갔다. "무슨 짓을 해도 소용이 없어. 마치 악마에 사로잡힌 것 같아."

그동안 니키타는 다섯 잔째 차를 다 마시고 잔을 뒤집어놓는 대신 모로 내려놓았다. 여섯 번째 잔을 줄까 하는 마음에서였다. 그러나 사모바르에는 물이 남지 않았고 여주인은 그를 위해 물을 다시 채우지는 않았다. 게다가 바실리 안드레예비치가 옷을 입고 있었기 때문에 니키타도 일어서서 조금씩 먹던 설탕 덩어리를 설탕 그릇에 도로 내려놓고 양가죽 자락으로 땀이 흐르는 얼굴을 닦은 뒤 외투를 입으러 갈 수밖에 없었다.

그는 외투를 입고 깊이 한숨을 쉰 뒤 집주인들에게 감사하며 작별 인사를 하고 나서 따뜻하고 밝은 방에서 나와 춥고 어두운 통로로 들어섰다. 바람이 통로를 통과하며 으르렁거리는 소리를 냈고 흔들리는 문의 갈라진 틈을 통해 눈이 바람에 실려 왔다. 그는 통로에서 마당으로 나섰다.

페트루시카는 양가죽을 걸치고 말과 함께 마당 한가운데 서서 폴슨 독본에 나오는 몇 구절을 외우고 있었다. 그는 미소를 지으며 말했다.

안개 섞인 폭풍이 하늘을 감추고
눈이 원을 그리며 거칠게 몰아치네.
사나운 짐승처럼 으르렁거리다가
아이처럼 흐느끼기도 하네.

니키타는 고삐를 손보면서 칭찬하듯 고개를 끄덕였다.

노인은 바실리 안드레예비치를 배웅하며 통로를 밝히기 위해 등불을 가지고 나왔으나 바람 탓에 바로 불이 꺼졌다. 마당에 나섰을 뿐인데 눈보라가 더 심해졌다는 것을 금세 알 수 있었다.

'허, 이런, 날씨하고는!' 바실리 안드레예비치는 생각했다. '이러다 결국은 거기 가지 못할지도 모르겠는걸. 하지만 가볼 수밖에.

주인과 하인

일이니까! 게다가 준비가 이미 끝났어. 주인집 말에 마구가 채워졌잖아. 하느님의 도움으로 우리는 거기 도착하게 될 거야!'

나이 든 집주인도 그들이 집을 나서지 말아야 한다고 생각했지만 이미 묵고 가라는 설득이 소용없다는 것을 확인한 뒤였다.

'다시 요청해도 소용없어. 내가 나이 들어 소심해진 건지도 모르지. 무사히 도착할 거야. 어쨌거나 우리는 소란 떨지 않고 제때 잠자리에 들게 되겠구먼.' 그는 생각했다.

페트루시카는 위험은 생각하지 않았다. 그는 길과 이 지역을 아주 잘 알았고, "눈이 거칠게 몰아치네"라는 말이 지금 밖에서 일어나는 일을 적절하게 묘사해 주었기 때문에 기분이 좋아졌다. 니키타는 전혀 가고 싶지 않았지만 자기 뜻대로 하지 않고 남을 섬기는 데 오래 익숙해져 있었기에 결국 떠나는 길손을 막을 사람은 아무도 없었다.

5

바실리 안드레예비치가 썰매 쪽으로 가 어둠 속에서 간신히 썰매를 찾아내고 올라타 고삐를 잡았다.

"앞서가시오!" 그가 소리쳤다.

페트루시카는 자신의 낮은 썰매에 무릎을 꿇고 앉아 말을 출발시켰다. 조금 전부터 울고 있던 무호르티는 이제 앞장선 암말 냄새를 맡고 그 뒤를 따라 출발했다. 그들은 거리로 나섰다. 다시 마을 외곽을 통과하여 똑같은 길을 따라갔다. 얼어붙은 빨래가 걸린 마당을 지나고(그러나 이제 빨래가 보이지는 않았다), 이제 거의 지붕까지 쌓인 눈을 아직도 끊임없이 지붕에서 쏟아내는 똑같은 헛간을 지나고, 똑같이 음울하게 신음을 토하고 휘파람을 불고 몸을 흔드는 버드나무를 지나 다시 위아래에서 휘몰아치는 세찬 눈의 바다 속으로 들어갔다. 바람이 어찌나 거세던지 여행자들이 옆에서 부는 바람에 맞서 말을 몰 때면 썰매가 기울고 말도 몸이 옆으로 비틀렸다. 페트루시카는 앞에서 훌륭한 암말을 속보로 가게 했으며 계속 힘차게 소리를 질렀다. 무호르티는 암말 뒤를 바짝 따라갔다.

그런 식으로 10분쯤 가다 페트루시카가 뒤를 돌아보며 뭐라고 소리쳤다. 바실리 안드레예비치도 니키타도 바람 탓에 아무런 소리를 듣지 못했지만 길이 갈라지는 지점에 이른 것이라고 짐작했다. 실제로 페트루시카는 오른쪽으로 방향을 틀었고, 옆에서 불던 바람이 이제 그들의 얼굴을 향해 정면으로 불었으며, 눈발 사이로 오른쪽에 뭔가 거무스름한 게 보였다. 굽이에 있는 수풀이었다.

"그럼 이제, 안전을 빕니다!"

"고맙네, 페트루시카!"

"안개 섞인 폭풍이 하늘을 감춘다!" 페트루시카는 소리치며 사라졌다.

"시인 나셨네!" 바실리 안드레예비치가 중얼거리며 고삐를 당겼다.

"네, 훌륭한 청년입니다, 진정한 농민이에요." 니키타가 말했다.

그들은 계속 썰매를 달렸다.

니키타는 외투를 바짝 여미고 짧은 턱수염이 목을 덮을 만큼 고개를 가슴에 푹 파묻고 말없이 앉아 그 집에서 차를 마셔 얻은 온기를 빼앗기지 않으려 애썼다. 눈앞에 곧게 뻗은 썰매채가 보였는데 그는 여기에 계속 속아 사람이 많이 다니는 길을 가고 있다고 생각했다. 앞에 말의 흔들리는 엉덩이와 바람에 한쪽으로 치우친 매듭 묶은 꼬리가 보였고, 더 멀리 높이 솟은 멍에와 흔들리는 말 머리와 갈기가 물결치는 목도 보였다. 이따금 도로 표시가 보였고, 그래서 아직 도로 위에 있으니 걱정할 게 없다는 것을 알 수 있었다.

바실리 안드레예비치는 계속 썰매를 몰았지만 길을 따라가는 것은 말에게 맡겼다. 그러나 무호르티는 마을에서 한숨을 돌렸음에도 달리는 게 내키지 않는 듯했으며 간혹 길에서 벗어나는 것 같았다. 바실리 안드레예비치가 계속 바로잡아 주어야 했다.

'오른쪽에 말뚝이 있잖아, 또 하나 있고, 여기 세 번째.' 바실리 안드레예비치가 헤아렸다. '그리고 저 앞은 숲이로군.' 그는 앞의 거무스름한 것을 보며 생각했다. 그러나 그가 숲이라고 생각했던 것은 덤불에 불과했다. 덤불을 지나 다시 20사젠을 갔지만 네 번째 도로 표시도 없고 숲도 없었다.

'곧 숲에 도착해야 하는데.' 바실리 안드레예비치가 생각했다. 그는 보드카와 차 덕분에 활기가 넘쳐 말을 멈추지 않고 고삐를 흔들었다. 착하고 유순한 말은 그에 반응하여 가라는 방향으로 천천히 걷다가 느리게 달리곤 했다. 그러나 자신이 맞는 방향으로 가고 있지 않다는 것을 아는 듯했다. 10분이 지났지만 숲은 여전히 나오지 않았다.

"그만, 그만, 다시 길을 잃은 게 분명하군." 바실리 안드레예비치가 말하며 말을 세웠다.

니키타가 말없이 썰매에서 내리며 외투를 쥐었다. 바람이 외투를 그의 몸에 바싹 휘감다가 이제는 뜯어내려 했기 때문이다. 니키타는 눈 속에서 길을 더듬기 시작해 한쪽 옆으로 갔다가 다른 쪽으로 갔다. 그는 서너 번 시야에서 완전히 사라졌다. 마침내 돌아와 바실리 안드레예비치에게서 고삐를 넘겨받았다.

"오른쪽으로 가야 합니다." 그가 엄하고 단호하게 말하며 말의 방향을 틀었다.

"뭐, 오른쪽이라니까 오른쪽으로 가야겠지." 바실리 안드레예비치가 고삐를 니키타에게 넘기고 얼어붙은 손을 소매 안으로 집어 넣었다.

41

니키타는 대답하지 않았다.

"자, 친구, 힘내!" 그가 말에게 소리쳤지만 무호르티는 고삐를 흔들어도 그냥 걷기만 했다.

군데군데 눈이 말 무릎까지 쌓였으며 썰매는 말의 모든 움직임에 따라 변덕스럽게 움직였다.

니키타는 썰매 앞에 걸쳐놓았던 채찍을 들어 말을 한 번 때렸다. 착한 말은 채찍에 익숙하지 않아 움찔 튀어 나가더니 속보로 가기 시작했다. 그러나 곧 다시 느려지다가 그냥 걸었다. 그렇게 그들은 5분 동안 움직였다. 날은 어두웠고 눈은 위에서 소용돌이치고 아래서 위로 솟구쳤다. 그래서 가끔 멍에가 눈에 보이지 않았다. 가끔은 썰매가 정지하고 들판이 뒤로 달려가는 느낌이었다. 갑자기 말이 예고도 없이 멈추었다. 앞쪽 가까운 곳에서 뭔가를 인식한 것이 분명했다. 니키타는 다시 가볍게 밖으로 뛰어나가 고삐를 내려놓고 무엇 때문에 말이 멈추었는지 보려고 앞으로 갔지만 말 앞으로 한 걸음 내딛자마자 발이 미끄러지면서 비탈을 굴렀다.

"워, 워, 워!" 그는 넘어지면서 자신에게 말했고 추락을 멈추려 했지만 그럴 수가 없었다. 우묵한 구덩이 바닥까지 쓸려 가 그곳에 쌓인 두터운 눈에 두 발이 박히고 나서야 멈추었다.

구덩이 가장자리에 걸려 있던 눈 더미 주변부가 니키타의 추락으로 흔들리다 쏟아져 내리며 그의 옷깃 안으로 파고들었다.

"무슨 짓이야!" 니키타는 눈 더미와 구덩이를 향해 책망하듯 말하며 옷깃 밑에서 눈을 털어냈다.

"니키타! 어이, 니키타!" 바실리 안드레예비치가 위에서 소리쳤다.

그러나 니키타는 대답하지 않았다. 눈을 털어내고 비탈을 구르다 놓친 채찍을 찾느라 여념이 없었다. 채찍을 찾고는 자신이 구른 둑으로 곧장 올라가려 했지만 불가능했다. 계속 다시 굴러떨어졌다. 결국 구덩이 바닥 쪽으로 가서 새로 올라가는 길을 찾아야 했다. 그는 3사젠쯤 가서 어렵게 네 발로 비탈을 기어올라 구덩이 가장자리를 따라 말이 있다고 생각하는 위치로 돌아갔다. 그곳에는 말도 썰매도 보이지 않았다. 그러나 바람에 맞서며 걸어가자 바실리 안드레예비치가 외치는 소리와 무호르티가 우는 소리가 들렸다. 그를 부르고 있었다.

"가요! 간다고! 왜 꽥꽥거리는 거야?" 그가 중얼거렸다.

42

작가는 어떻게 읽는가

그는 썰매까지 다 오고 나서야 말을 분간할 수 있었는데, 그 옆에 서 있는 바실리 안드레예비치는 거대해 보였다.

"도대체 어디로 사라졌던 거야? 돌아가야 해, 그리시키노까지만이라도." 그는 니키타를 책망하기 시작했다.

"돌아가면 나도 좋지요, 바실리 안드레예비치. 하지만 어느 길로 가야 합니까? 여기에는 아주 깊은 골짜기 같은 게 있어서 한번 들어가면 다시는 나오지 못할 겁니다. 아주 단단히 처박히는 바람에 나오기가 너무 힘들었습니다."

"그럼 어떻게 하나? 여기 그대로 있을 수는 없고! 어딘가로 가야 해!" 바실리 안드레예비치가 말했다.

니키타는 아무 말 하지 않았다. 그는 바람을 등지고 썰매에 앉아 *43* 장화를 벗고 안에 들어간 눈을 털어낸 다음, 썰매 바닥에서 짚을 좀 꺼내 왼쪽 장화에 난 구멍을 조심스럽게 메웠다.

바실리 안드레예비치는 이제 모든 것을 니키타에게 맡기려는 듯이 입을 다물고 있었다. 니키타는 장화를 다시 신은 발을 썰매에 올리고 장갑을 끼고 고삐를 잡은 다음 벼랑 가장자리를 따라 말의 방향을 잡았다. 그러나 40사젠도 못 가서 또 말이 갑자기 섰다. 다시 벼랑이 그의 앞에 있었다.

니키타는 다시 썰매에서 나와 다시 눈 속을 느릿느릿 걸어 다녔다. 꽤 오랫동안 그러다가 마침내 출발한 곳의 반대편으로 나왔다.

"바실리 안드레예비치, 살아 계십니까?" 그가 소리쳤다.

"여기야!" 바실리 안드레예비치가 소리쳤다. "그래, 이제 어쩔 건가?"

"전혀 분간이 가지 않습니다. 너무 어두워요. 벼랑밖에 없어요. 다시 바람을 마주하고 가야 합니다."

그들은 다시 출발했다. 다시 니키타는 비틀거리며 눈을 헤치고 다녔고, 다시 빠졌고, 다시 기어나와 느릿느릿 걸어 다녔고, 그러다 마침내 숨을 헐떡이며 썰매 옆에 앉았다.

"그래, 이제 어떤가?" 바실리 안드레예비치가 물었다.

"하, 나는 완전히 지쳤고 말은 가려고 하지 않습니다."

"그럼 어떻게 해야 해?"

"하, 잠깐만요."

니키타는 다시 자리를 떴지만 곧 돌아왔다.

"따라오세요!" 그가 말하며 말 앞쪽으로 갔다.

바실리 안드레예비치는 이제 명령을 내리지 않고 무조건 니키타가 하라는 대로 했다.

"여기요, 따라오세요!" 니키타가 소리치며 빠르게 오른쪽으로 움직였다. 그는 고삐를 잡고 무호르티를 이끌어 눈 더미를 향해 내려갔다.

말은 처음에는 저항했고, 그러다 눈 더미를 뛰어넘으려고 앞으로 갑자기 움직였지만 힘이 달려 눈에 어깨띠까지 빠지고 말았다.

"나오세요!" 아직도 썰매에 앉아 있는 바실리 안드레예비치에게 니키타가 소리치더니 썰매채 하나를 잡고 썰매를 말 가까이 당겼다. "힘들지, 형제!" 그는 무호르티에게 말했다. "하지만 어쩔 수 없어. 힘내! 자, 자, 조금만 더 힘내자!" 그가 소리쳤다.

말은 한 번 잡아당기고, 다시 잡아당겼지만 빠져나올 수가 없자 뭔가 생각하는 양 다시 주저앉았다.

"자, 형제, 이러면 안 돼." 니키타가 질책했다. "자, 한 번 더!"

다시 니키타는 썰매채를 자기 쪽으로 당겼고 바실리 안드레예비치도 나머지 썰매채를 똑같이 잡아당겼다.

무호르티가 고개를 흔들더니 갑자기 몸을 움직였다.

"그거야! 바로 그거야!" 니키타가 소리쳤다. "걱정 마, 너 안 빠져!"

한 번 거꾸러지고, 또 한 번, 또 한 번, 그리고 마침내 무호르티는 눈 더미에서 빠져나와 가만히 서서 숨을 헐떡이더니 몸을 흔들어 눈을 털어냈다. 니키타는 말을 더 멀리 끌고 가고 싶었으나 모피 외투를 두 벌 입은 바실리 안드레예비치는 너무 숨이 차 더 걷지 못하고 썰매에 주저앉았다.

"숨 좀 돌리고!" 그가 마을에서 모피 외투 깃을 묶었던 손수건을 풀었다.

"여긴 괜찮아요. 거기 누우세요." 니키타가 말했다. "내가 끌고 가겠습니다." 그는 바실리 안드레예비치를 썰매에 태운 채 말의 굴레를 잡고 열 발자국쯤 내려갔고 다시 약간 비탈진 곳을 올라가다 발을 멈추었다.

니키타가 우묵한 곳에서 약간 벗어난 데에서 멈추었다. 더 안쪽에서는 작은 언덕에서 쓸려 내려오는 눈이 그들을 완전이 묻어버릴 수도 있었다. 그래도 벼랑 덕분에 바람으로부터 얼마간은 보호를 받았다. 바람이 약간 잦아드는 것처럼 느껴지는 순간이 있었지만 오래가지는 않았으며 그렇게 쉰 것을 만회라도 하듯이 눈보라가 열 배나 세게 쓸고 내려와 더 격렬하게 찢고 휘몰았다. 바실리 안드레예비치가 숨을 돌리고 썰매에서 나와 니키타에게 다가가 이제 어떻게 할 건지 물으려는 순간 그런 질풍이 닥쳤다. 둘 다 자기도 모르게 허리를 굽히고 돌풍의 위력이 잦아들기를 기다렸다. 무호르티도 귀를 뒤로 젖히고 불만스럽게 고개를 저었다. 질풍의 위력이 약간 잦아들자 니키타는 장갑을 벗어 허리띠에 꽂고 두 손에 입김을 분 다음 멍에 끈을 풀기 시작했다.

"지금 뭐 하는 건가?" 바실리 안드레예비치가 물었다.

"마구를 푸는 겁니다. 달리 할 게 뭐가 있나요? 힘도 남지 않았는데." 니키타가 변명하듯이 말했다.

"어딘가 말을 몰고 갈 수는 없는 거야?"

"아니, 못 갑니다. 말만 죽일 겁니다. 하, 저 가엾은 짐승은 지금 평소 모습이 아닙니다." 니키타는 말하며 말을 가리켰고, 말은 고분고분하게 앞으로 다가올지도 모르는 일을 기다리며 서 있었다. 가파른 양 옆구리가 푹 젖은 채 거세게 들썩였다.

"여기서 밤을 보내야 할 겁니다." 그가 마치 여인숙에서 밤을 보낼 준비를 하는 것처럼 말하더니 말의 어깨띠를 풀었다. 버클도 풀렸다.

"하지만 이러다 얼어 죽지 않을까?" 바실리 안드레예비치가 말했다.

"뭐 그렇게 되어도 어쩔 수 없죠." 니키타가 말했다.

6

바실리 안드레예비치는 모피 외투 두 벌 밑이라, 더군다나 눈 더미 속에서 몸부림친 뒤라 몸은 아주 따뜻했지만 자신이 지금 있는 곳에서 정말로 밤을 보내야 한다는 것을 깨닫자 차가운 전율이 등을 훑고 내려갔다. 그는 진정하기 위해 썰매에 앉아 담배와 성냥을 꺼냈다.

그러는 동안 니키타는 무호르티의 마구를 풀었다. 배와 등의 띠를 풀고 고삐를 걷어내고 어깨띠를 느슨하게 풀고 멍에를 제거하면서 내내 다독이는 말을 했다.

"이제 밖으로 나와! 밖으로 나와!" 그가 말하며 썰매채에서 벗어나도록 말을 이끌었다. "이제 너를 여기 묶고 짚을 좀 가져다주고 굴레를 풀어줄게. 좀 먹고 나면 기분이 좋아질 거야." *47*

그러나 무호르티는 불안해했으며 니키타의 말에서 위로를 받지 못하는 것이 분명했다. 그는 무게 중심을 이 발 저 발로 옮기고 썰매에 몸을 바싹 기대고 바람을 등지고 머리를 니키타의 소매에 비볐다. 니키타가 앞에 가져다준 짚을 거부하여 그를 괴롭히지 않으려는 듯 서둘러 썰매에서 짚을 몇 줄기 뽑아냈지만 곧바로 지금은 짚을 생각할 때가 아니라고 결정한 듯 뱉어냈고, 바람이 바로 짚을 흩으며 쓸고 가 눈으로 덮어버렸다.

"이제 신호를 세울 거야." 니키타가 말하며 썰매 앞쪽을 바람이 부는 방향으로 돌리고 썰매채들을 끈으로 한데 묶은 다음 썰매 앞에 수직으로 세웠다. "자 됐다, 눈이 우리를 덮어도 착한 사람들이 이 썰매채를 보고 우리를 파내줄 거야." 그는 장갑을 탕탕 마주 치고 나서 손에 꼈다. "노인네들이 가르쳐줬지!"

그러는 동안 바실리 안드레예비치는 외투를 풀고 옷자락을 방패 삼아 성냥을 철제 상자에 긋고 또 그었다. 그러나 손이 떨렸고 성냥은 연거푸 불이 붙지 않거나 담배로 들어 올릴 때 바람에 꺼졌다. 그러다 마침내 성냥이 타올랐고 그 불이 잠시 그의 외투 모피, 굽은 검지에 금반지를 낀 손, 거친 융단 밑에서 삐져나온 눈이 흩뿌려진 귀리 짚을 밝혔다. 담배에 불이 붙었고 그는 열심히 한두 번 빨아 연기를 깊이 들이켠 다음 콧수염 사이로 내보냈다. 다시 빨아들이려 했지만 바람이 불 붙은 담배를 낚아채 짚과 마찬가지로 빙글빙글 돌리며 멀리 가져갔다.

그러나 그렇게 몇 모금 피운 것만으로도 기분이 좋아졌다.

"여기서 밤을 보내야 한다면 보내야지!" 그가 단호하게 말했다. "잠깐 기다려, 깃발도 준비할 테니." 그는 그렇게 덧붙이더니 목에서 풀어 썰매에 던져둔 손수건을 집어 들고 장갑을 벗은 다음 썰매 앞쪽에 서서 몸을 늘여 끈을 잡고 손수건을 거기에 단단히 묶었다.

손수건은 곧바로 거칠게 퍼덕이기 시작하더니 썰매채를 감싸며 달라붙었다가 갑자기 물줄기처럼 뻗어 나와 길게 늘어지며 펄럭였다.

"얼마나 멋있는 깃발인지 보게!" 바실리 안드레예비치가 자신이 한 일에 감탄하며 썰매에 몸을 뉘었다. "함께 있으면 더 따뜻하겠지만 썰매에 둘이 있을 자리가 없군." 그가 덧붙였다.

"있을 곳을 찾아보겠습니다." 니키타가 말했다. "하지만 말을 먼

작가는 어떻게 읽는가

저 덮어줘야겠네요. 땀을 많이 흘렸거든요, 가엾은 것. 잠깐만요!"
그는 덧붙이며 바실리 안드레예비치의 자리 밑에서 융단을 빼냈다.

니키타는 융단을 반으로 접었고, 엉덩이 띠와 대를 벗긴 다음 융단으로 무호르티를 덮어주었다.

"어쨌거나 더 따뜻해질 거야, 바보 녀석아!" 그는 말하며 엉덩이 띠와 대를 다시 융단 위에 올렸다. 그는 그 일을 마치자 썰매로 돌아와 바실리 안드레예비치에게 말했다. "마대천은 필요 없죠, 그렇죠? 그리고 짚도 좀 가져가겠습니다."

니키타는 이런 것들을 바실리 안드레예비치 밑에서 꺼낸 뒤 썰매 뒤로 가서 눈에 자신이 들어갈 구멍을 파고는 거기에 짚을 깔고 외투로 몸을 잘 두르고 마대천을 덮고 모자를 깊이 눌러쓴 다음 깔아놓은 짚에 앉아 바람과 눈을 피해 썰매 뒤쪽 목조부에 기댔다. *49*

바실리 안드레예비치는 니키타가 하는 일을 보며 못마땅한 듯 고개를 저었다. 평소 그는 농민의 어리석음과 교육 부족을 못마땅하게 여겼기 때문이다. 이윽고 그도 밤을 보내기 위해 자리를 잡기 시작했다.

그는 남은 짚을 썰매 바닥에 평평하게 깔고 자신의 옆구리 밑에 더 놓았다. 이어 두 손을 소매에 찔러 넣고 앉아 앞에서 부는 바람을 피해 썰매 구석에 머리를 밀어 넣었다.

그러나 자고 싶지 않았다. 그는 누워서 생각했다. 사실 늘 자신의 인생의 유일한 목적, 의미, 기쁨, 자부심을 이루는 단 한 가지를 생각했다. 바로 얼마나 많은 돈을 벌었고 아직도 벌고 있느냐, 자신이 아는 다른 사람들은 얼마나 많이 벌었고 소유하고 있느냐, 그 사람들은 어떻게 벌었고 벌고 있느냐, 자신은 어떻게 하면 그들과 마찬가지로 계속 더 벌 수 있느냐를. 고랴치킨 숲 매입은 그에게 엄청나게 중요한 일이었다. 그 거래 하나로 1만 루블쯤은 벌기를 바라고 있었다. 그는 머릿속에서 가을에 조사했던 숲의 가치를 셈해보았다. 숲의 2데샤티나*에 있는 나무 수는 이미 모두 헤아려놓았다.

'참나무는 썰매 활주부에 쓸 거야. 덤불은 그냥 놔둬도 될 거고. 그래도 1데샤티나마다 장작 약 30사젠이 남아.' 그는 속으로 말했다. '그 말은 1데샤티나에서 적어도 225루블이 남을 거란 뜻이야. 56데샤티나면 오십육이 백, 또 오십육이 백, 그리고 오십육이 열, 또 오십육이 열, 그다음에는 오십육이 다섯….' 그는 계산 결과가 1만 2000루블 이상이라는 것을 알았지만 주판 없이는 정확히 계산할 수가 없었다. '하지만 어쨌거나 1만은 주지 않을 거야. 빈터들은 제해서 팔천쯤 줘야지. 측량사 손바닥에 기름칠을 좀 해주고. 100루블이나 150루블쯤 주면 빈터 약 5데샤티나를 제해야 한다고 계산해 줄 거야. 그러면 저쪽에서도 팔천에 놔줄 거야. 계약금으로 삼천을 현금으로 내고. 그게 그 사람을 움직일 거야. 걱정할 거 없어!' 그는 생각했고 팔뚝으로 지갑을 꾹 눌렀다.

'우리가 어쩌다 갈림길을 놓쳤는지는 하느님만 아시겠지. 거기 숲이 있었어야 하는데. 숲지기 오두막이 있고, 개들이 짖고. 하지만 그 염병할 것들은 필요할 때면 짖지를 않는단 말이야.' 그는 옷깃을 귀에서 내리고 귀를 기울였지만 전과 마찬가지로 바람이 부

---

* 러시아의 옛 지적 단위. 1데샤티나는 약 1.1헥타르이다.

작가는 어떻게 읽는가

는 휘파람 소리만 들릴 뿐이었다. 또 썰매채에 묶은 손수건이 펄럭이고 퍼덕이는 소리, 쏟아지는 눈이 썰매의 목조부를 때리는 소리. 그는 다시 귀를 덮었다.

　'밤을 여기서 보낼 걸 미리 알기만 했다면. 뭐, 상관없어. 내일 가게 될 테니까. 하루를 손해본 것뿐인데. 다른 사람들은 이런 날씨에 움직이지도 않을 테고.' 그 순간 그는 9일에 도살업자에게서 소값을 받아야 한다는 것이 기억났다. '직접 오겠다고 했는데 내가 없을 거 아냐. 마누라는 돈을 어떻게 받는지 모를 거고. 그 여편네는 일을 제대로 하는 방법을 모른단 말이야.' 그는 생각하다 전날 잔치에서 아내가 손님으로 온 경찰관을 대접하는 방법을 몰랐다는 게 떠올랐다. '물론 마누라는 여자에 불과해! 어디서 뭘 볼 수 있었겠어? 아버지 시절에는 우리 집이 어땠더라? 그냥 부자 농민의 집이었지. 그냥 귀리 방앗간 하나와 여관 하나, 그게 전 재산이었어. 하지만 내가 25년 동안 뭘 했어? 상점 하나, 선술집 둘, 밀 방앗간 하나, 곡물 창고 하나, 세를 준 농장 둘, 쇠 지붕 헛간이 딸린 집 한 채.' 그는 자랑스럽게 헤아렸다. '아버지 시절과는 달라! 우리 고장 전체에서 지금 누가 입에 오르내려? 브레후노프야! 왜? 내가 사업에 매달리기 때문에. 나는 수고를 아끼지 않아, 자리에 누워만 있거나 어리석은 짓에 시간을 낭비하는 다른 사람들하고는 달리 나는 밤에 잠도 자지 않는다고. 눈보라가 몰아치든 말든 나는 밖으로 나가. 그래서 일이 되는 거야. 다들 돈 버는 게 장난이라고 생각하지. 아니야, 수고를 하고 머리를 쥐어짜야 하는 거야! 밖에 있다가 밤이 닥쳐, 지금처럼, 아니면 머릿속에서 빙빙 도는 생각들 때문에

51

베개가 돌아갈 지경이 될 때까지 매일 밤 잠을 이루지 못해.' 그는 자랑스럽게 생각했다. '다들 사람들이 운으로 성공한다고 생각하지. 사실 미로노프네는 지금 백만장자가 되었지. 하지만 어떻게? 수고를 하면 신이 주시거든. 신이 나에게 건강만 주신다면!'

자신도 아무것도 없이 시작한 미로노프처럼 백만장자가 될지도 모른다는 생각에 바실리 안드레예비치는 너무 흥분하여 누군가와 이야기를 나눌 필요가 있다고 느꼈다. 하지만 말할 사람이 없었다…. 고랴치킨에 도착하기만 했다면 지주와 이야기를 하면서 이 것저것 좀 가르쳤을 텐데.

'저거 바람 부는 것 좀 봐! 눈이 우리 위로 너무 높이 쌓여서 아침에 빠져나가지도 못하겠네!' 그는 썰매 앞쪽으로 불어와 썰매를 구부리고 거기에 대고 눈을 휘갈기는 질풍에 귀를 기울이며 생각했다. 그는 몸을 일으켜 주위를 둘러보았다. 소용돌이치는 어둠을 통해 보이는 것이라고는 무호르티의 거무스름한 머리, 퍼덕이는 융단이 덮인 등, 매듭 묶인 텁수룩한 꼬리뿐이었다. 앞뒤 가릴 것 없이 사방은 흔들거리는 희끄무레한 어둠이었다. 가끔 조금 밝아지는 듯하다가 다시 훨씬 밀도가 높아지곤 했다.

'니키타의 말을 듣다니 후회돼.' 그는 생각했다. '계속 갔어야 했는데. 어딘가로 나갔어야 했는데. 그리시키노로 돌아가 타라스네서 밤을 보내기만 했더라면. 지금으로서는 여기 밤새 앉아 있어야 하잖아. 하지만 내가 무슨 생각을 하고 있었더라? 그래, 신은 수고하는 사람에게는 주지만 빈둥거리는 사람, 자리에 누워만 있는 사람, 바보에게는 주지 않는다는 거. 담배 한 대 피워야겠군!'

작가는 어떻게 읽는가

_52_

그는 다시 앉아서 담뱃갑을 꺼내고 길게 엎드려 외투 자락으로 성냥을 가렸다. 그러나 바람이 안으로 파고들어 성냥마다 꺼버렸다. 마침내 하나에 불이 피어올라 담배에 갖다 댈 수 있었다. 하고 싶은 것을 어떻게든 하게 되어 아주 기뻤다. 바람이 그보다 담배를 더 피웠지만 그래도 두세 모금 빨아들이니 기분이 명랑해졌다. 그는 다시 등을 뒤로 기대고 옷으로 몸을 감싼 다음 생각하고 기억하기 시작했고, 그러다 갑자기 전혀 예상치 못하게 의식을 잃고 잠이 들었다.

갑자기 뭔가 그를 밀어 깨우는 것 같았다. 무호르티가 그의 밑에서 짚을 몇 개 끌어낸 것이든 그의 내부의 뭔가가 그를 놀라게 한 것이든, 어쨌든 그는 잠을 깼고 심장이 점점 빠르게 뛰기 시작해 썰매가 밑에서 흔들리는 느낌이었다. 그는 눈을 떴다. 주위의 모든 것은 전과 똑같았다. '더 밝아진 것 같아.' 그는 생각했다. '얼마 안 있으면 동이 트겠는데.' 그러나 달이 떴기 때문에 더 밝아진 것임을 곧 생각해 냈다. 그는 일어나 앉아 먼저 말을 보았다. 무호르티는 여전히 바람을 등지고 서서 온몸을 떨고 있었다. 눈으로 완전히 덮인 융단 한쪽 면이 바람에 뒤로 밀려나고 엉덩이 띠는 아래로 미끄러졌으며 앞쪽과 머리 위 갈기가 바람에 물결치는 눈 덮인 머리는 이제 더 잘 보였다. 바실리 안드레예비치는 썰매 등받이 너머로 몸을 기울여 뒤를 보았다. 니키타는 처음 자리 잡은 그대로였다. 몸을 덮은 마대천, 그리고 다리에는 눈이 수북이 쌓여 있었다.

'저 농민이 얼어 죽지만 않아준다면! 옷이 아주 형편없는데. 내가 저 인간을 책임져야 할지도 몰라. 얼마나 의욕 없는 사람들인지, 교육도 너무 부족하고.' 바실리 안드레예비치는 생각했다. 말에서 융단을 걷어 니키타를 덮어주고 싶은 마음이 들었지만 밖에 나가 돌아다니면 몹시 추울 것이고, 더욱이 말이 얼어 죽을지도 몰랐다. '왜 저 인간을 데려왔을까? 다 여편네가 멍청해서야!' 그는 생각하며 사랑받지 못하는 아내를 떠올렸다. 그는 몸을 굴려 썰매 앞쪽의 원래 자리로 돌아갔다. '삼촌이 이런 식으로 온 밤을 보낸 적이 있었지. 그런데 괜찮았어.' 하지만 다른 사건이 즉시 떠올랐다. '하지만 세바스찬을 파냈을 때는 죽어 있었어. 얼어붙은 시체처럼 뻣뻣했지. 그리시키노에서 밤을 보내기만 했다면 이 모든 일이 일어나지 않았을 텐데!'

54 　 그는 모피가 온기를 조금도 낭비하지 않고 그의 몸 전체, 목과 무릎과 발까지 덮도록 외투로 몸을 조심스럽게 둘러싸고 다시 눈을 감고 잠을 청하려 했다. 그러나 노력을 해도 잠이 오지 않았고, 오히려 정신이 맑아지면서 생기가 돌았다. 다시 그는 이득과 자신이 내준 빚을 헤아렸고, 다시 속으로 우쭐대면서 자신과 자신의 지위에 만족감을 느끼기 시작했지만 그 모든 것이 슬그머니 다가오는 공포와 그리시키노에 남지 않았다는 불쾌한 후회에 계속 방해를 받았다.

　'긴 의자에 따뜻하게 누워 있으면 이거하곤 얼마나 다를까!' 그는 바람을 더 피할 수 있는 더 편안한 자세를 잡으려고 시도하면서 몇 번 몸을 뒤집다가 다리를 더 감싸고 눈을 감고 가만히 누워 있었다. 하지만 질긴 펠트 장화 속에서 한쪽으로만 구부려져 있던 두 다리가 아파오기 시작했고 어딘가에서 바람이 들이닥쳤다. 잠깐 가만히 누워 있다가도 다시 지금 그리시키노의 따뜻한 오두막에 조용히 누워 있었을 수도 있었다는 사실이 떠오르면서 심란해졌다. 그는 다시 일어나 앉아 자세를 바꿔 몸을 더 감싸고 다시 누웠다.

한번은 멀리서 닭이 우는 소리가 들린 듯했다. 기뻐서 외투 깃을 내리고 더 긴장하여 귀를 기울였지만 아무리 애를 써도 썰매채 사이에서 휘파람 소리를 내는 바람, 펄럭거리는 손수건, 썰매 틀에 퍼붓는 눈 외에는 아무 소리도 들리지 않았다.

니키타는 내내 그랬던 대로 앉아 움직이지도 않고 바실리 안드레예비치가 두어 번 불러도 대답하지도 않았다. '저자는 걱정이 전혀 없구먼, 아마 자고 있을 거야!' 바실리 안드레예비치는 썰매 뒤로 눈이 수북이 덮인 니키타를 보며 짜증이 났다.

바실리 안드레예비치는 스무 번쯤 일어났다가 다시 누웠다. 밤이 절대 끝나지 않을 것 같았다. '분명 곧 아침일 거야.' 그는 일어나 주위를 둘러보며 생각했다. '시계를 보자. 단추를 풀면 춥겠지만 아침이 오고 있다는 것만 알면 어쨌든 기분은 나아질 거야. 마구를 채우는 일을 시작할 수 있어.'

바실리 안드레예비치는 마음 깊은 곳에서 아직 아침이 가까울 리 없다는 것을 알았지만 점점 두려움이 커지면서 알고 싶은 동시에 자신을 속이고 싶었다. 그는 조심스럽게 양가죽 옷을 풀고 손을 집어넣어 한참을 더듬다가 조끼에 이르렀다. 에나멜을 입힌 꽃무늬 은시계를 간신히 끌어내 시간을 보려 했다. 빛이 없으니 아무것도 보이지 않았다. 다시 그는 담배에 불을 붙일 때처럼 네 발로 기는 자세가 되어 성냥을 꺼내 하나 켰다. 이번에는 더 신중하게 작업을 해서 손가락으로 더듬어 가장 머리가 크고 황이 많은 성냥을 찾아 첫 시도에 불을 붙였다. 시계의 문자반을 불빛 아래로 가져왔을 때 눈을 믿을 수가 없었다…. 겨우 12시 10분이었다. 아직도 거의 온 밤이 그의 앞에 있었다.

'오, 밤은 얼마나 긴지!' 그는 등을 타고 차가운 전율이 흘러내리는 것을 느꼈다. 그는 모피 외투를 다시 잠그고 몸을 감싼 다음 인내심을 가지고 기다릴 심산으로 썰매 구석에 웅크렸다. 갑자기 단조로운 바람의 포효 위로 다른 소리, 살아 있는 소리를 분명히 들을 수 있었다. 점점 커지다가 아주 분명해진 뒤에는 커질 때와 똑같이 서서히 줄어들었다. 의심의 여지 없이 이리였다. 아주 가까이 있어 턱을 움직여 울음소리가 바뀌는 것까지 바람을 타고 전해졌다. 바실리 안드레예비치는 외투 깃을 젖히고 주의 깊게 귀를 기울었다. 무호르티도 긴장하고 귀를 쫑긋거리며 열심히 들었다. 이윽고 이리가 울부짖기를 멈추자 말은 체중을 이 발 저 발로 옮기며 경고하는 콧소리를 냈다. 그 뒤로 바실리 안드레예비치는 다시 잠을 잘 수도 심지어 마음을 가라앉힐 수도 없었다. 회계나 사업이나 평판이나 자신의 가치와 부를 생각하려고 하면 할수록 더욱더 두려움에 압도당했으며 그리시키노에서 묵지 않은 것에 대한 후회가 그를 지배하고 그의 모든 생각에 섞여들었다.

"숲은 악마나 가져가라지! 그거 없이도 다 괜찮았는데. 아, 거기서 묵기만 했다면!" 그는 혼잣말을 했다. '술 취한 사람들이 얼어 죽는다고 하지. 나도 술을 좀 마셨는데.' 그는 자신의 감각을 관찰하다가 몸이 떨린다는 것을 알았다. 추위 때문인지 공포 때문인지

작가는 어떻게 읽는가

알 수 없었다. 아까처럼 몸을 감싸고 누우려 했지만 더는 그럴 수
가 없었다. 한 자세를 유지할 수가 없었다. 일어나고 싶었다. 점점
커지는 두려움, 안에서 솟아오르는, 맞서려 해봐야 무력감만 느끼
게 되는 두려움을 극복하기 위해 뭔가 하고 싶었다. 그는 다시 담
배와 성냥을 꺼냈지만 성냥은 세 개밖에 남지 않았고 모두 부실했
다. 모두 불을 일으키지도 못하고 마찰로 유황만 떨어져 나갔다.

"악마가 데려가라지! 염병할 것! 저주한다!" 그는 중얼거렸지
만 누구를 또는 무엇을 저주하고 있는지도 몰랐다. 그는 구긴 담배
를 던졌다. 성냥갑도 던지려다가 손을 멈추고 도로 호주머니에 집
어넣었다. 심한 불안에 사로잡혀 한 자리에 가만히 있지도 못했다.
썰매에서 나와 바람을 등지고 서서 다시 허리띠를 매만지기 시작
했다. 허리 더 아래쪽에서 꽉 조이고 묶었다.

'누워서 죽음을 기다리는 게 무슨 소용이 있어? 말을 타고 떠나
는 게 낫지!' 그 생각이 갑자기 떠올랐다. '말은 누가 등에 타면 움
직일 거야. 저자는….' 그는 니키타를 생각했다. '살든 죽든 저자에
게는 똑같아. 저자의 목숨이 무슨 가치가 있어. 목숨을 내주어도
아깝지 않을 거야. 하지만 나에게는 살아야 할 이유가 있어, 다행
히도.'

그는 말을 풀고 목에 고삐를 채우고 올라타려 했지만 외투와 장
화가 너무 무거워 실패했다. 이번에는 썰매에 올라가 말을 타려 했
지만 썰매가 그의 무게에 기우는 바람에 또 실패했다. 마침내 무호
르티를 썰매로 더 끌어와 썰매의 한쪽 옆에 올라서서 조심스럽게
균형을 잡은 다음 말 등을 가로질러 배를 대고 엎드릴 수 있었다.

그렇게 한동안 엎드려 있다가 한 번 또 한 번 몸을 앞으로 움직이며 다리 하나를 위로 올리고 마침내 일어나 앉아서 느슨한 엉덩이 띠에 발을 지탱했다. 썰매가 흔들리는 바람에 니키타가 잠을 깼다. 그가 몸을 일으켰고, 바실리 안드레예비치가 보기에는 무슨 말을 한 것 같았다.

"너 같은 바보 이야기를 듣다니! 내가 이렇게 헛되이 죽어야 해?" 바실리 안드레예비치가 소리를 질렀다. 그는 모피 외투의 느슨한 자락을 무릎 밑으로 여미고 말을 돌려 썰매를 떠나 숲과 숲지기 오두막이 있을 게 분명하다고 생각하는 방향으로 움직이기 시작했다.

7

니키타는 마대천으로 몸을 덮고 썰매 뒤에 앉았을 때부터 꼼짝도 하지 않았다. 자연과 접하여 살면서 결핍을 잘 이해하게 된 모든 사람처럼 그도 인내심이 있어 불안해하거나 짜증을 부리지 않고 몇 시간, 며칠을 기다릴 수 있었다. 주인이 부르는 소리가 들렸지만 움직이거나 말하고 싶지 않아 대답하지 않았다. 아까 차를 마셨고 눈 더미 속에서 올라오느라 안간힘을 써서 여전히 약간 온기를 느꼈지만 이 온기가 오래가지 않을 것이고 다시 움직여 몸을 덥힐 힘은 남지 않았다는 것을 알았다. 멈추어서 채찍질을 해도 더 가지 않으려 하는 말만큼이나 자신도 지쳤다고 느꼈다. 말도 다시 일을 하려면 먼저 뭘 먹여야 한다는 것도 알았다. 구멍 난 장화 속

발은 이미 감각이 없었다. 엄지발가락이 느껴지지 않았다. 그뿐만 아니라 몸 전체가 점점 차가워지기 시작했다.

그날 밤에 죽을 수도 있다는, 아니 아마도 그렇게 될 거라는 생각이 들었지만 특별히 불쾌하거나 두렵지는 않았다. 특별히 불쾌하지 않았던 것은 그의 인생 전체가 쭉 이어지는 명절이 아니라 오히려 불필요하게 반복되는 고역이었고, 이제 지치기 시작했기 때문이다. 또 특별히 두렵지 않았던 것은 늘 자신이 바실리 안드레예비치처럼 여기에서 섬기게 된 주인들만이 아니라 자신을 이 삶으로 보낸 '최고 주인'에게 의지하고 있으며, 죽을 때도 여전히 그 '주인'의 힘 안에 있어 '주인'이 자신을 혹사하지는 않을 것이라고 느꼈기 때문이다. '익숙하고 편해진 것을 포기하는 건 안타까운 일인 것 같아. 하지만 어쩔 도리가 없으면 새로운 것에 익숙해지겠지.'

'죄?' 그는 생각하다 자신의 주벽, 술에 쓴 돈, 아내의 마음을 상하게 한 일, 욕설, 교회와 금식에 태만했던 것을 비롯하여 고해 성사 때 사제가 나무란 모든 것을 떠올렸다. '물론 다 죄지. 하지만 나 자신이 그러고 싶어 그런 건가? 분명히 하느님이 나를 그렇게 만든 거야. 글쎄, 죄라. 그걸 피해 어디로 갈 수 있단 말인가?'

그래서 처음에는 그날 밤에 자신에게 생길 수도 있는 일을 생각하다가 이윽고 그런 생각으로 돌아가지는 않고 무엇이든 저절로 머릿속에 떠오르는 기억에 자신을 맡겼다. 지금 그는 마르타의 도착, 일꾼들의 술버릇과 자신이 술을 끊은 것, 그리고 그들이 지금 하고 있는 여행과 타라스네 집과 가족의 해체에 관한 이야기, 그다음에는 자기 아들, 그리고 지금 융단으로 추위를 피하고 있는 무호

59

르티, 그다음에는 썰매 안에서 뒤척이는 바람에 삐거덕 소리가 나게 만드는 주인 생각을 했다. '애초에 출발한 것을 후회하겠지요, 어르신.' 그는 생각했다. '어르신이 사는 그런 삶을 떠나기란 어렵겠지! 우리 같은 사람들과는 같지 않아.'

그러다 떠오르는 이 모든 것이 머릿속에서 뒤엉키면서 그는 잠이 들었다.

그러나 바실리 안드레예비치가 썰매를 박차고 말에 올라탈 때 썰매가 밀려나면서 한쪽 활주부가 기대고 있던 니키타를 치는 바람에 그는 잠에서 깨 원하든 원하지 않든 자세를 바꿀 수밖에 없었다. 그는 힘겹게 두 다리를 펴고 다리에서 눈을 털어내면서 일어섰고 곧바로 괴로운 추위가 온몸을 파고들었다. 그는 무슨 일이 일어나고 있는지 파악하자마자 바실리 안드레예비치에게 이제 말에게 필요 없는 융단은 두고 가라고 소리쳤다. 그것으로 자신의 몸을 감싸려는 것이었다.

그러나 바실리 안드레예비치는 멈추지 않고 가루 같은 눈 사이로 사라졌다.

혼자 남은 니키타는 잠시 어떻게 해야 할지 생각했다. 인가를 찾아 나설 힘은 없다고 느꼈다. 원래 앉아 있던 자리에 다시 앉는 것은 이제 불가능했다. 지금은 눈으로 채워져 있었다. 썰매 안으로 들어간다고 해서 더 따뜻하지는 않을 것 같았다. 몸을 덮을 게 없었고, 외투와 양가죽은 이제 그에게 전혀 온기를 주지 않았기 때문이다. 셔츠만 달랑 입고 있는 것처럼 추웠다. 그는 겁에 질렸다. "주님, 하늘에 계신 아버지!" 그는 중얼거렸고, 자신이 혼자가 아

작가는 어떻게 읽는가

니라 자기 말을 듣고 자기를 버리지 않는 '분'과 같이 있다는 생각에 위로를 받았다. 그는 깊은숨을 쉬고 마대천으로 머리를 덮은 채 썰매로 들어가 주인이 있던 자리에 누웠다.

실제로 썰매 안에서도 따뜻해지지 않았다. 처음에는 온몸을 떨었고, 이윽고 떨림이 그치자 점차 의식을 잃기 시작했다. 죽는 건지 잠이 드는 건지 몰랐지만 그는 어느 쪽이든 똑같이 준비가 되어 있다고 느꼈다.

8

한편 바실리 안드레예비치는 자신의 발과 고삐 손잡이를 이용해 왠지 숲과 숲지기의 오두막이 있을 것 같은 느낌이 드는 방향으로 계속 말을 몰았다. 눈이 그의 눈을 가렸고 바람은 그를 멈추게 하려는 것 같았지만 허리를 앞으로 구부리고 외투를 겹쳐 접어 제대로 앉을 수가 없는 차가운 마구 대와 자신의 몸 사이에 쉬지 않고 밀어 넣으며 말을 계속 몰아댔다. 무호르티는 힘겨워하기는 했지만 순종적으로 자신을 몰아가는 방향으로 천천히 걸어갔다.

바실리 안드레예비치는 그의 생각으로는 약 5분쯤 직진했지만 말 머리와 하얀 광야 외에는 아무것도 보이지 않았고 말 귀와 그의 외투 깃 주변에서는 바람의 휘파람 소리만 들릴 뿐이었다.

갑자기 그의 앞에 거무스름한 얼룩이 나타났다. 기뻐서 심장이 방망이질했다. 그는 그 물체를 향해 달려갔고, 이미 상상에서는 마을 집의 담장들을 보고 있었다. 하지만 거무스름한 얼룩은 정지한

게 아니라 계속 움직였다. 그것은 마을이 아니라 두 들판 사이의 경계에서 눈을 뚫고 삐죽삐죽 솟은 키 큰 약쑥 줄기 몇 개였고, 휘파람 소리를 내며 줄기들을 모두 한쪽으로 두들겨 쓰러뜨리는 바람의 압력에 절망적으로 몸을 흔들어대고 있었다. 자비심 없는 바람에 괴롭힘을 당하는 약쑥의 모습을 보고 바실리 안드레예비치는 몸을 떨었다. 이유를 알 수 없었다. 그는 서둘러 말을 계속 몰아대기 시작했다. 말을 몰아 약쑥을 향해 올라갈 때 방향을 크게 바꾸는 바람에 이제 반대로 가고 있다는 사실은 까맣게 모르고 있었다. 여전히 오두막이 있어야 할 곳을 향해 가고 있다고만 상상했다. 그러나 말은 계속 오른쪽으로 가려 했고, 바실리 안드레예비치는 계속 왼쪽으로 이끌려 했다.

다시 뭔가 거무스름한 것이 그의 앞에 나타났다. 다시 그는 기뻤다. 이번에는 틀림없이 마을이라고 확신했다. 하지만 이번에도 약쑥이 높이 자란 경계선, 이번에도 바람에 절망적으로 몸을 흔들어 그의 마음에 까닭 없는 공포를 심어주는 약쑥이었다. 하지만 똑같은 약쑥이라는 것이 다가 아니었다. 그 옆에 눈으로 완전히 덮이지 않은 말 발자국이 있었기 때문이다. 바실리 안드레예비치는 말을 멈추고 허리를 굽혀 신중하게 살폈다. 아직 눈에 다 덮이지 않은 그것은 자신이 탄 말의 발자국일 수밖에 없었다. 작은 원을 그리며 한 바퀴 돈 게 분명했다. '이러다 죽겠구나!' 그는 생각했다. 그러나 공포에 굴복하지 않으려고 더욱더 말을 다그치며 눈이 쏟아지는 어둠을 살폈다. 잠깐씩 나타났다 빠르게 사라지는 빛들이 보였다. 한 번은 개가 짖는 소리나 이리가 울부짖는 소리가 들렸다고

작가는 어떻게 읽는가

생각했지만 그 소리가 너무 희미하고 불분명해 진짜 들은 것인지 아니면 그냥 상상한 것인지 알 수가 없었다. 그는 말을 멈추고 귀를 기울여 듣기 시작했다.

갑자기 귀가 먹먹할 만큼 무시무시한 울부짖음이 귀 근처에서 울려 퍼지면서 그의 밑에 있는 모든 것이 떨리고 흔들렸다. 그는 무호르티의 목을 붙들었지만 무호르티 또한 부들부들 떨고 있다. 끔찍한 울음은 점점 더 무시무시해졌다. 몇 초 동안 바실리 안드레예비치는 마음을 다잡지도 무슨 일인지 이해하지도 못했다. 그러나 그렇게 운 것은 무호르티였다. 스스로 힘을 내려던 것인지 도움을 청하려던 것인지 큰 소리로 우렁차게 울어댔던 것이다. '윽, 이런 못된 녀석! 얼마나 놀랐는지 알아, 빌어먹을 놈!' 바실리 안드레예비치는 생각했다. 그러나 원인을 알았음에도 공포를 떨쳐버릴 수가 없었다.

"마음을 진정시키고 생각을 해보자." 그는 혼잣말을 했지만 말을 멈출 수가 없어 계속 다그쳤다. 이제는 바람과 함께 가는지 맞서 가는지도 알아채지 못했다. 그의 몸, 특히 두 다리 사이 마구 대와 닿는 부분은 외투로 덮여 있지 않아 고통스러울 정도로 추웠다. 특히 말이 천천히 걸을 때 심했다. 팔다리가 떨리고 호흡이 가빠졌다. 자신이 이 무시무시하게 눈이 쏟아지는 광야에서 죽는 모습이 보였다. 벗어날 수단은 보이지 않았다.

갑자기 그의 아래서 말이 비틀거리며 어딘가로 들어가 쓸려 온 눈 더미에 빠지면서 곤두박질치다가 모로 쓰러졌다. 바실리 안드레예비치는 말에서 뛰어내렸고, 그러는 과정에서 발을 얹고 있던 말의 엉덩이 끈을 한쪽으로 잡아당겼고 말에서 내릴 때 붙들었던 마구 대를 마구 비틀었다. 그가 뛰어내리자마자 말은 힘겹게 일어서서 앞으로 풀쩍 뛰더니 한두 차례 도약하고 다시 울다가 융단과 엉덩이 끈을 질질 끌며 사라졌고, 바실리 안드레예비치만 눈 더미 속에 홀로 남았다.

바실리 안드레예비치는 말을 쫓아 앞으로 밀고 나갔지만 눈이 너무 깊이 쌓인 데다 외투가 너무 무거워 걸을 때마다 무릎 위까지 빠지는 바람에 스무 걸음도 걷지 못하고 숨을 헐떡이며 발을 멈추고 말았다. '숲, 소, 임차권, 가게, 선술집, 쇠 지붕을 얹은 헛간이 딸린 집, 내 상속자.' 그는 생각했다. '내가 그 모든 걸 어떻게 떠날 수 있어? 이게 무슨 의미야? 이럴 순 없어!' 이런 생각들이 그의 마음을 빠르게 스쳐갔다. 이어 그는 바람에 떠밀리는 약쑥 생각을 했다. 그는 두 번이나 말을 타고 약쑥을 지나갔다. 그는 엄청난 공포에 사로잡혀 자신에게 일어나고 있는 일의 현실성을 믿을 수가 없었다. '이게 꿈일 수 있을까?' 그는 생각했고, 깨어나려 했지만 그럴 수가 없었다. 자신의 얼굴을 후려치고 뒤덮고 장갑을 잃어버린 오른손을 차갑게 얼리는 것은 진짜 눈이었고, 이제 자신이 저 약쑥처럼 홀로 남겨져 불가피하고 빠르고 의미 없는 죽음을 기다리는 이곳은 진짜 광야였다.

"하늘의 여왕이여! 거룩한 아버지 니콜라스*, 절제의 스승이여!" 그는 전날 드린 예배와 금박 틀에 둘러싸인 검은 얼굴의 성

---

* 러시아에서 러시아, 어린이, 학자, 선원 등의 수호신.

상을 떠올렸다. 그리고 성상 앞에 놓도록 그가 판매한 기다란 양초, 거의 타지도 않고 즉시 그에게 되돌아와 궤에 보관해 둔 양초도. 그는 바로 그 '기적을 일으키는 자' 니콜라스에게 구해달라고 기도했다. 감사 예배와 양초 몇 개를 바치겠다고 약속했다. 그러나 성상, 금박 틀, 양초, 사제, 감사 예배는 교회에서는 아주 중요하고 필요하지만 여기에 있는 그에게는 아무것도 해줄 수 없다는 것, 양초나 예배와 현재 그가 처한 참담한 곤경 사이에는 어떤 연관도 있을 수 없다는 것을 분명하게, 의심할 여지 없이 깨달았다. '절망하면 안 돼.' 그는 생각했다. '눈에 덮이기 전에 말 발자국을 따라가야 해. 말이 나를 이끌고 가줄 거야, 아니면 말을 따라잡을 수도 있어. 다만 서두르면 안 돼. 아니면 오도 가도 못하게 되어 어느 때보다 심각한 상황에 빠질 수 있어.'

그러나 차분하게 가겠다는 결심에도 불구하고 그는 서둘러 앞으로 나아갔고 심지어 달리기도 했다. 쓰러졌다가 일어섰다가 다시 쓰러지기를 반복했다. 말 발자국은 눈이 깊지 않은 곳에서는 이미 거의 보이지 않았다. '길을 잃어버렸구나!' 바실리 안드레예비치는 생각했다. '이러다 발자국을 놓칠 거고 말도 따라잡지 못할 거야.' 하지만 그 순간 그의 눈에 검은 무언가가 보였다. 무호르티였다. 무호르티만이 아니라 썰매채에 손수건이 매달린 썰매도 있었다. 무호르티는 융단과 뒤틀려 한쪽으로 돌아가 버린 엉덩이 띠를 매단 채 원래 있던 자리가 아니라 썰매채에 더 가까운 곳에 서서 머리를 흔들었는데 말이 밟고 있는 고삐가 머리를 아래로 잡아당기고 있었다. 바실리 안드레예비치는 아까 니키타가 빠졌던 벼랑 너머에 빠졌고, 무호르티가 그를 썰매로 다시 데려왔다는 것이 드러났다. 무호르티가 바실리를 등에서 떨쳐낸 곳에서 썰매까지는 불과 쉰 걸음 떨어져 있었다.

9

바실리 안드레예비치는 비틀거리며 썰매로 돌아와 썰매를 붙들고 서서 오랫동안 꼼짝도 하지 않으면서 마음을 진정시키고 숨을 돌리려 했다. 니키타는 아까 있던 자리에 있지 않았지만 이미 눈으로 덮인 뭔가가 썰매에 누워 있었으며 바실리 안드레예비치는 그 것이 니키타일 거라고 생각했다. 이제 공포는 그를 완전히 떠났다. 그가 느끼는 두려움이 있다면 그것은 말을 타고 있을 때, 또 특히 쓸려 온 눈 더미 속에 홀로 남겨졌을 때 겪었던 그 무시무시한 공포가 돌아오지나 않을까 하는 것이었다. 무슨 일이 있어도 그 공포는 피해야 했다. 그것을 멀리 두기 위해 무슨 일이든 해야 했다, 뭔가에 몰두해야 했다. 그가 첫 번째로 한 일은 바람을 등지고 모피 외투 앞자락을 여는 것이었다. 그런 다음 숨을 좀 돌리자마자 장화에서 또 왼손 장갑에서(오른손 장갑은 가망 없이 사라져버려 지금은 아마도 어딘가에서 반 아르신*가량 눈 밑에 놓여 있을 터였다) 눈을 털어내고, 농민에게서 곡물을 사기 위해 가게에서 나설 때 늘 하던 대로 허리띠를 아래로 낮추고 꽉 조여 다음 행동에 대비했다.

_66_

*   러시아의 옛 도량형으로 1아르신은 약 71센티미터다.

제일 먼저 떠오른 생각은 고삐를 무호르티의 다리에서 빼내주자는 것이었다. 그 일을 하고 무호르티를 자신이 아까 누워 있던 썰매 앞쪽의 꺾쇠에 묶고 나서 말의 볼기를 빙 돌아가 엉덩이 띠와 대를 바로잡고 천으로 말을 덮어주려 했다. 그러나 그 순간 썰매에서 움직임이 느껴지는가 싶더니 니키타의 머리가 그를 덮고 있던 눈에서 솟아올랐다. 반쯤 얼어붙은 니키타가 아주 힘겹게 몸을 일으켜 일어나 앉더니 마치 파리를 쫓는 듯한 이상한 동작으로 코 앞쪽에서 손을 움직였다. 그는 손을 흔들며 뭐라고 말을 했는데 바실리 안드레예비치가 보기에는 자신을 부르는 것 같았다. 바실리 안드레예비치는 천을 정리하지 않은 채로 두고 썰매로 다가갔다.

"뭐?" 그가 물었다. "뭐라고 하는 거야?"

"나는 주…욱어 갑니다, 그 얘기예요." 니키타가 띄엄띄엄, 힘겹게 말했다. "나한테 주셔야 할 걸 내 아이, 아니면 집사람한테 주세요, 누구한테라도."

"뭐야, 정말로 얼어버린 거야?" 바실리 안드레예비치가 물었다.

"죽음이 찾아왔다고 느낍니다. 하느님 제발 용서해 주세요…" 니키타가 눈물 섞인 목소리로 말하며 파리를 쫓듯이 얼굴 앞에서 손을 계속 흔들었다.

바실리 안드레예비치는 30초 동안 말없이 꼼짝도 하지 않고 서 있었다. 그러다 갑자기 좋은 거래를 하면서 손을 맞잡을 때와 같은 결단력으로 한 걸음 뒤로 물러나 소매를 걷어붙이고 니키타와 썰매에서 눈을 긁어내기 시작했다. 그러더니 서둘러 허리띠를 풀고 모피 외투 앞자락을 열고 나서 니키타를 밀어 눕히고 그의 몸 위에 엎드렸다. 모피 외투만이 아니라 더워서 열이 나는 온몸으로 덮었다. 바실리 안드레예비치는 외투 자락을 니키타와 썰매 옆면 사이에 밀어 넣고 무릎으로 끝자락을 눌러 고정한 다음 머리를 썰매 앞쪽에 붙이고 엎드렸다. 이제 이곳에서는 말의 움직임이나 바람의 휘파람 소리는 들리지 않고 오직 니키타의 숨소리만 들렸다. 니키타는 처음에는 꽤 오랫동안 꼼짝도 하지 않고 누워 있더니 이윽고 깊은숨을 쉬며 꿈틀거렸다.

"자, 죽어간다고 했겠다! 가만히 누워서 따뜻해지기를 기다리게. 그게 우리 방법…" 바실리 안드레비예치가 입을 열었다.

그러나 정말 놀랍게도 더 말을 할 수가 없었다. 눈물이 나오고 아래턱이 빠르게 떨리기 시작했기 때문이다. 그는 말을 멈추고 목구멍에서 올라오는 걸 삼키기만 했다. '너무 무서워서 내가 몹시 약해졌나 보군.' 그는 생각했다. 그러나 이런 약함이 불쾌하지 않을 뿐 아니라 전에 느껴본 적이 없는 특이한 기쁨을 주었다.

"그게 우리 방법이야!" 그는 혼자 중얼거리며 이상하고 엄숙한 부드러움을 경험했다. 그는 그렇게 오랜 시간 엎드린 채 외투 모피로 자신의 눈을 닦고 바람이 계속 들추는 오른쪽 자락을 무릎으로 여몄다.

하지만 자신의 기쁜 상태를 누군가에게 말하고 싶은 갈망이 너무 뜨거워 그는 말했다. "니키타!"

"편안합니다, 따뜻해요!" 밑에서 목소리가 나왔다.

"자, 알겠지만, 친구. 나는 죽을 거였어. 그럼 자네는 완전히 얼어붙었겠지. 그리고 나는…"

작가는 어떻게 읽는가

다시 턱이 떨리고 눈물이 차오르기 시작했다. 더 말을 할 수가 없었다.

'뭐, 됐어.' 그는 생각했다. '이제 나 자신을 이렇게 알게 됐으니.'

그는 입을 다물고 오래 그대로 엎드려 있었다.

니키타가 아래에서 모피 외투들이 위에서 그를 따뜻한 상태로 유지해 주었다. 연신 외투 자락을 끌어 내리며 니키타의 옆구리를 감싸주는 두 손과 바람 탓에 계속 드러나는 두 다리만 얼어붙기 시작했다. 특히 장갑을 끼지 않은 오른손이 심했다. 그러나 그는 두 다리나 두 손은 생각하지 않고 오직 자기 아래에 누운 농민을 따뜻하게 해줄 방법만 생각했다. 그는 무호르티 쪽을 몇 번 내다보다 등을 덮은 게 없고 융단과 엉덩이 띠는 눈밭 위에 있다는 것을 알았지만, 일어나서 그를 덮어주어야 한다고 생각했지만, 니키타를 떠나 잠시라도 자신의 즐거운 상태를 방해하는 일은 하고 싶지 않았다. 이제 어떤 공포도 느끼지 않았다.

"걱정 없어. 이번에는 이 사람을 잃지 않을 거야!" 그는 농민을 따뜻하게 해주는 일을 이야기하면서 사고파는 걸 말할 때와 마찬가지로 허세를 부리고 있었다.

바실리 안드레예비치는 그런 식으로 한 시간, 또 한 시간, 모두 세 시간을 누워 있었지만 시간이 흐르는 것을 의식하지 못했다. 처음에는 눈보라며, 썰매채, 멍에를 매고 눈앞에서 떠는 말의 인상들이 그의 마음을 계속 지나갔지만 이윽고 자기 밑에 누운 니키타를 기억했고, 축제며 아내며 경찰관이며 양초 상자의 기억이 섞이기 시작했다. 그러다 다시 니키타, 이번에는 양초 상자 아래에 누운 니키타, 그다음에는 농민, 손님, 장사꾼과 쇠 지붕이 덮인 그의 집 흰 벽과 그 아래 깔린 니키타가 그의 상상에 나타났다. 나중에 이 모든 인상이 섞여 하나의 무無가 되었다. 무지개 빛깔들이 합쳐져 하나의 흰빛이 되듯이 이 모든 다양한 인상이 하나로 섞였고, 그는 잠이 들었다.

그는 오랫동안 꿈도 꾸지 않고 잤지만 새벽 직전 그 환상들이 다시 나타나기 시작했다. 그는 양초 상자 옆에 서 있었고 티혼의 부인이 교회 축제를 위해 5코페이카짜리 초를 달라고 했다. 그는 초를 하나 꺼내 주고 싶었지만 손이 호주머니에 딱 붙어 초를 들어 올릴 수가 없었다. 상자 둘레를 걷고 싶었지만 두 발이 움직이지 않았고 새로 산 깨끗한 덧신은 점점 커지더니 돌바닥이 되는 바람에 두 발을 들어 올릴 수도 빼낼 수도 없었다. 이제 양초 상자는 상자가 아니라 침대였고, 갑자기 바실리 안드레예비치는 집에 있는 침대에 누운 자신을 보았다. 그는 침대에 누워 있었고 일어날 수가 없었다. 그러나 일어나야 했다. 경찰관 이반 마트베이치가 곧 부르러 올 것이고, 그는 경찰관과 함께 가야 했다. 숲값을 흥정하러 아니면 무호르티의 엉덩이 띠를 바로잡으러.

그는 아내에게 물었다. "니콜라예브나, 그 사람이 아직 안 왔나?" "네, 안 왔는데요." 그녀가 대답했다. 그는 누군가 앞 층계를 올라오는 소리를 들었다. "온 게 틀림없어." "아니요, 지나가는 사람이에요." "니콜라예브나! 내 말 안 들려, 니콜라예브나, 그 사람이 아직 안 왔어?" "안 왔어요." 그는 여전히 침대에 누워 있고 일어날 수가 없었지만 계속 기다렸다. 이 기다림은 묘한 느낌이었지만 즐거웠다. 그때 갑자기 그의 기쁨이 완성되었다. 그가 기다리던 사람이 왔다. 경찰관 이반 마트베이치가 아니라 다른 사람이었다. 하지만 그 사람이 바로 그가 기다리던 사람이었다. 그 사람이 와서 그를 불렀다. 그를 불러 니키타 위에 엎드리라고 한 이가 그 사람 이었다. 바실리 안드레예비치는 그 사람이 자신을 찾아온 것이 기 뻤다.

"나갑니다!" 그가 즐겁게 소리쳤고, 그 소리에 그는 잠이 깼지 만 깨어났을 때는 잠이 들 때의 그 사람이 전혀 아니었다. 그는 일 어나려 했지만 일어날 수 없었고, 팔을 움직이려 했지만 움직일 수 없었고, 다리를 움직이려 했지만 그마저 움직일 수 없었고, 고개를 돌리려 했지만 돌릴 수 없었다. 그는 놀랐지만 이것 때문에 불안한 마음은 전혀 없었다. 그는 이것이 죽음이라는 것을 이해했지만 그 것 때문에 불안한 마음도 전혀 없었다. 그는 니키타가 자기 밑에 누워 있다는 것, 그가 따뜻해졌고 살아 있다는 것을 기억했다. 자 신이 니키타이고 니키타가 자신인 것 같았고, 자신의 목숨이 자신 이 아니라 니키타에게 있는 것 같았다. 그는 귀를 기울여 니키타가 숨 쉬는 소리, 심지어 약간 코를 고는 소리까지 들었다. "니키타가 살아 있으니 나도 살아 있는 거야!" 그는 의기양양하게 혼잣말을 했다.

그는 자신의 돈, 가게, 집이며 사고파는 일, 백만장자 미로노프 를 기억했으며 왜 그 사람, 바실리 브레후노프라는 사람이 그 모든 것으로 그렇게 골치가 아팠는지 이해하기가 힘들었다.

'그래, 그건 그 사람이 진짜가 뭔지를 알지 못해서였어.' 그는 생각하며 바실리 브레후노프를 걱정했다. '그 사람은 몰랐지만 이제 나는 알아. 확실히 알아. 이제 나는 알아!' 그는 다시 아까 자신을 찾아온 자의 목소리를 들었다. "갑니다! 가요!" 그가 반갑게 응답했고, 그의 존재 전체가 기쁜 감정으로 채워졌다. 그는 자유로워졌다고 느꼈으며 이제는 아무것도 자신을 붙들 수 없다고 느꼈다.

그 뒤로 바실리 안드레예비치는 이 세상에서 어떤 것도 더 보지도 듣지도 느끼지도 못했다.

주위 사방에서 눈이 아직 회오리치고 있었다. 하나의 눈 회오리가 빙글빙글 돌면서 죽은 바실리 안드레예비치의 모피 외투, 부들부들 떠는 무호르티, 이제 거의 보이지도 않는 썰매, 썰매 바닥에 누운 채 죽은 주인 밑에서 온기를 유지하고 있는 니키타를 덮었다.

10

니키타는 동트기 전에 잠을 깼다. 등을 타고 흘러내리기 시작한 냉기에 놀랐다. 깨기 전 방앗간에서 주인의 밀가루 짐을 가지고 오다가 개울에서 다리를 벗어나는 바람에 수레가 오도 가도 못하게 되는 꿈을 꾸었다. 수레 밑으로 기어 들어가 등을 구부려 수레를 들어 올리려는 자신의 모습이 보였다. 그러나 이상한 말이지만 수레는 움직이지 않았다. 그의 등에서 꼼짝도 하지 않아 그는 그것을 들어 올리지도 그 밑에서 빠져나오지도 못했다. 수레가 그의 허리 전체를 짓누르고 있었다. 게다가 얼마나 춥던지! 반드시 기어 나와야만 했다. "그만!" 그는 누구인지는 몰라도 수레를 그의 몸 위로 내리누르는 존재에게 소리쳤다. "자루들을 꺼내!" 그러나 수레는 점점 더 차갑게 내리눌렀고, 그 순간 두드리는 듯한 이상한 소리에 잠이 완전히 깼다. 모든 게 기억났다. 차가운 수레는 자신의 몸 위에 엎드린 채 죽어 얼어붙은 주인이었다. 두드리는 소리는 무호르티가 낸 것으로, 발굽으로 썰매를 두 번 두드렸다.

"안드레예비치! 아, 안드레예비치!" 니키타는 서서히 진실을 깨닫고 주인을 조심스럽게 부르며 등을 쭉 폈다. 그러나 바실리 안드레예비치는 대답을 하지 않았고, 그의 배와 다리는 쇠 추만큼이나 뻣뻣하고 차갑고 무거웠다.

'죽은 게 분명하군! 하늘나라가 이분의 것이기를!' 니키타는 생각했다.

그는 고개를 돌리고 주위의 눈을 손으로 파헤치며 눈을 떴다. 해가 떠 있었다. 바람은 전과 다름없이 썰매채 사이에서 휘파람 소리를 냈고 눈도 똑같이 내리고 있었다. 다만 이제는 썰매 틀을 향해 몰아치는 것이 아니라 썰매와 말을 점점 더 두텁게 덮고 있었다. 말의 움직임도 숨소리도 이제는 들리지 않았다.

'저 녀석도 얼어 죽었나 보군." 니키타는 무호르티 생각을 했다. 실제로 니키타를 깨웠던, 썰매를 발굽으로 치던 동작은 이미 감각이 마비되어 버린 무호르티가 죽기 전에 자기 발로 서 있으려 했던 마지막 노력이었다.

"오 주 하느님, 당신은 나도 부르고 계신 것 같군요!" 니키타가 말했다. "당신의 거룩한 뜻이 이루어지기를. 하지만 이상한 기분이네요…. 그래도 사람이 두 번 죽지는 않고 한 번은 죽어야 하니.

빨리 오기나 했으면!"

그는 다시 머리를 끌어 내리고 눈을 감고 의식을 잃었다. 이제 마침내 분명히 죽음으로 가고 있다고 확신하면서.

그날 정오가 되어서야 농민들은 바실리 안드레예비치와 니키타를 삽으로 눈에서 파냈다. 도로에서 30사젠, 마을에서 반 베르스타도 떨어지지 않은 곳이었다.

눈이 썰매를 감추었지만 썰매채와 거기 묶인 손수건은 보였다. 눈에 배까지 파묻힌 무호르티는 엉덩이 끈과 융단을 늘어뜨린 채 완전히 새하얘진 상태로 서 있었고, 아래로 늘어진 머리가 얼어붙은 목을 누르고 있었다. 콧구멍에는 고드름이 달렸고 눈은 서리로 덮여 눈물이 가득 찬 것처럼 보였다. 하룻밤 새에 너무 말라 뼈와 가죽밖에 남지 않았다.

바실리 안드레예비치는 얼어붙은 주검이 되어 뻣뻣했다. 사람들이 니키타에게서 몸을 굴려 떼어냈을 때 두 다리는 그대로 벌어져 있고 두 팔은 밖으로 쭉 뻗어 있었다. 매처럼 튀어나온 눈은 얼어붙었고 다듬어진 콧수염 아래 벌어진 입안은 눈으로 가득했다. 하지만 니키타는 몸이 차갑기는 했지만 살아 있었다. 그러나 그는 정신을 차렸을 때 자신이 이미 죽었고 자기에게 벌어지는 일이 이 세상이 아니라 저세상에서 벌어지고 있다고 확신했다. 농민들이 그를 파내고 바실리 안드레예비치의 언 몸을 굴려내며 내지르는 소리가 들렸을 때 처음에는 저세상에서도 농민이 예전과 똑같이 소리를 지르고 똑같은 몸을 가지고 있다는 것에 놀랐다. 그러다 자신이 여

74

전히 이 세상에 있다는 것을 깨닫고 기쁘기보다는 아쉬웠다, 특히 양쪽 발가락이 모두 동상에 걸렸다는 사실을 알았을 때는.

니키타는 병원에 두 달간 누워 있었다. 병원에서 발가락 세 개를 잘랐지만 나머지는 회복되어 계속 일을 할 수 있었고, 처음에는 농장 노동자로, 그러다 노년에는 감시원으로 일하며 20년을 더 살았다. 그는 바로 올해에 바라던 대로 집에서 죽었다. 성상 아래 불을 밝힌 초를 두 손으로 잡고 있었다. 그는 죽기 전에 아내에게 용서를 구했고 아내가 통장이와 벌인 일을 용서했다. 또 아들과 손자들에게 작별 인사를 했고, 아들과 며느리에게서 자신을 부양하는 짐을 덜어주게 된 것, 또 이제 정말로 지겨워진 이 삶에서 매년, 매시간 자신에게 더 분명해지고 더 바람직해 보이는 저 삶으로 정말로 건너가게 된 것을 진심으로 기뻐하며 죽었다. 죽은 뒤에 깨어나는 그곳에서 그가 더 잘살게 되었을지 못살게 되었을지, 실망했을지 기대하던 것을 찾았을지, 우리 모두 곧 알게 될 것이다.

그러나 그들은 계속 마차를 몰았다

〈주인과 하인〉에 관한 생각

톨스토이. 도덕과 윤리의 거인, 대하소설가, 채식주의자, 순결 옹호자(노인이 되어서도 일관되게 실행에 옮기지는 못했지만), 농업 이론가, 교육 개혁가, 나보코프가 "교회 없는 예수, 일종의 힌두 니르바나와 신약의 중립적 혼합체"라고 묘사한 국제 기독교 아나키즘 종교 운동의 지도자, 젊은 간디를 포함하여 전 세계에 헌신적 제자를 거느린 비폭력 옹호의 선구자. 그의 소설로 인간이 자신을 생각하는 방식이 바뀌었다고 말한다 해도 큰 과장은 아니다.

따라서 그의 산문이 거의 전적으로 사실로만 이루어져 있다는 사실을 알게 되는 것은 흥미로운 일이다. 그의 언어는 별로 고상하지 않고, 시적이거나 지나치게 철학적이지 않다. 주로 사람들이 하는 뭔가를 묘사할 뿐이다.

〈주인과 하인〉 앞부분에 나오는 다음을 보라.

"[니키타는] 평소처럼 명랑하게 또 기꺼이 헛간으로 갔다. 약간 안쪽으로 흰 발로 활달하고 편안하게 걸었다. 그는 못에서 술 장식이 달린 묵직한 가죽 굴레를 내린 뒤 재갈의 고리를 짤랑거리며 문이 닫힌 마구간으로 갔다. 그곳에 그가 마구를 채울 말이 혼자 서 있었다.”

아니면 니키타가 일에 착수하는 이 대목을 보라.

“[그는] 잘 먹인 어린 종마의 홈이 파인 등에서 먼지를 외투 자락으로 털어내고 나서 잘생긴 머리에 굴레를 씌우고 귀와 앞갈기를 바로 펴준 뒤 고삐를 벗기고 물을 먹이러 갔다.”

또는 그들이 그리시키노에 들렀을 때를 보라.

“‘준비됐어요.’ 젊은 여자 하나가 말하더니 끓어 넘치는 사모바르 위쪽을 앞치마로 가볍게 치고 나서 그걸 힘겹게 식탁으로 가져와 위로 들어 올려 쿵 하며 내려놓았다.”

다시 색깔 구분 문제를 하나 내겠다. 이 이야기의 어느 페이지에든 **사실**과 **저자의 의견**(철학적·종교적 생각, 인간 행동에 대한 경구 등의 언급)에 각기 다른 색깔을 칠해보라. 이 이야기가 거의 모두 사실로 이루어져 있고, 사실적 행동 묘사 쪽으로 지극히 기울어져 있음을 알게 될 것이다. 톨스토이는 인물에 대한 주관적 의견을 제시할 때도 니키타가 마당을 가로지르거나 말을 준비할 때처럼 객관적이고 정확하게 내놓는다. 또 이 이야기에서처럼 그 의견이 사실들의 망 속에서 나타나기 때문에 우리는 그것을 받아들이는 경향이 있다(우리는 굴레가 가죽이고 술 장식이 달렸다는 톨스토이의 주장을 받아들일 때와 같은 느낌으로 니키타가 대체로 명랑하고 선선하다는 그의 주장을 받아들인다).

마찬가지로, 이제 곧 보겠지만, 톨스토이는 인물의 생각이나 느낌을 간단하고 객관적인 문장을 사용하여 간결하고 정확하게 전달하는데, 이 문장은 구문이나 주장의 겸손함 때문에 사실에 기반을 둔 것처럼 보인다.

사실은 우리를 끌어들인다. 이것이 우리가 구하고 있는 '소설의 법칙' 가운데 하나인 듯 보인다. "차가 찌그러졌고 빨간색이다"라는 문장은 차 한 대를 머리에 떠올리게 한다. 그 사실이 사건이면 더욱더 그렇다. "찌그러진 빨간색 차가 천천히 주차장을 떠났다." 우리가 이 진술을 얼마나 의심하지 않는지 눈여겨보라. 이는 자연 발생적으로 자기도 모르게 이루어지는 승인으로, 우리는 차도 없고 주차장도 없다는 것을 잊어버린다.

그러나 이 이야기가 거의 모두 사실로만 이루어졌다고 해서 톨스토이가 미니멀리스트라는 뜻은 아니다. 그는 사실성 내에 머물면서도 풍부한 정보를 전달하고, 풍요롭고 세밀하고 거의 차고 넘치는 세계를 만드는 문장을 쓰는 재능이 있다.

"하녀가 식탁으로 사모바르를 가지고 갔다"와 톨스토이가 쓴 문장의 차이를 생각해 보라. "[그녀는] 끓어 넘치는 사모바르 위쪽을 앞치마로 가볍게 치고 나서 그걸 힘겹게 식탁으로 가져와 위로 들어 올려 쿵 하며 내려놓았다."

앞치마로 치는 행동, 여자가 "힘겹게" 사모바르를 옮기는 것, 식탁에 내려놓을 때 나는 쿵 소리, 그녀가 사모바르를 식탁보다 낮은 높이에서 옮기고 있다는 것(그녀는 사모바르를 '내려놓기' 전에 먼저 '들어 올렸다')은 모두 '여자가 식탁으로 사모바르를 가지고 가다'라는 기본 행동을 꾸미는 사실들이다. 이런 사실들이 더 특수한 사람을

작가는 어떻게 읽는가

만들지는 않지만(누구나 사모바르가 무겁다고 느낄 것이다) 더 특수한 사건은 만든다. 사모바르는 그녀가 그냥 '식탁으로 사모바르를 가지고 가는' 경우보다 무겁고 뜨거우며, 나는 그녀에게서 당연히 보아야 할 것보다 많은 것을 보게 된다. 그녀의 붉은 뺨, 땀에 젖은 블라우스의 겨드랑이(그리고 식탁에서 물러나면서 땀으로 이마에 달라붙은 머리카락 한 올을 입으로 훅 불어내는 것).

여기에서 앞서 말했던 작은 주유소 이야기를 해보자면, 바로 이곳에 톨스토이의 주유소가 하나 있다. 독자에게 진실로 들리는 것을 말하는 주유소다(나보코프는 이를 톨스토이의 '인식의 근본적 정확성'이라고 불렀다).

우리는 상황이 어떠한지 어떠하지 않은지 안다. 상황의 흐름이 어떠하고 어떠하지 않은지 안다. 상황이 대체로 어느 쪽으로 움직이고 어느 쪽으로는 절대 움직이지 않는지 안다. 그리고 우리는 이야기가 세상이 움직이는 방식에 대한 우리의 감각과 일치할 때 좋아한다. 그것이 우리에게 전율을 일으키고, 진실에서 느끼는 이런 전율 때문에 우리는 계속 읽어나간다. 완전히 꾸며낸 이야기에서 우리가 계속 읽어나가는 주요한 이유는 사실 그것이다. 모든 게 만들어진 것이기 때문에 우리는 계속 가볍게 회의하는 상태에서 읽는다. 모든 문장은 진실에 대한 작은 투표다. "진실이냐 아니냐?" 우리는 계속 묻는다. 우리의 답이 "그래, 진실로 들린다"이면 우리는 그 작은 주유소에서 튕겨져 나와 계속 읽는다.

나보코프는 이렇게 말했다. "러시아 작가들은 대부분 '진실'의 정확한 소재所在와 기본 속성에 엄청나게 관심이 많았다. 톨스토이는 머리를 숙이고 주먹을 움켜쥔 채 그 진실을 향해 똑바로 행진해 갔다." 톨스토이는 두 가지 방식으로 진실을 구했다. 소설가로서, 또한 도덕 설교자로서. 그는 전자에서 더 힘을 발휘했지만 계속 후자에 다시 끌렸다. 그리고 어떻게 된 일인지 바로 이 갈등, (나보코프의 표현대로) "검은 땅, 하얀 살, 파란 눈[雪], 녹색 들판, 자주색 뇌운의 아름다움에 흡족했음을 느끼는 사람과 소설은 죄악이고 예술은 부도덕하다고 주장한 사람" 사이의 갈등 때문에 우리는 톨스토이를 도덕과 윤리의 거인으로 느끼게 된다. 그는 어쩔 수 없을 때만 소설에 의지하는 것처럼 보이는데, 죄악인 이런 일을 굳이 하려면 그것을 정말로 중요한 일로 만들어야 하기 때문에 오직 가장 큰 질문을 하는 데만 이용하여 여기에 최고의, 때로는 혹독한 정직성으로 답을 한다.

그러나 아내 소냐의 일기에 따르면 톨스토이는 집에서는 도덕과 윤리의 거인이라고 하기 힘들었다.

그녀는 이렇게 적었다. "그는 나에게 모든 걸 떠넘긴다. 예외 없이 모든 걸. 자식, 재산 관리, 다른 사람들과의 관계, 사무, 주택, 출판사. 그러고는 내가 그 모든 일로 손을 더럽힌다는 이유로 나를 경멸하고 자신의 이기심 속으로 물러나 쉴 새 없이 나에 대해 불평하고…산책을 가고 말을 타러 가고 글을 조금 쓰고 어디든 마음대로 가고 가족을 위해서는 아무것도 하지 않는다…. 그의 전기 작가들은 그가 짐꾼을 위해 물을 길러 갔다고 말하겠지만, 그가 자기 아내에게 한순간의 휴식도 주지 않고 병든 자식에게 물 한 방울 가져다주지 않은 것, 35년 동안 그가 단 5분도 내 머리맡에 앉은 적이 없고 내가 쉬거나 밤새 자거나 산책하거나 그냥 기운을 차리려고 잠시 가만히 있는 것도 허락한 적이 없다는 건 아무도 모를 것이다."

톨스토이의 전기 작가인 앙리 트로야는 소냐가 일기에서 "이제는 가족이나 동시대 사람이 아니라 후손에게 자기 입장을 호소하는 경향"이 있다고 말한다.

뭐, 충분히 알아들었습니다, 소냐. 그 사람은 골칫거리로 보이는군요.

그러나 톨스토이의 글은 동정심으로 가득하다. 그는 그것으로 유명하다. 그는 약자와 힘없는 자에 대한 관심을 뿜어내고, 모든 문제의 모든 측면을 보며, 인물마다(비천한 사람, 고귀한 사람, 말, 개, 뭐든 말만 하라) 안에 들어가 산다. 그 결과로 나온 허구의 세계는 거의 현실 세계만큼이나 세밀하고 다양하다는 느낌이 든다. 톨스토이를 몇 줄만 읽어도 누구나 삶에 관한 관심이 새로워지는 걸 느끼게 된다.

우리는 이것을 어떻게 이해해야 할까?

물론 톨스토이라는 작가는 톨스토이라는 사람이 아니다. 작가는 그 사람의 한 형태로서 어떤 미덕, 자신이 지키며 살지 못할 수도 있는 미덕을 옹호하는 것처럼 보이는 세계의 모델을 만든다.

밀란 쿤데라는 말했다.

소설가는 누구의 대변인도 아닐뿐더러 자기 관념의 대변인도 아니라고까지 말하고 싶다. 톨스토이가 《안나 카레니나》의 초고를 썼을 때 안나는 매우 인정 없는 여자였고 그녀의 비극적 종말은 전적으로 합당하고 정당화될 만한 것이었다. 이 소설의 최종본은 초고와 사뭇 다르다. 하지만 나는 톨스토이가 그사이에 도덕관념을 수정했다고 생각하지 않는다. 그보다는 글을 쓰는 동안 자신의 도덕적 신념의 목소리와는 다른 목소리에 귀를 기울였다고 말하고 싶다. 그는 내가 소설의 지혜라고 부르고 싶은 것에 귀를 기울였다. 모든 진정한 소설가는 그 개인을 넘어서는 지혜를 찾아 귀를 기울이고, 그래서 위대한 소설은 늘 그것을 쓴 사람보다 조금 더 똑똑하다. 자기 책보다 똑똑한 소설가는 다른 일을 찾아야 한다.

쿤데라가 말하듯이 작가는 기술적 수단에 의해 "그 개인을 넘어서는 지혜"에 자신을 열어놓는다. 그것이 바로 '기예'이며, 우리 내부에 있는 개인을 넘어서는 지혜에 자신을 열어놓는 방법이다.

'기예'를 염두에 두고 톨스토이가 정말로 도덕과 윤리의 거인으로 보이는 대목을 보도록 하자. 이 이야기의 3페이지에서 시작하는 다섯 단계 과정이다.

"니키타의 아내 마르타는…"으로 시작하는 문단에서 전지적 서술자는 객관적인 진실을 이야기해 준다. 바실리는 일상적으로 니키타 부부를 속인다.

다음 문단("우리가 당신하고 무슨 계약서를 작성한 적이 있던가?")에서 톨스토이는 바실리가 직접 화법으로 (니키타에게) 이 관계에 대해 논평하게 한다. "우리는 곧이곧대로 거래해. 당신은 나를 위해 일하고 나는 당신을 홀대하지 않아."(우리는 이 말이 사실이 아님을 안다. 전지적 서술자가 방금 그렇게 말해주었기 때문이다.)

그리고 우리는 바실리의 생각 속으로 들어가는데, 이는 그가 방금 한 거짓말을 어떻게 처리하는지 보여준다. 그는 "정말로 자신이 니키타에게 은혜를 베풀고 있다고 확신"한다. 바실리는 상대를 속여 넘겼다고 '우하하, 통쾌하다' 하고 생각하지 않는다. 가령 그는 다음과 같은 인물이 아니다. "바실리는 이런 거짓말을 하는 것을 꺼리지 않았다. 니키타가 농민이고 바실리는 자신의 멍청한 하인들에게 거짓말을 하는 데 아무런 거리낌도 없었기 때문이다." 다 알면서 니키타에게 거짓말을 하는 바실리는 자신이 거짓말을 하는지 (잘) 모르는 바실리와는 다르다. 이 이야기에서 바실리는 양다리를 걸치고 싶어 한다. 니키타를 속이면서 동시에 여전히 자신이 은혜를 베풀고 있다고 여긴다. 바꾸어 말해 그는 위선자이며, 모든 위선자가 그렇듯이 그 사실을 모른다.

그다음 톨스토이는 니키타에게 공정한 거래라는 바실리의 주장에 직접 화법으로 답할 기회를 준다. "내가 아버지에게 하듯이 어르신을 섬기고 몸을 아끼지 않는다는 걸 어르신도 아실 겁니다." 니키타는 그렇게 주장한다. (우리는 이를 의심한다. 니키타는 자기 나름의 작은 거짓말을 하고 있다.)

마지막으로 우리는 니키타의 생각(더 정직한 장소다) 속으로 들어가는데, 거기에서 그가 자신이 속고 있음을 '잘 알고' 있다는 사실이 확인된다. 그러나 자신의 입장을 설명하려고 해봐야 소용없고 "달리 갈 곳이 없는 한 주는 대로 그냥 받아들일 수밖에 없다"는 것을 알고 있다.

따라서 위의 세 문단에서 시점은 다섯 번 이동한다.

a. 객관적 진실(전지적 서술자를 통해)

b. 바실리의 공적 입장(그가 니키타에게 하는 말을 통해)

c. 바실리의 개인적 입장(그의 생각을 통해)

d. 니키타의 공적 입장(그가 바실리에게 하는 말을 통해)

e. 니키타의 개인적 입장(그의 생각을 통해)

이렇게 많은 시점 이동을 처리하려면 대개 독자 쪽에서는 추가 노력이 필요하다. 즉, 독자가 정신을 바짝 차리고 관심을 기울여야 한다. 그러나 우리는 톨스토이의 '인식의 근본적 정확성'에 홀려 거의 눈치를 채지 못한다. 인물의 마음속으로 들어가지만 거기에서 우리가 발견하는 것은 익숙한 진실이다. 우리 자신도 그와 비슷한 생각을 한 적이 있으며, 그래서 그것을 받아들인다. 그 결과는 홀로그램처럼 펼쳐지는 상황을 신처럼 보는 것이다.

이런 기법의 또 다른 예는 37페이지에서 시작한다. 이제 바실리와 니키타는 그리시키노를 두 번째로(마지막으로, 운명적으로) 떠나려 한다.

'허, 이런, 날씨하고는!' 이제 우리는 바실리의 생각에서 출발한다.

그다음 두 문단에서 우리는 '나이 든 주인'의 생각 속에 들어가 있다.

4장의 마지막 문단에서 우리는 처음에는 페트루시카의 마음속에 있다. 그러다가 니키타의 마음으로 옮겨 간다. 마지막으로, 논리적 입증(증명 완료!)이자 사형 선고로 느껴지는 끝의 두 행에서 톨스토이/전지적 서술자는 그 결과 "떠나는 길손을 막을 사람은 아무도 없었다"라고 주장한다.

따라서, 네 문단에서 시점이 다섯 번 이동한다.

하지만 단지 마음에서 마음으로 이동한다고 해서 우리가 믿게 되는 것은 아니다. 톨스토이가 마음속에 들어가서 하는 일 때문에 믿는다. 그는 자신이 거기에서 찾은 것에 관해 직접적이고 사실적인 보고를 한다. 어떤 판단도, 어떤 시詩도 없다. 그냥 단조로운 관찰뿐이다. 물론 이는 **자기** 관찰의 한 형태이기도 하다. (작가는 묻는다. "내가 이 사람이라면, 이런 상황이라면 무슨 생각을 하고 있을까?") 달리 무엇일 수 있겠는가? 자기 마음이 아닌 어디에서 톨스토이가 다른 마음들을 채울 재료를 찾을 수 있겠는가? 이 네 사람은 모두 톨스토이이며, 그들의 생각을 전하면서 톨스토이는 특별히 '동정적'이지 않다. 그냥 비슷한 상황에서 자신이 했을 생각을 그들에게 부여할 뿐이다. 심리학적으로 특별히 그들만의 고유한 것이라고 할 수 없는 생각으로, 톨스토이가 이 특수하고 개체화된 정신(사실 존재한 적이 없다)에 관해 가지고 있는 어떤 비밀 지식보다는 그 상황에서 그들이 맡은 역할(여행을 시작한 사람, 집주인, 문학을 사랑하는 청년, 추위를 느끼는 하인)로부터 만들어진 생각이다.

말을 바꾸면 우리가 여기에서 톨스토이를 도덕과 윤리의 거인으로 생각하게 만드는 것은 **기법**(마음에서 마음으로 이동하기)과 결합한 **자신감**이다. 톨스토이는 무엇에 자신감을 가졌을까? 사람들이 자신과 다르기보다는 비슷하다는 것. 자신에게는 내면의 바실리, 내면의 나이 든 주인, 내면의 페트루시카, 내면의 니키타가 있다는 것. 이 자신감이 성자 같은 동정심(으로 읽히는 것)의 관문 역할을 한다.

마술사는 조수를 진짜로 두 동강 낼 필요가 없다. 공연하는 짧은 시간 동안 그렇게 하는 것처럼 보이기만 하면 된다. 그에게 유리한 면이 있다면 조금 거리를 둔 곳에 자리 잡고 이 마술이 착시라는 것을 알지만 함께 장단을 맞추어주기로 동의한 관객이 관찰하고 있다는 점이다.

그 관객이 우리다. 우리는 장단을 맞추어주기로 한다. 어떤 이유에서인지, 우리와 같은 한 인간이 신이라고 해도 좋을 만한 자리에 서는 것, 그래서 그 과정에서 신이 존재한다면 우리를 어떻게 보는지, 신이 우리가 행동하는 방식을 어떻게 생각하는지 이야기해 주는 것을 지켜보기를 좋아하기 때문이다.

〈주인과 하인〉은 우리가 보통 대중오락물에서 찾는 장점을 가지고 있다. 이를 영화적 장점이라고 부를 수도 있겠다. 이 작품은 참혹하고, 위험성이 높고, 우리는 상황이 어떻게 전개될지 알고 싶다. 마지막에는 누가 죽는지 보려고 읽고 있다. 인정하자, 어떤 이야기는 의무감에서 읽는다. 평범한 지역 박물관을 구경하듯, 관심을 가져야 마땅하지만 사실 관심 없는 것들을 주목해서 본다. 그런 이야기를 읽을 때 우리는 그냥 그걸 읽는다. 그것은 계속 우리가 의무적으로 해독하는 일련의 단어가 된다. 그것은 작가가 추는 영리한 춤이고, 우리는 예의 바르게 견딘다. 그러나 〈주인과 하인〉을 읽으면서 우리는 이야기를 살기 시작한다. 언어는 사라지고, 우리는 어느새 단어 선택을 생각하는 게 아니라 인물이 내리는 결정과 우리가 실제 삶에서 그간

작가는 어떻게 읽는가

내려온 결정, 또는 언젠가 내려야 할지도 모르는 결정에 관해 생각하게 된다.

내가 쓰고 싶은 것이 그런 종류의 이야기, 글이 멈추고 삶이 시작하는 종류의 이야기다.

그러나 주여, 보기보다는 어려운 일이다.

〈주인과 하인〉은 부분적으로는 구조를 통해 이 일을 해낸다.

내가 당신을 이끌고 어떤 저택을 답사한다고 해보자. 나는 답사 기본 계획을 발표한다. 우리는 다락방에서 시작해 아래로 내려갈 것이다. 만일 다음 층에서 내가 옆길로 샌다 해도(당신을 이끌고 옆방으로 들어가 계단 세 개를 올라가 작은 비밀의 방으로 들어간다) 당신은 그래도 괜찮다고 생각하고 심지어 즐길 수도 있다. 우리가 여전히 전체적으로는 우리 계획(아래로 내려가기)을 따르고 있기 때문이다.

〈주인과 하인〉이 영화적 추진력을 얻는 한 가지 방법은 초반에 톨스토이가 전체 계획을 발표하는 것이다("우리는 아래로 내려갈 것이다"에 해당하는 말이다). "우리는 그 땅을 사러 마차를 몰고 나간다."

다음은 이 이야기의 윤곽이다.

〈표 4〉

장	사건
1	이웃 지주의 집으로 갈 준비. 바실리와 니키타 소개.
2	그들은 집을 떠나 처음으로 길을 잃고, 우연히 그리시키노 마을로 들어간다.
3	여기에서 멈추지 않는다. 두 번째로 길을 잃고, 다시 그리시키노에 들어가고, 이번에는 멈춘다.

4	타라스 가족의 집에서 쉬지만, 하룻밤을 묵고 가는 것은 사양한다.
5	세 번째로 길을 잃고, 벼랑 근처에서 밤을 보내야 한다.
6	바실리의 관점에서 본 그날 밤. 바실리가 말을 타고 떠나는 데서 끝난다.
7	약간 뒤로 돌아가, 니키타의 관점에서 다시 본 그날 밤. 바실리가 말을 타고 떠나는 데서 끝난다.
8	바실리의 폭주. 길을 잃고, 맴을 돌고, 약쑥과 마주친다. 말이 달아난다. 바실리가 쫓아가고… 썰매에 도착한다.
9	바실리가 니키타의 몸 위에 엎드리고, 죽고, 니키타를 구한다.
10	니키타의 후기.

기본적인 패턴이 네 차례 되풀이된다. 그들은 어딘가에서 출발해 길을 잃는다. 이야기 전체를 일련의 길 잃기와 돌아가기로 볼 수도 있는데 결국은 가장 큰 돌아가기로 끝난다. 바실리는 도덕적 완결로, 또 우리가 가정하기로는 천국으로 '돌아간다'. (생각해 보니 이 이야기는 니키타에게는 이중의 돌아가기로 끝난다. 자신의 마을로 돌아가기, 그리고 하느님에게로 돌아가기.)

〈사랑스러운 사람〉에서 보았듯이 패턴은 추진력을 일으킨다. (위의 패턴에 따라 우리는 길을 찾았다고 느낄 때마다 곧 다시 길을 잃을 것을 예상하게 된다. 그리고 실제로 길을 잃는다. 그리고 그것은 만족스럽다.)

이 이야기에는 또한 두 번째 패턴이 박혀 있다. 일종의 '그림자 구조'다. 각 장은 욕망/문제/좌절로 시작해서 어떤 개선에 대한 일말의 희망으로 끝난다.

장	사건
1	바실리는 땅을 원해서 명절이지만 땅을 사러 나간다.
2	길을 잃지만 마을을 발견한다.
3	길을 잃지만 (다시) 마을을 발견한다.
4	다시 출발하지만 이번에는 안내자가 있다.
5	길을 잃지만 그 사실을 인정하고 벼랑 근처에서 피신하겠다고 결심한다.
6	바실리는 절망하지만 행동에 나선다(자신을 구하기 위해 달아나는 것으로).
7	니키타는 죽어가지만 상황을 받아들인다.
8	바실리는 길을 잃고 걷게 되지만 다시 썰매를 발견한다.
9	바실리는 죽어가지만 행복하게 죽는다.
10	니키타는 20년을 더 살다 죽지만 기꺼이 떠난다.

이 패턴은 이야기의 더 큰 흐름에도 존재한다. 바실리는 자신의 인생을 망치지만 결국에는 (영적으로) 구원받는다.

이 그림자 구조는 그 나름의 추진력을 제공한다. 각 장에서 우리의 주인공들은 곤경에 빠지지만 거기서 벗어난다. 그들은, 그리고 우리는 막 뭔가에서 벗어났다는 안도감에 기운을 차려 다음 장으로 들어간다. (외줄을 타는 사람은 멈칫거리고 곧 떨어질 것 같아 보여도 균형을 회복한다. 이에 연동되어 지켜보는 당신의 에너지가 약간 상승하는 데 주목하라.)

우리는 전체적인 구성 원리의 강력한 흐름에 휩쓸려 하류로 내려가고 있지만, 가는 길에 주류에서 벗어나는 일련의 작은 국지적 소용돌이에 휘말린다. 매 순간 우리의 관심은 국지적 소용돌이에서 살아남는 데 집중되며, 따라서 우리는 강 끝에 있는 운명의 폭포를 향해 빠르게 나아가고 있다는 사실을 눈치채지 못한다.

〈표 4〉의 얼개에 따르면, 2장 첫 부분에서 톨스토이가 하는 일은 바실리와 니키타가 '집을 떠나 처음으로 길을 잃게 하는 것'이다.

작가가 이 일을 이루는 방식에는 여러 가지가 있다.

변변찮은 작가(우리 자신은 절대 아니기를 바라는 그 가엾고 소문난 사람)라면 이렇게 할 수도 있다.

a. 그들은 집을 떠나고, 이것저것을 지나면서 무작위적인 몇 가지 화제를 이야기한다.

b. 교차로에 이르면 우리가 분별할 수 없는 이유(제공되지 않거나 불분명하다)로 바실리는 직선 도로를 택한다. 그는 뭐 그냥 그 길을 택한다.

c. 니키타는 잠이 든다, 그냥.

d. 어떻게 된 일인지 그들은 길을 잃는다.

이를 톨스토이가 한 일과 비교해 보라.

a. 집을 떠나면서 바실리는 니키타의 부인이라는 고통스러운 주제를 입에 올려 니키타를 자극한다. 이어 니키타에게 말을 살 계획이 있느냐고 묻는데, 이는 니키타에게 익숙한 패턴을 암시한다. 이제 바실리가 그를 속이려 한다. 대화에서 이 두 가지를 계기로 니키타는 짜증이 난다.

b. 그들은 교차로에 이른다. 바실리가 니키타의 의견을 묻더니(날씨를 고려할 때 우리는 니키타가 제시하는 의견이 지혜롭다고 느낀다) 무시한다. 니키타는 무시당해도 반박하지 않고 수동적으로 "원하는 대로 하시죠" 하고 말한다.

c. 니키타는 잠이 든다. 우리는 이런 행동이 a와 b에 대한 반응이라고 느낀다. 니키타는 조롱당하고 그다음에는 무시당하자 잠드는 것으로 이 게임에서 스스로 빠져나오려 한다.

d. 니키타가 잠이 들자 바실리는 자기 생각대로 방향을 잡다가 길을 잃는다.

결국 이 두 가지 방식의 큰 차이는 톨스토이의 방식에서는 인과성이 늘어난다는 점이다.

'변변찮은 작가 버전'은 관련 없는 사건들의 연속처럼 읽힌다. 무엇도 다른 무엇의 원인이 되지 않는다. 어떤 일들이… 그냥 일어난다. 하지만 우리는 이유를 모른다. 이 연속의 결과(그들은 길을 잃는다)는 그전에 생긴 일과 관계가 없다고 느껴진다. 그들은 그냥 무작위적으로, 아무런 이유 없이 길을 잃는데 여기에는 아무런 의미가 없다.

우리는 종잡을 수 없는 여행 가이드를 따라다닐 때 느끼는 좌절감 섞인 붕 뜬 기분으로 이 시퀀스를 움직여 간다. "무엇을 주목해서 봐야 하는가?" 우리는 의문을 품는다. 바실리와 니키타는 우리에게 더 현실적이 되거나 더 특수해지지 않는다. 그들은 그냥 봉선화棒線畵*들로 무엇도 결정하지 않고 무엇에도 반응하지 않는다. 이 시퀀스에

* 몸통과 사지는 직선, 머리는 원으로 그린 인물화.

서 나올 때도 들어갈 때보다 그들을 잘 알지는 못한다.

나는 오랜 세월에 걸쳐 엄청나게 재능 있는 아주 많은 작가와 작업을 해왔기 때문에 작품을 발표하게 되는 작가와 그렇지 못한 작가를 구분하는 두 가지가 있다고 말할 만한 자격이 있다고 느낀다.

첫째, 기꺼이 수정하려 하는가.

둘째, 인과 관계 만들기를 얼마나 배웠는가.

인과성을 만드는 작업은 섹시해 보이지도 특별히 문학적으로 보이지도 않는다. A가 B의 원인이 되게 하는 것은 그야말로 일에 가까우며, 보드빌과 할리우드의 일이다. 하지만 가장 배우기 어렵다. 우리 대부분은 자연스럽게 터득하지 못한다. 하지만 인과성이야말로 사실 이야기의 전부다. 우리가 인과 관계의 패턴을 분별해 낼 수 있는 '연속해서 일어나는 일련의 사건'들이 바로 이야기다.

우리 대부분에게 문제는 일들이 일어나게 하는 데("개가 짖었다", "집이 폭발했다", "대런이 자기 차의 타이어를 걷어찼다"를 타자로 쳐 넣기란 아주 쉽다)서 생기는 게 아니라 어떤 일이 다음 일의 원인처럼 보이게 하는 데서 생긴다.

이는 중요하다. 의미의 외양을 창조하는 것은 인과 관계이기 때문이다.

"왕비가 죽었고, 그다음에 왕이 죽었다"(E.M. 포스터의 유명한 공식)는 연속해서 일어나는 서로 관계없는 두 가지 사건을 묘사한다. 이 문장은 아무것도 의미하지 않는다. "왕비가 죽었고, 왕이 슬픔 때문에 죽었다"는 그 사건들에 관계를 설정한다. 우리는 한 사건이 다른 사건의 원인이 되었다고 이해한다. 이제 인과성이 스며든 연속체는 '왕이 정말로 왕비를 사랑했다'는 뜻이 된다.

작가에게 인과성은 작곡가에게 선율과 같다. 그것은 청중이 그 일의 핵심이라고 느끼는 슈퍼 파워다. 청중이 실제로 들으러 온 것이다. 해내기 가장 어려운 것이다. 유능한 실행자와 특별한 실행자를 구분하는 기준이다.

잘 쓴 산문 한 조각은 잔디에 놓인, 손으로 아름답게 색칠한 연과 같다. 멋지다. 우리는 감탄한다. 인과성은 그다음에 나타나 그것을 공중에 띄우는 바람이다. 그러면 연은 자신이 만들어진 목적을 수행하고 있다는 사실에 의해 훨씬 더 아름다워진 아름다운 것이 된다.

인과성이라는 개념을 조금 건드려보기 위해 23페이지에서 시작하는, "아-아-아" 마을에서 온 취한 농민들의 썰매와 만나는 대목을 보자.

이 장면은 이 이야기에서 무엇을 하고 있는가? 매우 재미있기는 하지만 (콘펠드 원칙을 떠올려 보자면) 이 장면이 어떻게 '사소하지 않은 방식으로 이야기를 진전'시키는가? 이 에피소드 전체를 잘라내 버릴 수는 없을까? 그들을 없앨 길에 생긴 공백을 니키타와 바실리가 그냥 통과하게 해서, 우리에게 한 페이지 반을 절약해 줄 수는 없을까?

바실리와 니키타는 방금 처음으로 그리시키노를 통과했다. 이 이야기의 패턴에 대비하고 있는 우리는 그들이 다시 길을 잃을 것이라고 예상한다. 그때 "바람에 쓸리는 눈이 빗금을 그리는 시야를 뚫고"

앞에 무언가가 보인다. 다른 썰매다. 바실리가 추월하려 하자 그 썰매를 몰던 술 취한 농민은 바실리와 경주를 하려 한다. 우리는 그들의 말을 흘끗 본다. "벌어진 콧구멍, 두려움에 뒤로 납작 눌린 귀." 말은 술 취한 채찍 밑에서 고통을 겪고 있다. 두 달째 금주 중인 니키타는 개심자의 열정으로 바실리 앞에서 그들을 비난한다. "술이 무슨 짓을 하는지 좀 봐! 저 작은 말이 죽어나가도록 진을 빼다니. 저런 이교도들!" 이 대목은 '말은 심하게 다루면 죽을 수도 있다'는 생각(이 때문에 우리는 소설을 읽어나가면서 불쌍하고 충성스러운 무호르티를 달리 보게 된다)을 이야기에 들여온다. 또 '승리하기 위해 너무 세게 몰아붙이면 문제가 생긴다'(계획이 잘못된 이 여행에 대한 바실리의 고집을 떠올리게 한다)는 생각도 들여온다. 우리는 이 사건에 대한 바실리의 반응과 니키타의 반응을 비교해 본다. 바실리는 경쟁심에 불타오른다. 니키타는 고통받는 말에게 동정심을 느낀다. 사실 바실리는 단지 경쟁의 **외양**에 불타오를 뿐인데 실제로는 경쟁이 없었기 때문이다(그의 썰매는 쭉 농민의 썰매를 따라잡고 있었다). 이 장면을 보면서 우리는 그가 니키타와 해온 돈 거래를 떠올린다. 바실리는 조작된 승부라도 이기는 것을 즐긴다.

따라서 이 모두가 이 장면이 존재해야 할 좋은, 즐거운, 주제와 관련 있는 이유다. 그러나 우리가 정말로 기다리는 것은 '이 장면이 어떻게 사소하지 않은 방식으로 이야기를 진전시키는가?'에 대한 답이다.

이야기란 일종의 에너지 전이 과정이라는 개념으로 돌아가보자. 좋은 이야기에서 작가는 순간적으로 에너지를 만든 다음 이 에너지를 깔끔하게 다음 박자로 전이한다(에너지는 '보존'된다). 작가는 자신이 만든 에너지의 본질을 인식함으로써 이 일을 한다. 나쁜 이야기 (또는 초고)에서 작가는 자신이 만든 에너지의 본질을 완전히 이해하지 못하고 그것을 무시하거나 남용한다. 그러면 에너지는 흩어진다.

선호되는, 매우 효율적인, 가장 높은 수준의 에너지 전이 형태(하나의 장면이 사소하지 않은 방식으로 이야기를 진전시키는 최고의 방법)는 한 박자를 다음 박자의 **원인**으로 만드는 것이다. 특히 다음 박자가 필수적이라고, 즉 확장이라고 느껴진다면, 다시 말해 이야기의 맥락에서 의미 있는 변화라면 더욱 그렇다.

우리는 다시 길을 잃을 것을 예상하면서 '농민으로 가득한 썰매와 경주한다'는 박자로 들어간다.

경주는 무슨 일의 원인이 될까?

그것은 바실리를 불타오르게 한다. 당연히 그럴 수밖에 없다. 그리고 이기기 위해 사는 이 사람이 이긴다. "우연히 농민을 만난 덕분에 바실리 안드레예비치는 기분이 좋아져 활기를 띠었"다. 따라서 그의 의기양양함이 다음 박자("도로 표지도 살피지 않고 더 대담하게 썰매를 몰면서 말을 다그치고 말에게 의지했다")의 원인이 되며, 이는 다시 다음 (필수적이고 절대 사소하지 않은) 박자의 원인이 된다. 그들은 다시 길을 잃는다.

이 이야기에서 가장 기억에 남을 만한 것 가운데 하나는 그들이 얼마나 헤매고 있는지 반복해서 알려주는 역할을 하면서 그들이 마지막으로 내팽개친 구원의 기회를 대표하는 작은 마을 그리시키노다.

바실리와 니키타가 네 번을 지나가는 마을 외곽의 빨랫줄을 생각해 보자.

톨스토이는 매번 빨랫줄에 걸린 옷가지를 약간씩 달리 표현한다.

첫 번째: 20페이지에서 그들이 그리시키노에 처음 다가갈 때. "빨간색과 하얀색 셔츠, 바지, 각대, 속치마가 바람에 거세게 퍼덕이고 있었다. 특히 하얀색 셔츠가 필사적으로 싸우며 두 소매를 이리저리 흔들어댔다."

두 번째: 22페이지 하단에서 마을을 떠날 때. 이제 하얀색 셔츠가 "빨랫줄에서 풀려나 얼어붙은 소매 하나로만 걸려 있"다.

두 이미지의 병치는 작은 이야기를 하나 들려준다. ("당신들이 이 따뜻하고 안전한 마을로 들어설 때 나, 하얀색 셔츠는 미친 듯이 걱정하며 위험이 다가서고 있다는 신호를 보내려 했다. 그러나 당신네 멍청이들은 나의 조언을 무시하고 이제 다시 눈보라 속으로 들어가는데, 솔직히 나는 이제 기운이 다 빠져서 간신히 여기 걸려 있을 뿐이다.") 이는 우리가 지금 어디에 있는지 물리적으로('다시 마을을 떠나 들어왔던 길을 나가고 있다') 또 감정적으로('우리의 오만 때문에 경고를 무시하고 있다') 더 분명히 이해하게 해준다.

다음으로 넘어가자.

세 번째: 26페이지에서 그들이 그리시키노로 돌아올 때. "얼어붙은 빨래가…여전히 바람에 절망적으로 펄럭이고 있었다."

우리는 여기에 추가된 "여전히"와 "절망적으로"를 이렇게 읽는다. '그래, 상황은 계속 절망적이다. 그리고 바실리는 여전히 그 사실을 알지 못한다.' 톨스토이는 과장하지 않지만(셔츠 두 장이 공포에 질려 서로를 끌어안거나 하지는 않는다) 다시 우리는 그가 이 빨래를 기억하고 이용한 데에 기쁨을 느낀다.

네 번째: 38, 39페이지에서 그들이 두 번째(이자 마지막)로 그리시키노를 떠날 때. "그들은 거리로 나섰다. 다시 마을 외곽을 통과하여 똑같을 길을 따라갔다. 얼어붙은 빨래가 걸린 마당을 지나고(그러나 이제 빨래가 보이지는 않았다)…."

꿀꺽. 마지막 이미지는 절망적인 흔들림이 아니라 완전한 사라짐이다. 왜 이 장면이 그렇게 좋은지 말하기는 어렵다. 투박하게 읽으면 이럴 수도 있다. '이전 경고는 무시되었고 빨래는 신호를 멈추었다.' 또는 '그 셔츠와 마찬가지로 누군가[바실리가] 곧… 사라질 것이다.'

앞서 우리는 확장이 박자를 반복하기를 거부할 때 생기는 것으로 정의했다. 우리가 빨랫줄을 지날 때마다 빨래의 상태에는 약간씩 변화가 있었다. 우리는 이를 확장이라고, 적어도 작은 확장 혹은 '반복의 거부'라고 읽는다(만일 네 번의 묘사가 모두 동일했다면 이보다 못한 이야기가 되었을 것이다).

따라서 '늘 확장하고 있다'는 것은 '변화를 위해 만들어놓은 가능성을 늘 예리하게 의식하는 것'이라고 이해할 수 있다. 만일 어떤 요소가 되풀이되면 두 번째 등장은 곧 변화의 기회, 잠재적인 확장의 기회다. 영화에서 어떤 장소의 설정(접시, 스푼, 포크, 나이프)을 보여주고, 그런 다음, 카메라가 다른 세 자리의 똑같은 설정을 따라간다고 해보자. 이건 정체다. 하지만 접시, 스푼, 포크, 나이프 네 벌의 배치 각각을 적당히 조절하고 이를 연속으로 보여주면 이 변화의 축복을 받은 시퀀스는 그 안에 확장이 있다고, 따라서 의미가 있다고 느껴질 것이다. 예를 들어 접시를 연속해서 추적하면서 우리는 다음을 보게 된다. a. 정확하고 완전한 배치(접시, 스푼, 포크, 나이프), b. 스푼이 없음, c. 스푼과 포크가 없음. d. 접시만 빼고 다 없음. 그러면 예를 들어 '대피' 또는 '감소'를 뜻한다고 느껴질 것이다.

이 이야기에서는 변화의 패턴이 너무 깔끔하거나 은유가 노골적이지는 않다(가령 옷가지는 니키타와 바실리가 이제 곧 겪게 될 변화, 즉 얼지 않은 상태에서 어느 상태로 바뀌는 변화를 겪지 않고, 우리가 처음 볼 때부터 얼어 있다). 우리는 빠르게 움직이며 변화를 간신히 눈치채지만 가까이서 살펴보면 변화가 완벽하게 조절되어 있다고 느낀다. 미리 결정된 어떤 환원적 의미를 깔끔하게 뱉어내기보다는 신비로운 느낌, 은유의 세계가 물리적 세계에 가볍게 침투하는 느낌을 만들어내는 것이다.

썰매를 탄 농민들과 경주를 한 뒤 바실리는 불타오르고, 그 때문에 그들은 다시 길을 잃고, 니키타는 바실리에게서 고삐를 받아들지만 결과적으로는 지혜롭고 소중한 무호르티에게 고삐를 넘기는데, 무호르티는 그들을 3장 거의 끝에서 다시 그리시키노로 데려간다.

우리는 이것을 바실리가 애초에 했어야 할 일을 할 기회라고 이해한다. 멈추어서 구원을 얻는 것. 그리고 실제로 그가 멈추려 한다는 것("전면이 출입구 양쪽으로 대칭을 이룬 커다란 벽돌집"에서 멈춰 서려 한다는 것)을 알고 우리는 안도한다.

문제는 (〈마차에서〉의 찻집과 마찬가지로) 이것이다. 왜 이 집인가? 그리시키노의 모든 집 가운데(그리고 그가 만들어낼 수 있는 모든 집 가운데) 왜 톨스토이는 그들이 이 특정한 집에서 멈추게 했을까?

작가는 어떻게 읽는가

우리의 진짜 질문은 이것이다. 이야기에서 이 부분(이 구조적 단위)은 어떻게 제 밥값을 하는가?

구조적 단위(이 경우 그리시키노에 머무는 동안 벌어지는 일을 묘사하는 텍스트 전체, 27~38페이지)도 이야기 전체와 마찬가지로 프라이타크의 삼각형처럼 보이고 싶어 한다(이것은 규칙이라기보다는 갈망이다). 즉, 구조적 단위는 이야기의 축소판 같은 형태를 갖추어야 한다. 그래서 사건을 일으키고 절정을 향해 쌓아 올라간다. (우리가 쓰고 있는 이야기에서 구조적 단위가 그런 형태를 갖추고 있지 않으면 우리는 그것이 그런 형태를 갖추고 싶어 하지는 않을까 생각해볼 수도 있다. 만일 그런 형태를 갖추고 있으면 그 형태를 더 예리하게 가다듬고 싶을 수도 있다.)

여기에서는 아름다운 일들이 많이 벌어지지만(술을 마시지 않으려는 니키타의 노력, 집 전체에 퍼져 있는 온기와 안락한 느낌, 폴슨을 인용하는 손자, "우리는 거기 꼭 갈 거야, 안 그런가?" 하는 바실리의 쾌활한 질문에 우울하게 "다시 길을 잃지만 않으면요" 하고 니키타가 대꾸하는 재미있는 대목), 이 가운데 어느 것도 우리가 프라이타크 삼각형의 (이 구조적 단위에 적용되는) '발단'에서 앞으로 나아가게 해주지는 않는다. 〈사랑스러운 사람〉에서 보았듯이 이야기를 읽어나가면서 우리가 (여전히) 발단 안에 있음을 의식하기 시작할 때 우리는 상승으로 이행하는 신호가 될 수 있는 모든 것에 긴장하게 된다. 나는 35페이지에서 마구를 채우는 동안 이루어지는 대화(이를 '젊은 사람들이 점점 제멋대로입니다' 대화라고 부르자)에 다가가며 나도 모르게 이런 상태에 놓이게 된다.

이 대화 가운데 절정이라고 느껴질 법한 일이 벌어지는가?

대화의 주요 내용은 이렇다. a. 젊은 사람들이 점점 제멋대로다. b. 너무 영리해서 관리가 불가능하다. c. 가구를 분리해 전통에 도전하는 것은 해롭다. d. 식구들 중 둘째 아들은 분가할 생각을 하고 있으며 이 때문에 아버지는 가슴이 아프다.

내 마음은 계산을 약간 하여 톨스토이가 이 특정한 대화 앞에 우리를 데려다 놓기로 선택한 이유를 이해하려 한다.

이 이야기에서 '너무 영리해 관리가 안 되는 젊은 사람들'과 일치한다고 느껴질 수도 있는 인물은 누구인가? 내 마음은 바실리를 끄집어낸다. 그는 딱히 젊다고는 할 수 없지만 나이 든 집주인보다는 젊으며, 자기중심적이고 이윤을 좇고 권력에 끌린다는 면에서 새로운 세대에 속하는 것으로 보인다. 그날 밤 그 집에 머물지 않은 이유("일 때문에! 한 시간을 잃어버리면 1년이 가도 따라잡을 수 없는 법!")는 '영리'하며 집주인의 가치와 조화를 이루지 못한다. 늙은 집주인은 적절하게 또 전통에도 맞게 가족을 주위에 아늑하게 모아두고 있는 반면 바실리는 사업을 명분으로 명절에 아내와 아이를 두고 떠나왔다. 따라서 우리는 바실리와 이 최신식 건방진 아들이 동류라는 느낌을 받는다.

하지만 흥미롭다. 노인이 이야기를 마치자 바실리가 끼어드는데 아들을 옹호하는 게 아니라 노인 편을 든다. "영감이 모든 걸 모았으니 영감이 주인이오." 그는 이렇게 말하고 있는 셈이다. "당신은 주인이고 나도 주인이며, 그래서 나는 당신을 이해한다. 물러서지 마라, 가던 길을 계속 가라."

작가는 어떻게 읽는가

따라서, 톨스토이는 기본적으로 바실리를 '분열시킨다'. 바실리가 추구하는 가치는 크게 보아 아들의 가치이지만 아버지를 옹호하여 목소리를 높인다. 그는 양쪽을 다 욕심내는 것처럼 보인다. 구식의 전통적이고 막강한 주인으로 간주되는 동시에 거침없고 전통에 반하며 자본주의적인 사업에 탐닉하는 것을 허락받기를 바란다.

우리는 그리시키노에 두 번째로 머무는 목적을 이렇게 이해한다. '이 집에서 밤을 보내겠다고 동의하여 자신과 니키타를 구할 마지막 기회를 바실리에게 주는 것.' 그리고 그곳에서 바실리는 자신과 같은 주인을 만나는데, 그는 그들이 밤을 보내고 가는 쪽을 지지한다.

이 목적은 달성되어야 마땅하다. 이 가족 가운데 바실리가 가장 존경하는 사람이 머무르라고 강권하고(허락하고) 있기 때문이다.

하지만 너무 안된 일이다. 바실리는 하필이면 좋지 않은 때에 도착하여 자신이 모방하는 경향이 있는 노인이 최근 약해진 모습을 본다. 이제 자식들을 제압하지 못하고 그들에게 간청하고 진다. 눈에 눈물이 고이고 사람들 앞에서 신랄하지만 서툴게 아들과 싸우려 든다. 그가 한창때는 막강한 주인이었을지 모르나 오늘 밤에는 별로 막강해 보이지 않는다.

자, 우리가 알게 된 바실리는 뽐내고 남을 괴롭히는 사람이다. 그는 통제해야, 자신의 말이 맞아야, 승리를 거두어야, 복종을 얻어내야 행복하다. 우리는 그가 집에 있는 모습을 상상해 본다. 작은 압제자, 별로 사랑받지도 못하고 별로 두려움의 대상이 되지 않는 사람. 아마도 사람들은 가능하면 그를 피할 것이다. 등 뒤에서 그의 무능과 자만심을 비웃을 것이다.

그는 이미 묵고 가지 않겠다고 선언했다. 어떤 주인이 자기가 한 말을 바꾸는가? 다름 아닌 약한 부류, 바로 이 노인 같은 사람이다. 집안이 박살 나고 있는 부류, 우는 부류, 바실리가 평생 그렇게 되지 않으려 했지만 속으로는 자신이 그런 쪽임을 알고 있는 그런 부류다.

그들이 다른 집, 예를 들어 젊고 아직 힘이 있는 주인이 하인들을 사려 깊게 대접해야 한다고 주장하는 집에 들렀다면 바실리는 그 강력한 주인을 흉내 내고 싶어 기꺼이 자기가 한 말을 뒤집고, 자신이 자기 하인 니키타에게 얼마나 사려 깊은지 보여주려 했을 수도 있다.

그러나 대신 이 늙고 약하고 패배한 주인을 만나 혐오감을 느낀다. 이 혐오감은 말에 이미 마구가 채워져 있다는 사실(예의를 갖춘 독재)과 결합하여 그를 다시 밤 속으로, 그리고 죽음으로 몰아간다.

어떤 면에서 바실리는 '주인'이 권력을 보존하고 보여주려면 단호하고, 강하고, 설득당하면 안 된다는 생각에 충성하기 때문에 죽는다.

스크루지는 투덜거리는 사람으로 시작해 결국은 관대하고 행복한 사람으로 끝난다. 〈착한 시골 사람들Good Country People〉의 조이/헐가는 오만하고 으스대는 사람으로 시작해 결국은 겸손해진 사람으로 끝난다. 개츠비는 자신만만하고 희망으로 가득한 사람으로 시작해 결국은 기가 꺾인다(그리고 죽는다). 리어왕은 강력한 군주로 시작해 결국은 역시 기가 꺾이고 죽는다.

문학 전체에서 내가 가장 좋아하는 부분으로 꼽을 만한 6장에서 바실리는 정상적이고 짜증을 잘 내고 안달하고 우월감에 젖어 있고 눈 속에 유치한 깃발을 건 데 만족하는 자아로 시작해 결국은 니키타를 죽게 내버려두고 떠나는 공황에 사로잡힌 겁쟁이가 된다. 나는 그 변화를 믿고, 또 만일(그런 일이 없기를!) 내가 겁쟁이가 된다면 그것이 바로 내가 할 법한 일이라고 믿는다.

6장은 강력하고 고도의 기교가 들어가 있는 구간, 우리 변변치 못한 작가들에게는(어쨌든 나라는 작가에게는) 마음에 질투와 한이 쌓이는 구간인데, 여기에서 인간 정신이 바뀌었다는 환상을 만들어내는 것이 단순한 패턴이라는 점을 관찰하면 약간은 위안을 받을 수도 있다. 즉, 한때 바실리에게 먹혔던 것이 이제 먹히지 않는다는 것이다.

6장은 물론 두 개의 에피소드로 나뉜다. 바실리가 잠이 들기 전(47~53페이지)과 깨어난(53페이지) 이후다.

앞부분에서 바실리는 두려움을 느끼기 시작하자 다른 데로 관심을 돌릴 여러 방법을 시도한다. 그는 담배를 피우고 깃발을 만든다. 그는 "자신의 인생의 유일한 목적, 의미, 기쁨, 자부심을 이루는 단 한 가지"(즉, 돈)로 관심을 돌린다. 그가 여기로 나온 이유인 숲 구매와 관련해 셈을 한다("그래도 1데샤티나마다 장작 약 30사젠이 남아"). 길을 잃게 된 과정을 다시 생각하다 부정확하게 책임 소재를 넓히고 ("우리가 어쩌다 갈림길을 놓쳤는지는 하느님만 아시겠지." 여기에서 '우리'에 주목하라) 기쁜 마음으로 비난한다. 개("그 염병할 것들은 필요할 때면 짖지를 않는단 말이야"), 다른 사람들(이런 날씨에는 움직이지 않으려 한다), 아내("일을 제대로 하는 방법을 모"른다)를. 그는 다시 스스로에게 자신이 승승장구하는 이야기를 들려주고("우리 고장 전체에서 지금 누가 입에 오르내려? 브레후노프야!"), 자신의 특별한 장점을 깊이 생각하고("나는 수고를 아끼지 않아, 자리에 누워만 있거나 어리석은 짓에 시간을 낭비하는 다른 사람들하고는 달리 나는 밤에 잠도 자지 않는다고") 자신이 백만장자가 될 수도 있다는 생각에 행복의 거품 속으로 빠져들고, 이야기할(자랑할) 상대가 있기를 바란다. 하지만 없다. 오직 (미천한) 니키타뿐이다. 그는 갈망하듯 그리시키노를 생각하다 담배를 더 피우기로 하고 고생 끝에 마침내 불 붙이기에 성공하며, 건강하고 물질적으로 풍요롭고 죽음과 긴 세월의 거리가 있는 우리 모두와 마찬가지로 "하고 싶은 것을 어떻게든 하게 되어 아주 기"뻐한다.

그는 잠이 들지만 "뭔가"(잠재의식에서 정직하게 솟아오른 그의 두려움)에 의해 화들짝 깨어난다(53페이지). 그러면서 우리는 두 번째 에피소드로 들어가는데, 거기에서 그는 방금 그에게 위로를 주었던, 관심을 다른 데로 돌리는 방법을 똑같이 한 바퀴 더 돌게 된다.

다만 이번에는 위로를 얻지 못한다.

그는 다른 사람들을 비난하려 한다. 농민("의욕 없는 사람들")과 자신의 ("사랑받지 못하는") 아내(니키타를 데려오게 한 것은 그녀 탓이다). 그러나 그의 두려움은 잠잠해지지 않고, 마치 응답이라도 하듯이 그 자신의 어떤 나은 부분이 이 이야기에서 처음으로 솔직하게 자기 평가를 불쑥 내뱉는다. "그리시키노에서 밤을 보내기만 했다면 이 모든 일이 일어나지 않았을 텐데!"

그는 그 오래된 비상 수단을 시도하여, "속으로 우쭐대면서" 자신에게 "만족감을 느끼기 시작했지만", 불안이 커지면서 이런 만족감조차 스러졌다("슬그머니 다가오는 공포…에 계속 방해를 받았다"). 갑자기 니키타가 이야기를 나눌 만한 상대가 된다. 바실리는 그를

작가는 어떻게 읽는가

"두어 번" 부른다(니키타는 그들이 처한 곤경을 그보다 더 의식하고 있었기 때문에 대답으로 에너지를 낭비하지 않는다). 바실리는 이리 소리를 듣고("아주 가까이 있어 턱을 움직여 울음소리가 바뀌는 것까지 바람을 타고 전해졌다"), 생각이 회계나 사업이나 평판으로 돌아갈 때 불쑥 내뱉는다. "숲은 악마나 가져가라지! 그거 없이도 다 괜찮았는데." 마지막으로 그가 담배에 불을 붙이려 하지만 실패할 때 우리는 이 문이 닫히고 잠겼다고 느낀다. 이제 바실리는 담배에서 (즉, 원하는 것을 얻는 데서) 위로를 얻지 못할 것이다.

따라서, 앞에서 확립된 대처 방법(남들 비난하기와 자기 자랑 하기)은 먹히지 않는다. 누구 때문에 길을 잃었느냐에 관한 이전의 부정직성은 정직성으로 전환된다. 자존심 때문에 니키타와 대화를 꺼렸던 그가 니키타에게 말을 건다. 숲에서 돈을 얼마나 벌 것인가 하는 생각은 애초에 그 숲을 사려고 했던 욕망에 대한 노골적인 후회로 바뀐다.

6장의 구조적 핵심은 단순한 전과 후 패턴이다. 이는 우리 변변치 못한 작가들에게 하나의 기법을 제공한다. 이야기에서 변화가 생기는 것처럼 보이게 하고 싶다면 첫째로 할 일은 **현재** 상황이 구체적으로 어떠한지 언급하는 것이다. "탁자에는 먼지가 덮여 있었다"라고 쓰고 나중에 "방금 먼지를 털어낸 탁자가 반짝거렸다"라고 쓴다면, 이는 앞서 청소를 게을리했던 사람이 이제 청소를 했다는 뜻이다. 누군가 변한 것이다.

이 단순한 전과 후 패턴은 빠르게 바뀌는 심리 상태와 흘끗 보이는 눈 덮인 지붕과 바람에 날리는 말갈기와 건네받은 찻잔으로 이루어진 물리적 디테일과 묘사의 복잡한 매트릭스, 우리가 진짜 밤의 진짜 눈보라로 착각하는 매트릭스에 감추어져 있다. 그러나 내가 위에서 언급했던 요소들, 즉 패턴의 전반부와 후반부 사이의 변화를 이루는 요소가 되는 문장에 색을 칠해보면 이 패턴에 아주 많은 행이 바쳐져 있다는 것, 그 구조가 거의 수학적이라는 것, 그 모든 (꾸준히 나빠지고 점점 무시무시해지는) '현실' 안에 패턴이 매우 자연스럽게 감추어져 있다는 사실에 놀라게 된다.

60페이지에서 겁쟁이 바실리가 말을 타고 떠나는 장면을 이번에는 니키타의 관점에서 다시 보게 되면서 이 이야기의 핵심은 대체로 하나로 모인다. 바실리가 변할까?(더 일반적으로 말하자면, 얼간이가 변할 수 있을까?) 사실 핵심은 니키타와 바실리가 살 수 있느냐가 아니다. 설사 의사를 가득 태운 썰매가 담요 더미와 담배와 마른 성냥을 싣고 지평선에 나타난다 해도 이 이야기의 중심을 이루는 질문에는 여전히 답이 나왔다고 할 수 없을 것이다. 이 이야기는 계속 바실리가 얼마나 이기적이고 얼마나 탐욕스럽고 얼마나 니키타를 무시하는지, 따라서 얼마나 **잘못된** 인간인지 강조함으로써 그런 사람이 살아남을 수 있느냐가 아니라 변할 수 있느냐를 묻고 싶어 한다는 것을 보여주었다.

이 이야기가 실망스럽게도 "변할 수 없다"라고 답하는 것도 가능하다.

그러나 더 흥미롭고 수준 높은 답은 "변할 수 있다, 그리고 그 과정은 이러하다"가 될 것이다.

작가는 어떻게 읽는가

우리 친구인 그 변변치 못한 작가는 '얼간이를 변하게 만들라'는 지침을 받았을 때 어떻게 할까? 나는 그 나쁜 사람이 생각을 좀 하고 깨달음을 얻어 그 깨달음에 기초하여 단호히 행동하기 시작하게 하고 싶은 충동을 느낄 것 같다.

하지만 여기에서 그런 일은 벌어지지 않는다.

바실리는 5분 동안 말을 달리다 "거무스름한 얼룩"을 발견한다. 그는 그것이 마을이라고 생각하지만 약쑥(쓴맛, 종말의 시간, 어려움, 좌절된 희망과 연결되는 약초) 무더기다. 빨랫줄에 걸린 하얀색 셔츠와 마찬가지로 약쑥은 "절망적으로 몸을 흔들어대고" 있다. "자비심 없는 바람에 괴롭힘을 당하는" 약쑥의 모습을 보고 그는 몸을 떠는데 "이유를 알 수 없었"다.

그는 무호르티를 다그쳐 계속 가지만 곧 약쑥으로 되돌아왔음을 알게 된다. 약쑥을 다시 보자 "그의 마음에 까닭 없는 공포"가 생긴다. 자신이 (다시) 맴을 돌고 있다는 것을 깨닫기 때문이다.

"이러다 죽겠구나!" 그는 생각한다.

말은 눈 더미에 빠져 쓰러졌다가 일어나 달아난다. 바실리는 그 뒤를 쫓아 터벅터벅 걷지만 스무 걸음 걷다 숨을 헐떡이며 발을 멈추고 만다. 공황이 시작된다. 곧 두고 떠나게 될 것 같아 걱정인 모든 것의 목록을 머릿속에서 훑어본다. 이 목록에는 아내가 빠져 있고 전부 물질적인 소유로만 이루어져 있다. 마지막 항목(그의 '상속자') 또한 사랑하는 자식이 아니라 소유물로 여기는 듯하다. 반복이 풍부한 이 이야기에서 그는 (기억 속에서) 세 번째로 약쑥으로 돌아가며 "엄청난 공포에 사로잡혀 자신에게 일어나고 있는 일의 현실성을 믿을 수가 없"었다.

약쑥의 무엇이 그렇게 무서울까?

한번은 내가 탄 비행기의 엔진 하나가 고장 난 적이 있다(갈매기 때문에!). 약 15분 동안 모든 탑승객이 비행기가 곧 추락할 것이라고 믿었다. 미니밴이 비행기 측면으로 돌진하는 듯한 소리가 나더니 머리 위 공기구멍에서 검은 연기가 쏟아지기 시작했고, 여자 청소년 소프트볼 팀은 비명을 지르기 시작했고, 나는 불이 밝혀진 거리의 격자무늬(시카고)가 눈앞으로 다가오는 모습을 볼 수 있었다. 너무 빨랐다. 조종사는 공황에 빠진 목소리로 기내 방송에서 "안전띠를 착용하고 좌석에 앉아 계십시오!" 하는 한 마디만 외쳤다(위로가 되지 않았다). 나는 내 앞의 좌석 뒷면을 보며 생각했다. '이제 이 몸에서 나가겠구나. 이제 이 녀석이 나한테 그 일을 해주겠구나.' 좌석 뒷면은 내 생각을 지지하지도 반대하지도 않았다. 나에게 전혀 관심이 없었다. 그냥 곧 나를 죽일 흉기일 뿐이었다(안녕, 나는 '죽음'이야, 나는 누구에게나 찾아가거든?). 나는 '죽음'이 그동안 쭉 세상에 있었지만 이 순간이 오기 전에는 내가 그 사실을 눈치채지 못했다는 것을 알았다. 이제 죽음은 나를 찾아올 것이었다, 곧. 내 머릿속에 있는 유일한 것은 광적인 주문뿐이었고('안 돼, 안 돼, 안 돼') 시간을 되돌려 애초에 이 비행기에 타지 않았기를 간절히 바라는 마음뿐이었다(나는 나의 그리시키노, 즉 오헤어 공항으로 돌아가기를 간절히 바랐다).

그러나 그런 일은 일어나지 않았다. 우리는 **지상 몇 킬로미터 상공**

에 있었고, 뻔한 방법이 아니고는 내려갈 수 없었다. 그 순간이 오기 전까지 늘 편안하고 행복하고 자신 있는 나라는 사람(자기가 원하는 걸 하던 사람), 그가 지금은 얼마나 소중하고 멍청하고 착하고 게으르고 또 어리석게도 우주의 친절을 믿고 있는 것처럼 보이던지. 나는 늘 내가 이런 상황에서 제정신을 잃지 않고 말없이 그 모든 행복한 세월을 우주에 감사한 뒤 차분하게 일어나 다른 승객들을 쿰바야* 같은 걸로 이끄는 사람일 거라고 상상해 왔다. 하지만 아니었다. 나의 마음은 '안 돼, 안 돼, 안 돼'를 맴도는 회로에 고착되어 있었고, 나의 아내, 또는 나의 딸들, 또는 나의 글(하!)은 전혀 생각하지도 않았으며, 사람들이 너무 무서워서 오줌을 지릴 뻔했다고 말할 때 그게 과장이 아님을 이해하게 되었다. 내가 느끼는 공황은 모든 것을 압도하여, 상황이 조금만 더 심각해지면, 이제 당장이라도 신체 기능을 통제하는 힘마저도 압도할 것임을 느낄 수 있었다.

그 무시무시하고 걱정스러운 느낌을 지금도 기억한다.

하지만 그 기억은 이제 희미하며, 나는 그것을 감당하며 살 수 있다.

'죽음'이 바실리를 찾아가지만 그에게 개인적 감정이 있는 것은 아니다. 그저 '죽음'이 하는 일일 뿐이다. 하지만 지금, 마법이 지켜주는 삶을 사는 듯했던 바실리는 자신이 '죽음'의 길에 서 있다는 것을 안다. 시간이 지나면 모든 것이 땅에서 사라질 수밖에 없음을 알고 또 받아들이지만, 자신이 그 '모든 것'에 포함된다는 사실을 받아들이기

* 사람들의 영적 합일과 조화를 주제로 한 흑인 영가.

는 힘겨워한다. 톨스토이는 중편 소설《이반 일리치의 죽음》에서 죽을병에 걸린 이반에 관해 말한다. "가령 키제베터의 논리학에서 배운 '카이사르는 인간이다, 인간은 죽는다, 따라서 카이사르는 죽는다'는 삼단 논법은 카이사르에게 적용될 때는 늘 올바른 것처럼 보였지만 자신에게 적용될 때는 물론 그렇지 않았다…그는 카이사르가 아니라, 추상적 인간이 아니라 다른 모든 사람과 완전히, 완전히 구별된 피조물이었다. 그는 예전에 엄마와 아빠가 있는 귀여운 바냐였다…바냐가 그렇게 좋아하던 줄무늬 가죽 공 냄새에 관해 카이사르가 뭘 알겠는가?"

약쑥은 몇 가지를 동시에 표현하는 뛰어나고 굉장한 '상징'이다. 그것은 무용성의 표식이다(바실리는 약쑥이 마을이기를 바라지만 그렇지 않으며, 맴을 돌며 계속 그곳으로 되돌아가는 걸 바라지 않지만 되돌아간다). 또 죽음과 죽음의 불가피성이라는 싸늘하게 평등주의적인 본성을 물리적 실체로서 일깨워준다(그가 어디를 가든 약쑥이 존재하며, 그에게 적대적인 게 아니라 그냥 무관심하다). 그는 약쑥과 자신을 동일시하며, 자신과 약쑥이 비슷한 특질을 지니고 있다고 본다(자신과 마찬가지로 약쑥은 "자비심 없는 바람에 괴롭힘을 당하"며, 약쑥과 마찬가지로 자신은 "홀로 남겨져 불가피하고 빠르고 의미 없는 죽음을 기다리"고 있다).

그러나 물론 그것은 **진짜 약쑥**이기도 하다. 달빛 속에서 몸을 흔드는, 백색 세계의 유일하게 검은 얼룩으로 누군가 그것을 지켜보고 있다… 음, 바로 내가. 이 구간을 읽을 때마다 나는 막다른 곳에 이르렀다는 차가운 공황(얼어 죽지 않을 곳을 찾아가려 해도 그런 곳은 말

작가는 어떻게 읽는가

그대로 어디에도 없다)을 겪으며, 머리 위로는 검푸른 러시아 하늘이 눈에 보이고, 나의 한심하고 익숙한 장화가, 곧 나의 죽어 언 발(공포!)로 채워질 장화가 눈을 빠드득빠드득 밟는 소리가 귀에 들린다.

약쑥은 또한 무언가의 원인이다. 그것 때문에 바실리는 기도하게 된다.

하지만 "양초나 예배와 현재 그가 처한 참담한 곤경 사이에는 어떤 연관도 있을 수 없다". 지금까지 그의 믿음은 모두 형식적이고 계약에 기초한 것이었다. '내가 믿는 척하면 당신(하느님)은 나를 영원히 구해줄 것이다.' 이제 그는 자신이 구원받지 못할 것임을 알고, 믿음이 줄 수 있는 위안이 무엇이든 지금까지 하려 했던 것보다 영적인 것에 더 깊이 참여할 필요가 있다는 걸 알지만, 어쨌든 그런 위로는 저세상과 관련이 있고 자신은(그 비행기에 탔던 나와 마찬가지로) 이 세상에 머무르기를, 늘 그래왔던 것과 똑같이 편안하고 행복하고 자신감 있고 틀리지 않는 사람, 쉼 없이 지속적으로 자기가 원하는 일을 하는 사람으로 돌아가는 걸 허락받기를 간절히 원하고 있음을 안다.

이 기도가 실패하면서 약쑥은 다른 것의 원인이 된다. 그것 때문에 바실리는 공황을 일으킨다.

그는 공황에 빠져 말을 쫓으며 앞으로 빠르게 가다가 "심지어" 달리기까지 하지만 곧 자신이… 썰매로 돌아왔다는 사실을 알게 된다(무용한 맴돌기의 또 다른 사례다). 그의 공포는 사라지고 "그가 느끼는 두려움이 있다면 그것은…그 무시무시한 공포가 돌아오지나 않을까 하는 것이었다". 약쑥은 그에게 겁을 주어 죽음에 대한 공포를 몰아내고 그 자리에 더 심한 것에 대한 공포를 심어주었다. 자신이 다시 공포에 압도당할 수도 있다는 공포였다. 이제 갑자기 그가 두려워하는 것은 죽음이 아니라 공포이고, 이제 그가 공포를 느끼는 이유는 의미 없음, 자신이 방금 약쑥에서 흘끗 보았던 의미 없음이다.

그는 어떻게 의미 없음이 다가오지 못하도록 막을까? 간단하다. 그는 방법을 안다. "무슨 일이든 해야 했다, 무언가에 몰두해야 했다." 이는 그에게 습관적인 것이다. (예를 들어 자신의 능력이나 동료들 사이에서 자신의 상대적 지위에 관한) 불안을 느끼면 그는 늘 '무언가를 했다'. 바로 몇 시간 전에도 무언가를 했다. 소유지를 늘리고 또 자신이 선수를 빼앗길 수도 있다는 불안을 달래기 위해 가족으로부터 뛰쳐나왔다. 그리고 바로 몇 분 전에도 무언가 했다. 불안을 느끼자 그는 니키타를 버렸다.

그는 평소와 마찬가지로 자신의 요구를 먼저 챙긴다. 외투 앞자락을 열고 장화와 장갑에서 눈을 털어낸다. 그러고는 "농민에게서 곡물을 사기 위해 가게에서 나설 때 늘 하던 대로 허리띠를 아래로 낮추고 꼭 조여 다음 행동에 대비했다". 그는 말에게 관심을 돌린다. 고삐를 말의 다리에서 빼내고 다시 끈을 묶으려고.

이 모든 행동은 기본적으로 이기적이다. 자신의 생존 가능성을 늘리는 일이다.

그때 니키타가 바실리를 부른다. 그는 죽어가고 있다. 그는 마지막으로 자신의 보수 처리에 관해 이야기를 좀 하고 "눈물 섞인 목소리로" "제발" 용서를 해달라고 말하며 "파리를 쫓듯이" 얼굴 앞에서 손을 계속 흔든다.

그러자 바실리는 "30초 동안 말없이 꼼짝도 하지 않고 서 있었다".

작가는 어떻게 읽는가

이어 우리는 이 이야기가 그동안 쌓아 올려 도달한 마지막 순간에 이른다. 바실리는 이제 변한다.

톨스토이는 까다로운 지점에 자신을 가져다 놓았다. 그는 설득력 있게 불쾌한 인간을 만들었고, 우리가 실생활에서 알 수 있듯이, 불쾌한 인간은 언제 봐도 불쾌한 인간인 경우가 간혹 있다. 우리는 안이한 변화를 두려워한다. 만일 톨스토이가 그럴 법하지 않은 변화 방법을 제시한다면(우리가 알게 된 바실리가 절대 하지 않을 일을 하게 만든다면) 이 이야기는 선전물이라는 게 드러나면서 박살이 난다. 바실리는 우리가 믿을 수 있는 방식으로 변화할 필요가 있다. 즉, 현실의 불쾌한 인간이 실제로 겪을 수도 있는 종류의 변화를 흉내 내는 변화다.

톨스토이는 어떻게 그런 변화가 가능할 수도 있다고 주장할까?

첫째로, 그 말 없는 30초 동안 바실리가 주인/농민 관계와 관련한 자신의 변화된 감정, 또는 자신보다 불운한 사람을 대할 때 적용되는 기독교 미덕에 관한 근본적으로 새로운 이해를 묘사하는 독백이나 내적 독백에 빠져들지 않는다는 점에 주목하자. 그는 (우리에게나, 니키타에게나, 스스로에게나) 자신이 뭔가를 '깨달았다'고 선언하지 않는다. 작동 순서는, 변화가 그를 압도하고, 그다음에 그가 깨닫고, 우리에게 그 이야기를 하고, 그다음에 행동한다, 그런 식이 아니다. 그는 그냥 행동한다(아니, 사실은 행동으로 돌아간다). 그는 딱 그 자신처럼, 늘 그랬듯이 "갑자기 좋은 거래를 하면서 손을 맞잡을 때와 같은 결단력으로" 행동으로 돌아간다. 그는 평생 해오던 일을 하고 있다. 과감하게 행동에 나서고, 그럼으로써 불안을 미연에 방지한다.

그는 니키타에게서 눈을 긁어내고, 자신의 허리띠를 풀어 외투 앞 자락을 활짝 열고, 니키타를 밀어 눕히고, 그의 몸 위에 엎드리고, 외 투 자락이 니키타를 품을 수 있도록 여민다.

그들은 거기에, 말없이, "오랫동안" 누워 있다.

이 이야기의 주된 사건은 이제 끝났다. 바실리는 변했다. 우리는 이 변화가 그가 방금 한 일 때문임을 안다. 이는 글쓰기의 기적이라 할 만하다. 톨스토이는 변화의 논리를 서술하지 않으면서 우리가 이 이야기를 읽으며 바실리가 절대 할 수 없을 거라고 믿었던 바로 그 일을 바실리가 하게 만들었다.

바실리는 자신의 변화에 우리만큼이나 놀라고, 우리는 그의 반응 을 지켜본다. 니키타의 깊은숨 뒤에 이어지는 그 아름답고 신비로운 발언이다. "자, 죽어간다고 했겠다! 가만히 누워서 따뜻해지기를 기 다리게. 그게 우리 방법…." 그러다 "눈물이 나오고 아래턱이 빠르게 떨리기 시작"했다.

"그게 우리 방법이야!" 그는 다시 혼잣말을 하며 "이상하고 엄숙한 부드러움"을 느꼈다.

'그게 우리 방법이야'가 무슨 뜻일까. 러시아적인 방법, 러시아 대가 들의 방법, 인간적인 방법? 아름답다. 바로 이 순간 전까지는 이게 절 대 자신의 방법이 아니었다는 것, 전혀 아니었다는 생각은 떠오르지 않는다. 이 방법은 그에게는 처음이다.

아니, 진짜 그럴까? 물론 그가 다른 누군가(하물며 농민은 말할 것 도 없고)를 위해 자신의 안락과 행복, 인생을 기꺼이 희생한 것은 처음이지만 행동을 통해서 세상에 좋은 일을 하고 있다고 느낀 건 처음이 아니다.

그는 자신이 평생 그렇게 했다고 느낀다.

한편 내가 탄 비행기는 계속 추락하고 있었다. 기내 승무원과 조종사가 입을 다무는 바람에 더욱더 무시무시했다. 시카고랜드의 익숙한 야간 격자는 계속 빠른 속도로 다가왔다. 그때 내 옆에 앉은 열네 살쯤 되어 보이는 아이가 겁에 질려가는 목소리로 말했다. "아저씨, 원래 이러기로 되어 있는 거예요?" 그러자 나의 심장이 아이에게로 나갔다. ('나의 심장이 아이에게로 나갔다'*라는 표현이라니. 무언가 특별한 일처럼 들리지만 그게 우리 심장이 늘 하려고 하는 일이다. 누군가에게로 나가는 것.)

"그래, 맞아." 나는 거짓말을 했다.

아이를 그렇게 안심시키는 것은 오랜 세월의 부모 노릇과 가르치는 일에서 자연스럽게 생겨났다. 아이를 안심시키면서 나도 나 자신으로 돌아온다는 느낌을 받았다. 설명하기 힘들다. 오래된 가톨릭 성가가 말하듯이 '우리는 줄어들고 그리스도는 늘어나야' 한다. 나는 누군가를 설득하거나 회유하거나 진정시키려 할 때 늘 사용하던 목소리로 아이에게 말했다. 그게 내 습관이었기 때문이다. 진정시키고 안심시키려는 (익숙한) 의도에서 그런 목소리로 대답하고, 아이의 반응을 지켜보면서(의심하면서도 좀 안심하는 것 같았다) 내 몸에서

* 가엾게 여긴다는 뜻의 관용구.

뭔가가 변했다. 이제 나의 에너지는 신경증적으로 안으로 향하는 게 아니라 밖으로, 그 아이를 향해 나가고 있었다. 나는 다시 나였고, 나 자신으로서 어떻게 행동해야 할지 알았다.

나는 여전히 두려웠다. 그래도 그 상태에서 죽었다면 그 전의 공황에 사로잡힌 상태에서보다는 나은 죽음이었을 것이다.

나는 이와 비슷한 일이 바실리에게서 일어나고 있다고 생각한다. 그는 자기 자신처럼 행동하여 자신에게로 돌아오고 있다. 자기 자신으로서 그는 뭘 할지 안다. 오랫동안 오직 자신만을 위해 사용되었던 타고난 에너지는 방향이 바뀐다. 결함이 초능력이 된다(도자기 가게를 뚫고 들어가려던 황소가 철거 계획이 있는 집 쪽으로 방향을 튼다).

그 순간, 자신의 행동을 관찰하고 거기에서 자비롭고 이타적인 사람을 본 그는 감동하여 "특이한 기쁨"을 느낀다. 나는 이 기쁨을 그를 방해하던 존재 방식에서 마침내 벗어나는 데서 오는 안도감과 연결한다. 그는 이 새로운 형태의 자신을 인식하고, "이상하고 엄숙한 부드러움"을 느끼고 울기 시작한다.

그리고 이것이 '변화'다.

바실리가 변하는 과정을 보면서 나는 또 하나의 문학적 사례인 스크루지의 변화를 떠올린다. 스크루지는 유령들에게 이끌려 시간을 거슬러 자신의 인생을 거쳐간다. 그는 크리스마스 명절에 홀로 남은 쓸쓸한 어린이로서, 사랑에 빠진 청년으로서, 고용주의 친절을 받아들이는 사람으로서 자기 자신을 본다. 유령들은 스크루지를 다른 사람으로 바꾸지 않는다. 그가 과거에 다른 사람이었음을 일깨운다. 그

작가는 어떻게 읽는가

는 한때 지금과는 다르게 느끼는 사람이었고, 과거의 스크루지들이 여전히 그의 안에 존재하고 있다. 이렇게 말할 수도 있다. 유령들이 과거의 스크루지들을 다시 가동시켰다.

바실리는 과거에 자기가 다른 사람이었음을, 문제에 직면하면 일하는 에너지로 해결하는 사람이었음을 기억한다. 그 자신의 가장 좋은 부분(지칠 줄 모르는 일꾼)이 이제 돌아온다. 그러나 바실리는 앞서 저 약쑥에게 교육을 받았다. 니키타가 자신이 죽어가고 있다고 주장하자 바실리는 그의 말을 들을 수 있고 "그래, 알아, 나도 그래" 하고 대답할 준비가 되어 있다(바실리, 약쑥, 니키타는 모두 똑같이 무력하고 죽을 운명이다). 이런 식으로 바실리라는 나라의 국경은 밖으로 이동하여 니키타를 끌어안을 만큼 확장된다. 바실리는 여전히 자신의 이해관계 안에서 행동하지만 이제 니키타가 바실리의 속령이 되었기 때문에 그를 위해 하는 행동이 (마치 바실리 자신을 위해 하는 행동처럼) 자연스럽게 느껴지며 따라서 니키타는 바실리의 (감탄할 만한) 에너지의 혜택을 모두 얻게 된다.

아름답게도, 변화한 후의 바실리는… 대체로 바실리 그대로다. 그는 말에게서 담요를 가져올까 생각하지만 자신의 내부에서 발견한 "즐거운 상태"를 차마 방해할 수가 없다. 그는 여전히 자기 자신이고, 여전히 자축하고, 여전히 자기만족을 느끼기 위해 살고, 여전히 근본적으로 이기적이고 오만하다(그는 이토록 사람을 구하는 데 유능하다!). "걱정 없어. 이번에는 이 사람을 잃지 않을 거야!" 하고 말할 때 그는, 톨스토이가 전달하는 바로는, "사과파는 걸 말할 때와 마찬가지로 허세를" 부린다.

그러나 무언가가 변했다. 그가 니키타 위에 엎드려 있을 때 우리는 그가 다시 6장에서 자신을 위로하던, 또 나중에는 위로하지 못하던 그 물품을 훑는 것을 지켜본다. 이제 그는 그것들을 하나하나 초월하거나 전환시킨다. 그는 여전히 승리가 지배하는 사고를 한다(그러나 그의 승리는 니키타를 구하고 있다는 것이다). 그는 이제 부정직하지 않다. 정반대다("이제 나 자신을 이렇게 알게 됐으니"). 6장에서 그는 니키타에게 말을 하지 않았으나 이제는 말을 한다. 이제 그는 니키타와 자신이 별개의 인간이 아니라는 사실에도 기쁨을 느끼고("자신이 니키타이고 니키타가 자신"이었다) 니키타가 살아 있는 한 자신도 살아 있다고 추론한다. 그들은 이제 하나이기 때문이다. 그는 과거의 자신, 돈 때문에 그렇게 스스로를 괴롭히던 자신을 기억한다. 그 바실리는 "진짜가 뭔지를" 알지 못했지만 이 새로운 존재는 안다.

평생 매일 그를 얼어 죽게 할 사람이 있었다면 그는 일찍이 좋은 사람이 되었을 것이다.

톨스토이는 이 이야기를 통해 무언가 근본적인 것을 제시하고 있다. 도덕적 변화, 그러나 그 변화는 죄인을 완전히 개조하거나 그가 원래 갖고 있던 에너지를 어떤 순수한 새 에너지로 바꿈으로써 일어나는 게 아니라 (여전히 똑같은) 에너지의 방향을 바꿈으로써 일어난다.

이런 변화 모델은 얼마나 안심이 되는지. 우리가 지니고 태어나고 지금까지 늘 우리를 돕던(그리고 가두던) 것 외에 달리 우리가 무엇

작가는 어떻게 읽는가

을 가지고 있단 말인가? 당신이 세계적인 수준의 걱정꾼이라고 해보자. 만일 그 걱정 에너지가 극도의 개인위생으로 향하면 당신은 '신경증 환자'가 된다. 그것이 기후 변화를 향하면 당신은 '강렬한 비전을 가진 활동가'가 된다.

지금보다 나은 일을 하기 위해 완전히 새로운 사람이 될 필요는 없다. 그냥 우리의 관점을 조정하고, 타고난 에너지를 올바른 방향으로 돌리기만 하면 된다. 우리 힘을 사용하지 않겠다고 맹세하거나 우리라는 사람 또는 우리가 좋아하거나 잘하는 일을 참회할 필요가 없다. 그 에너지가 우리가 모는 말이다. 그냥 그 말을 말하자면 올바른 썰매에 묶기만 하면 된다.

무엇 때문에 바실리는 평생 그렇게 작은 사람에서 벗어나지 못했을까?(무엇 때문에 지금 우리는 작은 사람에서 벗어나지 못하고 있을까?) 사실 그는 작지 않았고 그의 끝이 이를 증명한다. 그는 무한했다. 우리가 사랑하는 영적 영웅 누구 못지않게 위대한 사랑에 다가갔다. 그런데 왜 그가 이기심이라는 작은 나라에서 평생을 살았을까? 마침내 그가 거기에서 쑥 빠져나오게 한 것은 무엇일까? 바로 진실이었다. 그는 자신에 대한 자신의 관념이 진실이 아님을 알았다. 자신이 **바로** 자기 자신이라는 그의 생각은 진실이 아니었다. 그 긴 세월 그는 자기 자신의 일부일 뿐이었다. 그 자신이 그 일부를 만들었고, 늘 그것을 만들며 보호하고 있었다. 그의 생각과 그의 오만과 이기고자 하는 그의 욕망으로 그렇게 했고, 그것이 계속 그를, 바실리를 다른 모든 것과 분리시켰다. 그 존재, 바실리라는 존재가 희미해지면서 뒤에 남은 것은 오류를 분별했으며, 그 모든 것 가운데 위대한 비非바실리와 결합했다(재결합했다).

　우리가 이 과정을 거꾸로 밟아갈 수 있다면(그를 되살아나게 하고, 몸을 따뜻하게 해주고, 눈을 녹여 없애고, 그가 오늘 밤에 배운 모든 것을 잊게 하면) 우리는 점차 일련의 거짓을 다시 주장하는 마음을 보게 될 것이다. "너는 분리되어 있다", "네가 중심이다", "네가 옳다", "가서 네가 낫다는 것, 네가 최고라는 것을 증명해라."

　그러다가 그는 다시 원래대로 그 자신이 될 것이다.

뒤에 든 생각 #4

〈주인과 하인〉에 늘 가지고 있던 작은 불만을 앞선 글에서 제기하여 이 작품에 대한 나의 찬사를 훼손하고 싶지는 않았다.

하지만 지금 제기해 보겠다.

6장에서 우리는 바실리가 다가오는 죽음의 가능성이라는 현실을 헤쳐나가는 모습을 지켜본다. 7장에서는 니키타의 차례다.

바실리에게 버림받은 니키타는 잠깐 겁에 질리지만 기도를 하고 즉시 "자신이 혼자가 아니라 자기 말을 듣고 자기를 버리지 않는 '분'과 같이 있다"는 생각에 위로를 받는다. 그는 의식을 잃기 시작할 때 잠이나 죽음에 똑같이 대비가 되어 있다고 느낀다.

니키타가 자신이 죽을 가능성을 쉽게 받아들인 것은 그가 늘 "자신을 이 삶으로 보낸 '최고 주인'에게 의지하고" 있다고 "느꼈기 때문"이다. 죄에 관해서는, 하느님이 그를 그렇게 만들었다고 여긴다. 바실리에 관해서는 자비롭게 생각한다. "애초에 출발한 것을 후회하겠지요, 어르신." 그리고 또 이렇게도 생각한다. "그런 삶을 떠나기란 어렵겠지!"

이 부분은 나에게는… 변변치 못하다는 인상이다. 덜 재미있고 덜 세밀하다. 진실이라고 믿기에는 니키타가 너무 착해 보인다. 실제 니키타 같은 사람이 죽음과 마주하여 경험할 만한 감정이 이상적 농민을 만들고자 하는 톨스토이의 욕망에 억눌리고 있다는 느낌이다. 니키타가 죽음을 두려워하지 않는 것은 그가 아주 소박하고 이타적이고 진정성이 있기 때문이다. 그의 두려움은 하느님을 생각하는 것만으로도 가라앉는다. 이 점이 그를 신경증적이고, 복잡하고, 신앙이 없고, 겁에 질린 지주 바실리의 반대편에 가져다 놓는다.

그러나 물론 소박하지 않은 농민, 신경증에 걸린 농민, 소박하든 아니든 죽음을 두려워하는 농민, 하느님을 믿지 않는 농민이 있다. '농민'은 결국 '농민'이 아니라 사람이기 때문이다. 바꿔 말하면, 나는 톨스토이가 바실리에게서 비난하던 면을 스스로 약간 가지고 있다고 느낀다. 톨스토이는 니키타를 완전한 인간으로 보지 못한다.

이야기의 마지막 장으로 빨리 감기를 해보자.

니키타는 바실리에게서 온기를 얻어 살아난다. 다음 날 사람들이 그를 파헤쳐 끄집어내자 "처음에는 저세상에서도 농민이 예전과 똑같이 소리를 지르…는 것에 놀랐다". 자신이 아직 살아 있음을 깨닫자 그 사실을 행복하게 받아들이지 않고 "아쉬"워하며 특히 두 발의 발가락이 모두 동상에 걸렸다는 사실을 알았을 때는 더욱 그렇다.

마지막 문단에서 우리는 20년을 건너뛴다. 이제 우리는 어느새 궁금해하고 있을 것이다. 니키타가 바실리의 희생으로 얻은 20년의 세

작가는 어떻게 읽는가

월 동안 무얼 했을까?

드러난 내용을 보면 별것 없다. 아니, 대체로 전과 비슷하다.

그날 밤이 그를 어떻게 바꾸었을까? 바꾸지 않은 것 같다.

니키타는 죽기 직전 아내에게 용서를 빌고 아내와 통장이의 관계를 용서해 주는데 이 말은 그전에는 용서하지 않았다는 뜻이다. 그는 20년 전 바실리가 심어준 동정심이 마음에 가득한 채 발에 붕대를 감고 병원에서 집으로 절뚝거리며 갔을 때 그 일을 바로잡지 않았다. 다른 이야기를 들을 수 없기 때문에 우리는 그가 그냥 평소의 방식으로 돌아갔다고, 동물에게 친절하고 이따금 도끼로 아내의 옷을 찢는 등등의 행동을 했다고 가정한다.

우리는 니키타가 썰매에서 보낸 그 미친 밤을 궁금해하는 모습을 전혀 보지 못한다. 그는 바실리의 공포나 구원에 관해 깊이 생각하지 않으며, 한 번도 "왜 주인이 그렇게 했을까?" 또는 "거기서 마지막에 주인에게 무슨 일이 있었을까?" 하고 묻지 않는다. 바실리는 자신과 니키타가 한 사람으로 합쳐졌다고 느꼈지만 니키타는 어떤가? 별로 그런 것 같지 않다. 그는 바실리에게 고마워하는 것 같지 않다. 바실리 생각을 아예 하지 않는다.

이건… 이상하다. 어떤 사람이 다른 사람을 구하기 위해 생명을 주었는데 구원받은 사람이 그 생각을 전혀 하지 않고, 고마워하는 것처럼 보이지 않고, 그로 인해 바뀐 것처럼 보이지 않으면 우리는 그 희생의 가치에 의문을 품게 된다. 또 구원받은 사람에게도 의문을 품게 된다.

또 작가에게도 의문을 품게 된다.

바실리가 죽을 때 9장을 마무리하는 긴 내적 독백(69~72페이지)을 통해 우리는 그의 마지막 순간을 목격했다. 니키타의 때가 올 때는 그의 죽음이라는 맨숭맨숭한 사실만 보게 될 뿐("그는…바라던 대로 집에서 죽었다. 성상 아래 불을 밝힌 초를 두 손으로 잡고 있었다") 그가 죽으면서 느낀 바나 생각한 것은 전혀 알 수 없다. 막이 내리면서 우리는 니키타가 "실망했을지 기대하던 것을 찾았을지" 보려면 우리 자신의 죽음을 기다려야 한다는 말을 듣는다.

한번은 수업에서 결함이 있지만 꽤 괜찮은 고골의 단편 〈넵스키 대로〉를 가르치는데, 한 여학생이 이 작품이 성차별적이라 마음에 들지 않는다고 말했다. 나는 나로서는 드문 교사의 지혜를 활용하여 "어디가?" 하고 대꾸했다. 그러자 그녀는 정확히 어디인지 보여주었다. 인물이 모욕을 당하는 두 장면을 예로 제시한 것이다. 남자가 모욕을 당하면 고골은 그 인물의 머릿속으로 들어갔고 우리는 그의 반응을 들을 수 있었다. 여자가 모욕을 당하면 삼인칭 서술자가 끼어들어 그녀를 이용해 농담을 했다.

그래서 나는 학생들에게 고골이 두 장면을 공정하게 처리하여, 여자에게 내적 독백을 허락했을 경우를 상상해 보라고 했다. 그러자 약간의 침묵에 뒤이어 집단적인 한숨과 미소가 나타났으며, 우리 모두 동시에 그랬다면 더 나은 이야기가 될 수 있었음을 알았다. 똑같이 어둡고 이상하지만 더 재미있고 더 정직한 이야기 말이다.

그렇다, 그 이야기는 성차별적이었다. 그러나 그 점을 표현하는 또 다른 방법은 기술적 결함이 있는 이야기라고 말하는 것이었다. 그 결함은 교정이 가능했다(또는 고골이 죽지 않았다면 가능했을 것이

작가는 어떻게 읽는가

다). 학생이 찾아낸 성차별은 분명히 거기에 있었으며, 그것은 텍스트에서 특정한 방식으로, '불공정한 서사'의 형태로 표현되고 있었다.

나는 여기 어딘가에 일반적 명제가 있다고 말하고 싶다. 도덕적 결함처럼 보이는 것(성차별, 인종차별, 동성애 혐오증, 트랜스젠더 혐오증, 현학, 도용, 다른 작가의 작품 본뜨기 등으로 보이는 것)이 담긴 모든 이야기는 분석적으로 살피면 기술적 결함이 있는 것으로 보이게 되며, 그 결함을 처리하면 (늘) 나은 이야기가 된다.

이제 우리가 빙빙 돌려 이야기해 온 비난('톨스토이는 계급적 편견을 드러내고 있는 듯하다')*은 중립적이고 쓸모 있고 기술적인 발언으로 바뀔 수 있다("정확히 어디가?"라고 물음으로써). "(적어도) 두 군데, 니키타가 병원에서 집으로 오는 장면과 두 주인공이 각각 죽음을 맞이하는 장면에서 톨스토이는 비슷한 순간에 바실리에게 주었던 내면성을 니키타에게는 주지 않고 있다."

자, 〈주인과 하인〉 같은 놀라운 이야기는 그 안에 담긴 모든 아름다운 것들 때문에 고마운 마음으로 받아들여야 한다.

하지만 그저 기술적 탐사라는 고약한 정신으로 작품을 쿡쿡 찔러 보는 것도 좀 재미있는 일이다.

그렇다면 우리는 톨스토이가 비슷한 순간에 바실리에게 부여했던 것과 동등한 서사적 자원을 니키타에게 부여하는 버전의 10장을 상

---

* 톨스토이는 '소박하고 덕성 있는 농민'이라는 관념에 많은 투자를 했는데, 이 때문에 가끔 농민을 별로 현실적으로 그려내지 못했다. 나보코프의 표현을 빌리면 이 농민은 "아주 역겨운 일을 하는데 그 일을 천사 같은 무관심으로 대하고" 있다고 생각할 수도 있다(원주).

상할 수 있을까?

이 버전은 니키타가 구조된 직후 병원에서 생각에 잠기는 장면으로 시작할 수도 있다. 우리가 알게 된 니키타는 바실리의 속임수를 간파하고 있었다. 그는 바실리를 고정된 존재로 보았다. 고집스럽고 자기중심적이고 가망 없는 존재, 가급적 피하고 어지간하면 따지지 않고 넘어갈 상대. 그런데 이제 니키타는 바실리를 어떻게 생각할까? 놀랄까? 혼란을 느낄까? 바실리가 자기, 니키타, '한낱' 농민을 위해 희생했다는 사실을 어떻게 감당할까? 이야기 전체에 걸쳐 바실리는 니키타를 과소평가하지만 사실 니키타 또한 바실리를 과소평가한다. 그 사실을 깨달음으로써 니키타는 무엇을 생각하고 느끼게 될까?

우리는 또 이야기의 마지막 문단을 9장 마지막에서 바실리의 죽음을 묘사하는 텍스트만큼 솔직하고 전지적인 텍스트로 다듬어볼 수도 있다.

하고자만 한다면 실제로 좋은 연습이 될 것이다.

그러니 연습이다. 10장을 다시 써라.

톨스토이처럼 써라. 알겠지만, 사실을 많이 이용해라. 하. 하.

코
(1836)

니콜라이 고골
Nikolai Vasilievich Gogol

코

　3월 25일 페테르부르크에서 매우 이상한 일이 일어났다. 보즈네센스키 대로에 사는 이발사 이반 야코블레비치(그의 성姓은 사라졌으며, 볼에 거품을 칠한 신사의 얼굴이 그려져 있고 '피 뽑기*도 함'이라고 적힌 간판에도 다른 문구는 없었다)는 좀 일찍 일어나 신선한 빵 냄새를 맡았다. 침대에서 몸을 약간 일으키는데 커피를 무척 좋아하는 꽤 품위 있는 아내가 화덕에서 새로 구운 빵 덩어리들을 꺼내는 것이 보였다.

　"오늘은 커피 안 마실게, 프라스코뱌 오시포브나." 이반 야코블레비치가 말했다. "대신 양파와 함께 뜨거운 빵을 한 조각 먹고 싶

---

　*　예전에는 병을 치료하는 방법 중 하나였다.

은데."(이 말은 이반 야코블레비치가 커피와 빵을 둘 다 먹고 싶어
한다는 뜻이었다. 그러나 두 가지를 동시에 요구하는 건 절대 불가
능하다는 것을 알고 있었다. 프라스코뱌 오시포브나는 그런 변덕
을 무척 싫어했기 때문이다.)'저 바보는 빵이나 먹으라지. 나한텐
그게 더 좋아.' 부인은 혼자 생각했다. '커피가 한 잔 더 생길 테니
까.' 그녀는 빵 한 덩이를 식탁에 던졌다.

이반 야코블레비치는 예의를 지키기 위해 셔츠 위에 연미복을
걸치고 식탁에 앉아 소금을 좀 뿌리고 양파 두 개를 준비하고 나이
프를 들고 의미심장한 표정을 지으며 빵을 썰기 시작했다. 빵을 두
토막으로 자른 뒤 속을 보았을 때 놀랍게도 뭔가 흰 게 보였다. 이
반 야코블레비치는 그것을 나이프로 조심스럽게 찔러보고 손가락
으로 만져보았다. "단단해!" 그는 혼잣말을 했다. "이게 뭘까?"

그는 손가락을 안으로 쑤셔 넣어 그것을 파냈다. 코! 이반 야코
블레비치는 정신이 멍했다. 눈을 비비고 그 물체를 만져보았다.
코, 진짜 코, 그것도 익숙한 코였다. 이반 야코블레비치의 얼굴에
공포가 어렸다. 그러나 이 공포는 그의 아내를 사로잡은 분노에 비
길 것이 못 되었다.

"이런 짐승, 코는 어디서 자른 거야?" 그녀가 분개해서 소리쳤
다. "이 악당! 이 술꾼! 경찰에 내가 직접 신고할 거야. 이런 깡패가
있다니! 당신이 면도할 때 코를 너무 세게 잡아 흔드는 바람에 코가
제자리에 붙어 있는 게 신기하단 말을 이미 세 사람한테 들었어."

이반 야코블레비치는 살아 있다기보다는 죽은 것에 가까운 상태
였다. 그는 그 코가 다름 아닌 8등관 코발료프의 것임을 알아보았

작가는 어떻게 읽는가

다. 매주 수요일과 일요일에 그가 면도를 해주는 사람이었다.

"잠깐, 프라스코뱌 오시포브나! 이걸 구석에 둘게, 우선 걸레로 좀 싸서. 거기 좀 놔두자고. 나중에 내가 치울 테니까."

"그런 말은 듣고 싶지도 않아. 잘린 코를 내 집에 두는 걸 허락이나 할 것 같아? 마른 작대기 같으니라고! 아는 거라곤 면도날 가는 것뿐인데 이제 곧 그 의무마저 이행하지 못하는 몸이 되겠군, 이 난봉꾼, 악한! 내가 경찰 앞에서 당신 보증을 해야 해? 이런 오물 덩어리, 돌대가리! 그거 가지고 나가! 나가라고! 어디든 마음대로 가져가! 그거 가지고 내 눈앞에서 사라져!"

이반 야코블레비치는 망연자실해 거기 서 있었다. 그는 생각하고 또 생각했지만 그래도 정말이지 무슨 생각을 해야 할지 알 수가 없었다. "어쩌다 이렇게 되었는지는 악마만 알 거야." 마침내 그가 말하며 손으로 귀 뒤를 긁었다. "어제 내가 집에 왔을 때 술이 취했던가 안 취했던가, 정말이지 알 수가 없네. 어느 쪽으로 보든 이건 불가능한 사건이야. 사실 빵은 굽는 거고 코는 그거하곤 완전히 다른 거잖아. 근데 그게 왜 거기서 나와? 전혀 이해가 안 돼."

이반 야코블레비치는 입을 다물었다. 경찰이 그가 가지고 있는 코를 찾아내 그에게 책임을 물을 수도 있다는 생각에 완전히 미쳐 버릴 것 같았다. 이미 눈앞에 아름다운 은색 수를 놓은 주홍색 옷 깃이며 기병도가 떠오르기 시작했고, 그와 동시에 온몸이 떨렸다. 마침내 그는 속옷과 장화를 꺼내 이 모든 넝마를 몸에 걸치고 프라스코뱌 오시포브나의 꽤 묵직한 훈계가 따라붙는 것을 느끼며 코를 걸레에 싸서 거리로 나섰다.

코

그는 코를 어딘가에 있는 뭔가 밑에, 가령 대문 옆 말 매는 말뚝 안에 쑤셔 넣거나 어쩌다 떨어뜨린 듯 슬쩍 버리고 골목길로 접어들고 싶었다. 그러나 운이 나쁘게도 계속 아는 사람을 만났고 그들은 바로 물었다. "어디 가시나?" 또는 "이렇게 일찍 누구 면도를 해주려는 건가?" 그래서 이반 야코블레비치는 적당한 순간을 찾을 수가 없었다. 한번은 실제로 손에서 코를 놓았지만 좀 떨어져 있던 경찰관이 미늘창으로 그것을 가리키며 말했다. "주우쇼, 거기 뭘 떨어뜨렸잖아." 이반 야코블레비치는 코를 주워 호주머니에 감출 수밖에 없었다. 그는 절망에 사로잡혔으며, 가게들이 문을 열기 시작하여 거리에 사람이 계속 불어나면서 절망감은 더욱 심해졌다.

그는 성이삭 다리까지 가기로 마음먹었다. 그냥 네바강에 던져버릴 수 있지 않을까? 그런데 지금껏 이반 야코블레비치에 관해서 아무 이야기도 하지 않은 것은 내 잘못인데, 그는 많은 면에서 품위 있는 남자였다.

이반 야코블레비치는 자존심이 있는 러시아의 장인이 다 그렇듯이 무시무시한 술꾼이었다. 그는 매일 다른 사람의 턱은 면도해주면서 자기 턱은 면도하지 않았다. 이반 야코블레비치의 연미복(이반 야코블레비치는 절대 프록코트를 입지 않았다)은 얼룩덜룩했다. 원래는 완전히 검은색이지만 황갈색과 회색이 얼룩져 있었다. 옷깃은 반들반들했고 단추 세 개가 달렸던 자리에는 실 끄트머리만 대롱거렸다. 이반 야코블레비치는 대단한 냉소주의자로 8등관 코발료프가 면도를 하다 "이반 야코블레비치, 자네 손에서는

작가는 어떻게 읽는가

늘 악취가 나" 하고 말하면 "왜 거기서 악취가 나겠어요?"라며 반
문하곤 했다. "모르겠어, 내 친구." 8등관은 말하곤 했다. "하지만
나." 그러면 이반 야코블레비치는 보복으로 코담배를 한 자밤 집은
다음 그의 뺨과 코 밑, 귀 뒤, 턱 아래, 바꿔 말해서 어디든 내키는
대로 거품을 잔뜩 칠해놓았다.

　이 훌륭한 시민은 이제 성이삭 다리에 이르렀다. 그는 우선 주위
를 잘 살핀 뒤 물고기가 많이 헤엄치는지 보려고 다리 아래쪽을 살
피는 것처럼 난간에 몸을 기울이고 코를 싼 걸레를 슬쩍 던졌다.
갑자기 몸에서 10푸드* 무게가 사라진 느낌이었다. 이반 야코블레
비치는 심지어 히죽히죽 웃기까지 했다. 그는 어떤 관리의 턱을 면
도해 주러 가는 대신 펀치를 한 잔 주문하러 '식사와 차'라는 간판
이 걸린 곳을 향해 출발했는데, 그 순간 갑자기 다리 끝에 구레나
룻을 넓게 기르고 삼각모를 쓰고 검을 찬 기품 있는 경찰관이 눈에
띄었다. 그는 가슴이 덜컥 내려앉았다. 경찰관은 그에게 손가락을
흔들며 말했다. "이쪽으로 오시오, 친구."

　이반 야코블레비치는 예의를 차리느라 아직 거리가 좀 있었는데
도 모자를 벗고 민첩하게 다가가며 말했다. "나리, 안녕하신지요."

　"아니, 아니, 선한 친구, '나리'는 빼쇼. 그냥 얘기나 해보쇼, 저
기 다리에 서서 뭘 하고 있었는지?"

　"솔직히, 경찰관님, 면도를 해주러 나왔다가 그냥 강이 빠르게
흐르는지 보기만 했습니다."

*　1푸드는 약 16킬로그램이다.

"거짓말을 하는군, 거짓말을 해. 그럼 안 되지. 그냥 착하게 있는 그대로 대답하쇼."

"나는 경찰관님을 일주일에 두 번, 아니 세 번이라도 아무 불평 없이 면도해 드릴 준비가 되어 있습니다." 이반 야코블레비치가 대답했다.

"아니, 내 친구, 다 쓸데없는 소리요. 나한테 면도를 해주고 그걸 큰 영광으로 여기는 이발사가 셋이나 있소. 그냥 순순히 있는 그대로 이야기해 보쇼, 저기서 뭘 하고 있었던 거요?"

이반 야코블레비치는 얼굴이 창백해졌다…. 그러나 여기에서 이 사건 전체가 안개에 싸이고, 그 뒤에 무슨 일이 일어났는지는 전혀 알려지지 않았다.

6

2

8등관 코발료프는 좀 일찍 일어나 잠을 깰 때 으레 그러듯 입술로 "브-르르-르르" 소리를 냈다. 물론 자신도 왜 그러는지 이유를 설명할 수는 없었다. 코발료프는 기지개를 켜고 탁자에 있는 작은 거울을 가져다 달라고 했다. 어제저녁 코에 생긴 여드름을 보고 싶었다. 그러나 코가 있던 자리에 완벽하게 매끈한 평면이 자리 잡은 것을 보고 기함했다. 겁에 질린 코발료프는 물을 좀 달라고 하여 수건으로 눈을 비볐다. 진짜로 코가 없었다! 그는 자기가 아직 자고 있는 것인지 확인하려고 손으로 몸을 더듬었다. 아니, 그런 것 같지는 않았다. 8등관은 침대에서 뛰쳐나와 몸을 떨었다. 코가 없

다니! 그는 즉시 옷을 가져오라고 명령하여 경찰서장한테로 달려
갔다.

그런데 독자가 코발료프가 어떤 사람인지 알아야 하니 이 8등관
에 관해 이야기를 좀 해두어야겠다. 졸업장의 힘으로 지위를 얻은
8등관은 절대 캅카스 지역에서 지위를 얻은 8등관과 같이 놓일 수
없다. 둘은 완전히 다른 부류다. 학식 있는 8등관은… 그러나 러시
아는 워낙 경이로운 나라이기 때문에 8등관 한 명에 관해 무언가
말하면 리가에서 캄차카에 이르기까지 모든 8등관이 어김없이 그
게 자기에게도 적용된다고 받아들일 것이다. 우리의 다른 모든 지
위와 직책의 경우에도 마찬가지다. 코발료프는 8등관 가운데 캅카
스 부류에 속했다. 그는 그 지위에 오른 지 이제 2년밖에 안 되었
고 따라서 잠시도 잊을 수가 없었다. 또 자신에게 위엄과 무게감을
더하기 위해 절대 자신을 8등관이라고 부르지 않고 늘 소령이라고
불렀다.* "잘 들으시오, 나의 친애하는 여자분." 보통 그는 거리에
서 셔츠 가슴받이를 파는 여자를 만나면 말하곤 했다. "내가 사는
곳으로 오시오, 내 집은 사도바야에 있소. 그냥 코발료프 소령이
어디 사느냐고 물으면 누구든 안내해 줄 거요." 또 만난 여자가 우
연히도 예쁘면 약간의 비밀 지침을 주며 말했다. "어여쁜 분, 그냥,
코발료프 소령의 집을 찾으시오." 그래서 우리도 앞으로 이 8등관
을 소령이라고 부를 것이다.

코발료프 소령은 넵스키 대로를 따라 매일 산책하는 습관이 있

---

* 행정부 8등관은 군에서 소령에 해당한다.

7

었다. 그의 셔츠 깃은 늘 지나칠 만큼 깨끗하고 빳빳하게 풀을 먹여 놓았다. 구레나룻은 현이나 군의 측량사, 또는 건축가(그들이 러시아인이라면), 나아가 다양한 경찰 의무를 수행하는 사람들, 또 일반적으로 통통한 장밋빛 뺨을 가졌고 보스턴 게임에 아주 능한 남자들에게서 지금도 볼 수 있는 그런 종류였다. 이 구레나룻은 뺨의 한가운데를 타고 흐르다 코까지 곧바로 올라갔다. 코발료프 소령은 홍옥수 인장을 주렁주렁 늘어뜨리고 다녔는데, 몇 개에는 문장이 새겨져 있고 몇 개에는 수요일, 목요일, 월요일 등이 새겨져 있었다. 코발료프 소령은 볼일을 보러, 즉 자신의 지위에 어울리는 자리를 찾아 페테르부르크에 왔다. 챙길 수만 있으면 부지사 자리, 아니면 주요 관청의 조달관 자리를 원했다. 코발료프 소령은 결혼을 싫어하지는 않았지만 신부가 20만 루블의 지참금을 가져오는 경우에만 가능한 일이었다. 따라서 독자는 이제 이 소령이 어디에나 내놓음 직하고 적당한 크기였던 코가 있던 자리에 평평하고 매끈한 평면이 아주 우스꽝스럽게 자리 잡고 있는 것을 보았을 때 어떤 상태가 되었을지 판단할 수 있을 것이다.

　운이 좋지 않아 거리에 승합 마차가 한 대도 나타나지 않았기 때문에 망토로 몸을 감싸고 얼굴은 손수건으로 덮어 코피가 나는 척하며 걸어갈 수밖에 없었다. '하지만 어쩌면 다 내 상상일지도 몰라. 코라는 게 이렇게 멍청한 방식으로 사라질 수는 없는 거잖아.' 그는 그저 거울에 비친 자기 모습을 보려고 다방에 들어갔다. 다행히도 그곳에는 손님이 아무도 없었다. 종업원들이 바닥을 쓸고 의자를 정리하고 있었다. 몇 명은 졸린 눈으로 뜨거운 피로그*가 담

8

　　　　　　　　작가는 어떻게 읽는가

긴 쟁반을 내오고 있었다. 커피 자국이 난 어제 자 신문들이 식탁과 의자에 흩어져 있었다. "자, 다행히도 여기에는 아무도 없군." 소령이 말했다. "이제 볼 수 있겠어." 그는 조심스럽게 다가가 거울을 흘끗 보았다. "염병할! 정말 역겹네!" 그는 침을 뱉고 나서 소리를 질렀다. "코 대신에 뭐라도 있으면 좋으련만. 아무것도 없잖아!"

그는 짜증이 나 입술을 깨물며 다방을 떠나면서 습관을 거슬러 누구도 바라보지 않고 누구에게도 미소 짓지 않기로 했다. 그는 걷다 말고 갑자기 어느 집 문 앞에서 발을 멈추었다. 바로 그의 눈앞에서 불가사의한 현상이 벌어졌다. 마차 한 대가 입구로 다가섰다. 문이 열렸다. 제복을 입은 신사가 약간 구부정한 자세로 튀어나와 층계를 달려 올라갔다. 그게 자기 코라는 것을 알아보았을 때 코발료프가 얼마나 공포에 젖고 동시에 놀랐을지 상상해 보라! 이 뜻밖의 광경을 보는 순간 그의 눈앞에서 모든 것이 소용돌이치는 것 같았다. 똑바로 서 있을 수도 없을 것 같았다. 그는 열이 오른 듯 온몸을 떨다가 무슨 일이 있어도 그 신사가 마차로 돌아오기를 기다리겠다고 마음먹었다. 실제로 2분 뒤 코는 다시 나왔다. 금빛 자수가 박힌 제복에 커다란 깃을 바짝 세우고 암사슴 가죽으로 만든 반바지를 입었다. 옆구리에는 검을 찼다. 깃털이 달린 모자로 보아 5등관의 지위를 가졌다고 추론할 수 있었다. 모든 정황이 그가 누군가를 방문하러 가는 길임을 보여주었다. 그는 좌우를 둘러보더니 마부에게 소리쳤다. "마차를 준비하게." 그가 타자 마차는 떠났다.

___
9

* 밀가루 반죽 안에 다양한 소를 넣고 접어 만든 러시아식 파이.

가엾은 코발료프는 미쳐버릴 지경이었다. 이 이상한 사건을 어떻게 생각해야 할지 알 수조차 없었다. 정말이지 바로 어제까지만 해도 그의 얼굴에 붙어 있고 마차를 타지도 걷지도 못하던 코가, 그게 어떻게 제복을 입고 있을 수 있나? 그는 마차를 따라 달렸다. 마차는 다행히도 멀리 가지 않고 카잔 성당 앞에 멈추었다.

그는 서둘러 성당으로 가, 눈 대신 찢어진 자국 두 개만 남기고 붕대로 얼굴을 감은 늙은 여자 거지들, 그가 그렇게 놀리곤 하던 여자들이 줄지어 선 곳을 지나 안으로 들어갔다. 안에는 예배를 드리는 사람이 몇 명 없었는데 모두 입구 옆에 서 있었다. 코발료프는 너무 당황하여 기도할 상태가 아니었고 신사를 찾아 교회 구석구석을 눈으로 뒤질 뿐이었다. 마침내 한쪽 옆에 선 그가 보였다. 코는 바짝 세운 커다란 옷깃에 얼굴을 완전히 감추고 대단히 경건한 자세로 기도하고 있었다.

'내가 뭐라고 저 사람한테 다가가겠는가?' 코발료프는 생각했다. '제복도 그렇고 모자도 그렇고 모든 정황으로 보아 저 사람은 5등관임을 알 수 있다. 내가 다가갈 방법을 알 리가 있나.'

그는 헛기침을 하기 시작했지만 코는 경건한 자세를 조금도 바꾸지 않고 계속 무릎을 꿇고 있었다.

"선생님." 코발료프가 용기를 짜내어 말했다. "선생님…"

"무슨 일인가요?" 코가 돌아보았다.

"이상한 이야기입니다만, 선생님… 내 생각에는… 선생님이 계실 자리를 아셔야 할 것 같습니다. 갑자기 선생님을 발견했는데, 그게 어디에서냐 하면 성당입니다. 선생님도 인정하시…"

작가는 어떻게 읽는가

"실례지만 무슨 말을 하고 있는지 이해하지 못하겠소…. 알아듣게 말해보시오."

'어떻게 설명해야 할까?' 코발료프는 잠시 생각하다가 대담하게 입을 열었다. "물론 나는… 그러니까, 나는 소령입니다. 내가 코없이 돌아다니는 것은, 선생님도 인정하시겠지만, 어울리지 않습니다. 보스크레센스키 다리에서 오렌지를 까서 파는 행상 여자라면 코 없이 앉아 있어도 괜찮겠지요. 하지만 나는 기대하는 바가 있기 때문에, 게다가 많은 여인을 알고 있기 때문에, 5등관 부인 체흐타료바를 비롯해 많은 사람을 알기 때문에… 스스로 판단해 보십시오… 모르겠습니다, 선생님…" (여기에서 코발료프 소령은 어깨를 으쓱했다.) "용서하십시오, 의무와 명예의 규칙에 따라 이 일을 본다면… 선생님 스스로 이해하실 수 있을 겁니다…"

"전혀 이해 못 하겠소." 코가 대꾸했다. "좀 더 분명하게 말해보시오."

"선생님." 코발료프가 자기 나름으로 위엄을 드러내며 말했다. "선생님 말씀을 어떻게 해석해야 할지 모르겠습니다…. 이 일 전체가 내게는 아주 분명한데… 아니면 혹시 바라시는 게… 어쨌든 선생님은 내 코입니다!"

코는 소령을 보더니 미간을 약간 찌푸렸다.

"잘못 알고 계시는구려, 선생. 나는 나 스스로 존재하고 있소. 게다가 우리 사이에는 어떠한 밀접한 관계도 있을 수 없소. 선생의 제복 단추로 판단하건대 선생은 상원 아니면 적어도 법무부 쪽에 고용되어 있는 게 분명하오. 하지만 나는 학계 쪽이오."

코는 그렇게 말하더니 몸을 돌려 다시 기도하기 시작했다.

코발료프는 어리둥절했다. 어떻게 해야 할지, 심지어 무슨 생각을 해야 할지도 알 수 없었다. 바로 그때 여인의 드레스가 바스락거리는 경쾌한 소리가 들렸다. 레이스로 잔뜩 치장한 나이 든 부인이 그의 옆으로 다가왔고, 그녀 옆에는 가는 몸매를 보기 좋게 강조하는 하얀 프록을 입고 밀짚 색깔 모자를 프로피테롤*처럼 가볍게 쓴 날씬한 여자가 있었다. 그들 뒤에서 거대한 구레나룻을 기르고 옷깃을 여남은 개 단 키 큰 하인이 발을 멈추고 코담배 상자를 열었다.

코발료프는 가까이 다가가 드레스셔츠에서 케임브릭** 깃을 끌어내고 황금 사슬에 걸린 인장들을 매만지고 사방을 향해 미소를 짓다가 여려 보이는 젊은 여인에게 눈길을 돌렸다. 그녀는 봄꽃처럼 가볍게 머리를 약간 숙이고 투명한 손가락이 달린 작고 흰 손을 이마에 댔다. 그녀의 모자 밑으로 작고 동그랗고 눈부시게 흰 턱과 봄의 첫 장밋빛으로 밝게 물드는 뺨의 일부가 보이자 코발료프의 얼굴에 자리 잡은 미소가 더 넓게 번져갔다. 그러나 그는 갑자기 불에 덴 것처럼 뒤로 물러섰다. 코가 있어야 할 자리에 아무것도 없다는 사실이 떠올랐고 눈에 눈물이 찼다. 그는 몸을 돌렸다. 제복을 입은 신사에게 그가 5등관을 사칭하고 있을 뿐, 사실은 악당이고 비열한 자이며 자신의, 소령의 코에 불과하다고 지체 없이

----

* 속에 크림을 넣고 위에는 보통 초콜릿을 얹은 작은 슈크림.
** 면이나 마로 아주 얇게 만든 흰색 천.

말하려는 것이었다…. 그러나 코는 이제 거기에 없었다. 다른 곳을 방문하러 급히 나간 모양이었다.

코발료프는 절망으로 곤두박질쳤다. 그는 돌아가 주랑 밑에 잠시 서서 코가 어딘가에서 나타나지는 않을까 이쪽저쪽을 신중하게 살폈다. 그가 깃털 달린 모자를 쓰고 금빛 자수가 놓인 제복을 입은 것은 분명하게 기억했지만 외투 또는 마차와 말의 색깔은 눈여겨보지 않았다. 하인이 뒤에 있었는지, 있었다면 어떤 차림이었는지도 기억나지 않았다. 더욱이 아주 많은 마차가 아주 빠른 속도로 오가고 있어 분간하기도 어려웠다. 설사 그 가운데서 찾아낸다 해도 그 마차를 세울 방법이 없었다. 맑고 화창한 날이었다. 넵스키 대로에는 인파가 구름처럼 모여 있었다. 폴리체이스키 다리에서 아니치킨 다리까지 여인들이 보도로 쏟아져 나왔다. 그가 아는 7등관이 다가왔다. 특히 낯선 사람들이 있는 곳에서는 중령이라는 호칭에 익숙한 사람이었다. 상원의 최고 서기 야리긴도 있었다. 그의 절친한 친구로 여덟 라운드로 이루어진 보스턴 게임을 하면 항상 지는 인물이었다. 캅카스에서 8등관 자리를 얻은 또 한 사람의 소령도 있었는데 그가 그쪽으로 오라고 코발료프에게 손을 흔들었다….

"오, 젠장!" 코발료프가 말했다. "이봐, 마부, 나를 경찰서장에게 바로 데려다주게!"

코발료프는 마차를 타고 마부에게 계속 소리쳤다. "최대한 빨리 가주게."

"서장님 집에 계신가?" 그는 현관에 들어서며 소리쳤다.

"아니요." 문지기가 대답했다. "방금 나가셨습니다."

"그럴 수가."

"사실입니다." 문지기가 덧붙였다. "나가신 지 오래되지는 않았지만 어쨌든 나가셨습니다. 1분만 일찍 오셨어도 만나실 수 있었을 텐데요."

코발료프는 얼굴에서 손수건을 떼지 않고 마차로 돌아가 절망적인 목소리로 외쳤다. "어서 달려!"

"어디로요?" 마부가 물었다.

"곧장 달려!"

"곧장 달리라니 무슨 말인가요? 여기는 갈림길인데요. 오른쪽입니까, 왼쪽입니까?"

14   그 질문에 코발료프는 당황하여 다시 생각하게 되었다. 곤경에 처한 그가 해야 할 첫 번째 일은 경찰에게 호소하는 것이었다. 그의 사건이 경찰과 직접적인 관계가 있어서가 아니라 경찰이 다른 어느 기관보다도 빠르게 행동할 수 있기 때문이었다. 코가 속해 있다고 주장한 부처의 상관들에게 해결을 요구하는 것은 의미가 없었다. 코의 대답으로 미루어보건대 그자는 아무것도 신성하게 여기지 않고, 이 경우에는 아까 코발료프에게 둘이 만난 적이 없다고 큰소리칠 때 그랬던 것처럼 거짓말까지 할 수 있었기 때문이다. 그래서 코발료프는 마부에게 경찰서로 데려다 달라고 말하려는데 이 악당이자 사기꾼, 이미 처음 만났을 때부터 자신에게 그렇게 뻔뻔스러운 태도를 보이던 자는 기회를 잡자마자 어딘가에서 이 도시를 빠져나갈 수 있고 그러면 모든 수색은 소용이 없거나, 맙소사, 한 달을 질질 끌 수도 있다는 생각이 다시 떠올랐다. 그러다 마침

내 천만다행으로 그는 정신을 차린 것 같았다. 그는 곧장 신문사로
가서 너무 늦기 전에 코의 특징을 자세히 묘사하는 광고를 내기로
했다. 코를 만나는 사람이 바로 코를 데려오거나 아니면 적어도 소
재에 관한 정보를 내놓게 하려는 것이었다. 그렇게 결정을 내리고
그는 마부에게 신문사로 가달라고 했고, 가는 내내 마부의 등을 계
속 주먹으로 후려치며 말했다. "더 빨리, 이 악당! 더 빨리, 이 무뢰
한!" "억, 손님!" 마부는 말하며 고개를 젓고 작은 개만큼이나 털
이 긴 말의 고삐를 잽싸게 움직였다. 마침내 마차는 멈추었고, 코
발료프는 숨을 헐떡이며 작은 접수실로 들어갔다. 낡은 연미복을
입은 머리가 희끗희끗하고 안경을 쓴 사무직원이 책상 앞에 앉아
펜을 입에 문 채 새로 받은 동전을 세고 있었다.

15

"누가 광고 담당이오?" 코발료프가 소리쳤다. "아, 안녕하시
오!"

"안녕하세요." 머리가 희끗희끗한 사무직원은 잠시 눈을 들어
올렸다가 차곡차곡 쌓아놓은 돈으로 다시 시선을 돌렸다.

"내가 광고를 좀—"

"실례합니다. 잠시 기다려주시죠." 사무직원은 한 손으로 종이
에 숫자를 적고 왼손 손가락으로 주판알 두 개를 움직였다. 겉모
습으로 보아 귀족 집에서 일한다는 것을 알 수 있는 제복 차림의
하인 하나가 손에 광고 문구를 적은 종이를 들고 책상 옆에 서 있
다가 지금이 자신의 수완을 과시하기에 적절한 때라고 생각했다.
"믿어지십니까, 선생님? 이 작은 개는 80코페이카의 값어치도 없
습니다. 사실 나 같으면 8코페이카도 주지 않죠. 하지만 백작 부인

께서 그걸 사랑해요. 정말 사랑합니다. 그래서 누구든 그 개를 찾으면 100루블을 받을 수 있어요! 정중하게 표현하자면, 이건 우리 둘이 이야기하는 거지만, 사람마다 취향은 다르니까요. 하지만 만일 사냥꾼이라면 포인터나 푸들을 키울 거고 그럼 500루블을 아까워하지 않을 거고, 1000루블이라도 내놓을 겁니다. 물론 좋은 개여야 하겠지만."

훌륭한 사무직원은 엄숙한 표정으로 그 말을 들으며 동시에 자신이 받은 광고 문구의 글자 수를 세려고 했다. 주위에 광고문을 든 늙은 여자나 상점 점원이나 문지기가 잔뜩 서 있었다. 그들 가운데 하나는 술에 취하지 않고 일하는 마부를 팔겠다고 제안했고, 한 사람은 1814년에 파리에서 가져온 거의 사용하지 않은 마차를 내놓았다. 또 다른 사람들은 세탁 일에 경험이 많고 다른 일에도 적합한 열아홉 살 농노 아가씨, 스프링 하나가 빠진 튼튼한 무개 사륜마차, 열일곱 살 먹은 젊고 팔팔한 회색 점박이 말, 런던에서 새로 받은 순무와 무 씨, 말을 위한 마구간 두 채와 자작나무나 전나무를 심어 작은 숲을 조성할 만한 공간 등 모든 부속물을 갖춘 여름 별장을 내놓았다. 또 낡은 장화 밑창을 사고 싶은 사람들에게 매일 8시에서 3시 사이에 마지막 입찰에 참여하러 오라고 권유하는 호소문도 있었다. 이 모든 무리가 바글거리는 방은 작았고 안의 공기는 아주 혼탁했다. 그러나 8등관 코발료프는 냄새를 맡을 수 있는 처지가 아니었다. 계속 손수건으로 얼굴을 누르고 있었고 코 자체가 어디로 갔는지 몰랐기 때문이다.

"이보시오, 선생, 부탁 좀 합시다…. 아주 급한 일이오." 그가 마

작가는 어떻게 읽는가

침내 안달하며 말했다.

"잠깐만요, 잠깐만! 2루블 43코페이카! 잠시만요! 1루블 64코페이카." 머리가 희끗희끗한 신사가 읊조리며 늙은 여자와 문지기 얼굴 쪽으로 종이를 던졌다. "뭘 도와드릴까요?" 마침내 그가 코발료프를 돌아보며 말했다.

"나는…" 코발료프가 말했다. "사취 아니면 사기를 당했소…. 아직도 영문을 모르겠소. 그래서 그냥 누구든 이 악당을 나에게 넘겨줄 사람은 충분한 보상을 받게 될 거라고 광고하고 싶소."

"여쭈어도 되겠습니까만, 성함이?"

"내 이름은 왜 원하는 거요? 그건 말할 수 없소. 나는 아는 사람이 많소. 5등관의 아내 체흐타료바 부인, 영관급 장교의 아내 펠라게야 그리고르예브나 폿토치나… 만에 하나라도 그 사람들이 갑자기 이 사태를 알면 어떻게 되겠소? 하느님 맙소사! 그냥 간단히 적으쇼. 8등관, 또는 이게 더 낫겠군, 소령 계급인 사람."

"달아난 게 선생님 댁 농노입니까?"

"뭔 소리, 집안 농노라니? 그거라면 그렇게 나쁜 사취는 아닐 거요! 달아난 건… 내 코요…."

"흠! 희한한 이름이로군요! 그럼 그 코프 씨가 선생님한테서 큰돈을 강탈했습니까?"

"내 코, 나는 그렇게 말했소. 선생이 내 말을 오해했군. 내 코, 나 자신의 코가 어디론가 감쪽같이 사라졌소. 악마가 나를 골리려고 한 게 틀림없소!"

"하지만 그게 어떻게 사라졌을까요? 잘 이해가 안 되는데요."

17

코

"글쎄, 어찌된 일인지는 나도 설명할 수가 없소. 하지만 핵심은 지금 그게 도시 여기저기를 돌아다니며 5등관 행세를 하고 있다는 거요. 그래서 댁한테 누구든 그자를 붙잡으면 즉시, 지체 없이 나에게 넘기라는 광고를 내달라고 부탁하는 거요. 스스로 판단해 보시오. 정말이지 내가 내 몸에서 그렇게 눈에 띄는 부분 없이 살아갈 수 있겠소? 장화에 집어넣으면 아무도 있는지 없는지도 모르는 새끼발가락하고는 달라요. 목요일이면 나는 5등관 부인 체흐타료바의 집을 찾아가오. 펠라게야 그리고르예브나 폿토치나 부인, 그러니까 영관급 장교의 부인과 그녀의 아주 예쁜 따님도 모두 나의 아주 친한 친구들이오. 이제 선생도 스스로 판단할 수 있을 거요, 내가 이제 어떻게… 나는 이제 그들 앞에 나설 수가 없소."

사무직원은 열심히 생각했고 그 증거를 보여주듯 입을 앙다물고 있었다.

"아니, 그런 광고는 신문에 실을 수가 없습니다." 그가 오랜 침묵 뒤에 말했다.

"어째서? 왜?"

"음, 우리 신문이 평판을 잃을 수도 있습니다. 만에 하나 모두 자기 코가 달아났다는 이야기를 써댄다면, 참…. 사실 사람들은 터무니없는 이야기와 거짓 소문이 너무 많이 실리고 있다고 말하거든요."

"하지만 왜 이 일이 터무니없다는 거요? 내 생각에는 전혀 그런 부류가 아니오."

"그거야 선생님 생각이고요. 지난주만 해도 그런 사건이 또 있었다니까요. 어떤 관리가 선생님과 마찬가지로 광고문을 들고 들어오기에 내가 2루블 73코페이카를 청구했는데, 그 광고란 게 고작 털이 검은 푸들이 달아났다는 거였습니다. 별로 대단치 않은 일로 보이죠, 안 그렇습니까? 하지만 그건 명예 훼손이라는 게 드러났습니다. 이른바 푸들은 정확히 기억이 나지는 않지만 어느 기관의 회계 담당자였습니다."

"하지만 나는 푸들 광고를 내자는 게 아니잖소. 이건 내 코요. 즉나에 대한 광고와 다름없소."

"아니요, 나는 절대 그런 광고를 집어넣을 수 없습니다."

"내 코가 진짜로 사라졌는데도!"

"그게 사라졌다면 그건 의사의 일이지요. 원하는 대로 어떤 코든 마련해 줄 수 있는 사람들이 있다더군요. 하지만 선생님이 명랑한 성격에 사람들 앞에서 농담하기를 좋아하는 분이 틀림없다는 건 알겠군요."

"거룩한 모든 것을 걸고 선생한테 맹세하오! 뭐, 정 그렇다면, 자, 내가 보여주겠소."

"뭐 하러 굳이 그러십니까?" 사무직원이 말을 이으며 코담배를 맡았다. "하지만 크게 폐가 안 된다면 한번 보고 싶군요." 그는 호기심에 마음이 움직여 덧붙였다.

8등관은 얼굴에서 손수건을 뗐다.

"정말 이상하긴 하군요!" 사무직원이 말했다. "완전히 납작하네요, 번철에서 막 꺼낸 팬케이크처럼. 네, 믿을 수 없을 만큼 매끈합니다."

"자, 이걸 보고도 말싸움을 계속하겠소? 선생 눈으로 내 광고 인쇄를 거부할 수 없는 이유를 보고 있잖소. 이 기회로 선생과 사귀는 즐거움을 맛보게 되어 아주 기쁘고 감사하오만…" 소령은 우리가 보다시피 이번에는 아첨을 약간 해보기로 했다.

"물론 그걸 싣는 건 아주 쉬운 일입니다." 사무직원이 말했다. "하지만 그게 선생님한테 무슨 도움이 될지는 모르겠네요. 꼭 실어야 한다면 그 이야기를 펜을 능숙하게 휘두르는 사람한테 해주고 그 사람더러 이 일을 자연의 희귀한 현상으로 묘사하여 〈북부의 벌〉에 실으라고 하시지요." (여기에서 그는 다시 코담배를 맡았다.) "젊은 사람들 읽을거리로." (여기에서 그는 코를 닦았다.) "아니면 그냥, 일반적 관심사로요."

8등관은 완전히 낙담했다. 극장 공연이 소개된 신문 하단이 눈에 들어왔다. 예쁜 여배우의 이름을 발견하자 얼굴이 웃음으로 부서질 뻔했고, 그의 손은 푸른색 지폐가 있는지 확인하기 위해 호주머니로 향했다. 그의 의견으로는 영관급 장교라면 무대 앞 일등석에 앉아야 했기 때문이다. 그러나 코에 대한 생각이 그 모든 것을 망쳤다.

이제 사무직원은 코발료프의 당혹스러운 상황에 마음이 움직인 것 같았다. 적어도 그의 괴로움을 달래고 싶어 몇 마디 말로 공감을 표명하는 게 적절하다고 생각했다. "그런 일이 선생님한테 일어나다니 정말 마음이 아픕니다. 코담배 한 자밤 하시지 않겠습니까? 이게 두통과 우울을 쫓아주거든요. 심지어 치질에도 좋습니다." 사무직원은 그 말과 함께 코발료프에게 코담배 상자를 내밀고

작가는 어떻게 읽는가

모자를 쓴 여인이 그려진 뚜껑을 능숙하게 열어젖혔다.

이 즉흥적인 행동에 코발료프는 인내심을 완전히 잃었다. "어떻게 이걸 농담거리로 삼는지 이해할 수가 없소." 그가 분노하여 말했다. "나에게 코담배에 필요한 바로 그게 없다는 사실이 보이지 않소? 그딴 코담배는 집어치우쇼! 당신의 한심한 베레진 코담배는 말할 것도 없고 설사 프랑스제 라페를 준다 해도 지금은 그걸 보는 것만으로도 견딜 수가 없을 거요." 그 말과 함께 그는 분을 참지 못하고 신문사를 나와 지구 경찰서 경위를 찾아갔다. 설탕을 무척 좋아하는 사람이었다. 경위의 집 식당 겸 응접실 전체에 지역 상인들이 우정의 표시로 가져온 설탕 토막들이 쌓여 있었다. 그가 도착했을 때 경위의 요리사가 경위가 제복에 맞추어 신는 승마 장화를 벗기고 있었다. 검을 비롯한 다른 모든 무장은 이미 구석에 평화롭게 걸려 있었다. 세 살 난 아들은 경위의 경외할 만한 삼각모로 손을 뻗고 있었고, 경위 자신은 전쟁터에서처럼 용감하게 추격을 하며 하루를 보낸 뒤에 평화의 열매를 맛볼 준비를 하고 있었다.

코발료프는 경위가 막 기지개를 켜며 끙끙대다 "오, 두어 시간 푹 자야지!" 하고 말했을 때 들어섰다. 따라서 8등관이 아주 좋지 않은 시간에 찾아갔다는 것은 쉽게 알 수 있었다. 그가 차 몇 푼트*나 옷감을 한 조각 가져갔다 해도 환영을 받았을지 의심스럽다. 경위는 모든 예술과 제조업의 큰 후원자였지만 그 모든 것보다 지폐를 좋아했다. "이게 핵심이야." 그는 보통 이렇게 말하곤 했다. "이

21

---

* 러시아의 무게 단위로, 1푼트는 약 407그램이다.

보다 나은 건 있을 수 없어. 먹을 걸 달라고 하지도 않지, 공간을 많이 차지하지도 않지, 늘 호주머니에 딱 들어가지, 떨어뜨려도 부서지지 않지."

경위는 코발료프를 약간 쌀쌀맞게 맞이했다. 그러고는 저녁 식사 이후는 수사를 할 만한 시간이 아니라는 둥, 자연 자체가 인간이 식사를 잘 마친 뒤에는 조금 쉬도록 만들어놓았다는 둥(이 말을 듣고 8등관은 이 경위가 고대 현자들의 경구를 모르지 않는다는 것을 알 수 있었다), 어떤 신사도 자기 코가 떨어져 나가는 걸 허락하지 않을 거라는 둥, 제대로 속옷조차 갖추지 않고 온갖 평판 나쁜 곳에 얼쩡거리는 소령들이 이 세상에는 많다는 둥 말을 늘어놓았다.

마지막 말은 너무 노골적이어서 불편했다. 코발료프가 아주 성마른 사람이라는 이야기는 해두어야겠다. 그는 자신에 관해 하는 말은 뭐든 용서할 수 있었지만 계급이나 지위와 관련 있는 것이라면 절대 용서할 수 없었다. 심지어 연극에서 하급 장교에 관한 언급은 허용할 수 있지만 영관급 장교에 대한 비판은 있을 수 없다는 의견을 가지고 있었다. 그는 경위가 자신을 맞이하는 방식에 너무 당황하여 머리를 내저으며 두 팔을 약간 벌리고 위엄 있는 태도로 말했다. "경위의 그런 불쾌한 언급 뒤에는 덧붙일 말이 아무것도 없다고 고백하겠소…" 그러고는 방을 나와버렸다.

집으로 돌아왔을 때는 서 있기도 힘들었다. 이미 어스름이었다. 아무런 성과 없이 수색이 끝난 터라 집은 우울하고 아주 더러워 보였다. 그는 현관으로 들어서다 하인 이반이 더러운 가죽 소파에 드

작가는 어떻게 읽는가

러누워 천장을 향해 침을 뱉어 똑같은 지점을 얼추 제대로 맞추는 것을 보았다. 하인의 그런 무심함에 그는 격분했다. 그는 모자로 하인의 이마를 치며 말했다. "이런 돼지 같은 놈, 늘 멍청한 짓만 하는군!"

이반이 화들짝 놀라며 일어나 얼른 주인의 망토를 벗겼다.

소령은 방에 들어가자 지치고 서글퍼 팔걸이의자에 푹 주저앉았고 몇 번 한숨을 쉬다 마침내 말했다.

"오 주여, 오 주여! 내가 무슨 짓을 했다고 이런 불행을 겪어야 합니까? 차라리 팔이나 다리 한 짝을 잃었다면 이렇게 나쁘지는 않았을 거야. 귀를 잃었다면 아주 나쁜 일이었겠지만 그래도 견딜 수 있었을 거야. 하지만 코가 없으면 사람이 도대체 뭐야. 새도 아니고 인간도 아니야. 차라리 그냥 집어다 창밖으로 던지세요! 차라리 전투나 결투에서 잘려 나간 거라면, 내 책임이라면 좋으련만. 하지만 이건 그냥 사라져버렸어, 전혀, 전혀 얻는 것도 없이. 안 돼, 이럴 수는 없어." 그는 잠시 생각한 뒤에 덧붙였다. "코가 사라지다니 믿을 수 없는 일이야. 절대 믿을 수 없는 일이야. 꿈을 꾸고 있거나 내가 그냥 상상하고 있는 게 틀림없어. 혹시, 어쩌다 실수로 면도를 한 다음 턱에 바르는 보드카를 물 대신 마셨는지도 몰라. 바보 같은 이반이 치우지 않아 내가 그걸 꿀꺽꿀꺽 마셨는지도 몰라." 자신이 취하지 않았다는 것을 확인하기 위해 소령은 몸을 세게 꼬집다 비명을 질렀다. 고통스러운 것으로 보아 자신이 말짱하게 깨어 있다고 확신했다. 그는 살금살금 거울로 다가가 처음에는 반쯤 눈을 감고 들여다보았다. 혹시 코가 제자리에 나타났을지도

23

모른다고 생각했다. 하지만 그 즉시 뒤로 펄쩍 물러나며 소리를 질렀다. "이 무슨 만화 같은 얼굴이냐!"

정말이지 이해가 되지 않았다. 만일 단추나 은수저나 손목시계 같은 것이 사라졌다면— 하지만 이게 사라지다니, 누구를 위해 사라질까? 게다가 자신의 집에서! …모든 상황을 고려한 뒤 코발료프 소령은 이것이 다름 아닌 영관급 장교의 아내 폿토치나 부인의 잘못일 가능성이 아주 크다는 쪽으로 생각이 기울었다. 그녀는 그가 자기 딸과 결혼해 주기를 바라고 있었다. 그 역시 그 딸과 밀고 당기며 노는 것은 좋아했지만 마지막 결전은 피하고 있었다. 부인이 대놓고 딸을 그와 결혼시키고 싶다고 했을 때 그는 관심을 뒤로 물리며 자신은 아직 젊다고, 5년은 더 복무해야 하는데 그때면 정확히 마흔둘이 될 거라고 말했다. 그래서 부인이 아마도 복수하기 위해 그에게 저주를 걸기로 결정하고 그 목적을 이루려 늙은 마녀들을 고용한 것이다. 코가 그냥 잘려 나갔다는 것은 생각조차 불가능한 일이었기 때문이다. 아무도 그의 방에 들어온 적이 없었다. 이발사 이반 야코블레비치가 얼마 전 수요일에 면도를 해주었는데 그날 온종일 또 심지어 목요일까지도 그의 코는 제자리에 그대로 있었다. 그는 그 사실을 기억했고 또 아주 잘 알았다. 게다가 잘려 나갔다면 통증을 느꼈을 것이고, 틀림없이 상처가 이렇게 빨리 또 팬케이크처럼 매끈하게 아물지도 않았을 것이다. 그에게 이런저런 행동 계획이 떠올랐다. 공식적으로 폿토치나 부인을 법정으로 소환해야 할까 아니면 직접 찾아가서 그녀가 한 짓을 폭로해야 할까? 그의 생각은 문틈 전체로 파고드는 빛 때문에 중단되었는데, 이는 이반이 복도의 초를 켰다는 뜻이었다. 곧 이반 자신이 초를 들고 나타나 방 전체가 환하게 밝아졌다. 코발료프가 한 첫 번째 행동은 손수건을 얼른 집어 하루 전만 해도 코가 있던 곳을 가리는 것이었다. 이 멍청한 작자가 주인의 낯선 외모에서 그 괴상한 부분에 놀라 입을 떡 벌리고 서 있는 일은 정말이지 막고 싶었다.

이반이 자신의 작은 방으로 사라지자마자 복도에서 귀에 선 목소리가 들렸다. "8등관 코발료프가 여기 사시나?"

"들어오시오. 코발료프 소령은 여기 있소." 코발료프가 얼른 일어나 문을 열었다.

너무 밝은 색도 너무 어두운 색도 아닌 구레나룻을 기르고 뺨이 좀 포동포동한 잘생긴 외모의 경찰관이 안으로 들어왔다. 이 이야기의 시작 부분에서 성이삭 다리 끝에 서 있던 바로 그 경찰관이었다.

"혹시 코를 잃어버리지 않았습니까?"

"맞습니다."

"그걸 찾았습니다."

"그런 고마운 말이!" 코발료프 소령은 소리쳤다. 기뻐서 더 말이 나오지 않았다. 그는 자기 앞에 서 있는 경찰관을 물끄러미 보았다. 그의 두툼한 입술과 뺨에 흔들리는 촛불 빛이 깜빡거리고 있었다. "어떻게?"

"묘한 운 때문이죠. 막 도시를 떠나려는 시점에 잡았습니다. 승합 마차를 타고 리가로 떠나려는 참이었습니다. 오래전에 어느 관리의 이름으로 만든 여권도 가지고 있더군요. 이상한 일이지만 처음에는 그를 신사로 간주하기도 했습니다. 하지만 다행히도 그때 내가 안경을 가지고 있어 즉시 그게 코라는 걸 알았죠. 그러니까 나는 근시라서 누가 앞에 서 있으면 얼굴이 있다는 것 정도는 알아도 코나 턱수염이나 그런 게 있는지는 파악하지 못하거든요. 우리 장모, 그러니까 처의 어머니는 아무것도 보지 못하죠."

코발료프는 미칠 것 같았다. "어디 있습니까? 어디? 당장 그리로 달려가겠습니다."

"그런 수고는 필요 없습니다. 선생에게 필요하다는 걸 알기 때문에 내가 가지고 왔죠. 그리고 이상한 일은 이 일에서 제일 큰 악당이 보즈네센스키 거리의 악랄한 이발사라는 건데, 그자는 지금 감금 중입니다. 나는 오래전부터 그자에게 주벽과 도벽이 있다고 의심했는데 바로 그저께 그자가 어떤 가게에서 단추 여남은 개를 훔쳤습니다. 선생님의 코는 아주 잘 있습니다." 경찰관은 이렇게 말하며 호주머니에 손을 넣어 종이에 싼 코를 꺼냈다.

"이거야!" 코발료프가 소리쳤다. "바로 이거야, 그래! 오늘 나하고 차 한잔 합시다."

"그러면 매우 즐거울 거라고 생각합니다만 그럴 수가 없습니다. 정신병원에 들러야 해서요…. 식재료값이 모두 엄청나게 올랐습니다…. 저는 장모, 그러니까 처의 어머니와 함께 살고 자식들도 있죠. 특히 맏이가 장래가 밝습니다, 아주 영리한 아이죠. 하지만 그 아이를 교육시킬 돈이 없습니다."

코발료프는 그의 말뜻을 파악하고 책상에서 빨간색 지폐 한 장을 얼른 집어 들어 경위의 손에 찔러주었고 경위는 뒤꿈치를 소리

26

작가는 어떻게 읽는가

나게 딱 맞부딪히더니 문을 나갔다. 거의 동시에 코발료프는 바깥 거리에서 그의 목소리를 들었다. 큰길에 마차를 몰고 나온 멍청한 농민을 주먹으로 훈계하고 있었다.

경찰관이 떠난 뒤 8등관은 뭐라고 규정할 수 없는 상태로 몇 분 동안 가만히 있다가 간신히 보고 느낄 수 있는 능력을 회복했다. 예상치 못한 기쁨에 잠시 감각을 잃었던 것이다. 그는 되찾은 코를 오목한 두 손바닥으로 조심스럽게 떠받치고 다시 철저하게 살폈다.

"이거야, 이거야, 그래." 코발료프 소령은 말했다. "여기 왼쪽에 어제 부풀어 오른 여드름이 있네." 소령은 기뻐서 웃음을 터뜨릴 뻔했다.

그러나 이 세상에는 오래 지속되는 것이 없으니, 기쁨마저 다음 순간에는 첫 순간만큼 강렬하지 않다. 한순간이 또 지나면 더 약해져 마치 조약돌이 물에 떨어지며 만든 파문이 결국은 매끈한 수면에 합쳐지듯이 기쁨도 평소의 마음 상태에 어느새 합쳐져 버린다. 코발료프는 생각을 해보다 일이 아직 다 끝난 게 아님을 깨달았다. 코를 찾기는 했지만 아직 부착을 하는, 제자리에 갖다 놓는 일이 남아 있었다.

"이게 붙지 않으면 어쩌지?"

자신에게 한 그 질문에 소령은 얼굴이 창백해졌다.

그는 설명할 수 없는 공포에 사로잡혀 얼른 책상으로 가서 거울을 가까이 잡아당겼다. 코를 삐뚜로 붙이는 것은 피해야 했다. 손이 떨렸다. 조심스럽고 신중하게 원래 있던 자리에 코를 가져다 댔다. 오, 무시무시해라! 코는 붙지 않았다…. 그는 코를 입으로 가져

27

가 입김으로 약간 덥힌 다음 다시 두 뺨 사이의 매끈한 자리에 가져갔다. 그러나 코는 그 자리에 그대로 있으려 하지 않았다.

"어라, 어서, 어서, 이 바보야!" 그는 코에게 계속 말했다. 그러나 코는 나무로 만든 것처럼 코르크 같은 이상한 소리를 내며 책상 위에 떨어졌다. 소령의 얼굴이 경련을 일으키며 뒤틀렸다. "정말 자리를 잡지 않겠다는 건가?" 그가 두려움에 젖어 말했다. 하지만 몇 번이나 제자리에 맞추려고 해도 그 노력은 전과 마찬가지로 성공을 거두지 못했다.

그는 이반을 불러 같은 건물 2층에서 가장 좋은 집을 차지하고 있는 의사를 불러오게 했다. 의사는 외모가 훌륭한 남자였다. 칠흑 같은 구레나룻을 아름답게 길렀고, 생기 넘치고 건강한 부인이 있었으며, 아침에 일어나자마자 싱싱한 사과를 먹었고, 입을 늘 특별히 청결하게 관리하여 매일 아침 거의 45분 동안 헹구고 다섯 종류의 작은 칫솔로 닦았다. 의사는 바로 왔다. 그는 이런 불운이 생긴 지 얼마나 되었느냐고 묻더니 턱을 잡아 코발료프의 얼굴을 들어 올리고 엄지손가락으로 코가 있던 바로 그 자리를 쳤다. 그 바람에 소령의 머리가 뒤로 갑자기 심하게 젖혀졌고 뒤통수가 벽에 찧었다. 의사는 그건 괜찮다고 하면서 벽에서 약간 떨어지면 좋겠다고 말한 뒤 처음에는 머리를 오른쪽으로 기울이라고 말하고 코가 있던 자리를 만져본 뒤 "흠!" 하고 말했다. 이어 머리를 왼쪽으로 기울이라고 말하고 나서 "흠!" 하고 말했다. 마지막으로 의사는 다시 엄지손가락으로 그를 쳤고 코발료프 소령은 이빨 검사를 당하는 말처럼 머리가 뒤로 확 젖혀졌다. 의사는 이런 검사를 하고

작가는 어떻게 읽는가

난 뒤 고개를 저으며 말했다. "아니, 할 수 없습니다. 그냥 이렇게
계시는 게 낫습니다. 아니면 상황이 더 심각해질지도 몰라요. 물론
붙일 수는 있습니다. 굳이 말하자면 당장이라도 해드릴 수 있습니
다. 하지만 장담컨대 그렇게 하면 소령님은 더 나빠질 겁니다."

　"나는 그게 좋소! 내가 코 없이 어떻게 산단 말이오?" 코발료프
가 말했다. "지금보다 나쁠 리가 없소. 이건 그냥 지옥 같소! 이런
언어도단의 상태로 어디에 내 모습을 보여줄 수 있단 말이오? 나
는 사교계에 아는 사람들이 있소. 자, 오늘 저녁에도, 이제, 두 집에
서 열리는 파티에서 나를 기다릴 거요. 나는 많은 사람을 알지. 5등
관 부인 체흐타료바, 영관급 장교 부인 폿토치나… 그 여자가 나한
테 한 짓 때문에 이제 나는 경찰을 통하는 것 말고는 그 여자와 아
무런 교류를 하지 않으려 하지만. 간절히 부탁하오." 코발료프는
애원했다. "방법이 전혀 없소? 어떻게든 붙여주시오, 아주 잘 붙이
지 않아도 됩니다. 그냥 붙어 있게만 해주시오. 긴급 상황에서는
내 손으로 받치고 있을 수도 있소. 게다가 나는 춤을 추지 않소. 그
러니 부주의한 움직임으로 코를 상하게 할 일도 없소. 선생이 왕진
을 오신 데 사례하는 문제에 관해서는, 약속하거니와 내 경제력이
허락하…"

　"믿으실지 모르겠지만." 의사는 크지도 작지도 않지만 대단히
설득력 있고 사람을 끄는 목소리로 말했다. "나는 절대 사리사욕
에 따라 사람을 치료하지 않습니다. 그것은 나의 원칙과 소명에 어
긋나는 일입니다. 물론 왕진료를 받기는 하지만 단지 내가 거절하
면 불쾌할까 봐 받는 것일 뿐입니다. 물론 소령님 코를 붙일 수 있

습니다. 하지만 내 명예를 걸고 장담하는데, 내 말을 듣지 않으면 상황이 훨씬 심각해질 겁니다. 차라리 자연에 맡기세요. 그 자리를 찬물로 더 자주 씻으면 장담하거니와 코 없이도 코가 있는 것만큼 건강할 겁니다. 코 자체는 알코올을 넣은 단지에 담가두라고 권하고 싶군요. 더 좋은 건 단지에 강수強水 두 숟가락과 데운 식초를 넣는 거지요. 그러면 그걸로 돈을 꽤 벌 수도 있습니다. 너무 비싸게만 부르지 않으면 내가 사겠습니다."

"아니, 아니! 얼마를 줘도 팔지 않을 거요!" 코발료프 소령은 절망에 빠져 소리쳤다. "차라리 불태워 버리겠소!"

"그럼 이만!" 의사는 고개를 숙였다. "나도 도움이 좀 되고 싶었습니다…. 괜찮습니다! 그래도 소령님이 내 선의는 보셨으니." 의사는 이 말을 하고 나서 위엄 있게 방을 나갔다. 코발료프는 그의 얼굴을 보지도 않았다. 멍한 상태에서 오직 의사의 검은 연미복 소매 밖으로 튀어나온 눈처럼 흰 셔츠 소매만 눈에 들어왔다.

바로 다음 날 그는 경찰에 고발하기에 앞서 폿토치나 부인에게 다툼 없이 자신의 소유인 것을 원상 회복시켜 달라고 요청하는 편지를 보냈다. 그 내용은 다음과 같다.

친애하는 알렉산드라* 그리고르예브나 부인,
나는 부인의 이상한 행동을 이해하지 못합니다. 이런 식으로 행

*   소설의 앞부분에서 그녀의 이름은 '펠라게야'라고 나온다—편집자, 1992(원주).

작가는 어떻게 읽는가

동해서는 아무것도 얻지 못합니다. 물론 억지로 나를 부인의 따님과 결혼시킬 수도 없습니다. 분명히 말하는데 나는 내 코 사건을 잘 알고 있습니다. 부인이, 다름 아닌 부인이 그와 관련된 핵심 인물이라는 사실도 마찬가지입니다. 그것이 제자리를 갑자기 떠나고 도망을 다니고 처음에는 어느 관리로 또 마침내 자기 자신의 형태로 위장한 것은 부인이나 부인처럼 그런 고상하지 못한 음모에 참여하는 사람들이 건 주술의 결과입니다. 위에 말한 코가 오늘 바로 제자리로 돌아오지 않으면 나로서는 법의 방어와 보호에 의지할 수밖에 없다는 점을 미리 경고하는 것이 나의 의무라고 생각합니다.

> 그리하여 모든 존경심으로 명예롭게도
> 부인의 순종하는 종으로 남게 될
> 플라톤 코발료프

친애하는 플라톤 쿠즈미치 소령님,
소령님의 편지를 보고 정말 놀랐습니다. 솔직히 고백하거니와 이런 것은 전혀 예상치 못했습니다. 특히 부당한 책망은 말입니다. 나는 소령님이 말씀하시는 그 관리를 변장한 상태로든 실제 모습으로든 우리 집에 들인 적이 없다는 점을 꼭 알려드리고 싶습니다. 필립 이바노비치 포탄치코프가 나를 찾아왔던 것은 맞습니다. 그가 사실 내 딸과 결혼하기를 원하고, 또 그가 훌륭하고 건실한 행동거지와 훌륭한 학식을 보여주는 사람인 것도 맞지만 한 번도 그 사람이 희망을 가질 만한 표시를 한 적은 없어요. 소령님은 코 이야기도 하셨죠. 만일 그 말이 내가 소령님의 코를 어긋나게 하기를 원했다는 뜻, 즉 소령님에게 공식적인 거절 의사를 표시하려 했다는 뜻이라면, 소령님이 그런 말씀을 하시는 게 나로서는 놀랍습니다. 나는 소령님도 알다시피 정반대 의견이었습니다. 만일 지금이라도 내 딸에게 적법한 방법으로 청혼한다면 나는 즉시 화답할 준비가 되어 있습니다. 그것이 늘 내가 가장 강렬하게 바라는 바였기 때문입니다.

늘 소령님께 도움이 되기를 바라며,

알렉산드라 폿토치나

32

"그래." 코발료프는 편지를 읽은 뒤에 말했다. "부인은 분명히 죄가 없어. 불가능해! 죄를 지은 사람은 절대 이런 식으로 편지를 쓸 수 없어." 8등관은 캅카스에서 일하는 동안 여러 번 파견을 나가 사건 심리에 참여했기 때문에 이런 일의 전문가였다. "그런데 어떻게, 도대체 어떻게 이런 일이 일어날 수 있는 거지? 악마만이 알 수 있는 일이야." 그는 마침내 완전히 의기소침해져서 말했다.

한편 이 기이한 사건에 관한 소문이 수도 전체에 퍼졌고, 이런 일에는 늘 그렇듯이 특별한 이야기가 추가되기도 했다. 이 무렵 모든 사람의 마음은 기이한 것들로 특히 기울고 있었다. 얼마 전에는 온 도시가 최면의 효과를 알아보는 실험에 관심을 보였다. 더욱이 코뉴셴나야 거리에서 춤을 춘다는 의자 이야기는 아직도 기억에 생생했으며, 따라서 곧 사람들이 8등관 코발료프의 코가 3시 정각에 넵스키 대로를 따라 산책을 한다는 이야기를 시작했지만 아무도 놀라지 않았다. 호기심을 느끼는 사람들 무리가 매일 그곳에 나타났다. 어떤 사람은 코가 융커 당원*의 가게에 나타났다고 말했다. 그러자 융커의 가게 밖에 엄청난 인파가 모여 혼잡이 빚어졌고 경찰이 개입할 수밖에 없었다. 구레나룻을 기른 품위 있는 외모를 가진 어떤 사람은 극장 입구에서 여러 종류의 마른 페이스트리를 팔다가 이 기회에 돈을 벌고자 튼튼하고 훌륭한 나무 벤치를 특별히 만들어 호기심을 느끼는 사람들을 그 위에 한 번 올라서게 해주고 80코페이카씩 받았다. 한 퇴역 대령은 애써 평소보다 일찍 집을 나서서 아주 힘겹게 군중을 뚫고 다가갔지만 가게 창문을 통해 코 대신 평범한 양모 속옷, 그리고 짧은 콧수염을 기르고 옷깃 달린 조끼를 차려입은 멋쟁이가 나무 뒤에서 스타킹을 매만지는 젊은 여자를 훔쳐보는 모습을 그린 석판 인쇄물을 보고는 크게 분개했다. 심지어 똑같은 자리에 10년 이상 걸려 있던 그림이었다. 그는 자리를 뜨며 분통을 터뜨렸다. "어떻게 그런 멍청하고 있을 법하지 않은 소문으로 사람들을 혼란에 빠뜨릴 수가 있어?" 이어 코발료프 소령의 코가 산책을 나서는 곳은 넵스키 대로가 아니라 타우리다 공원이며, 거기에 아주 오래전부터 코가 있었고 호스레프미르자가 거기에 살 때도 이 자연의 이상한 기형에 몹시 놀랐다는 소문이 돌았다. 외과 학교의 학생 몇 명이 그곳으로 갔다. 한 품위

---

* 19세기 중엽 프로이센 귀족.

있는 귀족 부인이 공원 관리인에게 특별히 편지를 보내 자기 자녀들에게 이 진귀한 현상을 보여주고, 가능하다면 어린이들에게 교훈과 가르침을 줄 수 있는 설명도 덧붙여 달라고 요청했다.

　사교계 단골인 도시의 남자들은 여인들을 재미있게 해주는 걸 좋아했으나 이 무렵에는 화제가 바닥이 난 상태라 이런 사태 진전을 특히 반겼다. 소수에 불과하지만 선의를 가진 품위 있는 사람들은 극히 불쾌하게 생각했다. 한 신사는 분개하여 이런 계몽된 시대에 그런 몰상식한 이야기가 퍼지는 것을 이해할 수가 없고 정부가 여기에 관심을 기울이지 않는 것이 놀랍다고 말했다. 이 신사는 아마도 모든 일, 심지어 일상적인 부부 싸움에도 정부를 끌어들이는 사람이었을 것이다. 그 뒤로… 그러나 여기에서 이 사건 전체가 안개에 싸이고, 그 뒤에 무슨 일이 일어났는지는 전혀 알려지지 않았다.

3

　이 세상에는 정말 터무니없는 일들이 일어난다. 그런 일에는 아무런 이유도 조리도 없는 경우도 있다. 5등관 행세를 하고 돌아다니며 도시에 그렇게 풍파를 일으키던 바로 그 코가 마치 아무 일도 없던 것처럼 갑자기 제자리에, 즉 코발료프 소령의 두 뺨 사이에 붙어 있게 된 것도 그렇다. 4월 7일의 일이었다. 그는 잠에서 깨 우연히 거울을 보다가 보았다. 자기 코를! 그는 손으로 그것을 잡았다. 진짜로 자기 코였다! "아하!" 코발료프가 말했고, 기뻐서 맨발로 방을 돌아다니며 춤을 출 뻔했지만 이반이 들어오는 바람에 멈

_34_

추었다. 그는 이반에게 씻을 물을 들여오라고 이르고 씻으면서 다시 거울을 보았다. 자신의 코! 수건으로 물기를 닦아내다 다시 거울을 흘끗 보았다. 자신의 코!

"이거 보게, 이반, 내 코에 여드름이 난 것 같은데." 그는 이렇게 말하는 한편 속으로 생각했다. '만일 이반이 이렇게 말한다면 얼마나 끔찍할까. '뭐야, 아닙니다, 어르신, 여드름이 없을 뿐 아니라 코 자체가 사라졌습니다!''

그러나 이반은 말했다. "아무것도 없는데요, 어르신. 여드름은 없습니다. 어르신 코는 말짱한데요!"

"좋았어, 젠장!" 소령은 혼잣말을 하며 손가락을 튕겨 딱 소리를 냈다. 그 순간 이발사 이반 야코블레비치가 문 안쪽을 들여다보았는데 방금 돼지기름을 훔치다 채찍을 맞은 고양이처럼 소심한 태도였다.

"우선 말해주게, 두 손은 깨끗한가?" 코발료프는 그가 다가오기 전에 소리쳤다.

"깨끗합니다."

"거짓말을 하는군."

"맹세할 수 있습니다, 소령님."

"글쎄, 두고 보지."

코발료프는 앉았다. 이반 야코블레비치는 그에게 냅킨을 두르고 곧바로 면도용 솔의 도움을 받아 그의 턱과 뺨 일부를 상인의 영명 축일*에 나오는 크림 요리처럼 만들어놓았다. "허, 나는 절대!" 이반 야코블레비치는 혼잣말을 하며 그의 코를 흘끗 보고 다른 편으로 고개를 기울여 옆에서도 코를 보았다. "저걸 봐! 그냥 저걸 이해하려고 해보란 말이야." 그는 계속 중얼거리며 그의 코를 잘 살폈다. 마침내 살며시, 상상할 수 있는 가장 조심스러운 손길로 두 손가락을 들어 올려 코끝을 잡았다. 그게 이반 야코블레비치의 방법이었다.

"자, 자, 자, 그거 조심해!" 코발료프가 소리쳤다. 이반 야코블레비치는 평생 그렇게 정신이 멍하고 혼란스러운 적이 없어 손을 내리고 말았다. 마침내 그는 면도날로 턱 밑을 조심스럽게 간지럽히기 시작했고, 얼굴에서 후각을 담당하는 부분을 쥐지 않고 면도를 하기란 그에게 전혀 편치 않은 어려운 일이었지만, 어찌어찌해서 거친 엄지를 뺨과 아래턱에 갖다 대고 마침내 모든 난관을 극복하여 면도를 마쳤다.

모든 준비가 끝나자 코발료프는 서둘러 옷을 입고 마차를 불러 바로 다방으로 갔다. 그는 가게에 완전히 발을 들여놓기도 전에 소리쳤다. "여기, 초콜릿 한 잔!" 그런 뒤 바로 거울로 갔다. 코가 제자리에 있었다. 그는 명랑하게 주위를 둘러보았고 한쪽 눈을 약간 찌푸리고 비꼬는 듯한 표정으로 두 군인을 보았는데, 그중 한 명의 코는 겨우 조끼 단추만 했다. 그 뒤에 그는 부지사 또는 그게 안 될 경우 조달관 자리라도 얻고자 노력하고 있던 부처의 사무실로 출발했다. 안내 구역을 지날 때 거울을 흘끗 보았다. 코는 제자리에

*   기독교 신자가 자기 세례명과 같은 성인의 이름이 붙은 축일을 축하하는 날.

작가는 어떻게 읽는가

있었다. 그다음에는 다른 8등관, 즉 소령을 찾아갔는데 그는 농담을 아주 즐기는 사람이었으며 코발료프는 그의 조롱 섞인 온갖 말에 대한 응답으로 자주 이렇게 말하곤 했다. "오, 집어치우쇼, 내가 당신을 알지, 당신은 농담꾼이잖아." 가는 길에 그는 생각했다. '그 소령이 나를 보고 웃음을 터뜨리지 않으면 모든 게 제자리에 있다는 분명한 표시야.' 8등관은 웃음을 터뜨리지 않았다. '잘됐어, 잘됐어, 젠장!' 코발료프는 생각했다. 그는 거리에서 딸과 함께 있는 영관급 장교의 아내 폿토치나 부인을 만나 그들에게 고개를 숙였으며 기쁜 탄성으로 환영을 받았다. 그러므로 모든 것이 괜찮았고, 그의 어떤 부분도 사라지지 않았다. 그는 그들과 아주 오래 이야기를 하며 일부러 코담배 상자를 꺼내 바로 그들 앞에서 아주 오랫동안 코의 양쪽 입구에 담배를 계속 쑤셔 넣으며 혼잣말을 했다. '됐네요, 이 여자들아, 이 멍청한 암탉들! 어쨌든 이 딸과는 결혼하지 않을 거야. 그것 말고 다른 거라면 뭐든 좋지, 애인par amour, 아무렴.' 그 시간부터 코발료프 소령은 아무 일도 없던 것처럼 넵스키 대로와 극장 등 모든 곳을 산책하며 돌아다니기 시작했다. 그의 코역시 아무 일 없던 것처럼 얼굴에 머물렀고 땡땡이를 쳤다는 표시가 나타난 적은 없었다. 그 뒤로 코발료프 소령은 늘 기분이 좋아 싱글거리고 예쁜 여자를 보면 반드시 따라다니는 모습이 늘 눈에 띄었다. 한번은 심지어 고스티니 드보르 거리의 작은 가게 앞에 멈추어 웬 훈장에 다는 리본을 사는 모습이 눈에 띄기도 했다. 이유야 아무도 몰랐다. 그는 어떤 등급의 훈장도 받은 적이 없었기 때문이다.

코

이것이 우리의 거대한 제국의 북쪽 수도에서 일어났던 일이다. 지금 와서 다시 생각해 보니 그 안에 있을 법하지 않은 일이 많다는 것을 알 수 있다. 코가 초자연적으로 분리되어 5등관으로 변장하고 여러 장소에 나타난 것은 정말로 이상한 일이라는 점은 말할 것도 없고, 신문사를 통해 코를 찾는 광고를 하는 사람은 없다는 사실을 코발료프가 깨닫지 못한 것은 어찌 된 일일까? 광고비가 내 눈에는 너무 비싸 보인다는 말을 하려는 것이 아니다. 그건 터무니없으며, 나는 돈에만 관심이 있는 그런 사람이 절대 아니다. 어쨌든 그런 광고는 부적절하고 당혹스럽고 좋지도 않다! 그리고 또 어떻게 그 코가 새로 구운 빵 속에 들어간 것이며, 이반 야코블레비치는 또 어떻게 된 걸까? …아니, 이건 내가 이해할 수 없는 일, 정말이지 이해할 수 없는 일이다. 그러나 이 모든 것 가운데 가장 이상한, 가장 이해가 되지 않는 일은 저자란 사람이 어떻게 이런 주제를 고를 수 있느냐 하는 것이다. 이것은 정말 생각도 할 수 없는 일임을 고백한다. 이건 정말이지… 그래, 그래, 나는 도무지 이해할 수 없다. 우선 그 안에는 조국을 위해 도움이 되는 것이 전혀 없다. 둘째로… 어쨌든 둘째로도, 역시 도움이 되는 건 전혀 없다. 나는 정말이지 이걸 어떻게 이해해야 할지 모르겠다….

그러나 그 모든 것에도 불구하고 물론 우리는 이런 것과 저런 것을 가정할 수 있다. 또 다른, 어쩌면 심지어…. 그리고 사실 부조화가 없는 곳이 어디 있는가? 어쨌든 그래도 생각해 보면 이 모든 이야기 속에는 뭔가가 있다. 누가 뭐라 하든 이런 일이 이 세상에서 벌어진다. 드물기는 하지만 벌어지기는 한다.

진실로 들어가는 문은 이상함일 수도 있다

〈코〉에 관한 생각

우리는 소설에서 진실, '실제적인 것'이 하는 역할에 관해 이야기하고 있었다. 우리는 어떤 이야기가 진실로 들리는 방식으로 세상을 참조하면 독자를 끌어들인다고 말했다.

〈주인과 하인〉에서 톨스토이가 내게 "바람은 왼쪽에서 불어와 무호르티의 늘씬한 목 갈기를 집요하게 한쪽으로 밀어 넘기고 심지어 간단한 매듭으로 묶어 부풀어 오른 꼬리마저 옆으로 밀어냈다"라고 말할 때 나는 그 말이 보이고, 내 목으로 싸늘한 바람이 느껴지고, 심지어 손수 만든 얇은 러시아식 바지 밑으로 긴 의자의 차고 단단한 목재까지 느껴질 때도 있다.

따라서 이것은 이야기가 진실이 될 수 있는 하나의 방식이다.

또 하나가 있다. 이야기 속 '사건들의 연속체'가 진실하다는 느낌을 줄 수 있다. 어느 오만한 지주가 눈보라를 뚫고 가는 썰매의 고삐를 잡겠다고 고집하다 길을 잃고 농민을 탓한다. 나는 느낀다. '그렇지, 세상은 가끔 이렇게 돌아가지.' 여기에서 작동하는 '관찰의 근본적 정확성' 때문에 나는 작가를 신뢰하고 나도 이야기에 참여한다는 느낌을 받는다.

이것이 거칠게 말해서 '사실주의'의 핵심이다. 저 밖에 세계가 있고, 작가는 자신의 이야기를 그것과 닮게 만든다.

그러나 우리가 보고 있듯이 사실주의는 그렇게 사실적이지 않다. 우리가 지금까지 읽은 체호프, 투르게네프, 톨스토이의 이야기는 압축되고 과장되어 있으며, 그 안에서 미친 듯한 수준의 선별과 생략, 모양 잡기가 진행되고 있다. (올렌카만큼 자기희생적인 여자가 존재한 적이 있을까? 바실리처럼 한 가지 생각만 하는 주인은? 읍내에서 집까지 오는 짧은 여정에 마리야의 이야기만큼 압축된 드라마가 담길 수 있을까?)

한번은 우리 모두 대체로 진실이라고 동의하는 세계에 관한 일군의 것들을 묘사하는 데 '합의 현실consensus reality'이라는 말이 사용되는 것을 들은 적이 있다. 물은 파랗다, 새는 노래한다 등등. 물론 물은 단순히 파랗지 않고, 모든 새가 노래하지는 않으며, 어떤 새들이 하는 일을 '노래한다'라고 말하는 것은 실제로 그들이 하는 일의 근사치이고 또 제 가치를 인정하지 않는 것이지만 이런 합의한 관점에 동의하는 것은 자연스럽고 유용하다. 내가 "노래하는 새들이 넓고 파란 물 위를 낮게 스치듯 날고 있다"라고 말할 때 이 이미지는 저 아래 호수에서 벌어지는 일을 대략적으로 알고 싶을 경우에 유용하다. 내가 "조심해, 위에서 피아노가 네 머리로 떨어지려고 해" 하고 말할 때, 나무와 상아와 금속의 집합체를 '피아노'라고 부르고 당신 목 위에 있는 그것을 '머리'라고 부르고 저 높은 곳의 방향을 '위'라고 부른다는 사실은 당신이 늦지 않게 피아노를 피할 수 있게 해준다, 바라건대는.

사실주의는 합의 현실을 좋아하는 우리의 이런 태도를 이용한다. 사실주의 소설에서는 대체로 일들이 현실 세계에서 일어나는 대로 일어난다. 따라서 이 양식은 일반적으로 일어나는 일, 물리적으로 가능한 일에 한정된다.

그러나 합의 현실을 거부해도 이야기는 진실할 수 있다, 현실 세계에서는 일어나지 않고 절대 일어날 수도 없는 일들이 일어난다 해도.

만일 내가 당신에게 휴대전화, 장갑, 낙엽이 등장인물이고 이것들이 교외 주택의 진입로 앞 외바퀴 손수레 안에서 수다를 떠는 이야기를 써보라고 과제를 내준다면, 그렇게 써낸 이야기가 진실처럼 들릴 수 있을까? 있다. 그 이야기는 이야기 자체에 반응하는 방식에서, 자신의 전제에 대응하는 방식에서, 진전하는 방식에서 진실일 수 있고, 또 그 안에서 상황이 변하는 방식, 그 내적 논리의 윤곽, 그 요소들 사이의 관계에 의해 진실일 수 있다.

충분히 관심을 기울이면 사물이 가득한 그 외바퀴 손수레는 완전한 의미 체계가 되어 우리 세계에 관해 진실을 이야기할 수 있고, 아마 그 진실 가운데 일부는 더 관습적인 사실주의적 접근법을 통해서는 말하는 게 불가능했을 것이다. 그 체계는 최초 전제의 그럴듯함이나 명민함이 아니라 이야기가 그 전제에 **반응**하는 방식에 의해서, 즉 그것을 가지고 무엇을 하느냐에 의해서 의미를 갖게 된다.

작가가 이상한 사건을 도입하고 허구의 세계가 그 사건에 대응하게 만들 때 우리가 실제로 배우는 것은 '허구 세계의 심리 물리학'이라고 부를 만한 것이다. 거기에서 규칙은 무엇인가? 상황은 어떻게 진전하는가? 그런 이야기는 허구 세계의 심리 물리학이 우리 세계의 심리 물리학과 비슷하게 느껴지는 만큼 진실하고 본질적이라고 느껴진다.

이것이 우리를 〈코〉로 데려간다.

이반 야코블레비치는 아침으로 먹으려던 빵 덩이에서 코를 발견한다. "단단해!" 그는 우리가 참조한 번역본에서 소리친다. "딱딱해!" 리처드 피비어Richard Pevear와 라리사 볼로혼스키Larissa Volokhonsky의 번역본에서는 그렇게 외친다. 그는 "정신이 멍했"고 우리라도 그럴 것이다.

빵 속의 코는 최초로 벌어진 이상한 사건이다. 이제 우리는 허구의 세계(이 경우에는 이발사 이반과 그의 아내 프라스코뱌 오시포브나)가 이 사건에 어떻게 반응할지 보려고 기다린다. 여기가 이 이야기의 의미가 만들어지는 곳이다. 빵 속에 코가 있다는 사실이 아니라, 이발사 부부가 그에 대한 반응으로 하는 일에서 의미가 만들어진다. 한 덩이의 빵 속에 코가 나타날 수 있는 세계는 우리의 세계가 아니지만 그 나름으로 하나의 세계이며, 따라서 그 세계에는 규칙이 있을 터이고 우리는 그게 뭔지 보려고 기다린다.

프라스코뱌 오시포브나는 정신이 멍하지 않으며 빵 속에 코가 어떻게 들어가게 되었는지 정확하게 안다. 이발사 이반이 손님의 얼굴

　　　　　　　　　　작가는 어떻게 읽는가

에서 잘라냈다.

순간적으로 우리는 이런 비난을 그대로 받아들인다. 얼굴에서 분리된 코 하나가 거기 있다. 그건 "익숙한" 코다. 이반은 이발사다. 그에게 혐의를 두는 사람은 다름 아닌 남자가 사랑하는 부인이다.

하지만 딱 맞아떨어지지는 않는다.

내가 이반이라면 이런 식으로 대꾸할 것이다. "여보, 잠깐, 생각 좀 해봐. 왜 내가 손님 코를 자르겠어? 또 만일 잘랐다면 왜 그걸 집으로 가져오겠어? 또 집으로 가져왔다면 왜 그걸 밀가루 반죽에 집어넣겠어? 생각해 보니 어젯밤에 집에 왔을 때는 아직 밀가루 반죽을 빚어 놓지도 않았네. 설사 집어넣었다 해도, 그랬다면 왜 당신이 거기에 그 코가 있는 걸 몰랐겠어? 오늘 아침에 반죽을 주무를 때 말이야."

이반은 이런 말은 하나도 하지 않는다. 그리고 그의 반응과 우리라면 했을 법한 반응 사이에서 고골의 세계가 만들어지기 시작한다. 이반이 하는 일은 바로 아내의 (왜곡된) 논리를 받아들이는 것이다(뭔가 끔찍한 일이 벌어지면 그것을 한 사람은 그가 틀림없다). 이윽고 이반은 그 코가 손님 코발료프의 것임을 알아본다. (나라면 떨어져 나온 코가 내가 일주일에 두 번 보는 사람의 코임을 알아볼 수 있을까? 가령 내가 다니는 체육관 접수대에 앉아 있는 남자의 코라면? 못 알아볼 거다. 코에 따라 다르긴 하겠지만, 아마도.)

자, 나는 엉성한 나무 의자를 그 쓰러질 듯한 19세기 러시아 탁자로 끌어당겨 앞에 빵 덩이 속의 코를 두고 이반과 프라스코뱌와 함께 거기 앉아 있는데, 이야기가 한 장을 넘어가기도 전에 나는 벌써 그들을 떠나고 있다. 두 사람은 이 일에 나오는 다른 방식으로 반응하고, 나는 지지할 수 없는 결론으로 비약하고, 나라면 묻고 싶을 질문은 하지 않는다. 가령 코발료프는 자기 코가 잘려 나가는 것을 알아차리고 어떤 느낌을 받지 않았을까? 코가 없어진 직후의 몇 시간 동안 코발료프는 무얼 했나? 만일 이반이 남의 코를 잘라 집으로 가져온 게 아니라면, 실제로 그러지는 않은 듯한데, 그렇다면 코가 어떻게 여기에 와 있게 된 걸까?

두 사람은 어떻게 해야 할까? 당신이라면 어떻게 하겠는가? 나 같으면 깊은숨을 쉬고 어떻게 이런 황당한 일이 벌어졌는지 파악하려 할 것이다("프라스코뱌, 내가 집에 올 때 취했나? 집에 들어오자마자 뭘 했지? 면도날에 피가 묻어 있는지 확인하러 갑시다"). 내가 무고하다는 결론을 내린다면 코발료프를 찾아가 코를 돌려주고 나는 당신의 코가 사라진 일과 아무런 관계가 없다고 설명할 것이다.

그러나 이 순간 이반의 충동은 이런 식으로 표현된다. "이걸 구석에 둘게⋯거기 좀 놔두자고. 나중에 내가 치울 테니까." 반면 프라스코뱌는 그걸 당장 집에서 없애고 싶어 한다. 따라서 그들은 그런 비합리적인 회피(코를 없애버리기)를 하느냐 마느냐가 아니라 언제 하느냐를 두고 다툰다.

프라스코뱌는 이반이 범인이라고 가정하고 이반 역시 동의한다. 하지만 그가 무슨 죄를 지었나? 그는 "경찰이 그가 가지고 있는 코를 찾아내 그에게 책임을 물을 수도 있다"고 걱정한다. 무슨 책임? 우리는 그가 아무런 잘못을 하지 않았다는 사실을 알고 있고 그도 알아야 마땅하다. 그리고 애초에 경찰이 거기 그 집에 있는 코를 '찾아내'는 게 어떻게 가능한가? 따라서, 그들은 우리가 느끼기에는 엉뚱한 일

작가는 어떻게 읽는가

로 걱정하는 거다. 어떤 사람이 코를 잃어버린 것 때문이 아니라 그 일로 책임을 질지도 모른다는 것 때문에.

그래서 이반은 '증거 없애기'가 목표일 때 내가 할 만한 일이다 싶은 일을 한다. 그는 코를 걸레에 싸서 "어딘가에 있는 뭔가 밑에…쑤셔 넣"거나 "어쩌다 떨어뜨린 듯 슬쩍 버리고 골목길로 접어"든다든가 할 계획이다. 그러나 계속 아는 사람을 만나는 바람에 적당한 타이밍을 잡을 수가 없다. 여기에는 뭔가… 어긋난 것이 있다. 예를 들어 내가 뉴욕시티에 있고 체육관 남자의 코를 걸레에 싸 들고 있다면, 아무리 많은 지인과 부딪힌다 해도 그걸 없앨 방법을 찾을 수는 있을 것이다. 예컨대 고전적인 방법으로 아래로 던진 다음 걷어찬다든가 아니면 스타벅스 바깥에서 쓰레기통을 찾아낸다든가 하는 식으로. 사실 그건 걸레에 싸여 있으니 쓰레기처럼 보일 거다. 이반이 코를 버리기 위해서 갖추어야 한다고 요구하는 조건에는 지나치게 엄격한 뭔가가 있다. 그는 약간 편집증적이다.

마침내 그는 코를 버리는 데 성공하지만 경찰관이 즉시 보고 다시 주우라고 명령한다. (이로써 이반의 편집증은 정당화된다. 이 세계는 정말 그 정도로 감시가 삼엄하다.)

그러자 이반은 코를 성이삭 다리로 가져가 강에 던진다. 그곳에서 두 번째 경찰관이 다가와 말을 건다. 코를 강에 던졌기 때문이 아니라 고골이 만든 이야기 속에서 다리에 서 있었다는 죄 때문에.

이야기 전체와 마찬가지로 이 장면에는 우리가 '다중 적재 괴상함 증후군'이라고 부를 만한 것이 스며들어 있다. 첫 번째 괴상함, 코가 빵 덩이 속에서 나타난다. 두 번째 수준의 괴상함, 부부가 빵 속 코의 존재에 비합리적으로 반응한다. 세 번째 수준의 괴상함, 부부는 비합리적으로 반응했기 때문에 이상한 대응책을 내놓는다(코를 버리는 것). 네 번째 수준의 괴상함, 이반은 그 계획을 엉터리로 이행한다. 그가 너무 불안한 마음으로 그 일에 접근하고 또 그가 바깥에서 발견하는 세계가 그를 향한 작고 고약한 적대로 굴절되어 있기 때문이다. 그곳에는 아는 사람들이 쉴 새 없이 오가고 거리에는 경찰이 많다. 적어도 두 페이지에 두 명은 있다.

또 한 가지 수준의 괴상함이 더 있는데, 이 이야기가 서술되는 방식과 관련된 괴상함이다.

4페이지에서 이반이 다리에 서 있는 동안 우리는 잠시 멈추고 곁가지로 들어간다. 서술자는, 그의 고백에 따르면 "이반…에 관해서 아무 이야기도 하지 않"았는데, "그는 많은 면에서 품위 있는 남자"다. 그러나 이런 곁가지는 우리가 이반의 품위를 믿는 데 별 도움이 되지 않는다. 서술자는 이반이 술꾼이고 옷도 형편없고 손에서는 악취가 난다고 말한다. 또 이반은 "냉소주의자"라는 말도 듣는데, 그 증거로 코발료프가 이반의 손에서 악취가 난다고 하자 합리적인 질문("왜 거기서 악취가 나겠어요?")으로 대꾸한다는 점을 제시한다. 이반은 보복으로 "그의 뺨과 코 밑, 귀 뒤, 턱 아래"에 거품을 칠한다. 대체로 이발사가 면도를 하려면 거품을 칠해야 하는 모든 곳이다.

따라서 이 곁가지는 정색을 하고 권위의 외양을 쓰고 있지만 (이반과 마찬가지로) 처음 하려던 일을 하지 못하는 듯이 보인다. 우리는 곁가지가 끝난 뒤에도 이반이라는 사람에 관해서 별로 알게 된 게 없으며, 우리가 알게 된 정보는 이반이 품위 있는 사람이라는 서술자의 주장을 훼손한다. 마치 서술자가 자신의 논제를 잘못 듣고 거꾸로 뒤집힌 멍청한 논리 체계를 이용하여 증명에 나선 것 같다.

따라서 우리는 고골의 우주만 어긋난 게 아니라 그의 서술자도 어긋나 있다고 의심하게 된다.

체호프나 톨스토이와 비교해서 고골의 산문은 약간 투박하고 우아함이 부족하고 산만하다. 또 이상하게 부정확하며 이반과 프라스코뱌처럼 묘한 결론에 이른다. 이야기의 첫 문단에서 서술자는 이반의 성이 "사라졌다"고 진술한다. 다시 말해 서술자가 모른다는 것이다. 이어 그의 성은 바깥의 간판"에도" 적혀 있지 않다고 지적한다. 그러나 이 둘은 연결된 사실들이 아니다. 서술자는 이반의 성을 기록하지 못하지만, 이반은 자신의 성을 아마 알 것이다. 그가 간판에서 성을 생략한 것은 자기 성을 몰라서가 아니다. 프라스코뱌 오시포브나는 "꽤 품위 있"다고 묘사되지만 어떤 사람이 "꽤" 품위 있다는 것은 무슨 뜻인가?(꽤 품위 있는 것과 가령 **완전히** 품위 있는 것은 무슨 차이가 있는가?) 우리가 이 부부의 대화가 비논리적으로 흐른다고 느껴도 서술자는 절대 끼어들어서 자신도 그렇게 느낀다고 우리를 안심시켜 주지 않는다. ("'이런 짐승, 코는 어디서 자른 거야?' 그녀가 분개해서 소리쳤다. 이때 그녀는 그 일이 불가능하다는 사실을 무시하고 있었다. 만일 이반이 코를 잘랐다면 손님이 틀림없이 항의했을 것이기 때문이다.")

〈코〉의 서술은 스카즈skaz라고 부르는 특수한 러시아 형태의 신뢰할 수 없는 일인칭 서술이라는 사실이 드러난다. 한 배우가 자신이 맡은 인물에 어울리게 이야기를 한다고 상상해 보라. 그런데 그 인물은… 옳지 않다. 문학평론가 빅토르 비노그라도프Viktor Vinogradov에 따르면 그 인물은 "수준 이하의 말이 선명한 특징"이다. 또 다른 평론가 로버트 매과이어Robert Maguire에 따르면 고골의 스카즈 서술자는 "정보가 많고 관찰력이 뛰어난 사람으로 간주되기를 바라지만 자신의 감정에 관해 웅변적이고 설득력 있는 방식으로 말하기는커녕 정규 교육도 거의 받지 못했고 논리를 전개시키는 방법도 모른다. 그는 산만하게 이야기하다 곁가지를 치는 경향이 있고 사소한 것과 중요한 것을 구별하지 못한다". 작가이자 번역가인 발비노쿠르Val Vinokur는 그 결과로 나오는 이야기가 "부적절한 서사적 강조"와 "그릇된 가정"으로 왜곡된다고(우리는 이미 눈치채고 있었다) 덧붙인다. 매과이어가 말하는 대로 서술자의 "의욕이 상식을 앞선다".

따라서 〈코〉는 우아하지 않은 글이 아니다. 위대한 작가가 우아하지 않은 작가가 쓰는 글을 쓰고 있는 것이다. (그뿐만이 아니다. 위대한 작가가 우아하지 않은 작가가 **절단된 코**가 어쩌다 **빵 덩이**에 들어가 있는 세계에 관해 쓰는 글을 쓰고 있는 것이다.)

우리의 서술자는 뻣뻣하지만 부정확한 문학적 형식의 영향을 받고 있다. 그는 현학적이고 우월감을 느끼면서 자신의 지능과 매력을 과대평가하고 있다. 한쪽 팔을 우리 어깨에 걸치고 입에서 이상한 냄새를 풍기면서 우리에게, 자기처럼 교양 있는 사람들에게 자기와 함께 자신의 (저급한) 인물들을 내려다보자고 (투박하게, 과장되게, 기본적인 실수를 저지르면서) 초대한다("친구들, 저 아래 있는 저 멍청한 인간들, 당신이나 나와는 완전히 다른 저 인간들을 잘 봐"). 그 결과 우리는 서술자를 삐딱하게 보면서("이 작자 **도대체 누구야?**") 그의 서술을 불신하기 시작한다. 서술자는 자신이 다른 이야기들에서 보았던 문학적 수법을 구사하고자 하지만 제대로 실행하지 못하고(앞서 살펴본 실패한 곁가지처럼) 자신이 서술하는 이상한 일에 대한 놀라움을 적절하게 기록하지 못하며, 그래서 서술자는 자신이 묘사하는 이상한 시스템 위에 자리 잡고 그것을 심판하고 있다고 생각하지만 사실은 그 시스템에 말려들고 만다. 그가 이렇게 높이 올라가려고 시도하는 목적은 그 세상의 이반들과 프라스코뱌들의 윗자리를 유지하려는 데 있다. 그러나 그럴 능력이 없기 때문에 우리 손에 잡혀 끌려 내려와 그들 옆에, 또는 심지어 아래에 자리 잡게 된다. 그는 분명히 고골이 아니라 고골의 창조물, 이야기의 또 하나의 인물로서 자신의 산문 스타일을 통해 무의식적으로 자신이 스스로 생각하는 것만큼 중요하거나 똑똑하지 않다는 사실을 드러내고 마는 관리다.

따라서, 이반은 어긋나고 프라스코뱌도 어긋나고 또 이제는 우리의 서술자도 어긋나 있는 것처럼 보인다.

하지만 알다시피 어느 누가 어긋나 있지 않겠는가?

스카즈 전통(이 미국판을 우리는 마크 트웨인, 존 케네디 툴, 또 미니 펄을 연기하는 세라 캐넌, 보랏을 연기하는 사샤 배런 코언, 드와이트 슈루트를 연기하는 레인 윌슨에게서 볼 수 있다[*])은 사심 없고

---

[*] 미니 펄, 보랏, 드와이트 슈루트는 각각의 배우가 연기하는 가상의 캐릭터 이름이다.

객관적인 전지적 삼인칭 서술자가 현실 세계 어딘가에 존재한다는 관념에 도전한다. 그런 인물이 존재하는 척하는 것은 재미있으며, 작가들은 그런 개념을 아름답게 이용해 왔지만(특히 체호프, 투르게네프, 톨스토이), 고골은 그들이 그렇게 하면서 진실을 어느 정도 희생하는 대가를 치렀다고 주장한다. 모든 이야기는 누군가가 서술하며, 모든 사람에게는 관점이 있기 때문에 모든 이야기는 잘못 서술된다(주관적으로 서술된다).

모든 서술은 잘못된 서술이니, 고골은 말한다, 기쁜 마음으로 잘못 서술하자.

마치 상대성 이론의 산문판 같다. 고정되고 객관적이고 '정확한' 관점은 존재하지 않는다. 균형 잡히지 않은 서술자가 균형 잡히지 않은 목소리로 균형 잡히지 않은 인물들의 행동을 묘사한다.

바꿔 말하면, 삶과 같다.

시러큐스 시절 나의 교수였던 더글러스 엉거Douglas Unger는 세상 사람들이 소통하는 방식에 대한 모델을 하나 제시했다.

더글러스는 이렇게 주장했다. 두 사람이 대화할 때 각각의 머리 위에는 만화처럼 말풍선이 있고, 그 안에는 각자의 개인적 희망, 투사, 공포, 기존의 걱정 등이 있다. A가 말하고 B는 들으며 대답할 차례를 기다리고 있다. 하지만 A가 하고 있는 말은 B의 말풍선 안으로 들어가 난도질당한다.

예를 들어 B의 말풍선이 죄책감으로 가득하다고 해보자. 생신날 어머니에게 전화하는 것을 잊은 일로 오빠한테 야단맞는 문자를 받왔기 때문이다. A가 "난 다음 주에 연설을 해야 해" 하고 말하자 B는 오빠가 방금 남긴 무례한 문자를 생각하며 (자신의 말풍선으로부터) 대답한다. "사람들은 아주 가혹해질 수 있어." A는 다가올 연설에 대한 불안으로 말풍선이 가득한 터라 B의 대답을 "정말 그래, 그래서 너는 아마 연설을 망칠 거야" 하는 뜻으로 듣고 얼굴을 찌푸린다. 그러자 B는 생각한다. '오, 대단하네. A는 내가 자기 어머니 생일도 잊어버리는 얼간이라는 걸 알고 나한테 얼굴을 찌푸리고 있어.'*

우리 마음으로 만드는 세계 외에 세계는 없으며, 마음의 성향이 우리가 보는 세계의 유형을 결정한다.

아주 작은 랜치 하우스에 살면서 잔디가 죽어간다는 사실에 집착하는 여자가 베르사유에 가면 주로 잔디에 감명을 받는다.

결혼을 잘못해 공처가로 사는 남자는 연극을 보러 가서 자기 아내가 맥베스 부인과 아주 비슷하다는 사실에 압도당한다.

그런 게 삶이다.

아니, 고골은 사실 이렇게 말한다. 그런 것이야말로 삶이다.

어떤 이야기가 떠오른다. 할리우드의 부유한 에이전트가 모는 페라리가 로스앤젤레스 외곽 사막에서 고장 난다. 끔찍하다. 그날 늦게 그의 인생에서 가장 큰 회의가 잡혀 있기 때문이다. 전화는 먹통이다. 사람은 보이지 않는다. 하지만 잠깐. 저 멀리 차 한 대가 다가온다. 가까워지자 픽업트럭이라는 것을 알 수 있다. 낡고 다 망가진 픽

---

* 2장 끝부분에 소개된 코발료프와 폿토치나 부인의 편지 교환이 이런 종류의 어긋난 소통의 좋은 예다(원주).

업트럭이다. 농부들이 모는 그런 트럭. 오, 하느님, 보수적인 농부들. 그들은 그와 같은 사람(페라리, 근사한 정장, 잔뜩 바른 헤어 제품)을 보면 돈더미 위에서 뒹굴면서 진짜 일, 그러니까 가령 농장 일이나 이글거리는 해를 받으며 나가 소와 씨름하는 일 같은 건 하지 않는다고 여긴다. 불량한 부잣집 도련님, 그 돈을 다 벌어 무엇에 쓰나? 입을 나불거려 사람들에게 억지로 일을 시키면서! 이런 가짜가 있나! '맙소사, 이런 운도 있나.' 에이전트는 생각한다. 그를 도우러 나타날 수도 있었을 세상 모든 사람 가운데 하필이면 이런 사람이 나타나다니. 저 멍청한 촌놈이 그의 삶에 관해 무엇을 알 것이며, 이 모든 세월 그가 얼마나 열심히 일했는지 어떻게 알까? 잭이든 클렘이든 어떤 다른 이름이든 저 촌놈은 아마 농사일을 하는 늙은 아내와 멋지고 안정적인 결혼 생활을 하고 있을 것이다. 반면 지닌은 지난달 그가 에이전트 일에 너무 오랜 시간을 소모한다고 떠났고, 이제 그는 귀여운 렉스는 거의 보지 못하고….

트럭이 멈춘다.

"태워드릴까?" 친절한 농부가 말한다.

"꺼져 씨발!" 에이전트가 소리친다.

나는 생각한다, 고로 나는 잘못되고, 그 뒤에 나는 말하며, 나와 마찬가지로 잘못 생각하고 있는 누군가에게 나의 잘못이 가닿고, 그렇게 잘못 생각하는 우리 둘이 있는 셈인데, 우리는 인간이기 때문에 행동 없이 생각만 하는 것은 견딜 수 없고, 그래서 행동을 하니 상황은 더 나빠진다.

당신이 나처럼 "사람들이 일반적으로 이렇게 착한데 왜 세상은 이렇게 개판일까?" 하는 의문을 품은 적이 있다면 고골이 답을 가지고 있다. 우리 각자의 머릿속에서는 기운차고 독특한 스카즈 회로가 돌아가고 있는데, 우리는 이를 '단지 나의 의견'이 아니라 '분명히 세상의 실제 모습'이라고 자신 있게 믿는다.

지상의 삶의 드라마는 이게 전부다. 머릿속에서 스카즈 회로가 돌아가고 있는 사람1이 밖으로 나서고, 머릿속에서 스카즈 회로가 돌아가고 있는 사람2를 만난다. 둘 다 자신을 우주의 중심으로 보고 스스로를 대단하게 생각하기 때문에 즉시 모든 것을 약간 오해한다. 그들은 소통하려 하지만 그런 쪽에는 능력이 없다.

그 뒤로 아주 우스운 일이 이어진다.

이반은 빵에서 코를 발견하고, 이를 두고 엉터리 추론을 하여 (효과적이지 않고 방향도 잘못된) 행동에 뛰어든다. 도시 건너편에서 코발료프는 코 없이 잠을 깨고, 거기에 이상하게 반응하여(겁에 질리기보다는 화를 내며 코가 사라진 "멍청한 방식"에 이의를 제기하고 코 대신에 "뭐라도 있으면" 좋겠다고 생각한다) 마찬가지로 행동에 뛰어들었다가 자신의 코와 마주친다. 코는 우리가 지난번에 보았을 때는 빵 속에 들어갈 만큼 작았지만 지금은 사람 크기다.

이것은 그냥 적기만 해도 재미있는 문장이다. 왜 그럴까?

그 답에 고골의 천재성의 중요한 측면이 담겨 있다.

코발료프가 자신의 반항적인 코를 처음 본 상황을 우리의 번역가(메리 스트루브Mary Struve)는 이런 식으로 표현한다. "그게 자기 코라는 것을 알아보았을 때 코발료프가 얼마나 공포에 젖고 동시에 놀랐을지 상상해 보라!" 페이버와 볼로혼스키의 번역은 이렇다. "그가 자신의 코라는 것을 알아보았을 때 코발료프의 놀라움만이 아니라 공포는 어떠했는지!" '그게' 무엇일까? '그'가 누구일까? 코발료프는 정확히 무엇을 **보고** 있는가? 코에게… 코가 있나? 코에게 얼굴이 있나? 설령 그렇다 해도 코의 얼굴은 묘사되지 않는다. 그러나 "그게 자기 코라는 것을 알아보았"다는 자신만만한 진술 때문에 우리의 정신은 여기에 코, 플라토닉한 코, 강요를 받는다 해도 우리가 그릴 수는 없는 코를 집어넣는다.

그런데 그것이 집 안으로 빠르게 들어간다.

몇 분이 흐르고 코가 다시 나왔을 때 코발료프가 이게(사람? 코?) 자기 코라고 생각하는 이유에 관한 질문에 추가로 답을 하려는 시도는 없다. 우리는 '그'가 "금빛 자수가 박힌 제복에 커다란 깃을 바짝 세우고 암사슴 가죽으로 만든 반바지를 입었"고 "깃털이 달린 모자로 보아 5등관의 지위를 가졌다고 추론할 수 있었다"는 것을 알 수 있다(초점은 새로운 형태나 크기에 있는 게 아니라 코의 지위 변화에 있다).

이는 이런 사건이 실제로 일어났다면, 우리가 거기에 있었다면 답할 수 있었을 질문을 피해 가기 위해 사용된 '부적절한 서사적 강조'다. 코는 얼굴이 있거나 없다. 가끔 모자를 쓰고 팔다리가 달렸으며 인간만 한 크기로 묘사되지만 텍스트 다른 곳에서는 코가 "미간을 약간 찌푸렸다"는 것, 즉 얼굴이 있다는 것을 알게 된다. 코에 얼굴이 있다면 그 얼굴은 눈과 입 등을 어디에서 얻었을까? 그건 누구 걸까? 누구를 닮았을까? 아니면 그냥 큰 코에 찡그린 눈썹만 달린 걸까?

작가는 어떻게 읽는가

우리는 코가 얼굴 없는 코인 동시에 얼굴 있는 코라고 결론을 내릴 수밖에 없다. 아니, 정확히 말하자면 순간순간 구문이 요구하는 바에 따라 둘 다 아니거나 둘 다이다.

여기서 재미있는 점은 언어가 자신의 진짜 정체가 무엇인지 인정하는 나라에서 잠시 시간을 보낼 수 있다는 것이다. 즉 언어는 한계가 있는 소통 체계로, 일상생활에서 사용하는 데는 적합하지만 더 높은 수준의 사용 영역에서는 불안정하다. 언어는 자신이 말할 권리가 있는 것 이상을 말하는 것처럼 보일 수도 있다. 우리는 언어를 이용하여 실제로 존재하는 것 또는 심지어 존재할 가능성이 있는 것과도 아무런 관계가 없는 문장을 만들어낼 수 있다.

"책상은 팔을 긁어야겠다고 생각했지만 자신에게 팔이 없고 다리 하나가 다른 다리들보다 짧다는 사실을 기억하고는 얼굴을 약간 붉혔다." 내가 이렇게 쓴다면 이 책상의 의인화는 일차원적 난센스다. 그러나 이게 다가 아니다. 책상은 홍조가 사라지자 자신이 비준하고 있는 엠블럼으로, 또는 자신과 나란히 놓여 있던 자유-보조개로, 또는 완강한 작은 운명-머핀을 뒤집어씌울 수밖에 없는 캐나다로 돌아갈 수 있다. 이 가운데 하나라도 당신의 마음에 떠오르는가? 나한테는 떠오른다, 어느 정도는. 운명-머핀이 몇 개나 있을까? 그게 정확히 얼마나 '작고' 그것을 어디에서 찾았을까? 그 옆에 놓인 자유-보조개 근처에서? 운명-머핀은 오직 일부만 마음이 만든 것이지만 이제 먹을 수도 있고, '감정이입 포트'로 던질 수도 있고, 혹은 원통형 뉴어크시市 문서로 용도가 바뀌어 주디가 상급-비행 고양이 권한을 찢으면서 그것을 느슨하게 확인할 수도 있다.

이 모든 것이 지금, 말하자면, 있다는 게 무슨 의미일까? 존재하지 않고 절대 존재할 수도 없는 세계들을 언어가 만들 수 있다는 의미다. 고골을 읽다 보면 이것이 우리 마음이 늘 하는 일이라는 생각이 들기도 한다. 딱히 존재하지는 않는 세계를 말로 만드는 것. 언어는 의미에 가깝게 다가가려 하지만 때로는 목적에서 벗어나 제멋대로 굴며 우리를 기만하기도 하는데, 이는 의도적이기도 하고(어떤 계획이 있는 사람이 우리가 행동을 하도록 언어를 비튼다) 의도적이지 않기도 하다(우리는 어떤 생각을 염두에 두고 진지한 주장을 구축하면서 우리 생각이 진실처럼 보일 언어를 찾는데, 그 생각이 너무 마음에 든 나머지 언어라는 얇은 직물을 너무 넓게 펼쳐서 우리 주장의 진실하지 않은 부분까지 덮어버린다는 사실을 의식하지 못한다).

언어는 대수代數와 마찬가지로 오직 일정한 한계 내에서만 유용하게 작동한다. 언어는 세계를 재현하기 위한 도구이지만 안타깝게도 우리는 언어를 세계 자체로 착각하는 쪽으로 넘어가버린다. 고골은 우스꽝스러운 세계를 만들지 않는다. 우리 자신이 우리의 생각으로 매 순간 우스꽝스러운 세계를 만들고 있음을 우리에게 보여줄 뿐이다.

위기 상황에서 친구가 자제력을 잃는 모습을 지켜본 사람처럼, 우리는 고골을 읽은 뒤에는 우리의 오랜 친구인 언어를 절대 다시는 전과 같이 보지 못할 수도 있다.

그것은 좋은 일이다. 진실에 근접하는 도구를 진실 그 자체로 착각하고 싶지 않을 테니까.

우리가 번역으로만 읽을 수 있는 작품의 언어에 관해 말하는 것은 좀 문제가 있다.

고골을 영어로 읽는 것과 러시아어로 읽는 것은 아마 사뭇 다를 것이다. 그는 러시아어로 더 웃기다. 소리와 관련된 우스개와 같은 모음 반복과 말장난이 있는데 그것은 영어로 옮길 수 없으며 따라서 이에 대해서는 더 할 이야기가 없다. 가르치는 일을 시작한 즈음에 시러큐스에서 동료 한 명을 내 수업에 초청해 번역의 까다로움에 관해 들려달라고 했다. 이야기는 멋졌지만 강좌 전체를 거의 침몰시키다시피 했다. 동료가 이야기를 끝내자 우리는 우리가 원문의 흐릿한 모방에 불과한 것을 읽고 있다는 사실을 깨달았다. 그녀는 고골의 다른 단편 걸작 〈외투〉의 한 대목을 인용하면서 우리가 놓치고 있는 소리와 관련된 우스개를 모두 보여주었다. 예를 들어 소설 앞부분에서 갓난아기의 이름을 지어야 하는 어머니는 여러 이름을 놓고 고르다 마침내 아기의 아버지 이름을 따르기로 하고, 그래서 아기를 아카키 아카키예비치라고 부르게 된다. 나의 동료는 이렇게 설명했다. 그 대목의 언어는 러시아어에서 배설물을 환기하는 일련의 소리를 포함하고 있고, 이는 아기의 이름을 말할 때 절정에 이른다. '카-카' 소리는 러시아어에서도 영어에서와 같은 연상 작용을 일으키기 때문에, '아카키 아카키예비치'는 러시아인의 귀에는, 특히 그전에 똥과 관련된 밑작업을 해놓은 터라, 영어로 하자면 가령 'Shit O'Shitvich'(또는 'Crap P. Poopton' 또는 'Dumpy Dumperton'* 얼마든지 할 수 있다)처럼 들린다. 그녀는 러시아 독자라면 내내 낄낄거리다 그 이름이 나왔을 때

* shit, crap, poop, dump 모두 똥을 가리키는 단어들이다.

폭소를 터뜨렸을 거라고 말했다.

어쨌든 그런 폭소가 우리의 반응은 아니었다고 말할 수 있다. 우리에게 그것은 그저, 우리의 가정으로는, 19세기 러시아에서 전통적으로 아기 이름을 짓는 이야기인데 다만 약간 균형이 잡히지 않은 것처럼 보였을 뿐이다.

그러나 번역으로 읽는 고골의 산문에서도 느낄 수 있는 즐거움 가운데 하나는 진짜 감정이 스카즈 필터의 왜곡을 통과하여 반대편으로, 여전히 진짜이지만 뒤틀린 채로 나오는 방식이다.

나는 어릴 때 이와 비슷한 이야기를 들었다. 어느 동네 파티에서 늦은 시간에 우리 부모의 한 친구는 술을 너무 많이 마셔서 누군가에게, 아무에게라도 세상이 자신에게 어떻게 보이는지(아름답고 불공정하고 자신이 놓친 감추어진 메시지로 가득하다) 전하고자 하는 갈망에 사로잡혀 나를 구석에 몰아넣고 일종의 시카고식 스카즈 공연을 했다. "너는 투지가 있지만, 내 말을 믿어, 씨발놈들이 너한테 씨발 짓을 할 거야. 따라서 너는 그놈들이 그런 쓰레기 같은 짓을 하려고 하는 순간 이걸 줘야 해." 그는 들어 올린 가운뎃손가락으로 찌르는 손짓을 했다.

모든 영혼은 광대하며 자신을 충분히 표현하고 싶어 한다. 영혼에게 적절한 도구가 허락되지 않으면(그리고 우리 모두 태어날 때는 그것이 허락되지 않으며, 어떤 사람들은 다른 사람들보다 더 허락되지 않는다)… 시詩가 튀어나온다. 즉, 진실이 제한된 출구로 뚫고 나온다.

사실 그게 시의 전부다. 뭔가 이상한 것, 그게 튀어나오는 것. 정상

　　　　　　　　　　　　작가는 어떻게 읽는가

적인 말, 그게 넘쳐흐르는 것. 세상을 제대로 다루려 시도하다 실패한 것. 시인은 언어의 담장에 자신을 던지고 거기에 부딪혀 튀어나옴으로써 언어가 불충분하다는 것을 증명한다. 시는 그 결과로 담장이 불룩 불거진 것이다. 고골의 기여는 작은 사람들이 사는 도시의 어느 곳에서 담장에 그렇게 자신을 던지는 공연을 한 것이다. 제대로 표현을 못 하고 식식대는 사람들, 이들의 언어는 임기응변에 능하지 않지만 이들은 여전히 큰 사람들(표현을 잘하고 교육을 받았으며 편안한 사람들)이 느끼는 모든 것을 느끼고 있다.

그 결과는 어색하고 웃기고 진실하며, 그런 (이상한) 사람이 이야기를 하는 분위기가 묻어난다.

글쓰기의 한 가지 모델은 우리가 우리 자신을 정확하게, 언어의 가장 높은 수준에서 표현하기 위해 위를 보고 노력하는 것이다(헨리 제임스를 생각해 보라). 또 하나의 모델은 결함이 있다 해도 우리의 타고난 표현 양식에 굴복하고 그 안에서 집중적인 노력을 통해 양식을 끌어올려, 말하자면 그 (비효율적인) 표현 형식을 시적으로 세련되게 만드는 것이다.

어느 기업인이 말한다. "일부가 느끼는 스트레스는, 우리가 그것이 무엇이라고 어떻게 보느냐 하는 맥락에서, 기업 측의 마크가 지난달 중요한 편지에서 아주 분명하게 전달했다고 우리 모두 기억하게 될 우리의 목표를 달성하거나 초과 달성하지 못했다는 것이다." 이 말은 시다. 옳지 않기 때문이다. 그 안에 진실한 진술이 있지만('우리는 실패했고 개판 났다') 그 옳지 않음에도 뭔가 진실이 있다. 그 옳지 않음의 특징이 우리에게 '우리는 실패했고 개판 났다'는 말로는 전달되지 않는, 말하는 사람과 그가 속한 문화에 관해 여러 가지를 말해준다.

따라서, 그것은 시다. 보너스 의미를 전달하는 기계다.

우리는 또 군데군데 고골의 스카즈 서술의 투박함이 갑자기 떨어져 나가고 산문이 아름답게 정리되는 부분에 주목할 수도 있다. 코발료프가 코를 찾았지만 제자리에 붙지 않는다는 걸 알게 된 뒤에 서술자는 말한다. "그러나 이 세상에는 오래 지속되는 것이 없으니 기쁨마저 다음 순간에는 첫 순간만큼 강렬하지 않다. 한순간이 또 지나면 더 약해져 마치 조약돌이 물에 떨어지며 만든 파문이 결국은 매끈한 수면에 합쳐지듯이 기쁨도 평소의 마음 상태에 어느새 합쳐져 버린다."

이 말에는 '수준 이하'인 부분이 없다.

따라서 고골이 이 소설에서 사용하는 스카즈의 형식은 진짜 폭이 넓다. 때로 위대한 작가가 서툰 작가가 쓰는 것을 쓰는 것이고, 때로는… 위대한 작가가 그냥 쓰는 것이다.

"고골은 이상한 사람이었다." 나보코프는 말한다. "하지만 천재는 늘 이상하다. 독자가 삶에 대한 생각을 멋지게 발전시켜 주는 지혜로운 오랜 친구로 여기며 감사해하는 작가는 건전한 이급 작가에 지나지 않는다." 톨스토이와 체호프도, 나보코프는 덧붙인다, "비합리적인 통찰을 보이는 순간"이 있고 여기에서 느닷없이 "초점 이동"이 나타나기도 하지만, 고골에게 "이러한 초점 이동은 그의 예술 기반 자체"다.

고골은 코에 집착했고 거머리와 벌레를 무서워했다. 그의 혀는 아마 그의 (긴) 코에 닿았을 것이다. 그의 학창 시절 별명? "수수께끼 난쟁이"였다. "그는 약골이었다." 나보코프는 전한다. "손은 더럽고 머리카락에는 기름이 흐르고 귀에서는 고름이 뚝뚝 떨어지는, 바들바들 떠는 쥐 같은 아이였다. 그는 끈적한 과자를 잔뜩 먹었다. 학교 친구들은 그가 보던 책에 손을 대려 하지 않았다." 그런 급우 가운데 한 명의 말에 따르면, 귀족 급우들은 고골을 경멸했다. V.I. 류비치 로마노비치라는 고골식 이름을 가진 급우는 어린 고골이 "아침에 얼굴과 손을 거의 씻지 않고, 늘 더러운 아마포와 때 묻은 옷을 걸치고 다녔다"고 말했다. 고골은 "조롱의 대상이 되지 않으려고" 교실 맨 뒷줄에 앉았다.

고골은 우크라이나 출신의 시골 사람이었고 약간 마마보이였으며 (이 감정은 상호적이었던 것으로 보이는데, 그의 어머니는 허황되게도 고골이 철로와 기선을 발명했다고 믿었다), 페테르부르크로 와서 만난 귀족적인 작가들에게 압도당했다.

"러시아 산문은 푸시킨과 레르몬토프의 작품에서 완벽한 편안함과 명료함을 얻었다." 리처드 피비어는 고골의 장편 소설 《죽은 혼》에 붙인 훌륭한 서문에서 말했다. "고골은 그들을 매우 존경했으며 맞먹으려는 시도조차 하지 않았다. 그는 다른 종류의 매체를 창조하는 일에 나섰다. 교육받은 사람의 자연스러운 말, 간결과 정확성이라는 '산문의 미덕'을 갖춘 우아한 말을 모방하는 것이 아니라 언뜻 보기에 그와 정반대 방향이었다."

안드레이 시냡스키Andrei Sinyavsky에 따르면* 고골은 그렇게 하기 위해 "우리가 하는 말이 아니라 반대로, 보통 방법으로는 말할 수 없는 상태에" 의지했다.

다음은 고골의 자기 평가다. "푸시킨은…나에게 나 이전의 다른 어떤 작가도 삶의 진부함을 그렇게 생생하게 재현하는 재능, 진부한 인간의 진부함을 아주 강력하게 묘사하는 재능을 보유한 적이 없다고 말해주었다. 그 묘사의 힘이 아주 강력하여 눈에 잘 띄지 않는 모든 작은 디테일이 모든 사람의 눈에 크게 번쩍일 정도라는 것이다. 그것이 나의 주요한 자질, 나에게만 속하는 자질, 사실 다른 어떤 작가도 소유하지 않은 자질이다."

"교육받은 사람의 자연스러운 말…을 모방하는 것"이 아닌 방식으로 어떻게 쓸 수 있을까? "보통 방법으로는 말할 수 없는 상태"를 어떻게 활용할 수 있을까? "진부한 인간의 진부함"을 묘사하는 데 어떻게 그렇게 유능할 수 있을까?

글쎄, 내부 작업을 의심해 볼 수도 있겠다. 어쩌면 고골은 바깥세상의 어떤 진부한 인간을 관찰하고 그 관찰을 글로 쓴 것이 아니라, 자기 내부에 존재하는 진부한 인간을 관찰하고 그것을 글로 썼는지도 모른다.

이렇게 말해보고 싶다. 그의 최고의 작업에서 고골은 동시에 두 사람이다. 표현을 잘 못하고 과장하는 촌스러운 서술자와 그 촌스러움을 건너다보고, 흉내 내는 방식으로 그를 이용하고 그 목소리를 숭고한 희극적 아름다움을 가진 것으로 미세 조정하는 세련된 취향을 가진 작가.

---

* 같은 서문에서 피비어가 번역하여 인용한 문장을 가져왔다(원주).

고골은 생애 마지막 10년 동안 자신을 둘로 나누는 이 재능을 잃어 버렸다. 또는 이렇게 말할 수도 있다. 진부한 인간이 그를 완전히 장악해 버렸다. 고골은 《죽은 혼》의 제2권을 쓰려다가 좌절하여 신비주의와 과장으로 방향을 틀었고, 이탈리아에서 러시아의 세련된 친구들에게 영적 조언으로 가득 찬 으스대는 편지를 보내는 바람에 친구들은 깜짝 놀랐고 이따금 모욕감을 느끼기도 했다. (고골은 한 편지에서 얼마 전에 죽은 아내 때문에 슬퍼하는 남자에게 이렇게 조언했다. "자네가 신사가 되도록 예수 그리스도가 도와주실 걸세. 자네는 교육받은 것으로 보나 기질로 보나 신사는 아니잖나. 자네 부인이 나를 통해 말하고 있네.") 이런 편지들이 《친구와의 서신 교환선》에 묶여 있는데, 도널드 팽어Donald Fanger는 이 책이 "매우, 종종 당혹스럽게 사적인 책"이며 "고골의 이전 걸작들의 특징인 아이러니 섞인 비판적 태도"가 전적으로 결여되어 있다고 말한다.

팽어는 말한다. "그는 자신의 최고 작품을 생산한 희극적 감각을 버리고(또는 그 감각으로부터 버림받고), 점점 자기 자신의 희화화된 모습으로 바뀌어간다."

"오 내 말을 믿어." 고골은 편지를 주고받는 사람에게 강권한다. "나 자신은 감히 그걸 믿지 않을 수가 없네."

이는 고골의 스카즈 서술자 입에서 나올 법한 말이지만 실제로 고골 자신이, 그것도 진지하게 쓴 것이다.

〈코〉에는 무언가 익숙하고 무시무시한 것이 있다. 어떤 사람이 귀중한 것을 잃고 그것을 찾아 나선다. 이런 악몽을 꾼 적이 없는 사람이 있을까? 우리는 무언가를 찾지만 찾을 수 없다. 꿈의 세계가 들고 일어나 우리를 좌절시키려 한다. 이런 꿈의 의미는 특정한 꿈의 세계가 도와주지 않는다는 그 느낌에 있다.

이제 '코발료프, 막 자신의 코를 만난 뒤 도움을 찾아 나서다'라고 부를 수도 있는 부분(13페이지에서 시작한다)을 개략적으로 살펴보자.

— 코발료프는 경찰서장 집으로 가지만 서장은 집에 없다.

— 코발료프는 신문사에 가지만 오해를 사고 좌절한다.

— 지구 경찰서 경위(경찰서장이 아니라)를 찾아가지만 기분만 상한다.

— 집에 가서 이 모든 일이 폿토치나 부인의 잘못이라고 추론하고, 그녀가 마녀라는 느낌을 받는다.

— 경찰관이 코를 가지고 온다.

— 코가 다시 붙지 않는다.

— 코발료프는 의사의 왕진을 받고, 의사는 원하면 코를 붙여줄 수 있지만 그렇게 하지 말라고 충고하면서 대신 코를 사려 한다.

— 코발료프는 폿토치나 부인에게 비난하는 편지를 쓰고, 부인은 답장에서 그의 말을 완전히 오해하고 있음을 보여준다.

여기에 나타나는 패턴은 대체로 이렇다. 코발료프는 무언가 합리적인 일을 하려 하지만 만족스러운 반응을 얻지 못한다.

그는 경찰서장을 간발의 차이로 놓치고, 신문사 사무직원에게 오해를 사고, 경위에게 기분이 상하고, 의사에게 잘못된 조언을 받는다. 그는 적당한 곳을 다 찾아가고 적당한 사람들에게 다 청원을 하고(대체로 우리가 할 법한 대로 한다), 사람들은 모두 완벽하게 정중하다(지구 경찰서 경위만 예외인데, 그가 코발료프보다 지위가 높다는 점을 고려하면 용인할 만한 범위 내에서 무례하다고 할 수 있다) 이 사람들은 모두 옳은 말을 하지만(걱정과 공감을 표시하고, 다정하고 호기심을 보이며, 돕고 싶어 하고, 적어도 기꺼이 돕는 것처럼 보인다) 도울 수가 없다. 그들은 그가 살고 있는 악몽을 (아직은) 겪고 있지 않기 때문이다. 이 악몽은 여러 형태를 띨 수 있다. 물론 코를 잃는 것일 수도 있지만, 팔이나 건강이나 생계나 아내나 자식이나 제정신을 잃는 것일 수도 있다. 세상은 언제든 우리에게 일어날 수 있는 악몽으로 가득하지만, 코발료프가 찾아가는 사람들은 바로 우리처럼 이런 사실을 믿지 않거나 적어도 **아직은** 믿지 않는다. 그들은 이런 악몽이 우리 모두에게 결국은 찾아올 (임박한, 불가피한) 악몽의 예시라기보다는 코발료프에게만 일어나는 (예외적이고, 기이하고, 당혹스러운) 악몽이라고 여긴다.

또한, 이건 그들의 일이 아니다. 그들 각각은 자신이 일부를 이루고 있는 시스템이 허락하거나 기대하는 행동의 테두리 안에서만 머물고 있다. 그 시스템(그들의 사회)은 정상적인 운용을 위해 설계되었다. 따라서 코발료프처럼 특별한 요구를 가진 사람은 돕지 못한다(마치 코발료프가 코가 아니라 여행 가방을 잃어버린 듯 그들의 반응은 이상하게 미지근하다).

따라서, 모든 것이 정상적으로 계속된다. 어떤 사람이 코를 잃어버리고, 몸이 불편한 걸인이 성당 앞에서 조롱을 당하고, 무고한 죄수가 차르 체제의 더러운 감옥에서 썩어가고, 부자가 화려한 무도회에서 춤을 추는 동안 아이들이 굶어도. 우리는 1835년 3월 25일에 허구의 페테르부르크에서 벌어지고 있었을 또 다른 언어도단인 일들을 수백 가지라도 나열할 수 있을 것이다. 또는 어느 날에나, 현실의 어느 도시에서나 계속 일어나고 있는 게 분명한 언어도단인 일들을. 그런 일을 해결하는 것은 합리적으로 기대할 수 있는 범위를 넘어설 것이며, 그러니 그렇게 계속될 수밖에 없다고 우리 모두 암묵적으로 동의하고 있다.

고골적인 꿈 세계의 도움이 되지 않는 상황의 정확한 특징을 판별하기 위해 코발료프의 상호 작용 가운데 한 가지(15~21페이지, 신문사 직원과의 소통)에만 초점을 맞추어보자.

코발료프는 (손수건으로 코가 사라진 부분을 감추고) 광고를 내고 싶다고 말한다. 그는 "내 코가 사라졌소" 하고 말하지 않고 약간 부끄러워하며/수줍어하며 "사기를 당했소" 하고 말한다. 사실 그는 자기 얼굴에 붙어 있던 코를 찾는 게 아니라 자신의 코가 지금 변신한 모습인(즉 자기 나름의 생각이 있는 코) '악당'을 찾고 있다. 그가 강조하는 것은 '내 코가 사라졌다'가 아니라 '내 코가 내 얼굴을 떠나 다른 사람, 나를 존중하지 않는 윗사람이 되어 기분이 상했고 따라서 그놈을 붙들어 버릇을 고칠 필요가 있다'는 것이다.

사무직원은 이름을 묻는다. 코발료프는 이름을 대려 하지 않는다. 사무직원은 상관하지 않는다(그렇다면 애초에 왜 물었을까?). 사무

작가는 어떻게 읽는가

직원은 코발료프를 오해하여 그가 달아난 농노를 찾고 있다고 생각한다(악몽에서와 마찬가지로 우리는 당면한 실제 문제로부터 계속 멀어진다). 그러나 사무직원은 부분적으로는 상황을 제대로 받아들인다. 어쨌든 코발료프는 오류를 그냥 받아들이고, 약간 수정한다. 도망자와 관련된 일인 건 맞다. 그렇지만 도망자가 코다. 사무직원은 이 설명을 잘못 듣고 그가 처한 상황에 대한 자신의 오해를 수정한다. "그 코프 씨가 선생님한테서 큰돈을 강탈했습니까?" 코발료프는 다시 정정한다. "내 코, 나 자신의 코가 어디론가 감쪽같이 사라졌소." 사무직원은 충격을 받지 않는다. 하지만 정보를 조금 더 원한다. "잘 이해가 안 되는데요." 그가 미지근하게 말한다.

코발료프가 코를 찾아야 하는 것은 뻔한 이유(그건 그의 코이고 그게 사라졌다) 때문이 아니다. 그 이유는 코는 없다는 걸 감추는 게 불가능한 신체 부위이고… 음, 알다시피 많은 저명한 사람들을 방문해야 하고, 그래서….

그는 사회적 사다리에서 자기보다 몇 단 아래인 이 사무직원이 이런 이유를 합리적 동기로 받아들일 것이라고 가정한다. 사무직원은 그 광고를 낼지 잠시 생각해 본 뒤에 신문의 평판을 보호해야 한다며 거절한다. 그런 터무니없는 내용은 실을 수 없다. 또, 사무직원은 말한다. 만약 코가 사라졌다면 코발료프는 의사한테 가야 한다. 그러나… **진짜로** 사라진 것은 아니지 않은가? 직원은 코발료프가 "명랑한 성격에 사람들 앞에서 농담하기를 좋아하는" 것처럼 보인다고 덧붙인다(낯선 사람들이 우글거리는 방에 들어가 코가 없다고 주장하는 것이 '명랑한 성격'을 가진 사람이 하는 '농담'일 수도 있다는 사무직원의 생각에서 고골의 독특한 면이 엿보인다).

이에 자극을 받은 코발료프가 얼굴에서 손수건을 뗀다. (이는 커다란 폭로다. 코발료프의 코가 진짜로 사라졌다는, 그가 자기 코가 사라졌다고 상상하는 미친 사람이 아니라는 외부 증거를 우리가 만나는 첫 순간이다.) 사무직원은 확인한다. "완전히 납작하네요, 번철에서 막 꺼낸 팬케이크처럼." 그러나 그는 경악하지 않는다. 심지어 놀라지도 않는다. 아니, 그렇게 관심을 보이지도 않는다(사라진 건 자기 코가 아니다). 직원은 광고를 실어보았자 코발료프에게 아무런 '도움'이 되지 않는다고 말한다. 사실일까? 코가 실제로 마차를 타고 계속 도시를 돌아다니고 있다면, 그런 광고는 누군가 인간 크기의 코를 보고 간단한 추론을 해본 뒤 코발료프에게 연락하여 어떤 진전이 이루어지는 계기가 될 수도 있다. 광고는 코발료프에게 잠재적으로 큰 '도움'이 될 수도 있다. (여기에서 우리는 고골이 우리를 어디까지 데려왔는지 확인한다. 우리는 아직도 우리가 찾는 게 무엇인지, 또는 알다시피 누구인지도 정확히 모르면서 코가 사람으로 바뀌었다는 현실을 받아들일 뿐 아니라 신문 광고가 코를 찾는 데 도움이 될지도 모른다는 생각을 받아들이고 광고 게재를 지지하는 주장을 지금 진지하게 펼치고 있다. 우리가 언어도단이라고 생각하는 것의 범위가 계속 좁아지고 있다.)

코발료프는 사무직원의 비논리적인 반응에 항의할까? 하지 않는다. 그는 "완전히 낙담했"고 예쁜 여배우의 이름을 보자 극장에 갈 생각을 한다. 이런 식으로 낙담과 한눈팔기의 원투 펀치를 통해 코발료프의 추적은 적어도 이 부분에서는 좌절된다.

왜 코발료프는 좌절할까? 무엇이 그를 좌절시킬까? 공감이 부족했기 때문은 아니다. ("그런 일이 선생님한테 일어나다니 정말 마음이 아픕니다." 사무직원은 이렇게 말하면서 코발료프가 가장 원하지만 취할 수 없는 것을 한 자밤 제공한다.) 고골 세계의 메커니즘 자체에 사람을 좌절하게 만드는 무언가가 있다. 기본적으로 의사소통이 제대로 이루어지지 않는다. 이러한 특징이 모든 것에, 심지어 이야기의 구조에, 심지어 이야기의 내적 논리에 스며들어 있다.

사무직원이 전혀 악의가 없는데 여전히 전혀 도움을 주지 못하는 상황은 더 슬프고, 가장 슬프다.

그리고 우리는 코발료프에 관해서 우리 모두에게도 해당하는 무언가를 배운다. 그는 빠르게(너무 빠르게) 제정신이 아닌 새로운 조건에 적응한다. 그의 분노에는 한계가 있다. 우리가 예상하는 것보다 빨리 자신의 무시무시한 새로운 상태를 받아들이고 계속 살아간다. 슬프고 짜증이 나지만 반항하지는 않는다. 그러면 예의가 아닐 것이다.

우리가 어디를 가든 사람들은 (대체로) 친절하고 진지하며 대략 우리가 믿는 것과 비슷한 것, 즉 책임감, 진실, 친절 등을 믿는 듯하다. 그럼에도 매일 밤 뉴스에는…. 또 역사책을 보면 모든 시대가…. 잔인한 일이 있다는 건 어딘가에서 그 일을 누군가가 저질렀다는 뜻이고, 타락과 절망의 이야기가 있다는 건 그게 누군가의 삶(바로 지금 누군가의 삶)이었다는 뜻이다.

개인적으로 나는 고전적인 할리우드 양식으로 악한 사람, 즉 낄낄대며 악을 향해 행복하게 미끄러져 내리는 사람이나 어떤 때 이른 환멸 때문에 모든 선함과 불구대천의 원수가 된 사람은 만난 적이 없다. 내가 세상에서 본 악의 대부분은, 내가 당하는 쪽이 된 못된 짓의 대부분은(이왕 말이 나온 김에, 내가 남에게 저지른 못된 짓의 대부분은) 선한 의도로 자기가 좋은 일을 하고 있다고 생각하는 사람들, 끝까지 예의를 지키고 타협을 하려 하고 약간 잘못된 인식을 가졌지만 열심히 일하는 합리적인 사람들이 저질렀다. 그들은 일을 끝까지 생각해 보는 성향이 아니거나 시간을 들여 그렇게 생각해 보지 않았고, 자신이 일부를 이루고 있는 신념 체계의 부정적 결과를 피할 수 있었거나 아니면 그 결과를 모르는 채로, 문화를 통해 자신에게 다가왔고 스스로 질문해 보지는 않은 편의에 그리고/또는 '상식' 개념에 굴복한다. 바꿔 말하면 고골의 소설에 나오는 사람들 같다. (여기에서 나는 큰 범죄자들, 괴물 같은 자존심을 가진 사람들, 과대망상 소유자들, 너무 큰 부나 명성이나 성공 때문에 현실과 차단된 사람들, 엄청나게 오만한 사람들, 날 때부터 권력에 굶주린 사람들, 소시오패스 그리고/또는 사이코패스는 젖혀두었다.)

현실적인 면을 생각할 때, 악(못된 짓, 억압, 태만)을 이해하고 싶다면 이런 죄를 저지르는 사람들이 죄를 저지르면서 늘 낄낄거리지는 않는다는 점을 인정해야 한다. 미소를 짓는 경우는 많지만 그것은 그들이 스스로 쓸모가 있고 장점이 많다고 생각하기 때문이다.

빅토르 클렘퍼러Victor Klemperer의 홀로코스트 시대 독일에 관한 회고록 《나는 증언할 것이다I Will Bear Witness》에서 그가 유대인이라는 이유로 대학에서 자리를 빼앗고, 가게에서 물건을 살 권리나 일자리나 집을 빼앗는 사람들은 예의 바르게, 심지어 사과하면서 그렇게 한

작가는 어떻게 읽는가

다. (이건 자신들의 생각이 아니다. 베를린에 있는 그 멍청이들로부터 내려온 지시다. 하지만 혼자서 달리 뭘 어떻게 하겠는가?) 그들은 클렘퍼러를 좋아하는 듯하고 그들은 반유대주의자가 아니지만, 동시에 그 순간 반반유대주의자도 아니다. 그들은 예의 바르고 창피해하면서도 기꺼이 움직이는 나치 기계의 부품이다.

클렘퍼러의 책에서 독일은 고골의 신문사와 공통점이 있다. 둘 다 골치 아픈 문제(사라진 코, 혐오스러운 정치적 의제)를 정중하게 좋은 의도를 가지고 맞이한다. 바로 일이 평소와 마찬가지로 돌아가기를 원하는 정중함이다.

데버라 아이젠베르크Deborah Eisenberg는 그레고어 폰레조리Gregor von Rezzori의 고전《반유대주의의 회고Memoirs of an Anti-Semite》에 관해 쓰면서 소수의 악한 사람이라도 "안전한 집의 창밖으로 구름 한 점 없는 하늘을 흘끔거리는 다른 많고 많은 사람의 수동적 지원"만 있으면 얼마든지 큰 피해를 줄 수 있다고 지적했다. 그녀는 계속해서 그런 수동적인 사람들이 저지르는 죄들을 나열한다. "부주의, 형편없는 논리, 일상적인 속물근성, 사회적 혹은 지적 무관심."

고골의 사무직원이 코발료프를 진심으로 돕는 것을 막는 장애물은 무엇일까? 그가 자기 내부에 굳건히 자리를 잡고 있다는 사실, 즉 그가 자신에게 속한 모든 것, 즉 자신의 관점과 습관과 관심, 또 자신이 지는 책임의 한계에 대한 이해 등을 지극히 선호하고 또 보호한다는 사실이다. 코발료프에게 일어나고 있는 일이 어떻게 그에게 진짜로 중요할 수 있을까, 그것은 그에게 일어나는 일이… 아닌데.

고골을 포함하여 이 책에서 우리가 읽고 있는 작가들 가운데 누구도 홀로코스트(또는 러시아 혁명 또는 스탈린 대숙청)의 잔혹성을 상상하지 못했겠지만, 내 생각에 고골은 그 잔혹성을 **이야기로 만들** 수 있었을 것이다. 그의 스타일이 그런 것들을 담을 수 있었을 것이기 때문이다. 휴가를 떠난 나치 지도자들을 찍은 테크니컬러 필름을 보면서 나는 그 모습이 완전히 고골적이라고 생각한다. 대량 학살자들이 수영복을 입은 흉한 몰골을 드러내고 춤을 추고 멍청한 짓을 하고 가끔 카메라를 의식하고, 자신들이 가진 나쁜 생각이 그들 자신에게는 좋아 보이고, 뒤틀린 스카즈 회로(기술관료적이고, 인종차별적이고, 이데올로기적으로 선동된)가 머릿속에서 돌아가고.

이쯤에서 한 가지 강조하겠다. 〈코〉는 앞뒤가 맞지 않는다.

여기에는 불가능한 사건들이 있다, 맞다. 이야기 안에 불가능한 사건이 있어도 되나? 물론이다. 가령 어떤 이야기에서 우리가 저녁 파티 자리에 있는데 주인의 머리가 갑자기 펑 튀어 나가 천장을 치고 그의 수프에 떨어진다고 해보자. 허용될까? 물론이다. 이 사건을 보고 독자는 어떤 기대를 품을까? 작가가 이 일에 주목했고, 이제 이야기가 주목하게 하리라는 것(식탁에 앉은 어느 누구도 주목하지 않으면 우리는 이러한 인식 결여를 작가 쪽의 과실, 즉 나쁜 글이라고 느낀다). 또 이야기의 나머지 부분이 이 사건을 고려할 거라는 가정이 생긴다(다른 사람의 머리가 펑 튀어 나가거나 주인이 그날 밤 수치심에 사로잡혀 흐느끼며 강박적으로 머리와 목 연결부를 확인한다거나). 즉, 앞서 말한 대로 어떤 불가능한 일이 일어나는 이야기의 의미는 그 일이 일어났다는 사실이 아니라(그 일은 결국 언어에 불과하

작가는 어떻게 읽는가

고, 이야기의 반대편에 있는 누군가가 만들어내는 것이다) 이야기가
그 불가능성에 반응하는 방식에 있다. 이것이 그 이야기가 자신이 믿
는 바를 우리에게 말하는 방식이다.

고골의 이야기에서는 어떤 불가능한 일이 일어날 때 두 가지 반응
이 나타난다. a. 아무도 주목하지 않는다. 또는 b. 사람들이 주목하지
만 오해하고 이어서 잘못 전달한다. 여기에는 서술자도 포함되는데,
그는 우리가 주목하는 이상한 일에 관해 계속 아무 말도 하지 않고,
상황을 잘못 해석하고, 앞뒤가 맞지 않는 설명을 하고, 자신이 서술
하는 일이 일어날 수도 있는 합리적인 방법을 제시하지 못한다.

소설을 읽어가면서 우리에게는 과정과 관련된 질문이 쌓여간다.

이반은 코를 강에 빠뜨리는데 몇 시간 뒤 코발료프는 코가 다방 근
처에서 제복을 입고 마차에서 내리는 모습을 본다. 코가 어떻게 강에
서 나왔을까? 사람 크기로 커진 시점은 강에 들어가기 전인가 후인
가? 단 몇 시간 만에 어떻게 마차를 탈 만큼 부자가 되었을까? 말을
배웠을까? 마차는 누가 몰까? 그 사람을 어떻게 고용했을까? 마부는
취업 면접을 보면서 자신을 고용할 수도 있는 사람이 코라는 사실을
눈치챘을까?

코는 "오래전에 어느 관리의 이름으로 만든 여권"('오래전'이라니
이상하다. 코는 코발료프에게서 불과 몇 시간 전에 떨어져 나왔기 때
문이다)을 이용해 리가로 가는 승합 마차에 올라타 도시를 떠나려고
한다. 왜 코는 도시를 떠나야 한다고 느꼈을까? 코발료프가 자기를
찾고 있다는 말을 들었을까? 들었다면 어떻게 들었을까? 코에 귀가
있나? 누가 이야기했을까? 누가 코에게 말을 걸까? 다른 사람들은

그걸 코로 인식할까? 경찰관은 코를 신사로 착각하다가 코라는 것을 깨닫고 체포한다. 그는 어떻게 그걸 "깨달을까?" 누가 귀띔을 할까? 그는 무슨 근거로 코를 체포할까? 그는 어떻게 그 코가 코발료프의 것이라는 결론에 이를까? 코가 자백을 하나? 아마도 코는 체포 당시에는 여전히 사람 크기였지만 어찌 된 일인지 종이에 싸여 코발료프에게 돌아오기 전에 다시 줄어들고 옷과 움직이는 능력과 말하는 능력도 잃어버렸다. 수갑을 찼을 때 줄어들었을까? 아니면 그 전에? 다시 코로 돌아간 원인은 무엇이었을까? 왜 경찰관은 여전히 이반을 "이 일에서 제일 큰 악당"이라며 의심할까? 그는 이반이 강에 이 코를 던지는 것을 보지 못했고, 보았다 해도 던진 코가 이 코라는 사실을 알 길이 없었을 텐데. 코는 즉시 하류로 헤엄치기 시작하여 물속에서 5등관으로 변신한 뒤 나중에 하류 어딘가에서 기어 나왔을 테니까.

기타 등등.

단지 이런 질문들에 답을 주고 있지 않는다는 말이 아니다. 이 질문 대부분에 답을 **할 수 없다**는 것, 이야기의 다른 장소에서 펼쳐진 공간적·시간적 사실들과 일치하는 답을 할 수가 없다는 것이다.

코발료프는 이 모든 의문을 아주 간단히 정리한다. "바로 어제까지만 해도 그의 얼굴에 붙어 있고 마차를 타지도 걷지도 못하던 코가, 그게 어떻게 제복을 입고 있을 수 있나?" 그는 이 이야기와 마찬가지로 답을 내놓지 못한다(부분적으로는 이야기가 제시한 '사실들'을 만족시킬 수 있는 답이 없기 때문이다).

워크숍에서 어떤 작품에 관해 이야기할 때 첫 번째로 제기되곤 하는 비판 가운데 하나는 말이 안 된다는 것이다. "겨울이라고 했는데 왜 거트루드가 수영복을 입고 수영장에 나가 있죠? 말이 안 됩니다." "래리가 외계인에게 방금 거세를 당했는데 그렇게 차분하다는 게 말이 된다고 생각하지 않습니다." 우리는 어떤 이야기의 의미를 부분적으로는 인과성을 따라가면서 이해하며, 이야기의 힘은 그 인과성이 진실하다는, 즉 내적 논리가 견고하다는 우리의 감각에서 나온다.

그런데 왜 우리는 〈코〉를 나쁜 글이라고 내쳐버리지 않을까?

한 가지 이유는… 그냥 그렇게 하지 않는다. 이 정교한 우스개, 어떤 논리적 의미를 만들어나가는 것처럼 보이지만 실제로는 그러지 않는 이야기는 워낙 잘 짜여 있어 소설을 읽는 우리의 마음을 속이고, 눈이 일련의 스냅 사진을 보고 연속된 동작이라고 믿는 것과 마찬가지로 일관성을 가정하게 만든다.

〈코〉는 똑같은 무늬가 찍힌 채 바닥에 특정한 모습으로 펼쳐져 있는 도기 조각들이라고 할 수도 있는데, 우리는 그 조각들을 보고 '꽃병, 깨졌음'이라고 생각하게 된다. 하지만 다시 맞추려고 하면 조각들이 들어맞지 않는다. 애초에 그 조각들은 하나의 일관성 있는 꽃병이었던 적이 없기 때문이다. 도공이 꽃병을 만들었다 깨뜨린 게 아니다. 조각을 한 무더기 만들어 깨진 꽃병처럼 펼쳐놓은 것이다.

하지만 더 높은 수준의 이유가 있다. 우리는 이 이야기의 이상한 논리가 오류의 결과라거나, 삐딱하고 안이하고 무작위적인 게 아니라 우주의 진짜 논리라고 느끼게 된다. 이것이 실제로 세상이 작동하는 방식이라고, 우리가 아주 분명하게 볼 수만 있다면.

가끔 삶은 우리가 '부조리하다'고 부르는 느낌을 준다. 어떤 것도 중요하지 않고, 모든 노력이 쓸데없고, 모든 게 제멋대로이고 삐딱하며, 긍정적 의도는 계속 좌절당한다. 이런 태도는 어둠이나 신랄함과 통하고, 마치 지혜처럼 느껴질 수도 있다. 하지만 우리는 삶이 부조리인 것처럼 살지는 않는다. 의미가 있고 말이 되는 것처럼 산다. 우리는 친절, 의리, 우정, 또 나아지려는 갈망에 의지하여 살고(또는 그렇게 살려고 노력하고) 다른 사람들의 최선을 믿는다. 우리는 인과성과 논리의 연속성을 가정한다. 그리고 살아가며 우리의 행동이 실제로 중요하다는 것, 아주 중요하다는 것을 발견한다. 우리는 좋은 부모가 될 수도 있고 나쁜 부모가 될 수도 있으며, 차를 안전하게 몰 수도 있고 미친 사람처럼 몰 수도 있다. 우리 정신이 깨끗하고 긍정적이고 맑다고 느낄 수도 있고, 오염되어 있고 부정적이라고 느낄 수도 있다. 야망을 품고 그것을 추구하는 것이 건강하게 느껴진다. 진지한 노력 없는 삶은 악몽이다(정상적인 삶에서 욕망이 사라지면 그것을 우울이라고 부른다). 우리는 어떤 존재 양식을 다른 양식보다 선호하고, 우리가 더 나은 방식이 무엇인지 결정하고 그것을 향해 나아갈 수 있다는 가정에 근거하여 산다.

그러나 삶이 완전히 부조리하다고 말하는 것이 부정확해 보이는 만큼이나 삶이 완전히 합리적이라고 말하는 것도 똑같이 부정확해 보인다. 잘 짠 계획이 어그러진다. 모든 일을 옳게 해내지만 벌을 받는다. 우리가 사랑하는 어떤 사람은 일찍 죽고, 우리 마음은 변하고, 우리는 부당하게 오해받고, 세상이 갑자기 우리를 적대하는 것처럼 보인다. 선반에 잔을 놓았는데 곧바로 떨어진다. 우리 집 개가 동네에서 가장 훌륭한 잔디밭에서 멈추더니 똥을 누고 그 집에서 상사가 걸어 나온다. 머리에 쓰레기만 든 사람들이 권력을 쥐고 덕이 있는 사람들은 부당하게 고난을 겪는다. 모든 것이 주어진 행복하고 운 좋은 사람들이 아무것도 주어지지 않은 슬프고 운 나쁜 사람들에게 긍정적인 태도를 가지라고 설교한다. '도움이 필요함'이라고 적힌 단추를 누르자 권투 글러브가 튀어나와 우리 얼굴을 치고 기계에서는 우스꽝스럽게 방귀 뀌는 소리가 나온다.

따라서, 삶은 대체로 합리적이지만 이따금 부조리가 분출한다.

혹은 이렇게 말할 수도 있다. 합리성에 대한 가정은 정상적인 조건에서는 유지되지만 압박을 받으면 해어져 버린다.

어떤 이야기들은 합리성이 압박을 받아 해어지는 과정을 보여준다(시베리아 강제 노동 수용소를 배경으로 한 《콜리마 이야기Kolyma Tales》, 여성 혐오적인 디스토피아를 배경으로 한 《시녀 이야기》 등). 〈코〉는 매 순간, 심지어 가장 정상적인 순간에도 합리성이 해어진다고 주장한다. 안정성과 풍요와 제정신과 건강이라는 일시적 축복에 정신이 팔려 우리가 눈치채지 못할 뿐이다.

고골은 가끔 부조리주의자로, 그의 작품은 우리가 의미 없는 세계에 살고 있음을 전달하려는 것으로 여겨진다. 그러나 나에게 고골은 최고의 리얼리스트이며, 그는 사물이 눈에 보이는 방식을 넘어 진짜로 존재하는 방식을 본다.

고골은 우리가 일상적 인식에 속고 있다고 말한다. 우리는 대체로 우리 행동이 중요하다고, 진지한 의사소통이 이루어지고 있다고, 우리가 진짜이고 지속적이고 우리 운명을 통제한다고 느낀다. 정상적인 상황에서 이런 인식들은 (대체로) 사실이다. 우리는 잠잠한 항구에서 튼튼한 배를 타고 있는 정신 멀쩡한 뱃사람들이다. 하지만 가끔 배경 막(이 비유적 항구에는 배경 막이 있다)이 떨어지고 그 너머가 보인다. 넓은 대양, 거대한 파도, 거친 바람. 우리는 어느새 그곳으로 나아간다. 곧 실제로는 우리가 통제하는 게 아니고, 우리가 우리의 덕성으로 구축한 멋지고 차분한 갑판에 안정되게 서 있는 일 잘하는 뱃사람이 아니라는 점이 분명해진다. 배가 요동치고, 갑판에는 얼음이 덮이고, 우리는 특수 헤드폰을 쓰고 있어 동료 뱃사람들이 외치는 소리가 왜곡되고, 특수 마이크는 우리가 응답하여 내지르는 소리를 왜곡한다. 이제 배는 침몰하고 있고 어떤 행동, 어떤 협력, 어떤 동정심이 요구된다. 우리는 동정심을 가지려 하고 정말로 그러고 싶지만, 우리가 품은 동정심은 소리를 왜곡하는 마이크를 통과하여 소리를 왜곡하는 헤드폰으로 수신되면서 어긋나버린다. 그것은 도움이 되지 않고 심지어 해를 줄 수도 있으며, 최악의 경우 있으나 없으나 아무런 차이가 없을 수도 있다.

고골은 일상생활에서 압박을 받으면 재난이 될 수도 있는 작은 소통 오류의 첫 번째 조짐을 듣는다. 코발료프가 성당에서 자신의 코에게 제대로 된 답변을 얻지 못하는 것처럼 보이는 장면은 아주 재미있지만, 이와 똑같은 종류의 소통 오류가 확대되면 혁명과 대량 학살과 정치적 격변과 절대 치유되지 않는 가족 내 참사(이혼이나 소외나 강렬한 원한)의 원인이 된다. 그리고 고골이 암시하듯이 사실 이런 오류는 모든 인간 고난의 핵심에, 즉 모든 인간 상호 작용에 따라붙는, 항상 뒤통수를 잡아당기는 불안과 불만족스러운 느낌의 핵심에 자리

작가는 어떻게 읽는가

잡고 있다.

고골에게는 영원한 뭔가가 있다. 그는 모든 시간과 장소에서 진실하다. 세상의 끝이 온다면 바로 이 순간으로부터, 우리가 이 (그리고 모든) 순간에 생각하는 방식으로부터 올 것이라고(올 수밖에 없다고) 그는 말할 것 같다. 더 큰 세계에서 작동하는 오해는 지금 우리 안에서 이미 작동하고 있다. 설사 우리가 조용한 방에 혼자 앉아 있다 해도.

그러나 고골의 주된 통화通貨가 즐거움이라는 사실을 인식하지 못한다면 우리는 태만한 것이다. 이 이야기에서 내가 제일 좋아하는 부분, 낡았다는 느낌도 아니고 새롭다는 느낌도 아니고 시간을 초월했다는 느낌이 드는 부분은 신문사 사무실 장면의 도입부로, 어찌 된 일인지 광고를 내려고 기다리는 사람들 무리가 마법처럼 자신이 광고하려는 것으로 바뀌어 갑자기 그 작은 사무실이 "취하지 않고 일하는 마부…열아홉 살 농노 아가씨…스프링 하나가 빠진 튼튼한 무개 사륜마차…열일곱 살 먹은 젊고 팔팔한 회색 점박이 말…모든 부속물을 갖춘 여름 별장"으로 가득 차는 때이다.

이런 장면이 고골을 위대하게 만든다. 그가 어찌 된 일인지 그렇게 하고 싶다고 느꼈다는 것, 그리고 이상하고 행복한 자신감으로 그렇게 했다는 것. 이야기의 사건에 핵심적이지 않고 그냥 재미 삼아 한 듯이 보이는 대목을 통과하면서 세상에 대한 호감이 까닭 없이 약간 늘어났다고 느끼는 것, 이것이 나에게는 고골의 핵심이다.

코

그렇다면 〈코〉의 '의미'는 무엇인가? 주요 인물은 어떤 변화를 겪는가? 이 이야기에서 일어난 일들이 어떻게 '모든 것을 영원히 바꾸'는가?

코발료프의 코가 그를 떠났다가 돌아온다. 코는 다시 붙으려 하지 않다가 변덕을 부린 듯 다시 붙는다. 코발료프는 이 끔찍한 시련에서 무엇을 배우는가? 아무것도. 주인공의 여정은 어떠한가? "나에게 중요하고 기적적인 일이 일어났는데, 나는 비록 가끔 약간 화가 난 건 사실이지만 내내 똑같은 상태를 유지했다."

코를 잃기 전의 코발료프는 누구인가? 바람둥이, 자기중심주의자, 아무 생각 없이 사회적 사다리를 오르려는 자, 저명인사의 이름을 팔고 다니는 자. 코의 부재와 기적적인 회복은 어떻게 그를 바꾸는가? 바꾸지 않는다. 코가 다시 얼굴로 돌아오고 난 뒤의 그는 누구인가? 똑같은 사람. 코가 회복되자마자 "코발료프 소령은 아무 일도 없던 것처럼…산책하며 돌아다니기 시작했다"라고 우리는 듣는다. "그의 코 역시 아무 일 없던 것처럼 얼굴에 머물렀"다. "모든 것이 괜찮았고, 그의 어떤 부분도 사라지지 않았다." (피비어와 볼로혼스키의 번역에서는 이렇다. "그는 전혀 손상을 입지 않았다.") 우리가 마지막으로 코발료프를 볼 때 그는 처음 보았을 때와 똑같은 일을 하고 있다. "웬 훈장에 다는 리본을 사"서 자신이 얻지도 못한 지위에 오른 척한다. "이유야 아무도 몰랐다. 그는 어떤 등급의 훈장도 받은 적이 없었기 때문이다."

우리는 여기에서 〈주인과 하인〉의 메아리를 탐지해 낼 수도 있다. 코발료프는 바실리와 마찬가지로 죽음을 미리 맛본다. 사람이 자기

작가는 어떻게 읽는가

가 원하는 것(담배 피우기, 코를 가지기)을 하는 기간은 짧고 그마저도 얼마든지 없애버릴 수 있다는 우주의 경고를 듣고 있는 셈이다.

그러나 코발료프는 바실리와 달리 암시를 눈치채지 못한다. 자신의 방식을 바꿀 필요가 있다는 생각은 전혀 떠오르지 않는다. 그저 가능한 한 빨리 예전 방식으로 돌아가고 싶을 뿐이다.

따라서 코발료프는 바보다. 그러나 동시에 그는 우리 가운데 누구일 수도 있다. 건강 검진에서 몇 가지 문제가 발견된다. 혹시 이게 그건가? 우리 생명이 갑자기 중요해 보이고 우리의 습관은 멍청해 보인다. 왜 골프를 그렇게 많이 칠까? 소중한 아내가 바로 저기 앉아 있는데 왜 늘 이메일에 매달릴까? 검진 결과가 나온다. 다 괜찮다. 마음은 긴장이 풀리고, 이전의 무감각 상태로 돌아가고, 우리는 다시 행복하고, 아내가 저기 앉아 지켜보는데 골프 시간을 예약하려고 이메일을 쓰러 달려간다.

코는 무엇을 나타낼까? 무엇을 원할까? 코는 애초에 왜 코발료프의 얼굴을 떠날까? 우리는 절대 알 수 없다. 초반에 우리는 코가 사라지는 것이 말하자면 일종의 파업, 코발료프의 피상성과 야망과 오만에 항의하는 파업이라고 느낄 수도 있다. 그러나 이런 생각은 유지될 수 없다. 코는 코발료프가 하는 어떤 일에 대한 반응으로 떠나는 것도 아니고, 그가 하기를 멈춘 어떤 일에 대한 반응으로 돌아오는 것도 아니다. 코발료프가 잘못을 교정한 데 만족하여 돌아오는 게 아니다. 코발료프는 코가 사라졌다고 해서 그것에 반응하여 달라진 점이 전혀 없기 때문이다. 코는 단지 경찰관이 **가져왔기** 때문에 돌아온다.

코발료프의 얼굴로 돌아가는 것도 단지… 음, 서사적으로는 아무런 이유가 없다. 고골처럼 이제 코도 마무리를 할 때가 되었다고 느꼈기 때문일 수는 있지만.

다른 한편으로 코발료프는 그렇게 바보가 아닐 수도 있다. "나는 아무런 이유 없이 코를 잃었고 코는 아무런 이유 없이 돌아왔다." 그는 말하는 듯하다. "내가 어떻게 살든 이런 재난은 일어날 것이다. 따라서, 나는 계속 적극적으로 나 자신이 되고, 내가 하는 일을 하고, 내가 한 번도 얻은 적이 없는 훈장을 수집하고 여자를 쫓아다니는 게 나을 듯하다." 세상은 그런 사람으로 가득하며 우리 자신이 그런 사람이다. 취미와 달콤한 일상 습관을 고수하고, 쓰기 위해 일찍 일어나고, 어떤 카페를 자주 찾고, 도자기 오리를 수집하고, 얼굴을 녹색과 노란색으로 칠하고 패커스* 시합에 가는 등 앞서 말한 가라앉는 배가 침몰하기 전에 잠깐 축제를 열려고 노력한다.

코(또는 '코')는 그것이(아니면 그가? '코'에게 음경이 있나?) 세상을 배회하는 짧은 시간 동안 잘 산다. 코발료프보다 잘 산다. 그는 단한 번의 아침 시간 동안 코발료프가 갈망한다고 여겨지는 것들을 얻었다. 승진, 위세, 권위, 거기에 마부가 딸린 마차. 코발료프보다 행복하고 자유로우며 더 주도적이고 늠름하다(로맨스 소설의 주인공처럼 "승합 마차를 타고 리가로 떠나려는 참"에 체포된다).

코는 코발료프의 최고의 부위, 알랑거리지 않는 부위, 자신만만한 부위, 코발료프가 중독되어 있던 관습을 벗어버리고 새롭게 생각하

---

* 미국 NFL 풋볼 팀.

작가는 어떻게 읽는가

고 살면서, 알다시피, 대륙으로 급히 떠날 수 있는 부위다. 코는 현대 생활의 속박과 마찰을 일으키는 내적인 야생 정신이고, 코는 심지어 (음경 이야기가 나왔으니 하는 말인데) 일부 비평가에게는 음경이지만(그것을 잃자 코발료프는 남자다움을 잃고 로맨틱한 탐욕의 삶을 이어갈 수 없다), 이 이야기의 아름다움은 이 모든 것을 거친 뒤에도, 또는 이 모든 것에도 불구하고, 또는 이 모든 것을 다 떠나 코는 여전히… 코라는 것이다. 여러 종류의 코. 진짜 코이자 비유적 코. 이야기가 요구하는 바에 반응하여 계속 변하는 코. 코는 우리가 잃어버린 본질적인 것을 찾아서 떠나야 하는 길을 보게 해주는 도구다. 코는 고골이 그의 광적인 기쁨의 춤을 추는 수단이다. 하지만 또한 그것은 코다. 심지어 여드름도 있다.

　작가는 이런 이야기에서 어떻게 빠져나오는가?
　3장의 서두에서 코는 코발료프의 얼굴로 돌아온 것처럼 보인다. 코발료프는 이를 자축하기 위해 넵스키 거리로 나가고, 도시에서 코와 함께 좋은 날을 마무리하기 위해 받지도 않은 훈장에 매달 리본을 산다. 여기에는 마무리 짓는 느낌이 있다("그는 어떤 등급의 훈장도 받은 적이 없기 때문이다"에서 이야기를 끝낼 수도 있다). 이는 '어떤 사람이 코를 잃었는데 다시 찾았고, 그 사건은 그를 바꾸지 않았다' 같은 이야기를 하는 것처럼 보일 수 있을 것이다. 그러나 이 지점에서 이야기를 끝내는 것에는 무언가 불만족스러운 느낌이 있는데, 내 생각에 이는 우리의 TICHN 수레에 내내 들어 있던 작은 요소, 우리가 앞서 다루었던 요소와 관련이 있다. 바로 이 이야기 과정 전체에 걸쳐 우리가 인내심 있게 견디어왔던 비합리성이다. 마무리되지 않은 그 모든 미진한 부분과 쌓여가는 그럴듯하지 않은 면들, 서술자가 어수선하게 남겨놓은 설명되지 않고 설명할 수 없는 사건들의 자취, 서술자의 스카즈 관련 기벽(횡설수설과 곁가지와 '사소한 것과 중요한 것을 구별하지' 못하는 점과 '부적절한 서사적 강조'와 '잘못 놓인 가정'). 우리는 어쩐지 사기를 당했다는 느낌이 든다. 내내 이 서술자를 믿었는데 이제, 여기 끝에 와서도 그는 아직도 털어놓지 않는다. 그는(이 이야기는) 자신의 서술 양식에서 이런 과잉들을 정당화한(설명한) 적이 없었다.

우리는 어쩐지 이 모든 것이 **설명될** 필요가 있다고 느끼며 우리의 친구인 변변치 못한 작가는 바로 그런 일을 하고 싶은 유혹을 느낄 수도 있다("사실, 결국은, 진짜로 일어났던 일은…"). 하지만 이 이야기의 미친 논리가 설명되어 사라지면 그것이 우리 안에서 만들어낸 계시적인 느낌, 이 이야기의 논리가 사실은 우주의 논리라는, 이 이야기는 보통은 감추어져 있다가 상실이나 참사의 순간에 밖으로 드러나는 실제 세상의 모습을 우리에게 보여주려고 만들어낸 것이라는 느낌도 사라져버린다.

그래서 고골은 어떻게 하는가?

그는 고백한다.

서술자는 말한다. "지금 와서 다시 생각해 보니 그 안에 있을 법하지 않은 일이 많다는 것을 알 수 있다."

'암, 그렇고말고.' 우리는 생각한다.

하지만 그렇게 인정하는 말을 들으니 얼마나 안심이 되는가.

작가는 어떻게 읽는가

우리는 친구와 저녁 식사를 하고 있다. 그런데 잘 풀리지 않는다. 우리가 자리에 앉는 순간부터 무언가 어긋났고 이제 식사는 거의 끝났다. 어떻게 할 것인가? 자, 인정하자. 진실을 털어놓자. "정말 부자연스러운 대화였어. 우리가 네 약혼녀 이야기는 피해왔다는 느낌이 들어. 켄, 너도 알다시피 나는 그 사람을 혐오해." 갑자기, 그냥 그렇게, 대화는 이제 부자연스럽지 않다. 그 말로 대화가 망하는 것을 막았다. 거짓이 있었는데 친구를 똑바로 보고 진실을 말함으로써 거짓을 제거했다.

또는 이런 상황. 우리가 버스를 타고 있는데 아까부터 밑에서 이상한 쿵쿵 소리가 났다. 기사는 그 소리를 무시하고 있다. 마침내 기사가 우리를 돌아보며 말한다. "어이쿠, 저거 정말 불길한 소리네. 여러분, 안 그래요?"

우리는 곧바로 기사를 지금까지보다 낮게 생각하며 우리가 아까보다 제정신인 시스템에 속해 있다고 느낀다.

서술자가 (마지막 두 문단에서) 점점 당혹스러워하는 표정으로 자신의 이야기를 의심쩍은 눈으로 보며, 우리도 느끼고 있었지만 억눌러온 똑같은 의구심을 표현하자("코가 초자연적으로 분리되어 5등관으로 변장하고 여러 장소에 나타난 것은 정말로 이상한 일"이다), 내 안에 남아 있던 의구심이 씻겨 나감을 느낀다(자동차 중개상이 거래를 하다 말고 자신이 어떻게 여기 서서 손님한테 이 모든 거짓말을 하고 있는지 모르겠다고 중얼거리자 나는 그의 정직성에 반응하여 새로운 신뢰심이 분출하고 결국 차를 산다).

이런 자기 비난의 와중에도 서술자는 여전히 스카즈 자아에 머무른다. 이상한 점을 비판하다가(예를 들어 코발료프는 '코 찾는 광고'를 하기 위해 부적절한 방법을 사용했다) 곁가지를 뻗는데 흐지부지되고("그런 광고는 부적절하고 당혹스럽고 좋지도 않다!") 잠시 다시 주제로 돌아가다가("어떻게 그 코가 새로 구운 빵 속에 들어간 것"일까?) 다시 곁가지를 뻗어 방향을 틀며 저자가(즉, 자기 자신이) 어떻게 그런 주제를 선택할 수 있는지 궁금해한다. 그는 자신이 드러낸 걱정을 단 하나도 제대로 다루지 않지만("나는 정말이지 이걸 어떻게 이해해야 할지 모르겠다….") 그가 그쪽 방향으로 팔다리를 흔들어대는 제스처만으로도 나의 TICHN 수레를 싹 비우는 효과가 생긴다.

나는 이 이야기가 논리적으로 일관성이 없다고 이의 제기를 한다.

"압니다, 네." 서술자가 말한다. "엉망진창이에요, 그렇죠?"

어쩐지 그것으로 충분하다.

그냥 그렇게 고골은 몇 주 동안 꼼꼼하게 모래 만다라를 창조한 티베트 승려처럼 행복하게 자신의 당당한 창조물을 파괴하여 강물에 쓸어 넣어버린다.

뒤에 든 생각 #5

한번은 카프카의 〈변신〉에 대한 학생들의 글을 평가하다가 이런 대목을 만났다. "이 이야기를 정독하자마자 나 자신이 분명 기우뚱하는 느낌을 받았다."

흠, 우와, 나는 생각했다. 아주 형편없군. 하지만 동시에, 좀 훌륭한데.

나는 그 목소리를 모방하려고 노력하기 시작했으며 내 안에서 그 필연적 결과를 더듬어 찾았다. 곧 나는 그 목소리의 내 버전을 몇 페이지로 내놓았다. 이런 내용이었다. "내가 서술하는 과거 그 시기에 우리는 진행자들의 지시에 따라 〈좋아하는 것을 마음대로 하라!〉라는 교육 비디오를 봤는데, 우리 같은 10대들이 나와서 자위와 관련하여 혼자 즐기면서 하고 싶은 대로 하는 것이 건강하고 유익하다고 말하는 거였다."

그냥 그렇게, 방을 가득 채운 10대들이 나타났고, 그들은 모두 달아올라 있는 것 같았고, 그런 달아오른 상태가 아주 문제가 되어 누군가 그들에게 자위를 권장하는 짧은 영상을 보게 할 필요를 느꼈다.

말할 필요도 없이 나는 속으로 '갇혀 있는 10대 한 무리가 그들에게 막 생겨나는 강렬한 섹슈얼리티를 어떻게 다루느냐 하는 문제를 어떻게 좀 해보고 싶다' 하는 생각은 한 적이 없었다. 그저 〈변신〉에 관해 쓴 학생의 글에서 읽은 문장을 변주해 보면서 그 문장'처럼' 들리게 하려고 노력하고 있었을 뿐이다.

몇 줄 뒤에는 첫 문장 내용의 안내에 따라 이렇게 썼다. "그러다 밤이 오면 우리 시설은 '개인 방수포' 안에서 나는 조용하고 빠른 숨소리로 가득 차곤 했다. 다들 〈좋아하는 것을 마음대로 하라!〉에서 가르쳐준 기술로 실험을 하는 거였다. 그러면 어떤 생각이 드는가 하면, 큰 벽과 우리의 '성별 구역'을 나누기 위해 중간에 세운 간이 벽이 만나는 틈을 정말 정말 작게 해두는 게 좋다는 거다."

갑자기 그곳에 '개인 방수포'와 '성별 구역'이 있었고, 이러면 남자아이와 여자아이가 다 있는 것 같으니 (그곳이 어디든) 그 남자아이와 여자아이 가운데 일부는 각자의 성별 구역을 떠나 섹스를 하고 싶을 수도 있었다. 그리고, 결과적으로 그들은 그랬고, 그러니까 하고 싶어 했고, 그들 가운데 둘(루시와 조시)은 바로 다음 페이지에서 그렇게 했고, 나는, 우리가 앞서 사용했던 구절을 다시 불러오자면 그 "이야기가 가고 있는 길이 좁아졌"음을 알았다.

이야기를 방 하나 크기의 블랙박스*라고 상상해 볼 수도 있다. 작가의 목표는 독자가 어떤 마음 상태로 그 상자에 들어가 다른 상태로

작가는 어떻게 읽는가

나오게 하는 것이다. 안에서 벌어지는 일은 짜릿해야 하고 하찮지 않아야 한다.

그게 다.

짜릿함의 정확한 특징이 무엇인가? 작가가 알고 있을 필요는 없다. 작가는 그것을 알려고 쓴다.

짜릿함을 어떻게 이루어내는가?

궁술에 비유하자면(사람들이 얼마나 그걸 할까마는) 짜릿함을 만들어내는 한 가지 방법은 과녁을 겨냥하지 않고 화살이 활을 떠나는 느낌에 집중하는 것이다. 이 대안적 궁술에서 화살은 어떤 방향으로 날아가면서 계속 경로를 조종하고, 어디에 꽂히든… 그게 과녁이다.

내가 어릴 적 시카고에서는 교사나 다른 아이(자기와 몸집이 같거나 작은)를 흉내 내는 데 능숙하거나 어떤 유형의 사람('불평 많은 이웃' 또는 '히피' 또는 '중고차 영업 사원')을 '따라 하는' 데 능숙하면 하잘것없는 권력을 얻을 수 있었다. 나한테는 이런 흉내 내기를 정말 잘 하는 삼촌이 둘 있었다. 삼촌들은 우스운 페르소나를 만들어 그 인물에 머무르곤 했는데, 가끔은 이상할 정도로 오랫동안 그 상태를 유지했다. 나는 삼촌들이 그냥 걸어 들어와 방 안의 사람들에게 하는 일에 매혹되었다. 사람들은 그들을 보면 늘 몹시 행복해했다. 삼촌들이 하던 일이 무엇인지 지금은 알고 있다. 바로 즉흥 연극이었다. 삼촌들은 방의 분위기를 읽고 그에 맞추어 연기를 조절하고 어떤 사람을 흉내 내 관객을 즐겁게 해주려 노력했는데 가끔 그 사람이 가상의

---

* 속을 알 수 없는 기계 장치를 이르는 말.

인물이기도 했다. 삼촌들이 흉내 내기를 중단하거나 흉내 낼 기분이 아닐 때, 그때는 슬펐다.

이것이 내가 환경공학 회사에서 전화 회의 내용을 받아 적어야 하는 시간에 닥터 수스식 시를 쓰면서 발견한, 또는 재발견한 접근 방식이다.

이런 방식은 '목소리 따라가기'라고 부를 수도 있다.

어떤 목소리에 맞는 생각이 나타나면 출발한다. 나는 그저 그 목소리를 따라 하고 '싶을' 뿐이다(그리고 할 수 있다는 걸 알게 된다). 가끔은 그 목소리에 영감을 주는 것이 현실 속의 사람일 수도 있다. 때로는 나 자신 내부의 어떤 경향을 과장하는 것일 수도 있다(예를 들어 〈폭포The Fall〉라는 소설에서 나는 나 자신의 신경증적이고 걱정에 시달리는 산만한 정신을 조금 증폭시켜 주요 인물인 모스에게 부여했다). 때로는 다른 곳에서 들려오는 언어 조각일 수도 있다(내 학생의 글에 적힌 한 줄처럼).

이런 글쓰기 양식에 관해 내가 이야기하고 싶은 중요한 것은 재미있다는 점이다. 나는 이 작업을 할 때면 거의 아무런 생각도 하지 않고 그 목소리를 유지하기만 한다. 다시 말해 이야기의 주제나 다음에 일어나야 하는 일이나 그런 건 전혀 생각하지 않는다. 초기 단계에서는 그 사람이 그런 식으로 말하는 이유가 나 자신에게 분명치 않을 수도 있다. 나의 유일한 목표는 그 목소리의 에너지를 높은 수준으로 유지하고, 그 인물이 자기 목소리를 내는 상태를 유지하는 것이다. 이는 곧, 나중에 내가 알게 된 바로는, 그 목소리가 계속 확장되어야 한다는 뜻이다. 독자는 그 목소리의 대략적인 '규칙'을 파악하고 나면 그 규칙을 (단지) 지키는 일련의 문장이 닥칠 때 지루해지기 마련이다. 따라서 계속 그 사람이 자기 목소리를 내게 만드는 새로운 방법을 찾아야 한다. 가장 좋은 방법은 그 사람 앞에 새로운 사건, 확장된(그에게 새로운) 사건을 계속 놓아 그가 자기 목소리에서 사건에 반응할 새로운 음역을 찾게 하는 것이다(만일 어떤 목소리로 이야기해 나가는 어떤 인물이 말을 한 번도 본 적이 없는데 내가 그에게 말을 보여주면 그의 목소리는 말을 수용하기 위해 확장되어야 한다).

위에 언급한 이야기(〈존Jon〉)를 쓰려고 앉았을 때 매일 나도 모르게 하던 일은 대략 내 머릿속에 있는 '어설픈 표현 수준'이라는 이름이 붙은 다이얼의 수치를 높이는 것을 나 자신에게 허락하는 작업이었다. 즉, 나 자신이 평소보다 (훨씬) 어설픈 표현을 하도록 허락하여 우리 모두 보통 거치는, 말하기 전의 자기 교정 과정을 느슨하게 만드는 것이다. 나는 그냥, 말하자면 나 자신에게 가령 "좋아, 반은 파도 타는 사람처럼 반은 일벌레 직원처럼 해봐" 같은 말을 하고 그냥 전속력으로 달려가게 놓아두었다. 결함 있는 구문 때문에 웃기면서도 동시에 묘하게 효율적인 문장을 만드는 것을 목표로 삼았다("그때 나의 등을 부러뜨리는 마지막 지푸라기가 나타나 나의 생식선에게 '안 돼' 하고 말했다").

나는 또 당시에 하나의 경향을 알게 되었다. 기업들이 제품에 관한 피드백을 얻어 더 효과적으로 그 시장(즉 '전형적인 10대' 시장)을 공략하기 위해 '전형적인' 10대를 고용하고 있었다. 이 일이 얼마나 냉소적인 동시에 분별력 있어 보이던지, 아주 평균적이라는 이유로 피드백 요청을 받은 아이가 "그럼요, 하고 싶어요!" 하고 응답하는

코

일이 얼마나 슬프던지.

이러한 경향이 우리 문화의 흥미로운 점을 말해주는 것 같았다.

따라서, 정말이지 두 가지가 동시에 일어나고 있었다. 목소리가 나를 이끌고, 또 내가 목소리를 이끌었다. 이는 설명이 좀 어려운 닭이 먼저냐 달걀이 먼저냐 하는 문제였다. 하지만 핵심은 목소리 창조가 이야기의 '결과' 또는 '메시지'와 관련하여 생겨날 수도 있는 어떤 관념을 물리치는, 내가 결국 (그저) "흘레붙은 두 마리 개에 관한 시를 쓰고"마는 일이 벌어지지 않도록 해주는 지속적인 방식이었다는 점이다.

〈존〉은 결국 많은 것, 풀어 말하면 법인 자본주의, 물질주의의 위험, 상업이 언어나 사랑이나 결혼이나 의리를 기형으로 만드는 방식에 '관한' 이야기가 되었지만 나는 그 어느 것도 처음에 의도하지는 않았다. 작품 전체에 걸쳐 주요 추동력은 나의 내부에서 그 목소리를 찾는 기쁨과 재미였다. 그 목소리가 나에게 알려주는 방법을 따라가고, 나 자신이 "그러자 그녀는 오직 녹인다고밖에 묘사할 수 없는 키스로 나에게 키스했다" 같은 말을 불쑥 내뱉는 것을 발견하고, 어느 날 눈을 들어보니 전체 시설이 자리 잡고 있는 것을 보게 되는 그런 기쁨과 재미. 이 시설에는 아이들에게 약을 먹여 행복으로 이끄는 시스템이 있었고, 그곳의 모든 아이는 목 안에 칩이 있고 그 안에 지금까지 만든 모든 텔레비전 광고가 저장되어 있었으며, LI(위치 지시자 Location Indicator)라고 부르는 도구로 색인이 된 광고들이 나의 서술자가 말하는 방식에 영향을 끼친 요소 가운데 하나였다.

학생이 과제로 제출한 글에 있는 목소리라는 DNA로부터 하나의

작가는 어떻게 읽는가

세계 전체가 나타났고, 나는 그 목소리를 모방하려 하면서도 바꾸었다.

따라서, '최초로 구상한 수준' 너머로 이야기를 끌어내는 한 가지 방법은 최초의 구상을 **가지려** 하지 않는 것이다. 그렇게 하려면 방법이 필요하다. 나에게(또한 상상해 보건대 스카즈 양식에 들어가 있는 고골에게도) 그 방법은 '목소리를 따르는' 것이다. 다른 방법도 많다. 각각의 방법은 작가가 **강한 애착을 가지고** 추구하는 걸 존중하거나 돕는 방식과 관련된다. 어떤 작가는 되풀이되는 이미지가 만들어내는 패턴에 강한 애착이 있을 수(기쁨을 느낄 수) 있다. 말들이 페이지에서 보이는 방식에 강한 애착이 있을 수도 있다. 분명하게 표현은 못하는 어떤 모호한 청각적 원칙의 안내를 받는 소리의 시인일 수도 있다. 구조의 세부 사항에 집착할 수도 있다. 뭐든 될 수 있다. 핵심은 자신이 즐거워하고 강한 애착을 가지고 있는 것에 초점을 맞추게 되면, 자신이 하고 있는 일을 너무 잘 알게 될 가능성, 그렇게 미리 아는 것에 탐닉할 가능성이 줄어든다는 점이다. 앞서 말한 대로 이런 탐닉은 작품을 죽이고, 작품을 강연이나 일방적인 공연으로 만들어 독자를 쫓아버리는 경향이 있다.

존은 푹 빠져 있던 여자 캐럴린과 마침내 섹스를 하는 데 성공하고 나서 이런 식으로 묘사한다.

"허니 그레이엄스 광고인 LI 34321을 여러 번 봤는데 거기에서는 우유의 냇물과 꿀의 냇물이 합쳐져 달콤한 맛이 나는 좋은 것이 흐르는 강을 만들었다. 하지만 사랑을 나누자마자 한 사람은 우유처럼 되고 또 한 사람은 꿀처럼 되어, 곧 두 사람은 누가 우유로 시작했고 누가 꿀로 시작했는지 기억조차 못 하고, 그냥 하나의 액체, 꿀과 우유 콤보 같은 것이 된다는 걸 나는 미처 몰랐다."

존이 하는 말은 '나는 정말로 그걸 즐겼고 나는 사랑에 빠진 것 같다'는 뜻이다.

하지만 단지 **그것** 이상을 느끼고 있다.

그리고 그가 다른 무엇을 느끼고 있는지 (그 모든 것을) 우리에게 말해주려면 그의 목소리가 필요하다.

위의 문장에서 나는 그의 행복을 느끼고, 또 나는 **그의** 행복을 느낀다. 즉, 이 문장에서 특정한 바보 같은 사람에게 사랑이 찾아왔다. 사랑은 늘 그러한 사람에게 찾아온다. 특정한 바보 같은 사람. 사랑이 생겨나기 **위해서는** 그것만 있으면 된다.

아름다운 여름날 아침에 집 밖으로 걸어 나가본 사람은 누구나 그 순간의 진실이 그저 "나는 6월 어느 날 아침 집 밖으로 걸어 나갔다" 이상임을 알고 있다. 이 문장에는 뭔가 빠져 있는데, 바로 집 밖으로 걸어 나가는 '나'다. 그날 아침이 어떤 종류든 진짜 아침처럼 느껴지려면 어떤 마음에 찾아와야 한다.

달리 말해 목소리는 그냥 장식이 아니다. 진실의 본질적인 부분이다. 〈코〉에서 우리는 서술자가 공무원과 하급 관리들의 세계 출신이라고 느끼고, 그의 목소리에서 그것을 들으며, 이 이야기는 그 사실로부터 도움을 얻는다. 이런 식으로 이야기가 서술되면서 〈코〉는 추가로 진실, 또 즐거움의 차원을 갖게 된다.

어쩌면 바로 이것이 결국 우리가 한 문장에서, 하나의 이야기에서, 한 권의 책에서 정말로 찾는 것인지도 모른다. 바로 즐거움(흘러넘침, 환희, 강렬함)이다. 이것은 산문에서는 이 모든 것이 너무 커서 말로 할 수 없다는, 그러나 우리가 말하려는 노력을 포기하는 순간 죽음이 시작된다는 사실을 인정하는 것이다.

이렇게 우리는 다시 그 블랙박스로 돌아간다.

이야기를 메시지 전달 매체, 정해진 시간에 정해진 역에 도착해야 하는 기차라고 생각한다면, 또는 나 자신이 그 일을 해내려고 노력하며 스트레스에 시달리는 엔지니어라고 생각한다면 그건 너무 부담스럽다. 나는 얼어붙을 테고 아무런 재미도 느낄 수 없다.

그러나 나 자신이 당신을 나의 마법 블랙박스, 나조차 작동 방식을 완전히 이해하지 못하는 블랙박스로 안내하려고 하는 축제의 다정한 호객꾼 같은 거라고 상상한다면 그건 나도 할 수 있다.

"저 안에 들어가면 나한테 무슨 일이 벌어지나요?" 당신은 묻는다.

"나도 사실은 모릅니다." 나는 말한다. "하지만 짜릿하게, 하찮지 않게 만들려고 최선을 다하겠다는 약속은 하겠습니다."

"저 안에 즐거운 게 있을까요?" 당신은 묻는다.

"음, 그렇기를 바랍니다. 그러니까, 그게 바로 저걸 만들면서 내가 느끼려고 했던 거니까, 그러니⋯."

우리가 이야기하고 있는 직관적이고 행 단위로 관심을 기울이는 편집이 그 안에서 벌어지는 일이 하찮지 않고 짜릿해질 가능성, 그 안에서 무슨 일이 벌어지든 더 활기차고 명확하게 벌어질 가능성을 크게 만든다. 또 모든 결정에서 나는 "이게 나를 즐겁게 하는가?"라

코

는 질문에 의지하여 나아가기 때문에 저 안에서 당신에게도 약간의 즐거움이 있을 것이다.

이런 식으로 그 블래박스는 (축제 이야기가 나와서 말인데) 롤러코스터와 같다. 롤러코스터 설계자는 특정한 굽이와 낙하에 관심의 초점을 맞춘다. 그는 기술적으로 그 지점들에서 강렬한 느낌을 최대로 높이는 방법을 안다. 그러나 당신이 보여줄 반응의 정확한 특징에 관해서는 알지 못하고 별로 관심도 없다. 그가 정말로 원하는 것은 당신이 그 지점들에서 한껏 즐기고, 끝에 그 작은 기차에서 내릴 때는 너무 정신이 멍하고 마음이 전과 다르고 행복해서 잠시 별로 할 말이 없게 되는 것이다.

작가는 어떻게 읽는가

구스베리
(1898)

안톤 체호프
Anton Pavlovich Chekhov

구스베리

이른 아침부터 하늘은 잔뜩 찌푸렸다. 바람 없는 날이었다. 덥지 _1_
는 않았지만 따분했다. 날씨가 잿빛으로 칙칙할 때, 구름이 오랫동
안 들 위에 걸려 있고 오지 않는 비를 기다릴 때는 대개 그렇듯이.
수의사 이반 이바니치와 고등학교 교사 부르킨은 이미 걷는 데 지
쳤고 평원은 그들에게 가없어 보였다. 멀리 앞쪽에 미로노시즈코
예 마을의 풍차들이 간신히 보였고, 오른쪽의 산맥은 멀리 마을 너
머로 흐릿해졌다. 두 사람 모두 저 너머에 강, 그리고 들과 녹색 버
드나무와 농가가 있고, 언덕 하나에 올라서면 또 다른 광대한 평
원, 전신주들, 먼 곳에서는 기어가는 애벌레처럼 보이는 기차를 볼
수 있으며 맑은 날씨에는 읍내도 보인다는 것을 알았다. 지금은 바
람이 없고 자연이 온화하고 수심에 잠긴 것처럼 보였기 때문에 이
반 이바니치와 부르킨은 이 평원을 사랑하는 마음에 가슴이 벅차
올랐으며 둘 다 이 땅이 얼마나 아름다운가 하는 생각을 했다.

구스베리구스베리

"지난번에 우리가 프로코피 장로의 헛간에 머물 때 뭔가 이야기를 할 것 같았는데." 부르킨이 말했다.

"그래. 내 남동생 이야기를 해주고 싶었어."

이반 이바니치는 느리게 한숨을 쉬고 파이프에 불을 붙인 뒤 이야기를 시작하려 했지만 바로 그때 비가 내리기 시작했다. 5분 뒤에는 폭우로 변했고 언제 그칠지 알기도 힘들었다. 두 사람은 당황하여 발을 멈추었다. 개들은 이미 푹 젖어 꼬리를 다리 사이에 넣고 서서 애절한 표정으로 그들을 보았다.

"어디에서든 비를 피해야겠는걸." 브루킨이 말했다. "알료힌네로 가자고. 아주 가까우니."

2   "그러자고."

그들은 방향을 틀어 풀을 베어낸 목초지를 가로질러 곧장 걸어가다 오른쪽으로 방향을 틀어 마침내 도로에 이르렀다. 곧 미루나무가 시야에 들어오고 밭, 그다음에는 곳간의 빨간 지붕들이 눈에 들어왔다. 강이 어슴푸레 빛났고 방앗간과 목욕을 할 수 있는 하얀 오두막이 있는 너른 수면이 눈앞에 펼쳐졌다. 그곳이 알요힌이 사는 소피이노였다.

물방아가 돌아가며 빗소리를 삼켰고 방죽이 흔들렸다. 비에 젖은 말들이 마차 근처에 서서 고개를 아래로 늘어뜨렸고, 사람들은 자루로 머리를 가린 채 돌아다녔다. 눅눅하고 질퍽하고 황량했다. 물은 차갑고 불친절해 보였다. 이반 이바니치와 부르킨은 머리에서 발끝까지 춥고 엉망이고 불편한 느낌이었다. 발은 진흙으로 인해 무거웠다. 방죽을 건너 곳간으로 올라갈 때는 서로에게 화가 나기라도 한 것처럼 둘 다 말이 없었다.

곳간 한 곳에서 풍구 소리가 들렸다. 문은 열려 있었으며 안에서 먼지구름이 쏟아져 나왔다. 입구에 다름 아닌 알료힌이 서 있었다. 그는 마흔의 사내로 키가 크고 퉁퉁했으며 머리가 길어 지주라기보다는 교수나 예술가처럼 보였다. 오래 빨지 않은 하얀 작업복에 끈으로 허리띠를 대신하고 아래는 속바지만 입고 있었으며 장화에는 진흙과 짚이 들러붙어 있었다. 눈과 코는 먼지로 시커멨다. 그는 이반 이바니치와 부르킨을 알아보았고 아주 반가워하는 표정이었다.

"집으로 올라가시지요, 신사분들." 그는 미소를 지으며 말했다. "나도 바로 가겠습니다, 곧."

집은 2층짜리 커다란 구조물이었다. 알료힌은 이전에 집사들이 숙소로 쓰던 1층에 살았다. 아치형 천장에 작은 창들이 달린 방 두 개였다. 가구는 평범했고 안에서는 호밀 빵과 싸구려 보드카와 마구 냄새가 났다. 그는 위층의 화려한 방들에는 아주 가끔, 손님이 있을 때나 올라갔다. 집으로 들어선 두 손님을 하녀가 맞이했다. 아주 아름다운 젊은 여자라 두 사람은 동시에 발을 멈추고 서로 흘끔거렸다.

"신사분들, 두 분을 만나 얼마나 반가운지 상상도 못 하실 겁니다." 알료힌이 현관에서 그들과 합류하며 말했다. "얼마나 놀라운 일인지! 펠라게야!" 그가 하녀를 돌아보며 말했다. "손님들한테 갈아입을 옷을 드려요. 생각해 보니 나도 갈아입어야겠네. 하지만 가서 목욕 먼저 하고. 봄 이후로 씻은 적이 없는 것 같아서 말이죠. 목욕탕에 가보고 싶지 않습니까? 그러는 동안 여기가 준비될 겁니다."

아름다운 펠라게야는 부드럽고 우아하게 움직여 그들에게 목욕 수건과 비누를 가져다주었고, 알료힌은 손님들과 함께 목욕탕 오두막으로 갔다.

"정말이야, 목욕을 한 지가 오래됐네요." 그가 옷을 벗으며 말했다. "보시다시피, 나한테는 훌륭한 목욕탕이 있지요. 아버지가 만든 거죠. 한데 어떻게 된 일인지 사용할 시간을 낼 수가 없네요." 그가 층계에 앉아 긴 머리카락과 목에 거품을 내자 주위의 물이 갈색으로 변했다.

"내가 보기에도…" 이반 이바니치가 그의 머리를 보며 의미심장하게 입을 열었다.

"오랫동안 제대로 씻지를 못했습니다." 알료힌은 창피해하며 거듭 말했고 다시 비누칠을 했다. 주위의 물이 잉크의 짙은 파란색으로 변했다.

이반 이바니치는 오두막에서 나와 빗속에서 첨벙 물로 뛰어들어 두 팔을 넓게 밀어내며 헤엄을 쳤다. 그가 일으키는 물결에 하얀 수련들이 흔들거렸다. 그는 강 한가운데까지 헤엄쳐 나가 물속으로 들어갔고 잠시 후 다른 곳에서 올라와 계속 헤엄치다가도 연신 물속으로 다시 들어가 바닥에 손을 대려 했다. "어이쿠 하느님!" 그는 기뻐서 계속 소리쳤다. "어이쿠 하느님!" 그는 물방앗간까지 헤엄쳐 가 농민들과 이야기를 나누고 돌아와 강 한가운데에 누워 얼굴을 비에 드러낸 채 둥둥 떠 있었다. 부르킨과 알료힌은 이미 옷을 입고 떠날 채비를 하고 있었지만 그는 계속 헤엄을 치고 물속으로 들어갔다. "어이쿠 하느님!" 그는 계속 탄성을 질렀다. "주여, 저에게 자비를."

"그만하면 됐잖아!" 부르킨이 그에게 소리쳤다.

그들은 집으로 돌아갔다. 위층 커다란 응접실 램프에 불이 밝혀지고, 비단 잠옷 가운에 따뜻한 실내화 차림의 두 신사가 팔걸이의자에 느긋하게 앉고, 씻고 빗고 새 재킷을 입은 알료힌 자신은 온기와 청결과 마른 옷과 가벼운 신발이 주는 기분을 음미하는 게 분명한 표정으로 방을 어슬렁거릴 때에야, 또 예쁜 펠라게야가 부드러운 미소를 지으며 차와 잼이 담긴 쟁반을 들고 소리 없이 카펫을 가로질러 들어왔을 때에야, 그때에야 이반 이바니치는 이야기를 시작했는데, 부르킨과 알료힌만이 아니라 금빛 액자에서 차분하고 엄격한 표정으로 그들을 굽어보는 늙고 젊은 부인들과 군인들도 귀를 기울이는 것 같았다.

그가 입을 열었다. "우리는 두 형제요. 나 이반 이바니치와 두 살 아래인 내 동생 니콜라이 이바니치. 나는 공부가 필요한 전문 직업으로 나가 수의사가 되었지요. 니콜라이는 열아홉에 재무부 지방 사무소에서 사무를 보기 시작했소. 우리 아버지는 칸토니스트*였지만 장교까지 올라가 귀족이 되었고 우리에게 작은 영지와 더불어 지위를 물려주셨소. 아버지가 돌아가신 뒤 송사가 생겨 땅을 채

---

* 사병의 아들로, 태어날 때 군에 등록되어 군사 학교에서 훈련을 받는다 (원주).

권자들에게 잃었지만 그럼에도 우리는 시골에서 어린 시절을 보냈소. 농민의 자식과 똑같이 들과 숲에서 낮밤을 보내고 말을 돌보고 나무 속껍질을 벗기고 물고기를 잡고 그랬지요. 알다시피, 평생 한 번이라도 농어를 잡거나 맑고 서늘한 가을날 개똥지빠귀들이 마을 위에서 떼를 지어 남쪽으로 날아가는 걸 본 사람은 누구든 절대 도회지 사람이 되지 못하고 죽는 날까지 넓게 트인 곳에 대한 갈망을 갖게 되지요. 동생은 관청에서 사무를 보며 불행했소. 오랜 세월이 흘렀지만 계속 같은 자리에 앉아 똑같은 서류를 긁적이고 똑같은 한 가지만 생각하고 있었소. 어떻게 시골로 달아날 것이냐. 이 막연한 갈망은 조금씩 분명한 욕망으로, 어디 강이나 호숫가에 작은 땅을 사는 꿈으로 바뀌었소.

동생은 착하고 부드러운 영혼을 가졌고 나는 동생을 사랑했지만 남은 인생을 자신의 작은 땅에 틀어박히고 싶다는 욕망에는 공감하지 않았소. 흔히 사람에게 땅은 3아르신이면 족하다고들 하지요. 하지만 3아르신은 시체에게 족하지 사람에게는 아니오. 또 우리 교육받은 계급이 땅에 끌려 농장에 정착하고자 한다면 그것은 좋은 일이라고 주장하기도 해요. 하지만 이 농장이란 건 그 땅 3아르신에 해당하는 거요. 도시에서, 투쟁에서, 소음에서 물러나 자신의 농장으로 달아나 숨는 건 인생이 아니라 이기심, 태만이고 일종의 수도원 생활, 하지만 일하지 않는 수도원 생활이오. 사람에게는 땅 3아르신이나 농장이 아니라 지구 전체, 자연 전부, 방해받지 않고 자신의 자유로운 정신이 가진 모든 능력과 특징을 보여줄 수 있는 곳이 필요하오.

작가는 어떻게 읽는가

내 동생 니콜라이는 사무실에 앉아, 직접 만든 시치*를 먹으며 그 맛있는 냄새로 농장을 가득 채우고 녹색 풀밭에 소풍을 나가고 해를 받으며 자고 대문 옆에 앉아 몇 시간이고 들과 숲을 바라보는 꿈을 꾸었소. 농업에 관한 책이나 책력에 적힌 농사 항목이 동생의 낙이자 영혼의 기쁨이었소. 동생은 신문도 좋아했지만 읽는 것은 매물로 나온 땅 광고뿐이었소. 몇 데샤티나의 경작 가능한 땅과 초지, 거기에 딸린 집, 밭, 강, 방앗간, 물방아용 연못. 동생은 정원으로 난 좁은 길, 꽃과 열매, 찌르레기가 사는 새집, 연못의 붕어, 그런 것들을 머릿속에 그려보았소, 아시겠지만. 이 상상 속 그림은 마주치는 광고에 따라 변했지만 어찌 된 일인지 그 모든 그림에 구스베리 덤불은 빠지지 않았소. 그는 구스베리가 없는 농가, 시골구석은 단 하나도 떠올릴 수가 없었소.

동생은 말하곤 했소. '시골 생활에는 좋은 점이 있지. 테라스에 앉아 차를 마시고 연못에서는 오리가 헤엄치고 모든 것에서 맛있는 냄새가 나고, 그리고 구스베리가 익어가.'

동생은 자기 땅의 설계도를 그리곤 했는데 거기에는 다음 몇 가지가 빠지지 않았소. 하나, 주인집. 둘, 하인 숙소. 셋, 텃밭. 넷, 구스베리가 자라는 땅. 동생은 긴축 생활을 했소. 먹을 것과 마실 것을 줄였지요. 이해는 안 가지만 거지처럼 입고 다녔소. 그렇게 절약해서 은행에 저금을 했소. 끔찍하게 인색했지요. 보는 게 고통스러워 적게나마 좀 보태주기도 하고 명절이면 뭘 보내기도 했소. 하

---

* 러시아식 양배춧국.

지만 동생은 그마저도 모아뒀소. 사람이 일단 어떤 생각에 사로잡히면 도저히 말릴 수가 없는 일이지요.

세월이 흘렀소. 동생은 다른 지방으로 전근했고 이미 마흔이 넘었지만 여전히 신문 광고를 읽고 돈을 모았소. 그러다 결혼을 했다는 소식이 들리더군요. 여전히 구스베리 덤불이 있는 땅을 사기 위해 아무런 애정도 없이, 단지 돈이 있다는 이유로 나이 들고 못생긴 과부와 결혼한 거요. 결혼한 뒤에도 계속 인색하게 살면서 제수를 반쯤 굶기고 제수의 돈을 자기 이름으로 은행에 넣었소. 제수는 전남편이 우체국장이었는데 그 사람 때문에 파이와 과실주에 맛을 들이게 되었지요. 그런데 이 두 번째 남편은 흑빵마저 충분히 주지를 않았던 거요. 제수는 시름시름 앓기 시작했고 한 3년 뒤에는 혼이 떠나고 말았소. 물론 동생은 제수의 죽음이 자기 책임이라는 생각 같은 건 잠시도 하지 않았소. 돈이란 건 보드카와 마찬가지로 사람한테 묘한 짓을 할 수 있더군요. 예전에 우리 읍에서 한 상인이 임종하게 되었소. 그는 죽기 전에 꿀을 한 접시 달라 하더니 꿀과 함께 돈과 복권을 모두 먹어 치웁디다. 아무도 갖지 못하도록 말이오. 또 어느 날은 내가 기차역에서 소 떼를 살피고 있는데 소장수가 기관차에 깔려 한쪽 다리가 잘려 나갔소. 우리는 그를 병원으로 옮겼고 상처에서는 피가 뿜어져 나왔소. 끔찍한 상황이었는데 그는 계속 우리한테 자기 다리를 찾아달라면서 그 걱정만 하는 거였소. 잘린 다리에 신은 장화에 20루블이 들어 있었는데 그걸 잃어버릴까 불안했던 거더라고요."

"노래가 다른 오페라에 나오는 곡으로 바뀌었군." 부르킨이 말

작가는 어떻게 읽는가

했다.

이반 이바니치는 잠시 말을 멈추었다가 다시 이어나갔다.

"부인이 죽은 뒤 동생은 땅을 찾기 시작했소. 물론 5년을 찾아
헤매도 결국 실수를 해서 자기가 꿈꾸던 것과는 완전히 다른 걸 살
수도 있지요. 동생은 중개인을 통해 112데샤티나짜리 저당이 잡힌
땅을 샀는데 거기에는 집 한 채, 하인 숙소, 정원은 있었지만 과수
원, 구스베리 덤불, 오리가 헤엄치는 연못은 없었소. 개울이 흐르
기는 했지만 물이 커피색이었고. 개울 한쪽 변에는 벽돌 공장이 있
고 맞은편에는 도축장이 있었기 때문이지요. 하지만 동생은 전혀
당황하지 않았소. 구스베리 덤불을 스무 그루 주문해 심고 시골 지
주 생활에 정착했지요.

작년에 동생을 찾아가 봤소. 가서 동생이 어떻게 지내는지 볼
수 있을 거라 생각했지요. 동생은 나한테 보낸 편지에서 자기 땅
을 '춤바로클로프 황무지' 또는 '히말라이스코예'라고 부르더군요
(우리 형제의 성이 침샤-히말라이스키요). 나는 오후에 그곳에 도
착했소. 더운 날이었소. 사방에 도랑이며 담장이며 산울타리가 있
었고 전나무가 줄지어 서 있었소. 나는 어떻게 마당으로 가고 어디
에 말을 두어야 할지 몰라 당황했소. 결국 집까지 간신히 길을 찾
아서 갔더니 털이 불그스름하고 돼지같이 생긴 뚱뚱한 개가 맞이
합디다. 개는 짖고 싶어 했지만 그러기에는 너무 게을렀소. 식모는
뚱뚱하고 양말도 신지 않은 여자였고 역시 돼지처럼 생겼는데, 부
엌에서 나오더니 주인 나리가 정찬을 먹고 쉬는 중이라고 하더군
요. 동생을 보러 들어갔더니 동생은 침대에 앉아 무릎에 누비이불

을 덮고 있었소. 전보다 늙고 살이 찌고 축 늘어졌더군요. 뺨과 코와 입술이 툭 튀어나왔습디다. 당장이라도 누비이불에 대고 꿀꿀거릴 것 같은 모습이었소.

우리는 포옹을 하고 기쁨의 눈물을 흘렸소. 그것은 슬픔의 눈물이기도 했는데, 우리 둘이 한때는 젊었지만 이제는 머리가 세고 죽음이 가까워졌다고 생각했기 때문이오. 동생은 옷을 입고 자기 땅 구경을 시켜주겠다며 나를 데리고 나갔소.

'그래, 여기서 어떻게 지내?' 내가 물었소.

'오, 괜찮지, 다행히도. 아주 잘 지내고 있어.'

동생은 이제 예전의 가엾고 소심한 사무직원이 아니라 진짜 지주이자 신사였소. 이미 새로운 생활 방식에 익숙해져 그 생활 나름의 취향도 길렀더군요. 동생은 아주 많이 먹고, 목욕탕에서 증기욕을 하고, 살이 찌고, 이미 마을 공동체와 두 공장하고 송사를 벌이고 있었고, 농민이 말을 할 때 '어르신'이라는 존칭을 빼먹으면 아주 노여워했소. 또 재산 많은 상층 계급 방식으로 영혼의 행복에도 관심을 가져 소박한 것과는 거리가 멀게, 위풍당당하게 선행을 벌였소. 얼마나 좋은 일을 하던지! 농민에게 병을 고치라고 중탄산염과 피마자기름을 먹이고 자기 명명 축일에는 마을 한가운데서 감사 예배를 드렸는데, 그런 뒤 마을 사람들에게 보드카 한 동이를 대접했소. 동생은 이게 핵심적인 부분이라고 생각했소. 오, 그 끔찍한 보드카 몇 동이! 어느 날 한 뚱뚱한 지주가 무단 침입을 이유로 농민 여럿을 시골 경찰관에게 신고했는데 다음 날 축일을 기념한다며 그들에게 보드카 한 동이를 대접하자 농민들은 보드카를

작가는 어떻게 읽는가

마시며 '만세'를 부르고 술에 취해 그의 발 앞에 엎드렸소. 높아진 생활 수준과 과식과 게으름은 러시아인에게서 가장 무례한 자만심을 길러내지요. 하급 관리 시절에는 혼자만 간직하는 것이라 해도 자기 의견을 갖는 걸 두려워하던 니콜라이 이바니치가 이제는 오직 논란의 여지 없는 진실만을 말하고 그것도 장관의 말투로 말하더군요. '교육은 필요하지만 대중은 그럴 준비가 되어 있지 않아. 체형體刑은 일반적으로 해롭지만 어떤 경우에는 유용한데 다른 거는 소용이 없거든.'

동생은 말하곤 했소. '나는 민중을 알고 그 사람들을 다루는 방법을 알아. 그 사람들은 나를 사랑해. 나는 그냥 새끼손가락만 들어 올리면 돼. 그럼 그 사람들은 뭐든 내가 원하는 걸 해.'

잊지 마시오, 이 모든 말에는 친절과 지성을 보여주는 미소가 따라왔소. 동생은 스무 번이나 '우리는, 귀족 계급으로서', '나는 귀족 계급의 구성원으로서'를 되풀이하더군요. 동생은 이제 우리 할아버지가 농민이었고 아버지가 사병에 불과했다는 사실을 기억하지 못하는 듯했소. 심지어 우리의 성 '침샤-히말라이스키'도 실제로는 괴상하지만 동생에게는 왠지 울림이 좋고 기품 있고 기쁨을 주는 것처럼 들리는가 보더이다.

하지만 이제 나는 동생이 아니라 나에게 관심이 있소. 나는 동생 땅에서 보낸 몇 시간 동안 나에게 일어난 변화에 관해 말하고 싶소. 그곳에서 저녁에 차를 마실 때 식모가 구스베리를 한 접시 내오더군요. 산 게 아니라 동생네 구스베리, 나무를 심은 뒤 처음 딴 구스베리였소. 동생은 웃음을 터뜨리더니 잠시 말없이 눈물을 글

11

썽이며 구스베리를 보았는데 흥분해서 말을 못합디다. 이윽고 구
스베리 하나를 입안에 넣고 마침내 갈망하던 장난감을 얻은 아이
처럼 의기양양해서 나를 흘끗 보더니 말했소. '정말 맛있네!' 그러
더니 게걸스럽게 먹으면서 계속 말하더군요. '아, 얼마나 맛있는
지! 맛 좀 봐!'

사실은 단단하고 시큼했지요. 하지만 푸시킨이 말하지 않았습
니까.

> 품격 있는 허위를 천 배는 강한
> 천한 진실보다 소중히 여긴다.

— 12

나는 그곳에서 소중히 간직한 꿈이 아주 분명하게 실현된, 인
생의 목표를 성취한, 자신이 원하던 것을 얻은, 자신의 운명과 자
기 자신에게 만족한 행복한 사람을 보았소. 어떤 이유에서인지 인
간의 행복에 관한 내 생각에는 늘 슬픔이라는 요소가 섞여 있었는
데, 정작 행복한 사람을 보니 절망에 가까운 답답한 느낌이 엄습합
디다. 특히 밤에 나를 무겁게 짓누르더군요. 동생 방 옆에 내 잠자
리를 마련해 주었는데 동생이 깨어 있음을 알려주는 소리가 들렸
소. 동생은 계속 일어나 구스베리 접시로 가서 자꾸 먹더군요. 나
는 혼잣말을 했소. 정말이지 만족하고 행복한 사람이 얼마나 많
은가! 그들은 얼마나 압도적인 힘인가! 인생을 보시오. 강한 자들
의 무례와 게으름, 약한 자들의 무지와 야만성, 도처의 끔찍한 가
난, 과밀, 타락, 만취, 위선, 거짓…. 그럼에도 모든 집과 모든 거리

에 평화와 고요가 있소. 우리 읍에 사는 5만 명 가운데 소리쳐 우는 사람, 큰소리로 분노하는 사람은 하나도 없소. 시장에 가고 낮에는 먹고 밤에는 자는 사람, 터무니없는 소리를 하고 결혼하고 나이 들고 죽은 자를 선한 마음으로 묘지로 끌고 가는 사람을 보지만 괴로워하는 사람을 보거나 듣지는 못하오. 인생에서 끔찍한 일은 어딘가 막후에서 벌어지니까. 모든 것은 평화롭고 고요하며 오직 말 없는 통계만이 이의를 제기하지요. 아주 많은 사람이 제정신이 아니고 아주 많은 보드카를 마셨고 아주 많은 아이가 영양실조로 죽었다고. 하지만 이런 상태는 분명히 불가피하지요. 당연한 얘기지만 행복한 사람은 불행한 사람이 말없이 그들의 짐을 져주고 있어 편안한 거잖소. 이런 침묵이 없다면 행복은 불가능할 거요. 하지만 이건 집단적 최면이오. 모든 만족하고 행복한 자의 문 뒤에는 반드시 작은 망치를 든 불행한 사람이 있어 계속 거기 서서 문을 두드리며 그가 아무리 행복하다 해도 조만간 인생은 발톱을 드러낼 거라고, 고통이, 그러니까 병과 가난과 상실이 찾아올 거라고, 그때가 되면 지금 그가 다른 사람들을 보거나 듣지 못하듯이 아무도 그를 보거나 듣지 못할 거라고 상기시켜 주어야만 하오. 하지만 망치를 든 사람은 없소. 행복한 사람은 바람 속 사시나무처럼 일상의 작은 걱정에 희미하게 파닥거릴 뿐 편하게 살고 있소. 그렇게 모든 게 아무 문제 없소."

_13_

이반 이바니치는 몸을 일으키며 말을 이어갔다.

"그날 밤 나는 나 또한 만족하고 행복하다는 걸 알게 되었소. 나 또한 정찬 식탁에서 또는 사냥을 나가서 어떻게 살아야 하는지, 무

구스베리

엇을 믿어야 하는지, 민중을 다스리는 올바른 방법은 무엇인지 장황하게 늘어놓곤 했소. 나 또한 배움이 어둠의 적이라고, 교육은 필요하지만 민중에게 당분간은 읽기와 쓰기와 셈만으로 충분하다고 말하곤 했소. 자유는 요긴하다, 나는 말하곤 했소, 그건 공기만큼 필수적이다, 하지만 우리는 잠시 기다려야 한다. 그렇소, 그게 내가 말하던 거요. 그런데 이제 나는 묻고 있소. 왜 기다려야 하는가?" 이반 이바니치는 분노한 표정으로 부르킨을 보며 말했다. "왜 우리가 기다려야 하는지 묻고 싶어. 무슨 이유로? 어떤 것도 단번에 할 수는 없다고, 모든 관념은 점진적으로, 때맞추어 실현된다고들 하지. 하지만 누가 그런 말을 하는 거요? 그게 정당하다는 증거가 어디 있소? 여러분은 사물의 자연적인 질서니 모든 현상을 관장하는 법칙을 거론하지만 나, 살아 있고 생각하는 사람이 도랑을 건너뛰거나 건너갈 다리를 놓을 수도 있는데 그 옆에 서서 도랑이 저절로 막히거나 진흙으로 채워지기를 기다린다는 사실에 무슨 법칙이 있고, 무슨 질서가 있소? 다시 말하지만, 왜 기다려야 하는 거요? 그렇게 기다리다, 결국 우리에게는 살 힘조차 남지 않을 거요. 하지만 우리는 살아야 하고 살려고 열심이잖소!

나는 이른 아침에 동생 집을 나섰고 그 이후로 읍에 머무는 걸 견딜 수가 없게 되었소. 평화와 고요가 답답하오. 창문을 보기가 두렵소. 탁자에 앉아 차를 마시는 행복한 가족의 모습보다 나에게 고통을 주는 게 없기 때문이오. 이제 나는 노인이기에 싸움에 적합하지는 않고, 심지어 미워할 힘도 없소. 그저 속으로만 슬퍼하고 화를 내고 흥분하는데 밤이면 온갖 생각이 몰려와 머리가 타오르

작가는 어떻게 읽는가

는 바람에 잘 수가 없소. 오, 내가 젊기만 하다면!"

이반 이바니치는 흥분해서 방을 걸어 다니며 되풀이했다. "내가 젊기만 하다면!"

그는 갑자기 알료힌에게 다가가 그의 한 손, 이어서 다른 손을 지그시 잡았다.

"파벨 콘스탄티니치." 그가 탄원하듯 말했다. "가만히 있지 마시오, 마음을 달래며 잠에 빠져들지 마시오! 젊고 강하고 기민할 때 멈추지 말고 선한 일을 하시오! 행복은 없고 있어서도 안 되오. 인생에 의미와 목적이 있다면 그 의미와 목적은 자신의 행복이 아니라 더 크고 더 이성적인 거요. 선한 일을 하시오!"

이반 이바니치는 동정심이 가득한, 탄원하는 미소를 띠고 마치 *15* 개인적인 부탁을 하듯 그 말을 했다.

잠시 후 세 사람은 응접실의 각기 다른 모퉁이에서 입을 다문 채 팔걸이의자에 앉아 있었다. 부르킨도 알료힌도 이반 이바니치의 이야기에 만족하지 않았다. 마치 살아 있는 듯한 황금 액자의 부인들과 장군들이 침침한 빛 속에서 굽어보고 있는 가운데 구스베리를 먹는 가엾은 사무직원 이야기를 듣는 것은 지루한 일이었다. 우아한 사람들, 여자들 이야기를 하고 싶었다. 지금 액자에서 내려다보고 있는 그 사람들이 한때는 여기에서 돌아다니고 앉아서 차를 마셨다는 사실을 덮개를 씌운 샹들리에, 팔걸이의자, 발밑의 깔개 등 모든 것이 증언하고 있는 이 응접실에 앉아 있다는 사실, 그리고 어여쁜 펠라게야가 소리 없이 돌아다니고 있다는 사실이 어떤 이야기보다도 나았다.

구스베리

알료힌은 몹시 졸렸다. 그는 할 일이 있어 일찍, 새벽 3시가 되기 전에 일어났기 때문에 지금 간신히 눈을 뜨고 있었지만 손님들이 자기가 없는 동안 재미있는 이야기를 할까 걱정이 되어 자리를 뜨려고 하지 않았다. 그는 방금 이반 이바니치가 한 말이 지혜롭거나 옳은지 구태여 자문하지 않았다. 손님들은 은화나 건초나 타르가 아니라 그의 삶과 직접적인 관련이 없는 것에 관해 이야기하고 있었고, 그는 그게 기뻐서 그들이 계속 이야기하기를 바랐다.

"하지만 이제 잘 시간이로군." 부르킨이 일어서며 말했다. "이만 자리를 떠야겠군요."

알료힌은 손님들을 떠나 아래층의 자기 방으로 갔고, 손님들은 위층에 남았다. 그들은 밤을 보낼 큰 방을 배정받았는데 그곳에는 조각이 장식된 낡은 목조 침대 두 개가 있었고 구석에는 상아 십자가가 있었다. 어여쁜 펠라게야가 정돈해 놓은 넓고 쾌적한 침대에서는 깨끗한 리넨의 기분 좋은 냄새가 났다.

이반 이바니치는 조용히 옷을 벗고 침대로 들어갔다.

"주여, 우리 죄인들을 용서하소서!" 그가 중얼거리며 머리까지 이불을 덮었다.

탁자에 놓인 그의 파이프에서는 담뱃재 냄새가 강하게 났고, 오랫동안 잠을 이루지 못하고 뒤척이는 부르킨은 그 불쾌한 냄새가 어디에서 나는지 계속 궁금했다.

비가 밤새 유리창을 두들겼다.

작가는 어떻게 읽는가

비 오는 연못에서 헤엄치기

〈구스베리〉에 관한 생각

시러큐스에서 대학원에 다니던 첫 학기에 우리 교수였던 위대한 단편 작가 토비아스 울프Tobias Wolff는 작품을 낭독했는데 나는 그런 수업은 처음이었다. 그는 자기 작품이 아니라 체호프를 읽어주었다. 〈상자 속의 사나이〉라는 제목의 이야기에서 시작하여 〈구스베리〉로 갔고 마지막으로 〈사랑에 관하여〉를 읽었다(이 세 편을 '작은 삼부작' 또는 '사랑에 관하여 삼부작'이라고 부르기도 한다).

나는 그 시점에 체호프에 관해 아는 게 별로 없었다. 그때까지 읽은 그의 작품은 나에게는(나는 멍청이였다) 온화하고, 목소리가 없고, 허세에서 자유롭다는 느낌을 주었다. 나의 발달의 그 시점에서는 그것은 사형 선고였다.

하지만 토비가 읽어줄 때 우리는 체호프가 얼마나 웃기는지, 얼마나 매력적이고 똑똑한지, 얼마나 독자와 밀접하게 소통하는지 들을 수 있었다. 앞서 언급한 오토바이 사이드카에 타고 있는 것 같았다.

이야기가 어디로 가든 우리도 그곳으로 갔다. 우리는 토비를 통해 연결이 되어 체호프의 유머와 따뜻함과 약간 냉소적인 (하지만 애정 어린) 마음을 느낄 수 있었다. 마치 체호프 자신이 우리와 같은 공간에 있는 것 같았다. 그는 우리를 매우 존중하고 조용히 우리를 끌어들이고 싶어 하는 매력적이고 사랑스러운 인물이었다.

교단은 커다란 창문 앞에 있었고, 내 기억으로는 토비가 낭독할 때 그해 첫눈이 그의 뒤에서 부드럽게 내리기 시작했다. 나는 마침내 문학 공동체, 그 공간에 있던 모든 사람, 그 프로그램을 거쳐간 다른 모든 작가, 그 무렵 시러큐스에서 가르쳤던 레이먼드 카버Raymond Carver에 체호프까지 포함하는 공동체의 일원이 되었다는 느낌이 들었다. 우리 모두 단편 사제단을 함께 섬기는 복사였다.

그것이 솔직히 인생을 약간 바꾸어놓기도 했다.

당시 나는 젊은 작가가 마주하는 온갖 문제와 씨름하고 있었다. 글은 똑똑해야 하는가 즐거워야 하는가? 철학이어야 하는가 공연이어야 하는가? 계몽적이어야 하는가 흥미로워야 하는가? 토비의 체호프 낭독은 대답했다. 물론 그 모든 것이다. 갑자기 세상의 활력으로서 소설의 가능성이 무한하게 느껴졌다. 소설은 모든 것일 수 있었다. 지금까지 고안된 가장 효과적인 마음과 마음의 소통 양식, 연예(가장 높은 수준의 의미에서)의 강력한 형식. 아마 나의 일부분은 단편으로 충분한가 하는 의문을 품고 있었을 것이다. 단편이 나의 거대한 야심을 담기에 충분할까, 예술에 관한 나의 (젊은이다운) 관념들(모든 사람과, 모든 사람의 가장 좋은 부분과 소통하고, 삶을 낫게 만들어야 한다)을 수용하기에 충분할까.

작가는 어떻게 읽는가

토비의 낭독 뒤 나는 단편의 힘에 관해 의문을 품지 않았다. 그냥 나은 걸 써나갈 방법을 필사적으로 찾아내려고만 했다.

이 모든 이야기를 한 것은 〈구스베리〉가 나의 마음에서 특별한 자리를 차지하고 있다는 말을 하고 싶었기 때문이다.

표면적으로 볼 때 〈구스베리〉는 누군가의 인생을 바꿀 거라고 예상되는 이야기가 아니다. 사실 별일이 일어나지 않는다. 절정을 이루는 커다란 사건도 없고 격렬한 갈등도 없다. 그 누구의 궤도도 영원히 바뀌지 않는다. 아무도 죽거나 싸우거나 사랑에 빠지지 않는다. 기본적으로는 그냥, 사냥을 나갔다가 폭풍우를 만난 두 친구가 다른 친구의 집으로 몸을 피하고, 거기에서 그들 가운데 하나가 나머지 두 사람에게 만족스럽지 못한 이야기를 한다, 그런 이야기다.

〈구스베리〉의 개요는 다음과 같다.

— 이반과 부르킨이 사냥을 나가 러시아의 평원을 가로질러 걷는다.

— 부르킨이 이반에게 들을 이야기가 있다고 상기시킨다.

— 비가 오기 시작한다.

— 그들은 근처에 사는 친구 알료힌의 집으로 간다.

— 그곳에서 우리는 알료힌과 하녀 펠라게야를 만난다.

— 남자들은 목욕탕 오두막으로 간다.

— 알료힌 때문에 물이 시커메진다.

— 이반은 수영을 즐긴다(부르킨에 따르면 너무 즐긴다).

— 집으로 돌아와 아늑한 응접실에서 이반은 들려주기로 약속한 이

야기를 한다. 이 이야기에서,

이반의 동생 니콜라이는 시골 생활을 갈망하며 그 꿈을 이루기 위해 절약하며 산다.

니콜라이는 돈을 보고 과부와 결혼하지만 무엇보다도 그의 절약 때문에 부인이 죽는다.

니콜라이는 농장을 얻는다.

이반이 농장을 방문한다.

— 응접실에서 이반은 동생의 농장을 방문한 기억을 떠올리며 다음과 같은 연설을 한다.

행복한 사람들은 압도적인 힘인데, 이는 (침묵하는) 불행한 사람들 때문에 가능하다.

행복한 사람들에게 모든 사람이 행복한 건 아니라는 사실을 일깨워줄 필요가 있다.

이제 이반은 행복을 보는 것이 괴롭다.

이반은 부르킨과 알료힌에게 행복이 아니라 더 큰 것을 목표로 살라고 촉구한다. "멈추지 말고 선한 일을 하시오!"

— 이야기를 들은 사람들의 반응으로 보아 이반의 이야기는 아주 지겨웠던 것으로 판정된다.

— 부르킨이 잘 시간이 되었다고 말한다.

— 모두 자러 간다.

자, 당신도 주목했을지 모르는 한 가지. 2페이지의 상단에서 이반이 이야기를 시작하려다가 (비로 인해) 곁가지를 뻗게 되는데, 이 곁가지

작가는 어떻게 읽는가

는 서너 페이지 뒤인 5페이지 하단에서 그가 이야기를 시작하면서 끝난다. 그러나 이것은 곁가지일 뿐 아니라 이야기에서 그냥 뺄 수도 있다. 잘 보라, 그 네 페이지 분량을 잘라내면 결과는 이렇게 된다.

이반 이바니치는 느리게 한숨을 쉬고 파이프에 불을 붙인 뒤 이야기를 시작[했다]. [여기에서 네 페이지 분량을 건너뛰고] "우리는 두 형제요. 나 이반 이바니치와 두 살 아래인 내 동생 니콜라이 이바니치."

(이음매는 보이지 않는다.)

이 곁가지는 '우리가 알아챌 수밖에 없는 것'이다. 사실 처음 읽을 때는 알아채지 못했을 가능성이 크지만 말이다. 이 부분은 아주 자연스럽게 느껴진다. 비가 오고, 따라서 물론 이반은 비를 피할 곳을 찾을 때까지 이야기를 시작하지 못한다. 우리는 곁가지인 줄도 모르고 따라가, 그들과 마찬가지로 비가 들이치지 않는 곳을 찾으려고만 한다.

그런데 이것은 실제로는 곁가지다. 열여섯 페이지의 이야기에서 네 페이지의 곁가지. 전체의 거의 4분의 1에 달한다.

우리가 논의했듯이 단편이라는 형식은 당연히 능률을 옹호한다. 한정된 길이 때문에 모든 부분이 어떤 목적을 가지고 거기에 있어야 한다. 우리는 구두점 수준에 이르기까지 모든 것이 작가가 의도한 것이라고 가정한다.

일단 이 곁가지를 〈구스베리〉의 구조적 특징(기벽, 갑상선종)이라고 기록해 두자. 이것은 우리의 TICHN 수레에 있으며, 마지막에 이르면 자동으로 이것을 건너다보며 "좋아, 그래서 너는 왜 여기 있는 거냐?"하고 묻게 될 것이다.

우리가 투르게네프에게 적용한 테크닉, 소설 한 편의 바닥까지 닿으려고 할 때 유용한 테크닉, 우리의 마음을 "이 이야기의 핵심은 무엇인가?" 하는 질문에 돌리는 테크닉을 기억할 것이다.

여기에서는 이반의 이야기가 뒤로 미루어지기 때문에, 또 작품의 메커니즘 전체가 거기에 우리를 데려다주려고 기획된 것처럼 보이기 때문에, 우리는 동생에 관한 이반의 일화(5~15페이지)가 〈구스베리〉의 핵심(작품의 존재 근거, "왜 구태여 나한테 이 이야기를 하는 건데?"라는 닥터 수스식 질문에 대한 답)이라고 느낀다.

일화의 핵심(즉, 이 이야기의 핵심의 핵심)에는 행복의 본성에 관한 이반의 열띤 연설이 있는데, 이는 대략 12페이지 중반에서 15페이지 중반까지 이어진다.

그것은 급진적이고 놀라움을 주는 연설이다. 나는 이 부분을 읽을 때마다 새롭게 감동받고 설득을 당한다. "모든 만족하고 행복한 자의 문 뒤에는 반드시 작은 망치를 든 불행한 사람이 있어 계속 거기 서서 문을 두드리며 그가 아무리 행복하다 해도 조만간 인생은 발톱을 드러낼 거라고, 고통이, 그러니까 병과 가난과 상실이 찾아올 거라고…상기시켜 주어야만 하오." 나는 이 말을 믿는다. 그리고 체호프도 분명히 믿었다고 장담한다. 이 말은 그의 일기에서 바로 가져왔을 수도 있다는 느낌이 든다. 또한 이 연설(이 이야기의 핵심의 핵심)이

작가는 어떻게 읽는가

행복하고자 하는 우리의 충동에 빠져들어야 하느냐 저항해야 하느냐 하는 질문에 '관한' 것이기 때문에, 우리는 이 이야기 전체가 이런 질문에 관한 일종의 명상이라고 느낀다. "행복은 없고 있어서도 안 되오"라는 이반의 결론은 소급적으로 이야기 전체에 영향을 준다.

갑자기 우리는 이 이야기가 행복에 '관한' 것이라고, 또는 그렇게 되고 싶어 한다고 느낀다.

15페이지 중간쯤에 이반의 이야기에 매혹되고 설득당한 우리가 부르킨과 알료힌은… 그렇지 않다는 사실을 발견하는 작지만 놀라운 순간이 있다. 그들은 이 이야기, "구스베리를 먹는 가엾은 사무직원 이야기"가 지루하다고 생각한다. 그들이 놓인 환경에서는(따뜻하고, 배불리 먹고, 알료힌의 죽은 친족들 초상화 아래에서 차를 마시는) "우아한 사람들, 여자들 이야기"를 하고 싶어 한다. 왜? "지금 액자에서 내려다보고 있는 그 사람들이 한때는 여기에서 돌아다니고 앉아서 차를 마셨"기 때문이다.

물론 부르킨과 알료힌은 이반의 이야기를 좋아하지 않을 것이다. 그들은 바로 이반이 말하고 있는 것의 표본이다. 오직 자신의 쾌락에만 관심이 있고, 부르주아지의 청결을 유지하고, 조금 전에는 다른 사람이 만든 음식을 잔뜩 먹었다. 두 사람의 반응은 이반의 주장을 증명한다. 만족하고 행복한 사람들은 도무지 **귀를 기울이지** 않는다. 그들은 즐거움에 방해가 될 수도 있는 우울한 이야기는 듣고 싶어 하지 않는다.

남자들은 침대로 자러 간다("어여쁜 펠라게야가 정돈해 놓은 넓고 쾌적한 침대"). 이반은 마지막 우울한 말을 한마디 중얼거리고("주여, 우리 죄인들을 용서하소서!") 머리까지 이불을 덮고 아마도 잠이 든다.

그리고 그것이 이야기의 전부다.

하지만 사실은 두 문단이 남았는데, 그 가운데 첫 번째 문단이 결국 모든 것을 바꾼다.

바로 이 문단이다. "탁자에 놓인 그의 파이프에서는 담뱃재 냄새가 강하게 났고, 오랫동안 잠을 이루지 못하고 뒤척이는 부르킨은 그 불쾌한 냄새가 어디에서 나는지 계속 궁금했다."

그러니까 우리가 지금까지 편을 든 위대한 도덕적 사상가 이반은 사려 깊지 못한 행동을 했고, 그 행동이 친구에게 영향을 주고 있는 셈이다. 부르킨은 악취 때문에 잠을 자지 못한다. 아니, 더 정확히 말하자면 이반의 연설로 인한 동요 때문에 잠을 못 자고 완전히 깨어 있다가 악취를 맡는다.

이반의 사려 깊지 못한 행동은 그에 대한 우리의 느낌을 복잡하게 만든다. "멈추지 말고 선한 일을 하시오!" 그렇게 촉구한 사람이 자기 목소리에 너무 흥분해서 일반적인 예의를 지키는 일조차 게을리했다. (멈추지 말고 선한 일을 하라고? 본인 파이프 청소나 하시지, 거물 선생.) 그래도 이반의 연설은 여전히 진실할까? 음, 그렇다. 그럼에도 우리는 갑자기 꼭 그렇지는 않다고 느낀다. 또는 자신이 하는 조언을 스스로 실행에 옮기지 못하는 사람의 입에서 나오니 어쩐 일인지 미심쩍다. 방금 사려 깊지 못한 행동을 보여준 사람이 한 사려 깊게 살라는 연설이 아닌가.

작가는 어떻게 읽는가

우리가 이 이야기의 핵심 가운데 핵심의 결론이라고 느끼는 부분에서 이반은 "행복은 없고 있어서도 안 되오" 하고 선언했다.

여기에 관해서 이제 어떻게 느끼는가?

나는 어느새 이야기를 거슬러 올라가며 '행복과 관련된 것'을 찾게 된다. 말하자면 '행복: 좋은 점과 나쁜 점?'이라는 질문에 답을 주는 지점들을 찾는다.

예를 들어 4페이지의 갑작스러운 수영 장면.

목욕탕 오두막에서 뛰어나가 폭풍우 속에서 "차갑고 불친절해" 보인다고 묘사되는 강*에 뛰어든 사람이 이반이었다는 사실을 이제 우리는 약간 기분 좋게 뜻밖이라는 느낌으로 기억하게 된다. 헤엄치는 에너지로 "물결"을 일으켜 "하얀 수련들이 흔들거"리게 만들고, 아이처럼 계속 바닥에 닿으려고 물속으로 들어가다 즐겁게 헤엄쳐 가 농민들과 다정하게 수다를 떠는 이반. 그는 방금 격분하여 행복의 악에 관해 장황하게 강연을 한 이반이다.

---

* 이 부분의 원래 러시아어 표현은 plyos이다. 한 러시아 친구는 이 단어가 고어 투로 지금은 잘 사용하지 않으며, pleskat'ya라는 동사와 관계가 있는데 '튀기거나 찰박거리는 소리를 내다'라고 뜻이라고 말한다. pylos는 넓게 펼쳐진 물, 두 굽이 사이의 강, 저수지에서 물이 가장 깊은 곳을 가리킬 수도 있다. 내가 가진 다른 번역본들에서는 '물웅덩이'나 '직선 유역'으로 옮겼다. 또 어딘가에서(어쩌면 토비가 오래전에 읽어준 번역본인지도 모르겠다) '연못'으로 표현한 것을 본 기억도 있는 듯하다. 어쨌든 내 마음속에서 그것은 늘 연못이었다. 물살이 없고, 차갑고, 잔잔하고, 갈대가 늘어서고, 소나무에 둘러싸인 평화롭고 깊은 연못(원주).

그렇다면 그는 행복에 찬성인가 반대인가?

자신이 한 연설에도 불구하고 이반은 여전히 행복에 민감하며, 사실 두 친구보다 더 행복을 갈망하고 또 더 접촉하고 있는 것처럼 보인다.

어쩌면 너무 찬성하기 때문에 너무 반대하게 된 것인가?

이와 같은 수정된 읽기(이반은 사실 가끔 정력적으로 행복을 **찬성**한다)가 앞의 읽기(이반은 행복에 반대한다)를 무효로 만들까? 아니다. 두 읽기는 공존하며, 각기 혼자일 때보다 진실을 크게 만든다.

이야기는 이제 막 커졌다. 여전히 행복이 퇴폐가 될 가능성에 관한 이야기이지만 동시에 일차원적인 의견을 가지는 것이 얼마나 하찮은가에 관한 이야기이기도 하다. 또는 그게 불가능한 일이라는 것에 관한 이야기. 이반은 사실 행복이 나쁘다고 믿지 않는다. 또는 믿는다 해도, 동시에 행복이 필수적이라고도 믿는다.

따라서, 냄새 나는 파이프가 드러내는 바에 비추어 이반의 말은 이제 좀 다르게 읽힌다.

처음 읽을 때는 억압받는 자들을 대변하는 고결한 외침으로 읽히던 표현("인생을 보시오. 강한 자들의 무례와 게으름")이 지금은 좀… 심술궂어 보인다. 그는 강한 자들을 좋아하지 않지만 그렇다고 약한 자들을 그렇게 미칠 듯이 좋아하는 것도 아니다("약한 자들의 무지와 야만성"). 이반에 따르면 모든 곳(세상)이 엉망이다. "도처의 끔찍한 가난, 과밀, 타락, 만취, 위선, 거짓." 그의 연설은 이제 단지 행복에 반대할 뿐 아니라 **모든 것**에 반대(인생에 반대)하는 것처럼 느껴진다. 그는 자신 또한 "어떻게 살아야 하는지…장황하게 늘어놓곤 했"다고 말한다. 그런데 바로 지금도 그렇게 하고 있다. 부르킨과 알료힌(과 우리)에게 어떻게 살아야 하는지 말하고 있다. 행복에 대한 그의 고결한 공격에는 감정적 볼셰비즘이 약간 섞여 있는 것처럼 보인다. '행복하지 말라, 내가 그것이 죄라고 보기 때문이다' 또는 '너희는 내 눈에 건강해 보이는 만큼만 행복할 수 있다'.

그는 흥분하여("분노한 표정으로" 부르킨을 본다) 어거지로, 딱히 논리적이라고 할 수 없는 방식으로, 진보를 기다리는 것이 쓸모없다는 생각으로 비약하고("왜 기다려야 하는가?"), 이어 14페이지 중간에서 "여러분은 사물의 자연적인 질서니…법칙을 거론"한다고 할 때 대명사 '여러분'에서는 약간 덜컹 하는 느낌이다. 이반은 지금 부르킨이나 알료힌이 아니라 머릿속에 있는 어떤 가상의 비판자가 제기한 반론을 다루고 있기 때문이다.

이반은 이제 그날 저녁의 친밀한 분위기에 마음이 움직여 소중한 두 친구에게 어렵게 얻은 통찰을 나누어주는 통찰력 있는 도덕적 사상가라기보다는 좌절한 노인처럼 말한다(말하기도 한다). 자신이 (어쩔 도리 없이 앉아 있는) 청중을 지겹게 만들고 있다는 사실을 모른 채 신물이 나 분통을 터뜨린다.

우리는 여전히 곁가지라는 가벼운 구조적 감상선종에 관해 궁금해하고 있는데, 이제는 그 곁가지가 어떤 의미에서는 필수적이었다는 느낌을 받게 되었을지도 모른다. 곁가지가 수영 장면을 '허용'했고, 그 장면은 또 이반에 대한 우리의 이해에서 이런 복잡성을 만들어냈기 때문이다.

그러나 곁가지로 가능해진 것은 수영 장면만이 아니다.

우리는 또 하녀 펠라게야, 지주 알료힌도 만난다.

펠라게야는 이야기에 나올 때마다 어김없이 편협한 외모 강조 렌즈를 통해서만 묘사된다("아름다운", "부드럽고", "우아하게", "예쁜", "부드러운 미소를 지으며…소리 없이 카펫을 가로질러", "어여쁜" 또다시 "어여쁜"). 그녀가 있는 목적은 부정할 수 없는 아름다움을 표현하려는 것인 듯하다. 또는 무의미한 어여쁨의 구현체 역할을 하는 것. 그녀에 대한 이반과 부르킨의 반응은, 깜짝 놀랄 만한 어여쁨이 갑자기 나타나는 데는 아무도 면역이 되어 있지 않다는 점을 증명한다. 그들은 그녀를 보는 것만으로 바로 생기를 띤다. 펠라게야는 기분을 상쾌하게 해주는 연못의 인간 버전이다. 그녀는 그 집에서 예상치 못한 아름다움이다. 우리가 예상하는 것보다 아름답고 필요 이상으로 아름답다. 그녀는 간단히 말해 꼭 필요하지는 않은 즐거움의 원천으로서 아름다움이 사실은 삶에서 불가피하고 본질적인 부분임을 일깨워준다. 그것은 계속 나타나고 우리는 이론적 입장에 관계없이 계속 반응하며, 만일 반응을 중단한다면 우리는 사람이라기보다는 시체가 된 것이다.

펠라게야가 잘생긴 용모로 이반과 부르킨을 우뚝 멈추게 하는 순간은 내 생각으로는 모든 문학을 통틀어 인물의 아름다움이 갖는 힘을 가장 잘 보여준다("집으로 들어선 두 손님을 하녀가 맞이했다. 아주 아름다운 젊은 여자라 두 사람은 동시에 발을 멈추고 서로 흘끔거렸다"). 체호프는 그녀에 관해 아무 이야기도 하지 않지만(머리 길

작가는 어떻게 읽는가

이, 키, 몸에 관한 어떤 것도, 그녀의 향수, 눈 색깔, 코의 모양도) 그녀가 이 예의 바르게 보이는 고리타분한 인간들을 거의 무례한 지경으로 몰아가는 장면을 통해 나는 마음속에서 그녀를 보게 되고 창조하게 된다.

"맞아요, 행복은 방종하고 우리의 행복 추구는 남을 억압할 수 있죠." 그녀는 말하는 것 같다. "하지만 다른 한편으로 우리 누구도 기쁨, 아름다움, 쾌락 없이는 한순간도 살 수 없어요. 신사분들, 그것은 방금 여러분이 보여준 나에 대한 반응으로 증명되죠." 그녀는 아름다움이 진짜라는 사실을 부정하거나 행복은 피하는 게 최선이라고 주장하는 일이 얼마나 기쁨 없고 현학적이고 귀에 거슬리는지 본능적으로 느끼게 해준다.

그녀의 존재 때문에 이 이야기는 행복이 도덕적으로 정당화될 수 있는지 진지하게 물으면서도 경고를 발한다. '도덕적 순수를 추구하더라도 긍정적 감정이라는 현실을 무시하지 않도록 주의하라.'

그녀에 대한 이반과 부르킨의 반응은 자기도 모르게 나온 것이기 때문에 비판이 불가능한 듯하다. 마치 불꽃놀이 때 소리가 들릴 만큼 숨을 헉 들이쉬는 것과 같다. 어떤 사람이 그런 소리를 억누를 수 있는가?

우리는 정말로 행복 없이 살 수 있을까?

그러고 싶을까?

하지만 그녀라는 인물에게는 또 다른, 상황을 복잡하게 만드는 목적이 있다. 그녀는 모든 젠장맞을 일을 다 하는 사람이다. 수건과 비누를 가지러 집 안을 뛰어다니고 남자들이 목욕하는 동안에는 가운과 실내화를 내놓고 얼른 돌아가 차를 만들어 잼과 함께 쟁반에 올려 내온 다음 다시 달려 돌아가 아마도 손님방의 침대를 정돈하고, 또 그 밖에도 많은 일을 한다. 그녀의 존재는 "당연한 얘기지만 행복한 사람은 불행한 사람이 말없이 그들의 짐을 져주고 있어 편안한 거 잖소. 이런 침묵이 없다면 행복은 불가능할 거요"라는 이반의 명제를 뒷받침한다. 왜 그녀는 이 남자들이 편안하게 둘러앉아 행복의 추구가 어디까지 유효한지 논의할 수 있도록 열심히 일해야 하는 걸까?

알료힌은 어떤가? 그는 세상으로부터 물러나 아무런 쾌락도 추구하지 않는 것 같다. 하지만 그는 행복하다. 또는 행복할 만큼 행복하다. 그는 조용하고 성실하며, 일종의 반反이반이다. 많지 않지만 자기에게 있는 쾌락(친구들과 함께 이야기하는 저녁)에 예민하며, 거들먹거리거나 철학적으로 굴어야 할 필요로부터 자유롭다. 그는 또 일종의 반니콜라이이기도 하다. 그는, 우리 느낌으로는, '온당한' 이유로 농장을 경영한다(구스베리와 관련된 어떤 편협한 야망을 충족시키거나 농민에게 섬김을 받기 위해서가 아니라 세상에서 정직한 일을 하려고). 그는 니콜라이처럼 농민을 깔보는 투로 말하는 게 아니라 그들과 함께 일한다. 그의 존재는 말하고 있다. 조용히 과업에 헌신하면 어떤 형태의 명예로운 행복은 가능하다, 지복은 아니고 그저 조용한 만족은.

한편 그의 인생은… 슬프다. 비극적이고 체념적인 면이 있다. 그의 더러움과 그가 (초라한) 집사 숙소에 산다는 사실은 그의 내부에서 무언가가 차단되었음을, 갈망을 버림으로써 활력의 일부를 잃었음을

작가는 어떻게 읽는가

보여준다. 그는 행복을 포기할 때 사람에게 일어나는 결과의 구현이다. 그는 방향을 잃었고, 제대로 돌봄을 받지 못하고, 어찌 된 일인지 자신이 가진 잠재력 이하로 살고 있다.

곁가지로 인해 가능해진 또 한 가지가 있다. 수영하는 이반에 대한 부르킨의 심술궂은 반응이다.

부르킨은 일종의 반反기쁨이다. 그는 둔감을 강요하는 심판으로 기능하여 이반이 지나치게 열광적일 때마다 제동을 건다. 나아가 이반을 물에서 끄집어내고, 다리가 잘린 소 장수에 관한 아찔한 이야기를 중단시키고("노래가 다른 오페라에 나오는 곡으로 바뀌었군"), 이반과 알료힌은 기꺼이 더 앉아서 계속 이야기를 나눌 것처럼 보이는 상황에서 밤을 일찍 끝낸다("하지만 이제 잘 시간이로군").

흥을 깨는 사람은 아무도 좋아하지 않는다. 하긴 이반의 흥은 좀 깨질 필요가 있다. 그는 너무 오래 수영을 하는 바람에 부르킨과 알료힌을 물가에서 기다리게 했고, 아무도 듣고 싶어 하지 않는 연설을 하느라 저녁 시간을 다 잡아먹었고(또 그들의 지루함을 눈치채지 못한다), 그의 냄새 나는 파이프도 자기도취적 방종의 (이기심 가득한) 잔존물이다. 그는 쾌락과 행복을 통렬히 비난하면서도 파이프를 행복하게 피운다.

반면 부르킨은 (종류는 다르지만 역시) 게으름뱅이다. 우리는 그가 이반이 하는 연설의 핵심에 있는 진실, 즉 행복은 억압한다는 진실에 저항한다고 느낀다. 크고 악한 기계가 계속 굴러가게 하는 것은 세상의 부르킨 같은 사람들이다(딱 알맞은 시간 동안만 수영하고, 정해진 양만큼만 즐기는 그 둔감하고 상상력 없는 반동들). 마지막에 부르킨이 잠을 이루지 못하게 하는 것은 **쓰디쓴 진실**인데, 이는 냄새 나는 파이프와 마찬가지로 늘 유쾌한 것은 아니다. 세상의 부르킨 같은 사람들은 바로 잠이 들 수 있도록 자신의 진실이 비위와 구미에 맞는 쪽을 선호한다. 그들의 관심을 끌려면 가끔 냄새나는 파이프가 필요하다. 그것은 까다로운 진실을 선언하는 데 필요한 열정의 부산물, 일종의 불가피한 부수적 피해다.

반면의 또 반면, 부르킨은 사실 파이프 때문이 아니라 이반이 한 연설의 여파로 잠을 못 잔다. 그리고 이것은 어쩌면 그의 좋은 면을 보여준다. 그는 처음에는 이반의 진실을 부정하려 하지만 그 진실이 스며들어 그를 흥분시키고 잠을 이루지 못하게 한다. 따라서 어쩌면 그는 결국 이반의 말을 들은 것이다.

곁가지가 이야기에 들어오도록 허용한 요소가 또 하나 있다. 폭풍우 자체다.

폭풍우 전에 이반과 부르킨은 풍경을 살피며 행복하다("둘 다 이 땅이 얼마나 아름다운가 하는 생각을 했다"). 그러다 비가 오고 곧 그들은 "서로에게 화가 나기라도 한 것처럼 둘 다 말이 없었다".

우선 이것을 하나의 구조적 모듈, 전후를 보여주는 사진 한 쌍으로 생각해 보자.

전: 날씨는 좋고 세상은 아름답고 그들은 행복하다.

후: 날씨는 나빠지고 세상은 추해지고 그들은 화가 났다.

폭풍우는 이 이야기에 행복이 물질적 조건, 우리의 통제를 벗어난 조건들과 관련을 맺고 존재한다는 생각을 들여온다. 행복해지려는 선택이 늘 우리 힘으로 가능한 것은 아니다. 행복은 선물, 조건부 선물이다. 따라서 오는 대로 받아들이는 게 최선이다. 행복을 느끼는 것은 귀중한 도구, 선한 일을 하는 데 필수 조건일 수 있다(머리에서 발끝까지 "춥고 엉망이고 불편"할 때는 "선한 일을 하시오!"라는 말, 심지어 "괜찮다고 여기시오!"라는 말도 받아들이기 힘들다). 그런 면에서 비를 피해 안으로 들어갔을 때 아름다운 펠라게야가 우리에게 수건과 비누와 잠옷 가운과 실내화와 차를 가져오는 것을 보게 된다면 좋지 않을까? (우리의 기분을 상쾌하게 해주고 우리가 세상에서 선한 일을 할 수 있을지도 모르는 가능성을 키워주지 않을까? 그런 힘을 주는 고양감을 거부하는 것은 어리석지 않을까?)

비는 이 이야기에서 부차적 인물 같은 기능을 한다. 사람들이 연못가에서 목욕하는 동안 계속 내리다, 사라졌다가, 이야기의 마지막 줄에서 최종적으로 등장한다. "비가 밤새 유리창을 두들겼다." 비는 불행의 원천이었다가(하이킹을 하는 동안) 행복의 원천이었다가(연못에서 수영할 때) 이제 미약하지만 끈질기게 잔소리하며, 무언가를 상기시키는 역할을 한다. 이 이야기의 복잡한 아름다움과 계속 연결되어 있고 싶으면 비가 마지막에 창을 두드릴 때 자신에게 '상기시키는'(또는 '말'하거나 '표상'하는) 게 무엇인지 적어보라. 그냥 한 가지가 아니다. 동시에 여러 가지다. 또 개인적이다. 내가 나의 답을 정리할 수 있다 해도(몇 번 시도했지만 그때마다 환원적이고 불충분하다고 생각하여 결과를 지웠다) 내 답이 꼭 당신의 답이지는 않다.

다행히도 말을 할 필요는 없다.

그게 이 이야기가 쓰인 이유 가운데 하나다. 더 말이 필요 없는 환원 불가능한 마지막 순간을 만들어내는 것.

　다음은 곁가지가 없을 때 이 이야기가 어떻게 읽힐지 보여주는 한 가지 예다.

　환한 햇빛 속에서 이반은 비로 축축해지지 않은 어떤 들판을 가로지르며 부르킨에게(만) 동생 이야기를 한다. 이반은 마지막으로 부르킨에게만 탄원한다("행복은 없고 있어서도 안 돼. 인생에 의미와 목적이 있다면 그 의미와 목적은 자신의 행복이 아니라 더 크고 더 이성적인 거야. 선한 일을 해!"). 밤이 찾아오고 약간 실망한 러시아의 별들이 반짝거리면서 부르킨과 마찬가지로 이반의 이야기가 이보다 나은 것이었다면 좋았을 거라고 생각한다.

　무엇이 사라졌는가?

　우리가 말한(이번에는 순서대로) 폭풍우, 알료힌, 펠라게야, 수영, 그리고 수영에 대한 부르킨의 반응이 사라졌다.

　곁가지가 없는 이 사례에서 이반은 행복에 반대하는 주장을 펼치지만 평형추가 없다. 그 결과는 아무런 이의 제기 없는 이반의 강연과 단순한 결론뿐이다. "행복, 당신이 생각하는 것만큼 대단치 않다."

　들어볼 가치가 있는 강연이지만 〈구스베리〉만큼 복잡한 경험은 아니다.

　이 작품을 '행복을 구하는 것이 옳은가?' 하고 묻는 이야기라고 이해한다면 곁가지에 포함된 재료는 그 질문을 다른 질문들로 쪼갠다. 행복을 부인하면 우리는 무엇을 잃는가? 쾌락과 의무 가운데 어느 쪽을 위해 살아야 하는가? 얼마나 믿어야 지나치게 믿는 것인가? 삶은 짐인가 아니면 기쁨인가? 그리고 우리가 이 이야기를 헤쳐 나오는 동안 그 과정에서 당신의 마음이 틀림없이 제기했고 또 지금도 제기하고 있을 더 많은 질문들로.

지금까지 내내 우리의 TICHN 수레에 있던 곁가지는 이제 완전히 정당성을 입증했다고 말할 수도 있다.

이 이야기는 우리를 돌아보며 말한다. "내가 왜 그렇게 곁가지를 뻗는 일에 몰두해야만 했는지 보이지? 나 자신을 복잡하게 만들 여지를 좀 주고, 그래서 내가 행복에 반대하는 일차원적 입장을 밝히는 논문으로 그치는 걸 피하고, 신비하고 아름다운 무언가가 되어 몇 번을 읽더라도 계속 너에게 새로운 차원을 드러내려는 것인데, 그 가운데 많은 것을 조지 손더스는 이 에세이에서 완전히 놓치고 있어."*

자, 곁가지가 복잡해지는 요소들을 내어놓음으로써 자신을 정당화한다는 나의 주장은 동어 반복이라고 말할 수도 있다. 동생에 관한 이반의 이야기와 연설 뒤 마지막 두 페이지의 짧은 에필로그를 제외

---

* 예를 들어 이 이야기를 행복이 아니라 **극단주의**에 관한 이야기라고 해보자. 어떻게 생각하나? 실제로 그렇다. 이 안에 극단주의자가 얼마나 많은지 보라. 이반은 행복을 비난하고 수영에 의욕을 보이는 데서 극단적이다. 절제의 극단주의자인 부르킨이 물에서 나오라고 불러야만 한다. 니콜라이는 물론 구스베리 극단주의자이고 알료힌은 극단적 금욕주의자다. 펠라게야가 극단주의자인가? 음, 그녀는 극단적으로 예쁘고 극단적으로 열심히 일한다. 이 이야기는 극단주의에 찬성하는가 반대하는가? 우리는 다른 관념을 가지고도 똑같은 트릭을 부릴 수 있다(의무, 열정, 억압으로 시도해 보라)(원주).

하면, 곁가지는 실제로 이 이야기 거의 전체라고 할 수 있기 때문이다(분량의 아주 많은 부분을 구성하는 곁가지가 아니면 이 이야기가 달리 어디에서 그런 요소를 찾을 수 있을까?). 또 이 이야기가 쓰인 방식에 관해 내가 뭔가(나는 알 길이 없는)를 암시하고 있는 것 같기도 하다. 즉, 체호프가 먼저 이반의 연설을 쓴 다음 그것을 복잡하게 만들기 위해 연설 전후의 재료로 일부러 액자를 씌웠다는 것.

그러나 그 탄생 과정과 관계없이 이 단편을 읽는 즐거움의 하나는 여기에 있다. 우리가 처음에는 낭비나 우회성(곁가지)이라고 느끼던 대목이 결국 이야기를 '최초로 구상한 수준으로부터' 드높여 복잡하고 신비롭게 만드는 바로 그것으로 드러난다. 처음에는 곁가지로 보이던 것이 아름다울 만큼 효율적인 것으로 이해된다.

이야기는 가장 높은 수준에서는 무엇으로 마무리되느냐가 아니라 어떻게 진행되느냐에 의해 의미가 드러난다.

우리가 보고 있는 대로 〈구스베리〉는 끈질긴 자기모순의 방식으로 진행된다. 이야기의 한 측면이 어떤 관점을 표현하는가 싶으면 새로운 측면이 나타나 그 관점에 이의를 제기한다.

이 이야기는 행복에 관해 무슨 생각을 해야 할지 우리에게 말해주려고 하는 게 아니다. 행복에 관해 생각하는 일을 도와주려 하는 것이다. 이 이야기는 우리가 생각하는 것을 돕는 구조물이다, 라고 말할 수도 있다.

그 구조물은 우리가 어떤 방식으로 생각하기를 바라는가?

이 이야기는 어떻게 생각하는가?

작가는 어떻게 읽는가

이 이야기는 일련의 '반면' 진술을 통해 생각한다. "이반은 행복에 반대한다, 반면 수영은 확실히 매우 즐긴다", "알료힌은 놀랄 만큼 차분하고 과잉 없는 삶을 살고 있다, 반면 자기를 돌보지 않기 때문에 물을 검게 물들인다", "이반의 열정은 이기적이다, 반면 이반을 조정하려는 부르킨의 끈질긴 노력은 짜증이 난다", "구스베리 같은 하찮은 것에 열정을 품다니 괴상하다, 반면 이반의 동생은 그저 구스베리에 불과하다 해도 뭔가를 사랑하기는 한다, 반면의 반면 알료힌은 절대 누군가를 절약으로 죽음에 이르게 하지는 않는다" 등등.

이 점을 이야기하는 다른 방식. 이 이야기는 독자가 자동 조종 장치를 사용하지 않기를, 이야기가(그리고 독자가) 너무 단순한 어떤 개념을 가운데 놓고 굳어버리고 그 과정에서 거짓이 될 가능성에 늘 주의를 기울이기를 바라는 듯하다. 따라서, 이야기는 계속 자기 자신에게 단서를 달다가 마침내 판단하는 일에서 벗어날 자격을 얻는다. 우리는 어떤 안정된 자리에 이르려 하고, 이 이야기를 뭔가에 대한 '찬성'이나 '반대'로 이해하려 하며, 따라서 그에 대해서 찬성하거나 반대할 수도 있다. 하지만 이 이야기는 판단하지 않는 게 좋겠다고 계속 고집을 부린다.

살아 있는 것은 어렵다. 산다는 불안 때문에 우리는 판단하고, 확신하고, 입장을 가지고, 분명하게 결정하고 **싶어 한다**. 고정되고 엄격한 믿음의 체계를 갖는 것은 큰 위로가 될 수 있다.

그냥 행복 반대 열성당원으로 살기로 하면 멋지지 않을까? 모든 연못 수영을 끊고 펠라게야를 만날 때마다 얼굴을 찌푸려라. 완전히 일관되면 절대 다시는 혼란을 느낄 필요가 없을 것이다. 수영복을 팔아버리고 모든 일을 얕잡아 보며 성큼성큼 돌아다닐 수 있다.

그렇다면 그냥 행복해지는 쪽으로 뛰어드는 것도 멋지지 않을까? 열렬한 행복 옹호자로 살면서 늘 축하하고, 춤을 추고, 놀고, 기쁨을 최대화하려고 노력하는 것도? 그러다간 순식간에 인스타그램에서 불쾌하고 더러운 놈이 되고 만다. 이 멋진 인생이라는 축복을 준 하느님께 감사하며 꽃다발을 들고 폭포 아래 서 있을 테니까. 아마 당신은 흠 잡을 데 없는 마음 챙김을 통해 그런 인생을 얻었을 거다.

하지만 우리가 어느 쪽으로든 결정을 내리지만 않으면 더 많은 정보가 계속 들어오도록 허용하게 된다. 〈구스베리〉 같은 이야기를 읽는 것도 이를 실천하는 한 가지 방법으로 볼 수 있다. 이 이야기는 'X가 옳으냐 그르냐?' 하는 형태의 모든 질문에는, 질문을 한 번 더 명료하게 하는 게 도움이 된다는 사실을 일깨워준다.

질문: "X가 옳으냐 그르냐?"

이야기: "누구에게? 어떤 날, 어떤 조건에서? X와 관련된 어떤 의도하지 않은 결과가 있을 수도 있을까? X라는 나쁜 것 속에 어떤 좋은 게 감추어져 있을까? X라는 좋은 것 속에 어떤 나쁜 게 감추어져 있을까? 더 말해줘."

인간의 모든 입장에는 그 나름의 문제가 있다. 지나치게 믿으면 오류에 빠진다. 어떤 입장도 옳지 않다는 말이 아니다. 오랫동안 옳은 입장은 없다는 말이다. 우리는 절대적 덕의 자리로부터 계속 미끄러져 내려오지만, **안정하고자** 하는, 마침내 안달을 그만두고 영원히 긴장을 풀고 그냥 옳고 싶은, 어떤 의제를 찾아 그것을 고수하고 싶은 욕망에 눈이 멀어 그것을 보지 못한다.

내가 체호프에게서 가장 감탄하는 것은 그가 글에서 의제로부터 정말 자유로워 보인다는 점이다. 그는 모든 것에 관심을 가지만 어떤 고정된 믿음의 체계와 결합하지 않고 자료가 자신을 이끄는 어디로든 갈 용의가 있다. 그는 의사였고, 그가 소설에 접근하는 방식은 애정 어리면서도 진단적으로 느껴진다. 진찰실로 들어가 거기 앉은 '인생'을 보고 이렇게 말하는 것 같다. "멋지군, 어디 무슨 일이 일어나고 있는지 봅시다!" 그에게 강한 의견이 없었다는 말이 아니다(그가 쓴 편지들이 증거다). 그러나 그는 최고의 이야기(여기에 나는 이 책에서 소개한 세 편 외에 추가로 〈개를 데리고 다니는 부인〉, 〈골짜기〉, 〈적들〉, 〈사랑에 관하여〉, 〈주교〉를 넣고 싶다)에서 형식을 이용해 의견을 넘어 움직이고, 우리가 의견을 표현하는 데 사용하는 일반적인 방법을 불안정하게 만든다.

그에게 계획이 있다면 계획을 가지는 일에 주의하는 것이다.

그는 말했다. "나에게 지성소는 인간의 몸, 건강, 지성, 재능, 영감, 사랑, 또 절대적 자유, 폭력과 오류가 어떻게 나타난다 해도 그 둘로부터의 자유다."

그는 정치적 또는 도덕적 입장이 결여된 것으로 보인다는 점 때문에 비판을 받았다. 톨스토이는 초기에 체호프를 이렇게 평가했다. "그는 재능으로 가득하며 틀림없이 아주 마음씨가 좋지만 지금까지는 삶에 대하여 어떤 분명한 태도를 취하는 것처럼 보이지 않는다."

그러나 지금은 이런 특질 때문에 우리가 그를 사랑한다. 얼마 되지 않는(종종 편파적인) 정보에 기초하여 모든 것을 아는 것처럼 보이는 열정적인 사람들로 가득하고, 확실성이 종종 권력으로 오인되는 세상에서 불확실함을 유지할(즉, 계속 호기심을 가질) 만큼 자신감을 가진 사람과 함께 있다는 사실은 얼마나 마음이 놓이는지.

체호프는 건강이 나빴고(그는 마흔넷에 결핵으로 죽었다) 가족은 화목했지만 궁핍했다. 그는 젊어서 유명해진 탓에 사람들이 이런저런 요청으로 계속 그를 귀찮게 했다. 그러나 그 모든 상황에도 불구하고 그는 부드러운 사람이었고 살아 있음을 기뻐하는 듯했으며 친절하려고 노력했다. 트로야는 말했다. "그는 신중함이 교육을 받았다는 표시라고 생각했다. 품위 있는 사람은 자신의 불행을 전시하지 않기 때문이다." 그는 늘 즉석에서 관대함을 보여주며 짧고 부산한 삶을 살았다. 자신에게 오는 원고는 무엇이든 읽고 논평했으며, 궁핍한 사람을 모두 무료로 치료해 주었고, 러시아 전역의 병원과 학교에 기부를 했는데 그중 다수가 오늘날에도 운영되고 있다.

세상에 대한 이런 애정은 그의 이야기에서 끊임없는 재검토 상태라는 형식을 띤다(확실한가? 정말 그럴까? 내가 기존의 의견 때문에 뭔가 빼먹는 걸까?). 그에게는 재고의 재능이 있다. 재고는 어렵다. 용기가 필요하다. 늘 똑같은 사람, 얼마 전에 해답에 이르렀고 그것을 의심할 이유가 전혀 없는 사람이 되는 안락을 거부해야 한다. 달리 말해 늘 열려 있어야 한다(자신만만한 뉴에이지 방식으로 열려 있다고 말하기는 쉽지만 현실에서 무시무시한 삶과 마주하면서 실행에 옮기기는 매우 어렵다). 우리는 체호프가 계속 의례처럼 모든 결론을 의심하는 모습을 지켜보면서 위로를 받는다. 재고해도 괜찮다. 그것

작가는 어떻게 읽는가

은 고상하며 심지어 거룩한 일이다. 그럴 수 있다. 우리는 재고할 수 있다. 우리가 이 사실을 아는 것은 그가 자신의 작품에 남긴 사례 때문인데, 그러므로 체호프의 이야기는 훌륭하고 간략한 재고 기계다, 우리는 그렇게 말할 수도 있다.

이반의 연설에 관한 생각 한 가지 더.

많은 젊은 작가가 이야기는 자신의 견해를 표현하고 세상에 자신이 믿는 바를 말할 장소라는 생각에서 출발한다. 즉, 이야기가 자기 생각을 배달하는 시스템이라고 이해한다. 물론 나도 한때 그렇게 생각했다. 이야기는 내가 세상을 바로잡고 나의 선진적인 도덕적 입장의 완전한 독창성을 통해 영광을 얻으러 나서는 곳이었다.

하지만 기술적인 문제로, 소설은 논쟁을 별로 잘 뒷받침하지 못한다. 작가가 모든 요소를 만들어내기 때문에 이야기는 사실 어떤 것을 '입증'할 수 없다(내가 아이스크림으로 인형의 집을 만들어 햇볕 아래 놓는다고 해서 그것이 '집이 녹는다'는 관념을 증명하지는 않는다).

'젊은' 이야기에서 우리는 재치 있고 우월하고 전적으로 옳은 작가가 거기 있다는 것을 느낀다. 종종 고뇌에 사로잡혀 있지만 매력적인 인물로 변장하고, 해외여행에서 깨달음을 얻고 돌아와 자신이 속한 문화를 구성하는 다른 모든 멍청이를 굽어보며 눈썹을 치켜올린다. 이 때문에 작가의 믿음이 이야기에 들어오지 못하도록 막아야 한다는 일반적(또 내 생각으로는 올바른) 관념이 생겼다.

어쩌면 어떤 믿음이 이야기에 표현되어 **있느냐** 아니냐가 아니라, 어떻게 표현되어 있느냐 혹은 믿음이 어떻게 이용되고 있느냐의 문제인지도 모르지만.

이반의 연설은 훌륭한 에세이 재료다. 정연하고 진지하고 정확하게 표현되고 예시로 뒷받침하며 진지한 의도와 결합해 있다. 그래서 우리는 그의 연설을 믿고 그것에 감동받는다. 그러나 체호프는 이 연설을 이반에게 할당하여 이 연설을 이중으로 이용한다. 이반이 체호프를 통해 말하다가 체호프로부터 갈라져 나올 때(14페이지에서 열을 내고 짜증을 내고 부정확해질 때) 체호프는 이 상태를 그대로 놓아두고("그건 내가 아니다, 그다") 이야기가 새로운 이반에게 반응하도록 허용한다. 체호프는 방금 발견한 이반의 새로운 면에 주목하여 "낡은 목조 침대 두 개가 있"는 "큰 방"으로 그를 쫓아가 묻는다. 그런 상태(흥분하고 좌절하고 막 열정적인 연설을 했지만 호응을 얻지 못한)에 있는 사람이라면 다음에 무엇을 할까? 그리고 답을 발견한다. 무심결에 파이프 청소하는 것을 잊고 지쳐서 잠이 들지도 모른다.

이것은 이 이야기가 저자의 강연을 위한 기회에 불과하다는 우리의 의심을 가라앉힌다. 체호프는 양다리를 걸친다. 진심 어린 의견(그 진실성을 우리는 느낀다)의 힘을 챙기면서도 그 의견을 하필이면 이반(그의 결함에 우리는 주목한다)에게 할당하여 불안정해지게 한다.

만일 내가 한 인물의 목소리로 쓰고 있는데 그가 갑자기 어떤 말을 불쑥 내뱉으면 그게 '나'일까? 글쎄, 어느 정도는. 불쑥 내뱉은 말은 결국 나한테서 나왔다. 하지만 그게 정말 '나'일까? 내가 그 말을 '믿을'까? 글쎄, 누가 상관할까? 어쨌든 그건 거기에 있다. 그게 좋은 말인가? 그 말에 힘이 있는가? 그렇다면 그것을 사용하지 않는 건 미친 짓이다. 이것이 인물이 만들어지는 방식이다. 우리는 우리 자신의 조각을 내보낸 다음 그 조각에게 바지와 머리 모양과 고향과 그 모든 것을 준다.

이런 식으로 인물을 만든 다음에는 한 걸음 뒤로 물러나 약간 삐딱하게 '그'를 본다. 그런 식의 믿음이 어떤 결과를 낳지 않을까? '그'가 방금 한 말에 어떤 수상쩍은 함축이 있지 않을까? 예상되는 부수적 피해는? 예측하지 못한 잠재적 영향은?(혹시 냄새나는 파이프는?)

전에 어떤 이야기(〈빅토리 랩Victory Lap〉)의 한 장면을 쓰고 있었다. 10대 소녀가 자신을 차로 댄스 수업에 데려다줄 어머니를 기다리는 장면이었다. 당시 나는 폭력적이고 매우 극적인 이야기를 쓰는 데 물려 체호프의 〈연극이 끝난 뒤〉 같은 멋진 이야기를 써보고자 했다. 체호프의 이야기에서는 어여쁜 열여섯 살짜리가 앉아서 진짜 열여섯 살짜리가 생각할 만한 것과 아주 흡사하게 사랑에 관하여 아찔한 생각을 하는 것 말고는 별일이 일어나지 않기 때문에 연상 작용에 의해 독자도 열여섯이 되어 행복해진다. 그러나 어찌 된 일인지 아이의 미래 인생 전체가 그 안에 담겨 있다. 독자는 아이에게서 먼 미래인 마흔 먹은 여자를 느낀다.

그래서 뭔가 해보기로 했다… 그런 식으로. 그러나 시도해 보니 좋지 않았다. 그저 수다스러운 내적 독백이었고, 일화적이고 정적이고 중요한 게 전혀 걸려 있지 않았다. 하지만 그 안에 뭔가 흥미로운 게 있었다. 어느 지점에서, 어른의 모든 기능 장애(알고 있겠지만 중독, 이혼, 간통 등 그 모든 1970년대 말의 병폐)를 어른이 스스로 나아지겠다고 마음먹기만 하면 쉽게 고칠 수 있는 잘못으로 간주하던 나의 오만한 열여섯 살 자아를 흉내 내어 나는 인물의 목소리로 불쑥 이렇게 내뱉었다. "잘하고 싶으면 그냥 잘하겠다고 마음먹기만 하면 돼. 용감하기만 하면 돼. 옳은 걸 위해 일어서기만 하면 돼."

내가 그 말을 믿었을까? 글쎄, 과거에는 그렇다고 믿었다. 그 말을 쓸 때는 쉰한 살로서 믿지 않았다. 하지만 아이가 그 말을 하자마자 그 말을 한 것은 내가 아니라 아이가 되었고 플롯에 기회가 나타났다.

아이: "잘하고 싶으면 그냥 잘하겠다고 마음먹기만 하면 돼."

이야기: "오, 정말?"

이야기는 이제 아이가 지금 갖고 있는(내가 예전에 가졌던) 안이한 믿음에 이의를 제기해야만 했다.

아직 〈빅토리 랩〉을 읽지 않았다면 미리 말해서 흥을 깨지는 않겠다. 달콤하고 비폭력적인 이야기를 쓰고 싶다는 나의 욕망은 독자가 끝까지 읽을 수 있는 이야기를 쓰고 싶다는 더 강한 욕망에 의해 뒤집혔다는 말만 해두겠다.

우리가 표현하는 생각은 뭐든 그저 우리 안에 간직한 수많은 생각들 가운데 하나다. 물론 일상생활에서 우리는 그 생각들과 동일시하고 그것들을 지지하고 그것들에 기대 살며 그것들을 확신하여 지키려고 싸우고 다른 생각들을 꺾으려 한다. 그럼에도 우리는 다른 생각들을 상상할 수 있다. 젊었을 때 끌어안았지만 그 이후 거부했던 철학의 흔적(안녕하세요, 아인 랜드*), 우리가 입 밖에 냈던 낯선 목소

---

* 러시아 태생의 소설가이자 미국 객관주의 철학을 이끈 철학자.

리들, 우리가 정치적으로 동의하지 않고 또 우리 안에서 흔적을 발견하면 불편해지는 생각들을.

당신이 이민을 지지하는 사람일 경우 당신의 내면 깊은 곳에 반이민 감정이 있을까? 물론이다. 그래서 이민자의 권리를 지지하는 주장을 할 때 그렇게 감정이 격해지는 것이다. 당신은 당신 자신에게 잠복한 부분에 반대하여 논쟁하고 있다. 정치적으로 반대편에 선 사람에게 화를 내는 이유는 당신에게 불편한 당신 자신의 일부가 떠오르기 때문이다. 누가 억지로 시킨다면 반이민 옹호자를 그럴듯하게 모방할 수도 있다(마찬가지로 성난 반이민 옹호자는 자기 내부의 좌파에 맞서 격분하고 있는 거다).

대체로 우리는 일군의 의견들과 동일시하고 그 입장에서 세상을 평가하며 돌아다닌다. 우리 내부의 오케스트라는 어떤 악기가 주도하고 어떤 악기는 작게 또는 전혀 소리를 내지 말라는 지침을 받았다. 글을 쓰면서 우리는 이 구성을 바꿀 기회를 얻는다. 소리가 작은 악기가 전면에 나서는 것이 허용된다. 평소에 시끄럽게 소리를 내던 믿음은 악기를 무릎에 내려놓고 조용히 앉아 있으라는 요청을 받는다. 이것은 좋은 일이다. 다른 조용한 악기도 내내 그 자리에 있었다는 사실을 일깨워주기 때문이다. 그리고 추론에 의해 세상 모든 사람이 자기 내부에 오케스트라를 가지고 있고, 그 오케스트라에 참여하는 악기가 대체로 말해서 우리의 악기와 똑같다는 사실을 깨달을 수 있기 때문이다.

그리고 이것이 문학이 먹히는 이유다.

앙리 트로야가 쓴 체호프 전기에는 아름다운 장면이 있다. 체호프와 톨스토이가 처음 만나는 순간을 묘사하는 장면이다. 체호프는 이 만남을 미루어왔다. "경외할 만한 예언자, 영적 본성의 진보를 장려하기 위해 과학적 진보를 부정하겠다고 고집하는 톨스토이 앞에서 고개를 숙이는 것에는 아무 말 하고 싶지 않다"고 느꼈기 때문이다.

그러나 1895년 8월 8일 체호프는 톨스토이의 영지 야스나야 폴랴나로 가서 이 위인을 만났다.

트로야는 말한다. "그들은 집으로 가는, 너도밤나무가 줄지어 늘어선 좁은 길에서 만났다. 톨스토이는 하얀 작업복을 입고 어깨에 수건을 걸치고 있었다. 강으로 목욕을 하러 가는 길이었다. 그는 체호프에게 함께하자고 권했다. 두 사람은 옷을 벗고 뛰어들었으며 목까지 잠기는 물에서 첨벙거리고 돌아다니며 자연 상태에서 첫 대화를 나누었다. 톨스토이의 소탈함에 마음이 열린 체호프는 자신이 러시아 문학의 기념비와 마주하고 있다는 사실마저 잊어버릴 뻔했다."

우리는 〈구스베리〉의 모든 것이 그 수영 안에 들어 있다고 상상할 수도 있다. 톨스토이가 일종의 응축된 이반을 연기하며 웅장하고 엄격하고 도덕적인 선언을 하는 동시에 벌거벗은 채 기쁘게 첨벙거리고 돌아다니고, 체호프는 부르킨 역을 하고(톨스토이의 정열적인 일반화에 저항하고), 둘 다 알료힌(휴식을 취하는 부지런한 노동자)을 연기한다. 생각해 보니 체호프는 또 다른 버전의 이반을 연기하여 그의 독실한 척하는 면과 축제를 벌이는 면 양쪽을 다 구현하고 있었다. 그는 톨스토이를 심판하지만 자기도 모르게 그를 사랑하게 되었으며, 나중에는 이렇게 말한다. "톨스토이의 죽음이 두렵다. 만에 하나 그가 죽는다면 내 인생에 크고 텅 빈 자리가 생길 것이다. 무엇보다 나는 어떤 사람도 그만큼 사랑한 적이 없다." 그러나 1904년에 체호프가 먼저 죽었고 그가 죽자 톨스토이는 말했다. "그가 나를 그렇게 사랑하는지 전혀 몰랐다."

두 사람이 미역을 감고 3년 뒤인 1898년 체호프는 〈구스베리〉를 썼다.

뒤에 든 생각 #6

우리가 함께 읽고 있는 이야기들은 각 저자들이 쓴 최고의 작품으로 꼽힌다. 하지만 이들은 또 이보다 못한 작품도 썼고 그런 작품을 읽는 것 또한 중요하다. 누구도 매번 홈런을 치지는 못하며, 걸작의 배경에는 예술가가 이것저것 해보려 애쓰는 시험 가동이 서너 번 있을지도 모른다는 점을 되새기기 위해서라도.

이런 생각을 계속 탐사해 볼 연습 과제를 제시해 보겠다. 하나는 러시아 문학에서, 하나는 영화에서.

톨스토이는 젊었을 때 썰매에 승객으로 탔다가 눈보라에 길을 잃은 적이 있었다. 일행은 20시간 동안 계속 썰매를 달렸고 밤까지 꼬박 새운 끝에 눈을 피할 곳을 찾았다. 오래지 않아 톨스토이는 이 경험에 기초하여 〈눈보라The Snowstorm〉라는 이야기를 썼다. 40년 뒤 그는 같은 재료를 이용하여 〈주인과 하인〉을 썼다. 두 이야기를 연속으로 읽으면 톨스토이가 그 사이의 40년 동안 서사에 관해 무엇을 배웠

작가는 어떻게 읽는가

는지 슬쩍 엿볼 수 있다.

다음으로 찰리 채플린의 초기 단편 영화 〈챔피언〉에는 권투 시퀀스가 있다. 60년 뒤 채플린은 〈시티 라이트〉에 아주 비슷한 시퀀스를 넣었다.

자, 연습 과제는 다음과 같다.

최근에 〈주인과 하인〉을 읽었으니 이제 〈눈보라〉를 읽어라.

순서와 상관없이 〈시티 라이트〉의 권투 시퀀스와 〈챔피언〉에서 그에 상응하는 시퀀스를 보라.

후기의 작품과 초기의 작품을 비교해 보라.

내 생각에 당신은 후기 작품이 더 고도로 조직된 체계로 느껴진다는 점을 알게 될 것이다.

〈폭풍우〉에서 톨스토이의 목적은 실제 사건을 기록하는 것처럼 보인다. 핵심은 눈보라에서 길을 잃는 일이 **발생했다**는 데 있다. 등장인물 가운데 누구도 무언가를 대변하거나 성격을 보여줄 만한 행동을 하지 않는다. 그들은 우연히 구조된다. 이 단편에는 훌륭한 부분들이 있지만(예를 들어 주요 인물이 얼어 죽을까 봐 걱정하다가 깜빡 잠이 들어 여름 꿈을 꾸며, 눈보라와 말의 묘사가 눈부시다) 〈주인과 하인〉과 같은 드라마는 없으며, 인간 가운데 일부가 이때 한 번 길을 잃었다는 사실 외에 인간에 관해 특별히 하는 이야기는 없는 것 같다.

〈챔피언〉의 싸움은 그에 상응하는 〈시티 라이트〉의 시퀀스와 비교하면 늘어지고 정적으로 느껴진다. 열심히 움직이기는 한다. 즉흥 연기로 보이는 이리저리 뛰는 움직임이 많다. 젊은 채플린은 나중에

〈시티 라이트〉에 나타나게 될 코미디의 초기 버전을 보여주는 셈인데 계속 되풀이되기만 할 뿐, 나중에 〈시티 라이트〉에서 멋지게 해낸 것처럼 이것들을 확장하는 패턴으로 긴밀하게 배치할 생각은 하지 못했던 듯하다.

여기에서 약간 일반화를 시도해 보겠다. 고도로 조직된 체계에서 인과 관계는 더 분명하게 드러나고 더 의도적이다. 요소들은 더 정확하게 선별한 것처럼 보인다. 상황은 확실히 확장되고 모든 게 목적에 부합한다.

알겠지만, 더 고도로 조직된 체계가 무조건 낫다.

따라서 예술가로서 당연히 이런 질문을 하게 된다. 어떻게 나의 체계를 더 고도로 조직할 것인가?

위대한 작가부터 변변찮은 작가까지 열 명을 한 방에 모아놓고 소설의 주요한 미덕을 목록으로 정리해 보라고 요청한다면 의견 불일치는 크지 않을 것이다. 알고 보면, 이와 같은 주요한 미덕의 목록은 실제로 존재한다. 러시아 단편들을 헤쳐 오면서 우리가 무심코 모아왔던 게 그런 목록이다. 구체적이고 효율적으로 써라, 디테일을 많이 사용하라, 늘 확장하라, 말하지 말고 보여주어라 등등. 열 명의 작가 각각은 자기 작업에 관해 이야기하면서 주요한 미덕을 약간 바꾸거나 개인화하여 말할 것이고, 몇 가지를 더하거나 뺄 것이고, 미덕의 찬가를 부를 때 사용하는 일화를 약간 마음에 들게 변형하여 전하면서 자신들이 늘 충실하게 그 미덕을 지키며 작업한다고 주장할 것이다.

그러나 '커브볼을 치는 방법'은 구글에서 누구나 찾아볼 수 있다.

그 결과 타자는 '스핀을 확인해야 한다', '나쁜 공은 치고 좋은 공은 보내야 한다' 등등을 알게 되며, 그래서 배팅 연습장에 가면서 이에 관해 누구나 떠들기는 하지만, 일단 연습장에 들어가면 우리 가운데 일부는 커브볼을 치고 일부는 치지 못한다.

위대한 작가와 좋은 작가(또는 좋은 작가와 나쁜 작가)의 차이는 작업을 하면서 내리는 즉각적인 결정의 질에 있다. 작가의 머릿속에 한 줄이 떠오른다. 한 구절을 삭제한다. 이 대목을 잘라낸다. 몇 달 동안 텍스트에 자리 잡고 있던 두 단어의 순서를 바꾼다.

작가 다섯 명이 한 카페의 긴 테이블에 한 줄로 앉아 있다면, 그들 모두가 구체성의 신봉자일 수 있지만, 진실의 순간에 그들 가운데 일부는 구체성을 이루는 매혹적인 방식을 발견하고 일부는 그러지 못한다.

따라서, 한마디로 가혹하다.

하지만 동시에 자유로워지기도 한다. 우리가 걱정해야 할 목록의 항목을 딱 하나로 줄이기 때문이다. 우리가 작업한 한 줄을 읽으면서 그것을 바꿀지 말지 결정하는 순간.

우리는 모든 글을 이 작업으로 환원할 수 있다. 한 줄을 읽고, 그에 반응하고, 그 반응을 신뢰하고(받아들이고), 그에 대응하여 직관에 의지하여 순간적으로 어떤 일을 한다.

그거다.

되풀이해서.

좀 황당해 보이지만 내 경험으로는 그게 전부다. a. 자기 내부에 원하는 바를 정말로, 정말로 알고 있는 목소리가 있다는 것을 확신하게 된다. b. 그 목소리를 듣고 그에 따라 행동하는 데 점점 나아진다.

시인이자 매우 훌륭한 비평가였던 랜들 재럴Randall Jarrell은 말했다. "어쨌든 비평가에게는 기본적으로 우스꽝스러운 점이 있다. 좋은 것은 우리가 좋다고 말하지 않아도 좋으며, 우리가 얼마나 위세를 부리든 밑바닥에서부터 우리는 이 사실을 알고 있다."

맞는다.

우리는 실제로 알고 있다.

또는 지금은 알고 있다. 하지만 내일은 다를 수도 있다. 따라서 오늘 우리는 대담하게 바꾼다(또는 바꾸지 않는다). 그리고 이 작업의 아름다움은, 우리가 내일도 다음 날도 그다음 날도 다시 이 길을 지나고, 같은 문장을 다시 읽고, 그대로 두거나 또 바꾸고, 심지어 맨 처음의 상태로 되돌려 놓을 수도 있다는 것이다.

우리는 결정에 이를 때까지 이 작업을 반복하는데, 결정에 이르렀음을 우리가 아는 방법은 그 부분이 더는 바뀌지 않는다는 것이다.

따라서, 우리가 '더 고도로 조직된 체계'라고 부르는 것은 행 수준에서 이렇게 반복해서 선택하는 모든 것, 편집 과정에서 수천 번의 미세한 결정이 축적된 결과다. (내가 당신에게 준 뉴욕의 아파트 기억하는가? 당신이 2년 동안 재량껏 쇼핑을 하면서 계속 그곳에 있던 물건들을 당신이 좋아하는 물건으로 바꾼 뒤라면? 그 아파트는 하나의 고도로 조직된 체계가 될 것이다.)

이런 구절이 나타나 당신의 이야기를 연다고 해보자. "햇빛이 앤의 창 안으로 힘 있게 떨어져 그녀는 침대에 누워 전화를 받으러 손

작가는 어떻게 읽는가

을 뻗다가 손목에 햇빛을 강하게 느꼈다. 아주 이른 시간이었다. 누가 이렇게 일찍 전화를 했을까? 밖에는 트럭 아니면 버스가 지나가고 있었다."

자, 할 일이 있다. 하지만 무슨 일? 이 구절에서 당신은 무엇이 찜찜한가? 무엇이 마음에 드는가? 당신의 선호 체계를 '편집 기준'이라고 멋지게 불러보자. 이제 시작해 보자. 당신의 편집 기준을 적용해 보자. 당신은 이 한 뼘의 산문을 두고 무엇을 하고 싶은지를 통해 작가로서 자기 자신에 관해 알아야 할 모든 것을 알게 될 것이다.

내가 하고 싶은 작업은 바로 본론으로 들어가는 거다. "맙소사, 누가 이렇게 일찍 전화를 걸어?" 내 이야기는 그렇게 시작할 수도 있다. 나의 편집 기준에 따르면 들어오는 햇빛과 지나가는 트럭이니 버스는 중요하지 않다. 햇빛은 그것이 포함된 문장에 문제를 일으키고('힘 있게' 떨어져서) 트럭이나 버스는 모든 도시 거리 장면에 클리셰로 등장한다(그걸 보면 나는 이런 느낌이 든다. '뭐야, 내 이야기에서 나가'). 따라서 나의 편집 기준은 나에게 햇빛이 들어온다는 아이디어 전체로부터 달아나고 트럭과 버스를 잘라내라고 말한다. 그러나 다른 작가는 '창으로 들어오는 햇빛'과 '침대에 있는 사람'이 자신의 마음에서 결합하는 방식이 마음에 들 수도 있다. 그 부분을 다듬어서 자리를 더 잘 잡게 만들고 싶을 수도 있다. "햇빛이 마리의 창으로 치고 들어와 거의 타기 직전의 열기로 그녀의 팔을 가로질렀다." 또 다른 사람은 이렇게 하고 싶을 수도 있다. "밖에는 트럭 아니면 버스. 마리는 꿈을 꾸며 그 트럭이나 버스에서 그레그가 나타날 것을 알았지만 전화벨에 잠이 깬 꿈에서 빠져나오면서 깨달았다. 아니야, 그레 그는 트럭이나 버스에서 나타나지 않아. 여전히 댈러스에 있어…."
또는 다른 무엇이든 할 수 있다. 핵심은 이렇다. 그 별것 아닌 작은 분
량의 산문에 자신의 취향 그대로(방어나 합리화는 필요하지 않다)
'힘차게 장난질을 치기'(또 다른 멋진 전문적인 표현) 시작하면 그 구
절은 더 고도로 조직화된 체계가 되어갈 것이다. 그냥 그렇게 된다.
그리고 그 체계는 내부에 당신의 무언가를 가지게 될 것이다. 잠재적
으로 당신의 많은 것을 가지게 되고, **오로지** 당신만을 가지게 될 것이
다. 이야기는 결국 당신의 취향에 따라 조직되고 있다. 어쩌면 당신
은 속도나 명료함을 높이 살 수도 있다. 어쩌면 속도에 저항하여 거
꾸로 속도를 늦추고 싶을 수도 있다. 어쩌면 '명료함'이 당신에게는
과도한 단순화로 느껴질 수도 있다. 내가 하고자 하는 말은, 중요한
것은 당신 취향의 특징이 아니라는 점이다. 결과물로 나오는 예술 작
품이 고도로 조직화되었다는 느낌이 들게 하는 것은 당신이 취향을
적용하는 강도다.

페이더 스위치가 줄줄이 달린 녹음실의 믹싱 보드를 보았을지도
모르겠다. 이야기는 일종의 이런 믹싱 보드라고 생각할 수도 있다.
다만 페이더 스위치가 수천 개 달려 있을 뿐이다.
어떤 이야기에서 마이크가 아들의 수술 때문에 돈을 빌려야 해서
아버지에게 부탁하러 간다고 해보자. '마이크와 아버지의 관계'라는
딱지가 붙은 페이더 스위치가 나타난다. 둘이 아주 가까우면 그것도
한 편의 이야기다. 그들이 20년 동안 말을 하지 않았으면 그것도 한
편의 이야기다. 작가는 페이더 스위치를 어떻게 조절할지 선택해야

작가는 어떻게 읽는가

한다. '마이크의 아버지 자신'도 또 하나의 페이더 스위치다. 그는 가령 부유하고 너그러울 수도 있고 부유하지만 인색할 수도 있다(또는 가난하고 인색할 수도 있고 가난하지만 너그러울 수도 있다).

우리는 작가가 이 모델 내부에서 두 가지 일을 해야 한다고 말할 수도 있다. 처음에 페이더 스위치를 만들고(마이크가 아버지에게 호소할 생각을 하는 순간을 우연히 포착해 그 순간을 이야기 안으로 들여놓는다) 그런 다음 스위치를 **설정**한다. 작가는 마이크 아버지의 수많은 버전 가운데 누가 이 이야기에서 자신이 원하는 버전인지 선택해야 한다.

그리고 여기에서 나의 비유를 약간 조정해 보겠다. 그 믹싱 보드는 음악을 녹음하기 위해서가 아니라 방을 아름답고 강렬한 빛으로 채우려고 설계되었다. 수천 개의 페이더 스위치 가운데 어느 하나만 조정해도 방 조명의 질과 강도가 살짝 달라진다. 완벽한 이야기에서는 모든 스위치가 딱 맞게 설정되어 있고, 방 조명이 더는 밝아지거나 더 아름다워질 수 없을 것이다.

이 모델에서 퇴고는 이야기를 되풀이하여 검토하면서 기존의 페이더 스위치를 미세 조정하고 필요한 새 스위치를 도입하는(혹시 마이크의 어머니가 할 역할이 있을까?) 과정이다. 스위치 가운데 하나를 아주 조금 움직일 때마다 체계는 조금 더 고도로 조직되며, 그 안에 당신이 더 들어가고, 방 조명이 더 아름다워진다. (이는 물론 좋은 결정에만 해당한다. 하지만 우리는 되풀이해서 결정을 내릴 것이기 때문에 결국 우리의 결정은 모두 좋아질 거라고 가정한다.)

나는 내가 좋아하는 것을 좋아하고, 당신은 당신이 좋아하는 것을 좋아하며, 예술은 우리가 좋아하는 것을 좋아하는 일이 몇 번이고 허용될 뿐 아니라 핵심 기술이 되는 장소다. 당신은 당신이 좋아하는 것을 얼마나 강하게 좋아할 수 있는가? 그 모든 것이 당신의 근본적 선호의 어떤 자취와 확실하게 융합되도록 얼마나 오래 작업할 용의가 있는가?

선택하고, 또 선택하는 것. 그게 우리가 가진 전부다.

단지 알료샤

(1905)

레프 톨스토이

Lev Nikolaevich Tolstoy

단지 알료샤

알료샤는 형제 가운데 동생이었다. 별명이 '단지'였는데 어머니가 부제副祭의 부인한테 우유 단지를 가져다주라고 했을 때 넘어져 그것을 깼기 때문이다. 어머니는 그를 때렸고 아이들은 그를 '단지'라는 별명으로 놀리기 시작했다. 단지 알료샤, 그것이 그때부터 그의 별명이었다.

알료샤는 빼빼 마르고 귀가 늘어지고(귀가 날개처럼 튀어나왔다) 코가 큰 아이였다. 아이들은 그를 놀리곤 했다. "알료샤 코는 언덕 위의 개를 닮았어!" 마을에는 학교가 하나 있었지만 알료샤는 글쓰기를 쉽게 익힐 수 없었을 뿐 아니라 공부할 시간도 그렇게 많지 않았다. 형은 읍내 상인 밑에서 일했기 때문에 알료샤는 걸을 수 있을 때부터 아버지를 도와야 했다. 여섯 살에 이미 여동생과 함께 양과 소를 살피고 조금 더 나이를 먹자 낮이나 밤이나 말을 보살폈다. 열두 살이 되자 쟁기질을 하고 마차를 몰았다. 힘이 세지는 않았지만 일하는 요령을 알았다. 그는 늘 기분이 좋았다. 아이들이 놀리면 그냥 가만히 있거나 함께 웃음을 터뜨리곤 했다. 아버지가 고함을 지르면 가만히 입을 다물고 귀를 기울였다. 그러다 고함이 멈추자마자 미소를 짓고 뭐든 해야 할 일을 계속했다.

알료샤가 열아홉 살 때 형이 징집되었다. 그래서 아버지는 알료샤가 형이 하던 일을 물려받도록 주선하여 알료샤는 상인에게 고용되었다. 알료샤는 형이 신던 낡은 장화에 아버지의 모자와 외투를 걸치고 읍내로 갔다. 알료샤는 새 옷 때문에 몹시 기뻐 마음이 들떴는데 상인은 알료샤의 외모가 마음에 들지 않았다.

"나는 세묜 자리에 어른이 올 거라고 생각했는데." 상인이 알료샤를 아래위로 훑어보며 말했다. "그런데 이 코흘리개는 어디에 쓰라는 거야? 이 아이가 나한테 무슨 도움이 돼?"

"이 아이는 뭐든 할 수 있어요. 말을 마차에 묶을 수 있고 물건을 가져올 수 있고 미친 듯이 일을 합니다. 작고 약해 보이지만 지칠 줄을 몰라요."

"흠, 두고 봐야 할 것 같은데."

"그리고 중요한 건 말대꾸를 절대 하지 않는다는 거죠. 또 먹기보다는 일하는 쪽을 택할 겁니다."

"오, 아무렴 어떻겠어. 두고 가쇼."

그래서 알료샤는 상인의 집에서 살기 시작했다.

상인은 대가족을 거느리지 않았다. 아내와 늙은 어머니, 결혼한 맏아들은 학교를 마치지 않은 채 아버지 일을 도왔고 다른 아들은 교육을 잘 받아 학교를 마치고 대학에 갔으나 쫓겨나 집에서 살고

작가는 어떻게 읽는가

있었다. 그리고 고등학교에 다니는 딸이 있었다.

처음에 그들은 알료샤를 좋아하지 않았다. 그냥 너무 농민 같았다. 옷은 끔찍했고 처신하는 법도 몰랐으며 심지어 자기보다 높은 위치에 있는 사람들에게 공손하게 말하는 법도 몰랐다. 그러나 오래지 않아 그에게 익숙해지게 되었다. 그는 형보다 일을 훨씬 잘했다. 말대꾸를 절대 하지 않는다는 말은 사실이었다. 어떤 일이든 하라고 그를 보내면 그는 그 즉시 아주 기꺼이 그 모든 일을 했고, 이 일에서 저 일 사이에 한 번도 쉬지도 않았기 때문이다. 그러자 상인의 집도 알료샤의 집과 똑같아졌다. 모든 일을 알료샤에게 떠안겼다. 일을 많이 할수록 더 많이 떠안겼다. 상인의 아내, 어머니, 딸, 아들, 집사, 식모 모두 그를 여기저기로 또 저 너머로 보내 이것을 시키고 저것을 시켰다. 들리는 말이라고는 "어서, 이걸 가져와" 또는 "알료샤, 이거 좀 해" 또는 "알료샤, 잊었다는 말은 하지 마!" 또는 "알료샤, 절대 잊으면 안 돼!"뿐이었다. 그래서 알료샤는 늘 뛰어다니고 일을 처리하고 일을 살폈으며, 절대 잊지 않고 그 모든 것을 해내고 늘 미소를 지었다.

오래지 않아 형의 장화가 다 떨어졌는데 상인은 벌어진 장화를 신고 발가락이 튀어나온 채 돌아다닌다고 야단을 치더니 시장에서 장화를 주문했다. 장화는 새것이었고 알료샤는 새 장화를 가지게 되어 무척 기뻤지만 발은 예전 그대로였기에 저녁 무렵이 되어 발이 죽도록 아프기 시작하자 장화에 화가 났다. 알료샤는 아버지가 품삯을 챙기러 와서 상인이 품삯에서 장홧값을 제한 것을 두고 화를 낼까 걱정이 되었다.

겨울이면 알료샤는 동트기 전에 일어나 장작을 패고 마당을 쓸고 소와 말에게 여물과 물을 먹였다. 그런 뒤에 난로에 불을 피우고 구두를 닦고 상인의 옷에 솔질을 하고 사모바르들을 닦은 다음 불에 올렸다. 그러면 집사가 그를 불러서 내다 팔 물건을 옮기게 했고, 아니면 식모가 반죽을 주무르거나 냄비 닦는 일을 시켰다. 그 뒤에는 누군가에게 보내는 편지를 들고 읍내로 가거나 딸을 학교에 데려다주거나 노부인을 위해 등유를 가져왔다. 그래서 늘 누군가 "도대체 어디 가서 그렇게 오래 있었던 거야?"라거나 "왜 귀찮게 당신이 해? 알료샤가 가서 가져올 텐데. 알료샤! 오, 알료샤!" 하는 소리가 들렸다. 그러면 알료샤는 그것을 가지러 달려갔다.

4　그는 먹을 수 있을 때 얼른 한 입 먹었으며, 밤에 나머지 사람들과 함께 식사할 수 있는 시간에 맞추어 돌아오는 것은 드문 일이었다. 식모는 제시간에 오지 않는다고 소리를 질렀지만 그를 안쓰럽게 여겨 점심이나 저녁으로 먹을 따뜻한 음식을 남겨두었다. 명절 준비를 할 때나 명절 동안에는 정말 할 일이 많았다. 그래도 알료샤는 명절을 정말 사랑했다. 명절에는 가외 수입이 생기곤 했기 때문이다. 품삯만큼은 아니고 60코페이카 정도였지만 그래도 그것은 그의 돈이었다. 원하는 곳에 쓸 수 있었다. 품삯에는 한 번도 눈독을 들이지 않았다. 아버지가 와서 가져갔고 알료샤가 아버지에게 듣는 말은 왜 장화가 그렇게 빨리 닳느냐는 불평뿐이었다.

그는 가외 수입으로 2루블을 모으자 식모의 조언대로 빨간색 털실로 짠 외투를 샀는데, 그것을 걸치자 너무 행복해서 얼굴에서 웃음을 지울 수가 없었다.

알료샤는 말을 많이 하지 않았으며 한다 해도 늘 짧고 엉성하게 조각조각 튀어나왔다. 그에게 뭘 시키거나 이렇게 저렇게 할 수 있느냐고 물으면, 자, 그는 그들이 말을 마치기도 전에 "그럼요" 하고 대답을 하고 그 일을 시작하거나 이미 하고 있었다.

알료샤는 기도문을 하나도 알지 못했다. 어머니가 몇 개 가르쳐주었지만 다 까먹었다. 그러나 여전히 아침저녁으로 기도했다. 두 손을 모아 기도했고 성호를 그었다.

그렇게 알료샤는 1년 반을 살았는데 갑자기 두 번째 해 하반기에 그의 평생 일어난 적이 없던 일이 일어났다. 이 일이란 그가 사람들 사이에 어떤 사람이 다른 사람에게 뭔가를 요구하는 것에 기초한 관련들 말고도 아주 특별한 관련이 있다는 사실을 발견하고 아연한 것이다. 장화를 닦거나 물건을 나르거나 말에 마구를 채우는 사람이 아닌데도, 어떤 현실적인 면에서 필요한 사람이 아닌데도 여전히 누군가는 그 사람이 필요하다고 느낄 수 있고 또 끌어안을 수 있었는데, 그가, 알료샤가 바로 그런 사람이 되었다. 그는 식모 우스티냐에게서 그 사실을 알게 되었다. 우스티냐는 고아였고 젊었으며 꼭 알료샤처럼 일했다. 그녀는 알료샤에게 안쓰러움을 느끼기 시작했고 알료샤는 처음으로 다른 사람이 그를, 그 자신을, 그의 노동이 아니라 그 자신을 필요로 한다고 느꼈다. 어머니가 그를 안쓰럽게 여겼을 때는 마땅히 그래야 하는 것처럼 보였기 때문에 특별하게 느끼지 않았다. 그것은 그가 자기 자신에게 안쓰러움을 느끼는 것과 똑같았다. 그러나 이곳에서 갑자기 우스티냐가, 전혀 피가 섞이지 않은 사람임에도 그를 안쓰럽게 여기며 그를 위해 버터를 넣은 곡물을 단지에 남겨두었고 맨살이 드러난 팔에 턱을 괴고 그가 먹는 모습을 물끄러미 지켜보았다. 그가 그녀를 흘끗 보면 그녀는 웃음을 터뜨렸고 그러면 그도 웃음을 터뜨렸다.

이것은 아주 새롭고 이상하여 처음에 알료샤는 두려웠다. 이것 때문에 전에 하던 대로 일을 하지 못하게 될지도 모른다는 느낌이 들었다. 하지만 그래도 행복했으며, 우스티냐가 수선한 바지를 볼 때면 고개를 저으며 미소를 짓곤 했다. 일을 하거나 어디 가는 길에 종종 우스티냐를 떠올리며 말하곤 했다. "오, 그래, 우스티냐!" 우스티냐는 도울 수 있을 때마다 알료샤를 도왔고 알료샤도 그녀를 도왔다. 그녀는 자기 이야기를 해주었다. 부모를 둘 다 잃었다는 것, 친척 아주머니 집으로 들어갔다는 것, 읍내에서 이 일자리를 얻게 되었다는 것, 상인의 아들이 바보 같은 짓을 하라고 꾀어바로 아는 체도 하지 않게 되었다는 것. 그녀는 말하기를 아주 좋아했고 그는 그녀의 이야기를 듣는 것을 좋아했다. 그는 도회지에서는 일꾼으로 고용된 농민이 식모와 결혼하는 일이 흔하다는 이야기를 들었다. 한번은 그녀가 그에게 집에서 그를 빨리 결혼시키려 하느냐고 물었다. 그는 모르지만 시골 여자하고 결혼하고 싶지는 않다고 말했다.

"그래? 그럼 누구 염두에 둔 사람 있어?" 그녀가 말했다.

"음, 너하고 결혼하고 싶어. 너는?"

"어머, 단지 얘 말하는 것 좀 봐! 바로 질문을 해버리네." 우스티냐가 말하더니 손으로 알료샤의 등을 쿡 찌르며 말했다. "내가 왜 안 하겠어?"

작가는 어떻게 읽는가

재의 수요일 전 축제 기간에 알료샤의 아버지가 품삯을 챙기러 읍내에 왔다. 상인의 아내는 그 전에 알료샤가 우스티냐와 결혼할 생각을 한다는 것을 알게 되었고 그게 마음에 들지 않았다. "우스티냐가 애를 가질 텐데 그 애한테 애가 딸리는 게 무슨 도움이 되겠어?" 그녀는 남편에게 말했다.

상인은 알료샤의 돈을 그의 아버지에게 내주었다.

"우리 아들은 어떤가요? 괜찮지요?" 그의 아버지가 말했다. "그 애는 말대꾸를 하지 않을 거라고 했잖습니까."

"뭐 말대꾸로 보자면 그런 건 전혀 안 한다고 할 수 있지만 그 아이가 좀 어리석은 일에 매달려 있어서. 식모하고 결혼할 생각을 하더군. 하지만 나는 일 도와주는 사람이 결혼하는 꼴은 보지 않소. 그건 우리한테 맞지 않아."

"아니 그 바보가…" 아버지가 말했다. "한 번 더 생각해 주시지요. 그 아이한테 전부 잊어버리라고 내가 말하겠습니다."

아버지는 부엌으로 들어가 식탁에 앉아 아들을 기다렸다. 알료샤가 심부름을 나갔다가 숨을 헐떡이며 돌아왔다.

"나는 그래도 네가 분별이 좀 있는 줄 알았는데 지금 도대체 무슨 생각을 하는 거냐?" 아버지가 말했다.

"아무 생각도 안 하는데요…. 저는…."

"뭐, 아무 생각도? 결혼할 생각을 하고 있었잖아. 때가 되면 내가 결혼을 시켜줄 거야. 이 읍내의 걸레가 아니라 너한테 어울리는 여자하고 결혼을 시켜줄 거라고."

아버지는 오래 이야기를 했고 알료샤는 그 자리에 서서 한숨만

7

쉬었다. 아버지가 말을 마치자 알료샤는 미소를 지었다.

"뭐 그 일은 그냥 없던 걸로 할 수 있겠네요."

"그렇지."

아버지가 가고 둘만 남자(우스티냐는 문 뒤에 서서 아버지가 아들에게 하는 말을 다 들었다) 알료샤가 우스티냐에게 말했다.

"우리 계획대로 안 될 것 같아. 다 들었지? 아버지가 화가 나서 허락을 하지 않으려 하네."

우스티냐는 앞치마에 대고 소리 없이 울기 시작했다.

알료샤가 말했다. "쯧. 쯧. 아버지 말을 들어야지. 그 일은 없던 걸로 해야 할 것 같네."

8   그날 밤 상인의 부인이 알료샤를 불러 덧문을 닫게 하면서 말했다. "그래, 네 아버지 말대로 그 터무니없는 생각은 버릴 테냐?"

"그래야 할 것 같아요." 알료샤는 웃음을 터뜨리며 말하다가 울기 시작했다.

그때부터 알료샤는 우스티냐에게 다시는 결혼 이야기를 하지 않고 전과 다름없이 살아갔다.

사순절 어느 날 집사가 그에게 지붕의 눈을 치우라고 했다. 그는 지붕으로 올라가 눈을 다 치우고 홈통의 언 눈을 치우기 시작하다 발이 미끄러져 삽과 함께 떨어졌다. 불행히도 눈이 아니라 문 위의 쇠 지붕에 떨어졌다. 우스티냐와 상인의 딸이 달려왔다.

"알료샤, 다쳤어?"

"조금. 괜찮아."

        작가는 어떻게 읽는가

그는 일어서려 했지만 일어설 수가 없자 미소를 짓기 시작했다. 그들은 알료샤를 마당지기의 숙소로 데리고 들어갔다. 의사 밑에서 일하는 잡역부가 왔다. 그는 알료샤를 진찰하더니 어디가 아프냐고 물었다.

"다 아프지만 괜찮습니다. 그저 주인님이 화만 내지 않았으면. 아빠한테 소식을 전하는 게 좋겠어요."

알료샤는 침대에 이틀을 누워 있었고 사흘째가 되자 사람들이 사제를 부르러 사람을 보냈다.

"죽지 않을 거지, 응?" 우스티냐가 물었다.

"무슨 생각을 하는 거야, 우리가 영원히 사나? 언젠가는 죽어야 해…" 알료샤가 말했다. 늘 그렇듯이 빠르게 말하고 있었다. "고마워, 우스티냐, 나한테 잘해줘서. 봐, 사람들이 우리가 결혼을 못 하게 해서 잘됐어. 다 아무 의미 없었을 거야. 지금은 모든 게 괜찮아."

그는 사제와 함께 기도했지만 두 손과 마음으로만 했다. 그의 마음에는 여기 아래에서 사람들이 시키는 걸 하고 아무도 해치지 않아서 괜찮았으면 저기 위에서도 괜찮을 거라는 생각이 있었다.

그는 별말이 없었다. 그냥 계속 물을 달라고 했고 뭔가에 아연한 표정이었다.

그러다가 뭔가가 그를 화들짝 놀라게 한 듯했고, 그는 두 다리를 뻗고 죽었다.

생략의 지혜

〈단지 알료샤〉에 대한 생각

인물은 고유 명사로 시작한다. 고유 명사는 우리가 여러 속성을 부여하는 봉선화이다. 〈단지 알료샤〉의 첫 단어에서 우리는 알료샤라는 사람이 있음을 안다. 이어 그는 다리가 걸려 넘어지고 단지를 깬다. 이 때문에 어머니에게 맞고 다른 아이들한테 놀림을 당하면서 '단지 알료샤'라는 별명이 생긴다.

이렇게 아이 한 명이 나타나기 시작한다.

더욱이 그는 "삐삐 마르고 귀가 늘어지고" 코가 크다("언덕 위의 개"를 닮은 코인데, A.S. 카맥A. S. Carmack의 번역에서는 "장대에 달린 박 같은 코"이다). 어느 쪽이든 사람들이 선택할 만한 코는 아니다. 하지만 우리는 그 코 때문에 그 가엾은 어린아이를 좋아한다. 그는 공부 능력을 타고나지 않았고, 어쨌거나 학교에 다닐 시간도 없다. 그는 일꾼이고, 모든 문학을 통틀어 가장 열심히 일하는 일꾼이다. "걸을 수 있을 때부터" 아버지를 도왔고 여섯 살에는 목동 일을 했으

작가는 어떻게 읽는가

며, 열두 살이 되자 쟁기질을 했다.

두 번째 문단에서 우리의 봉선화에 살이 붙는다. 빼빼 마른 아이, 큰 코, 열심히 일하는 일꾼, 약간 따돌림을 당하는 아이. 우리는 어떤 사람, 역시 놀림감이고 우스꽝스럽게 생겼고 열심히 일하는 일꾼이며, 엄청나게 못된 사람을 상상할 수 있다. 그러나 그건 알료샤가 아니다. "그는 늘 기분이 좋았다." 이어 톨스토이는 우리에게 그 '기분 좋음'의 정확한 특징을 이야기한다(세상의 모든 기분 좋음 가운데 이 아이는 어떤 식으로 늘 기분이 좋았을까?). 아이들이 놀리면 그냥 가만히 있거나 함께 웃음을 터뜨린다. 아버지가 고함을 지르면 가만히 입을 다물고 귀를 기울인다. 그는 아주 특별한 아이로, 가령 다른 아이들이 놀릴 때 맞서 싸우거나 아버지가 고함을 지르면 뒤에서 얼굴을 찌푸리는 아이와는 다르다. 아버지의 고함이 멈추면 알료샤는 미소를 짓고, 뭐든 할 일을 계속한다.

알료샤는 〈사랑스러운 사람〉의 올렌카와 마찬가지로 처음에는 우리에게 일종의 만화—폄하하는 느낌 없이 이 말을 적용한다면—라는 인상을 줄 수 있다. 알료샤는 복잡하게 만드는 주파수들을 걸러낸 채로 제시된다. 키질을 해서 딱 하나의 특질만 남긴 느낌이다. 동화처럼 단순한 이 이야기에서 그 특질은 명랑한 순응이다.

그리고 우리는 이 점 때문에 그를 좋아한다. 이미 이 이야기는 '이 세상에는 처음부터 끝까지 인생이 완전히 고되고 단조로운 일뿐인 사람들이 있다. 그런 사람은 어떻게 살아야 하는가?' 같은 말을 하고 있다. 알료샤는 가끔 우리가 취해온 입장을 대변한다. "어차피 할 수밖에 없기 때문에 기왕이면 행복하게 하려고 최선을 다하겠다." 이것은 타당한 입장이다. 어떤 학교 행사에 갔는데 의자를 하나도 내놓지 않았다고 상상해 보라. 그런데 코가 크고 몸집이 작은 남자가 다가온다. "내가 도와드릴게요!" 그가 말하고 일에 착수하는데, 기운이 넘치고 미소를 짓고 능률적이다. 저쪽 모퉁이에는 어린 고스 음악 애호가 타입인 그의 친구가 있는데 맥이 빠진 채 휴대전화를 보고 있는 척한다. 누구를 더 좋아하겠는가? 누가 그 순간을 더 잘 살았는가?

우리의 봉선화가 자신을 규정하는 속성을 갖추면 이야기는 그 속성을 검증하러 나선다. "옛날에 명랑하게 순응하는 한 소년이 세상으로 나섰다." 이야기가 본격적으로 전개되면서 2페이지 중반에서 알료샤가 하는 일이 그것이다. 그는 상인의 집으로 가는데 기본적으로 그의 아버지는 아들을 상인에게 세를 주는 것이나 다름없다.

알료샤는 그곳에 가서 더 많은 놀림을 당한다. 새 주인에 따르면 그는 사람이 아니라 "코흘리개"다. 이때 아버지가 그를 옹호하는가? 글쎄, 그렇다고 할 수도 있지만 팔아넘기려는 망아지를 옹호하는 것과 비슷한 방식이다. "작고 약해 보이지만 지칠 줄을 몰라요." 상인의 가족도 알료샤를 좋아하지 않는다. 그는 상스럽다. 진짜 농민이다.

이야기에서 속성은 역경을 만나야 한다.(〈사랑스러운 사람〉에서 올렌카는 극단적으로 한 남자에게만 빠지는 여자다. 그런데 그 남자가 죽는다. 〈주인과 하인〉에서 바실리는 오만하고, 그래서 그를 겸손하게 만들려고 눈보라가 나타난다.) 여기에서 상인 가족이 알료샤를 받아들이는 방식은 사소한 입문자용 역경이다. 알료샤는 어떻게 반응할까? 늘 하던 일을 하는 것으로, 즉 명랑하게 열심히 일하는 것으로 반응한다. 그는 말대꾸하지 않고 모든 일을 즉시 "기꺼이" 하며 절대 쉬지 않는다. 이런 접근 방법이 효과를 볼까? 본다. 그는 집안에서 불가결한 존재가 된다. 그들이 고마워할까? 그렇지는 않다. 더 많은 일을 얹어줄 뿐이다. 그는 "늘 뛰어다니고 일을 처리하고 일을 살폈으며, 절대 잊지 않고 그 모든 것을 해내고 늘 미소를 지었다." 따라서 이 역경은 이 이야기의 첫 박자의 반복이지만 환경이 달라지면서 위험도 약간 커졌다. 여기 상인의 좋은 집이라는 더 큰 무대에서도 그의 접근법은 효과가 있다. 가족들과 살던 집에서 그는 열심히 일하고 미소를 짓고 '보답'을 받았다, 이 일자리로. 이제 그는 똑같은 '일과 미소 접근법'을 사용한다. 이번에도 보답을 받을까?

곧 받을 것이다, 우스티냐의 사랑으로.

그러나 먼저 3페이지 하단에서 다른 역경이 나타난다. 장화가 해진다.

그리고 우리는 알료샤에 관해 새로운 사실을 알아낸다(이 이야기가 조용한 방식으로 문단마다 그에 관한 새로운 정보를 우리에게 꾸준히 제공해 왔다는 점에 주목하라). 그는 장화가 닳자 새 장화를 얻는데 자기 보수에서 상인이 장홧값을 제했다고 아버지가 화낼 것을 걱정한다. 이 이야기 위로 첫 번째 질문이 흐릿하게 나타난다. "알료샤의 명랑한 순응에는 긍정적이지 않은 면도 있지 않을까? 혹시 너무 순응하는 것은 아닐까?" 즉, 공정성에 대한 우리의 감각은 그가 악용되고 있다고 말하지만 그의 공정성 감각은 그렇지 않다고 말한다. 우리는 그에게서 약간 벗어난다. 긍정적으로 느껴졌던 특질이 이제는 약간 문제시된다.

그는 욕망이 없다. 있어도 아주 약할 뿐이다. 그가 명절을 좋아하는 이유는 가외 수입 때문이다(품삯은 아버지가 거두어 간다). 그는 가외 수입으로 "빨간색 털실로 짠 외투"를 사는데 그것 때문에 행복하다. 너무 행복해서 "얼굴에서 웃음을 지울 수가" 없다(카맥의 번역으로는 "너무 놀라고 기뻐서 그냥 부엌에 서서 입을 벌리고 헐떡거렸다").

따라서, 알료샤는 겸손하지만 행복할 수 있는 능력과 행복에 대한 욕구를 가지고 있다. 이 이야기는 극단적인 절약을 보여주는 걸작이므로, 일단 이 능력이 도입되었으면 이용해야 한다.

곧 "그의 평생 일어난 적이 없던 일"이 일어난다. 무엇일까?

이 일이란 그가 사람들 사이에 어떤 사람이 다른 사람에게 뭔가를 요구하는 것에 기초한 관련들 말고도 아주 특별한 관련이 있다는 사실을 발견하고 아연한 것이다. 장화를 닦거나 물건을 나르거나 말에 마구를 채우는 사람이 아닌데도, 어떤 현실적인 면에서 필요한 사람이 아닌데도 여전히 누군가는 그 사람이 필요하다고 느낄 수 있고 또 끌어안을 수 있었는데, 그가, 알료샤가 바로 그런 사람이 되었다.

이 번역(클래런스 브라운Clarence Brown의 번역)을 카맥의 번역과 비교해 보라.

이 경험이란, 그에게는 정말 놀라운 일이었지만, 한 사람이 다른 사람에게 가지는 요구에서 생겨나는 사람들 사이의 관계 외에 그와 완전히 다른 관계도 존재한다는 사실을 갑작스럽게 발견한 것이었다. 장화를 닦거나 심부름을 보내거나 말에 마구를 채우는 데 필요해서 한 사람이 다른 사람과 맺는 관계가 아니라 단지 섬기고 다정하게 굴고 싶어서 전혀 필요하지 않은 사람과 맺는 관계. 그는 자신, 알료샤가 바로 그런 사람이 되었음을 알았다.

피비어와 볼로혼스키는 이렇게 표현한다.

이 사건이란 그가 서로에 대한 필요에서 생기는 사람들 사이의 관계 외에 아주 특별한 관계도 있다는 사실을 알고 놀란 것이었다. 어떤 사람이 장화를 닦거나 산 물건을 배달시키거나 말에 마구를 채워야 하기 때문이 아니라 그냥 아무런 이유 없이 뭔가 해주고 잘해주기 위해서 다른 사람을 그냥 필요로 하며, 그는 자신이, 알료샤가 바로 그런 다른 사람이 되었다는 것을 알았다.

여기에서 잠시 시간을 들여 세 번역을 비교해 보면 좋은 번역들 사이에 존재할 수 있는 거리, 그리고 구절 수준에서 이루어지는 선택이 이야기의 세계를 창조하는 데 미치는 영향에 대한 감각을 얻을 수 있다. (세 번역에서 세 가지 다른 우스티냐가 만들어지고 있다. 각각 알료샤를 "필요하다고 느"끼고 그를 "끌어안을 수 있"는 사람, 그를 "섬기고" 그에게 "다정하게 굴고 싶어" 하는 사람, "뭔가 해주고 잘해주기 위해서" 알료샤가 옆에 있기를 바라는 사람이다.)

그러나 이 구절은 특별히 까다로운 부분일 것이다. 브라운은 이 구절을 번역하는 일에 관해 이렇게 말했다. "알료샤가 사심 없는 공감, 평범한 인간적 호감이라는 개념에 처음 눈을 뜰 때 이 생각은 너무 놀라워 톨스토이의 구문은 일종의 다진 고기처럼 무너진다. 이 대목은 새로운 관념을 더듬거리며 찾아가는 알료샤의 거의 언어가 없는 정신의 이미지다. 대부분의 번역자는 이 이야기를 《전쟁과 평화》의 응접실 장면들에 적합한 문체로 옮겨 톨스토이를 방해한다. 나는 원문처럼 낮고 단순하고 심지어 비문법적이려고 노력했다."*

이 이야기는 간접 삼인칭으로 쓰였으며 여전히 톨스토이의 서술자가 이야기를 하고 있지만, 알료샤의 의식이 가장자리로부터 스며들고 있다. 왜 톨스토이는 이렇게 썼을까? 더 솔직해지려고. 알료샤는 새로운 진실을 향해 비틀거리며 나아가고 있고, 그가 사용할 수 있는 유일한 도구는 그 자신의 한정된 언어뿐이다.

톨스토이가 이 작품에서 알료샤의 목소리로 하고 있는 일로부터 버지니아 울프가 곧 《등대로》에서(그리고 제임스 조이스가 《율리시스》에서, 또 윌리엄 포크너가 《소리와 분노》에서) 하게 될 일까지는 그렇게 먼 거리가 아니다. 톨스토이는 모더니즘에서 널리 퍼지게 될 이해에 도달했다. 인물과 그의 언어는 구분될 수 없다는 것(나의 진

---

* 번역가는 스타일리스트다. 또 스타일리스트는 번역가로, 정신적 이미지를 그것을 완벽하게 환기해 주는 구절로 번역한다. 스타일리스트가 되기를 갈망하는 사람은 번역에 노력을 기울임으로써 스타일에서 우리가 귀중하게 여기는 뭔가를 배울 수 있다. 비록 해당 언어를 구사하지 못하더라도. 연습을 해보려면 부록 C를 보라(원주).

작가는 어떻게 읽는가

실을 알고 싶다면 나의 말로, 나에게 자연스러운 어휘와 구문으로 말하게 해달라).

그렇게 알료샤는 우스티냐에게 빠지고, 그녀는 알료샤가 그가 제공하는 단순한 가치 이상의 존재라는 깨달음을 그에게 선물로 준다. 어떤 사람이 당신에게 어떤 일을 수행할 것을 요구하지 않는다 해도 그 사람은 여전히 **당신**을 요구할 수 있다. 당신을 좋아하고, 당신과 함께 있는 것을 즐기고, 당신에게 잘해주고 싶어 할 수도 있다. 이것은 알료샤에게는 급진적인 생각이다. 전에는 어머니 외에 아무도 그에게 이런 기분을 느끼게 해준 사람이 없었다. 그가 이 때문에 행복할까? 음, 그렇다. 하지만 동시에 "이것은 아주 새롭고 이상하여 처음에 알료샤는 두려웠다". 알료샤는 6페이지 하단의 대화 부분에서 우스티냐에게 청혼한다. 그녀는 이 일을 기념하기 위해 a."손으로 알료샤의 등을 쿡 찌르"거나 아니면 b.(카맥의 번역에 따르면) "국자로 장난스럽게 등을 때리는" 의례적인 러시아식 청혼 수락 의식을 거행한다(한 러시아인 친구는 여기에서 국자는 사용하지 않으며, 대신 피비어와 볼로혼스키 번역본에서처럼 그녀가 "수건으로 등을 찰싹 쳐" 청혼을 받아들인다고 확인해 주었다).

그들의 기쁨은 길지 않다. 그의 아버지는 그 생각을 즉시 맹비난하는데, 이 이야기에서 가장 고통스러운 대목은 아버지가 우스티냐를 "읍내의 걸레"라고 부를 때 그녀가 바로 문 뒤에 서서 모든 말을 듣고 있고 알료샤가 자신을 위해 나서지 못한다는 사실도 안다는 점이다.

"우리 계획대로 안 될 것 같아." 알료샤는 그녀에게 온순하게 말한다. "다 들었지? 아버지가 화가 나서 허락을 하지 않으려 하네."

우스티냐는 울기 시작한다. 알료샤는 그녀를 위로해 주거나 다시 아버지에게 가서 자신들의 입장을 호소하겠다고 약속하지 않고 그녀에게 혀를 찰 뿐이다(피비어와 볼로혼스키의 번역). 브라운은 이 부분을 "쯧. 쯧"이라고 옮겼다. 즉, 알료샤는 이 일을 너무 크게 문제 삼지 말라고 다그친다.

알료샤가 말하듯이 그들은 "아버지 말을 들어야" 할 것이다.

이 순간 요즘 독자는 실망하여 알료샤를 건너다보게 된다. 그는 약하고 부족해 보인다. 그의 긍정적 자질로 여겨지던 것이 성격 결함으로 보인다. 그의 명랑한 순응은 사실 습관적 수동성 아닐까? 겸손이 아니라 제한된 상상력의 증거? 권위에 대한 조건 반사적 반응? 노동 계급의 위축의 한 면?

그날 밤 상인의 부인이 끼어든다. 알료샤는 "그 터무니없는 생각은 버릴" 것인가?

"그래야 할 것 같아요." 브라운의 번역에서 그는 말한다.

"네. 물론이죠, 이미 버렸어요." 카맥 번역에서는 이렇게 말한다.

"버린 것 같아요." 피비어와 볼로혼스키 번역에서는 이렇게 말한다.

그런 다음 그는 늘 하려고 하던 것(명랑한 상태를 유지하는 것)을 하려 한다. 두 번역에서 그는 웃음을 터뜨렸다. 한 번역에서는 미소를 지었다. 하지만 세 번역본 모두에서 그는 평소의 활기찬 상태에서 벗어나 울음을 터뜨린다.

즉, 그는 "울기 시작했"거나(브라운) "즉시 울기 시작했"거나(카맥) "갑자기 울었다"(피비어와 볼로혼스키).

작가는 어떻게 읽는가

알료샤가 평소 스타일대로 상인의 부인에게 반응했다면("'그래야 할 것 같아요.' 알료샤는 미소를 지으며 말했고, 아직 할 일이 있었기 때문에 방에서 뛰어나갔다") 우리는 이것을 반복된 박자, 확장의 실패로 느꼈을 것이다. 알료샤가 그의 평소 상태를 계속 유지하고 있기 때문이다.

그런데 이렇게 울음을 터뜨리는 반응은 이야기의 경로를 좁힌다. 사실 알료샤는 아버지가 한 일의 부당함을 느끼고, 자신이 우스티냐를 옹호하지 못했음을 알고 있다. 알료샤는 아무런 감정 없는 얼간이가 아니며, 욕망이나 자존심이 없는 것도 아니다. 그는 실제로 뭔가를 원하고, 사랑할 수 있고, 상처 받을 수 있다.

우리는 이제 새로운 영역에 들어와 있다. 그도 마찬가지다. 평생 처음으로 그의 순종적인 명랑함은 대가를 치렀고, 그도 이 사실을 안다.

우리는 이 사건이 그에게 어떤 행동을 유발할지 보려고 기다린다.

자, 이 이야기는 말한다, 아무것도 없다. "그때부터 알료샤는…전과 다름없이 살아갔다." 우리는 이것이 진실일까 의심한다. 또 아니기를 바란다. 실제로 우리는 진실이 아님을 알고 있다. 만일 비천한 하인이 여주인 앞에서 울음을 터뜨리게 할 만한 일이라면 그 일은 그냥 사라져버리지 않는다. 부정하거나 억누를 수 있을지는 몰라도 그냥 없어지지는 않는다. 설사 겉으로는 계속 똑같은 삶을 살아간다 해도 안에서는 뭔가 변했다.

부당함 때문에 이야기 내부에서 뭔가 똬리를 틀었고, 이제 우리는 그 똬리가 풀리기를 갈망한다.

이제 이야기가 끝나기까지 한 페이지밖에 남지 않았다. 이야기가 속도를 냄에 따라 이 작품이 제기한 질문, 즉 "알료샤는 그 부당함을 어떻게 처리할 것인가?"(또는 "알료샤가 경험한 부당함은 어떻게 그에게 돌아올까?")에 대한 답을 찾아 우리는 아주 주의 깊게 텍스트를 살피게 된다.

잠시 멈추고 가능성을 생각해 보자. 알료샤가 이전의 삶으로 돌아가 겉으로는 "전과 다름없이" 살아가지만 속으로는 원한을 품는 버전이 있다. 이 원한은 대가를 요구하기 시작한다. 그는 예를 들어 상인의 딸에게 말대꾸를 하고 해고를 당해 술에 의지한다. 원한 때문에 마침내 그가 아버지와 맞서게 되는 변형도 있다. 원한이 아무런 일도 일으키지 않고 마침내 관리 가능한 수준으로 소멸해 버리는 변형도 있다. 물론 가장 극적인 변형은 아닐 수 있지만 그런 변형도 가능하다. 현실의 사람들에게는 늘 그런 일이 일어나며 이것이 알료샤가 살아야 할 운명인 변형으로 보인다.

그러나 여기에서 톨스토이는 똑똑한 일을 한다. 그는 알료샤를 지붕에서 떨어뜨린다. 이것은 압축된 시간 틀 내에서 파혼의 정신적 결과가 끝까지 전개되도록 강요하는 효과가 있다. 알료샤가 꺾인 에너지에 따라 행동하려면 남은 페이지 안에서 그렇게 해야만 한다.

〈단지 알료샤〉는 고골의 걸작 〈외투〉의 혈통을 잇는 작품이다. 〈외투〉에서 가난하고 겸손한 하급 관리는 겨울용 새 외투를 갈망한다. 두 이야기에서 모두 보잘것없는 사람이 갑자기 생기를 띤다. 알료샤는 우스티냐에 대한 감정을 통해서, 하급 관리 아카키 아카키예비치는 새 외투를 얻고 그답지 않은 활력을 보이며 그것을 입고 사교 모

작가는 어떻게 읽는가

임에 감으로써 그렇게 된다. 그러나 두 사람 모두 완전한 인간인 척하는 오만 때문에 심한 벌을 받는다. 알료샤는 지붕에서 떨어진다. 아카키는 집으로 돌아가는 길에 누군가에게 외투를 도둑맞고 그것을 되찾으려는 과정에서 도움을 청한 관료("중요한 저명인사")에게 너무 가혹한 호통을 듣고 그 충격이 주요한 원인이 되어 죽는다.

아카키에게 치명상이 된 질책은 평생에 걸친 작은 학대와 자연스럽게 이어진다고 이해된다. 알료샤가 지붕에서 떨어진 데는 사실 어떤 원인이 있는 것이 아니다. "발이 미끄러져 삽과 함께 떨어졌다." 그는 그냥 우연히, 가령 쓰러지는 나무에 깔리는 방식으로 죽는다. (과연 그럴까? 나는 늘 그의 추락이 일종의 동요에 의한 자살이라는, 의도적이지는 않지만 어떤 식으로든 아버지의 개입에 대한 반응이라는 느낌을 받는다. 예를 들어 우리가 한눈을 팔거나 동작이 서툴 때 몸이 무의식적으로 하는 종류의 일이다. 아버지는 그를 억눌렀고 그를 영원한 사춘기 상태에 가두어놓았다. 그래서 알료샤는 곧 자신의 나머지 삶이 되고 말 얼어붙은 평원을 보다가 무의식적으로 퇴장하는 쪽을 택한다.)

어쨌든 이 추락으로 우리의 질문("알료샤는 그 부당함을 어떻게 할 것인가?")에 답이 나올 시간 틀이 움직이는 속도가 빨라진다.

알료샤는 지붕에서 떨어졌기 때문에 죽는 것이 아니라 톨스토이가 자신의 예술의 이 늦은 시점에 이르러 우리가 알고 싶어 하는 것이 무엇인지 알고, 가능한 한 빨리 답을 주는 것을 목표로 삼기 때문에 죽는다.

알료샤가 눈밭에 누워 있을 때 우스티냐는 다쳤냐고 묻는다. 물론 다쳤다. 일어서지도 못할 만큼 세게 떨어졌다. 이제 며칠이면 아마도 내출혈 때문에 죽을 것이다. 그는 다쳤다고 인정하지만 덧붙인다. "조금. 괜찮아." 그는 일어서려 하지만 그러지 못한다. 그의 반응? 그는 미소를 짓는다. 아니 사실은 "미소를 짓기 시작했다"(또는 카맥의 번역에서는 "그냥 미소를 지었다"). 왜 미소를 지을까? 이것은 오래전 배운, 곤경에 대한 의미 없고 자동적인 반응일까? 억압의 행동일까? 우스티냐를 위로하려는 시도일까? 또는 너무 착하고 너무 단순해서 지금도 여전히 실제로 행복하다고 느끼고 진짜로 웃음을 짓는 것인지도 모른다.

〈외투〉에서 아카키의 내면에 똬리를 튼 분노는 출구를 발견한다. 그는 유령이 되어 자신에게 무례하게 군 관료의 뒤를 밟는다. 결말을 앞둔 〈단지 알료샤〉의 이 늦은 지점에서 우리는 궁금할 수도 있다. 알료샤는 똬리를 튼 분노라도 있을까?

커트 보니것은 〈햄릿〉을 그토록 강력하게 만드는 한 가지가 햄릿 아버지의 유령을 어떻게 이해해야 할지 우리가 모른다는 사실이라고 말하곤 했다. 진짜 유령인가, 아니면 햄릿의 마음속에만 있는 걸까? 이 때문에 〈햄릿〉의 모든 순간에 모호함이 스며든다. 유령이 상상이라면 햄릿이 숙부를 죽이는 것은 잘못이다. 진짜라면 그렇게 해야 할 필요가 있다. 이 모호함이 〈햄릿〉이 가진 힘의 한 부분이다.

이 작품에서도 비슷한 일이 일어난다. 우리는 알료샤가 모든 상황에서 명랑한 순응을 유지하고, 심지어 눈밭에서 치명적인 부상을 입어 누워 있을 때조차 그러는 모습을 본다. 우리가 모르는 것은 그가

작가는 어떻게 읽는가

어떻게 그렇게 하느냐는 점이다. 그런 상황에서 우리 모두가 느낄 만한 감정을 다 느끼면서도 억지로 억누르는 걸까? 과거에 피곤하고 발이 아파도 그냥 어려운 일을 다 마쳤지만 고맙다는 말을 듣기는커녕 또 다른 일만 쌓였을 때 알료샤는 그 사실을 알았을까? 속으로 불평하는 순간이 있기는 했을까? 아니면 없었을까? 이건 서로 완전히 다른 두 사람(가끔 속으로 불평하는 사람, 전혀 그러지 않는 사람)이다.

알료샤는 어느 쪽일까?

그는 이틀 동안 누워 있고 사흘째 되는 날 사제가 요청을 받고 찾아온다.

"죽지 않을 거지, 응?" 우스티냐가 묻는다(다른 러시아 친구는 "이제 뭐야, 죽거나 그러는 거야?"라고 번역한다).

알료샤는 말한다. 아무도 영원히 살지 않는다, 우리 모두 결국은 죽어야 한다. 마치 자신이 슬퍼하거나 겁을 먹는 것을 용납하지 못하는 듯하다. 아니면 슬프거나 겁을 먹는다 해도 그 감정을 솔직히 표현하는 것을 용납하지 못한다. 그는 자신에게 "잘해줘서"(카맥 번역으로는 "안쓰러워 해줘서", 피비어와 볼로혼스키 번역으로는 "가엾게 여겨줘서") 고맙다고 우스티냐에게 말하고 그들이 결혼하지 못한 게 결국 잘된 일이라고 결론을 내린다. 다 아무 의미 없었을 것이고 지금은 "모든 게 괜찮"다.

잠깐, 정말 그런가? 우리는 궁금하다. 모든 게 정말로 "괜찮"은가? 혹시 결혼이 뒤에 오는 모든 상황을 바꾸지 않았을까? 알료샤가 긍정적인 평가를 좀 서두르는 것이 아닐까?

여기에서, 이제 짧은 문단 세 개가 남은 상태에서 우리는 알료샤가 방금 겪은 부당함을 인식하기를(부당함으로 가득한 삶에서 최고의 명예다) 기다리고 있다. (개인적으로 나는 그가 침대에서 일어나 앉아 아버지를 호되게 책망하고 우스티냐에게 사과한 다음 사제에게 바로 그 자리에서, 상인과 형편없고 요구만 많은 상인의 가족 앞에서 자신들을 결혼시켜 달라고 요청하는 모습을 보고 싶다.) 여전히 우리 앞에 놓인 텍스트의 매 단위는 알료샤가 이의를 제기하거나 반발할 수도 있는 자리다.

우리는 알료샤가 죽기 전 그의 마음을 마지막으로 한 번 슬쩍 들여다볼 기회를 허락받는다.

거기에 이의 제기가 있는가?

없다.

브라운: "그의 마음에는 여기 아래에서 사람들이 시키는 걸 하고 아무도 해치지 않아서 괜찮았으면 저기 위에서도 괜찮을 거라는 생각이 있었다."

카맥: "그는 마음속에서 여기에서 자신이 착했으면, 순종하고 화내지 않았으면, 거기에서도 모든 게 잘될 거라고 느꼈다."

피비어와 볼로혼스키: "그의 마음에는 이런 것이 있었다. 순종하고 누구도 해치지만 않는다면 여기에서 좋으니 저기에서도 좋을 것이다." (또 다른 러시아인 친구는 이렇게 직역해주었다. "그의 마음에는 순종하고 화내지 않아서 여기서 좋다면 저기서도 좋을 거라는 생각이 있었다.")

아마도 그는 자신이 살아온 방식에서 여전히 아무런 잘못을 보지 못하는 것 같다. 온순하게 일하는 방식을 제 집에서 상인의 집으로 가져갔듯이, 온순하게 일하는 방식을 어디든 다음에 가는 곳으로 가져갈 계획이다. 그가 바라건대 그곳은 내세다.

그리고 그는 떠난다.

> 그는 별말이 없었다. 그냥 계속 물을 달라고 했고 뭔가에 아연한 표정이었다.
> 그러다가 뭔가가 그를 화들짝 놀라게 한 듯했고, 그는 두 다리를 뻗고 죽었다.

알료샤가 마지막 순간에 어떤 깨달음을 얻었다고 암시하는 무언가가 있는가? 나의 눈은 "뭔가에 **아연한**" 표정이었고 "뭔가 그를 **화들짝 놀라게 한 듯했**"다는 구절로 간다.

그를 아연하게/화들짝 놀라게 하는 것은 뭘까?

우리가 읽고 있는 브라운의 번역은 그가 뭔가에 아연한 표정이다가 그다음에 깜짝 놀랐다고 말하는 것 같다. 즉, 그는 아연한 상태로 계속 있다가 거기에서 화들짝 놀라며 빠져나온다. 이는 다른 번역에서도 반복된다.

> 카맥: 그는 거의 말을 하지 않았다. 그저 마실 것을 달라고 청했고 경이롭다는 표정으로 미소를 지었다. 그러다 뭔가에 깜짝 놀라는 것 같더니 몸을 뻗고 죽었다.

피비어와 볼로혼스키: 그는 말을 거의 하지 않았다. 다만 마실 것을 달라고 했고 계속 뭔가에 놀라고 있었다.

그는 뭔가에 놀랐고, 몸을 뻗고 죽었다.

즉, 이 번역들에서 그는 두 가지에 연속적으로 놀랐다.

러시아어를 잘하는 나의 예전 학생과 모어가 러시아어인 그의 아내, 또 그들이 자문을 구한 러시아의 한 시인, 여기에 또 나의 예전 학생의 러시아어 스승이자 언어학자까지 모두 이 구절이 번역하기 까다로운 부분이라고 인정한다. 그들은 마지막에서 두 번째 문장에 나오는 "물을 달라고 했고"와 "아연한 표정이었다"라는 말은 일정 기간 반복해서 일어나는 일을 가리키는 것으로 이해해야 한다고 말했다. 알료샤는 딱 한 번만 물을 달라고 한 것이 아니며, 같은 기간에 하나가 아니라 여러 가지에 아연해하고 있다. 그러다가 마지막 줄에서 그런 것들 가운데 하나가 불쑥 나타나 그는 가장 크게 놀란다(나의 예전 학생의 표현대로 그는 "한 번이 아니고 심지어 두 번이 아니고 여러 번 놀라다가, 마지막에 한 번 더 놀라는 것" 같다).

나의 예전 학생, 그의 아내, 시인, 언어학자는 〈단지 알료샤〉의 마지막 두 문장에 대한 집단 번역본을 제공했다.

그는 마실 것을 청할 뿐이었으며 어떤 것들에 자꾸 놀라고 있었다.

그런 것들 가운데 하나가 그를 또 놀라게 했고 그는 몸을 뻗고 죽었다.

우리는 알료샤가 완전한 수동성의 상태에서 빠져나오기를 기다렸

작가는 어떻게 읽는가

고, 지금도 기다리고 있다.

이제 우리는 느낀다. 그런 일이 일어났을 수도 있다.

따라서, 문제는 이거다. 이야기 끝에서 그를 놀라게 한 마지막 한 가지는 무엇일까?

오랜 세월 나는 이 이야기를 이런 식으로 가르쳤다. "마지막 순간에 알료샤를 놀라게 하는 것은 자신이 너무 고분고분하게 살았다는 갑작스러운 깨달음이다. 그는 자신과 우스티냐를 옹호하고 나섰어야 했다. 톨스토이가 꼭 그렇게 말한 것은 아니지만 이 이야기는 절제의 걸작이며, (바로 한 페이지 전에 일어났기 때문에 우리 마음에 아직 생생한 파혼으로 인한 강한 감정에 휘둘려) 우리는 간단한 계산을 통해 알료샤가 세상을 떠나면서 우리와 마찬가지로 사물을 볼 거라고 느끼게 된다. 그도 사랑받을 수 있었고, 그도 완전한 인간일 수 있었다고."

요즘은 그때만큼 자신이 없다.

한번은 다른 학생이 이의를 제기하며 그런 관점이 이 이야기를 쓸 당시(1905년) 톨스토이의 미학적·도덕적 입장과 모순된다고 지적했다. 이 말은 일리가 있다. 슬라브 학자 이와 톰슨Ewa Thompson에 따르면 톨스토이는 말년에 "이전 스타일의 '터무니없음'을 버리고 자신의 모든 소설 작업을 자신이 이해하는 기독교 가르침의 메시지를 전달하는 수단으로 삼겠다고 결심"했다. 톨스토이는 문체의 단순성을 높이 샀고(그는 고리키에게 말했다. "농민이 이야기를 얼마나 멋지게 하는지 보게. 모든 게 단순하지. 말은 적고 감정은 풍부해. 진정한 지혜는 많은 말이 필요 없다네. '하느님은 자비롭다'처럼"), 도덕을 가르치는 게 예술의 진정한 기능이라고 믿었다.

그렇다면 톨스토이의 의도는 우리더러 이 이야기를 죽음 앞에서도, 삶 전체의 과정에서도 근본적인 기독교적 겸손을 실행에 옮긴 알료샤에 대한 단순한 찬사로 읽으라는 것일까? 인간적인 수준에서는 슬픈 이야기지만 궁극적으로는 단순성과 신앙이 승리한 이야기로?

알료샤를 읽는 한 가지 방법은 그를 러시아에서 말하는 '거룩한 바보'의 한 예로 보는 것이다. 또 다른 러시아인 친구*에 따르면 거룩한 바보는 "하느님이 완전히 지배하거나 이끄는 사람"이다. 리처드 피비어의 묘사에 따르면 "순수함과 내적 평화(톨스토이와 그의 인물 대부분은 영원히 얻지 못한다)의 상태에서 살고 죽는 사람"이다. 그런 사람에게 '명랑한' 상태는 그 자체로 유효한 영적 목표다. 무슨 일이 있어도 자신의 마음을 사랑이 가득한 상태로 유지하는 것은 심오한 영적 성취이며, 하느님의 본질적 선에 대한 적극적 믿음의 한 형태다.

우리의 통제를 벗어나는 일이 아주 많이 일어날 수 있으니 우리 정신을 통제하고, 혼란스러운 세상이 자기 할 일을 하게 하고, 우리는 사랑, 그냥 있는 그대로의 사물들에 대한 사랑으로 가득한 상태로 그

---

* 나에게 러시아인 친구가 많은 것처럼 보일 수도 있지만 사실은 딱 셋인데 그들 모두 사랑스럽고 큰 도움을 주고 관대하다. 이 이야기에 관한 나의 많은 질문에 통찰과 인내심을 보여준 루바 라피나, 야나 튤파노바(두 사람 다 '모스크바 영문학 클럽' 소속이다), 발레리 미누힌에게 고마움을 전한다(원주).

위에 머물며 자아, 어차피 일시적 허구인 자아를 굴복시키자.

마틴 루서 킹 주니어는 말했다. "나는 사랑과 함께하기로 결심했다. 증오는 감당하기 너무 무거운 짐이다." 우리는 이 말이 알료샤의 삶이 그에게 가져다준 결론이기도 하다고 느낀다(혹은 어쩌면 그는 이미 마음에 그런 결론을 가지고 태어났는지도 모른다).

톨스토이는 마지막 소설 《부활》에서 말했다. "단 한 시간이라도, 또는 예외적인 어떤 경우라 해도, 어떤 것이든 같은 인간에 대한 사랑의 느낌보다 중요할 수 있다고 일단 인정해 버리면 우리가 편한 마음으로 저지르지 못할 범죄는 없을 것이다…사람들은 사랑 없이 인간을 대할 수도 있는 환경이 있다고 생각한다. 하지만 그런 환경은 없다…사랑을 느끼지 못한다면 가만히 앉아 있어라. 사물, 당신 자신, 뭐든 당신이 좋아하는 것에 전념하되, 다만 사람들에게는 그러지 마라…한번 사랑 없이 사람을 상대해 보라…그러면 당신에게 닥칠 고난에는 한계가 없을 것이다."

따라서 사랑에서 절대 실패하지 않겠다는 갈망이 생기며, 이를 위해 정상적인 관심을 기울여 자아를 보호하는 일을 희생해야 된다 해도 어쩔 수 없다는 마음이 된다.

이런 관점에서 알료샤는 성공한다. 우리는 그를 일종의 소박한 사랑 천재로 볼 수도 있다. 그는 이야기 전체에서, 또는 우리가 읽은 바로는 인생 전체에서 증오가 담긴 말을 하거나 생각하지도 않는다.

따라서 그건 좋다, 안 그런가?

그렇다면 이런 독법에 따를 경우 알료샤가 죽을 때 그를 놀라게 하는 것은 무엇일까?

"다른 대목에서 '아연함/화들짝 놀람'이라는 개념이 나타난 적이 있는가?" 하고 물으며 이야기를 얼른 되짚어보자. 음, 있다. 5페이지에서 알료샤가 우스티냐에 관한 깨달음을 얻어 삶이 바뀌는 대목이다. 그곳에서 우리는 "아연한"이라는 단어를 본다(우리가 아는 한, 우스티냐와 함께 있는 그 순간 그리고 지금 임종의 순간이 짧은 인생에서 알료샤가 두 번 매우 놀란 때이다).*

따라서 우리는 두 사건을 연결한다. 이야기 끝에서 그를 놀라게 한 것이 무엇이든 앞서 5페이지에서 그를 놀라게 한 것과 같은 종류일 수도 있다(같은 종류여야 한다).

5페이지에서 그를 놀라게 한 것은 무엇일까?

알료샤는 사랑이라는 것이 있다는 사실, 그리고 자신이 그 대상이 될 수도 있다는 사실을 알고 화들짝 놀랐다. 나아가 누군가 있는 그대로의 자신에게 관심을 가진다는 사실, 그에게서 어떤 일도 기대하지 않고 그냥 무조건적으로 사랑한다는 사실에 놀랐다.

우리의 마음은 이런 생각을 해본다. 그가 죽음을 맞이할 때 이런 종류의 사랑이 훨씬 큰 형태(즉, 하느님의 사랑)로 존재한다는 사실과 그가 그 사랑의 대상이라는 사실을 알고 화들짝 놀란 것은 아닐까? 다시 말해 이전에 우스티냐에게서 받았던 사랑의 보편적 형태를 느끼고 있는 것이 아닐까?(그렇다면 사람이 "경이롭다는 표정으로" 미소를 짓게 만들 수 있을 것이다.)

---

* 4페이지에서 빨간색 털실로 짠 외투를 처음 입을 때 그보다 작은 놀람이 나타난다(원주).

작가는 어떻게 읽는가

이런 식으로 보면 〈단지 알료샤〉는 급진적이고 약간 곤혹스러운 이야기다. "예전에 어떤 사람이 온유하여 무슨 일이 있든 누가 포악하게 굴든 그냥 끝까지 온유했는데 결국은 그것이 딱 옳은 삶의 방식이며 이 때문에 그는 환영을 받으면서 하느님의 사랑으로 들어간다."

이것은 곤혹스럽지만 시간을 초월한 딜레마, 세상의 악을 어떻게 다룰 것인가 하는 딜레마에 대한 가능한 해법으로서 일리가 있다. 그 악이 네 사랑을 방해하게 하지 말라.

이런 식의 독법이 지닌 문제는 비열한 놈들을 계속 비열하게 놓아둔다는 것이다. 예를 들어 알료샤의 아버지. 알료샤의 수동성 때문에 아버지는 알료샤를 계속 짐 나르는 짐승으로 여긴다. 그렇다면 자기 주장을 하는 것이 알료샤에게 낫지 않았을까? 그의 아버지에게도 낫지 않았을까? 알료샤는 이것을 동정의 행위로, 아버지의 눈에서 비늘이 떨어지게 할 수도 있는 행위로 볼 수도 있지 않았을까? ("아, 내 아들은 인간이고 존중받아 마땅하다. 아들이 나를 바로잡아 주지 않았다면 나는 깨닫지 못했을 것이다. 앞으로는 다르게 살아야겠다.") 물론 이런 결과를 얻지 못했을 수도 있지만 만일 알료샤를 이타적 사랑의 슈퍼스타로 이해하는 독법이 톨스토이가 원하는 바라면 알료샤는 적어도 자기 아버지에게 반발했어야 한다. 그렇게 하지 않는 것은, 우리 느낌으로는, 사랑의 실패다.

알료샤는 또한 우스티냐를 방어하지 않고 그냥 문 뒤에 세워둠으로써, 이어 온순한 순응을 통해 그녀를 알료샤가, 즉 그녀가 사랑하는 것으로 보이는 남자가 없는 삶을 살게 함으로써, 나의 사고방식으로는, 사랑에 실패한다. 또 마지막에 죽으면서 그녀에게 부정직한 진정제만 제공함으로써 그녀를 위로받지 못한 상태로 내버려둔다.

이렇듯 알료샤는 권력을 가진 자가 없는 자에게 하는 영원한 충고를 받아들인다. 그냥 참고 명랑하게 살아라. 걱정하지 말라, 행복해라. 톨스토이는 그런 메시지를 승인하는 것처럼 보인다.

이런 '알료샤는 감탄할 만하게 수동적이다' 독법은 오늘날의 독자에게는 약간 불편하게 다가온다.

톨스토이가 한 가지 의미(겸손한 성자 알료샤 만세!)로 이 이야기를 썼지만 우리가 지금 다른 의미(너무 수동적인 피해자 알료샤, 참으로 안됐다)로 읽는 것도 가능할까? 〈단지 알료샤〉가 쓰이고 나서 긴 세월 동안 우리는 불행한 사람들의 고통에 더 공감하게 되었고, 고통받는 사람들에게 말없이 고통을 감수하라고 요구하는 종교적 전통을 이전보다 덜 허용하게 되었으므로.

음, 그럴 수도 있지만 나의 친구이자 작가인 미하일 이오셀Mikhail Iossel에 따르면 우리가 '알료샤 만세' 종결에 느끼는 불편함이 어쩌면 바로 톨스토이가 의도한 것일 수도 있다. 그는 세속적 독자를 놀라게 하여/괴롭혀/혼란스럽게 만들어 고통을 주는 자에 대한 우리의 습관적 반응(즉, 맞서 싸우는 것)이 얼마나 관습적이고 반사적이고 궁극적으로 효과가 없는지 보여주려 했다. 말을 바꾸면 우리를 도발하려는 의도였다.

맞서 싸우기는 우리 인간이 적으로 인식한 상대에게 늘 반응해 온 방식이다. 달리 행동하는 것은 약하다고 여겨졌다.

하지만 맞서 싸우기가 우리에게 어떤 결과를 가져왔는가?

소수의 위대한 정신은 다른 방식을 촉구해 왔다. 어쩌면 톨스토이는 알료샤가 바로 그런(드물고 영적인) 사람일 뿐이라고 말하고 있는지도 모른다.

예수는 "너희 원수를 사랑하며 너희를 박해하는 자를 위하여 기도하라"라고 말할 때 진지하지 않았을까? 간디는 "용서는 강한 자들의 특성이다" 하고 말했을 때 진심이 아니었을까? "증오는 증오에 의해 멈추지 않고 사랑으로만 멈추며, 이것이 영원한 규칙이다" 하고 말했을 때 붓다는 경박하게 군 것일까?

글쎄, 도발을 당한 건 사실이지만 나는 만족하지는 않는다.

만일 톨스토이가 정말 진심으로 나더러 알료샤를 도덕적 역할 모델로 받아들이라고 말하는 것이라면, 나는 그가 인물을 잘못 설계했다고 느낀다. 즉 알료샤는 수동적 저항, 또는 실제로는 무저항이라는 자리를 차지하고 있는데, 너무 기꺼이 너무 빨리 차지하고 또 그 자리에서 너무 하찮은 목표를 설정한다. 그는 기독교 원칙을 벗어나지 않고도 얼마든지 아버지에게 반발할 수 있었다. 그리스도는 성전에 대금업자들이 있는 것을 보았을 때 사랑에 가득 차 온순하게 걸어나가지 않았다. 그리스도는 사랑에 가득 차 그 장소를 부수어버렸다. 나중에 가장 높은 수준의 무조건적 사랑의 원리를 확립하기 위하여 죽어가면서 자신을 살해한 자들을 두고 말했다. "아버지 저들을 사하여 주옵소서. 자기들이 무엇을 하는지 알지 못함이니." 그는 "괜찮다, 다 잘됐다. 아무도 나를 불쾌하게 하는 일은 하지 않았다" 하고 말하지 않았다. 그리스도는 그들을 용서하기 위해 먼저 그들이 자신을 죽이고 있다는 사실을 알고 받아들여야 했다. 알료샤는 지금도 자신에게 아무런 부당한 일이 이루어졌다고 느끼지 않는 듯하다. 어쩌면 진짜로 알아채지 못한 것 아닐까? 하지만 나는 그가 울음을 터뜨리던 모습을 기억한다. 그는 그 부당함은 분명히 알아챘다. 그럼에도 그가 부당함을 아는 체하지 않는 것은 성인 같은 태도라기보다는 회피로 느껴진다. 그는 도덕의 화신이 아니라 자기주장을 할 수 없는 사람처럼 보인다. 어쩌면 우울증이거나, 아니면 단순한 사람.

사실 리처드 피비어는《이반 일리치의 죽음과 다른 이야기들The Death of Ivan Ilyich and Other Stories》의 머리말에서 톨스토이의 영지에 고용된 알료샤가 실제로 있었는데, 톨스토이의 처제는 그를 "못생긴 반푼이"*라고 생각했다는 일화를 전해준다. 한 러시아인 친구는 나에게 〈단지 알료샤〉를 러시아어로 읽으면 독자는 알료샤에게 '정신적 장애'가 있다고 느끼게 된다고 말한다. 우리는 톨스토이가 그런 사람을 인류학적으로 바라보고 그에게 톨스토이 자신이 귀중하게 여기는 덕목들을 투사했다고 상상할 수 있다. 또 톨스토이가 그런 사람이 경험했을 수도 있는 곤경 일부를 생략하고, 또는 아마도 고려하지 않고,

---

* 스스로 '미국 지식인 단체 평의회 러시아 번역 프로젝트'라는 당당한 이름을 붙인 집단의 다른 번역에서 이 처제 타티야나 쿠지민스카야(《전쟁과 평화》에서 나타샤의 모델)는 말했다. "주방 보조이자 짐꾼은 반백치였는데…이런저런 이유로 너무 낭만화되어 나는 그에 관해 읽으면서도 그가 우리의 순진하고 못생긴 단지 알료샤라는 사실을 알아채지 못했다. 내가 기억하는 한 그는 조용하고 해를 주지 않는 사람으로 불평 없이 시키는 모든 일을 해냈다."(원주)

명랑한 면을 평화로운 내면으로 잘못 보았다고 상상할 수도 있다.

그런데 허구의 알료샤(알료샤라는 등장인물)가 제한된 정신적 능력을 가졌다고 해보자. 그러면 삶에 겸손하게 접근하는 태도는 그에게 가능한 최선일 수도 있다. 자신을 변호하거나 권위에 도전하는 경우를 상상하는 것은 그의 능력을 넘어서는 일이므로 명랑하게 순응하고 권위에 지혜가 있다고 생각하기로 결심했거나 그렇게 하는 법을 배웠으며, 이런 식으로 세상에서 자신의 자리를 찾을 수 있었다. 그의 소박한 도덕적 강령(사람들이 시키는 일을 하고 아무도 해치지 말라)은 괜찮은 편에 속한다. 정신적 능력이 제한된 사람들 가운데 그보다 훨씬 야심 차고 못된 계획을 세우는 사람들이 있기 때문이다.

따라서 어쩌면 톨스토이는 우리에게 모두 알료샤처럼 살라고 말하는 것이 아니라 그냥 한 사람의 알료샤를 관찰하며 애정을 느끼고 감탄하는 것이 아닐까?

하지만 나는 이런 가정은 받아들이지 않는다. 알료샤를 도덕적 모범처럼 떠받드는 듯하기 때문이다. 그가 하고 있는 일을 왜 하느냐에 관계없이(그가 단순하기 때문에 성자이든, 성자이기 때문에 단순하든) 그를 존경하라는 의도가 있다는 느낌을 받는다.

그러나 나는 존경하지 않는다.

나는 그가 안쓰러우며, 그에게 자신을 위해 나설 배짱이 있기를 바란다.

하지만, 사실은, 어느 정도 존경하기는 한다.

그는 잔인한 체제의 피해자가 되어 화를 내고 원한을 품은 많은 사람 가운데 하나가 될 수도 있었으나 어떻게 된 일인지 그 덫을 피하고 더 나은 사람이 되었다. 체제의 피해자이되 인내심 있고 행복하고 (여전히) 사랑을 버리지 않은 사람이 되었다.

그러다 생각한다. 잠깐, 그게 정말 나은 건가?

나로서는 톨스토이 입장에서 내가 도달하기를 바라는 그런 결론, 즉 알료샤가 그렇게 불평하지 않고 살고 죽은 게 옳았다는 결론을 받아들일 방법을 잘 찾을 수 없다. 혹시 이 작품은 그저 우리에게는 이제 맞지 않는 옷이 되어버린 논쟁적 의제를 밀어붙이고자 하는 작가의 욕망 때문에 망해버린 낡은 이야기에 불과할까?

하지만 나는 이 이야기를 사랑하며 읽을 때마다 감동한다.

따라서, 나는 궁금하다. 톨스토이가 알료샤를 찬양하려 했지만 자기도 모르게 다른 무언가를, 더 복잡하고 그 긴 세월이 지난 뒤에도 나에게 여전히 호소력이 있는 일을 한 것일 수도 있을까? 그렇다. 사실 톨스토이는 바로 이런 가능성을 체호프의 〈사랑스러운 사람〉에 관해 쓴 에세이에서 묘사하는데, 그는 체호프가 그 작품을 쓰면서 처음에는 어떤 유형의 여자(굴종적이고 남자의 비위를 맞추는 여자)를 조롱하러 나섰다고, 즉 '여자가 이렇게 되면 안 된다는 것을 보여주러' 나섰다고 주장한다. 톨스토이는 체호프가 〈민수기〉의 발람처럼 올렌카를 저주하러 산에 올라갔지만 "막상 말을 시작하자 이 시인은 저주하려던 것을 축복하게 되었다"고 말한다. 즉 체호프는 올렌카를 패러디하려고 했지만 '개인을 넘어서는 지혜'의 성령이 그에게 내려와 그 여자를 사랑하게 되었고, 이제 우리도 그렇다.

〈단지 알료샤〉에서 우리는 톨스토이가 체호프와 정반대의 일을 했

작가는 어떻게 읽는가

다고 말할 수도 있다. 톨스토이는 의도와는 달리 축복하려 한 대상을 저주했다. 그는 이론적으로는 알료샤를 존경하고, 그래서 알료샤의 묵종과 명랑한 순응을 찬양하는 이야기를 썼지만, 톨스토이의 정직한 예술성에 감동한 이야기 자신이 그 메시지를 차마 선명하게 전달하지 못한다.

알료샤의 죽음 장면을 더 꼼꼼히 보자.

> 그는 별말이 없었다. 그냥 계속 물을 달라고 했고 뭔가에 아연한 표정이었다.
> 그러다가 뭔가가 그를 화들짝 놀라게 한 듯했고, 그는 두 다리를 뻗고 죽었다.

다음은 '알료샤는 우리가 존경해야 할 명랑하고 순종적인 성자였다' 독법에 따라 이 이야기의 대안 버전을 장난스럽게 시도해 본 것이다.

> 그는 별말이 없었다. 그냥 계속 물을 달라고 했고 뭔가에 아연한 표정이었다. 그는 하느님이 자신을 사랑하고 자신의 순종적인 명랑함을 사랑한다는 것, 자신이 아버지에게 아무런 문제를 제기하지 않고 순종했을 때 하느님이 기뻐하셨다는 것을 알았다. 그는 자신이 얻은, 또 우리가 모두 갈망해야 하는 영원한 보상으로 이끌려 간다는 것을 느끼며 두 다리를 뻗고 죽었다.

이 두 버전 사이의 차이가 무엇인가?

이제 보여주겠다.

그는 별말이 없었다. 그냥 계속 물을 달라고 했고 뭔가에 아연한 표정이었다. 그는 하느님이 자신을 사랑하고 자신의 순종적인 명랑함을 사랑한다는 것, 자신이 아버지에게 아무런 문제를 제기하지 않고 순종했을 때 하느님이 기뻐하셨다는 것을 알았다. 그는 자신이 얻은, 또 우리가 모두 갈망해야 하는 영원한 보상으로 이끌려 간다는 것을 느끼며 두 다리를 뻗고 죽었다.

삭제한 부분은 모두 내가 만들어낸 내적 독백이다. 보다시피 톨스토이는 나와 달리 알료샤의 머릿속으로 들어가지 않으려 했다. 아니, 사실 알료샤의 머리 **바깥으로 나가겠다**고 결심했다. (그는 앞 문장에서는 알료샤 안에 있다. "그의 마음에는 여기 아래에서 사람들이 시키는 걸 하고 아무도 해치지 않아서 괜찮았으면 저기 위에서도 괜찮을 거라는 생각이 있었다.") 톨스토이는 다른 작품(《주인과 하인》을 포함하여)에서 인물이 죽을 때 인물의 머릿속에 얼마든지 머물 의사가 있음을 보여주었다. 그러나 여기에서는 밖으로 나와("그는 별말이 없었다"), 침대 옆에서 알료샤가 죽는 모습을 지켜본다. 그 마지막 몇 초 동안 알료사 안에서 무슨 일이 일어나든 우리는 관찰로부터 연역할 수밖에 없다.*

다만 여기서는 연역할 수가 없다.

만일 톨스토이의 의도가 마지막까지 알료샤가 명랑하게 순응한 것

작가는 어떻게 읽는가

을 찬양하는 것이라면 왜 그냥 그런 식으로 쓰지 않았을까? 왜 그냥 그 말을 하지 않았을까?

또는 그의 의도가 (이 이야기에 대한 '나의' 독법처럼) 알료샤의 명랑한 순응을 비판하는 것이었다면 왜 이런 식으로 쓰지 않았을까?

> 그는 별말이 없었다. 그냥 계속 물을 달라고 했고 뭔가에 아연한 표정이었다. 갑자기 자신이 잘못 살았다는 것, 너무 수동적이었다는 것을 깨달았다. 그는 자신을 위해서 또 우스티냐를 위해서 나섰어야 했다. 하지만 이제 너무 늦었다. 그는 두 다리를 뻗고 죽었다.

심지어 양방향으로 할 수도 있었을 것이다.

> 그는 별말이 없었다. 그냥 계속 물을 달라고 했고 뭔가에 아연한 표정이었다.
> 갑자기 자신이 잘못 살았다는 것, 너무 수동적이었다는 것을 깨달았다. 그는 자신을 위해서 또 우스티냐를 위해서 나섰어야 했다. 하지만 이제 너무 늦었다. 그래도 괜찮았다. 그 어떤 것도 중요하지 않다, 그는 깨달았고, 아연해하는 순간 갑자기 하느님의 사랑이 자신을 감싸 안는 것을 느꼈다. 그는 두 다리를 뻗고 죽었다.

---

* 〈주인과 하인〉에서 그랬듯이 톨스토이가 죽음의 순간에 내면으로 들어가지 않으려 하는 사람은 이번에도 농민이다(원주).

어쨌든 왜 이런 마지막 생각, 우리에게 이 이야기를 읽는 정확한 방법을 알려주었을 생각을 생략했을까?

글쎄, 어쩌면 우리에게 이 이야기를 읽는 정확한 방법을 말해주고 싶지 않았던 것인지도.

적어도 그의 마음 한편에서는 그러고 싶지 않았던 건지도.

톨스토이에게는 이중적 본성이 있었다. 그는 성적 자제를 옹호하면서도 나이가 들어서까지 계속 아내 소냐를 임신시켰다. (그들의 열세 번째이자 마지막 자식 이반 르보비치는 1888년에 태어났다. 톨스토이가 예순, 소냐가 마흔넷이었다.) 보편적인 사랑을 설교했지만 소냐와 심하게 싸웠다. 독실한 체하며 젊은 농민이 결혼 전에 약혼녀와 '죄를 짓지' 않았다고 칭찬했지만 체호프에게는 젊은 시절에 "오입을 많이 했느냐" 물으며 즐거워했다. 한번은 고리키와 대화를 나누다 (고리키의 《레프 니콜라예비치 톨스토이에 관한 회상Reminiscences of Leo Nikolaevich Tolstoy》에 나오는 일화다) 일부 집안들이 세대가 이어지면서 타락하는 듯이 보이는 것과 관련된 어떤 관념을 단호히 거부했다. 그러나 고리키가 이런 현상의 실제 사례를 제시하자 톨스토이는 흥분했다. "이야, 그게 사실이네. 이제 알겠군. 툴라에도 그런 집안이 둘 있네. 그건 글로 써야 해…. 자네가 써야 해."

고리키는 톨스토이가 음주에 관해 다음과 같은 견해를 밝혔다고 기록한다. "나는 술에 취한 사람들은 좋아하지 않지만 술에 약간 취했을 때 재밌어지는 사람들, 맨 정신일 때는 우러나지 않는 것, 즉 재치, 아름다운 생각, 기민함, 풍부한 언어가 생기는 사람을 몇 명 알고

작가는 어떻게 읽는가

있네. 그런 경우에는 술을 축복할 준비가 되어 있지."

톨스토이는 한번은 연극 연출자 레오폴드 술레르지츠키와 함께 거리를 걸어가다 병사 둘이 젊은이 특유의 유독한 자신감으로 거들먹거리며 다가오는 모습을 보았다. (고리키는 썼다. "그들의 금속 장비가 햇빛에 빛나고 박차가 쨀랑거렸고, 둘은 한 사람처럼 발을 맞추어 걸었으며, 얼굴은 힘과 젊음에 대한 자신감으로 빛났다.") 톨스토이는 그들의 오만, 신체 능력에 대한 믿음, 생각 없는 복종을 거론하며 그들을 비난하는 장광설을 늘어놓기 시작했다("얼마나 오만한 어리석음인가! 채찍으로 조련되는 동물처럼…"). 그러나 그들이 지나가자 "눈으로 애무하듯이" 뒤를 쫓다가 어조가 바뀌었다. 하지만 저들이 얼마나 강하고 아름다운지. "오 주여!" 그는 말했다. "남자가 잘생겼을 때 얼마나 매력적인지, 정말이지 얼마나 매력적인지!"

"이른바 위인은 늘 끔찍하게 모순적이라네." 톨스토이는 고리키에게 말했다. "하지만 그것은 그들의 다른 모든 어리석음과 더불어 용서를 받지. 물론 모순은 어리석음은 아니야. 고집스러워서 자신과 모순이 되는 법을 모르는 게 바보지."

톨스토이는 자신과 모순이 되는 법을 알았다.

그는 1896년 일기에 썼다. "소설들이 두 피조물이 서로 반하는 역겨운 방식을 묘사하지만…그러는 동안에도 삶, 삶의 전체는 긴급한 질문으로 우리를 두들긴다. 식량, 소유의 분배, 노동, 종교, 인간관계! 얼마나 부끄러운 일이냐! 얼마나 고상하지 못한 일이냐!" 그는 또 그로부터 30년 전인 1865년에는 이렇게 썼다. "예술가의 목표는 문제를 논박의 여지 없이 푸는 것이 아니라 사람들이 삶의 헤아릴 수 없고 다함이 없는 표현을 사랑하게 하는 것이다." 모순을 만들어내는 것은 나이만이 아니다. 그의 예술가적인 면과 고상한 척하는 면은 삶의 모든 단계에 그의 내부에서 켜졌다 꺼졌다 했던 것 같다.

그는 그리스도의 원리에 따라 살아간다고 주장하면서 그에 관해서도 모순적인 태도를 보일 수 있었다. 고리키는 이렇게 썼다. "나는 그가 그리스도를 소박하고 동정받을 만한 존재로 여긴다고 생각한다. 그는 가끔 그리스도를 존경은 하지만 거의 사랑하지는 않는다고 생각한다. 그는 불안해하는 것 같기도 하다. 만일 그리스도가 러시아의 마을에 오면 젊은 여자들이 그리스도를 조롱할지도 모르기 때문이다."(이런 바보 그리스도는 알료샤를 닮았다.) 고리키는 또 톨스토이가 하느님 이야기를 할 때마다 그에게서 이상하게 기쁨이 사라진다는 점에 주목했다. "그는 이 주제에 관해서는 지친 표정으로 냉정하게 이야기했다."

따라서, 우리는 〈단지 알료샤〉도 서로 모순되고 똑같이 성립 가능한 두 가지 방법으로 읽을 수 있다.

이 이야기는 명랑한 순응을 지지하는 아름다운 주장을 한다.

이 이야기는 명랑한 순응을 지지하는 아름다운 주장을 하는 것이 압제자에게 주는 선물이라는 논리를 지지하는 아름다운 주장을 한다.

어느 쪽일까?

이 이야기의 경이로움은 이 질문에 대한 답을 하지 못한다는 것이다. 아니, 두 관점이 다 맞는다고 답한다(답하는 데 성공한다)는 것이다.

<그림 2> 루빈의 꽃병

   기술적으로 말해서 우리가 어느 한쪽 독법으로 '결정'할 수 없는 이유는 결정적 순간에 우리가 알료샤의 생각에 다가가지 못하기 때문이다(그 '화들짝 놀람'은 알료샤에게는 어떤 것, 오직 한 가지를 의미하지만 이 이야기는 그게 무엇인지 우리에게 말하지 않을 생각인 듯하다). 우리는 한 독법을 다른 독법보다 우위에 놓고 싶지만 이 이야기는 허락하지 않는다. 두 독법은 '루빈의 꽃병'이라고 부르는 착시처럼 계속 앞으로 다가오다 뒤로 물러난다.

   '이 이야기'에는 사실 이 두 가지 해석이 공존하며, 이것들은 영원히 우위를 차지하려고 다툰다. 이 이야기가 명랑한 순응을 뒷받침한다고 우리가 판단하면 이야기는 그렇게 한다. 명랑한 순응에 반대한다고 판단하면 이야기도 그렇게 한다. 두 독법 모두 급진적이라는 느낌이 든다. 둘 다 그때나 지금이나 가진 자와 가지지 못한 자로 나뉜 세계에서 가장 다급한 문제로 꼽히는 억압에 대처하는 방식의 문제를 제기한다.

그러나 이 이야기는 답을 거절하는 과정에서(답을 할 수도 있었을 대목을 모호하게 만들면서) 문제를 피하는 것이 아니라 더 높은 강도로 문제를 밝힌다는 느낌이 든다.

톨스토이는 어떻게 이런 업적을 달성했을까?

하나의 가능한 답. 우연히.

피비어에 따르면 톨스토이는 하루 만에 이 이야기를 썼다. 다 쓰고 나자 마음에 들지 않았다. "알료샤를 썼다, 아주 형편없다." 그는 일기에 기록했다. "포기했다."

무엇이 마음에 들지 않았을까? 왜 그만두었을까?

추측을 해보자.

알료샤의 머릿속으로 들어갈 기회가 제공되었던 임종 장면에서 톨스토이는… 거절했다. 그 결정은 어떻게 보였을까? 즉, 우리가 종이 위에 허리를 구부리고 마지막 문단을 마무리하는 일흔일곱 톨스토이의 머리로 들어갈 수 있다면 그 안에서 어떤 일이 벌어지는 것을 보게 될까? 나의 추측은 이렇다. 접근, 그러다 순식간에 방향 바꾸기. 그 '개인을 넘어서는 지혜'(즉, 평생에 걸친 예술적 실천)의 안내를 받은 (한낱) 휘갈기는 사람은 알료샤의 머릿속으로 들어가지 않기로 **결정**한 것이 아니다. 그냥 그렇고 **싶지 않았다**. 가령 그는 그 순간 명랑한 순응을 옹호하고 싶은 욕망에 어떤 불편(노골적이고 지적인 불편이 아니라 묻혀 있는 잠재의식적 불편)을 느꼈다. 그렇게 방향을 튼 것에서 우리는 그가 자신의 교훈주의에 저항한다고 느낀다. 예술

작가는 어떻게 읽는가

적 유보라고도 부를 수 있는 것의 한 가지 형태가 작동했다. 바틀비*
와 마찬가지로 톨스토이는 "하지 않는 쪽을 더 좋아했다".

그래서 하지 않았다.

톨스토이는 알료샤가 느끼고 있는 것(정확히 말하자면 그가 놀라
고 있는 것)을 구체화할 수도 있었을 그 순간을 우회해 갔다. 왜냐하
면, 그렇다, 몰랐기 때문이다. 또는 아직 몰랐기 때문이다. 또는 자신
이 막 내놓으려 한 답이 마음에 들지 않았기 때문이다. 그렇게 방향
을 튼 것은 그 순간에는 결정하지 않겠다는, 결정을 미루겠다는 일종
의 잠정적 결정을 표현한다.

가장 예술적이고 진실한 것이란 가끔 그저 우리가 거짓이 되는 상
황을 피하게 해주는 것이다. 방향을 틀어 벗어나는 것, 삭제하는 것,
결정을 거절하는 것, 입을 다무는 것, 지켜보는 것, 언제 그만둘지 아
는 것.

생략은 가끔 결함이며 불명료함을 낳는다. 그러나 다른 때에 생략
은 미덕이 되어 다의성을 낳고 서사의 긴장을 높인다.

"사람을 지루하게 만드는 비결은 그들에게 전부를 말해주는 것이
다." 체호프가 한 말이다.

고리키가 한번은 톨스토이에게 어떤 인물에게 할당한 의견에 그
자신도 동의하느냐고 물은 적이 있다.

"정말 알고 싶나?" 톨스토이가 물었다.

"정말로요." 고리키가 말했다.

* 허먼 멜빌의 단편 소설 〈필경사 바틀비〉의 주인공.

"그럼 말해줄 수 없네." 톨스토이가 말했다.

그 하루 동안의 글쓰기 이후 톨스토이는 다시 〈단지 알료샤〉로 돌아가지 않은 듯하다. 이유는 모른다. 이 시기에 그는 아팠고, 세계의 위대한 종교와 철학에서 경구를 모아 《독서의 주기The Cycle of Reading》와 《삶의 길The Way of Life》(둘 다 꽤 멋지다) 같은 책으로 편찬하는 데 대부분의 시간과 에너지를 쏟고 있었다. 아마도 이따금 그의 마음은 알료샤에게로 돌아갔을 테지만 여전히 만족스러운 해결책이 없다고 느꼈을 것이다.

어쨌든 톨스토이는 다시 그 작업으로 돌아가지 않았고 〈단지 알료샤〉는 그가 남겨둔 대로 우리에게 온다.

그리고 나는 그것이 완벽하다고 말하고 싶다.

다시 돌아갔다면 그는 알료샤가 맞이한 마지막 순간의 의미를 더 명료하게 하거나 다른 방법으로 알료샤가 살아온 삶의 방식에 관한 그의, 톨스토이의 의견을 더 털어놓음으로써 이야기를 '개선'했을지도 모른다.

하지만 그것이 개선이었을까?

클래런스 브라운은 말한다. "알료샤의 애처로운 운명은 우리의 마음을 움직여 연민에 이르게 하지만, 대부분의 독자는 이 작품을 읽은 결과로 정확히 우리가 무엇을 해야 하는지 또는 하지 말아야 하는지 궁금할 것이다."

맞는다. 우리는 실제로 궁금하다. 우리는 아주 잔인한 일이 벌어지는 것을 보았다. 아무런 즐거움 없는 작은 삶이 순간적으로 피어났고

작가는 어떻게 읽는가

(빨간 외투! 여자 친구!) 알료샤는 사랑받을 기회, 가장 초라한 사람이라도 가질 자격이 있는 기회를 가질 수도 있었지만 이렇다 할 이유도 없이 그 가능성을 앗겨버린 듯한데, 아무도 그게 잘못이라고 생각하지 않기 때문에 아무도 사과하지 않는다.

큰 구도에서 보면 작은 부당함이지만 태고부터 일어난 이런 부당한 일을 한번 헤아려 보라. 살면서 못된 짓을 당했고 죽는 자리에서도 여전히 복수하지 못하거나 만족하지 못하거나 원한을 품거나 사랑을 갈망하는 그 모든 사람(삶을 좌절, 실망, 고문이라고 생각하는 그 모든 사람), 그들에게 이 삶이라는 이야기의 진짜 끝은 무엇일까?

우리 모두 어떤 수준에서는 그런 사람 가운데 하나 아닐까? 여기 이 세상에서 우리에게 모든 것이 완벽했던가? 바로 이 순간에 당신은(나는) 완전히 평화로운 상태이고 완전히 만족하고 있는가? 마지막이 올 때 '돌아가서 다시 할 수만 있다면 더 잘하고 나를 축소시키려는 모든 것에 맞서 대담하게 또 두려움 없이 싸우겠다'고 느낄까, 아니면 '다 잘됐다, 나는 좋은 쪽으로든 나쁜 쪽으로든 내가 생긴 그대로였다, 이제 나는 행복하게 떠나 더 큰 뭔가에 다시 합류할 것이다'라고 느낄까?

나는 〈단지 알료샤〉를 읽을 때마다 궁금한 상태에 놓이게 된다.

하지만 이 소설은 나에게 절대 답을 주지 않고 "계속 궁금해해라" 하고 말하기만 한다.

그리고 이 점이, 내 생각에는 〈단지 알료샤〉의 진짜 성취다.

뒤에 든 생각 #7

작가와 독자가 연못 양쪽 끝에 서 있다. 작가가 돌멩이를 던지고 파문이 독자에게 이른다. 작가는 거기 서서 독자가 그 파문을 받아들이는 방식을 상상하여 다음에 어떤 돌을 던질지 결정한다.

한편 독자는 파문을 받아들이고 있는데 어찌 된 일인지 그 파문이 말을 건다.

바꿔 말하면 둘은 연결된다.

요즘에 우리는 서로 또는 지구와, 이성理性과, 사랑과 연결이 끊어지다고 느끼기 쉽다. 그러니까, 끊어졌다는 것이다. 그러나 읽고 쓰기는 여전히 우리가 적어도 연결의 **가능성**은 믿는다고 말하는 것이다. 우리는 쓰고 읽을 때 연결이 일어난다고(또는 일어나지 않는다고) 느낀다. 그것이 이 활동의 핵심이다. 연결이 일어나는지 아닌지, 어디에서 왜 일어나는지 확인하는 것.

저기 연못에서 그런 자세로 마주 보고 있는 두 사람은 핵심적인 작

작가는 어떻게 읽는가

업을 하고 있다. 이것은 취미나 여가 활동이나 도락이 아니다. 그들은 연결에 대한 서로 간의 믿음으로, 세상을 (적어도 둘 사이에, 그 작은 순간에) 더 친근하게 만듦으로써 세상을 낫게 만들고 있다. 심지어 그들이 미래의 재난에 대비하고 있다고, 재난이 올 때 '타자'에 대해 덜 두렵고 덜 반동적인 생각을 가지고 그 속으로 들어갈 것이라고 말할 수도 있다. 그들은 읽고 쓰면서 상상의 '타자'와 연결된 상태에서 많은 시간을 보냈기 때문이다.

어쨌든 그런 생각인데, 작가가 하는 일 이야기가 나와서 말이지만 혹시 문학 행사에 참석해 보았거나 작가 인터뷰를 읽었다면 '소설이 매우 중요하다'는 식의 이런 주장을 아마 들어보았을 것이다.

그런데 공교롭다.

우리가 막 읽은 단편들은 70년에 걸친 러시아의 믿을 수 없는 예술 르네상스(고골, 투르게네프, 체호프, 톨스토이뿐만 아니라 푸시킨, 도스토옙스키, 오스트롭스키, 튜체프, 차이콥스키, 무소륵스키, 림스키코르사코프 등 다수가 활동하던 시대) 시기에 쓰였는데, 그 뒤에는 인류사에서 가장 유혈이 낭자하고 가장 비합리적으로 꼽히는 시기가 뒤따랐다. 2000만 명 이상이 스탈린에게 살해당했고 그 외에 헤아릴 수 없이 많은 사람이 고문과 투옥을 당했다. 기근이 널리 퍼져 몇몇 지역에서는 심지어 식인도 이루어졌다. 아이들이 부모를 고발하고 남편이 부인을 밀고했다. 우리가 다룬 네 작가의 삶의 기준이었던 인본주의적 가치가 체계적으로 또 의도적으로 뒤집혔다.

알렉산드르 솔제니친은 《수용소 군도》에서 말했다. "20년, 30년, 40년 뒤에 무슨 일이 생길지 추측하며 모든 시간을 소비하는 체호프

희곡 속 지식인들이 40년 뒤 러시아에서 고문에 의한 심문이 이루어져, 쇠로 만든 테로 죄수의 두개골을 조이고, 인간이 산욕酸欲을 하게될 거라는[그는 스탈린 시대에 자행된 고문의 끔찍하고 긴 목록을 계속 늘어놓지만 그 부분은 당신에게 면제해 주겠다] 말을 들었다면 체호프의 희곡은 한 편도 결말에 이르지 못했을 것이다. 모든 주인공이 정신병원에 가게 되었을 테니 말이다."*

따라서 19세기 예술적 풍요는 20세기 재앙을 피하기에 충분치 않았으며, 내 생각으로는 몇 가지 방식으로 심지어 그에 이바지했을 수도 있다(사실 틀림없이 그랬을 것이다). 이 작품들이 볼셰비키의 독서 교실을 좀 부드럽게 해주었을까? 지나친 격변을 초래하는 변화에 대한 짜증을 낳았을까? 부르주아지에 의한 부르주아지를 위한 이 탁월한 예술 전체가 그동안 내내 차르의 무도한 행위를 가능하게 하고 또 위장해 주었고, 이것이 스탈린주의자들이 인본주의적 덕목에 그렇게 격렬하게 반대한 이유의 하나가 되었을까?

이런 질문들은 나의 봉급 수준으로는 감당할 수 없다(이런 질문을 하는 것만으로도 약간 불안해진다).

그저 나는 소설이 도대체 우리에게 또는 우리를 위해 무엇을 하느냐 하는 문제는 간단치 않다는 말을 하기 위해 이런 의문을 던져볼 뿐이다.

이야기가 일종의 구원이라고, 모든 문제에 대한 답이라고 말하는

---

* 게리 솔 모슨Gary Saul Morson이 2019년 9월 〈뉴 크라이테리언〉에 기고한 소비에트 잔혹성의 성격에 관한 눈이 번쩍 뜨이는 에세이 〈위대한 진리는 어떻게 밝혀졌는가〉에서 이 인용문을 처음 알게 되었다(원주).

어떤 방식이 있다. 이야기가 '우리가 사는 기준'이라는 등등의 말이 그렇다. 이 책을 읽어서 알 수 있겠지만, 사실 어느 정도는 나도 동의한다. 하지만 나는 동시에, 특히 나이가 들면서 우리가 기대를 낮추어야 한다고 믿는다. 소설이 하는 일을 과대평가하거나 지나치게 찬양하지 말아야 한다. 사실 우리는 소설이 뭔가 특별한 일을 한다는 주장을 경계해야 한다. 비평가 데이브 히키Dave Hickey는 이에 관해 말한 적이 있다. 예술이 할 일을 말하게 되면 반동적 제도는 예술이 **반드시 해야 하는** 일을 말하기 시작할 수 있고, 결국 그렇게 하지 않는 작품을 쓰는 작가를 침묵시키기 시작할 수도 있다. 바꿔 말하면 우리가 가두 연단에 올라가 소설 찬가를 부르고 소설이 모든 사람에게 얼마나 좋은지 설명할 때마다 우리는 사실 소설이 무엇이든 자기가 되고 싶은 것(변태적이고, 모순적이고, 경박하고, 불쾌하고, 쓸모없고, 소수를 제외한 누구도 읽기 어렵고 등등)이 될 자유를 제한하게 된다.

더 정직해지자. 우리 읽고 쓰는 사람은 읽고 쓰기를 사랑하기 때문에, 읽고 쓰면 더 살아 있는 것 같기 때문에 읽고 쓰며, 그 전체적인 순수 효과가 제로라는 것을 누가 증명한다 해도 계속 그럴 가능성이 크며, 나 자신은 그 전체적인 순수 효과가 마이너스라는 것을 누가 증명한다 해도 계속 그럴 것 같은 느낌이 든다. (한번은 내가 쓴 이야기 하나를 (잘못) 읽고 그에 영향을 받아 나이 든 어머니를 때 이르게 양로원에 보낸 사람에게 이메일을 받은 적이 있다. 문학이여, 고맙기도 하구나! 그럼에도 나는 다음 날 일어나서 글을 썼다.)

그래도 나는 자주 나도 모르게 소설의 유익한 효과에 대한 근거를 대려고 하며, 기본적으로 내가 그동안 해온 작업을 정당화하려 한다.

그러니 완벽하게 정직한 상태를 유지하려고 노력하면서, 앞으로 나아가 진단하듯이 물어보자. 소설이 하는 일은 정확히 무엇인가?

자, 그것이 이 러시아 소설들을 읽는 우리의 마음을 지켜보면서 그동안 쭉 물었던 질문이다. 우리는 우리 마음의 읽기 전 상태를 읽은 후 상태와 비교했다. 바로 그게 소설이 하는 일이다. 소설은 마음의 상태에 점진적 변화를 일으킨다. 그거다. 알다시피, 정말 그렇게 한다. 그 변화는 한정적이지만 진짜다.

그리고 이는 아무것도 아닌 게 아니다.

그게 전부는 아니지만 그렇다고 아무것도 아닌 것은 아니다.

끝낸다

일곱 편의 러시아 단편들을 통과해 걷는 이 과정을 당신도 나만큼, 아니 나의 반만큼이라도 즐겼기를 바라는데 내가 얼마나 즐겼는지를 생각해 보면 반도 여전히 많다.

책을 끝맺으며 마지막 생각 몇 가지를 보탠다.

내 경험으로 보건대 예술에서 멘토링은 가장 잘 기능할 때 이런 식으로 작동한다. 스승이 마치 유일하고 완전히 옳은 견해인 것처럼 자신의 견해를 강하게 표명한다. 제자는 그 입장을 받아들이는 척한다. 일단 스승을 믿고 받아들이고(나에게 맞는지 스승의 미학적 원칙들을 입어보고, 그의 접근 방법에 굴복한다) 그 안에 뭔가 있기는 한지 확인한다. 스승의 가르침이 끝나는 시점에(지금) 제자는 그 가르침에서 뛰쳐나와 어차피 잘 맞지도 않는 옷 같은 느낌이 들기 시작하는 스승의 견해를 부정하고 자신의 사고방식으로 돌아간다. 그러나 어쩌면 그 과정에서 몇 가지는 습득했을 수도 있다. 어차피 이것들은 제자가 그동안 쭉 알고 있었던 것일 가능성이 크며, 스승은 그저 그 것을 일깨워주었을 뿐이다.

따라서, 만일 이 책이 당신에게 뭔가 환하게 밝혀주었다면 그것은 내가 '당신에게 뭔가를 가르쳐서'가 아니라 당신이 내가, 말하자면 '유효성을 인정하는' 내용을 기억하거나 알아본 것이다. 만일 뭔가, 음, 환하게 밝혀준 것이 아니라 반대로 갔다면? 나와 의견이 다르다 는 느낌은 당신의 예술적 의지가 자기주장을 하고 있었다는 뜻이다 (당신 의지에 줄을 묶고 내가 데리고 가는 대로 따라올 것을 요구했 으나 당신 의지는 타고난 경향을 거슬러 강제로 잡아끄는 느낌만 잔 뜩 받았을 뿐이다). 그런 저항은 주목할 만하며 기뻐하고 칭찬할 만 하다. 내가 출발점에서 언급한 '상징적 공간'(오직 당신만이 할 수 있 는 작업을 하는 장소)으로 가는 길은 강하고 심지어 광적인 선호의 순간들로 점철되어 있다(또 도전, 심술, 매혹 그리고 변명의 여지가 없는 강박으로도). 이야기에 관해 랜들 재럴이 한 말은 이야기를 쓰 는 사람에게도 해당한다. 그들은 "알고 싶어 하지 않고, 상관하고 싶 어 하지 않고, 그저 **자기 내키는 대로** 하고 싶을 뿐"이다.

이는 또한 이야기의 독자에게도 해당한다. 그렇게 강하게 선호를 드러내고, 합리화 없이 반응하고, 마음껏 사랑하거나 미워하고, 아 주 근본적으로 우리 자신이 되고자 한다면 우리가 이야기가 쓰인 페 이지 외에 달리 어디로 갈 수 있단 말인가? 이 이야기들을 당신 스스 로 어떻게 생각하는지 알아내는 데 내가 굳이 여기 있을 필요는 없었 다(그러나 캐럴 버넷이 노래하곤 했듯이, 우리가 이 시간을 함께해서 나는 무척 기쁘다).

이 이야기들을 통과하며 내가 약간 으스대면서 길 안내를 하게 해주고, 내가 각각을 어떻게 읽었으며 왜 사랑하는지 보여주게 해준 것에 감사하고 싶다. 나는 주목해야 할 것을 말해주고 어떤 기술적 특징을 짚어보고 왜 '우리'가 이 대목이나 다른 대목에서 감동하는지 최선을 다해 설명하면서 최대한 명료하고 설득력 있게 말하려고 했다.

그러나 그 모든 것은 그저 나의 꿈이었다. 나의 마음이 이야기를 읽으며 꿈을 꾸고, 나는 그 꿈을 당신에게 전달하고, 당신은 친절하게도 내 꿈 이야기를 듣는 데 동의해 주었다.

이제 끝났으니 내가 꿈을 꾸며 중얼거렸던 말 몇 가지는 당신에게 달라붙어(애초에 당신 것이었기 때문에) 쓸모가 생기고, 일부는 떨어져 나가고(별로 쓸모가 없고, 애초에 당신 것이 아니었기에) 당신은 그게 사라지는 게 반갑기를 바란다. 그게 사라지는 걸 보고 당신이 반가워하는 걸 보고 내가 반가워할 거라는 걸 알아주기 바란다. 이 일은 바로 그런 식으로 풀려야 하기 때문이다.

글쓰기에 관한 책을 쓰는 일의 위험 가운데 하나는 방법을 알려주는 종류의 책으로 인식될 수도 있다는 점이다.

이 책은 그런 종류의 책이 아니다. 평생의 글쓰기는 나에게 한 가지를 남겼다. 내가 그 일을 하는 방법에 대한 지식. 아니, 아주 정직하게 말해서 내가 **그 일을 한** 방법에 대한 지식(내가 **그것을 곧 하게 될** 방법은 여전히 계속 수수께끼로 남아 있어야 한다).

하늘이 우리를 선언문으로부터, 심지어 내 선언문으로부터도 구해

주기를("설명으로는 끝까지 갈 수 없다." 톨스토이는 말했다).

내가 제공하는 방법론에 가장 가까운 말은 이것이다. 가서 당신이 하고 싶은 것을 해라.

그건 정말이지 진실이다. 힘차게 당신이 하고 싶은 것(즉, 당신을 즐겁게 하는 것)을 하면 모든 것에 이르게 된다. 당신의 특정한 강박과 당신이 거기에 빠져드는 방식에, 특정한 도전과 그것이 아름다움으로 바뀌는 형식에, 특정한 장애물과 당신의 고도로 개별화된 방해 분쇄기에. 우리는 우리 방식으로 글쓰기에 뛰어들기 전에는 우리 글쓰기의 문제가 무엇일지 알 수 없고, 그다음에야 우리 방식으로 글을 쓸 수 있다.

한 학생이 나에게 이런 이야기를 한 적이 있다. 시인 로버트 리 프로스트Robert Lee Frost가 어느 대학에 낭독을 하러 갔다. 한 진지한 젊은 시인이 일어서서 소네트 형식이나 그런 것에 관해 복잡하고 기술적인 질문을 했다.

프로스트는 잠시 입을 다물었다가 말했다. "젊은이, 걱정 말고 일이나 하게!"

나는 이 조언을 사랑한다. 이것은 내 경험에 비추어 완전한 진실이다. 우리는 어느 정도밖에 결정할 수 없다. 커다란 문제에는 책상에 앉아 있는 시간이 대답할 수밖에 없다. 우리가 하는 걱정의 아주 많은 부분은 일을 피하는 방편이고, 걱정은 (일이 가능하게 해주는) 해법을 지연시킬 뿐이다.

따라서, 걱정 말고 일이나 하고, 모든 답이 그 안에서 발견될 것이라는 믿음을 가져라.*

우리는 소설에 대한 기대를 '소설을 읽으면 그 뒤에 잠시 우리의 마음 상태가 변한다'에 한정하는 데 동의하면서 마지막 장을 마쳤다.

하지만 이건 좀 겸손한 말일 수도 있다. 우리가 보았듯이 소설을 읽으면서 우리의 마음은 **특정한 방식으로** 변하고, 우리 자신의 (제한된) 의식에서 나와 다른 의식(두세 인물의 의식일 수도 있다)으로 들어간다.

따라서, 우리는 물어볼 수도 있다. 소설을 읽고 '그 뒤에 잠시' 우리는 실제로 어떻게 바뀌었는가?

(나의 답을 말하기 전에 다시, 사실 내가 그럴 필요는 없다고 밝혀두자. 우리는 이 러시아 작가들을 읽으면서 우리의 마음이 어떻게 변했는지 안다. 우리가 그 자리에 있었기 때문이다. 또 운이 좋아 우리 인생에서 다른 아름다운 독서 경험이 있었다면 그게 우리에게/우리를 위해 뭘 했는지도 안다.)

하지만 한번 시도는 해보겠다.

나는 나의 마음이 유일한 마음이 아니라는 것을 깨닫는다.

다른 사람들의 경험을 상상하는 내 능력에 대한 자신감이 늘어났다고 느끼며, 그 경험들이 유효하다고 받아들인다.

---

* 그런데… 몇 년 뒤 한 프로스트 학자가 어느 행사 뒤에 나에게 다가와 상냥하게 교정을 해주었다. 프로스트가 실제로 한 말은 (그에 따르면) 이것이었다. "젊은이, 일하지 말고 **걱정을 하게!**" 음, 그것도 진실이다(어쩌면 걱정은 일의 한 형태일 수 있다). 하지만 앞의 것만큼 진실은 아니다(나에게는). 하지만 당신에게 진실이라면 그 조언도 지지하겠다. 가서 일하지 말고 **걱정을 하게!**(원주)

나는 다른 사람들과 연속체를 이루어 존재한다고 느낀다. 그들 안에 있는 것이 내 안에도 있고 역도 성립한다.

내 언어 역량이 다시 힘을 얻는다. 내적 언어(내가 생각할 때 사용하는 언어)가 풍부해지고 구체화되고 노련해진다.

나도 모르게 세상이 더 좋아지고, 더 애정을 가지고 세상을 주목하게 된다(이는 내 언어가 다시 힘을 얻는 것과 관계가 있다).

내가 여기 있다는 사실이 더 행복해지고, 언젠가는 여기 없을 것임을 더 의식하게 된다.

세상의 사물을 더 의식하고 거기에 더 관심을 가지게 된다.

따라서, 그 모두가 아주 좋다.

기본적으로 어떤 이야기를 읽기 전에 나는 아는 상태, 상당히 자신감 있는 상태다. 삶이 나를 어떤 자리로 이끌었고 나는 거기에 만족스럽게 자리 잡고 있다. 그때 이야기가 찾아오고 나는 약간 풀어진다, 좋은 쪽으로. 이제는 나의 관점에 아까만큼 자신이 없고, 나의 관점 제조기가 늘 약간 어긋나 있다는 사실을 깨닫는다. 제한적이고 너무 쉽게 만족하고 자료가 너무 적다.

이것은 몇 분 동안만 지속된다 해도 부러운 상태다.

도로에서 누가 갑자기 끼어들기를 할 때 그가 어느 정당을 지지하는지(즉, 내 정당의 반대 정당) 매번 알지 않는가? 물론 실제로는 그렇지 않다. 늘 두고 봐야 한다. 모든 게 두고 봐야 한다. 소설은 모든 걸 두고 봐야 한다는 사실을 기억하는 데 도움을 준다. 소설은 이런 목적에 바쳐지는 성례다. 늘 아름다운 이야기의 끝에 있을 때처럼 세상에 열려 있다는 느낌을 받을 수는 없지만, 그런 느낌은 잠깐이라도

작가는 어떻게 읽는가

그런 상태가 존재한다는 사실을 일깨워주고 좀 더 자주 그런 상태에 있으려고 노력해야겠다는 갈망을 만들어낸다.

만일 마리야, 야시카, 올렌카, 바실리 등의 인물이 실제 눈앞에 나타난다면 지금 문학적 표현물로서 좋아하는 것처럼 그들을 좋아하게 될까? 혹시 그들을 내쳐버리거나 아예 눈길도 주지 않을 수 있지 않을까?

그들은 다른 사람의 마음속에서 관념으로 출발하여 글이 되었고, 그런 다음 우리의 마음속에서 관념이 되었다. 그리고 이제는 우리가 앞에 놓인 아름답고 어렵고 귀중한 날들로 다가갈 때 늘 우리와 함께 있으면서 우리의 도덕적 무기의 일부가 될 것이다.

나의 글 쓰는 오두막 문밖에는 몇 가지 사물이 있다. 무슨 사물? 그래, 바로 그거다. 무엇이 있는지 당신에게 말해주는 건 내게 달린 일이고, 당신에게 말해주면서 나는 즉석에서 그 사물들을 만들어낼 것이다. 내가 그 사물들을 말하는 방식이 그것들의 정체가 될 것이다. 혹시 '삶이라는 긴 패배에 관해 이야기하는 초라하고 하찮은 삼나무'인가? '과거 헤아릴 수 없이 많은 세대와 나를 연결하는, 나의 일하는 날들에 함께하는 당당하고 웅장한 적갈색 친구들'인가? '삼나무 숲'? '나무 몇 그루'? 그날에, 내 마음에 달려 있다. 이 모든 묘사는 사실이고, 그 가운데 어느 것도 전혀 사실이 아니다.

저 바깥에 의자가 열린 문을 받치고 있으며(날은 덥고, 문간의 선풍기가 약간 더 시원한 공기를 안으로 불어 넣고 있다) 식물에 물을 주려고 내가 여기로 가져온 호스가 있고, 이 식물은 다육성으로 정확한 이름은 모르는데 지난달 홈데포에서 사 왔으며, 나는 매일 아침 여기 들어오면서 이 식물에게 뭔가 힘이 되는 말을 소곤거리려 한다. 호스는 뜨거운 햇빛 속에 옅은 녹색으로 저기 누워 있다.

그런데 나는 여기에서 "이 뜨겁고 화창한 날, 녹색에 가까워 보인다"라고 쓰지 않았다. 왜? 이쪽이 낫기 때문이다. 왜 나을까? 내가 이쪽을 선호하기 때문이다.

자, 우리는 이 지점에서 의견이 갈릴 수 있다. 앞에서 "뜨거운 햇빛 속에 옅은 녹색"을 읽을 때 그 호스가 보였나? 당신의 읽는 에너지가 그 구절에서 무언가 했다. 당신은 안에 있었나 밖에 있었나? 나와 함께 있었나 나와 맞서고 있었나? 약간 앞으로 수그릴 수밖에 없었나 약간 뒤로 젖히고 있었나?

이 작은 드잡이로 당신은 내가 여기 있는 것을 안다. 그리고 나는 당신이 거기 있는 것을 안다. 그 구절은 우리를 연결하는 작은 통로로 우리에게 세상 한 조각을 주고 우리는 그걸 놓고 드잡이한다. 즉, 이어진다.

당신 안에는 당신의 많은 버전이 있다. 내가 글을 쓸 때 그 가운데 어느 버전과 이야기를 할까? 최고의 버전이다. 나의 최고 버전과 가장 비슷한 버전이다. 읽는 순간에 우리의 두 최고 버전이 우리의 평소 자아에서 빠져나와 상호 존중으로 만들어진 장소에서 하나가 된다.

이는 매우 희망적인 인간 상호 작용 모델이다. 서로 존중하는 두 사람이 서로 몸을 기울이고, 한쪽이 반응을 일으키기 위해 말을 하고 다른 쪽은 기꺼이 매혹될 마음으로 귀를 기울이는 것.

이것은 사람이 할 수 있는 일이다.

작가는 어떻게 읽는가

처음에 말했듯이 이 책을 시작하면서 지난 20년간 이 이야기들을 가르치는 일이 나에게 얼마나 중요했는지 깨달았다. 나의 의도는 내가 이 작품들로부터 배운 내용 일부를 종이에 적어 그 통찰을 보전하는 것이었다고 말해도 될 듯하다. 그러나 이 이야기들을 놓고 작업을 하면서 다른 일도 벌어진다는 사실을 알았다. 학기 일정으로부터 해방되어 에세이 형식이 강요하는 구체성을 부여하는 과정에서 이 작품들이 전에 한 번도 없었던 방식으로 나에게 문을 열고 도전하고 있다는 것을 알았다. 알고 보니 이 이야기들은 내가 오랫동안 믿고 있었던 것보다 놀라웠다. 더 복잡하게 이루어져 있었고 더 신비했다. 그리고 이 이야기들로 인해 나 자신의 작업이 더 눈에 들어왔다. 나는 이 러시아 작가들이 내가 지금까지 하지 못한 일을 했다는 것을 알게 되었다.

내가 선택한 단편이라는 형식에 그렇게 많은 잠재력이 있고 내가 그 잠재력을 다 끌어내기까지는 아직도 갈 길이 멀다는 사실을 깨닫고 기가 죽는 동시에 흐뭇했다.

또 이런 느낌이 들기도 했다. 이 러시아 작가들은 자신들이 하는 일을 아주 아름답게 해냈으니 내가, 또는 다른 누가 그걸 계속할 필요는 없겠다는 것.

이는 이야기 형식이 따라갈 새로운 길을 찾는 것이 내 일의 일부(당신 일의 일부)라고 말하는 것이나 다름없다. 일곱 편의 러시아 소설만큼 강력하되 목소리와 형식과 관심사는 새로운, 즉 네 명의 러시아 작가가 이 땅에 있었던 시기 이후의 세월 동안 지구의 역사가 삶에 관해 우리에게 알려준 것들에 반응하는 이야기를 만드는 것.

끝낸다

우리가 보았듯이 이 이야기들은 특정한 방식으로 작용한다. 우리의 이야기는 다르게 작용해야 하는데, 그래야 예전 작품들과 구별이 될 테고 이 러시아 소설들이 자기 시대와 교감한 만큼 신선하게 우리 시대와 교감할 것이기 때문이다.

나는 이 책을 쓰는 동안 예순한 살이 되었고, 쓰는 내내 나도 모르게 이야기를 쓰는 게 왜 중요한지 계속 물었다. 이게 거기에 들이는 시간을 정당화할 만큼 중요한 일이냐고. 점점 시간이 귀중하고 인생이 지나가고 있다는 것, 틀림없이 내가 이 생애에서 하고 싶은 모든 일을 다 하지 못하리란 것, 절대, 결단코 다 하지 못하리란 것, 끝이 내가 예상하는 것보다 빠르게 닥쳐오고 있다는 것(아무리 빠르게 닥친다 해도 내 계획에 따르면 앞으로 200년 뒤, 내가 261살이 되었을 때이긴 하지만)을 강하게 의식하게 되기 때문이다.

이 책을 쓰는 일은 다시 나 자신에게 길게 자문하는 기회였다. "여전히 인생을 소설에 바치고 싶은가?"

결국 답은 "그렇다"이다.

정말 그러고 싶다.

학기 첫 수업을 시작할 때 나는 늘 학생들에게 내가 하려고 하는 모든 말(즉, 학기 내내) 앞에 괄호를 연다고 상상하고 그 괄호 앞에 "조지에 따르면"이라는 말이 들어간다고 상상할 것을 요구한다.

마지막 수업이 끝날 때 나는 학생들에게 괄호를 닫고 "자, 어쨌든 그건 모두 조지가 한 말이었다"라는 구절을 덧붙이라고 요구한다.

당신도 지금 괄호를 닫을 수 있다.

작가는 어떻게 읽는가

당신이 여기까지 오느라 쏟은 시간과 에너지에 마음 깊이 감사하며 이 책에 있는 뭔가가 당신에게 도움이 되기를 진심으로 바란다.

캘리포니아주 커랠리토스에서

2020년 4월

부록

부록 A

자르기 연습

연습 1부

다음 텍스트를 읽어라.

타이머를 5분으로 맞추어라.

제한된 시간 안에 다음 텍스트에서 스무 단어* 정도 줄여라.

끝나면 스스로 다음 질문을 해보아라.

나는 무엇을 잘랐는가?

왜 잘랐는가?(당신의 편집 감수성에 관해 뭔가 말해줄 것이다.)

결과물이 나아졌는가 나빠졌는가?

* 영어로 쓴 글의 분량을 가늠하는 방법으로 옮겼지만 우리는 원고지 매수 나 글자 수로 바꾸어서 생각할 수 있을 것이다.

이제 위의 작업을 한 번 더 해보아라.

사실 현재 분량이 반으로 줄어들 때까지 위의 작업을 여러 번 반복하는 게 좋다.

텍스트

예전에 빌이라는 이름의 둔감하고 친근한 사내가 있었다. 어느 날 빌은 갈색 셔츠를 입고 차량관리국으로 걸어 들어가며 어떤 편집증적인 분위기를 뿜어내고 있었다. 하지만 이것은 일반적이지 않거나, 부정확하게 본 것이다. 차량관리국은 아무리 멀쩡한 사람이라도 신경이 곤두서게 만들기 때문이다. 빌의 마음은 일련의 이미지를 뒤적이고 있었는데 그것은 불안을 만들어내는 만큼이나 흐릿하기도 했다. 그는 자신이 수갑을 찬 모습을 보았다. 빌은 어떤 사람이 뒤에서부터 다가오는 것을 상상했는데, 그의 손에는 빌이 인생 50년에 걸쳐 여러 주차장에서 슬쩍 박았거나 긁었거나 문을 열다 흠집을 낸 모든 차의 목록이 들려 있었다. 처음은 인디애나에서, 그다음은 캘리포니아, 그리고 지금은 뉴욕 시러큐스에서였는데, 빌이 보기에 시러큐스의 차량관리국이 단지 불안을 자극한다는 면으로만 봐도 최악이었다. 이곳은 비슷한 낮은 건물과 공장이 있는 거리에 비스듬히 서 있어 찾는 데 오래 걸렸다. 매번 갈 때마다 다시 찾아야 했다. 전에 어떻게 찾았는지 전혀 기억이 나지 않았고, 그건 안타까운 일이었다. 사무실은 천장이 낮았고 담배, 바닥 세제, 사람 땀 냄새가 났다. 하지만

작가는 어떻게 읽는가

늘 똑같은 남자가 끝도 없이 대걸레질을 하고 또 했다. 마치 담배를 피우면서 세제와 인간 땀을 섞은 걸로 걸레질을 하는 듯한 느낌이었다. 하지만 아니었다. 그의 머리 위에는 금연이라고 적힌 판이 붙어 있었다. 모든 것이 정말이지 아주 전형적이고 관료적이었다. 미국 도처에 그런 공공건물이 있었다. 아마 세우는 데 돈은 별로 안 들지만 그곳을 찾아갈 수밖에 없는 사람들의 인간 정신을 소모하는 데는 믿을 수 없이 많은 돈이 들어갈 것이다. 빌은 접수대로 다가갔다. 그러나 먼저 불타오르는 것처럼 머리가 새빨간 여자한테서 번호표를 받아야 했다. 그녀는 앞문 옆쪽에 있는 책상에 앉아 있었고, 빌은 방금 그 문으로 들어왔다.

"여기가 그 번호 적힌 걸 받는 곳인가요?" 빌이 말했다.

"네." 여자가 말했다.

"머리 멋지네요." 빌이 말했다.

"비꼬는 건가요?" 여자가 말했다.

빌은 무슨 말을 해야 좋을지 알 수 없었다. 맞는다, 그는 비꼬고 있었지만 이제 그것이 그 번호표를 받는 일에서조차 형편없는 접근 방법이라는 것을 알았다. 왜 그는 늘 그렇게 비꼬려 할까? 이 창백한 어릿광대 같은 여자가 자신에게 무슨 짓을 했다고? 그는 더 심한 편집증 환자가 된 느낌이었다. 눈앞에 이미지들, 아니 사실은 형체들이 둥둥 떠 있었다. 재앙적이고 태아적이고 기념적인 꿈틀거림과 번쩍거림. 아마도 서서히 다가오는 편두통 때문에 생긴 것인지도 몰랐다. 방이 흔들리다 물러나더니 다시 초점이 잡혔다. 몹시 더웠다.

어릿광대 여자가 번호표를 주었다. 빌은 벤치에 앉았다. 근처에서 남녀가 싸우고 있었다. 여자는 남자가 엉덩이 쪽을 잘 씻는 법이 없다고 주장하고 있었다. 가엾은 남자는 모욕을 당한 표정이었다. 여자는 아주 큰 소리로 말하고 있었다. 남자는 움츠러들었고 늙었고 무방비 상태였다. 말 그대로 두 손에 모자를 들고 있었다.* 빌은 여자를 노려보았다. 여자도 마주 노려보았다. 이윽고 남자가 빌을 노려보았다. 그는 손에 쥔 모자로 위협적인 몸짓을 했다. 이제 남녀는 빌에 맞서 단결했으며 남자의 깨끗하지 않은 엉덩이는 완전히 잊은 것 같았다. 가엾은 빌은 늘 이런 식이었다. 한번은 어떤 남자가 아내를 때리고 있어 끼어들었더니 아내가 대들고 남자도 대들고 심지어 지나가던 몇 사람도 대들었다. 심지어 한 수녀도 두툼한 수녀 신발로 그를 걷어차는, 하지 않아도 될 행동을 했다. 로봇 같은 목소리가 빌의 번호를 불렀는데 번호는 332였다. 빌은 접수대로 다가갔다. 놀랍게도 그는 앤지, 그의 전 부인이 거기에서, 그 접수대 뒤에서 일하고 있는 것을 보았다. 앤지는 어느 때보다 아름다워 보였다.

토론

자, 모든 글에 이런 수준의 자르기가 필요하다는 말이 아니라, 이러다간 오히려 더 나빠진다는 느낌이 들기 직전까지 글 한 편에서 얼마나 잘라낼 수 있는지 감각을 개발해 보는 게 좋다는 거다.

---

* hat in hand, 굽실거리거나 공손한 태도를 보인다는 뜻의 표현.

이 훈련은 당신의 목소리, 더 정확하게 말하자면 당신의 속도를 발견하는 방법이다.

당신이 거울 앞에 벌거벗고 서 있다고 상상해 보라. 거울에는 이미지에 무게를 더하는 앱이 내장되어 있어 한 번에 2킬로그램씩 늘릴 수 있다. 그걸 200킬로그램으로 늘린다. 어떻게 보이나? 이제 그걸 꾸준하게 196, 150, 130에서 현재 몸무게로 내리고, 현재 몸무게를 지나 가령 30킬로그램까지 내려라. 자, 그 사이 어딘가에 당신의 '이상적 몸무게'가 있다.

보면 알 거다.

글도 마찬가지다. 우리 각자에게는 '이상적 글 속도'가 있다. 하지만 초고에서 그 속도로 쓰는 사람은 거의 없다. 따라서 그것을 찾도록 스스로 도와야 한다. 이 훈련은 점점 더 높아지는 엄격함의 수준을 차례차례 통과함으로써 우리의 이상적 글 속도가 무엇인지 맛보도록 도와준다.

이 훈련을 하는 동안 아마도 무엇을 잘라야 할지 아는 능력을 상실하는 순간이 찾아왔을 것이다. 남은 글의 목표가 무엇인지 알지 못했기 때문이다. 무엇이 알맹이고 무엇이 쭉정이인지 판단하려면 자신이 어디로 가는지 알아야 한다고 당신은 느꼈다. (빌이 머리카락을 모욕한 그 여자가 나중에 중요해질까? 그렇지 않다면 그녀가 나온 부분은 잘라낼 수 있다. 반대로 그 대화가 정말 마음에 들어 그대로 두기로 결정한다면 나중에 그 여자한테 역할을 주어야 할 의무가 생긴다.)

이 훈련에 얼마나 깊이 들어가야 그런 느낌이 찾아오는지 주목하

라. 대체로 그 전에는 잘라낼 것을 찾을 수 있었고 거기에는 이유가 있었다.(당신에게 그 이유는 무엇이었나? 글에서 무엇이 거슬리나? 무엇이 즐거움을 주고 보호해야겠다는 생각을 불러일으키는가?)

이처럼 극단적인 자르기는 목소리로 들어가는 관문이다. 글에 **작문**과 **퇴고**라는 두 단계가 있다고 해보자(이 둘은 서로 상대로 변하는 경향이 있다). 우리는 목소리를 작문과 연결시키는 경향이 있다("나는 내 진정한 목소리로 첫 초고를 쏟아내며 내 속에서 우러나오는 비전을 노래했다!"). 그러나 내 경험상 목소리는 두 번째 단계에서 편집을 하면서, 특히 잘라내면서 진정으로 만들어진다. 우리 대부분은 초고에서 너무 길게 노래하는 경향이 있으며, 이는 실제로 다른 작가들이 노래하는 방식과 매우 비슷하게 들린다.

독특한 목소리를 만드는 데는 두 가지 방법이 있다. 하나는 처음에 집어넣는 것이고 또 하나는 지우면서 발견하는 것이다. 어느 방법이든 우리 취향에 맞게 이루어지면 우리의 글은 더 '우리다워'진다(물론 실제로 글을 쓰는 시간에 우리는 한 방법에서 다른 방법으로, 때로는 초 단위로 왔다 갔다 한다).

압축에는 지능을 높이는 뭔가가 있다. 어떤 글을 쓸 때 처음에는 대개 느슨하고 탐험적이다. "예전 대학 시절, 전날 밤 파티를 하느라 피곤한 상태로 수업에 들어가 늘 앉던 창가 자리에 앉아 베이더* 교수가 거기 칠판 옆에 서서 온갖 종류의 증명이니 계산을 하는 것, 또는 그냥 강의를 하는 것을 지켜보다 보면 늘 신경이 곤두섰다. 그는

* 〈스타워즈〉 시리즈의 다스 베이더를 말한다.

작가는 어떻게 읽는가

검은 헬멧으로 얼굴을 가리고 있었고 허리띠에 찬 광선 검은 쓰지 않는 분필을 두는 분필 선반에 그 밝고 빨간 불꽃을 튀기곤 했기 때문이다." 자, 이렇게 출발한다. 이 글을 잘라내 "칠판 앞에 선 베이더 교수를 보면 신경이 곤두섰는데 그는 헬멧으로 얼굴을 가렸고 광선 검이 이따금 분필 선반에 불꽃을 튀겼다"로 바꾸면 전보다 산뜻해지고 사려 깊어진다. 작가는 처음의 구불구불한 탐험을 체에 걸러 그 안에서 그가 가장 핵심적이라고 느끼는 것을 앞으로 내세웠다.

이런 식으로 평범한 부분을 잘라내면 당신의 이야기에서 평범함이 한 단계 내려간다. 그게 한 가지 득이다(잇새에 음식 조각이 끼었을 때 그것을 빼내면 이미 그만큼 더 매력적이 된다). 동시에 나은 뭔가를 집어넣을 공간도 만들었다(이 부분은 치아는 아니고 글에만 적용된다). 종종 잘라내는 일은 문장의 리듬에 어떤 작용을 하여 당신이 글을 다른 식으로 완성하게 되고, 이번에는 또 이것이 이야기에 어떤 새로운 사실을 들여오곤 한다. "샘은 내가 아는 이 덩치가 크고 좀 멍청한 녀석이었다"를 "샘은 크고 멍청…"으로 고치면, 자, 벌써 나아졌다. 이미 형편없다는 느낌은 들지 않는다. 그리고 이 문장 조각을 다시 손보게 되면 잘라낸 뒤 조여진 상태를 통해 우리가 앞으로 작업해야 할 것을 보게(그리고 듣게) 된다. 한번 해보라. 그 문장 조각을 소리 내어 읽고 문장을 완성할 몇 마디가 마음에 떠오르는지 보라. 거기에서는 리듬을 존중하고 있다. 당신 뇌의 어떤 부분은 마음이 듣고 싶어 하는 것을 알고 있으며, 단지 의미만이 아니라 소리에도 기초한 뭔가를 제공할 것이다.

"샘은 크고 멍청하지만… 그래도 달릴 수는 있었다."

크고 멍청한 샘은 이제 달리는 사람이 되어 떠난다. 오로지 우리가 그를 묘사하는 너저분한 첫 시도를 잘라내고 줄여놓았기 때문이다.

연습 2부

당신이 현재 쓰고 있는 이야기, 거의 마무리가 되었다고 느끼는 이야기를 하나 생각하라.

그 가운데 (예를 들어) 네 페이지를 택해 내가 제시한 텍스트와 마찬가지로 **절반으로 줄여라**(남의 글은 줄이기 쉽지만 자기 글은 어렵다). 학생들은 연습용 작품으로 이런 습관을 익히고 나면 자신의 작품을 퇴고할 때 '근육 기억'의 일부가 그 일을 해낸다고 말한다.

부록 B

확장 연습

연습

타이머를 가령 45분에 맞추어라.

이제 200단어 분량의 이야기를 써라. 단, 함정이 있다. 이 작업에 50가지 단어만 사용해야 한다.

당신은 사용 단어 수를 세는 자기 나름의 방법을 발견하게 될 것이다. 단어 목록을 만드는 것도 하나의 방법이다. 예를 들어 첫 문장이 "소가 들판에 서 있었다"라고 해보자.

참고를 위해 페이지 하단에 이렇게 써둘 수 있다.

1. 소
2. 가
3. 들판

4. 에

5. 서

6. 있었다

이제 당신은 앞으로 사용할 수 있는 단어 6개를 '갖게' 되었다.

이 목록이 50개에 이르면 끝이다. 그때부터는 이미 사용한 단어만 써야 한다(복수는 허용한다. 따라서 '소'와 '소들'은 같은 단어로 친다).

최종 결과물은 **정확히 200단어**여야 한다(199도 안 되고, 201도 안 된다).

준비됐나? 시작.

토론

대부분의 작가는 발단은 길지만 절대 상승부로 올라가지 않는 경향이 있다(즉, 확장을 하지 않는다). 나는 학생들이 쓴 그런 장편을 많이 읽어보았다. 여러 페이지에 걸쳐 뛰어난 발단부가 나오지만 긴장은 전혀 고조되지 않는다. 가끔 나는 발단부에서는 난로에 물을 한 냄비 얹어놓는다고 말한다. 사건을 일으켜 글을 상승하게 하는 것은 물이 끓게 하는 것이다(우리가 '의미 있는 사건'이라고 부르는 것이 끓는 물이고, 확장이다).

나도 이유를 이해하지 못하지만, 지금 이 연습을 통해 만드는 이야기에는 거의 언제나 상승부가 등장한다. 어떤 학생의 경우에는 그가 쓴 '진짜' 작품보다 재미있고 즐겁고 극적으로 형태가 잡히기도 한다.

당신이 지금 쓴 것이 마음에 든다면, 다시 말해 거기에 당신이 더 진지하게 쓴 이야기에는 없는 뭔가가 있는 것처럼 보인다면 여기에서 잠깐 멈추고 그게 정확히 무엇인지 물어볼 수도 있다.

왜 이 연습이 효과가 있을까? 나도 모른다. 제약과 어떤 관계가 있을지도 모르겠다(50단어 제한과 199도 201도 아니고 200이라는 까다로운 단어 수 계산). 이 연습을 해보면 제약에 주의를 기울이게 되는데, 이는 평소와는 다르게 접근한다는 뜻이다. 정신에서 보통은 주제나 문체 유지, 작품의 목표나 정치적 의도를 생각하던 부분이 단어 수를 세느라 바빠진다. 그 바람에 정신의 다른 부분, 덜 의식적이고 더 장난스러운 부분이 앞으로 나서게 된다.

수업 시간에 이 연습을 할 때는 나중에 본인이 쓴 글을 낭독하게 될 거라고 미리 알린다. 이러면 긴장이 더 높아진다("믿으세요, 선생님. 사람이 2주 뒤에 교수형을 당할 걸 알게 되면 정신을 놀랄 만큼 집중하게 됩니다"). 이렇게 하면 내가 아는 거의 모든 작가에게 있는 타고난 연기자 기질이 나타난다.

시러큐스에서 공부하던 시절, 더글러스 엉거는 우리가 쓰는 이야기들이 매우 영리하고 '문학적'인 데 약간 신물이 났는지 쉬는 시간 직전에 워크숍 후반에는 각자 즉석에서 이야기를 **말로 해야** 한다고 선언했다.

그 초조한 쉬는 시간이라니.

하지만 우리가 제출한 이야기와 비교할 때 그날 밤 우리가 말로 한 이야기는 예외 없이 더 활기차고 극적이고 진정한 우리가 들어 있었고 우리의 진짜 매력, 우리가 실제로 세상에서 발휘하는 재치가 풍부했다.

이 연습에서 만들어진 짧은 글로 무슨 일을 해야 할까? 이 글들은 대개 약간 생경하고 닥터 수스식으로 들린다. 한번은 한 학생이 이 연습을 몇 차례 시도하여 좀 긴 이야기를 만들었다. 시도할 때마다 새로운 50단어 세트를 이용했지만 이 200단어 글을 모아 만든 더 긴 이야기 전체에 걸쳐 같은 등장인물을 유지했다. 다른 학생들은 이 연습을 이용하여 훌륭한 상승부를 갖춘 일종의 도입부를 썼고, 그런 다음 제약에서 벗어나 원하는 대로 많은 '새' 단어를 사용하여 이야기를 다시 썼다.

이 연습의 미덕은 우리가 보통 머릿속에 우리 자신이라는 작가에 대한 어떤 관념을 가지고 돌아다닌다는 것을 보여준다는 점이다. 글을 쓰려고 앉을 때 우리가 흉내 내기 시작하는 것은 그 작가다. 그 순간 우리의 뇌 기능이 변한다. 이야기가 하고 싶어 하는 일에, 우리 내부의 언어 발생기가 하고 싶어 하는 일에 덜 열리게 된다. 우리가 생각하는 글 쓰는 마땅한 방식이라는 좁은 범위 안에서 작업을 하게 된다. 이 연습을 하면 까다로운 조건을 충족시키느라 바빠지면서 그런 사고 습관은 차단되고, 그러면 생각의 남은 부분은 묻는다. "자, 달리 뭐가 있지?" 바꿔 물으면 이렇다. "여기에 다른 어떤 작가들이 있을까?"

아마도 이 연습은 술 취한 상태에서 춤을 추면서 그 모습을 촬영하는 것과 약간 비슷할 것이다. 영상을 틀어보면, 정상적인 상태라면

작가는 어떻게 읽는가

시도하지 않았겠지만 그래도 마음에 드는 동작이 흘끗 보일 수도 있다. 그게 마음에 든다면 나중에 의도적으로 시도해 볼 수도 있을 것이다.

부록 C

번역 연습

내가 사랑하지만 이 책에 넣을 수 없었던 러시아 작가 가운데 한 명(그는 20세기 러시아인이다)이 이삭 바벨이다.

바벨은 고골과 마찬가지로 산문의 음악성 때문에 번역이 핵심인 작가다. 더 건조한 작가, 효과가 이미지들의 병치에 의존하고 그 이미지들을 언어로 구사하는 방식에는 큰 영향을 받지 않는 작가(톨스토이나 체호프)는 번역에 더 면역이 되어 있다고 말할 수도 있다. 당신이 바벨과 같은 스타일리스트라면 번역가가 결국은 불가능한 일을 해주기를 바라게 된다. 러시아어로 들리고 느껴지는 대로 영어로 들리고 느껴지게 하는 것. 러시아어를 하지 못하는 우리는 바벨 같은 스타일의 대가를 절대 진정으로 알 수 없겠지만 이 번역 연습을 통해 그를 더 잘 느껴볼 수는 있다.

또, 이제 보겠지만, 우리 자신이 가진 스타일 경향에 관해서도 더 잘 알 수 있다.

작가는 어떻게 읽는가

여기 내가 정말로 사랑하는 바벨의 단편 〈지하실에서In the Basement〉
(계급이라는 민감한 문제에 관해 쓰인 가장 위대한 이야기로 꼽을 수
있다)의 한 문장을 여러 번역가가 번역한 다섯 가지 버전이 있다.

— 신록에 감추어진 오솔길 고리버들 의자들이 어슴푸레 희게 빛났
  다.*
— 고리버들 의자들이 어슴푸레 희게 빛나며, 잎이 늘어진 좁은 길
  에 줄지어 있었다.**
— 하얀 고리버들 의자들이 나뭇잎으로 덮인 오솔길에서 반짝거렸
  다.***
— 고리버들 의자들이 녹색이 장막처럼 덮인 산책로를 따라 흰색으
  로 눈부셨다.****
— 잎이 우거진 거리에 하얀 고리버들 의자들이 어슴푸레 빛났
  다.*****

*   Translated by Walter Morison: Isaac Babel, *The Collected Stories* (New York: Meridian, 1974).

**   Translated by Boris Dralyuk: Isaac Babel, *Odessa Stories* (London: Pushkin Press, 2018).

***   Translated by Peter Constantine: *The Complete Works of Isaac Babel* (New York: W. W. Norton, 2002).

****   Translated by Val Vinokur: Isaac Babel, *The Essential Fictions* (Evanston: Northwestern University Press, 2017).

***** Translated by David McDuff: Isaac Babel, *Collected Stories* (New York: Penguin Books, 1994).

진짜 바벨은 좀 일어나 주시겠어요? 그는 일어나지 않을 것이고 일어날 수도 없다. 그는 오직 원래의 러시아어로만 존재한다. 러시아 판은 모리슨의 번역에서 사라진 쉼표에 해당하는 러시아어 등가물을 갖고 있을까? 쉼표가 사라짐으로써 이 문장에 급하고 판독하기 힘든 특질이 부여되어 두 번 읽고 싶어지고, 그 때문에 단어가 이미지로 전환되는 과정이 영향을 받는다.* 러시아인이 러시아어로 이 문장을 읽을 때 **녹색 길**을 먼저 볼까 **하얀 의자**를 먼저 볼까? 그 녹색은 러시아어로 나뭇잎일까, 신록일까, 녹색 장막일까, 잎일까, 아니면 무엇일까?

모든 작가 지망생을 위한 목소리를 찾는 좋은 훈련. 위의 다섯 가지 번역을 최고에서 최악까지 등수를 매겨보라.

매겼으면 스스로 물어보라. 나는 방금 어떤 근거로 순위를 매겼나? (나는 순위를 매기는 기준을 제시하지 않았으므로 당신은 자신의 예술적 취향의 어떤 근본적 측면에 바탕을 두고 기준을 마련했다.)

당신이 순위를 매겼다면 이는 당신에게 선호가 있음을 증명한다는 점에 주목하라. 이런 선호는 목소리에 대한 당신의 타고난 감각, 당신의 작가 경력 내내 모든 문장에서 당신이 의지하게 될 것과 어떤 관계가 있을 수도 있다(틀림없이 있다)고 생각하라.

이 연습을 한 걸음 더 진전시킬 수도 있다. 이제 스스로 '번역'을 해보라. 재료는 간단하다. 하얀 고리버들 의자 몇 개가 어떤 나무 그리

---

* 원문은 In verdue-hidden walks wicker chairs gleamed whitely로, 전치사구(in~) 뒤에 쉼표가 없어서 문장이 바로 파악되지 않는 점을 말하는 것이다.

고/또는 덤불이 있는 길에 자리 잡고 특정한 방식으로 빛을 반사하고 있다. 이 장면을 어떻게 이해시키겠는가? 이처럼 재료가 정해진 상태에서 남은 일은 재료들을 **당신의 취향에 따라** 가장 잘 배치할 방법을 찾는 것이다. 즉, (당신의) 목소리를 집어넣는 것이다.

그러니 지금 번역을 해보라.

이제 스스로 물어보라. 내가 내 버전을 쓰면서 무엇을 중시했는가? 즉, 내가 무엇에 의지했는가? 내가 어떻게 그 버전으로 '결정'했는가?

방금 직접 이 연습을 해보면서 나 자신에 관해 알게 된 사실은, 나의 마음은 우선 자료를 통과해 나갈 단순한 길을 찾는다는 것이다. 나는 무의식적으로 '거기 무엇 무엇 사이에 하얀 고리버들 의자들이 배치되어 있었다' 같은 수동태 구성을 피하기 위해 어떤 동사를 사용할지 훑고 있었다. 따라서 "어슴푸레 빛나고 있었다"가 문장의 초석이 되었다. 그다음에는 "어슴푸레 빛났다"가 되었다. "하얀"은 중요해 보였다(그 모든 녹색과 대조를 이루어서). 나는 그 장면을 보고 있다고 상상했다. "하얀 고리버들 의자"는 느낌이 괜찮았다. 주어가 보이게 만드는 구句였기 때문이다. 따라서 "하얀 고리버들 의자들이 어슴푸레 빛났다…". 그다음에 나는 물었다. 의자들이 어디 안에서 어슴푸레 빛나고 있는가? 진짜로 그 답 그대로를 적을까 생각했지만(의자들이 "거기 신록, 무성한 나뭇잎, 잎과 낮게 늘어진 덩굴 안에서" 어슴푸레 빛나고 있었다), 이것은 a. 바벨이 염두에 두고 있었다고 여겨지는 것보다 약간 더 나아갔고 b. 자리가 잘 잡히지 않아 품이 많이 든(단어가 너무 많다) 데 비해 이득이 없다. 이미지는 잘 보이지 않고 문장은 지나치게 조밀하다. 손절을 하고 이 문장에서 빠져나오는 게 낫다. 다만 독자가 적어도 하얀색과 녹색은 보게 해주자.

따라서,

"하얀 고리버들 의자들이 녹색 안에서 어슴푸레 빛났다."

하지만 이 문장을 읽은 나의 반응은 다음과 같았다. 음, 무슨 **녹색**을 말하는 거냐?

"나뭇잎이 무성한 산책로 안에 들여놓은 하얀 고리버들 의자들이 어슴푸레 빛났다."

흠. 딱 떨어지지 않는데.

우리는 그 의자들의 배치(또는 개수)에 관해서는 모르지만 나는 이런 식으로 하고 싶은 기분이다. "정확히는 아니지만 대체로 같은 방향으로 놓여 마치 탈출을 생각하는 것처럼 산만하게 자신들을 둘러싼 정글 속을 들여다보는 하얀 고리버들 의자 세 개."

그러나 이런 문장은 바벨의 이야기와는 어울리지 않는다. 그의 소설에서 이 짧은 묘사는 더 긴 시퀀스의 일부로서 작중 인물인 가난한 소년이 부자 급우의 집을 방문해 그곳의 부에 경외감을 느끼는 상황을 강조하려는 목적으로 쓰였다.

여기에서 우리는 이 연습의 진짜 핵심에 다다른다. 이 문장이 바벨이 쓴 이야기의 한 부분이라는 것은 잊고 최선을 다해 좋게 만들어라. 이제 홀로 따로 놓이게 된 새 문장은 즉시 스스로 하나의 이야기 전체, 자신이 의미를 가지게 될 이야기 전체를 구술하기 시작할 것이다.

말을 바꾸면 우리 스타일('재미'와 '멋짐'과 '기쁨'을 추구하는 과정에서 근본적인 선호로 찾아낸다)은 하나의 문장을 낳으며, 그 문장은

작가는 어떻게 읽는가

그 안에 이야기 한 편의 DNA를 가지고 있다.

"하얀 고리버들 의자 세 개가 마치 탈출을 생각하는 것처럼 자신을 둘러싼 실내 화초의 정글을 들여다보았다."

어떤 사람이 이 프레임 안으로 들어와 의자 하나에 앉는다면 그는 '탈출 욕망'이 가득한 세계에 들어온 것이다. 이것이 그가 누구인지 결정하는 데 도움을 준다. 그는 탈출을 갈망하는 누군가일 수도 있고, 최근에 탈출한 누군가일 수도 있다. 하지만 그냥 아무개는 아닐 것이다. 이제는 그럴 수가 없다. 그는 탈출이라는 생각이 떠돌고 있는 이야기에 걸어 들어온 사람이며, 따라서 완전히 자유로울 수는 없다.

감사의 말

먼저 고요한 지혜, 선禪 같은 정확성, 세상을 보는 너그러운 관점으로 내 삶과 예술을 바꾸어놓은 앤디 워드에게 감사하고 싶다. 물론 나는 그가 이런 식으로 들어 올린, 지칠 줄 모르는 의욕과 옹호로 우리가 최선의 예술가적 자아를 갖추도록 도와준 많은 작가 가운데 하나에 불과하다는 것을 잘 알고 있다.

또 믿어지지 않겠지만 무려 1992년부터 나를 믿어주고 늘 내가 나자신을 대변하는 것보다 훨씬 큰 열정과 관용과 상상력으로 나를 대변해 온 나의 에이전트이자 귀한 친구 에스더 뉴버그에게도 진심으로 고마움을 전한다.

교정의 마이클 조던이라 할 수 있는 놀라운 보니 톰슨에게도 고마움을 전하는데, 그녀는 이 책의 여러 곳을 여러 가지 방식으로 낫게 만들어주었다.

아주 특별히 나의 소중한 아내 폴라와 우리 두 딸 케이틀린과 알레

나에게, 그리고 마치 문학과 삶 사이에 차이가 없는 것처럼, 문학에 대한 헌신이 삶을 더 낫게 만들 수 있는 것처럼 우리가 늘 한 가족으로서 살고 말하고 꿈꾸어 온 것에도 깊이 감사한다.

내가 이 책을 쓰면서 받은 귀중한 지원에 대해 발비노쿠르, 미하일 이오셀, 제프 파커, 앨리나 파커, 폴리나 바스코바, 루바 라피나, 야나 튤파노바, 발레리 미누힌에게 감사한다. 또 아인슈타인 인용을 수정하여 전달해 준 리사 놀드에게, 프로스트 이야기를 해준 존 핑크에게, 오래전 시러큐스를 찾아와 깨달음을 준 린다 배리에게, 예전에 강의실을 방문하여 절대 잊을 수 없는 충격을 주었고 그래서 결과적으로 이 책에, 특히 고골 부분에 큰 도움을 준 에리카 헤이버에게, 〈주인과 하인〉에 관한 에세이에 실은 밀란 쿤데라 인용문에 흥미를 갖게 해준 조너선 디에게 감사를 전한다.

또 오랜 세월에 걸쳐 쓰기와 읽기에 관해 내가 아는 모든 것을 가르쳐준 분들에게도 감사하고 싶다. 부모님(처음부터 나에게 읽을 시간을 주었고 그게 중요한 행위라는 것을 이해하게 해주었다), 셰리 린드블룸, 조 린드블룸, 제이 질넷, 마이클 오루크, 리처드 모슬리, 차마즐 더트, 수 파크, 더글러스 엉거, 토비아스 울프, 데버라 트라이스만, 시러큐스의 내 제자들, 멀리 거슬러 가서 일리노이주 오크포리스트 세인트 데이미언 스쿨의 캐럴 무차 수녀님과 리넷 수녀님.

이 책에 담긴 많은 생각은 위에 나열한 사람들로부터 와서 내 이해 속으로 흡수되었다. 이 시점에서는 무엇이 내 것이고 무엇이 그들 것인지 말하기 힘들다. 하지만 모든 귀한 것은 그들에게서 왔고 모든 잘못은 나에게서 왔다.

또 패트릭 비어루트와 카일 닐슨에게 고마움을 전하는데, 그들이 내 삶에 있어 주었기 때문에 내가 이 책을 쓰는 동안 세상이 더 따뜻하고 제정신을 가진 곳이 되었다.

책의 마무리 단계에 아름다운 뉴욕주 체리밸리에 있는 동안 마지막 순간의 놀라운 환대에 대해 제임스와 앤 라신에게 무척 감사한다.

지난 20여 년간 시러큐스에서 나의 사랑하는 소설 동지였으나 최근 은퇴한 아서 플라워스에게도 특별히 감사의 말을 전한다. 아서가 애정 넘치고 진지한 방식으로 글쓰기에 관해 말하는 걸 들을 때마다 내가 작가 공동체의 일원이라는 사실이 고맙고 자랑스럽다. 또 '특별 서사 토론 친구들', 데이너 스피오타, 메리 카, 시러큐스의 모든 동료에게 감사하고, 우리 프로그램을 우호적으로 받아들이고 우리가 하려는 것이 무엇인지 명민하게 이해해 준 카린 루스런드 학장에게도 감사한다.

여기 실린 단편들을 사용하도록 허락해 준 번역자들에게 감사한다.

마지막으로 당신, 소중한 독자에게 그 모든 노력을 해준 것에 다시 감사하며, 아래 적은 고골의 말(각각 〈두 이반은 어떻게 싸웠나〉와 〈넵스키 대로〉에서 따왔다)을 병치한 아름다운 모순적 만트라를 기억하고 그에 따라 살도록 함께 노력하기를 기대한다.

"이 세계는 황량하다, 신사 숙녀 여러분."

(하지만 그래도)

"우리 세계가 굴러가는 방식은 경이롭다!"

옮긴이의 말

옮긴이의 가장 강렬한 조지 손더스 경험은《바르도의 링컨》이었다. 그야말로 기상천외한 방식으로 쓴 이 소설은 아, 소설이 이럴 수도 있구나, 하는 느낌을 안겨주었고 또 소설이라는 장르가 아직 바닥이 드러난 게 전혀 아님을 깨닫게 해주었다. 그만큼 실험적이었는데, 사실 더 놀랐던 것은 형식적 실험성에도 불구하고 내용은 땅에 딱 붙어 있다는 점이었다. 어찌 보면 낡았다고도 할 수 있는 민중의 이야기였다. 대단히 진지하고 가슴 아프고 통렬한 이야기였다. 또 문제가 제시되고 그 문제를 해결해 나가는 전형적 서사이기도 했다. 대단히 실험적으로 보이는 형식과 꽤 전통적으로 보이는 서사가 이렇게 소설로 한 몸을 이루고 있다는 게 무척 흥미로웠고, 또 옮긴이의 느낌으로는 그 나름의 강한 설득력을 갖추고 있었다.

《바르도의 링컨》이전에 손더스는 주로 단편으로 널리 알려진 작가였다. 무엇보다도 쉽게 흉내 낼 수 없는 자기만의 목소리가 분명했고, 그 목소리는 그와 같은 장소에서 같은 시대를 살아가는 특정 부류를 대변하고 있었다. 그 부류를 간단히 범주화하기는 힘들지만 어설프나마 이 급속하게 변화하는 시대의 흐름에 제대로 적응하지 못하는 못난 사람들, 뒤처진 사람들, 패배한 사람들이라고 말할 수 있을 듯하다. 손더스의 힘은 무엇보다도 그 사람들 각각의 내부로 깊이 들어갈 수 있다는 것인데, 그 방식이 워낙 강력하다 보니 작가가 그들을 "대변"하는 게 아니라 그냥 그들 각각과 하나라는 느낌이 들 정도다.《바르도의 링컨》만큼은 아니지만 그의 단편들도 형식으로 보자면 전통적이라고 하기는 힘든데, 장편이든 단편이든 그런 형식적 실험은 실험 자체를 위한 게 아니라 바로 인물의 내부로 철저하게 들어가고자 하는 노력의 소산이 아닐까 하는 생각도 든다.

사실 옮긴이는 손더스의 이런 방식이나 발상의 뿌리가 무엇인지 꽤 궁금했는데, 기쁘게도 이 책은 직간접적으로 또 다양한 방식으로 그 답을 제시하고 있다. 물론 이 책은 손더스 자신의 창작 방식에 관한 이야기라기보다는 그가 대학에서 담당하고 있는 소설 창작 수업을 글로 옮겨놓은 것이라고 할 수 있다. 이 수업의 얼개는 소설가 지망생을 대상으로 손더스가 좋아하는 러시아의 19~20세기 단편 일곱 편을 함께 읽으며 좋은 단편을 쓰는 방법을 찾아보는 것인데, 이 러시아 작가들은 체호프, 투르게네프, 톨스토이, 고골이며, 이런 사실주의적 성향의 작가들을 골랐다는 것 자체가 매우 흥미로운 일이다. 또 이 책의 영미판 부제는 "읽기, 쓰기, 그리고 삶에 관한 네 러시아 작가의 마스터클래스"이다. 소설 창작 수업이 "읽기, 쓰기"만이 아니라 "삶"에 관한 수업이기도 하다는 점 또한 이 수업에 관해, 이 책에 관해, 또 손더스에 관해 많은 것을 말해준다.

이 책에서 알게 된 것이지만 손더스 자신은 존 스타인벡을 읽으며 소설가를 꿈꾸었고, 습작기에는 어니스트 헤밍웨이가 모델이었다. 따라서 그가 사람들 눈에 어떻게 비치건, 손더스 자신은 위의 러시아 대가들, 또 이 미국 작가들의 전통에 서 있다고 생각한다는 것을 짐작할 수 있다. 그런데 어떻게 (사람에 따라서는, 어쩌다가) 이런 소설가가 되었을까? 그리고 손더스 자신은 그런 소설을 쓰면서 수업 시간에는 왜 20세기 전환기 러시아 사실주의 대가들의 소설을 가르칠까? 손더스는 자신의 방식이 그 전통을, 그 정신을 지금 이곳에서 구현하는 최선의(적어도 자기로서는) 방식이라고 생각하는 것일까? 만일 그렇다면, 대체로 20세기에 접어들면서 소설이라는 장르에 단절에 가까운 큰 변화가 있었다고 생각하는 데 익숙한 우리에게는 손더스의 태도가 어떤 면에서는 뜻밖이지만, 어떤 면에서는 오히려 신선하기도 하다. 그런데 신선할 뿐 아니라 유효하기도 할까? 아마 우리는 이 얇지 않은 책을 읽다 잠시 쉴 때마다 그 질문을 하게 될 것인데, 어쩌면 이 책의 가장 큰 숨은 목적은 바로 그런 질문을 하게 하는 것일지도 모른다.

물론 손더스라는 작가 개인을 입구로 이용하여 이 책에 진입하는 것은 이 책으로 들어가는 수많은 경로 가운데 하나에 불과하다. 그러나 어떤 경로를 택하든, 일부러 겸손해지려고 애쓰는 것이 아니라 아예 허세가 뭔지도 모르는 사람처럼 허물없이 편하게 있는 이야기 없는 이야기 다 털어놓는 순박한 안내자 손더스를 만나게 될 것이다. 그는 가르치는 게 아니라 우리와 함께 읽고, 배우려 하고, 깨달음에 기뻐하고, 무엇보다 우리를 존중하고 강요하지 않는다. 그렇게 그와 함께 소설 일곱 편을 읽다 보면, 무슨 목적으로 이 책을 펼쳤든 "읽기, 쓰기, 그리고 삶"이 결국 한 몸임을 깨달을 것이고, 바라건대, 책을 덮을 때는 펼칠 때와는 조금 다른 사람이 되어 있을 것이다.

2023년 1월
정영목

작가는 어떻게 읽는가

출처

Chekhov, Anton. "In the Cart." In *The Portable Chekhov*. Translated by Avrahm
 Yarmolinsky. New York: Viking Portable Library, 1975.

Turgenev, Ivan. "The Singers." In *First Love and Other Tales*. Translated by David
 Magarshack. New York: W. W. Norton, 1968.

Chekhov, Anton. "The Darling." In *The Portable Chekhov*. Translated by Avrahm
 Yarmolinsky. New York: Viking Portable Library, 1975.

Tolstoy, Leo. "Master and Man." In *Great Short Works of Leo Tolstoy*. Translated by
 Louise Maude and Aylmer Maude. New York: Perennial Library, 1967.

Gogol, Nikolai. "The Nose." In *The Overcoat and Other Short Stories*. Translated by Mary
 Struve. Mineola, N.Y.: Dover Thrift Editions, 1992.

Chekhov, Anton. "Gooseberries." In *The Portable Chekhov*. Translated by Avrahm
 Yarmolinsky. New York: Viking Portable Library, 1975.

Tolstoy, Leo. "Alyosha the Pot." In *The Portable Twentieth-Century Russian Reader*.
 Translated by Clarence Brown. New York: Penguin Classics, 1985.

참고한 다른 문헌들

Gogol, Nikolai. *The Collected Tales of Nikolai Gogol*. Translated by Richard Pevear and
 Larissa Volokhonsky. New York: Pantheon, 1998.

———. *Dead Souls*. Translated by Richard Pevear and Larissa Volokhonsky. New York:
 Vintage Classics, 1997.

Gorky, Maxim. *Reminiscences of Leo Nikolaevich Tolstoy*. Translated by S. S. Koteliansky and Leonard Woolf. 1920. Reprint, Folcroft, Pa.: Folcroft Library Editions, 1977.

Hickey, Dave. *Air Guitar: Essays on Art and Democracy*. Los Angeles: Art Issues Press, 1997.

James, Henry. *The Art of Fiction*. 1884. Reprint, New York: Pantianos Classics, 2018.

Jarrell, Randall. Introduction to *Randall Jarrell's Book of Stories: An Anthology*. New York: New York Review Books, 1958.

Kundera, Milan. *Art of the Novel*. New York: Perennial Classics, 2003.

Kuzminskaya, Tatyana A. *Tolstoy as I Knew Him: My Life at Home and at Yasnaya Polyana*. New York: Macmillan, 1948.

Maguire, Robert. *Exploring Gogol*. Stanford: Stanford University Press, 1994.

Mamet, David. *True and False: Heresy and Common Sense for the Actor*. New York: Vintage Books, 1997.

Nabokov, Vladimir. *Lectures on Russian Literature*. New York: Harcourt Brace Jovanovich, 1981.

O'Connor, Flannery. *A Good Man Is Hard to Find and Other Stories*. New York: Harcourt, 1992.

Rezzori, Gregor von. *Memoirs of an Anti-Semite*. With an introduction by Deborah Eisenberg. New York: New York Review Books, 2007.

Terras, Victor, ed. *Handbook of Russian Literature*. New Haven: Yale University Press, 1985.

Tolstoy, Leo. "Alyosha the Pot." Translated by Sam A. Carmack. In *Great Short Works of Leo Tolstoy*. 2nd ed. New York: HarperCollins, 1967.

————. *The Death of Ivan Ilyich & Other Stories*. Translated by Richard Pevear and Larissa Volokhonsky. New York: Vintage, 2010.

Troyat, Henri. *Chekhov*. New York: Fawcett Columbine, 1988.

————. *Tolstoy*. New York: Dell, 1967.

————. *Turgenev: A Biography*. London: Allison & Busby, 1991.

Vinogradov, Viktor. *Gogol and the Natural School*. Translated by Deborah K. Erickson and Ray Parrot. Ann Arbor: Ardis, 1987.

Vinokur, Val. "Talking Fiction: What Is Russian *Skaz?*" *McSweeney's Quarterly Concern*, Fall 2002.

Zorin, Andrei. *Leo Tolstoy*. London: Reaktion Books, 2020.

추가 자료

이 책에서는 여러 소설과 영화가 언급된다. 이와 관련하여 추가 자료들은 georgesaundersbooks.com/additional-resources에서 확인할 수 있다.

Credits

옮긴이 정영목

번역가로 일하며 현재 이화여대 통번역대학원 교수로 재직 중이다. 제3회 유영 번역상과 제53회 한국출판문화상 번역 부문을 수상했다. 지은 책으로《완전한 번역에서 완전한 언어로》《소설이 국경을 건너는 방법》이 있고, 옮긴 책으로 조지 손더스의《바르도의 링컨》, 필립 로스의《에브리맨》, 코맥 매카시의《로드》, 주제 사라마구의《눈먼 자들의 도시》, 알랭 드 보통의《왜 나는 너를 사랑하는가》등이 있다.

작가는 어떻게 읽는가

초판 1쇄 발행 2023년 2월 8일
초판 7쇄 발행 2024년 11월 15일

지은이 조지 손더스
옮긴이 정영목
발행인 김형보
편집 최윤경, 강태영, 임재희, 홍민기, 강민영, 송현주, 박지연
마케팅 이연실, 이다영, 송신아 **디자인** 송은비 **경영지원** 최윤영, 유현

발행처 어크로스출판그룹(주)
출판신고 2018년 12월 20일 제 2018-000339호
주소 서울시 마포구 동교로 109-6
전화 070-5038-3533(편집) 070-8724-5877(영업) **팩스** 02-6085-7676
이메일 across@acrossbook.com **홈페이지** www.acrossbook.com

한국어판 출판권 ⓒ 어크로스출판그룹(주) 2023

ISBN 979-11-6774-089-2 03800

만든 사람들
편집 이경란 **교정** 이명은 **표지디자인** [★]규 **본문디자인** 송은비 **조판** 박은진